dtv

Gustav Berger, geboren 1942 in München, lebt heute an vielen Orten, in Miami oder Los Angeles, auf seinem Grundbesitz in der Nähe von Puerto Vallarta an der pazifischen Küste Mexikos oder in seinem Stadthaus in Cartagena, Kolumbien. Aber etwas, das weiß er, fehlt, was kein Geld, nicht einmal die Erinnerung, ersetzen kann. Davon erzählt dieser Roman, von einem wilden, ausgelassenen Kind in den Jahren der Nachkriegszeit, einem Herumtreiber, der klaut, sich prügelt und die Schule schwänzt, weshalb er in einem Heim für schwererziehbare Jugendliche landet. Er erzählt von einem, der schnell lernt, wie man sich Ansehen verschafft bei seinen Altersgenossen – und was das bei den Mädchen für Gefühle auslöst. Es sind die fünfziger Jahre, die Zeit des Rock 'n' Roll, die Halbstarken-Zeit! Und Johnny, wie er sich jetzt nennt, genießt es, Mitglied einer berüchtigten Jugendbande zu sein, was ihn dann vor Gericht und schließlich für vier Jahre in eine Haftanstalt hinter Gitter bringt. Mit zwanzig wird er entlassen und setzt sich nach St. Pauli auf die Reeperbahn ab. Eine Welt ganz nach seinem Geschmack! Es gibt nichts, was er sich nicht zutraut. Er hat alles, was er wissen wollte, auf der Straße und im Gefängnis gelernt. Er wird St. Pauli eines Tages nicht nur lebend, sondern als lebende Legende verlassen.

Wolf Wondratschek, 1943 geboren, lebt in Wien. Weitere Werke u.a.: ›Die große Beleidigung‹ (2001), ›Mozarts Friseur‹ (2002), ›Mara‹ (2003), ›Die Einsamkeit der Männer. Carmen‹, ›Im Dickicht der Fäuste. Vom Boxen‹ und ›Saint Tropez‹ (2005).

Wolf Wondratschek

Einer von der Straße

Roman

Deutscher Taschenbuch Verlag

Februar 2006

www.dtv.de
Erstveröffentlichung: München 1991
Umschlagkonzept: Balk & Brumshagen
Umschlaggestaltung: Lilo Rinkens unter
Verwendung eines eigenen Fotos
Satz: Fotosatz Amann, Aichstetten
Gesetzt aus der Stempel Garamond 10/12·
Druck und Bindung: Druckerei C. H. Beck, Nördlingen
Gedruckt auf säurefreiem, chlorfrei gebleichtem Papier
Printed in Germany
ISBN-13: 978-3-423-13426-2
ISBN-10: 3-423-13426-7

Walter Staudinger
gewidmet

Inhalt

Prolog

Der kleine Junge rannte, so schnell er nur konnte, aus dem Zimmer und die Treppe hinunter. Wenn er nichts verpassen wollte, mußte er sich beeilen und schneller sein als seine Mutter, die ihn verfolgte.

Wegrennen konnte er am besten! Außerdem war es heute einfach, weil die ganze Straße voller Menschen war; er mußte sich nur geschickt durch genügend Beine nach vorne drängeln, um sicher zu sein, daß sie ihn nicht finden konnte. Als er niemand mehr vor der Nase hatte, blieb er stehen und schaute in alle Himmelsrichtungen gleichzeitig, so aufgeregt war er. Durch die Straße rollte ein Konvoi der amerikanischen Armee. Neben ihren Geschützwagen und Jeeps gingen Soldaten, die alle lachten und winkten, eine ganze Menge Soldaten. Auf einen, der Schokolade verteilte, wollte er gerade zulaufen, als ihn seine Mutter entdeckt hatte und festhielt. Nicht einmal nach der Packung Kaugummi, die direkt vor seinen Füßen auf die Straße fiel, konnte er sich schnell genug bücken. »Komm«, sagte seine Mutter, »ich heb dich hoch, dann kannst du besser sehen!«

Wenn er böse schaute, gab seine Mutter meistens nach; und wie böse er schauen konnte! Aber sie ließ ihn nicht los. Daß er vor Wut zu schreien anfing, nützte auch nichts. Alle um ihn herum machten einen solchen Lärm, daß seine Mutter gar nicht hörte, wie laut er schrie!

»Seit damals habe ich jede Hand, die mich festhielt, gehaßt. Spätestens da«, erinnerte er sich viele, viele Jahre später, »begann sich in mir das Gefühl auszubreiten, immer der Erste, immer der Schnellste sein zu müssen, um das zu bekommen, was der Zweite, der Langsamere ja nicht bekommen konnte. Nur wußte ich damals nicht, daß ich das Gefühl, immer gewinnen zu müssen, nie mehr loswerden würde.«

ERSTES BUCH

An einer Tür ist die Klinke auch nicht in der Mitte

Das Talent steckt in den Kinderschuhen.
George B. Shaw

I

Auf seinem Heimweg hatte Herr Schnabel, angestellt beim städtischen Jugendamt, noch einen letzten Termin wahrzunehmen. Einen Routinefall, der auf mehreren Beschwerden über einen gewissen Gustav Michael Berger beruhte, geboren 1942, wohnhaft in München, Dachauer Straße. Der Vater hieß Josef Berger, geboren 1902. Die Akte, die er in seiner Tasche bei sich trug, wies ihn als alleinerziehend aus.

Die Praxis seines Berufs hatte ihn gelehrt, daß es kein Vergnügen war, sich in familiäre Dinge einmischen zu müssen. Manchmal war es schon ein Kunststück, in eine Wohnung überhaupt eingelassen zu werden. Es gab Gründe genug, die es ihm ratsam erscheinen ließen, vor jeder Tür noch einmal tief durchzuatmen.

Vor ihm stand, als sich die Tür öffnete, ein Mann, der aussah, als sei er gestört worden.

»Ja, bitte?«

»Schnabel, Jugendamt. Darf ich reinkommen?«

Josef Berger trat wortlos zur Seite, ließ ihn ein, schloß die Tür und bot ihm einen Stuhl an.

»Und du bist wohl der kleine Gustav«, sagte Herr Schnabel noch im Stehen. Er wollte jeder Auseinandersetzung durch einen ruhigen, freundlichen Ton zuvorkommen.

Gustav zog den Kopf zwischen die Schultern und wartete ab.

»Wenn Sie Beschwerden loswerden wollen, können Sie sich die Mühe sparen.« Während Josef Berger das sagte, säuberte er einen Pinsel mit einem kleinen Lappen.

»Ach, Sie sind Künstler?« versuchte Herr Schnabel die Atmosphäre zu entspannen. Dabei nutzte er die Zeit, sich einen Eindruck von den Wohnverhältnissen zu verschaffen. Alles sah ärmlich aus, was gemildert wurde durch die Tatsache, daß am Fenster eine Staffelei stand.

»Ich male, wenn Sie das meinen.« Wie Josef Berger das sagte, konnte es keinen Zweifel geben, daß er darüber kein Gespräch wünschte – und sich der Zweideutigkeit bewußt war, die der Ausdruck »Künstler« im Munde eines städtischen Beamten besaß.

»Ich habe hier einen ganzen Stoß Beschwerden«, sagte Herr Schnabel, zog dabei die Akte aus der Tasche und legte sie vor sich auf den Tisch, eine Geste, die ihm Kraft einflößen sollte. Kraft würde er brauchen, soviel war sicher bei diesem Mann, der zu keinem überflüssigen Wort aufgelegt schien. Und wie zur Bestätigung einer Bedrohung entdeckte Herr Schnabel erst jetzt oben auf dem Schrank einen schwarzen Vogel. Danach zu fragen, getraute er sich nicht, sondern flüchtete sich in das Labyrinth seiner dienstlichen Gedankengänge und schien zu prüfen, inwieweit ein solches Haustier angebracht war – und ob es einen Zusammenhang gab zwischen einem Raben und dem hier zur Debatte stehenden Erziehungsnotstand. Erst im Verlauf der Unterhaltung kam ihm der Gedanke, der Vogel könnte ausgestopft sein.

»Wir müssen jeder Sache, die an uns herangetragen wird, nachgehen und ...«

Josef Berger stand auf. »Verschwenden Sie nicht unnötig Ihre Zeit, stecken Sie Ihre Akte wieder ein und verschwinden Sie.«

Herr Schnabel beabsichtigte, genau das Gegenteil zu tun, nannte die Anzahl aller Beschwerden und erwog die Schwere der Verfehlungen. Die Polizei hatte den Jungen wiederholt aus abgesperrten Ruinengrundstücken geholt, Lebensmittelhändler hatten ihn beim Klauen erwischt, und dem Eisenhändler hatte er Schrott verkaufen wollen, den er angeblich zusammengesammelt, in Wahrheit aber bei ihm selbst gestohlen hatte. Aus der ganzen Nachbarschaft lagen gleich stapelweise Beschwerden vor, mit beigefügten ärztlichen Attesten über Verletzungen, die sich ihre Kinder bei irgendwelchen verbotenen Unternehmungen zugezogen hatten. Offenbar verstand es dieser Junge, auch die größten Angsthasen zu jeder Schandtat zu überreden.

Herr Schnabel tat alles, sein Erscheinen zu rechtfertigen, spürte aber, daß nichts bei Josef Berger Eindruck machte. Gustav saß da, als gehe ihn alles nichts an, und kaute Fingernägel.

»Ah ja, noch was«, fiel Herrn Schnabel ein, »die Mutter, darf ich Name, Adresse und ...«

Wieder unterbrach ihn Josef Berger. »Sie hat einen Herrn Karst geheiratet.« Er war sich bewußt, daß es einen besseren Zeitpunkt verdient gehabt hätte, seinem Sohn diese Neuigkeit mitzuteilen.

Nach einer kurzen Pause begnügte sich Herr Schnabel mit dem Namen, die Adresse würde er sich selbst beschaffen. »Wir werden uns also mit der Mutter in Verbindung setzen und prüfen, ob es nicht ratsam wäre, den Jungen ihr zu übergeben. Falls die Verhältnisse das erlauben.«

»Raus!« schrie Josef Berger.

Gustav hatte seine Fingernägel vergessen und schaute zur Wand, wo das Ölporträt seiner Mutter hing, das sein Vater gemalt hatte, und überlegte, ob sie, wenn sie einen fremden Mann geheiratet hatte, überhaupt noch seine Mutter war.

»Noch eines«, sagte Herr Schnabel, als er aufstand, die Akte in seiner Tasche verschloß und noch einmal den ausgestopften Raben fixierte, »ich habe nicht den Eindruck, daß Sie den Ernst dieser vorgebrachten Beschwerden einsehen und sich im klaren sind, daß wir alles tun werden, Frau Karst zu veranlassen, nun ihren Teil an der Kindererziehung zu übernehmen. Was ja wohl in aller Interesse sein dürfte.«

Josef Berger setzte dem Beamten das spitze Ende seines

Pinsels auf die Brust. »In Ihrem Interesse ist nur eines: sich hier nicht wieder blicken zu lassen.«

Wieder nur ein »Routinefall«, seufzte Herr Schnabel beim Verlassen des Hauses und war heilfroh, daß dieser Künstlertyp da oben nicht auch noch handgreiflich geworden war.

2

1945 war nicht nur der Weltkrieg zu Ende, sondern auch die siebenjährige Ehe von Josef und Vera Berger. Daß zwei so völlig verschiedene Menschen erst gar nicht hätten heiraten sollen, nur noch darüber herrschte zwischen den Eheleuten ein harmonisches Einverständnis. Also knüpfte Vera Berger am Tag der Trennung zwei eingerissene, abgeschabte Leintücher zusammen, warf ein wenig Kleidung und ein paar ihrer persönlichen Dinge hinein und ging, zog zuerst um die Ecke zu einer Bekannten und von dort weiter zu einer nächsten.

Die Trennung von ihrem Sohn, eine vorübergehende Trennung, wie sie hoffte, nahm sie in Kauf, zumal auch das Jugendamt die Erziehungsvollmacht dem Vater zugesprochen hatte. Soll er erst einmal bei seinem Vater bleiben, dachte sie, da ist so ein schwieriges Bürschchen, das voller Unruhe steckt, wahrscheinlich nicht einmal schlecht aufgehoben. Sie kannte ihren Mann, aber auch ihren Sohn. Josef würde streng mit seinem Kind umspringen, und Gustav sich alles nur Erdenkliche einfallen lassen, seinen eigenen Kopf trotzdem durchzusetzen. Schon beim ersten Schrei im Kreißsaal war ihr klargeworden, daß er offenbar alles andere als ein braves Kind werden wollte. Und sie behielt recht. Nie konnte er stillsitzen. Immer riß er Fenster auf oder die Wohnungstür, denn draußen konnte ja etwas passieren, das mehr Spaß machte, als in einem Buch mit bunten Bären und sprechenden Hühnern zu blättern.

Zu Hause war ihm einfach immer langweilig.

Eine Familie war ihm zuwenig Leben. Er war überhaupt erst richtig in seinem Element, wenn er herumwirbeln konnte, zum Beispiel frühmorgens, wenn es zum Waschen auf den Hausflur ging, an den einzigen Wasserhahn, der allen Hausbewohnern, Erwachsenen wie Kindern, als Waschgelegenheit diente. Da machte es Spaß, dem Bayer-Franzi auf die Zahnpastatube zu treten oder dem Zeder-Berti, der unter ihm wohnte, auf den Kopf zu spucken, Handtücher zu vertauschen und Rasierklingen verschwinden zu lassen. Er konnte jeden zur Weißglut treiben, der ihm zuschaute, wie umständlich er sich wusch; er wusch sich überhaupt nur dann richtig, wenn jemand deshalb warten mußte. Dabei verließ er sich immer auf seinen Vater, der es sich jedesmal lautstark verbat, wann immer sich jemand über seinen Jungen beschwerte.

Einer wie der, dachte Vera Berger, würde sie überall finden, wenn er sie brauchte.

3

»Herr Berger, wie geht's Ihnen denn?«

»Das geht Sie einen Scheißdreck an!«

Geschwätz war ihm so zuwider, daß er zusehends schweigsamer wurde. Josef Berger war wie jeder Mann, der keine Miene verzieht, ein Mann mit vielen Gesichtern, trotzdem hatte er eines nie gekonnt: sich anpassen; schon unter Hitler nicht, als alle noch jubelten. Er besaß nicht ihre Geschicklichkeit, einen Vorteil auszunutzen, geschweige denn, jemand übers Ohr zu hauen. Auch jetzt nicht, als es ums nackte Überleben ging. Sein störrischer Gerechtigkeitssinn ließ es nicht zu, an etwas anderes als an ehrliche Arbeit zu glauben.

Mit seinen Händen konnte er einfach alles, Schuhe besohlen, Uhren reparieren, Vögel, sogar Füchse ausstopfen, Betten zimmern, Bilderrahmen schnitzen, nur einen auf der Straße liegenden Geldbeutel aufheben und in der Tasche verschwinden lassen, konnte er nicht. Jede freie Minute, die Nachtstunden zumeist, wenn Gustav endlich schlief, verbrachte er an der Staffelei und malte Landschaften, vor allem Landschaften der nahen bayrischen Umgebung, die er mehr liebte als die Stadt, ihre Menschen und Wirtshäuser. Er gab die Bilder einer kleinen Galerie in Kommission, wobei er, selbst bei einem Verkauf, immer draufzahlte, denn allein die Farben kosteten mehr, als er bekam; was ihn jedoch nicht im geringsten störte. Soweit es in dem engen Zimmer überhaupt möglich war, machte Gustav einen weiten Bogen um die Staffelei. Manchmal nahm Josef Berger seinen Sohn in ein Museum mit, aber alles, was den dort interessierte, war die Alarmanlage.

Die Könige des Viertels waren die Metzger, Bäcker, Kohlen- und Schrotthändler und die Typen, die alles, was sie zusammengaunern konnten, mit der Geschwindigkeit eines Augenaufschlags an der übernächsten Straßenecke mit doppeltem Gewinn verkauften. Wenn abends die wenigen Lichter, die wieder brannten, angingen, Geldscheine die Besitzer wechselten und sich Ware in bare Münze verwandelte, stritt sich Josef Berger mit seinem Sohn herum, der einfach nie schlafen gehen wollte.

Es verging kein Wochenende, an dem Josef Berger nicht mit dem Zug nach Weßling hinausfuhr und durch den Wald wanderte, Beeren und Pilze sammelte, die er den Marktfrauen auf dem Viktualienmarkt verkaufte. Sie nannten ihn dort ohnehin nur noch den »Schwammerlprofessor«. Gustav wehrte sich jedesmal, wenn er mit mußte, was hieß: um fünf frühmorgens aufstehen, dann, vom Bahnhof aus, waren es bis zum Wald immer noch gute drei Kilometer Fußmarsch, und oft blieben sie sogar über Nacht und legten sich in einen Heustadel zum Schlafen. Einmal war nachts eine Maus über ihn hinweggekrochen. Wie er das haßte. Er haßte seinen Vater, haßte den ganzen Wald, jeden einzelnen Baum, die Beeren und Pilze, die er in einem an sein Handgelenk gebundenes Körbchen tragen mußte. Er hätte schreien können, getraute sich aber nicht, hätte heulen können, fühlte sich dafür aber bereits viel zu erwachsen.

Daß Kupferdraht mehr brachte als Himbeeren und Pfandflaschen mehr als Pilze, hatte Gustav längst herausgefunden, aus Angst vor einer Ohrfeige aber wohlweislich für sich behalten.

Das einzige, was ihn im Wald interessierte, waren Ameisenhaufen. Was für ein Durcheinander das war, wie das zuckte, krabbelte, kroch und kochte. Und Gustav fragte sich, wie das funktionierte – und wer hier wohl der Boß war!

4

Wann immer es möglich war, nahm Josef Berger seinen Sohn mit, wenn er geschäftlich in der Stadt unterwegs war. Es schien nicht mehr ratsam, den Jungen, bevor er eingeschult wurde, zu oft unbeaufsichtigt sich selbst zu überlassen. Weder Ermahnungen noch Schläge waren geeignet, die beängstigende Begeisterung des Jungen für Streiche und Dummheiten einzudämmen.

In diesen Wochen klapperte Josef Berger Baustellen ab, an der einen Hand seinen Sohn, in der anderen einen Koffer mit Armbanduhren, die er vom gleichen Geschäft, für das er sonst Uhren reparierte, in Kommission hatte. Es waren Markenuhren, sie waren preiswert und nicht geklaut. Wem er das aber erklärte, der lachte nur. Alles war geklaut, und nichts funktionierte lange. Man kaufte auf der Straße eine Uhr, die zwei Tage später schon nicht mehr tickte, und der Händler war über alle Berge. Nur ein Dummkopf war in diesen Zeiten ehrlich. Wie Josef Berger es schaffte, seinem Sohn jeden Tag wenigstens eine warme Mahlzeit hinzustellen, wußte er oft selbst nicht.

»Na, du Clown«, riefen sie vom Baugerüst herunter, »zeig mal her, was du da zusammengeklaut hast.«

Sie ließen die Uhren von Hand zu Hand wandern, boten lächerliche Preise oder wollten sie gleich ganz geschenkt haben. Am Ende konnte Josef Berger manchmal schon froh sein, wenn er sie alle wieder vollzählig in seinem Koffer verstaut hatte. Für sie war er weiter nichts als auch nur einer dieser Gauner, die jeden Tag auftauchten, um was loszuwerden.

Gustav stand daneben und war still. Er hörte die Männer in einem Ton mit seinem Vater sprechen, wie noch nie jemand mit ihm gesprochen hatte. Aber gleich würde er, hoffte Gustav, ein paar von ihnen richtig verprügeln.

»Komm morgen wieder, dann aber mit Damenuhren«, schrie einer.

»Oder Unterwäsche«, grölte ein anderer.

Als der Polier erschien, ließen sie ihn stehen. »Pack dein Gelumpe zusammen«, schrie er ihn an, »und halte meine Leute nicht von der Arbeit ab.«

Gustav hatte eine Stinkwut, weil sich sein Vater alles gefallen ließ. Warum hatte er sich nicht gewehrt? Am liebsten wäre Gustav, weil er sich schämte, einfach davongelaufen.

Am Abend saß er am Tisch, kaute auf seinen Kartoffeln herum und wagte nicht, seinen Vater anzuschauen. »Ich bin müde«, log er, legte sich nach dem Essen gleich ins Bett, das Gesicht zur Wand gedreht, damit er nicht gleich die Augen zumachen mußte, und dachte an Australien, wovon ihm sein Vater erzählt hatte und wohin er ihn mitnehmen würde, wenn er dorthin auswanderte. Bevor er einschlief, fielen ihm dann doch noch die leeren Bierflaschen neben der Baracke des Poliers ein. Wenn die morgen noch da waren, würde er sie klauen, Pfand kassieren, für jede zwanzig Pfennige. Am liebsten wäre er gleich losgerannt.

5

Es gefiel Gustav in seiner Straße. Gleich gegenüber lag die ausgebrannte Wehrmachtsbäckerei, der ideale Platz, um Schätze zu vergraben. Es gab jede Menge anderer, entweder bis auf den Grund ausgebombter, ausgebrannter oder halb eingestürzter Mietshäuser, in denen noch hinter Bretterverschlägen Menschen wohnten; und es gab von Bomben aufgerissene Keller, in die man klettern konnte. Nichts war, wenn man etwas angestellt hatte, wichtiger, als sich dort verstecken zu können.

Kraus-Schorschi, dieser Winzling, rannte regelmäßig nach Hause und petzte. Huber-Bertl getraute sich auch nie, stand aber immer so auffällig vor den Verstecken herum, daß sie rausgeholt wurden. Flaschen waren das. Allmer-Willi trug sogar eine Brille, der Schwachkopf.

Gleich nach dem Fußballspielen vor der St.-Benno-Kirche rannte Gustav immer hinüber zu seiner Lieblingsruine, in seinem Schlepptau die halbe Mannschaft. Weil immer er es war, der die Ideen hatte, war er automatisch auch der Anführer. Drei sollten Flaschen klauen, drei Kupferdraht sammeln, vier Glas suchen, und er selbst würde beim Eisenhändler einen Handwagen organisieren, um alles bequem transportieren zu können. Er war es auch, der die Reviere einteilte und bestimmte, wann sie gewechselt werden sollten.

Dann tauchte zu Hause eine Frau auf, die hieß Friedel, war unverheiratet, hatte sich in Josef Berger verliebt und leitete daraus nun das Recht ab, sich unentbehrlich vorzukommen. Gustav bekam das jeden Tag zu spüren. Er wurde das Opfer ihrer Liebe, die nur ein Ziel kannte: einen Trauschein. Sie war so freundlich, daß er sie von Anfang an haßte. Die Kinderbücher, die sie ihm mitbrachte, zerriß er. Außerdem zupfte sie ihm immer an der Kleidung herum, spuckte in ihr Taschentuch, um ihm den Mund abzuwischen, bis er, wie sie fand, ordentlich genug aussah. Dann nahm sie ihn an der Hand und ging mit ihm Besorgungen machen.

Da war sie wieder, die Hand, die ihn festhielt.

6

Als Gustav mit sechs Jahren in die Schule kam, konnte er über seine Nachmittage wieder verfügen, wie er wollte, weil Friedel inzwischen kapituliert hatte und verschwunden war, und vormittags konzentrierte er sich darauf, das Schulschwänzen zu lernen. Was ihm aber weiterhin nicht erspart blieb, waren die Fußmärsche mit seinem Vater. Bei den Sommerfesten draußen am Grinzinger Kircherl durfte er, weil der Pfarrer ihn kannte, manchmal die Fahrräder bewachen, eine günstige Gelegenheit, Ventile abzuschrauben, die, wie er wußte, Mangelware waren. Mehr noch als die Aussicht auf ein gutes Geschäft gefielen ihm seine Ausreden, mit denen er seine Unschuld beteuerte.

Außerdem stellte er jeden Montagabend in einer Gaststätte Kegel auf, wofür es fünf Mark gab, dazu eine Portion Leberkäse und, wenn die Wirtin dazu aufgelegt war, ein Setzei drauf. Statt damit zufrieden zu sein, rechnete Gustav nach: zehn Mark sind das Doppelte von fünf. Also mußte er sich wegen des anderen Jungen, der dienstags die Kegel aufstellen durfte, etwas einfallen lassen.

Als er ihn kommen sah, schätzte er seine Chance ab, falls der andere sich wehren würde. Obwohl er mindestens zwei Jahre älter aussah, stellte Gustav sich ihm in den Weg. »Du kannst gleich wieder nach Hause gehen. Die Kegel stell nämlich heute ich auf!« teilte Gustav ihm mit und unterstrich seine Frechheit damit, daß er dem Jungen gegen die Schulter schlug.

»Warum denn? Du spinnst wohl?«

Er gab ihm noch einen Schubs. »Oder willst du dich prügeln?«

Der Junge drehte sich um und lief weg. Gustav schaute ihm nach und hatte zum erstenmal das Gefühl, daß die Straße ihm gehörte. Dann lief er zum Kreitmeier-Hof hinüber, wo die Männerrunde schon auf ihren Kegeljungen wartete. Sie fragte schließlich Gustav, ob er nicht aushelfen könne.

Konnte er.

7

Der hagere, von Erschöpfung ausgezehrte Mann hieß Werner Karst, hatte den Krieg unverletzt überstanden und war froh, als er die beiden Türme der Frauenkirche wiedersah. Der Blick hinauf zum Himmel diente nicht der Einstimmung zu einem Dankgebet, sondern überzeugte ihn lediglich davon, daß es in den nächsten Stunden nicht regnen würde. Und so machte er sich auf den Weg nach Hause zu seiner Frau, einen langen Fußmarsch, den er nur einmal unterbrach, um sich an einem Brunnen zu erfrischen. Nach fünf Stunden endlich hatte er Ottobrunn, einen Vorort Münchens, erreicht.

Als er die Wohnung betrat, rief er »Ich bin's!«, aber es kam keine Antwort. Die Küche, in die er hineinschaute, war leer, links im Wohnzimmer war auch niemand. Mit einem »Niemand hier?« öffnete er die Tür des Schlafzimmers. Da war jemand, aber da war noch jemand.

»Allmächtiger!« Er schloß die Augen. Auf dem Bett lag seine Frau in den Armen eines Mannes, auf dessen Uniformjacke die Rangabzeichen der amerikanischen Armee glänzten.

»Allmächtiger!« stotterte er wieder, als seine Frau vom Bett aufstand, ihren Morgenmantel überzog und ihn, beide Arme nach vorne gestreckt, aus dem Schlafzimmer zurück in die Wohndiele zu dirigieren versuchte. Aber das war gar nicht mehr nötig. Werner Karst hatte sich bereits umgedreht. Den gleichen Weg, den er gekommen war, ging er wieder zurück. Als er an einem Gefängnis vorbeikam, blieb er stehen, schaute zu den vergitterten Fenstern hinauf und träumte von einer Zelle, in der er sich schlafen legen konnte, um nie mehr aufzuwachen.

Wie benommen ging er auf die Pforte zu und hörte sich fragen, ob es hier für ihn Arbeit gäbe. Eine Stunde später hatte er eine Anstellung als Hilfsaufseher. Seine erste Amtshandlung war, sich selbst in eine Zelle einzusperren, sich auf die Pritsche fallen zu lassen und die Augen zu schließen.

Vier Jahre später war er bereits zweimal befördert worden, mit der Aussicht auf eine Karriere als Beamter, sobald er die mittlere Reife nachgeholt haben würde. Also hatte er einen Abendkurs an der Volkshochschule belegt und büffelte an allen freien Abenden – mit Ausnahme des Donnerstags, denn da gönnte sich Werner Karst das Vergnügen, ins »Café Wien« zum Tanztee zu gehen, wo er regelmäßig eine Frau traf, die Vera Berger hieß und die wie er eine schiefgegangene Ehe hinter sich hatte.

Sie war ihm aufgefallen, weil sie keinen Tanz ausließ. Und da er sich selbst auch für einen guten Tänzer hielt, faßte er sich ein Herz, sobald an der Säule neben der Tanzfläche das rote Lämpchen aufleuchtete, was immer »Herrenwahl« anzeigte.

Es war nicht leicht, schnell genug als erster an ihrem Tisch zu sein. An den letzten Donnerstagen waren ihm zwei Herren aufgefallen, die sich ebenfalls um sie bemühten. Was ihr offensichtlich Spaß machte, denn mal flirtete sie mit dem einen, mal mit dem anderen. Und beide hatten es offenbar darauf abgesehen, sie zu erobern. Sie selbst, wenigstens hoffte Werner Karst das, schien weiter keine ernsten Absichten zu haben. Auf das grüne Licht, also »Damenwahl«, reagierte sie nie. Da ging sie ihre Frisur richten oder drehte die Nähte ihrer Seidenstrümpfe gerade; und weil sie darauf stolz war, legte sie Wert darauf, daß es auch auffiel. Sie wollte, je älter sie wurde, endlich wieder jung sein dürfen.

Herr Karst ließ sie nicht mehr aus den Augen. Wenn sie sich beim Tanzen unterhielten, so redeten sie gerade nur so viel, daß keiner etwas von sich verraten mußte. Er beschränkte sich auf langsame Walzer und genoß jede Minute, die er sie in den Armen hielt. Die übrige Zeit nutzte Werner Karst, um mehr über die beiden Männer herauszufinden. Der eine, ein japanischer Geschäftsmann, fuhr einen Mercedes, der andere, ein Bayer, einen Opel Laubfrosch. Viel Hoffnung machte er sich nicht, denn er selbst besaß noch nicht einmal einen Führerschein, sondern kam mit dem Fahrrad.

Trotzdem entschloß er sich, anstelle einer Liebeserklärung, die ihn die Zunge gekostet hätte, etwas von seinem knappen Gehalt in einen Strauß Nelken zu investieren. Mit dem erschien er an ihrem Tisch.

Der Japaner erhob sich. »Aoki Shibuya. Angenehm.« Und fügte zu seiner Tischdame gewandt hinzu: »Meine Verlobte!«

»Verlobt? Was soll das denn?« Diese Art Überraschungen konnte Vera Berger noch nie leiden, erst recht nicht im Beisein eines Herrn, der ihr von Woche zu Woche besser gefiel. »Bilden Sie sich nur mal nicht soviel ein, mein Lieber!«

Am selben Abend geschah es, daß Werner Karst sein Fahrrad stehenließ und Vera Berger nach Hause begleitete.

Auf halbem Weg blieb sie stehen. »Sagen Sie mal, haben Sie nicht wenigstens ein Fahrrad?«

»Ja, doch. Vor dem Café steht es.«

»Und wieso lassen Sie mich dann zu Fuß gehen?«

Sie gingen den ganzen Weg wieder zurück. Vera Berger setzte sich hinten auf den Gepäckträger. »Halten Sie sich gut fest!« riet er ihr. Und das tat sie.

Als der Sommer vorbei war, hatten sich beide endgültig ineinander verliebt. »Du warst halt stur«, gab sie zur Antwort, als er unbedingt wissen wollte, warum sie sich ausgerechnet für ihn entschieden hatte.

Geheiratet wurde 1950. Auf die Chancen ihrer Ehe angesprochen, pflegte sie zu antworten: »Wir bleiben so lange verheiratet, wie es dieser Mann bei mir aushält.« Dabei schaute sie ihn an und schien ihn mit einem Lächeln an etwas erinnern zu wollen, wovor sie ihn nach dem ersten Kuß gewarnt hatte: »Aber mit mir, mein Lieber, ist nicht zu spaßen!«

Werner Karst war trotzdem restlos glücklich, auch dann noch, als ihr geschiedener Mann mit dem inzwischen elfjährigen Gustav bei ihr erschien, um ihn, wie es das Jugendamt entschieden hatte, ihrer Fürsorge zu übergeben.

»Lies das, Junge, damit ich mir später nie Vorwürfe anhören muß«, sagte Josef Berger und gab Gustav den Brief zu lesen, den das Jugendamt ihm geschickt hatte. Am meisten gefiel ihm, daß da stand, er stelle für seine gleichaltrigen Kameraden eine Gefahr dar. »Kann ich das behalten?«

Zwei Tage vor der großen Reise in einen anderen, ihm völlig unbekannten Stadtteil räumte Gustav seine Schätze aus dem Versteck in der Ruine: seine Cowboyhefte, zwei Serien Zigarettenbildchen, eine Rolle Schnur, eine Postkarte mit einer Frau, die nichts anhatte, drei Stück parfümierte Seife, drei Markstücke und eine Blechdose mit Zigaretten drin, sechs echte amerikanische Zigaretten.

Alle Jungs waren da, denn keiner wollte etwas verpassen.

Sein Abschied mußte sich sogar bis zu den Mädchen herumgesprochen haben.

»Wir wollten nur mal sehn, was ihr hier treibt«, sagte die dicke Marianne. Die andere hieß Helga, die noch eine Freundin mitgebracht hatte. Helga war eine Wucht, wenigstens fand Gustav das, aber er war immer viel zu schüchtern gewesen, sich allein mit ihr zu treffen. Ihr schenkte er die Serie »Geheimnisvoller Orient« mit Palmen, Kamelen und Pyramiden drauf. Auf die Idee hätte ich früher kommen können, dachte er, als er sah, wie sie sich freute.

Dann nahm er ein Stück Seife. »Wer von euch den Rock hebt, der schenk ich ein Stück Seife.«

Den Jungs stockte der Atem. Ein paar lachten nervös und hörten erst wieder auf, als keines der Mädchen rot wurde.

»Ich!« Die dicke Marianne hob ihren Rock.

»Dich hab ich aber nicht gemeint«, sagte Gustav.

Alle lachten.

Gustav schaute Helga an. »Mach du's!«

Den Jungs war ganz kalt geworden vor Neugier. Man hätte eine Maus schlafen hören können, so still war es jetzt.

»Spinnst du!« Sie blies ihre Haare aus der Stirn, nahm ihre Freundin bei der Hand und ging. Hinter ihnen her rannte die dicke Marianne.

Das war eine Abfuhr, und für alle eine Überraschung. Noch nie hatte jemand widersprochen, wenn Gustav etwas verlangt hatte.

Um die Aufmerksamkeit seiner Spielkameraden von dieser Blamage abzulenken, zerriß er die Postkarte mit der nackten Frau. »Selbst schuld, die blöde Kuh«, stellte er fest, steckte die Seife in seine Tasche und öffnete die Blechdose. »Wer will 'ne Zigarette rauchen?« Gustav nahm eine Camel heraus, steckte sie sich zwischen die Lippen und ließ sich von Kraus-Schorschi Feuer geben. Keiner von ihnen hatte jemals geraucht, jedenfalls nicht richtig.

Gustav hielt den Rauch so lange im Mund, daß es aussah, als könne er es bereits. Dann verteilte er die restlichen fünf und befahl jedem: »Aber richtig auf Lunge!«

Zeder-Berti kotzte als erster. Und Kraus-Schorschi, der immer noch nicht richtig gewachsen war, fing zu weinen an, als er in die Hosen machte. Daran würden sie länger denken als an seine Blamage, freute sich Gustav. Er steckte das Geld in seine Jackentasche, ließ alles andere auf dem Boden liegen und haute ab.

Wenn er zu spät kam, gab's zu Hause immer eine Abreibung mit dem Gasschlauch. Jetzt war er schon eine halbe Stunde überfällig, trotzdem sagte sein Vater nur: »Setz dich hin und iß.« Nur noch zwei Tage, da war selbst Josef Berger gnädig.

Das brachte Gustav auf die Idee, die drei Stück Seife seinem Vater zu schenken, als Abschiedsgeschenk sozusagen.

»Wo hast du die denn geklaut?« fuhr er ihn an.

»Die hab ich gekauft«, log Gustav.

»Und von welchem Geld?«

Schon hatte Josef Berger das Ende des Gasschlauches in der Hand, packte seinen Sohn am Kragen und drosch ohne allzuviel Beherrschung auf ihn ein. Die Tränen konnte er sich nur verkneifen, weil er an etwas anderes dachte. An allem war nur Helga schuld. Hätte sie sich auf sein Geschäft eingelassen, wäre sein Abschied für alle in besserer Erinnerung geblieben.

8

Gegen das ärmliche Zimmer in der Dachauer Straße, das auch sechs Jahre nach Kriegsende noch immer wie eine Notunterkunft wirkte, war die Zweizimmerwohnung in Ramersdorf ein richtiges Zuhause mit weißen Wänden, einem Vorhang vor jedem Fenster, einer eigenen Küche und einem Badezimmer mit Dusche. In seiner neuen Umgebung erschien Gustav alles auf Anhieb irgendwie »richtig«: Er war nun in einer richtigen Familie, mit einer richtigen Mutter, einem Vater, der zwar nicht sein richtiger Vater war, dafür aber ging er einer richtigen Arbeit nach, und auch einen kleinen Bruder hatte er, der Peter hieß, Peter Karst, Karst wie sein Stiefvater – und wie seine Mutter. Die hieß jetzt gar nicht mehr wie er, was Gustav komisch vorkam. Es war ihm unangenehm, wenn er den neuen Lehrern vor der Klasse erklären mußte, warum er nicht Karst, sondern Berger hieß.

Er einigte sich mit seinem neuen Vater darauf, ihn »Onkel Werner« zu nennen, was ihm leichtfiel, weil er ihm tatsächlich wie ein Onkel vorkam. Der schimpfte nicht mal, wenn er überhaupt nicht zum Essen erschien.

Wenn seine Eltern ins Kino gingen, mußte er auf sein Brüderchen aufpassen. Bald hatte Gustav den Bogen raus, wie Peter zu behandeln war: Er verabreichte ihm ein paar Tropfen Cognac, und der Kleine wachte in den nächsten Stunden bestimmt nicht auf. Zeit genug, noch eine Runde um den Block zu drehen. Was interessierten ihn kleine Kinder. Er bestritt, selbst jemals klein gewesen zu sein.

Das Leben war jetzt ganz anders. Die Jacken paßten, und die Schuhe hatten richtige Sohlen. Brauchte er Schulbücher, Schreibhefte, Tinte, Bleistifte und Farbstifte zum Malen, mußte er nur Onkel Werner fragen. Sein richtiger Vater hatte für so was nie Geld rausgerückt. »Sag deinem Lehrer, daß wir uns diesen Luxus nicht leisten können!« Der hatte auch nicht verstanden, daß Kinder, um was zu lernen, unbedingt in die Schule müssen.

Genau Gustavs Ansicht, aber hingehen mußte er trotzdem.

Niemand sprach jetzt mehr über seinen Vater, Gustav vermißte ihn so wenig, wie er zuvor seine Mutter vermißt hatte. Für die Nachbarn war er jetzt der Sohn eines angesehenen

Inspektors, und darunter stellten sich die Leute ein Kind vor, das Blockflöte lernt und darum kämpft, im Klassenzimmer in der ersten Reihe sitzen zu dürfen.

Seine Bühne war der Fußballplatz. Zuschauer, die staunten, was er alles konnte, gab es dort genug. Vor allem wollte er einem Mädchen imponieren, hinter dem, wie er mitbekommen hatte, alle her waren. Alles, was er bisher hatte haben wollen, hatte er entweder gestohlen oder sich sonstwie ergaunert. Aber wie bekam man ein Mädchen? Er hatte mit ihr einen Kußrekord aufgestellt, sieben Minuten lang, die anderen hatten die Zeit gestoppt. Irgendwie galten sie seitdem als Liebespaar, aber darunter hatte er sich immer mehr vorgestellt. Er dachte von morgens bis abends daran, wie er sie rumkriegen konnte, sie dort anfassen zu dürfen, wo sie einen Büstenhalter trug. Als er sie endlich soweit hatte, daß sie sich mit ihm treffen wollte, ohne andere Jungs und ohne daß sie ihre Freundinnen mitschleppte, zog sie mit ihren Eltern nach Pasing, ein Fußmarsch von drei Stunden, wie Onkel Werner behauptete. Wenn er sie dort besuchen würde, wußte sie, daß er in sie verliebt war. Das aber brauchte sie nicht zu wissen. Dann war er lieber nicht verliebt.

Lange aber hielt er es nicht aus. Dreimal mußte er unterwegs fragen, bis er die Straße gefunden hatte. Bisher hatte er sich immer herausreden können, wenn er vor ihrem Haus herumlungerte. Als er sie sah, steckte Gustav die Hände in die Hosentaschen. Gott sei Dank war sie allein.

Hannelore zog vor Verlegenheit an ihrem Pferdeschwanz. »Was machst du denn hier?«

»Ich? Nichts Besonderes!«

»Wohnst du jetzt auch hier?«

»Ich? Nein!« Er mußte einen Schritt machen, um einen Stein wegkicken zu können. Mit dieser Unterhaltung, das spürte er, würde er nie zu einem Kuß kommen. »Drehn wir 'ne Runde?«

»Ich hab jetzt einen neuen Freund«, teilte sie ihm mit.

»Mir doch egal«, antwortete er und war wütend darüber, daß er eifersüchtig war. Unter keinen Umständen durfte er ihr erzählen, daß er ihretwegen die Schule geschwänzt hatte, und, ohne zu bezahlen, mit der Straßenbahn gefahren und den Rest von zwei Stunden zu Fuß gelaufen war.

»Und sonst?« fragte Hannelore.

»Nichts«, erwiderte Gustav, »dann verschwinde ich eben wieder.«

Hannelore preßte die Schultasche an sich. »Tschüs!«

Seine Wut ließ er dann an einem Kaugummiautomaten an der Straßenbahnhaltestelle aus. »Das wird dir noch leid tun.« Auch was er zu sich selbst sagte, sagte er laut.

Am nächsten Tag wurde Deutschland in der Schweiz Fußballweltmeister. Die Geschichte mit Hannelore war damit vergessen.

9

Keine sechs Monate später zogen die Karsts von Ramersdorf nach Giesing. Direkt neben der Strafvollzugsanstalt Stadelheim hatte die Stadt zwei neue Wohnblocks errichtet, die ausschließlich den Gefängnisbediensteten und ihren Familien vorbehalten waren. Komfortable Dreizimmerwohnungen, deren Luxus darin bestand, daß jede Wohnung ein Badezimmer mit einer Badewanne hatte. Noch nie hatte Gustav im warmen Wasser einer Badewanne gelegen.

Werner Karst war hier der ranghöchste Beamte und genoß bei allen Nachbarn entsprechenden Respekt, und seine Frau wurde nur noch mit »Frau Inspektor« gegrüßt.

Vom Fenster seines Zimmers aus konnte Gustav auf das Gefängnis schauen. Viel war nicht zu sehen. Die kleinen vergitterten Fenster. Rundherum eine hohe Mauer. Und nachts die Scheinwerfer. Was sich hinter den Mauern abspielte, erfuhr er erst allmählich. Onkel Werner erzählte nicht viel.

»Wenn du dich nicht besserst, landest du auch einmal dort«, sagte Josef Berger, während Vera Karst Gustavs Geburtstagstorte anschnitt.

»Was muß man denn anstellen, um dort zu wohnen?« wollte Gustav wissen.

»Etwas Unrechtes«, antwortete Onkel Werner. »Da kommen alle hin, die etwas ausgefressen haben.«

»Holt einen dann die Polizei?« Gustav wußte nicht, welchen der drei Erwachsenen er anschauen sollte, also starrte er das Stück Torte an und schob dann den Teller weg.

»Das hast du nun von deinem Gerede«, schimpfte Frau Karst.

»Dem Kind angst machen!«

»Wär schön«, antwortete Josef Berger, »wenn er wenigstens vor irgend etwas Angst hätte.«

Gustav sagte nichts. Eine Heidenangst hatte er schon davor, daß sein Vater ihn zwingen könnte, mit ihm wieder draußen in seiner Natur rumzulatschen. Vorsorglich erzählte er ihm deshalb, daß er sonntags jetzt immer als Ministrant arbeite. »Zehn Pfennig für eine Messe, aber Hochzeiten und Beerdigungen werden extra bezahlt. Gut, nicht?«

»Und was machst du mit dem vielen Geld?«

»Weiß nicht!«

Die paar lumpigen Pfennige, dachte Gustav. Richtig verdiente er nur, wenn er an die Opferstöcke herankam. Wer schnell und geschickt genug war, konnte sogar Scheine rausangeln, ohne daß es einer mitbekam. Er hatte zwar schon ganz schön was versteckt, aber in seiner Blechbüchse war noch Platz.

Mit zwei Freunden beschloß er deshalb, das Kupferdach der Kirche, einem Behelfsbau neben der eigentlichen Hauptkirche, die noch immer nicht wieder aufgebaut war, abzuräumen. Es war nicht schwer, nach Einbruch der Dunkelheit hinaufzuklettern, die Nieten mit Zangen zu lösen und dann das aufgelegte Kupfer abzurollen. Ein besseres Versteck als die Kirchenruine hätte er nicht finden können. Ohne die geringste Angst betrat er am nächsten Morgen die Pfarrei, um sich zu erkundigen, wann er wieder gebraucht würde.

»Gustav, du kannst gleich wieder nach Hause gehen, hier waren Verbrecher am Werk.« Der Pfarrer zeigte ihm das abgedeckte Dach. »Und da es reinregnet«, fügte er hinzu, »fällt Sonntag die Messe aus.«

Im Regen tat ihm der Pfarrer leid. Seine heilige Ratlosigkeit bewies, daß die Täter unerkannt geblieben waren. Gustav stotterte ein paar bedauernde Worte und verdrückte sich.

Das Kupfer brachten sie eine Woche später zu einem Eisenhändler nach Ramersdorf, um es zu Bargeld zu machen. Leider hatte sich die Ungeheuerlichkeit, sich am Allerheiligsten zu vergreifen, inzwischen herumgesprochen, sogar die Zeitungen hatten darüber berichtet. Zum Schein ging der Schrotthändler auf den Kauf ein, aber Gustav spürte, daß etwas nicht stimmte und daß sie so schnell wie möglich abhauen mußten. Ihre heiße Ware ließen sie liegen.

Am nächsten Tag erschien der Schuldirektor in der Klasse. »Berger, Strohbach, Schweikert ...«

Draußen wartete bereits die Polizei, und auch seine Mutter war schon da. An diesem Tag war für Gustav der Unterricht zu Ende, obwohl er alles abstritt. Den angedrohten Verweis konnte Werner Karst gerade noch abwenden, was Gustav ihm übelnahm.

Als er nach einer Woche Hausarrest wieder auf den Fußballplatz kam, redeten immer noch alle davon. Seine Frechheit wurde selbst seinen Freunden langsam unheimlich.

10

Wenn jemand eine Abreibung verdient hatte, dann Attinger-Günter, dieser Streber. Er wohnte im gleichen Haus einen Stock höher und ging in die gleiche Klasse. Er war es auch, der seiner Mutter regelmäßig die Beschwerdebriefe seiner Lehrer ablieferte. Wenn das keine Prügel verdient hatte.

Dem werd ich einen Denkzettel verpassen, nahm er sich vor, aber so, daß niemand sagen kann, ich sei schuld gewesen. Er hatte ja auch bestritten, das Kupferblech gestohlen zu haben. Er hatte sogar den Pfarrer soweit gebracht, ihm zu glauben.

Gustav wußte, daß Attinger-Günter ein Auge auf die Kubald-Siggi geworfen hatte, die auf dem Fußballplatz immer mit den Anführern herumstand. Als er zusammen mit ihm von der Schule nach Hause ging, fing Gustav damit an. »Wenn du nichts unternimmst, kriegst du sie nie. Die steht drauf, angemacht zu werden, weiß ich.«

Attinger-Günter schüttelte den Kopf. »Aber doch nicht von mir. Ich hab doch bei der nie eine Chance.«

»Quatsch, bei der hat jeder Chancen. Wenn du willst, helf ich dir.«

»Ehrlich?«

»Klar. Reiß einfach mal die Klappe auf, wenn wir rumstehn.«

»Was soll ich denn zu der sagen?«

»Der gar nichts, du Idiot. Du sollst auf mich losgehen. Morgen kommst du auf dem Schulhof rüber zu uns und sagst zu mir: ›Paß mal auf, du Angeber, deine Art geht mir nun schon allmählich dick auf die Nerven‹. In diesem Ton, kapiert? Und dann sagst du: ›Wenn du nicht aufhörst damit, hier immer alle herumzukommandieren, zeig ich dir mal, daß ich vor dir keine Angst habe.‹ Muß nur echt klingen.«

»Aber die wissen doch, daß ich gegen dich verliere.«

»Denen bleibt die Spucke weg, sag ich dir.«

»Die lachen mich doch aus!«

»Die hören gleich auf zu lachen, glaub mir. Ich sag dann: ›Du kannst 'ne Watschn kriegen, du Hosenscheißer!‹ Du sagst dann: ›Von dir nicht. Bisher hat sich ja nur noch keiner getraut, gegen dich zu sein.‹ Verstehst du, wie du dann dastehst? Genau darauf steht die Kubald-Siggi. Die ist auf alle starken Jungs scharf.«

»Und dann?« wollte Attinger-Günter wissen.

»Dann prügeln wir uns, und ich laß dich gewinnen.«

Endlich hatte Attinger-Günter verstanden und fieberte dem nächsten Morgen entgegen; und damit einer Abreibung, die sich gewaschen hatte. Gustav ließ sich die Gelegenheit nicht entgehen, seine Bestrafung genußvoll in die Länge zu ziehen, irgendwann mußte ja ein Lehrer auftauchen – dann konnte der dritte Akt seiner Inszenierung beginnen. Alle bestätigten, daß es diesmal nicht er gewesen war, der mit dem Streit begonnen hatte.

Seiner Mutter konnte Gustav allerdings nichts vormachen. Auch als er mit zehn Schulkameraden auftauchte, die alle hoch und heilig versicherten, daß er dieses Mal wirklich unschuldig war, schüttelte sie nur den Kopf. »Das kann doch nur einem wie dir einfallen!«

II

Das vorletzte Schuljahr war zu Ende, und mit dem Zeugnis, das bis auf Rechnen und Sport ungenügend war, kam auch ein Brief der Schulleitung. Gustav mußte die Schule verlassen. Selbst das Ansehen seines Stiefvaters hatte nichts mehr geholfen.

Drei Tage später holte sein Vater, sein richtiger Vater, ihn wieder ab. Seine alte Schule in der Gabelsbergerstraße hatte sich bereit erklärt, ihn für das letzte Schuljahr erneut aufzunehmen.

Zur Freude seiner alten Kumpels und zum Entsetzen der Nachbarn ließ Gustav nach seiner Rückkehr erst gar keine Hoffnung aufkommen, daß er sich gebessert haben könnte. Im Gegenteil, er war jetzt bald vierzehn, in vier Monaten jedenfalls, da war er sich andere Sachen schuldig, als Mitschülern das Pausenbrot zu klauen.

Er träumte davon, abzuhauen, irgendwohin, jedenfalls weit weg und für immer. Er brauchte nur noch einen, der mitmachte.

Gustav entschied sich für den sechzehnjährigen Probst-Hansi, mit dem er, ganz nach Plan, die letzten Tage nur deshalb den Unterricht geschwänzt hatte, um ihm mit einer ausgedachten Geschichte die nötige Angst einjagen zu können.

»Weißt du, daß die Polizei hinter uns her ist?«

»Die Polizei?«

»Weil wir die Schule geschwänzt haben. Bei mir zu Hause waren sie schon. Ich hab's unten von der Treppe aus gehört, wie sie nach mir und nach dir gefragt haben! Nach dir auch.«

»Schöne Scheiße«, stöhnte Probst-Hansi. »Und jetzt? Was sollen wir jetzt machen?«

Gustav hatte ihn da, wo er ihn haben wollte. »Abhauen, bevor sie uns schnappen!«

»Und wann?«

»Jetzt gleich.«

Nach einer Schrecksekunde hatte der Gedanke nichts Verrücktes mehr an sich.

»Aber wir brauchen doch Geld?«

Auch daran hatte Gustav schon gedacht. »Zuerst besuchen wir eine Tante von mir, draußen am Wörthsee, und klauen der die Geldbörse. Das ist sowieso nicht meine richtige Tante, ich sag nur so.«

Die alte Frau schmierte ihnen Brote. »Und sag deinem Papa liebe Grüße«, rief sie Gustav nach, als er mit dem anderen Jungen wieder verschwand.

Probst-Hansi kriegte den Mund nicht mehr zu, als Gustav in die Tasche griff. »Jetzt können wir richtig abhauen.« Die Beute betrug einhundertzwanzig Mark.

Damit war auch Probst-Hansi von der Idee einer Reise um die Welt völlig überzeugt. »Wir lernen reiten«, beruhigte er sich, als ihm einfiel, wie hart sein Vater ihn bestrafen würde, sollte er jemals wieder heimkommen.

»Und jetzt kassieren wir deine Oma ab!« Probst-Hansi hatte ihm erzählt, daß ihr am Ammersee ein Kiosk gehörte. »Die hat doch auch Geld, oder?«

Probst-Hansi war nur deshalb einverstanden, weil er Gustav, der zuerst gestohlen hatte, etwas schuldig war. »Brechen wir lieber ein, dann brauch ich ihr keine Lügen zu erzählen.«

Nachts war es einfach, den Kiosk zu knacken. Sie nahmen nicht nur Geld aus der Kasse, insgesamt neunzig Mark, sondern auch belegte Brötchen, Schokolade, zwei Flaschen Sprudel, Gummibärchen und Zigaretten mit – und liefen zu einer Scheune, wo Gustav schon einmal mit seinem Vater übernachtet hatte.

In einem Gasthof in Inning am Ammersee war die Reise am nächsten Mittag zu Ende. Sie hatten gerade eine Portion Schweinebraten bestellt, als die Tür aufging und zwei Polizisten hereinkamen.

Sie wurden in das Feuerwehrhaus der Gemeinde gesperrt und abends von ihren Eltern abgeholt.

Gustav wunderte sich, was mit seinem Vater los war. Es gab weder Prügel, noch hielt er ihm eine Standpauke. »Geh ins Bett!« war alles, was er sagte, bevor er sich vor seine Staffelei stellte.

Der Schuldirektor betrachtete den Fall nüchtern und hatte dabei in Josef Berger, den er zu sich gebeten hatte, einen Zuhörer, der ihm nicht widersprach: »Der Junge treibt hier alle zur Verzweiflung.«

»Wem sagen Sie das.«

»Seine Lehrer getrauen sich kaum noch in die Klasse, weil sie Angst haben. Sogar Schläge soll er, wie mir berichtet wurde, einigen schon angedroht haben. Sie werden verstehen, Herr Berger, daß wir uns das nicht länger bieten lassen können, auch wegen der Auswirkungen, die das auf andere Schüler hat.«

Josef Berger nickte. »Wird er denn seinen Abschluß überhaupt schaffen?«

»Nun«, sagte Dr. Stein und blätterte in seinen Unterlagen, »komischerweise könnte er es eigentlich schaffen. Wie gesagt, vorausgesetzt, wir bringen die Geduld auf, ihn bis dahin zu ertragen.«

»Ich werde mir meinen Sohn einmal richtig vorknöpfen«, schlug Josef Berger vor, »und zwar, wenn Sie gestatten, gleich im Schulhof. Sollen ruhig alle sehen, daß es eine Grenze des Zumutbaren gibt.«

Dr. Stein war Pädagoge genug, den Vorschlag ausgezeichnet zu finden. Eine öffentliche Züchtigung würde Gustav vor aller Augen lächerlich machen. Dr. Stein sah darin allerdings nur den ersten Schritt. »Außerdem werde ich mich mit seinen Lehrern dahingehend verständigen, daß der Junge fortan unbeachtet bleibt, keine Hausaufgaben, keine Beteiligung am Unterricht mehr, und die Schulbank hinten an der Wand, von den anderen getrennt.«

»Wie Sie wollen, jedenfalls bedanke ich mich, daß Sie meinem Sohn die Chance lassen, den Schulabschluß zu machen.«

»Was will er denn eigentlich nach der Schule anfangen?«

»Wenn's nach ihm geht, eine Lehre bei Mercedes. Autoschlosser.«

»Da herrscht aber großer Andrang. Soviel ich aus den Berufswünschen meiner Schüler ersehen kann«, Dr. Stein studierte den Inhalt einer anderen Akte, die er erst aus einer Schublade seines Schreibtisches holen mußte, »haben sich von einhundertfünfzig Schülern der achten Klassen bereits siebzig bei Mercedes beworben. Und vergessen Sie nicht die Jahrgänge der anderen Münchner Schulen. Und dabei bietet Mercedes, soweit ich informiert bin, überhaupt nur dreißig Lehrstellen an.«

In diesem Moment läutete die Schulglocke.

Sie gaben sich die Hand. »Es tut mir leid«, sagte Dr. Stein, »der Junge braucht viel Glück im Leben.«

»Das wird ihm jetzt nichts nützen!«

Vor den Augen der versammelten Schüler verabreichte Josef Berger seinem Sohn eine solche Tracht Prügel, daß dem noch vier Tage lang davon schlecht war. Alles tat ihm weh, aber mehr als alles schmerzte ihn etwas anderes: daß alle ihn ausgelacht hatten.

Einen Monat vor der Überreichung der Zeugnisse fanden die Prüfungen bei Mercedes statt. Die Schulleitung hatte jedem Schüler, der sich um eine Lehrstelle beworben hatte, einen Tag freigegeben. Er mußte einen Fragebogen ausfüllen, einen Reaktionstest über sich ergehen lassen und dann einen Eisenwürfel feilen, danach wurde er mit der Bemerkung, man würde der Schule das Ergebnis mitteilen, nach Hause geschickt.

Gustav wollte alles andere als Mechaniker werden, freute sich aber trotzdem, in einer so berühmten Firma vielleicht angestellt zu werden. Vor allem imponierte ihm, daß sie Rennwagen produzierten. Jedes Kind kannte Stuck und Carraciola und ihren »Silberpfeil«, das Auto, mit dem sie Geschwindigkeitsrekorde aufstellten. Er gab sich also einigermaßen Mühe mit seinem Eisenwürfel. Daß er den Reaktionstest bestanden hatte, bezweifelte er nicht den Bruchteil einer Sekunde.

Als die Prüfungsergebnisse vorlagen, herrschte im Lehrerkollegium Ratlosigkeit. Nur zwei Schüler der Abschlußklassen waren genommen worden, und darunter ausgerechnet Gustav Berger. Alle fühlten sich vor den Kopf gestoßen. Nur mit Widerwillen nahmen sie zur Kenntnis, daß jenseits der Mauern, die einen Schulhof begrenzen, eine Welt wartete, die offenbar ganz andere Begabungen verlangte.

12

Egal, ob er gerade bei seiner Mutter oder seinem Vater übernachtete, stand Gustav jeden Morgen um sieben Uhr auf, wusch sich, frühstückte und verließ das Haus, war es aber bereits nach zwei Wochen leid, immer in die gleiche Richtung zu laufen. Er genoß lieber die späten, noch warmen Tage des Sommers unten an der Isar oder die Gesellschaft anderer Jungs, deren Treffpunkt der Bahnhof war. Manchmal tauchte er auch gleich nach dem Frühstück bei Hasenbergl-Rolfi auf und haute sich dort wieder ins Bett; dessen Bude war praktisch sturmfrei, weil sein Vater tot und die Mutter berufstätig war.

Nach fünf Wochen schickte Mercedes die Kündigung.

Ecke Dachauer Straße war eine Tankstelle, die ihn als Lehrling anstellte. Endlich konnte er sich austoben, ohne gleich etwas anstellen zu müssen. Er brachte die Kunden zum Lachen, weil er mit der Energie eines Irrwischs um die Autos tanzte, Scheiben und Kotflügel polierte, Wasser auffüllte und so lange Luft in die Reifen pumpte, bis das Trinkgeld stimmte.

Gustav prahlte aber so laut herum, wieviel er nebenbei verdiente, bis einem der älteren Lehrlinge, der die Waschanlage bediente, auffiel, daß er dort, wohin er abkommandiert worden war, nie Trinkgeld sah. Er schaffte es, den Chef zu überreden, den Neuen dorthin abzuschieben.

Dem werd ich's zeigen, dem Arschloch, nahm sich Gustav vor. Am Freitag wurde der Lohn ausgezahlt. Jeder nahm eine mit seinem Namen beschriftete Tüte in Empfang, ging duschen und stritt sich dann um den besten Platz vor dem Spiegel, um sich die richtige Frisur für das Wochenende zu verpassen.

Als die Entenfrisur endlich glänzte, suchte das Arschloch seine Lohntüte, suchte alles ab, durchwühlte Gustavs Klamotten, fand nichts und trat wütend gegen den Spind. Gustav hörte das Kuvert, das er selbst wohlweislich erst einmal hinter den Spind geworfen hatte, an dessen Rückseite herunterrutschen. Irgendwo auf halber Strecke blieb es stecken. Um den Verdacht des Diebstahls nicht auf sich sitzenzulassen, holte Gustav den Chef und kehrte, um seine Unschuld zu demonstrieren, alle seine Taschen nach außen.

»So, und jetzt zu dir«, sagte Gustav, nachdem er das Arschloch am Montagmorgen in die Waschanlage gelockt hatte, sprang ihn von unten an, hob ihn aus und schlug ihn gegen das Bürstengestänge. Von außen schloß er die Tür und drückte Vollwäsche.

Seinen Job war er damit los, hatte aber endlich das nötige Geld für ein Paar spitze schwarzlackierte Spangenschuhe, das schönste Paar Schuhe der Welt. Nach dem Einkauf gönnte er sich bei seiner Mutter ein heißes Bad, gab die fünfzehn Mark ab, die er jede Woche zum Lebensunterhalt beisteuern mußte, und war wieder verschwunden.

Für alles brauchte man Geld. Gustav konnte gar nicht soviel auf anständige Art verdienen, wie er plötzlich brauchte. Er klaute sich erst einmal das Nötigste zusammen: aus einem Amischlitten vor der McGraw-Kaserne eine Bomberjacke, in einem Kaufhaus am Stachus ein zweites Paar Schuhe, eines, mit dem man tanzen konnte, in einem Bekleidungshaus in der Bayerstraße einen Pepita-Anzug und dazu gleich noch vier weiße Hemden mit Rüschen entlang der Knopfleiste und an den Manschetten. Alles an Gustav glänzte.

Zu Beginn des Sommers vermittelte ihn das Arbeitsamt an die Firma Arnimsberger & Herb, die Weihwasserkessel, betende Hände, Kruzifixe und Madonnenköpfe herstellte. Nachdem er seinen Vater bei einem ersten Vorstellungsgespräch als Porträtmaler hingestellt hatte und sich selbst als dessen eifrigsten Schüler, landete er, wie er gehofft hatte, bei den Madonnen. Er mußte mit einem Stahlbolzen die vorgefertigten Linien stanzen, also die Form herausarbeiten, was ihn bald derart langweilte, daß er selbst künstlerisch tätig wurde – und ihnen der Reihe nach ein frivoles Lächeln oder einen fragwürdigen Augenaufschlag verpaßte. Bald hatte er die Produktion umgestellt auf Schmollmünder und Schlafzimmerblick oder, wenn ihm wegen einer Schlägerei morgens noch der Schädel brummte, auf schiefe Nasen und schielende Augen. Die ganze Herrlichkeit war beim Teufel. Und wieder stand er vor dem Rausschmiß, gelobte aber Besserung, da die Lehrstelle für ihn im Moment ein paar praktische Vorzüge hatte: In der Werkstatt war es warm und trocken, während es draußen seit Wochen in Strömen goß; dazu kam, daß er seinem Vater imponieren konnte: schließlich übte er jetzt einen künstlerischen Beruf aus, was es leichter machte, wieder bei ihm in der Dachauer Straße wohnen zu dürfen, und von dort war es ein Katzensprung bis zum Bahnhof. Dort hatte er inzwischen Mann-Helli kennengelernt, auch ein Rumtreiber, der klauen ging. Er half ihm, sein erstes Moped kurzzuschließen, eine »Expreß-Radetzky«, mit der Gustav gegenüber vom »Scharfen Eck« gleich in einem Drahtzaun seines alten Fußballplatzes landete und sich dabei fast das Genick brach.

»Das wird schon noch«, lachte Mann-Helli.

Danach verging kein Tag mehr, an dem Gustav sich nicht

ein Moped oder Motorrad besorgte. Allmählich hatte er den Dreh raus: kurzschließen, Tank leerfahren, stehenlassen.

Im Bahnhofsviertel lernte er schnell auch alles andere. Wichtig war die nächste Sekunde, der erste Schlag, das schnelle Abhauen. Wer an einem Zigarettenautomaten vorbeiging, ohne ihn auszuräumen, konnte nicht bei Verstand sein. Wer den Mut nicht hatte, nachts in Geschäfte einzubrechen, wurde verachtet. Wer bei Prügeleien nicht wenigstens ein blaues Auge riskierte, galt als Feigling. Bei den Mädchen hatten Feiglinge keine Chance; um bei ihnen landen zu können, mußte man außerdem auch noch tanzen können. Wer das konnte, in den verliebten sie sich am ehesten. Dabei interessierte Gustav weniger ihre Liebe als ihre Beine und das dazwischen. Er war noch zu jung, um Bescheid zu wissen, aber schon alt genug, um darüber Witze zu reißen. Und abgesehen davon, daß Mädchen für ihn Nebensache waren, waren sie die Hauptsache.

Stundenlang trainierte er beim Hasenbergl-Rolfi. Der hatte alle Platten von Elvis Presley, Gene Vincent, Buddy Holly und Chuck Berry – und aufdrehen konnte er die Scheiben auch, weil die Bude ja sturmfrei war. Gustav hatte sich einen Gürtel geklaut, der was aushielt, band ihn an die Türklinke und lernte Rock 'n' Roll tanzen, zwanzigmal ›Johnny B Goode‹, bis er es drauf hatte.

Für eine ordentliche Berufsausbildung war keine Zeit mehr, und sein Chef wurde mit dem Resultat seiner Arbeit immer unzufriedener, kein Wunder, denn Gustav war dazu übergegangen, die Madonnen im Zwölfvierteltakt zu stanzen.

Seinem Vater hatte er zum Geburtstag ein besonders frommes Exemplar geschenkt, als Zeichen seiner moralischen Genesung – und klaute zwei Tage später, zusammen mit einem Freund, den Safe der Firma, eine Stahlkassette, die sie erst einmal auf ein Ruinengrundstück schafften und dort vergruben.

»So macht man das!« erklärte er fachmännisch.

Gustav war klar, daß ihn die Firma am nächsten Morgen als ersten verdächtigen würde. Um sich zu stärken, aß er brav sein Frühstück auf, kämmte sich ausnahmsweise sogar seine Haare und verzichtete, obwohl er aufgeregt war, auf die Zigarette, mit der er sonst immer in der Firma auftauchte.

»Du glaubst doch nicht, daß du mit deinen Ausreden durchkommst«, drohte ihm sein Chef. »Erst hast du dort oben das Fenster eingeschlagen, dann die Schublade aufgebrochen und dann die Kassette an dich genommen.«

Genau so hatten es der Kerbel-Seppi und er gemacht. Aber auch die Polizei konnte den Sachverhalt nur zu Protokoll nehmen, denn nachzuweisen war dem Beschuldigten vorerst nichts. Es stand Aussage gegen Aussage.

»Sie werden doch dem Wort eines ehrlichen Mannes glauben! Ich brauche es doch nicht zu beweisen, wo ich es ganz genau weiß. Und du, Junge, solltest es besser zugeben! Mit einem reinen Gewissen wäre dir sicher wohler.«

Die Stimme seines Gewissens hatte Gustav nur geraten, sich nicht schnappen zu lassen.

Wenn sie nicht die Bahnhofsgegend unsicher machten, trafen sie sich in diesem Sommer an der Isar. Ihr Revier war das Ufer zwischen der Reichenbach- und Wittelsbacherbrücke, im Volksmund auch »Arbeiterriviera« genannt.

Sie hatten inzwischen auch einen Namen. Man nannte sie Halbstarke. Und oben auf der Brücke stand immer mindestens ein Polizeiwagen, um das Ufer beobachten und, sollte es zu Krawallen oder Schlägereien kommen, was täglich passierte, Verstärkung anfordern zu können. Sie fuhren in Mannschaftswagen vor. Langsam bewegten sie sich dann auf die Horde der immer mindestens siebzig Mann starken Bande zu, versuchten sie so geschickt auseinanderzutreiben, daß sie immer einzelne verhaften und abtransportieren konnten. Die Zeitungen sprachen von skandalösen Zuständen.

Der Polizeipräsident war gezwungen, eine Pressekonferenz einzuberufen, und versprach den Bürgern, unnachsichtig gegen die Jugendbanden vorzugehen und die Zahl der Einsätze seiner Beamten zu verdoppeln. Aber worum sollten die sich eigentlich kümmern? Sollten sie alle Jugendlichen einfach einsperren!

»Du da«, deutete einer der Polizisten auf Gustav. »Komm mal her, aber nicht so langsam.«

»Was gibt's, Herr Wachtmeister?«

»Nichts, nur daß du auch mit aufs Revier kommst.«

»Der hat mir zwischen die Beine gefaßt und mir meine Uhr gestohlen«, heulte eines der Mädchen. »Mir auch«, sagte ihre Freundin.

»Spinnt ihr?« wehrte sich Gustav. »Ich hab doch nur Fußball gespielt und bin dann geschwommen, und dann hab ich gesehen, wie einige Jungs Schokolade unter den Leuten verteilt haben. Da hab ich dort drüben gelegen.« Gustav deutete auf eine Stelle weit entfernt.

»Na, jedenfalls hast du gute Augen, und jetzt, Freundchen, mitkommen!« Die Polizisten waren zu viert, und jeder von ihnen hatte einen am Arm gepackt. Unterwegs zum Präsidium fiel Gustav ein, daß abends im Löwenbräukeller Rock 'n' Roll gespielt wurde.

Mitten in das Verhör platzte ein Polizist, der ihn am Morgen bereits im Büro bei Arnimsberger & Herb vernommen hatte. »Dauerkunde, was?«

»Ich bin unschuldig«, beteuerte Gustav.

»Klar doch, schon wieder unschuldig.«

»Völlig unschuldig«, bestätigte Gustav.

»Beruf?«

»Mal da, mal da.«

»Ausbildung?«

»Mal dies, mal das.«

Der Beamte hob seinen Kopf. »Mal klauen, mal stehlen.«

Gustav schaute auf die Uhr an der Wand. In drei Stunden traten Peter Kraus und Tommy Kent auf.

»Mach nur weiter so, mein Junge«, bedauerte ihn der Beamte, bevor er ihn laufen ließ, »dazu sind wir ja schließlich da, um Typen wie dich aus dem Verkehr zu ziehen.«

Draußen warteten die anderen drei. Sie rannten zum Stiglmaierplatz, um ja nichts zu verpassen. »Ladies und Gentlemen, ich möchte Ihnen jetzt einen Song bringen, der eine kleine, sehr vernünftige Geschichte erzählt: Awopbopaloobop alopbamboom. Tutti frutti. All rootie ...«

Drei Stunden wackelte die Welt. Gustav zeigte, was er inzwischen in der Wohnung von Hasenbergl-Rolfi alles gelernt hatte, und hörte erst auf zu tanzen, als der Streit anfing. Ohne Prügelei war so ein Abend sowieso nur das halbe Vergnügen. Fast hätte er den Rekord geschafft, an einem einzigen Tag gleich dreimal bei der Polizei zu landen.

13

Sein Vater weckte ihn. »Aufstehen und anziehen!«

Gustav sah einen fremden Mann im Zimmer stehen. »He, Pap, was ist denn los?«

»Zieh dich an. Du kommst ins Erziehungsheim!«

»Erziehungsheim?« Er gähnte und rieb sich die Augen. »Aber warum denn?«

»Weil du deinem Vater nicht gehorchst«, mischte sich der Mann ein. An Josef Berger gewandt, sagte er: »Hier unterschreiben!«

»Mal langsam«, beschwerte sich Gustav, »was soll ich denn jetzt schon wieder angestellt haben?«

»Dort, wo du hinkommst, wirst du genügend Zeit haben, darüber nachzudenken.«

Es wäre Gustav glatt ein Päckchen Zigaretten wert gewesen, hätte er jetzt nur eine Minute mit seiner Mutter sprechen können. »Weiß die Mama das?«

»Du kannst ihr ja einen Brief schreiben.«

»Ich hab nichts getan«, versuchte Gustav dem Mann, der ihn zum Bahnhof brachte, klarzumachen. »Mein Vater hat überhaupt nicht das Recht, mich …«

»Das Heim wird dir guttun, mein Junge.«

»Ich bin fünfzehn und erwachsen«, protestierte er. Er dachte daran, sich loszureißen, sagte aber nur enttäuscht: »Wetten, Sie würden mich nie einholen, wenn ich jetzt abhauen würde?«

Er wollte es gerade versuchen, als er plötzlich wie angewurzelt stehenblieb. Sie hatten um die Ruine, in der er die Stahlkassette versteckt hatte, einen Bauzaun errichtet und fingen an, die noch stehenden Mauern niederzureißen.

Im Zug waren sie zu dritt: Gustav, ein anderer, etwas älterer Junge, der sich »Gandhi« nannte, und ein Aufseher in Zivil, ein gemütlich und gutmütig wirkender Mann von etwa fünfundfünfzig Jahren, der den Auftrag hatte, sie sicher abzuliefern. »Wir werden schon miteinander auskommen«, sagte der Mann, wickelte in aller Gemütsruhe ein Brot aus, faltete das Papier sorgsam zusammen, steckte es in seine Tasche zurück und nahm erst dann seine Stulle wieder in die Hand, betrachtete sie von beiden Seiten und biß schließlich hinein, wobei er genußvoll beide Augen schloß. Als er sie wieder offen hatte, fing er an zu kauen. Als er den ersten Bissen geschluckt hatte, sagte er: »Macht euch keine Sorgen, Kinder, ihr seid auch nicht schlechter dran als andere.«

Gandhi hatte sich gleich schlafen gelegt. Gustav überlegte, daß es nicht schwer sein könnte, am nächsten Bahnhof zu türmen; der alte Dackel konnte doch kein Problem sein. Er mußte unbedingt die Stahlkassette mit den Lohngeldern retten, bevor Bauarbeiter sie fanden.

»Sie denken sicher, daß ich was Schlimmes ausgefressen habe, oder?«

»So wie du aussiehst, hast du wahrscheinlich deinem Vater freche Antworten gegeben, die Schule geschwänzt und dich rumgetrieben, aber das haben wir, glaub mir, mein Junge, früher auch getan.«

»Und warum sind Sie dann jetzt so ein ...«

»... beschissener Beamter?« Der Mann lachte, biß wieder in seine Stulle, kaute und schüttelte den Kopf. »Dabei wollte ich einmal ganz etwas anderes werden. Polarforscher. Ich wollte Polarforscher werden. Nordpol oder Südpol, Hauptsache Polarforscher.«

»Ich will gar nichts werden«, antwortete Gustav. Er wollte mit dem Mann auch kein Gespräch führen, sondern nur Zeit gewinnen, um sich einen Plan zur Flucht auszudenken. »Darf ich wenigstens rauchen?«

»Nur zu, mein Junge, wenn du willst.«

Gustav zündete sich eine Zigarette an. »Ihnen sind doch sicher schon mal welche entwischt?«

»Du meinst, ob ich mal Schwierigkeiten hatte?«

»Wenn ich jetzt auf Sie losgehen würde, hätten Sie keine Chance.«

»Aha!« Dem Mann schien dieser Gedanke bekannt zu sein.

Ein Pfiff der Lokomotive weckte Gandhi auf, der gähnend in die Runde blickte. »Worum geht's?«

»Daß wir uns das nicht gefallen lassen.«

»Wieso, willst du türmen?«

»Du etwa nicht?«

»Nein!« Gandhi rieb sich die Augen und schlief wieder ein.

Der Mann hatte sein Brot inzwischen aufgegessen und säuberte seine Finger an einer Papierserviette, die er danach zusammenfaltete und in seine Tasche steckte.

»Kann ich mal Ihre Pistole sehen?« Gustav deutete mit dem Kinn auf die offene Tasche.

»Wozu soll ich denn so was brauchen?«

Gustav antwortete nicht. Er wollte nicht mehr reden, sondern nach München zurück. Wenn er an seine Freunde dachte, die jetzt an der Isar unten herumtobten, wie er denen das geklaute Geld zeigen würde.

»Weißt du, daß ich Gedanken lesen kann? Kannst du das auch?«

»Klar kann ich das. Sie denken, daß Sie mich auf die freundliche Tour rumkriegen, damit ich nicht abhaue.«

»Alles andere wäre ja auch dumm von dir. Warte doch bis heute abend.«

»Wieso heute abend?«

»Weil ihr heute abend gleich Ausgang bekommt. Heute ist Mittwoch.«

»Sie meinen, die geben uns heute abend gleich frei?«

»So ist es, mein Junge.«

Gustav verschob seine Pläne auf den Abend. Ich muß nämlich morgen unbedingt wieder in München sein, dachte er. Also Gedankenlesen kann der Typ nicht, sonst wüßte er nämlich, daß ich türmen werde.

Mit der Einweisung in die Erziehungsanstalt Landau war Gustav als »schwererziehbares Kind« amtlich anerkannt, was ihn freute. Schwererziehbar. Das war ihm eigentlich noch zu wenig. Als hoffnungsloser Fall gefiel er sich am besten. Nur war ihm gleich nach seiner Ankunft speiübel vor Wut, daß ihn der alte Mann, dieser Pfeifenkopf von Polarforscher, angeschmiert hatte. Von wegen am Abend gleich Ausgang. Er schwor sich, nie mehr einem Erwachsenen irgend etwas zu glauben, auch wenn er noch so freundlich tat.

»Ist hier immer so ein Scheißwetter?« begann Gustav die Unterhaltung. Der Anstaltsdirektor war genau der Typ, auf den Gustav gewartet hatte, freundlich und höflich.

Er tat so, als habe er diese Bemerkung überhört, blätterte in einer Akte, die seinen Neuzugang betraf, und nahm dann umständlich seine Brille ab. »Wir werden nun genügend Zeit haben, aus dir einen anständigen Jungen zu machen, nicht wahr?«

Sozusagen als Summe all seiner Zweifel, daß dies jemals jemandem gelingen könnte, ließ Gustav einen Furz los.

Der Direktor setzte, ebenso umständlich, seine Brille wieder auf, kritzelte etwas auf ein Stück Papier und stand dann auf, um das Fenster, das er gerade erst wegen eines beginnenden Gewitters geschlossen hatte, wieder zu öffnen. »Ich merke schon, wir werden viel Vergnügen haben miteinander. Glaubst du nicht auch?«

»Wie bitte?« Auf alle Fragen, nahm er sich vor, würde er immer nur mit »Wie bitte?« antworten.

Aber dazu hatte er keine Gelegenheit, denn der Direktor rief einen Beamten ins Zimmer. »Das Übliche!«

Gustav wurde in die Küche gebracht, und dort ließen sie ihn Kartoffeln schälen, Kartoffeln für dreihundert Insassen.

Die Neuigkeiten, die er hier erfuhr, waren entmutigend. Keiner kam wieder frei, ohne vorher einen Beruf erlernt zu haben. »Je eher du nachgibst«, teilte ihm einer vom Küchendienst mit, »desto schneller bist du draußen.«

»Wir überlassen es erst einmal jedem Jugendlichen selbst, sich einen Beruf zu wählen«, teilte ihm der Direktor bei ihrem zweiten Zusammentreffen am nächsten Morgen mit. »Hast du vielleicht einen Wunsch?«

»Wie bitte?«

Er hielt ihm ein Stück Papier hin. »Was angekreuzt ist, kommt für dich als Neuzugang nicht in Frage.«

»Wie bitte?« Er schaute das Papier nicht einmal an.

»Laß dir ruhig Zeit. Wir haben es überhaupt nicht eilig, wir zwei, nicht wahr?«

Die Zeit, die ihm die Anstalt zur Entscheidung gelassen hatte, war um, und Gustav wurde der Bauschlosserei übergeben. Nach drei Wochen war sein Meister mit den Nerven am Ende und bat den Direktor, den Jungen einem anderen Betrieb zuzuteilen. Der Direktor wollte sich die Sache überlegen und schickte ihn erst einmal wieder Kartoffeln schälen.

Zum ersten Fußballmatch erschien Gustav im Trikot von Bayern München, die Nummer zehn auf dem Rücken. Jeder wußte, daß die Zehn das Trikot des Spielmachers war, denn Fußball war in Landau das Allerwichtigste. Es wurden regelrecht Punktspiele veranstaltet und am Ende eine Meisterschaft ausgespielt. Damit verbunden waren Vergünstigungen wie Raucherlaubnis, Ausgang oder Familienbesuch. Natürlich ließ sich Gustav die Chance nicht entgehen, auf dem Spielfeld zu glänzen. Selbst der Direktor bekam mit, daß der Junge ein begabter Sportler war. Und die Mitgefangenen, auch die, die ihn wegen seiner Angebereien am liebsten verprügelt hätten, versuchten ihn zu überreden, in ihrer Mannschaft zu spielen.

Das brachte Gustav auf eine Idee. An einen Ausbruch war nur zu denken, wenn man eine Leiter hatte. Damit konnte man die Mauer hochklettern. Bis zum Wald waren es vielleicht tausend Meter, die man nur schnell genug laufen mußte, um in Sicherheit zu sein. Jeder Beamte durfte einen Ausbrecher nur bis zum Waldrand verfolgen. Auch das gehörte zu den Neuigkeiten, die Gustav in der Küche erfahren hatte. Bei seiner Kondition traute er sich das leicht zu, zumal er als Ausbrecher ja ohnehin mindestens fünfzig Meter Vorsprung hatte.

»Ich spiele bei euch mit«, schlug er dem Mannschaftskapitän des Malereibetriebs vor, »vorausgesetzt, du besorgst mir einen Kittel und eine Leiter.«

»Abgemacht!«

»Nach dem Spiel am nächsten Samstag gibst du mir das Zeug.«

»Okay, aber dafür, daß ich dich nicht verrate, krieg ich dein Trikot.«

»Abgemacht!«

Gustav schoß zwei Tore, die Maler siegten und hatten damit wieder Chancen, die Meisterschaft doch noch zu gewinnen, was Gustav aber nicht interessierte. Er duschte, zog den weißen Kittel über, nahm die Leiter unter den Arm, rannte die Mauer entlang zum Tor, legte sie an und stieg hinauf. Noch bevor er auf der anderen Seite auf dem Boden gelandet war, heulten die Sirenen.

Gustav rannte los. Die Wiese, die bis zum Wald reichte, war vom Regen so aufgeweicht, daß er mehr rutschte als lief. Immer wieder blieb er stecken, seine Schuhe füllten sich mit Lehm und wurden schwer. Gustav lief barfuß weiter. Und hinter ihm her rannte ein halbes Dutzend Beamte. Dann hatte er den Wald erreicht. Er lief trotzdem noch so lange weiter, bis er nicht mehr konnte. Er war so aus der Puste, daß er sich unsichtbar fühlte. Erst als er kein Gefühl mehr in den Füßen hatte, hielt er ein Auto an, das nach Kaiserslautern fuhr und dort direkt vor ein Polizeirevier. Gustav hatte nicht einkalkuliert, daß ein Junge, der barfuß im Regen an der Straße ein Auto anhielt, verdächtig wirkt, noch dazu in der Nachbarschaft eines Erziehungsheims. Die Polizei brachte ihn zurück.

Da erst einmal alle Fußballspiele abgesagt wurden – die härteste Strafe, die es gab –, hatte Gustav nun alle gegen sich.

In der Bauschlosserei erklärte ihm der Meister, daß er es noch einmal mit ihm versuchen würde. »Wie wär's, wenn du dich nun endlich auf deine Ausbildung konzentrierst?«

»Wie bitte?«

Da holte der Meister zu einem Schlag aus, der Gustav voll

im Gesicht traf. Als er wieder auf den Beinen stand, hatte er einen Hammer in der Hand und wollte gerade zum Gegenschlag ausholen, aber mehrere Jungs hielten ihn fest und zwangen ihn, den Hammer fallen zu lassen.

Nach der morgendlichen Messe, die zu besuchen für jeden Jugendlichen Pflicht war, bat ihn der Anstaltsgeistliche, sich unter vier Augen zu dem Vorfall zu äußern. Gustav sagte gar nichts, es ging ihm nur ziemlich gegen den Strich, daß der Gottesmann daran zweifelte, daß er tatsächlich mit dem Hammer zugeschlagen hätte. Er stand auf, ging zum Kruzifix an der Stirnwand des Zimmers und klebte seinen Kaugummi Christus zwischen die Beine. Er hatte sich erst halb wieder herumgedreht, als ihn ein Schlag traf, der ihn gegen die Wand warf. Für ein paar Sekunden wurde Gustav schwarz vor Augen. Als er sein Gegenüber wieder sah, holte er aus und schlug ihm den Ballen seiner Faust ins Gesicht. So hatte er immer auf das lederüberzogene Polster eingedroschen, wenn er und seine Kumpels auf dem Oktoberfest auf den Lukas hauten. Man wußte auf Anhieb, ob ein Schlag gesessen hatte. Und der hier hatte gesessen, weiß Gott.

Das brachte Gustav den Meisterabzug ein, der darin bestand, daß die Meister aller zehn Betriebe mit Ruten auf den in der Raummitte stehenden Jungen einschlugen.

»Ärger in der Anstalt?« Die Frau des Direktors hatte nach zwanzig Ehejahren genug miterlebt, als daß sie nicht Bescheid wußte.

»Ein Neuzugang!«

»Deshalb rauchst du auch wieder soviel.«

»Der geht auf alles, was ihm nicht paßt, los, sogar auf den Anstaltsgeistlichen.«

»Ich bin trotzdem nicht damit einverstanden, daß du jeden Tag zwei Päckchen rauchst und jeden Abend Schlaftabletten schluckst.«

»Nicht einmal die Androhung immer härterer Strafen bringt ihn zur Vernunft.«

»Ich dachte, die sind alle so.«

»So schlimm war selten einer.«

Das zu hören, hätte Gustav gutgetan. Er dachte auch weiterhin nicht daran, sich zu bessern. Erst spielte er fünf Tage lang den Kranken, dann biß er seinem Bettnachbarn in den Daumen, weil der gemeckert hatte – »Du kannst einem auf die Nerven gehen mit deiner ewigen Furzerei« –, und schließlich klatschte er jedesmal Beifall, sobald der Geistliche beim Gottesdienst zum Vaterunser ansetzte. Jeder konnte im übrigen sehen, was für ein Veilchen er ihm verpaßt hatte.

Der Direktor wechselte erste Briefe mit der Behörde in München und suchte seinen Hausarzt auf, der ihm riet, seine pädagogischen Bemühungen als gescheitert anzusehen und sich diesen Querulanten vom Hals zu schaffen.

»Pack deine Sachen zusammen, Berger, morgen früh wirst du entlassen.« Er hatte ihn als »UVB« eingestuft, als unverbesserlich!

»Wie bitte?«

»Morgen bringen wir dich zum Zug.«

Gustav schaute zum Fenster, und zum erstenmal lachte er wieder.

»Sehen Sie, das Wetter hat sich auch nicht gebessert.«

14

Nach seiner Rückkehr aus Landau verging kein Tag, an dem er nicht im »Tabarin« auftauchte, einem Rock-'n'-Roll-Club am Isartorplatz. Etwa hundert Halbstarke zählten zum Kern der Tabarin-Bande, und alle hatten den gleichen Ehrgeiz: Rock 'n' Roll tanzen! Aber danach ging der Tanz erst richtig los. Sie nahmen sich jedes Auto, das ihnen gefiel, und fuhren ihre Wettrennen über rote Ampeln. War ihnen das zu fade, planten sie Laden- und Einbruchsdiebstähle. Hatten sie das hinter sich, zogen sie zum Bahnhof, ließen eines ihrer Mädchen durch die Halle laufen und schlugen jeden zusammen, der ihm nachschaute oder hinterherpfiff. Jeder, der nicht ihr Alter und Aussehen hatte, lebte lebensgefährlich. Sie raubten und plünderten. Sie schlugen die Zeitungen nicht mehr nur auf der Sportseite auf, sondern suchten nach Erfolgsmeldungen, die über ihre Krawalle berichteten.

In einem Regal in einem grün gestrichenen Raum des Münchner Polizeipräsidiums füllten sich die Aktenordner. Auf allen stand »Tabarin-Bande«. Die Polizei war gezwungen, fast täglich in dem Lokal aufzukreuzen, um für Ruhe zu sorgen. Da es den Beamten bald zu umständlich war, aus den Jugendlichen auch nur eine einzige vernünftige Bemerkung herauszubekommen, nahmen sie routinemäßig einfach immer gleich ein Dutzend mit aufs Revier. Es war immer eine Ehre, verhaftet zu werden. Je öfter einer mitmußte, um so mehr stieg sein Ansehen in der Clique.

Das »Tabarin« war Musik. Alles war Musik, Autos, Mädchen, Bier und Straßenschlachten. Draußen, außerhalb des »Tabarin«, lag der Rest der Welt. Die Grenzen dieser Welt waren erreicht, wenn der Tank leer war.

Als er die Stahlkassette aus der Ruine holen wollte, starrte Gustav in eine ausgehobene Baugrube. Keine Stunde später hatte er den Kumpel aufgetrieben, mit dem er den Einbruch damals begangen hatte. Der bestritt aber, das Geld geholt zu haben.

»Aber du bist der einzige, der wußte, wo sie war.«

»Ich hab sie trotzdem nicht.«

»Du hast nicht versucht, sie rauszuholen?« Gustav hatte keine Lust, sich lange Ausreden anzuhören, und zwang ihn, seine Lederjacke auszuziehen. »Die nehm ich als Anzahlung«. Er wunderte sich wieder, wie leicht es war, andere einzuschüchtern. »Steht mir«, kommentierte er das Gefühl, eine schwere Motorradjacke auf seinen Schultern zu spüren.

»Das wird dir der Hubschmid aber heimzahlen!«

Der Name war gefallen: Hubschmid, ein Kerl, der sieben Jahre älter war, groß und breit wie eine Hausecke und so häßlich, daß die Hunde bellten, wenn er an ihnen vorbeiging.

»Scheiß auf Hubschmid«, sagte Gustav und ließ ihn stehen.

Jedesmal, wenn er nun ins »Tabarin« reinkam, erkundigte sich Gustav als erstes, ob Hubschmid da war, falls er ihn nicht ohnehin sofort entdeckte. An diesem Abend war er da und starrte Gustav die ganze Zeit an.

Gustav saß mit der Fuhr-Gerda, mit der er bei der Rock-'n'-Roll-Meisterschaft antreten wollte, am Tisch. Sie war nicht nur eine der besten Tänzerinnen, sondern mußte, so wie sie immer mit ihm sprach, ziemlich in ihn verliebt sein. Obwohl sie ihm auch gut gefiel, schreckte ihn ab, daß sie schon siebzehn war; wahrscheinlich hatte sie schon mit Jungs was gehabt. Wenn er sich blamierte, weil er noch mit keiner was gehabt hatte, würde sie es herumerzählen! Er malte sich trotzdem alles aus. Erst würden sie trainieren, bis es ihr zu heiß war, dann würde er ein Auto suchen, einen Opel Kapitän, weil der am leichtesten aufzubrechen und mit etwas Silberpapier noch leichter zu zünden war, würde mit ihr eine Spritztour machen, hinein in einen Waldweg, Motor aus, Scheinwerfer aus und dann ...

Kerner-Peter riß ihn aus seinen Träumen.

»Ich soll dir vom Hubschmid ausrichten, du sollst die Gerda in Ruhe lassen und sofort verschwinden.«

Gegen dieses Ungeheuer hatte Gustav keine Chance, auch nur halbwegs heil davonzukommen. Selbst wenn der Kampf einen günstigen Verlauf nehmen würde, hieße das immer noch Rippenbrüche, blutende Lippen und ein paar Zähne weniger – und alles vor versammelter Mannschaft.

»Verstanden.« Gustav klopfte Kerner-Peter auf die Schulter. »Hör zu, Gerda«, log er, »ich muß mal kurz weg, bin aber gleich wieder da.«

»Ich komm mit, wenn du willst!«

Scheiße, dachte Gustav, Motor aus, Scheinwerfer aus und dann, und gerade jetzt mußte Hubschmid durchdrehen. »Nein, nein«, wehrte er ab, »bis gleich!«

Draußen trat er mit voller Wucht gegen ein Auto, riß den Rückspiegel und die Antenne ab und schlug die Windschutzscheibe ein. Danach war ihm wohler. Weil er bei seiner Mutter übernachten wollte, klaute er ein Moped und fuhr nach Giesing.

Gustav hockte im »Tabarin« herum, als plötzlich Schab-Dieter hereinkam und ziemlich halbtot aussah.

»Scheiße«, sagte Schab-Dieter und wischte sich das Blut von den Lippen.

»Wer war's?«

»Die Isarburg-Typen.«

Die »Isarburg« war ein Rock-'n'-Roll-Schuppen wie das »Tabarin« – und jeder wußte, wie gefährlich es war, wenn einer aus dem »Tabarin« dort auftauchte.

»Dann werden wir denen gleich mal einen Besuch abstatten«, sagte Gustav. Weil sie nur zu zehnt waren, telefonierte Mann-Helli die besten Schläger zusammen. Nach einer Lokalrunde zur Stärkung machten sie sich auf den Weg. Keiner hatte den geringsten Zweifel, daß ihnen ein großes Vergnügen bevorstand.

»Los geht's!« Mann-Helli stieß die Tür auf, und die Schlägerei begann. Der Wirt mußte tatenlos zusehen, wie sein Lokal zu Bruch ging.

Plötzlich wurde Gustav geohrfeigt. »Laß sofort meinen

Freund los!« Er spuckte seinen Kaugummi aus und staunte. Das war ihm noch nie passiert.

Jede Minute, das war klar, würde die Polizei auftauchen, dabei hätte er gern noch einfach so dagestanden und das Mädchen, das ihm eine Watschn gegeben hatte, angeschaut. Er galt Mädchen gegenüber, die sich unbedingt einmischen mußten, nicht gerade als zimperlich, und sie wäre nicht die erste gewesen, der er eine verpaßt hätte. Aber Gustav war unfähig zurückzuschlagen, und Zeit, sie nach ihrem Namen zu fragen, blieb auch nicht mehr.

Bevor er an diesem Abend einschlief, dachte er immer noch an die Ohrfeige und träumte wieder von einer Spritztour, einem Waldweg, Motor aus, Scheinwerfer aus. Um sich ihr Gesicht in Erinnerung zu rufen, faßte er sich an die Wange. Mut hatte sie! Ihr Freund, den er im Schwitzkasten gehabt hatte, konnte von Glück sagen, daß sie dazwischengegangen war. So einer, entschied Gustav, konnte eine wie sie nicht verdient haben.

»Ich habe gehört, daß die Typen in der ›Isarburg‹ behaupten, wir hätten Angst vor einer Revanche.« An diesem Gerücht war nur soviel dran, daß es frei erfunden war. Aber Gustav sah keine andere Möglichkeit, das Mädchen wiederzusehen.

»Angst? Wir?! Dann lassen wir sie eben gleich noch mal tanzen!«

»Wir machen's wie gehabt«, tönte Mann-Helli. »Rein und rumms!«

»Genau nicht«, widersprach Gustav. »Wir gehn nur rein und schauen mal, was passiert.«

»Wenn mich aber einer von denen schief anglotzt, dann passiert's!« beschwerte sich Mann-Helli.

»Nein«, befahl Gustav, »du gehst nur ans Telefon, damit der Wirt nicht die Polizei rufen kann!«

Er sah sie sofort. Sie tanzte. Herausgefunden hatte er bisher nur, daß alle sie Schnecke nannten.

Gustav warf fünfzig Pfennig in die Jukebox und drückte dreimal E4, ›Johnny B Goode‹. Mit dem ersten Gitarrenschlag stand er vor ihrem Tisch und forderte sie auf. Mit einer Kälte, die Gustav gefiel, stand sie auf und ging mit auf die Tanzfläche. Die eine Hälfte der Tische war von den Isarburgern besetzt, die andere von den Tabarins, und alle schauten den beiden zu.

Als er ihre Adresse wissen wollte, schüttelte sie den Kopf. »Sag ich dir nicht.«

»Du weißt gar nicht, wie schnell ich die rauskriege.«

Sie lachte. »Das glaub ich dir!«

»Wenn du doch endlich wenigstens zum Friseur gehen würdest«, schimpfte seine Mutter. »Die langen Koteletten da, die passen doch gar nicht zu dir. Du hast so ein schönes Gesicht eigentlich.«

»Das verstehst du nicht, Mama. Und außerdem ist am Sonntag Rock-'n'-Roll-Meisterschaft, da muß ich so aussehen.«

»Wie lange willst du eigentlich noch so weitermachen, den ganzen Tag nur durch die Gegend stromern?«

Bis ich keine Lust mehr habe, dachte Gustav. »Tu ich doch gar nicht. Wir üben die ganze Zeit für Sonntag.«

»Du glaubst doch wohl nicht, wir schauen einfach seelenruhig zu, wie du immer mehr unter die Räder kommst?«

»Was kann ich denn dafür«, wehrte sich Gustav und spielte den Verzweifelten. »Du hättest mich sehen sollen, wie gut ich als Tankwart war. Bis dann der blöde Typ Streit anfing.«

»Ich will nur hoffen, daß es nicht stimmt, was der Mann damals sagte, daß du nämlich dem seine Lohntüte geklaut hast.«

»Natürlich nicht«, log Gustav. »Und wenn du so etwas

von mir glaubst, dann kann ich ja gleich ganz verschwinden.« Er stand auf. »Ich geh mich jetzt waschen.« Er zog seine gerade erst geklaute nagelneue Jeans an und legte sich damit in die Badewanne.

Alle waren da, Rockerbräute und Schulmädchen, Tanzstundenpärchen und Halbstarkenbanden aus allen Stadtteilen, und alle hatten sie ihre Favoriten am Start. Mürrische Polizisten stopften sich Oropax in die Gehörgänge, und schon vor Beginn des Wettbewerbs mußten sich Sanitäter um Verletzte und Ohnmächtige kümmern. Bessere Bedingungen konnte sich Gustav nicht wünschen. Krawall möbelte seine Entschlossenheit auf.

Nur drei Paare waren in die Endrunde gekommen, und Gustav und Gerda traten als letzte an. Die Band spielte ›Johnny B Goode‹ und gleich war Hochstimmung im Löwenbräukeller. Gustav zeigte alles, was er draufhatte. Den Preisrichtern blieb gar keine andere Wahl, denn der ganze Saal tobte, tanzte mit und alle schrien nur noch: Johnny! Johnny! Schnecke war die erste, die ihm nach der Siegerehrung gratulierte. Sie war auch die erste, die ihn Johnny nannte, und die einzige, die die Bande gewechselt hatte.

Als Preis gab es einen Riesenfreßkorb, den er seiner Mutter schenkte. Daß er nicht geklaut war, ging aus der Schleife hervor, die am Griff hing. Immerhin stand da sein Name, das Datum, das Wappen der Stadt München und »Erster Sieger«. Eigentlich hatte er ihn Schnecke versprochen, dann aber die Idee gehabt, damit die Stimmung zu Hause aufzulockern, denn er war im Moment auf nichts so sehr angewiesen wie auf die Ahnungslosigkeit seiner Eltern. Noch einmal wollte er nicht in ein Erziehungsheim abgeschoben werden.

Ändern wollte er sich deswegen aber nicht. Manchmal kam er überhaupt nicht nach Hause. Entweder übernachtete er bei Freunden, oder er machte durch und ging dann direkt zum Arbeitsamt. Arbeit gab es immer. Mal Bananen ausladen am Großmarkt, mal Schlachthof, Schweinehälften tragen, mal Hilfsarbeiter, Nägel aus Baulatten ziehen oder Zement karren. Onkel Werner war Beamter. Ihm war ein Lohnstreifen lieber als die Schleife auf einem Rock-'n'-Roll-Freßkorb.

Als er ihm vorschlug, als Tankwart draußen am Perlacher Forst zu arbeiten, was er mit dem Pächter bereits besprochen hatte, mußte Johnny wohl oder übel zustimmen, fuhr mit ihm zu seiner neuen Arbeitsstelle und machte artig seinen Diener.

»Also, du bist der Gustav, richtig?«

Am liebsten hätte er seinem neuen Chef gleich gegen das Schienbein getreten. Nie mehr wollte er so heißen. »Johnny, ich heiße Johnny! Und über die Haare brauchen Sie mir auch nicht gleich zu streichen!«

Sie waren sich schnell einig. Er sollte am Freitagmorgen, in zwei Tagen also, anfangen. »Sie wissen ja, Herr Karst, was am Wochenende bei uns immer los ist!«

Johnny glaubte, nicht recht zu hören. Wochenende? Das war die Zeit, die er immer mit Schnecke verbrachte.

»Aber ihr macht doch am Samstag nachmittag dicht, oder?«

»Da ist dann Feierabend, ja«, bestätigte Herr Kreinhöfer. »Am Freitag sollst du ja auch nur zum Eingewöhnen erscheinen, bevor es dann am Montag richtig losgeht.«

Einen Montag würde es für Johnny hier nicht geben, weil er schon am Freitag mitbekam, daß ein paar Stammkunden ihr Auto übers Wochenende hier abstellten, den Schlüssel an der Kasse abgaben und mit einem »Bis Montag früh!« wieder verschwanden.

Johnny rief sofort Schnecke an. »Samstag nachmittag, gleich um halb drei, ich hupe dreimal.«

Johnny entschied sich für einen Mercedes, vor allem für dessen geräumigen Rücksitz. Er wartete nur noch darauf, bis Feierabend war, der Pächter abschloß und endlich nach Hause ging.

Johnny hupte dreimal, fuhr dann aber vorsichtshalber gleich um die Ecke und wartete. Schneckes Eltern hätte der Schlag getroffen, wenn sie gesehen hätten, wie er mit laufendem Motor, die Musik voll aufgedreht, in einem dicken Mercedes saß.

Wie er es sich in der Badewanne ausgemalt hatte, parkte er den Wagen in einem Waldweg. Motor aus, Scheinwerfer aus. Ein kleines Problem freilich blieb immer noch: Wer einen Büstenhalter nicht schnell genug oder überhaupt nicht aufkriegte, war verloren. Gustav hatte sein Training mit Büstenhaltern begonnen, die Hasenbergl-Rolfi im Wäscheschrank seiner Mutter fand, war dann aber dazu übergegangen, sich neuere Modelle in Kaufhäusern zu klauen, um den Dreh zu üben, bevor er sich verabredete.

Plötzlich fing Schnecke an zu schreien. Der Lautstärke nach nahm er an, daß sie ihr Leben für beendet hielt. Irgend jemand fummelte an der Beifahrertür herum.

»Aufmachen, Polizei.« Es klang zwar immer alles gleich, was Polizisten von sich gaben, aber wenn sie einen packten, tat es weh.

»Wann fällt bei dir endlich der Groschen«, stöhnte seine Mutter. Wahrscheinlich lag es an der Farbe des Pflaumenkuchens, denn plötzlich fiel ihr wieder die Sache mit dem blauen Auge des Anstaltspfarrers ein. »Also wirklich, manchmal frage ich mich...«, sie sprach aber nicht weiter.

»Ganz eine üble Geschichte«, fluchte Onkel Werner. »Wem soll ich eigentlich noch erzählen, daß du so etwas nie mehr tun wirst?«

»Stimmt, geb ich zu, ziemlich blöde war das. Da hab ich Mist gebaut!« Womit er meinte, daß es Mist war, sich erwischen zu lassen.

Onkel Werner warnte ihn. »Noch einmal werde ich dir nicht mehr helfen können, das verstehst du hoffentlich.«

Johnny gelobte jede gewünschte Besserung, weil er Schnecke nur wiedersehen konnte, wenn er um den Hausarrest herumkam. Er rasierte sogar seine Koteletten ab, fuchtelte auch nicht mehr den ganzen Tag mit seinem Kamm herum, erschien mit gewaschenen Händen am Tisch und aß auch immer seinen Teller leer.

Johnny arbeitete wieder, diesmal als Fensterputzer bei einer Reinigungsfirma. Es war eine gutbezahlte Arbeit, die im Akkord geleistet werden mußte. Jeden Freitag gab es Lohn, dazu auch wieder einen Streifen für Onkel Werner, und die ganze Sache war auch nicht weiter anstrengend. Er mußte zwar in aller Herrgottsfrühe raus, dafür war aber meistens mittags schon Feierabend.

Sein Chef war hochzufrieden mit ihm und fragte ihn deshalb, ob er, natürlich gegen eine entsprechende Zulage, bereit wäre, am nächsten Samstag eine Sonderschicht einzulegen.

»Für wieviel?«

»Neunzig Mark für alles.«

»Und was ist alles?«

»Busse waschen im Depot.«

»Einverstanden.«

»Das Geld kannst du dir dann gleich Montag früh abholen.«

Johnny meldete sich am Samstag früh beim Pförtner des städtischen Busbahnhofs, der ihn nach einem Telefonat mit dem Hausmeister einließ.

Johnny betrat eine riesige Halle, sah gut fünfzig Busse und schüttelte den Kopf. Er zündete sich erst einmal eine Zigarette an. Als die Packung leer war, saß er immer noch auf dem umgestülpten Putzeimer. Dann ging er den Hausmeister suchen.

»Sie, Herr Inspektor…«

»Ich bin hier nur der Hausmeister.«

»Das hier hat allein keinen Zweck. Das sind ja mindestens fünfzig Busse, und dazu noch das ganze Depot.«

Der Hausmeister kannte die Größenverhältnisse. »Ja, warum sind S' dann alleine erschienen?«

»Passen S' auf. Wir machen das anders. Straßenkehrer arbeiten ja auch nicht mit Zahnbürsten. Ich komm mit meiner Truppe am Montag früh, alle Mann, und dann erledigen wir das in einem Aufwasch.«

Dem Hausmeister leuchtete der Vorschlag ein. »Wann in der Früh? Um sechs Uhr muß der Betrieb laufen, ach was, um vier Uhr.«

»Wenn wir morgen nacht um elf anrücken, einverstanden?«

»Ich sag dem Pförtner Bescheid, daß ihr kommt.«

»Wir kommen ganz sicher«, betonte Johnny und hielt dem Hausmeister eine Quittung hin. »Aber Sie müssen hier noch unterschreiben, daß ich auch erschienen bin.«

»Was unterschreiben?!«

»Nur, daß ich heute da war!«

Der Hausmeister unterschrieb.

Am Montagmorgen legte Johnny seinem Chef die unterschriebene Quittung vor und kassierte den Lohn für zehn Stunden plus Aufgeld.

Als die Stadtverwaltung reklamierte, schickte Johnnys Chef seinerseits einen Brief mit einer Kopie der unterschriebenen Quittung, die bestätigte, daß der Auftrag ausgeführt worden war. Am Weihnachtsbaum, den Onkel Werner im Wald selbst geschlagen hatte, brannten schon die Kerzen, als der Betrug endlich aufflog.

Johnny wurde entlassen. Wie oft er schon gehört hatte, daß er entlassen war. Zum Totlachen oft.

15

Johnny hatte sich von Hasenbergl-Rolfi die Wohnungsschlüssel geben lassen, und Schnecke im Geschäft ihren Chef angelogen, um früher freizubekommen.

»Schließ die Tür ab«, verlangte Schnecke.

Johnny drehte den Schlüssel um und warf sich aufs Bett, sprang aber sofort wieder auf und fing an, sich die Haare zu kämmen.

»Hast du wirklich abgeschlossen?«

Johnny suchte sein Feuerzeug, das er gestern gestohlen hatte. Er war nervös, das mußte er zugeben. Außerdem hatte er eiskalte Hände.

»An was denkst du?« fragte Schnecke.

Johnny lief im Zimmer herum und dachte daran, wieviel leichter es sein mußte, ein Mädchen, in das man nicht verknallt war, aufs Kreuz zu legen.

»Ich hab Angst«, sagte Schnecke und löste die Schleife, die ihren Pferdeschwanz zusammenhielt.

»Diesmal kommt bestimmt keine Polizei!«

Sie hatte Angst vor Johnny und davor, ein Kind zu bekommen. Am meisten Angst hatte sie vor der Vorstellung, Johnny könnte lachen, wenn er sie nackt sah.

Schnecke hatte sich unter das Leintuch verkrochen. Nur ihr Kopf schaute noch heraus.

Johnny zog seine Schuhe aus und die Socken, streifte sein Hemd ab und stieg aus den Hosen. Als er nichts mehr anhatte, fühlte er sich wie ein Gefangener und zog schnell wieder die Socken an.

Angst hatte er auch, Angst davor, was von ihm übrigblieb, wenn er Gefühle zeigte.

Zweites Buch

Der Tabakkönig

Ich war ich und konnte nichts anderes sein.
Ich hatte recht. Die Welt hatte unrecht.
Mickey Spillane

I

Morgens um sechs Uhr holten sie ihn ab.

Er hatte schon das Klingeln gehört und danach, draußen auf dem Flur, die Stimme seines Stiefvaters. Er konnte zwar nicht hören, worüber gesprochen wurde, aber ihm war klar, daß es keinen Zweck hatte, die Decke wieder über den Kopf zu ziehen. Sein Bruder im Bett neben ihm wachte nicht einmal auf, als es plötzlich laut wurde draußen.

»Was fällt Ihnen ein? Wissen Sie eigentlich, wieviel Uhr es ist?«

Er mußte lächeln. Als Kämpferin war seine Mutter großartig. Sie hatte sich noch nie etwas gefallen lassen. Draußen wurde es gerade erst hell, was also sollte der Unfug?

Vor ihr standen Kriminalbeamte, die ziemlich verlegen waren. Sie hätten sich viel lieber nur mit Herrn Karst unterhalten, den sie ja als einen der leitenden Verwaltungsbeamten der Justizvollzugsanstalt Stadelheim kannten. Ihm würde es nicht schwerfallen, den Sachverhalt einer Verhaftung, gerade um eine so frühe Zeit, zu verstehen. Aber mit einer Frau, mit einer Mutter gar, war niemals zu spaßen. Da mußte man vorsichtig vorgehen. Es war ja ohnehin unangenehm genug, den Befehl einer Verhaftung gerade im Haus eines Kollegen auszuführen.

»Es tut uns sehr leid, Frau Karst, glauben Sie uns das, aber wir müssen Ihren Sohn mitnehmen.«

Frau Karst blieb von dieser Ankündigung unbeeindruckt. »Hier holt niemand meinen Sohn ab. Und nun machen Sie, daß Sie gehen.«

Herr Karst machte einen halbherzigen Versuch, seine Frau zu beruhigen. Am liebsten hätte er sie in den Arm genommen und gesagt: bitte, Mäxchen, die Männer tun doch weiter nichts als ihre Pflicht; aber er brachte nichts dergleichen heraus. Er wagte es noch nicht einmal, ihr das Kommando streitig zu machen. Er verstand sie. Er liebte sie, liebte sie, wie sie war – und gab deshalb schnell auf.

»Aber Frau Karst«, erklärte einer der Beamten, »Sie werden doch die Zeitungen gelesen haben. Da stand doch jede Woche genug drin über Ihren Sohn.«

»Was soll denn da drin gestanden haben in der Zeitung?«

»Sagt Ihnen denn der Name ›Tabarin-Johnny‹ überhaupt nix?«

Da fing sie, obwohl sie dazu nicht die geringste Lust hatte, zu lachen an. »Na also, da haben wir's ja. Dann ist die Sache ja geklärt.«

Sie wußte natürlich, daß sich ihr Gustav in der Gegend herumtrieb, hielt es auch nicht eben für unwahrscheinlich, daß er etwas angestellt haben könnte, eine Rauferei vielleicht, aber taten das nicht alle Jungs in seinem Alter? Sie kannte die Zeitungsberichte über die Halbstarken, die Jugendbanden, ihre Krawalle und Schlägereien, man las ja seit Monaten nichts anderes mehr als Schlagzeilen wie EIN PFIFF – UND DIE STRASSE WURDE ZUM SCHLACHTFELD!, hielt es aber für absolut ausgeschlossen, daß Gustav viel damit zu tun haben könnte. Sicher, einmal waren ihr Zweifel gekommen, und sie hatte ihn gefragt. Er hatte nur abgewinkt. »Mama, so einem wie dem Tabarin-Johnny würde ich nicht mal die Hand geben.« Damit war für sie der Fall erledigt gewesen. Niemals war er, wenn er zu Hause war, aufsässig. Er war vielleicht ein wenig ein Rowdy, mag sein, er war unruhig, etwas wild und durch die familiären Umstände wahrscheinlich auch vorbelastet, aber er war, alles in allem, doch genau das Kind, auf das sie stolz war.

Das alles erzählte sie gerade den vier Beamten, als Johnny in der Tür seines Zimmers erschien.

»Kannst du dir vorstellen, was die Polizei von dir will?« Seine Mutter war sich ihrer Sache noch immer so sicher, daß sie als erstes sah, daß er beim Zuknöpfen seines Hemds zwei Knöpfe verwechselt hatte. Sie brachte es in Ordnung. Noch bevor Johnny etwas sagen konnte, mischte sich sein Stiefvater ein. »Gegen dich liegt ein Haftbefehl vor.« Er las noch einmal das Blatt, das ihm einer der Beamten ausgehändigt hatte. »Haftbefehl gegen Johnny Berger, auch ›Tabarin-Johnny‹ genannt!«

Es war noch zu früh, um viel zu reden. Johnny schüttelte nur den Kopf.

»Erklär ihnen doch, daß du nicht der Tabarin-Johnny bist!«

Johnny brachte keinen Ton heraus.

»Daß du der Tabarin-Johnny bist, wissen wir nicht erst seit gestern«, sagte einer der Beamten und wandte sich an Herrn Karst. »Ich muß Sie jetzt bitten, uns zu erlauben, daß wir ihn mitnehmen.«

Herr Karst unterschrieb den Haftbefehl und gab ihn zurück. Er wußte, daß er diese Verhaftung nicht verhindern konnte. Sie war rechtskräftig.

Es dauerte ein paar Minuten, bis Johnny den Mut aufbrachte, seiner Mutter in die Augen zu schauen. Er wußte, daß er ihr jetzt nichts zu beichten brauchte und daß sie seinen Blick verstand. Gott sei Dank mußte Johnny auch keine Angst haben, daß seine Mutter gleich in Tränen ausbrach oder ihn hier womöglich vor allen Leuten anschrie. Was auch immer er ausgefressen haben mochte, er war doch ihr Kind.

»Na gut«, gab sie zu und legte den Arm um ihren Sohn, »dann ist er eben dieser Tabarin-Johnny. Na, wenn schon. Was hat er denn eigentlich schon Schlimmes gemacht? Das sind doch alles noch Kinder. Da ist doch keiner besser oder schlechter.«

Johnny zog seine Jacke an, gab seiner Mutter einen Kuß

und Onkel Werner mit einem Achselzucken zu verstehen, daß er sich unschuldig fühlte, und ging dann zur Tür. Dort drehte er sich noch einmal um. »Mach dir keine Sorgen, Mama, ich bin gleich wieder zurück.«

Das Polizeipräsidium in der Ettstraße kannte Johnny, es beeindruckte ihn deshalb nicht weiter. Er nahm seine Verhaftung als reine Routinesache. Die Polizei hatte ihn immer laufen lassen, nachdem die Angaben zu seiner Person überprüft worden waren. Es gab die übliche Standpauke. Er hatte, weil es die Prozedur entschieden abkürzte, jedesmal Besserung gelobt – und war wieder frei. Herausfordernd unbeteiligt ließ er sich deshalb nach oben führen. Dort stieß man ihn in einen Stuhl.

»Na, Berger, wer sagt's denn«, wurde er von einem Beamten begrüßt. Johnny schaute gelangweilt durch die offene Tür auf den Gang hinaus. Draußen herrschte Hochbetrieb. Die Polizei hatte an diesem Morgen insgesamt sechzig Jugendliche verhaftet. Die Aktion war seit Monaten vorbereitet worden.

Die Anklage, die man ihm vorlas, lautet unter anderem auf Autodiebstahl, Körperverletzung, Bandenbildung, Nötigung zur Unzucht, Fahren ohne Führerschein, Widerstand gegen die Staatsgewalt und räuberische Erpressung.

»Sonst noch was?« grinste Johnny.

Er hatte nicht viel verstanden. Was sie ihm vorwarfen, soviel kriegte er immerhin mit, klang ziemlich beeindruckend. Er war deshalb mächtig stolz und sah sich schon, am gleichen Abend noch, wie ein Held im Tabarin stehen. Hoffentlich erinnerte er sich dann noch an alles, was der Beamte gerade aufgezählt hatte.

Die Polizei sah in ihm einen der Rädelsführer. Daß damit jede einzelne Tat, die er begangen haben sollte, noch schwerwiegender wurde, hielt er erst einmal für ein gewaltiges

Kompliment. Nur nicht einfach nur so als Mitläufer behandelt werden, dem sie zur Strafe lediglich die Ohren langzogen.

Im Verlauf des Vormittags wurde ihm allerdings klar, daß er nicht einfach alles abstreiten konnte. Er gab deshalb eine einzige Schlägerei zu. »Den Deutschbauer- Siggi, das stimmt, den hab ich aufgemischt, das war ich.« Aber damit war er auch schon an die Grenze seiner Bereitschaft gestoßen, irgend etwas, das er angestellt hatte, für ein Verbrechen zu halten.

Ihm war zum Beispiel ein Ausdruck wie »Nötigung zur Unzucht« völlig unbekannt.

Die meisten Mädchen, die später der Reihe nach in den Zeugenstand gerufen wurden, um ihn und seine Kumpels zu beschuldigen, hatte Johnny vorher noch nie gesehen, und trotzdem deuteten sie immer dann auf ihn, wenn sie aufgefordert wurden, unter den Angeklagten den zu nennen, der der Schlimmste gewesen sei. Er erinnerte sich nur noch an die mit der tollen Figur und dem langen Pferdeschwanz. Das war an jenem Tag gewesen, als sie oben an der Reichenbachbrücke zwei Kolonialwarenläden leergeräumt hatten; unter der Beute war auch ein Behälter mit Schokoladenmaikäfern gewesen. Sie hatten die Dinger in der prallen Sonne zuerst weich werden lassen und sie dann, vierzig Mann hoch, den Badegästen auf die Körper, ins Gesicht oder sonstwohin geklatscht. Daß natürlich auch die Mädchen daran glauben mußten, war klar. Die meisten liefen gleich kreischend ins Wasser. Auch daran erinnerte er sich noch, daß sich jeder nun auf seine Weise vergnügte. Einige schlugen schimpfende Badegäste krankenhausreif, andere klauten, was herumlag, wieder andere machten mit den Klamotten der Mädchen, die schreiend in der Isar standen, ein Feuerchen. Er selbst hatte, als die ganze Sache passierte, bei dem Mädchen mit der tollen Figur gelegen, um sich mit ihr zu verabreden. Er wußte, daß sie nur aus Angst vor ihren Eltern zögerte, mit ihm ins »Tabarin« zu kommen. Er hatte nur mit ihr dagelegen, weiter nichts, bis dann auf der Brücke oben drei Mannschaftswagen hielten, die Beamten nach unten stürmten und mit den Verhaftungen begannen.

Sie hatten jeden Tag handfeste Keilereien mit anderen Banden. Körperverletzung, nur weil dabei Blut floß? Sollten sie sich vielleicht alles gefallen lassen? Bandenbildung? Nur weil sie immer zusammen rumhingen? Waren das Verbrechen?

Um den Mädchen zu imponieren, was ihre Lieblingsbeschäftigung war, mußte man eben in zwei, drei Dingen besser sein als die übrigen. Man mußte besser Rock 'n' Roll tanzen, härter zuschlagen und, wenn nötig, mehr einstecken können, aber hin und wieder auch mit schärferen Klamotten daherkommen als andere. Tanzen und Prügeln konnte er, aber für Klamotten brauchte man Geld. Und wer hatte schon welches? Eine hautenge Nietenhose mit Spangenschuhen, ein Flanellanzug mit Pepitaweste oder ein Jackett, am besten eines aus Wildleder, mußte er stehlen. Nun gut, Diebstahl, aber war das so schlimm? Er klaute doch nicht wahllos, sondern nur, was er unbedingt brauchte! Er stieg nachts durch ein Fenster in ein Bekleidungshaus ein und nahm nur genau jene Jacke oder Hose vom Bügel, die er tagsüber in aller Ruhe gewissermaßen für sich schon reserviert hatte. Hatte er Kohldampf, was er immer hatte, klaute er einfach beim Kolonialwarenhändler oder am Kiosk an der nächsten Ecke was zum Futtern, nahm noch ein paar Mohrenköpfe mit und für den Durst eine Libella. Das war im Handumdrehen passiert. Man griff zu und rannte weg. Es war halt, wie Johnny das sah, eine Gaudi, nur eine Frage der Geschicklichkeit, reine Angeberei. Jeder wollte beweisen, daß er keinen Schiß hatte. Ein Kino zu zerlegen, das war man Elvis einfach schuldig! Das alles ging Johnny durch den Kopf, während ihn der Beamte verhörte.

Danach steckten sie ihn in eine Zelle mit sieben anderen Jugendlichen, von denen er keinen kannte.

Wie unter Halbstarken üblich, riß man Witze und wartete ab. Man unterhielt sich, welche Lokale, Mädchen und Jungs man kannte. Auch sein Name fiel, Tabarin-Johnny.

»Und?« fragte er abschätzig. »Was ist das denn für einer?«

»Also Angst soll der keine haben!«

Er kannte diese Hosenscheißer, man mußte nur das Gegenteil behaupten, schon fielen sie um. »Der ist doch nicht mal halb so stark, wie ihr alle glaubt«, sagte Johnny deshalb.

»Na ja, hab ich doch schon immer gewußt!« meldete sich der erste.

Genauso hatte sich Johnny das vorgestellt. Jetzt hatten sie plötzlich alle Zweifel, ob dieser Tabarin-Johnny wirklich so ein toller Typ war.

»Der hat wahrscheinlich nur 'ne große Klappe, der«, sagte ein anderer.

Da schau her, dachte Johnny, keiner kennt mich, aber wie sie doch über alles Bescheid wissen. Denen muß nur ein Polizeibeamter sagen: »Du bist doch ein kleiner Fisch und warst bei der und der Geschichte dabei, und wenn du das zugibst und erzählst, wer noch alles dabei war, lassen wir dich laufen«, schon verpfeifen sie jeden, und das nur, um so glimpflich wie möglich davonzukommen.

»Ach was«, sagte Johnny, »zufälligerweise bin ich der Tabarin-Johnny.«

»Was, wie ...«

Diesen Satz konnte er nicht mehr zu Ende reden, denn Johnny schlug ihm die Faust in den offenen Mund. »So«, fragte er die anderen, »wißt ihr sonst noch was über mich?«

Zwei Beamte öffneten die Zelle und sahen Blut. »Was ist hier denn los gewesen?«

»Was schon«, sagte Johnny, »ich hab diesem Großmaul ein paar auf die Klappe gehauen.«

»Zwei Zähne hat er mir ausgeschlagen! Und außerdem will ich jetzt sofort ins Krankenhaus, weil ich blute!«

Sie sperrten Johnny in eine Einzelzelle.

Der Tag verging, ohne daß weiter irgend etwas passierte, als hätten sie ihn vergessen. Irgendwann schlief er ein. Als er wieder aufwachte, standen die Wände immer noch an der gleichen Stelle, und die Tür war immer noch verriegelt. Er dachte, daß sie ihn nur einfach mal richtig ärgern, ihm nur Angst einjagen, ihm wahrscheinlich nur demonstrieren wollten, wie das enden könnte, wenn er sich nicht besserte. Ach geh, beruhigte er sich, wahrscheinlich kommt gleich einer, schließt auf und sagt, jetzt paß mal gut auf, Burli, das war die allerletzte Warnung, und jetzt gehst nach Hause. Dieser Gedanke wirkte auf ihn so beruhigend, daß er wieder einschlief.

Am nächsten Morgen brachten sie ihn in den Hof des Präsidiums und verfrachteten ihn in die »Grüne Minna«.

Er wollte es nicht glauben. Sie sperrten ihn tatsächlich in einen vergitterten Wagen und fuhren ihn, mit etwa zehn anderen Häftlingen, zum Untersuchungsgefängnis Cornelius.

»Sagen Sie mal, muß ich jetzt hier drin bleiben?« wollte er wissen, als sie ihn in eine Zelle stießen.

»Dafür sorgen wir schon«, sagte der mit dem Schlüsselbund.

»Ganz allein?«

»Siehst du sonst noch jemand?«

»Wie lange denn?«

»Weiß ich nicht.«

Dann fiel die Tür ins Schloß, und die Schritte der Beamten entfernten sich.

Er verstand nichts und wartete ab, daß etwas passierte. Als nichts passierte, wartete er weiter. Nachdem er die Zelle inspiziert hatte, legte er sich auf die Pritsche, verschränkte die

Arme hinter dem Kopf und starrte an die Decke. Zu sehen gab es nichts, nur den Stadtverkehr draußen konnte er hören.

Er war, aufgrund einer Bitte seines Stiefvaters, absichtlich in eine Einzelzelle gesteckt worden. Damit wollte Onkel Werner verhindern, daß er zuviel mit anderen Häftlingen in Berührung kam. Wenn überhaupt, konnte ihn nur Einzelhaft zur Besinnung bringen.

Ein Tisch, ein Stuhl, ein hochgeklapptes Bett, ein Scheißkübel und eine Bibel, das war jetzt sein neues Zuhause. Drei Schritte in jede Richtung, dann stand Johnny vor den Wänden, vollgeschmiert mit Namen, Herzen und Sprüchen. Einer hatte: Wer gehaßt wird, muß nicht selber hassen! hingekritzelt. Amen, dachte Johnny. Er jedenfalls haßte die, die ihn eingesperrt hatten, schon deshalb, weil sie keine Rücksicht darauf nahmen, daß er rauchen wollte.

In ein paar Tagen, davon war er immer noch überzeugt, würde er wieder draußen sein. Es kam jetzt also nur darauf an, sich nicht unterkriegen zu lassen. Niemand, der ihn beim Hofgang sah, sollte erzählen können, er sei im Gefängnis herumgelaufen wie ein Angsthase.

Man hielt die einzelnen Bandenmitglieder, soweit es ging, auseinander. Und so schrien sie sich, über die Köpfe der Aufsichtsbeamten hinweg, nur den Schwur zu, zusammenzuhalten und nicht auszusagen.

Nach dem Einschluß in seine Zelle begann wieder der Kampf mit der Eintönigkeit. Es war zum Verrücktwerden. Immer noch klammerte er sich an die Hoffnung, daß seine Verhaftung nicht wirklich zu einem Prozeß, oder der Prozeß, sollte er stattfinden, nicht zu einer Verurteilung führen würde. Sobald er draußen auf dem Flur Schritte hörte, sprang er auf. Endlich! Einer würde aufschließen, ihm eine Strafpredigt halten und ihn dann zum Direktor bringen, wo seine Mutter schon auf ihn wartete. Er hörte Schlüssel klappern, hoffte, preßte sein Ohr gegen die Tür – und ließ sich enttäuscht auf die Pritsche fallen. Er überlegte, ob er schreien, einen Tobsuchtsanfall vortäuschen oder sich auf Fieber herausreden sollte.

Er fühlte sich unschuldig, ein kleiner Fisch, der nur aus Versehen im Gefängnis gelandet war. Dann aber dämmerte ihm, nachdem er sich bei anderen Häftlingen informiert hatte, daß sie wegen viel geringerer Straftaten einsaßen. Sie hatten, auch im Gegensatz zu ihm, eine wesentlich kürzere Liste von Anklagepunkten. Sein Pflichtverteidiger kannte den Terminkalender der Justiz, es war nichts mehr zu machen, man mußte abwarten, ohne zu wissen, wie lange.

Er stellte sich die Schlagzeilen vor, die auch Schnecke lesen würde, TABARIN-JOHNNY IN HAFT. ENDLICH RUHE IN MÜNCHEN, und nahm sich vor, ihr gleich nach seiner Entlassung ein schönes Geschenk zu klauen.

Weil alles so still war, fiel ihm sein Vater ein, der stundenlang im Wald auf einer Bank sitzen konnte, weil dort auch alles so still war. Dann fielen ihm Ameisenhaufen ein! Wenn er wenigstens einen hier hätte! Zeit genug hätte er, um herauszufinden, wie er funktionierte.

Jeder Tag im Gefängnis war ein Intensivkurs. Und jede Nacht, wenn er wach auf seiner Pritsche lag, reine Nervensache.

Es gab keinen Streit, in den sich Johnny nicht auch hier sofort eingemischt hätte. Als Nuber-Klausi mit einem Nürnberger aneinandergeriet, schlug ihn Johnny so zusammen, daß er vom Saal, in den er gerade erst verlegt worden war, gleich wieder in einer Einzelzelle landete. Und das sollte die nächsten dreizehn Monate dauern.

Der Oberverwalter verstand den Jungen nicht. »Jetzt geb ich dir die Möglichkeit, aus der Zelle rauszukommen, und das erste, was du machst, ist, dich zu prügeln.«

»Ich kann Angeber nun mal nicht ausstehen!«

»Ich auch nicht«, sagte der Beamte müde. »Vielleicht lernst

du was dazu, wenn du nur lange genug allein bist.« Schloß die Tür, drehte den Schlüssel um und ging weg.

Keine Wand ist dicht genug, um nicht für Nachrichten aller Art durchlässig zu sein. Er bekam deshalb mit, wie nebenan Lohr-Heinzi, auch ein Halbstarker, seinen Mitgefangenen, nur weil er stärker war, den Käse und die Wurst vom Brot herunternahm.

Beim nächsten Hofgang nahm er ihn sich vor. »Wieso nimmst du dem Eddi eigentlich immer das Essen weg?«

»Geht dich das was an?«

Es war keineswegs so, daß Johnny dieser Auseinandersetzung mit schläfriger Selbstsicherheit entgegensah. Der Kerl war kein Schwächling. Johnny fand nur, daß schon die Herausforderung zu einem Kampf, wenn sie nur furchtlos und frech genug angekündigt wurde, der halbe Sieg war. Auch Lohr-Heinzi würde sich wundern, woher einer wie dieser Berger den Mumm nahm, so mit ihm zu reden. Und alle hatten es mitgekriegt – was allein schon die Mühe wert war, die Zähne zusammenzubeißen. Wenn er schon niemand zum Reden hatte, sollte er wenigstens das Gesprächsthema sein.

Mit den Kalfaktoren wurde vereinbart, sie sollten die Zellentüren, die nicht verschlossen, sondern nur verriegelt waren, öffnen, damit Johnny in die Nachbarzelle kommen konnte.

Johnny hatte sich vorher genau überlegt, wie er es anstellen mußte, um sich nicht zu blamieren. Erst erbat er sich genug Zeit, um sein Hemd auszuziehen, was er mit provozierender Sorgfalt tat. Aber dann wartete er gar nicht erst ab, bis der Kampf eröffnet war, sondern sprang Lohr-Heinzi an, stemmte ein Knie zwischen seine Beine und nutzte die Gelegenheit gleich noch für drei schnelle Haken in die Rippen.

Noch bevor Johnny wieder in seiner Zelle war, hörte er, wie schnell sich Neuigkeiten hier herumsprachen. Jeder schlug mit irgendeinem Gegenstand gegen irgend etwas, Hauptsache, es machte Lärm.

2

Mit Johnny machte ein Junge Hofgang, dem ein Mord an einem erst elfjährigen Jungen zur Last gelegt wurde. Er sollte ihn ins Bein und fünfmal ins Genick geschossen haben und danach seelenruhig ins Kino gegangen sein, um sich einen Cowboyfilm anzuschauen.

Er hatte bei allen Vernehmungen immer wieder seine Unschuld beteuert, aber niemand glaubte ihm. Auch Johnny starrte ihn, wenn er ihn sah, ungläubig an und suchte in seinem Gesicht nach Zeichen jener Kaltblütigkeit, die man ihm nachsagte. Aber seine Anwesenheit im gleichen Gefängnis war natürlich etwas. Es wurde Johnny klar, daß auch er an einer Art Endstation angekommen war – war es sonst möglich, daß man ihn hier mit Mördern eingesperrt hielt?

Eines Nachts wurde Johnny von Geräuschen draußen auf dem Gang geweckt. Schritte, Stimmen, das Klappern der Schlüssel, dann Aufsperren einer Zellentür. Nach wenigen Minuten war alles wieder ruhig.

Am nächsten Morgen sprach es sich wie ein Lauffeuer herum: Norbert Wagner hatte unschuldig eingesessen und war freigekommen, weil sie den richtigen Mörder inzwischen gefaßt hatten.

Irgendwie kam er sich selbst wie dieser Norbert Wagner vor. Sie bauschten einfach etwas gegen ihn auf. Selbst sein Pflichtverteidiger, den er jede Woche einmal treffen mußte, machte ihm wenig Hoffnungen; was Johnny veranlaßte, ihn als seinen Feind zu betrachten. »Mit Ihnen unterhalte ich mich, wenn ich wieder draußen bin!«

An seinem ersten Weihnachten hinter Gittern mußte er sich zusammenreißen. Er lag in seiner Einzelzelle und weinte. Wie wütend er war! Und wie er sich nach Schnecke sehnte! Weil er aufpassen mußte, beim Weinen keinen Lärm zu machen, verschluckte er sich. Plötzlich, mitten hinein in die Stille dieser Nacht, begann eine einzelne Stimme zu singen. Sie kam von ganz nah, sang »Stille Nacht, heilige Nacht« und Johnny stand auf, stellte den Schemel unter das Fenster und hielt den Kopf so, daß er alles hören konnte. So singen konnte nur einer, den er kannte, der Gaffel-Peter aus dem Tabarin. Johnny sah, wie drüben in den umliegenden Mietshäusern die Fenster geöffnet wurden, die Leute sich hinauslehnten, zum Gefängnis deuteten und ebenfalls zuhörten. Sogar die Gefängnisbeamten standen da und hörten zu.

3

Acht Monate waren vergangen, und Johnny wartete immer noch auf seine Anklageschrift. Sein Pflichtverteidiger versuchte ihm klarzumachen, es sei besser, endlich ein Geständnis abzulegen.

»Wieviel muß ich zugeben, um entlassen zu werden?«

»Am besten alles, dann kriegen wir den Rest der Strafe vielleicht auf Bewährung.«

Dreimal holten sie ihn zur Vernehmung ins Polizeipräsidium. Unbeeindruckt von allen Versprechungen seines Anwalts gab er immer nur eine Antwort: »Damit habe ich nichts zu tun, und damit habe ich ebenfalls nichts zu tun, und damit habe ich schon überhaupt nichts zu tun.« Er war nicht zu bewegen, mehr als zwei Fälle zuzugeben.

Dann, wieder drei Monate später, war endlich Prozeßbeginn. Johnny machte sich jeden Abend vor dem Einschlafen Gedanken über die Höhe der zu erwartenden Strafe. Ergaben zum Beispiel sechs Autodiebstähle und zwei Einbrüche, wie sich herumgesprochen hatte, eine Gesamtstrafe von sechzehn Monaten, errechnete er für sich die Hälfte. Er war naiv genug, sich an jenen Schwur zu erinnern, den er mit seinen Freunden getauscht hatte. Keiner würde aussagen, keiner den anderen belasten. Also blieben auf seinem Konto die beiden Fälle, und dafür konnte es bei Anrechnung der Untersuchungshaft nur eine Entlassung geben.

Auch die Anklageschrift lag inzwischen vor, ein Buch mit mehr als hundert Seiten, dessen letzter Satz lautete: »Der Hauptangeklagte Johnny Berger leugnet, wird aber durch seine Mitangeklagten überführt werden.«

Als er einige beim täglichen Hofgang darauf ansprach, wurde ihm klar, daß von der verschworenen und in der ganzen Stadt gefürchteten Tabarin-Bande nur noch ein kläglicher Haufen übriggeblieben war. Jeder versuchte, die eigene Haut zu retten, ließ sich von Eltern, die zu Besuch kamen, und Anwälten, die ihnen Versprechungen machten, zu Geständnissen überreden. Es war nicht nur unglaublich, sondern für Johnny inzwischen auch bedrohlich.

Johnny zählte zur Mehrheit jener Menschen, die besonders stark lieben, was sie entbehren müssen. Als er noch frei war, hatte er Schnecke gemocht, in seiner Einsamkeit steigerte sich dieses Gefühl in die Dimension unwiderruflicher Liebe. Er hatte sie hübsch gefunden, jetzt erschien sie ihm bildschön. Im Schlaf träumte er von ihr. Und wenn er von ihr träumte, schlief er mit ihr.

Wenn einer im Gefängnis ist, sagt man, und nicht in den ersten Monaten einen Ausbruch versucht, wird er nie mehr fliehen. Natürlich dachte Johnny an nichts anderes. Von Freigängern würde er sich von draußen Hausschuhe mitbringen lassen, und in die Schuhsohlen würden zwei Sägeblättchen eingeschweißt sein. Er würde damit die Gitter durchsägen, mit einer Strickleiter, die schon in Arbeit war, über die Mauer klettern und mit dem Auto von Freunden, die draußen schon warteten, türmen. Auch seine Stunden nach dem Ausbruch waren schon verplant. Er würde ins Tabarin marschieren, mit

Schnecke tanzen und Bier trinken. Am Eingang würde er zwei Kumpels aufstellen, die ihm Bescheid geben sollten, falls die Polizei auftauchen sollte.

Zwei Zellen weiter saß Feger-Horstl, sein Cousin, den er als ersten in seinen Plan einweihte. Der gab die Nachricht an drei Zellengenossen weiter und die informierten andere. Schließlich war der halbe Knast bereit, auszubrechen.

Mit dem ersten Sägeblatt, das er zugeschickt bekam, konnte man nicht einmal Brot schneiden. Es dauerte, bis genügend brauchbare Blätter eingeschmuggelt worden waren, die Strickleiter die nötige Länge und Stabilität und Johnny endlich Nachricht hatte, wann und wo Hasenbergl-Rolfi draußen mit seinem Auto wartete. Er war, was die Planung anging, auf die Besuchszeiten angewiesen und ganz und gar davon abhängig, daß alle dichthielten und keiner ihn verpfiff. Er vergaß sogar Schnecke, weil er nur damit beschäftigt war, daß jeder tat, was er jetzt sagte. So etwas Dummes wie kurz nach Weihnachten durfte sich nicht wiederholen! Da waren gleich drei Beamte in seiner Zelle erschienen und hatten alles auf den Kopf gestellt – und in seinen Arbeitsstiefeln die Sägeblätter entdeckt. Damit war er nicht nur als »gefährlich« eingestuft, was bedeutete, daß an seiner Zellentür außen ein roter Pfeil klebte, sondern auch noch als »fluchtverdächtig«, was ihm einen zweiten Pfeil eintrug. Beim Verhör hatte er Geschichten aufgetischt, die so unglaubwürdig klangen, daß man darauf verzichtete, ihn weiter zu vernehmen. Tatsache blieb aber, daß sie ihn jetzt doppelt auf dem Kieker hatten. Und deshalb dauerte alles.

Acht Mann schafften schließlich den Sprung über die Mauer. Die übrigen, darunter auch Johnny, wurden noch im Hof festgenommen.

Nach zwei Tagen waren auch die acht wieder eingefangen. Insgesamt fünfzehn Häftlinge, alle, die am Ausbruch beteiligt waren, wurden in die »Grüne Minna« verfrachtet und in die Strafanstalt Stadelheim verlegt.

Was war Zufall, was ein Wunder der Unwahrscheinlichkeit? Jedenfalls war ihm zum Heulen zumute, oder, was auf dasselbe hinauslief, zum Schreien! Eine Straße weiter war er zu Hause, Onkel Werner einer der Chefs hier. Johnny schwankte zwischen dem Gefühl, sich verkriechen zu wollen, und dem heftigen Wunsch, jedem in seiner alten Nachbarschaft draußen mitteilen zu können, wo er saß. Am liebsten hätte er eine Leuchtrakete abgefeuert! Wie oft war er am Fenster seines Zimmers gestanden, hatte hierher geschaut und sich vorgestellt, was hinter der Mauer, die den Hof begrenzte, und der Mauer, hinter denen sich die Zellen befanden, geschah, wirklich geschah!

Als Johnny seinem Stiefvater, der die Einweisung überwachte, gegenüberstand, sprachen sie kein persönliches Wort miteinander. Nur Name, Nummer und die Mitteilung: Höchststrafe, zwei Wochen Arrest, bei Wasser und Brot. Eine Begünstigung aufgrund der Stellung seines Stiefvaters hätte sich Johnny schon deshalb verbeten weil es ihm in den Augen seiner Freunde geschadet hätte. Sie wußten ja, wer der Mann war! Schon im Cornelius hatten ihn einige damit aufgezogen! Und jeder Streit deswegen hatte ihm Sonderarrest eingebracht. Die Beamten verstanden einfach nicht, daß er sich nur deshalb prügelte, weil er solche Gemeinheiten nicht auf sich sitzen lassen wollte.

Was Johnny nicht wissen konnte, war, daß er ohne die Vermittlung seines Stiefvaters wegen Meuterei angeklagt worden wäre, was zu einer noch schärferen Verurteilung geführt hätte.

4

Die Hauptverhandlung war auf drei Tage angesetzt und der Prozeßbeginn von den Zeitungen groß angekündigt worden. Es war der erste landesweit beachtete Strafprozeß gegen Halbstarkenbanden.

Sein Pflichtverteidiger versuchte, Johnny als »Kind einer Zeit der Unordnung und der Unruhe« zu charakterisieren. Sie probierten, erklärte er dem Gericht, einfach aus, bis zu welchem Grad die Umwelt sich ihre Unverschämtheiten gefallen lassen würde. »Einer sagt einfach zu einem, dessen Aussehen ihm nicht gefällt: ›Willst raffa?‹, und schon fließt Blut.« Er führte aus, daß jeder männliche Jugendliche im Alter zwischen dreizehn und fünfzehn Jahren ein Stadium durchmache, in dem er zwar den Vater bewundere und ihm nachstrebe, andererseits seinen Vater als ein Joch empfinde, dessen er sich entledigen wolle. »In die Bande wird der Jugendliche häufig nur aufgenommen, wenn er sich Mutproben unterzieht, die an die Initiationsriten erinnern, mit denen bei primitiven Völkerstämmen die Jugendlichen in die Welt der Erwachsenen aufgenommen werden. Dafür findet der Jugendliche in der Bande Möglichkeiten, seine Angst und seine Unsicherheiten zu bekämpfen. Der Jugendliche kann dort seine Persönlichkeit besser behaupten und je nach der Persönlichkeit des Anführers sich manches erlauben, was er sich allein nie erlauben könnte.«

Johnny hörte sich alles mit möglichst gleichgültigem Gesicht an und sagte zu allen Beschuldigungen immer nur: »Passen S'auf, Herr Richter, ich hab damit gar nichts zu tun!« und strich sich mit der flachen Hand über seine Haare. Den gleichen Satz und die gleiche Geste wiederholte er im Verlauf der Verhandlung schon deshalb immer wieder, weil er für Gelächter und Beifall sowohl bei seinen Mitangeklagten wie auch beim Großteil des Publikums sorgte.

Am zweiten Tag wurde ein Zeuge aufgerufen, ein junger Bundeswehrfähnrich, der im Rollstuhl in den Saal gefahren wurde. Er war von einem Maßkrug getroffen worden – und noch heute so schwer verletzt, daß er einem leid tun konnte. Die Stimmung schlug spürbar um. Zum erstenmal erschien ein Opfer im Gerichtssaal.

Johnny wagte nicht, ihm in die Augen zu schauen.

»Passen S' auf, ich hab da gar nichts zu tun mit« – das war so gut wie alles, an was sich Johnny auch in diesem Fall erinnern wollte. Damit hielt sich Johnny an die Absprachen. Alles abstreiten! Einfach alles rundherum leugnen! Und die, die schon gestanden hatten, würden, wie erneut abgesprochen, ihre Geständnisse widerrufen. Mal sehen, was sie dann noch gegen einen von ihnen in der Hand hatten! Wenn die Hauptangeklagten entlastet waren, würde das Kartenhaus der Anklage von selbst in sich zusammenfallen.

Wie schon bei seinem Ausbruchsversuch, endete alles in einer Farce. Der Reihe nach meldeten sich seine Freunde zu Wort. »Sie, hohes Gericht, was ich Ihnen mitteilen wollte ...« Sie gaben sich nicht einmal die Mühe, ihren Widerruf auch nur geringfügig zu variieren, sondern blökten wie die Schafe: »Sie, hohes Gericht, was ich Ihnen mitteilen wollte ...«. Der dritte, vierte, fünfte Angeklagte stand auf und wiederholte: »Sie, hohes Gericht, was ich Ihnen mitteilen wollte ...«. Der Richter ließ auch den achten noch ruhig ausreden. Es war nicht mehr komisch, es war lächerlich. Das mußte auch Johnny zugeben.

Du kriegst vielleicht zwei Jahre, rechnete er sich jetzt aus, und den Rest auf Bewährung, was bedeutet, daß ich nach der Urteilsverkündung hier verschwinden kann.

Als er nach dem zweiten Verhandlungstag durch das Spalier seiner Bekannten aus dem Saal geführt wurde, machte er schon Verabredungen für das Wochenende.

Am hinteren Ende des Ganges entdeckte er Schnecke mit

ihrer Großmutter. Es war gerade genug Zeit, sie anzuschauen und seine Arme zu heben, um ihr die Handschellen zu zeigen. Wie er sich danach sehnte, sie anzufassen und dann Motor aus, Scheinwerfer aus; noch einmal würde er sich nicht so dumm anstellen! Er würde alles anders, alles besser machen. Aber was immer er anders und besser machen würde, er schwor sich, sich nie mehr erwischen zu lassen.

Die Urteile wurden am nächsten Tag verkündet. Der Angeklagte Johnny Berger wurde zu vier Jahren Gefängnis verurteilt. Das Gericht hatte ihn in allen einundfünzig Fällen schuldig gesprochen.

»Jetzt ist genau das eingetroffen, was ich dir immer prophezeit habe«, sagte Josef Berger, als sie seinen Sohn abführten.

»Na ja, Pap«, antwortete Johnny kleinlaut, »tut mir leid, aber so ist es jetzt eben.«

Zwei Wochen nach der endgültigen Bestätigung der Urteile – er hatte schon deshalb auf jeden Einspruch verzichtet, da der Staatsanwalt in seinem Fall sogar auf sechs Jahre plädiert hatte – bestieg Johnny, zusammen mit zwanzig anderen Jugendlichen, wieder eine »Grüne Minna«. Und wieder wurde ihm eine Sonderbehandlung zuteil: Sie steckten ihn als einzigen in einen im Laderaum befindlichen kleinen Verschlag. Er reiste »first class«, wie ein richtig schwerer Junge sozusagen.

Die erste Zwischenstation war das Schubgefängnis in der Leonrodstraße, im Volksmund »Franze« genannt. Beim Hofgang traf Johnny einen Mann, der älter sein mußte als sein Vater.

»Was hast du denn angestellt, mein Junge?« wollte er wissen.

»Ich? Nichts eigentlich!« antwortete Johnny.

Der alte Mann nickte nur mit dem Kopf. »Dann darfst du ja sicher bald wieder raus, was?«

»In vier Jahren, ja!«

Der alte Mann legte ihm die Hand auf die Schulter. »Laß dir nie was gefallen, mein Junge. Laß dir von keinem was gefallen. Dann bist du noch was wert, wenn die vier Jahre um sind.«

»Und Sie?« wollte Johnny wissen. »Wie lange sind Sie schon hier?«

»Zwölf Jahre, mein Junge. Ich werde hier sterben.« Er schaute Johnny mit einer so ruhigen Freundlichkeit an, daß dem ganz anders wurde. Hatte er sich verhört? Was kann einer, der so nett war, denn überhaupt angestellt haben? »Frag ruhig! Du willst sicher wissen, weshalb ich hier bin, nicht wahr?«

Johnny nickte.

»Ich habe einen Mann getötet. Hier«, er hob seine Hände und betrachtete sie, »eigenhändig habe ich ihn damit erwürgt! Weil er mir meine Frau wegnehmen wollte.«

Johnny schlug das Herz bis zum Hals. Er bewunderte diesen Mann – und hätte keinem sagen können, warum. Er gab ihm die Hand, um sich zu bedanken – und hätte nicht sagen können, wofür.

»Es ist gut, daß ich jetzt hier bin. Hier habe ich Frieden.«

Die zweite Station war Nürnberg. Von dort ging es weiter nach Ebrach, einem Gefängnis etwa dreißig Kilometer von Bamberg entfernt, ein ehemaliges Kloster mit rohen, dicken Mauern, abgelegen in der Einöde, ein Koloß aus Stein und Eisen, eine fremde, ferne Welt, zu der, da es nebenbei noch als eine historische Sehenswürdigkeit galt, sonntags ganze Busladungen von Touristen gekarrt wurden, um ein im Jahre 1200 erbautes Gemäuer zu bestaunen.

In Ebrach wurden Strafgefangene mit Straftaten ab vier Jahren aufwärts untergebracht. Platz war hier für sechshundert Strafgefangene. Der Hauptbau bestand aus Sälen für jeweils dreißig Gefangene. Die Nebengebäude waren für die Verwaltung, die Betriebe, in denen die Häftlinge arbeiten mußten, und für die Einzelzellen (unter anderem die für homosexuelle Strafgefangene) reserviert.

»Raustreten, Männer«, schrie eine Stimme.

Sie stiegen aus der »Grünen Minna« und stellten sich im Innenhof der Reihe nach auf.

Zuerst wurden die Namen verlesen, und dazu ging einer die Reihe ab.

Scheiße, dachte Johnny, als der ausgerechnet vor ihm stehenblieb, wahrscheinlich weiß er, wer mein Stiefvater ist, daß ich einem Priester mal ein Veilchen verpaßt und einen Ausbruchsversuch angezettelt habe.

»Er denkt sich, er ist ganz was Großes.« Der Beamte schaute ihn immer noch an. Johnny versuchte, seine nicht vorhandene Bescheidenheit auszuspielen, was darauf hinauslief, daß er einfach versuchte, ein einziges Mal auf eine freche Bemerkung zu verzichten.

Der Mann, der von allen nur Fonse genannt wurde, eine Abkürzung seines Vornamens Alfons, hatte die Angewohnheit, mit jedem nur in der dritten Person zu sprechen. »Also er ist der Unruhestifter. Wenn er meint, auch hier einer der Anführer sein zu wollen und sich aufspielen zu müssen, dann wird ihm das nicht gut bekommen.«

Johnny verwirrte die seltsame Anrede. Er versuchte, den Mann einzuschätzen, was ihm nicht gelang. Er sah nur zum Fürchten komisch aus mit seinem rundum rasierten Schädel und dem schwarzen Umhang, eine Art Pelerine, die sogar seine Hände verdeckte. Schwer zu schätzen, wie alt er war, um die Sechzig wahrscheinlich. Jedenfalls schien er der ranghöchste uniformierte Beamte zu sein.

»Damit er nicht gleich auf falsche Gedanken kommt, geht er für drei Monate zur Besinnung in Einzelhaft.«

Guter Gott! Nein! Nicht schon wieder. Johnny schluckte und wollte protestieren, tröstete sich dann aber mit dem

Gedanken, daß ihm sein Ruf immerhin sogar schon bis Ebrach vorausgeeilt war – und daß es unter den Jungs auch hier sicher viele gab, die diese Art der Sonderbehandlung als Alarmsignal ansahen und sich sagten: Der muß aber was draufhaben, wenn sie gleich so mit ihm umspringen.

In der Kammer mußte Johnny seine Kleidung abgeben. Sie händigten ihm je einen Satz Werktags- und einen Satz Sonntagsklamotten aus, steckten ihm Bettwäsche, einen Pott für Kaffee, ein Stück Seife, Handtücher und ein paar Stiefel in einen Sack, den er vom Gebäude der Hauptverwaltung über den Hof zu einem dreistöckigen Neubau, dem Zellenbau, schleppte. Am Ende des zweiten Stocks sperrten sie ihn in eine Zelle.

»Das wär's dann für heute«, sagte einer der zwei Beamten, die ihn begleiteten, »gute Nacht.«

Nichts in seinem Leben hatte je so endgültig geklungen wie dieses »gute Nacht«. Die Mauern um ihn herum waren für die Ewigkeit gebaut und das Eisen an den Türen Jahrhunderte alt. Er stieg auf einen Schemel, steckte die Nase durch das Gitter und sah umgepflügte Felder. Dahinter begann der Wald. Seinem Vater hätte es gefallen.

Die Gesetze waren einfach: halt die Klappe, wenn du dich nicht wehren kannst, und respektiere den, der's kann.

Der Tagesablauf war monoton: Morgens um sechs Uhr wurde geweckt. Waschen. Anziehen. Frühstücken. Tee und Brot. Um sieben ausrücken zur Arbeit. Um zwölf Pause, Mittagessen. Danach wieder arbeiten bis um fünf, Einschluß eine halbe Stunde später, Licht aus um neun.

Die erste nennenswerte Information, die er am nächsten Tag erhielt, war, daß es auch hier zwei rivalisierende Banden gab: die Nürnberger und die Münchner.

Als Münchner, als Tabarin-Johnny, war jeder Nürnberger, noch bevor er überhaupt einen zu Gesicht bekam, sein Feind.

Die zweite Information betraf kleine Plastikautos, in die er jeweils vier Räder eindrücken mußte.

Die dritte Information war, daß er genau das die nächsten drei Monate tun sollte, acht Stunden mutterseelenallein.

Schon am nächsten Mittag, bei der Essensausgabe, begann der Alltag. Statt ihm einen vollen Becher Kaffee einzuschenken – mal abgesehen davon, daß man diese lauwarme Brühe nicht trinken konnte –, schenkte der Kalfaktor Johnny den Becher absichtlich nur halb voll. Dazu gab's, mit dem gleichen Grinsen, nur zwei statt drei Scheiben Brot.

Dir werd ich den Unterschied zwischen Hauptstadt und Provinz noch klarmachen, fluchte Johnny und trank den halben Becher, schnell genug, um nichts schmecken zu müssen, und begann sofort mit dem Training. Fünfzig Rädchen. Fünfzig Liegestütze. Er war kein Waisenkind mehr nach dreizehn Monaten Untersuchungshaft. Dort hatte er ausgiebig Zeit gehabt, zu lernen, daß man einen Menschen sehr schnell einschätzen mußte, um keine Zeit zu verlieren. Und dieser Knallkopf von Kalfaktor war mit Sicherheit nur der Handlanger eines anderen, stärkeren Burschen, der ihm aufgetragen hatte: Fühl mal vor, was das für einer ist, provozier ihn, mach ihn ein bißchen böse. Johnny legte sich seine Taktik zurecht. Als Leichtgewicht mußte er die fehlenden Kilos durch Schnelligkeit wettmachen. Er ging an den größten Klotz von Kerl deshalb immer von unten ran, hob ihn aus, warf ihn zu Boden und trat dann vorsichtshalber sofort mit dem Stiefel zu. Auf dem Flur, zwischen Zellentür und Geländer, konnte man nicht groß ausholen. Und außerdem kämen sofort Beamte angerannt. Johnny wollte die zwanzig Kilo Mehrgewicht seines Gegners auch dadurch ausgleichen, daß er den Oberkörper frei machte und ihm damit keine Chance bot, sich an ihm festzukrallen.

»Mach den Becher voll!« verlangte Johnny, als der Kalfaktor das Abendessen austeilte.

Zwischen ihnen stand nur der Pott, runde hundert Liter heiße Teebrühe. Der Kerl lachte und ließ den Tee nur wieder halb aus der Kelle fließen. Johnny stürzte sich auf ihn. Der Pott kippte vom Wagen, der Tee ergoß sich über den Flur und floß in Strömen vom dritten Stock nach unten. Johnny riß seinen Gegner hoch, hatte ihn sofort über der Schulter, machte einen Schritt auf das Geländer zu und scherte sich nicht darum, was passieren würde, wenn er runterfiele. Zu seinem Glück hielten ihn die zwei anderen Kalfaktoren zurück.

Die ersten Beamten kamen den Gang heruntergerannt, packten Johnny und schlossen ihn erst einmal ein.

Dann erschien Fonse. Er sah aus wie eine Gestalt aus einem bösen Märchen. Bewegungslos stand er da, eingehüllt in seine schwarze Pelerine. Sein Gesicht verriet keine Gemütsregung. »Hat er etwas zu erklären?«

Johnny rieb sich die Knöchel. »Wenn Sie mich zum Kalfaktor machen, passiert so was nie wieder«, antwortete er selbstbewußt.

»Ich könnte ihn wegen versuchten Mordes belangen, ist ihm das klar?«

»Wenn ich meinen Becher raushalte, will ich einen vollen Becher, das werden Sie doch verstehen. Außerdem will ich aus dieser Einzelzelle raus. Ich kann nicht allein sein! Keiner kann so schlecht allein sein wie ich, verstehen Sie?«

»Ich hab ihm doch gesagt, er soll sich ruhig verhalten. Er muß zur Besinnung kommen, weil es ihm sonst schwer wird.«

Johnny lag auf seiner Pritsche und starrte in die Dunkelheit. Im Cornelius, das mitten in der Innenstadt Münchens lag, war man auch in einer Einzelzelle nie ganz allein. Man hörte den Straßenverkehr, die Stimmen von Menschen, Fetzen von Musik. Man fühlte sich nicht so verlassen wie hier, nicht so gottserbärmlich einsam.

Am nächsten Tag stellte sich Johnny absichtlich noch ungeschickter an und schaffte statt der geforderten Stückzahl von dreihundert Plastikautos nur ganze dreißig. Außerdem schlug er sich mit dem Stiel seiner Zahnbürste so lange auf die Fingerkuppen, bis sie aufplatzten.

»Ich kann das nicht mehr mit ansehen, deine umständliche Arbeiterei«, beschwerte sich der Beamte, als er abends den fast leeren Karton sah.

»Ich geb mir ja, verdammt noch mal, Mühe«, fluchte Johnny, »aber diese kleinen Dinger fallen mir immer wieder aus der Hand. Außerdem sehen Sie ja, wie meine Finger aussehen.«

»Das wird schon«, beruhigte ihn der Beamte.

»Kann ich nicht doch was anderes machen?«

»Erst mal mußt du lernen, dich anständig aufzuführen, mein Junge. Benimm dich, dann sehen wir weiter.«

Seit seiner Einlieferung versuchte Johnny, sich in die Gedankengänge der Aufsichtsbeamten hineinzuversetzen. Dabei hatte er eines schon während der Untersuchungshaft herausgefunden: Es gab eine gewisse Kooperationsbereitschaft der Beamten mit jenen Strafgefangenen, die bei ihren Mithäftlingen Respekt genossen; und das einfach nur, weil sie stärker waren.

Natürlich waren Schlägereien verboten, aber sie klärten die Rangordnung unter den Häftlingen. Ein guter Gefängnisbeamter – und Fonse war so einer – war intelligent genug, sich das zunutze zu machen. Wer hatte nach zwanzig, dreißig Jahren Dienst noch die Kraft, jugendliche Straftäter allein mit Ordnungsstrafen kleinkriegen zu wollen. Wenn man sich aber mit den Starken einließ, die mehr bewundert wurden als andere, waren die Beamten besser bedient, als wenn sie gleiches Recht für alle praktizierten.

Johnny staunte nicht schlecht, als er dahinterkam. Das hieß doch, daß alles, wofür ihn der Richter zu vier Jahren verdonnert hatte, ihn hier sehr schnell zu einem derjenigen machen konnte, die das Haus gewissermaßen mitregierten. Was draußen also mit Gefängnis bestraft wurde, wurde im Gefängnis belohnt.

Er begriff, wie wichtig es war, sich überhaupt nicht zu ändern. Bleib, wie du bist. Wer sich im Knast Gefühle leistete, war entweder ein Heiliger oder ein Dummkopf.

Fonse kapierte, daß man einen so unruhigen und unbeherrschten Jungen nur dadurch bessern würde, daß man sein Tempo drosselte und ihm eine halbwegs vernünftige und vertrauensvolle Aufgabe übertrug. Zwei Tage Haft und schon Krawall! Wenn er das auf vier Jahre hochrechnete, hatte hier keiner mehr eine ruhige Minute. Dabei hatte Fonse den Eindruck, daß in ihm mehr steckte als in anderen. Man mußte ihn nur nehmen, wie er nun mal war: einer, der sich nichts gefallen ließ und das sehr geschickt auszunützen verstand.

Sechs Wochen nach seiner Einlieferung wurde Johnny nun doch Kalfaktor. Das bedeutete: Bewegung, mal hier, mal dort ein Schwätzchen, die Möglichkeit, herauszufinden, wer wo saß, wo die Nürnberger, wo seine Münchner, und daß es Anführer gab und Diener und Sklaven. Man brauchte einen Job wie den eines Kalfaktors, um schnell genug dahinterzukommen, wer die fünf, sechs Leute waren, die das Haus regierten.

Nach drei Monaten Zellentrakt wurde Johnny in den Hauptbau verlegt. Endlich traf er Dassner-Max wieder, Metzger-Toni, Mann-Helli, Strohbach-Hansi, seine ganze Clique.

Als Neuzugang in der Gemeinschaftszelle bekam Johnny zuerst das schlechteste Bett, direkt neben dem Scheißhaus. Also das, dachte Johnny, werden wir schnell ändern.

5

Im Federkern, dem Betrieb, in dem Sprungfedermatratzen gefertigt wurden, arbeiteten achtzig Mann. Johnny war Fonse dankbar, daß er ihn dorthin geschickt hatte, denn hier traf er den wildesten Haufen, lauter hoffnungslose Fälle, Schreihälse und Raufbolde, darunter natürlich auch Hubschmid. Langweilig konnte es hier trotz der stumpfsinnigen Eintönigkeit der Arbeit nie werden. Und nirgendwo war die Gelegenheit günstiger, etwas für seinen Ruf zu tun. Wenn überhaupt, konnte er hier den entscheidenden ersten Schritt wagen, sich in der Hierarchie nach oben zu boxen.

Der Aufsichtsbeamte hier hieß Pickel, ein gemütlich wirkender, schnauzbärtiger Beamter, dem man ansah, daß er ein alter, ausgekochter Hase war. Mit seinem Chef war er sich darin einig, die gewissermaßen natürliche Auslese unter den Strafgefangenen zu respektieren. Die Stärksten machte er zu Vorarbeitern und ließ ihnen mehr oder weniger freie Hand, wie sie es anstellten, daß Ruhe herrschte und die erforderlichen Stückzahlen zustande kamen. Gleich nach dem Krieg, zu Anfang seiner Dienstzeit, wäre ihm eine Regelung wie diese wahrscheinlich als völlig abwegig erschienen, und fast hätte er nicht nur seine Gesundheit ruiniert, sondern auch ein Auge eingebüßt. Unter dem linken hatte er heute noch die Narbe. Und an seinem rechten Ohrläppchen fehlte ein Stück. Es gab Burschen, die konnten nach jahrelanger Übung so geschickt mit Federn umgehen, daß sie eine Fliege auf zehn Meter Entfernung von der Wand schießen konnten. Daß sie da einen Uniformierten, wenn er sie schikanierte, nicht ungeschoren ließen, war naheliegend.

Schon bei Arbeitsantritt stellte Johnny klar, daß er nicht einverstanden war, daß Pickel bestimmte, an welchem der

Tische er zu stehen hatte. »Ich geh mal lieber gleich da rüber, da ist auch das Licht besser.«

Pickel gab nach. »Ich will nicht schuld sein, wenn du dir die Augen verdirbst.«

Der springende Punkt war die geforderte Stückzahl. Unter 19 Punkten am Tag zu drehen, war gleichbedeutend mit Rückkehr in die Einzelzelle. 19 Punkte waren das mindeste, wobei man für eine Matratze 4 Punkte bekam, oder 5, je nach Größe. Einen Monat lang, zum Anlernen, 19 Punkte, dann nicht unter 25. Da gab es Leute, die drehten ihre 45er Punktzahl herunter. Dafür gab es Sonderprämien in Form von Tabak.

»Also ranhalten, Berger, verstanden?«

Er stand noch keine halbe Stunde an seinem Arbeitsplatz und war noch ganz damit beschäftigt, sich einen ersten Überblick zu verschaffen, als ihn einer anrempelte, einer mit Boxernase, ein paar schlecht verheilten Narben im Gesicht und tätowierten Händen. »Auch wenn du der Berger bist, machst du hier nur deine Arbeit, und zwar zu meiner Zufriedenheit, ist das klar? Wenn du aber glaubst, daß du so ein Starker bist wie du tust, können wir das gleich mal ausstoßen.«

Unvorbereitet traf ihn dieser Paukenschlag nicht; auch die Stille, die eine solche Äußerung unweigerlich nach sich zog, kannte er. Wichtig, das wußte er, war jetzt die richtige Antwort im richtigen Tonfall; aber was immer einem einfiel, noch wichtiger war das richtige Gesicht, bevor man den Mund aufmachte, und daß man sich Zeit ließ und nicht etwa gleich losbrüllte. »Na, dann zeig mir mal, wo man solche Sachen bereinigt!«

Boxernase machte Pickel ein Zeichen, und der nickte ihm über den Rand seiner Zeitung zu.

Neben dem Federkern war ein Abstellraum, in dem Bettgestelle, Federn und Werkzeug gelagert wurden.

»Dann komm, Kleiner!«

Johnny merkte gleich, daß etwas nicht stimmte. Mit den Nägeln unter seinen Sohlen rutschte er auf dem Fußboden aus wie auf einer Eisfläche und konnte weder richtig zuschlagen noch schnell genug ausweichen. Boxernase lachte ihn aus und redete mit ihm, während er seine Schläge austeilte, wie mit einem Schuljungen. Johnny konnte anstellen, was er wollte, er landete immer wieder nur in einem Haufen Stahlfedern.

»Das nächste Mal verarbeite ich dich zu Marmelade«, grinste Boxernase, als er sich das Blut von den Händen rieb.

Das nächste Mal, nahm Johnny sich vor, zieh ich gleich richtige Schuhe an, was erst einmal ein schwacher Trost war. Das ganze Gesicht tat ihm weh.

Boxernase ging gelangweilt zurück an seinen Arbeitstisch und holte einen Kamm aus der Tasche. Der ganze Federkern schaute zu, wie er sich kämmte und dann erst Johnny erschien, der immer noch aus der Nase blutete.

»Mach die Tür zu«, schrie Pickel. »Los Jungs, weiterarbeiten!«

Johnnys Freunde hatten nicht damit gerechnet, daß er Prügel einstecken würde, vor allem Max nicht, denn er bewunderte Johnny mehr als jeden anderen.

»Sag schon, was ist passiert?«

Was sollte Johnny erklären? Daß die verdammten Nägel schuld waren, der glatte Boden oder sonst noch was? Er haßte Ausreden. Jeder Versager benutzte Ausreden. Bis er halbwegs wieder in Ordnung war, ertrug Johnny die Beleidigungen der Nürnberger mit der Gemütsruhe eines Schlafenden. Dabei fiel ihm das Einschlafen schwer wie nie zuvor. Er dachte nur noch an die Revanche, die er um jeden Preis gewinnen mußte. Jeder konnte bei einer Prügelei den kürzeren ziehen, wer aber auch die Revanche vergab, hatte mehr verloren als nur das; er war erledigt, ein armes Schwein, das sich nicht nur von den Uniformierten, sondern auch von den Mitgefangenen herumkommandieren lassen mußte. Seine vier Jahre, die er absitzen mußte, wären dann die Hölle, eine endlose Wiederholung von Erniedrigungen, Kränkungen und Abhängigkeiten. Er konnte nicht einmal nach dem Krafttraining, den Liegestützen und Rumpfbeugen, die er jeden Abend machte, richtig einschlafen. Er sah sich, sobald er die Augen schloß, blutend in einem Haufen Sprungfedern liegen.

Schupf-Helli, die Boxernase, traute seinen Ohren nicht, als Johnny ihn im Federkern ansprach. »Wiederhol noch mal, was du eben gesagt hast.«

»Daß ich dich fertigmache, hab ich gesagt. Und daß mir völlig gleich ist, ob in meinem oder deinem Saal.«

Schupf-Helli zog seinen Kamm raus und stieß ihn Johnny gegen die Stirn, bevor er anfing, seinen Entenschwanz in Ordnung zu bringen. »Bei dir, denn du wirst danach kaum noch gehen können.«

»Wie du willst, dann schick einen zu uns.«

Das war so üblich: jeden Abend wurden alle Säle durchgezählt, jeder schrie: Ja!, sobald sein Name aufgerufen wurde, und damit hatte sich's.

An diesem Abend schrie Schupf-Helli sein »Ja!« in Johnnys Zelle. Er saß auf dem freien Bett und blätterte in einem Heftchen, das herumlag. Nicht nur er, der ganze Saal schien abzuwarten, bis sich die Schritte des Beamten weit genug entfernt hatten. Ein paar mühten sich noch ab, Platz zu schaffen.

Johnny lief nervös auf und ab, während Schupf-Helli immer noch so tat, als ginge ihn alles nichts an. »Hat jemand 'ne Lulle?«

Einer seiner Nürnberger warf ihm eine zu.

Diesen Moment nutzte Johnny und schlug zu, nicht mit den Fäusten, sondern mit seinem Stiefel, genauer gesagt, mit der Kappe seines Stiefels, die er vorher mit einem Eisen so präpariert hatte, daß sie wie ein Hammer wirken mußte. Keiner, schon gar nicht Schupf-Helli, war auf diesen Überfall gefaßt gewesen. Er war ohnmächtig, noch bevor er den Schmerz spürte. Sein Gesicht war vom rechten Mundwinkel bis zum Ohr sofort aufgeschlitzt.

Johnny bückte sich, nahm die Zigarette vom Boden und warf sie einem der Nürnberger zurück. »Der schläft erst mal 'ne Weile, also tragt ihn rüber in sein Bett!«

»Du gemeines, hinterhältiges Schwein«, beschimpften sie ihn. »Ihm einfach mit dem Stiefel ins Gesicht zu treten.«

Johnny war sauwohl, als er sich danach auf sein Bett legte. Er lag auch nicht mehr neben der Latrine, das war damit auch geregelt. Womit er aber nicht gerechnet hatte, war, daß Schupf-Helli, als er wieder zu sich kam, Anzeige erstattete. Das war der Gipfel! Was immer einem auch passierte, es gab das Gesetz, daß alles untereinander geregelt wurde.

Auch Fonse fand es lästig, sich immer wieder mit Verletzten beschäftigen zu müssen, und stauchte Schupf-Helli, der mit seinem Kopfverband wie ein Schneemann aussah, ungewöhnlich schroff zusammen und versetzte ihn, sobald er wieder arbeitsfähig war, in die Schlosserei.

Bei seiner Vernehmung blühte Johnny auf. Sich anschauen lassen zu müssen, machte ihn zwar unsicher, und stillsitzen konnte er immer noch nicht, aber nie würde er den Ratschlag des alten Mannes vergessen. »Was würden Sie denn tun, wenn Sie einer beleidigt? Ist doch klar, daß ich mich wehren muß, oder? Das sehen Sie doch ein? Oder soll ich mir alles gefallen lassen? Und dann verpfeift mich dieser Schlappschwanz auch noch! Vor so einem hätten Sie doch auch keinen Respekt, stimmt's?«

Natürlich half alles Reden nicht, aber Johnny verließ den Raum mit dem Gefühl, daß Fonse seine Ansichten verstanden hatte. Wie sonst sollte er sich erklären, daß der Anstaltsleiter ihm auch noch Komplimente machte? Er hatte ihn einen »ziemlich vernünftigen Jungen« genannt.

In der Tat war Fonse beeindruckt, wie genau dieser Junge das Knastsystem durchschaute und mit welcher Sturheit er alles daran setzte, sich zu behaupten. Er hatte genug jugendliche Straftäter kommen, gehen und wiederkommen sehen, Typen, die ihre Körper mit Spinnennetzen, Totenschädeln und Mädchennamen tätowiert hatten, aber der da, der hier vor ihm stand, war anders. Diese Sorte kannte er auch. Nicht ausgeschlossen, daß er vorhatte, ein richtig schwerer Junge zu werden. Die Begabung dazu hätte er. Fonse verstand ihn besser, als Johnny das wahrhaben wollte. Er wußte, daß dieser Junge viel zu hart bestraft worden war. Die Justiz hatte bei ihrem ersten aufsehenerregenden Prozeß gegen Halbstarkenbanden ein Zeichen setzen wollen und deshalb bewußt hohe Strafen ausgesprochen. Es würde Zeit und Geduld brauchen, ihm klarzumachen, daß ein Gefängnis eigentlich als Besserungsanstalt gedacht war.

Der Arrest war schrecklich. Sie zwangen Johnny, die normale Anstaltskleidung zu wechseln. Statt der Knöpfe, mit denen man ja zum Beispiel ein Spiel zur eigenen Unterhaltung hätte erfinden können, waren an den neuen Klamotten nur noch Bänder, kurz genug freilich, damit sich keiner daran aufhängen konnte. Tagsüber war die Zelle leer, ein eiskaltes, dunkles, modriges Loch, in dessen hinterer Ecke ein Käfig war, in den er eingeschlossen wurde; erst abends schoben sie eine Pritsche herein und händigten ihm drei Decken aus. Er fror trotzdem.

Die ersten drei Tage gab es kein Mittagessen, nur morgens und am Abend einen Kanten Brot und eine dünne Kaffeebrühe. Es gab nichts zu tun als abzubüßen, was er unmöglich hatte verhindern können. Welche Wahl hatte er denn gehabt, wenn er nicht untergehen wollte? Zwei Niederlagen gegen einen wie Schupf-Helli hätten unweigerlich dazu geführt, daß ihn alle, Pickel eingeschlossen, abgeschrieben hätten.

Auch wenn er also nicht einsah, einen Fehler begangen zu

haben, machte es die Sache hier nicht einfacher. Er fror erbärmlich. Er fing an, Selbstgespräche zu führen. Nachts ging er stundenlang einfach nur im Kreis. Würde sich seine Situation ändern, wenn er zugab, daß er es nicht aushielt, so lange allein zu sein, sich nicht beschäftigen zu dürfen, von dem bißchen Herumhüpfen abgesehen, um sich aufzuwärmen? Was würde geschehen, wenn er um Gnade bettelte? Einzelhaft kannte er zur Genüge, aber in so einem eiskalten Loch hatte er noch nie gesessen.

Er versuchte, sich vorzustellen, was die anderen gerade taten, wie sie alle über ihn redeten. Das half. Aber selbst wenn er die Strafe jetzt auch überstand, war er nicht in Gefahr, gleich wieder Arrest zu schieben? Stand nicht der nächste Kampf, und alles deutete doch darauf hin, daß er mit Hubschmid wegen der Sache im »Tabarin« damals abrechnen mußte, schon auf seinem Programm?

Am vierten Tag bekam er zum erstenmal etwas Warmes zu essen, Kartoffeln und Gemüsebrei. Er bat darum, ihm wenigstens das Bett tagsüber zu lassen, was jedoch abgelehnt wurde. Alles, was sie rausrückten, war eine weitere Decke. Er legte sie um die Schultern, setzte sich abwechselnd in jede der vier Ecken seines Käfigs und redete mit sich. Nur niemandem erzählen, daß er längst an dem Punkt angelangt war, sich aufzugeben! Nur weiter die Zähne zusammenbeißen und lächeln, wenn sie auftauchten! Und grinsen, wenn sie ihn endlich rausließen.

Wenn Johnny es tatsächlich wagen würde, Hubschmid herauszufordern, käme allein das schon einer Sensation gleich, von dem Triumph ganz zu schweigen, wenn er dabei auch nur eine halbwegs gute Figur abgab. Im Arrest hatte er Zeit genug gehabt, sich den Kopf über seine Chancen zu zerbrechen. Eigentlich war Hubschmid, stellte er fest, weil ihn sowieso immer alle in Ruhe ließen, ein völlig unbeschriebenes Blatt; alle hatten schon vorher die Hosen voll. Vielleicht aber war er gar kein so unbesiegbarer Gegner, wenn es darauf ankam. Getestet hatte ihn jedenfalls weder früher im Tabarin noch hier drinnen irgendeiner von den ganz Starken. Johnny konnte sich, je länger er darüber nachdachte, an keinen einzigen Fall erinnern, wo er ihn richtig hatte kämpfen sehen. So einer verschaffte sich allein durch seine Erscheinung und sein widerwärtiges Benehmen den nötigen Respekt. Kraft allein aber, das wußte Johnny aus Erfahrung, war nicht unbedingt die Garantie, einen wie ihn, einen schnellen und wendigen Gegner, zu besiegen. Dazu kam, daß ihn der halbe Federkern anfeuern würde! Johnny hatte Hubschmid seit seiner Arreststrafe nicht mehr aus den Augen gelassen und legte es nun bewußt darauf an, ihn zu provozieren.

»Hör zu, Schmiddi, du siehst doch, daß Renato mit dir nichts zu tun haben will! Also laß ihn in Ruhe!«

Schwul war Hubschmid nicht, trotzdem hatte er aber Spaß daran, diesen jungen Italiener, der mit ihm am gleichen Tisch arbeiten mußte, immer wieder anzufassen, einfach, weil er sich langweilte und nichts lieber tat, als andere einzuschüchtern. Daß Johnny sich einmischte, ignorierte er erst einmal.

»Laß ihn in Ruhe, Schmiddi! Wasch dir deinen Arsch selber!«

Es war nicht ratsam, gleich hier unter Pickels Augen mit der Hauerei zu beginnen, wenn es überhaupt ratsam war, gegen dieses Monster an Kraft und Verschlagenheit anzutreten. Da ging es nicht mit ein paar Schrammen ab; einem wie Hubschmid war völlig gleichgültig, ob er den Rest seines Lebens im Gefängnis saß.

Nach der Arbeit mußten alle Gefangenen, die im Federkern beschäftigt waren, immer zuerst ihren Arbeitsplatz aufräumen und sich dann auf dem Gang zum Abzählen in Reih und Glied aufstellen. Hubschmid stellte sich neben Johnny. »So, Kleiner, du gehst jetzt noch mal rein und machst deinen

Arbeitsplatz richtig sauber, verstanden, sonst zieh ich dich beim Maul durch!«

»Schmiddi, du bellst zu laut.« Zu mehr reichte die Zeit nicht. Sie wurden in ihre Säle zurückgebracht.

Johnny lag wieder die ganze Nacht wach, weil er Angst hatte. Immer wieder stand er auf und machte Liegestützen. Aufgeregt wie er war, rannte er immer wieder auf die Toilette, was auch nicht half. So schlecht hatte er sich immer dann gefühlt, bevor er Fieber bekam.

Am nächsten Morgen traute er seinen Ohren nicht, als Hubschmid verkündete, er habe es sich anders überlegt. »Ich kann dich doch hier drin nicht totschlagen! Machen wir's später draußen ab, ich schlag dich dann draußen tot, einverstanden?«

Johnny sah ihm an, daß er auch nicht viel geschlafen haben konnte. »Nein, machen wir's wie abgemacht, gleich nachher in der Pause.«

Pickel zuliebe fand der Kampf wieder im Abstellraum statt, da konnte er sich später rechtfertigen, von nichts gewußt zu haben.

In der Nacht hatte sich Johnny einen Schlachtplan zurechtgelegt. Hubschmid war am Kopf unverwundbar. Der rannte mit seinem Schädel glatt gegen eine Wand, nur so zum Spaß. Seine Haare waren Stoppeln, man konnte ihn deshalb auch dort nicht zu fassen kriegen. Er war außerdem zu schwer, um ihn auszuheben. Was ihm blieb, war also wieder allein seine Schnelligkeit und sein Überlebenswille. Er hatte auch nie wieder die falschen Schuhe an, bevor er sich auf eine Schlägerei einließ.

Hubschmid war nicht geschickt genug, Johnny überhaupt zu stellen, und Johnny nicht stark genug, um Hubschmid zu Boden zu schlagen. Der Kampf führte also zu keiner Entscheidung. Aber allein das war schon eine Sensation.

Wie versteinert wiederholte Hubschmid die nächsten Tage immer wieder: »Ich schlag dich tot!«

Ein einziger Arzt hatte in Ebrach alle sechshundert Strafgefangenen zu betreuen. Dafür nahm er sich jeden Tag gerade eine Stunde Zeit. Jeden Morgen von neun bis zehn Uhr ging er mit seiner Tasche durch die Betriebe und verabreichte jedem, der über Schmerzen klagte, zwei Katan. Es gab immer zwei Katan. Zwei Katan für Kopfschmerzen, für Ohrensausen, Schweißfüße, Zahnschmerzen oder Heimweh. Nach Ansicht dieses Mediziners hatte der liebe Gott keine Krankheit erschaffen, die nicht durch zwei Katan zu heilen war. Bei akuten Fällen rückte er auch schon mal großzügigerweise drei Katan heraus, damit hatte es sich dann aber auch.

Hubschmid klagte schon seit Monaten immer wieder über Magenschmerzen. Er hatte im Laufe seines Gefängnislebens schon kiloweise Katan geschluckt, ohne daß sich etwas gebessert hatte. Er beklagte sich zwar immer wieder, erntete aber nur ein Kopfschütteln und drei Katan, und wurde wieder in den Federkern zurückgeschickt. Je öfter er erschien, je lauter er über Krämpfe und Schmerzen klagte, um so weniger wollte der Arzt an eine Erkrankung glauben. Zum Teufel mit dieser ganzen Bande von Simulanten! Sie wollten einfach nicht arbeiten, sondern im Spital vor sich hin faulenzen. Hubschmid blieb also nichts anderes übrig, als seiner Forderung auf Einweisung ins Krankenhaus etwas mehr Nachdruck zu verleihen. Er tauchte deshalb eines Tages in der Schuhmacherei auf, legte eine Hand auf einen Hackstock, nahm mit der anderen ein Beil, holte aus, hieb sich vier Finger ab und wollte wissen: »Komm ich jetzt endlich ins Krankenhaus?«

Johnnys Situation war, den Umständen entsprechend, dagegen geradezu beneidenswert. Er spielte seine Rolle erfolgreich. Innerhalb eines Jahres war er ein angesehenes Mitglied im Knast geworden – und in seinem Saal der Boß. Er hatte vier Jungs als Diener angestellt, die so gut wie alles für ihn erledigten: sein Bett machten, seine Zigaretten rollten, seine Brote schmierten, Schmiere standen, wenn Johnny pokerte und die Einsätze einstrich. Viele verspielten an Weihnachten bereits ihre Geburtstagspakete, am Geburtstag ihre Osterpakete und an Ostern den Inhalt der Weihnachtspakete. Trotzdem meckerte Johnny auch noch an allem herum. Nicht immer die gleiche Wurst, beschwerte er sich, schon gar keine billige, auch keine Blockschokolade, an der man sich nur die Zähne ausbiß, Seife ja, aber keine parfümierte, vor allem Honig, und zwar den, den man gleich trinken konnte. Bauernspeck liebte er, geräucherten Bauernspeck, Pomade für die Frisur selbstverständlich, ein paar Kämme gleich dazu, und was zum Lesen – und auch einen Satz Spielkarten, mit denen er ihnen weiterhin abnehmen konnte, was ihre Eltern schickten.

In seinem Spind stapelten sich die Päckchen, die er längst nicht mehr für sich allein aufbrauchen konnte. Also fing er an, damit zu handeln. Besonderen Spaß machte ihm immer, seine Zigaretten nur bis zur Hälfte zu rauchen und sie dann auf dem Boden auszutreten. Nur seine Diener durften sich nach Kippen bücken, um sich mit dem übriggebliebenen Tabak eine Zigarette zu rollen. Wenn er Tabak auslieh, führte einer seiner Diener darüber Buch. Am Monatsende wurde mit hundert Prozent Gewinn abgerechnet. Ein halbes Päckchen mußte mit einem ganzen Päckchen zurückgezahlt werden. Die Schwulen vom Zellenbau, in den er nach der Schlägerei mit Hubschmid für einige Monate eingeliefert worden war, schrieben ihm Liebesbriefe, die er abends zur allgemeinen Belustigung vorlesen ließ. Es gab welche, die so verrückt nach einer Zigarette waren, ihre eigene Ration aber entweder längst aufgeraucht oder beim Pokern verloren hatten, daß sie sich nicht schämten, sich auf Johnnys Vorschlag einzulassen und für ein paar Krümel Tabak die Liebesbriefe ihrer Freundinnen zum besten zu geben.

Nur einer kriegte seine Lulle immer umsonst, ein schweigsamer Junge, der sich »Brando« nannte. Johnny gefiel die Art, wie er sie sich in die Mundecke schob, mit einer Hand das Streichholz anzündete und sich dann beim Rauchen gegen die Wand lehnte. Er stand da wie ein Filmstar, der einen schweigsamen Jungen im Knast spielt.

Johnny hatte bald solche Mengen Lebensmittel gehortet, daß sie bei ihm Schlange standen, um ihre Talente anzubieten. Da einer ziemlich alle gängigen Hits draufhatte, natürlich auch ›Johnny B Goode‹, ließ er ihn immer, wenn er von alten Zeiten träumen wollte, antreten und singen und schnitt ihm zur Belohnung zwei Rädchen Hartwurst ab. Für eine Massage gab's Marmelade oder Margarine. Wenn er seine Ruhe haben wollte, mußte Ruhe sein. Dafür gab's Ohrfeigen. War ein Neuzugang angekündigt, den Johnny unbedingt in seinem Saal haben wollte, nahm er nur ein Stuhlbein, schlug einem, der ihn schon seit Wochen immer wieder um Tabak angebettelt hatte, egal zu welchen Konditionen, einen Knöchel blau, rief den Arzt, der die Wunde untersuchte, ihn krankschrieb und ins Spital überwies – schon war das Bett frei.

Natürlich kam es vor, daß sich nicht jeder alles einfach gefallen ließ und Johnny verpfiff. Alle Zellengenossen, die von ihm in der einen oder anderen Weise profitierten, hatten dann natürlich nie etwas gesehen. Sie konnten also beim besten Willen nicht bestätigen, daß es Johnny gewesen war.

Über einen Verräter kam »Der heilige Geist«. Er wurde in einen Sack gesteckt, so daß er nichts mehr sehen konnte, vor allem nicht, wer und wie viele mit Füßen nach ihm traten oder mit Fäusten, Flaschen oder Brettern auf ihn einschlugen. Der heilige Geist kam abends nach dem Einschluß, wenn man sicher war, daß so rasch kein Beamter auftauchen würde. Der heilige Geist wollte Blut sehen. Niemand ließ von einem Opfer ab, bevor sich der Sack nicht wenigstens rot gefärbt hatte. Als Johnny plante, Metzger-Toni und Dassner-Max zu sich in den Saal zu holen, lief alles viel reibungsloser. Gleich vier, die nichts mehr zu rauchen hatten, hielten ihre Knöchel freiwillig hin.

Immer vor dem Schlafengehen verschaffte sich Johnny ein bißchen Bewegung. »Wer boxt mit mir, nur so zum Spaß?«

Daß keiner freiwillig gegen ihn antrat, auch nicht zum Spaß, war klar.

»Wer's macht, kriegt was zum Rauchen!«

Schon stritten sich alle, die nichts zu qualmen hatten, wer zuerst gegen ihn antreten durfte.

Die Fäuste wurden mit Handtüchern bandagiert, in der Mitte des Saales wurde ein Platz freigemacht, und alle Jungs, die zuschauen wollten, machten es sich bequem. Ein Diener säbelte drei Scheiben Salami ab für den Sänger, der auch gleich loslegte. Und dann legte Johnny los. Alle wußte, daß er jeden Abend drei Runden trainierte und jeden, bevor er genug hatte, wenigstens einmal härter als abgemacht treffen wollte. Das war dann kein Spaß mehr, trotzdem lachten alle, wenn einer umfiel.

Man nannte ihn längst den Tabakkönig. Sein Tauschhandel erlaubte ihm auch, vom regulären Speisezettel der Strafanstalt immer unabhängiger zu werden. Er unterhielt die besten Beziehungen zu Gefangenen, die in der Landwirtschaft, vor allem aber in der Küche arbeiteten – und zu den Kalfaktoren, die die Verteilung organisierten. Frische Eier, frisches Gemüse, Hühnchen, Bratkartoffeln mit Speck, alles war lieferbar. Seinen Zellenkameraden, die nur zuschauen durften, spendierte er einmal pro Woche eine Zusatzration aus eigenen Beständen. Allerdings legte er dabei größten Wert auf die Menügestaltung; Hauptsache, es schmeckte ungenießbar. Zu Pellkartoffeln ließ er deshalb Lebertran servieren, zum Grießbrei Rollmöpse und zum Eintopf geriebene Schokolade; die scharfen Paprika zum Pudding mußte jeder probieren, der bei ihm Schulden hatte.

Fonse war Johnnys Geschäftstüchtigkeit nicht entgangen, er versuchte deshalb, ihn von seinen Quellen abzuschneiden, indem er ihn der Gärtnerei überstellte. »Geh er an die frische Luft, vielleicht tut es ihm gut.«

Wie gut das tat, im Freien bei fünfzehn Grad unter Null mit Löchern in den Handschuhen und Socken arbeiten zu müssen! Er war zwar froh über jede Abwechslung und hatte sich auch hier schon an einer gedeckten Tafel sitzen sehen: Tomaten, Rhabarber, Kirschen, Erdbeeren, Äpfel, Birnen, wer wollte ihn hindern, sich den Magen vollzuschlagen, aber wie kam er, bevor er erfror, in die Gewächshäuser? Würde er es bis zum Sommer aushalten, sich bei seinen Späßen nie erwischen zu lassen? Winterkartoffeln und Kohlköpfe waren alles, was wuchs.

»Grüß Gott«, sagte Johnny zu dem Aufsichtsbeamten der Gärtnerei.

»Dich schickt der Teufel«, war die Antwort.

Er hatte recht. Wer wollte nachweisen, ihm sei der Stein absichtlich aus der Hand und auf die Thermosflasche gefallen? Sie zersprang, der Kaffee lief aus, und der Beamte mußte, wollte er sein Brot nicht trocken herunterschlucken, auf die verdammte Brühe ausweichen, die alle trinken mußten. Blieben die Tomaten, die er in einer Tüte von zu Hause mitbrachte. Johnny entschied, nicht bis zum Sommer auf zusätzliche Vitamine warten zu wollen, und klaute sie bei der erstbesten Gelegenheit. Dabei mußte er sich vor allem auch vor seinen Mitgefangenen in acht nehmen. Hier draußen würden sie jeden verraten, weil die Gärtnerei beliebt war und die Gruppe deshalb friedlich. Sie versuchte, sich gegen eine Leuchtrakete wie Tabarin-Johnny zu wehren.

Eine Stunde später, Johnny schichtete gerade wieder Steine

neben einem der Gewächshäuser, kam das Kommando, sich zu versammeln.

»Wer hat meine Tomaten gegessen?« Er hielt sich nicht unnötig lange bei einer Suche nach dem Schuldigen auf, sondern ging direkt auf Johnny zu. »Das kannst doch nur du wieder gewesen sein, Berger!«

Wieder stritt er, auch Fonse gegenüber, alles ab. Dem genügte ein Blick auf die roten Flecken auf Johnnys Arbeitsschürze. »Geh er in den Arrest.«

Inzwischen war er Kälte gewohnt, und nach mehreren Besuchen hatte auch der Käfig seinen Schrecken eingebüßt; er wußte auch, daß die Zeit nicht schneller verging, wenn er sich Vorwürfe machte. Lieber drehte er in Gedanken Hofrunden mit dem alten Mann, der seinen Frieden mit Gott und den Engeln geschlossen hatte; der zumindest wäre, wenn er ihn hätte sehen können, stolz auf ihn.

Um seine Geschäfte mußte er sich keine Sorgen machen. Niemand würde in seiner Abwesenheit an den Hartwürsten, die am Fenstergitter baumelten, aufgereiht nach Größe und Qualität, auch nur riechen. Niemand würde sich an den Schokoladentafeln vergreifen. Die Abrechnungen über den Tabakhandel würden stimmen – wozu hatte er schließlich welche, die aufpaßten.

Der Aufsichtsbeamte der Gärtnerei lehnte es ab, ihn nach seinem Arrest wieder bei sich zu beschäftigen. Da Johnny erholt, braungebrannt und mit ein paar Muskeln mehr in die Freiheit entlassen werden wollte, knüpfte er rechtzeitig, bereits mit Beginn des Tauwetters, Kontakte zu den landwirtschaftlichen Betrieben, dem Haupterwerbszweig der Haftanstalt. Es würde bald Frühling und wärmer werden, das richtige Wetter, sich aus dem Federkern für immer zu verabschieden und in der Sonne braten zu lassen. Nur nicht noch einmal in den eiskalten Arrest, nur nie wieder Dummheiten! Zwar hatte er sich das bei jedem Verweis geschworen, war aber dieses Mal fester als jemals zuvor entschlossen, sich zusammenzureißen. Er wollte schließlich jedem, der ihn nach seiner Entlassung treffen würde, seinen Körper zeigen können – Schnecke natürlich zuerst, in die er immer noch wie ein Schuljunge verliebt war. Und immer noch war, wenn er an sie dachte, die alte Angst da. Fast vier Jahre hatte er masturbiert, sich das lebendige Objekt seiner Begierde nur vorgestellt; was, wenn er wieder, gleich beim erstenmal mit ihr, eine schlechte Figur abgab? Wenn er zu aufgeregt sein würde, um tun zu können, was er sich in den vielen Nächten, in denen er vor Sehnsucht fast durchgedreht war, alles vorgenommen hatte?

Diesmal hatte Hungerberger, ein Langzeithäftling, der in der Landwirtschaft, beschäftigt war, ein gutes Wort für ihn eingelegt. Ihm gegenüber hatte Johnny immer wieder von seiner Lehre als Autoschlosser bei Mercedes geprahlt, und weil er auch Fonse immer vorgeschwärmt hatte, sich mit Motoren auszukennen, gab er nach. Vielleicht, hoffte Fonse, schaffte er es dort endlich, sich nützlich zu machen.

Ehrensache, dachte sich Johnny am Tag seiner Überstellung, daß ich erst einmal eine kleine Runde drehe. Er startete einen der Traktoren, ausgerechnet auch noch einen mit zweihundert Liter Odel im Anhänger, und ratterte los. Zum Verhängnis wurde ihm eine abschüssige Stelle. Er fand die Bremse nicht gleich, und als er sie betätigte, war sie wegen des Gewichts des Anhängers praktisch wirkungslos. Er raste frontal auf eine der Eisentüren in der Gefängnismauer zu.

Auf dem Weg in den Arrest war er noch immer ganz begeistert, wie er es geschafft hatte, rechtzeitig abzuspringen.

6

Jede Woche hatte er von Schnecke einen Brief bekommen, und jeder Brief hatte immer mit »mein lieber lieber lieber Schatz« begonnen. Sie konnte eine halbe Seite mit so einer Anrede vollschreiben, sie malte die einzelnen Wörter manchmal sogar mit verschiedenen Buntstiften an. Damit sie sicher war, daß er ihre Post auch erhalten hatte, mußte er ihr zurückschreiben und jedesmal die Zahl der Wörter ihrer Anrede angeben, die im letzten Brief gestanden hatten. Johnny legte sich also auf die Pritsche, riß das Kuvert auf, faltete das Blatt auseinander und wollte gerade mit dem Abzählen ihrer Liebeserklärung beginnen, als er gar keine Anrede sah, nicht einmal seinen Namen, kein Datum, nichts. Es ging gleich los. Und wie! Sie teilte ihm mit, daß sie geheiratet hatte, ein Kind erwartete und er sich keine Hoffnungen machen sollte, sie würde je wieder zu ihm zurückkehren. Gründe nannte sie keine. Zum Schluß bat sie ihn, ihrem Ehemann nichts zu tun, und drohte, falls er ihm doch etwas tun sollte, dafür zu sorgen, daß er wieder ins Gefängnis müßte.

Johnny verstand nicht, was er gelesen hatte. Er reagierte auch nicht, als ihn seine Kumpels zum Weiterspielen aufforderten. Er lag nur da und kämpfte damit, nicht losheulen zu müssen. Johnny war davon überzeugt, mit reiner Willenskraft aus einem Abschiedsbrief einen Liebesbrief machen zu können. Er schloß fest die Augen und hielt, solange er konnte, den Atem an. Mit einem kräftigen Ausatmen öffnete er wieder seine Augen und konzentrierte alle Sinne auf den Brief, den er in der Hand hielt. Danach schloß er seine Augen wieder, maßlos enttäuscht, aber enttäuscht mehr über sich und das Scheitern seiner Anstrengung als über Schneckes Mitteilungen.

Alle spürten, daß etwas mit seiner Freundin sein mußte,

aber keiner getraute sich, ihn jetzt zu stören. Sogar die Kettenraucher nahmen in den nächsten Wochen lieber Entzug in Kauf, als sich von ihm in dieser Stimmung verprügeln zu lassen. Johnny lag nachts nur wach da und kämpfte mit einer Enttäuschung, die er bisher nicht gekannt hatte. Was immer er sich auch einzureden versuchte, Tatsache war, der fröhliche König, der er bis zu diesem Tag gewesen war, hatte abgedankt.

»Liebe ist Scheiße, das steht fest!« versuchte ihn Toni-Karl, einer seiner Diener, zu trösten.

»Halt's Maul!« fuhr Johnny ihn an. Er war wütend, daß Schnecke ihn verlassen hatte. Aber noch wütender war er, daß er Gefühle gezeigt und jeder es gesehen hatte. Zum erstenmal seit Jahren fühlte er sich wieder wie ein Gefangener, weil er nicht einfach losrennen und mit ihr reden konnte. Er konnte nur ihre Liebesbriefe zerreißen, die Schnipsel anzünden und zuschauen, wie sie brannten. Und das tat Johnny.

7

Johnnys Entlassung wurde schon Wochen vorher gefeiert. Die einen rechneten sich aus, etwas von seinem Reichtum abzubekommen, andere dachten daran, daß man sich ja draußen irgendwann wieder begegnen würde, klopften ihm unnötig oft auf die Schultern, bedankten sich für Dinge, die nie geschehen waren, und schlichen um ihn herum wie Hunde. Seine Vorräte verteilte er unter seinen alten Kumpels, soweit die nicht schon vor ihm entlassen worden waren. Auch einige, die immer zu ihm gehalten hatten, bekamen etwas. Wer allerdings immer schon ein Feigling, ein Verräter oder einfach nur vier Jahre lang ein Langweiler gewesen war, ging, auch wenn er noch so bettelte, leer aus.

Wieder fiel Johnny auf, wie Menschen sich verhalten, die auf Vorteile spekulieren. Selbst unfähig, etwas auf die Beine zu stellen, waren sie zu jeder Selbsterniedrigung bereit, logen, betrogen oder heuchelten.

Die Freude, daß Johnny entlassen wurde, war bei den Gefängnisbeamten natürlich besonders groß. Sie dankten dem Herrgott, wenn einer wie er entlassen wurde, wenigstens fürs erste, denn alle waren sich sicher, ihn bald wieder hier auftauchen zu sehen.

Jeder Gefangene erhielt zwei Tage vor seiner Entlassung seine Privatkleidung zurück – und wurde bis zum Öffnen der Gefängnistore in eine Einzelzelle gesperrt. Dort sollte er sich besinnen, sich vorbereiten auf den Weg in die Freiheit, zurück in die Gesellschaft.

Das Gefühl, endlich wieder die eigenen Klamotten zu tragen, war nicht das erhoffte Vergnügen. Als Sechzehnjähriger war er eingeliefert worden, vier Jahre später wurde er entlassen. Nichts paßte mehr. Aber den mausgrauen Anzug, den sie für solche Fälle bereithielten, wollte er sich nicht verpassen lassen. Vier Jahre hatte er auf diesen Augenblick gewartet, und was hatte er sich nicht alles ausgemalt! Strahlender Sonnenschein, ein paar Freunde, die vor ihm entlassen worden waren, mit geklauten Autos, genug Bier und Kofferradios mit Rock 'n' Roll, gleich eine Party im Grünen, Motor aus, Scheinwerfer aus. Zum Teufel mit Schnecke! Geträumt hatte er auch davon, daß er draußen von Menschen, die er noch nie gesehen hatte, begrüßt würde. In seinen Augen war er ein Held! Immerhin hatte er sich weder umgebracht noch erniedrigen lassen, sich nicht versteckt und war nicht zerbrochen wie andere, die er verlacht hatte. Warum sollten ihm denn nicht alle, denen er begegnete, anerkennend auf die Schultern klopfen?

Als sich das Tor wirklich öffnete, war der Himmel grau, Johnny schleppte einen Persilkarton mit seinen Habseligkeiten und wurde von einem Beamten zum Linienbus nach Bamberg gebracht. Keiner der Fahrgäste würdigte ihn auch nur eines Blickes. Wieder einer entlassen! Den Anblick kannten sie zur Genüge. Nur ein paar Kinder starrten ihn an; vor so einem, das hatten sie oft genug zu Hause gehört, mußte man sich fürchten!

In Bamberg ging er sofort in die Bahnhofsgaststätte, bestellte eine Portion Leberkäse und ein Bier. Auch davon hatte er immer wieder geträumt. Ihm wurde schlecht.

Schon vom Fenster des einfahrenden Zuges aus entdeckte Johnny Max Dassner, der ein paar Monate vor ihm rausgekommen war. Mit ihm, hatte er sich vorgenommen, wollte er sich erst mal umschauen, was inzwischen so los war. Nur sich nicht wieder in den gleichen Lokalen wie früher herumtreiben, Bier trinken und Pöbeleien anfangen, hatte er sich geschworen, nur nicht wieder das alte Lied beginnen, er würde sonst unweigerlich wieder in Ebrach landen.

Während er Max noch umarmte, sah er am Ende des Bahnsteigs Schneckes Großmutter stehen. Er ging zu ihr. Sie bat Johnny mit Tränen in den Augen, er solle, bitte, ihre Enkelin in Ruhe lassen, sie sei jetzt verheiratet mit einem guten Mann und erwarte ein Kind.

»Und? Weiß ich doch schon alles!« Wenn er sich Schneckes Ehemann vorknöpfen würde, auch etwas, das er sich noch im Knast vorgenommen hatte, konnte er damit rechnen, wegen Körperverletzung sofort wieder festgenommen zu werden; außerdem hatte er die alte, immer noch temperamentvolle Frau, die ihrer Enkelin sogar das Fahrgeld zugesteckt hatte, wenn Schnecke ihn besuchen wollte, immer gemocht; um die Eltern zu beruhigen, hatte sie sogar Ausreden erfunden.

»Laß es, wie es ist, Johnny, ich bitte dich darum! Du bringst nur neue Unruhe in ihr Leben.«

Er versprach ihr, Schnecke nicht zu belästigen, und gab ihr jenes Kettchen mit dem Talisman daran zurück, das ihm Schnecke einmal geschickt hatte.

Das Entlassungsgeld, hundertdreiundzwanzig Mark, reichte für zwei Tage.

»Was machen wir jetzt?« fragte Johnny.

»Weiß nicht«, antwortete Max.

»Na, dann mal los«, sagte Johnny.

Das Bahnhofsviertel hatte einen schlechten Ruf. Eine Bar reihte sich an die nächste, kleine Spelunken, Nepplokale, in denen keiner, der einsam war und sein Vergnügen suchte, lange allein blieb. Jedes noch so trostlose Kellerloch war gut genug für einen Tresen, vier, fünf Tische und eine Jukebox. Jedes zweite Haus war eine Pension, ein Hotel, eine Absteige. Dazwischen befanden sich Stehimbisse, Bierkneipen und Tanzbars. Am Wochenende spielten Tanzcombos und Rock-'n'-Roll-Bands. Dann war hier die Hölle los. Die Straßen waren verstopft – und die Bars unter Belagerung. An jeder Ecke gab es Zoff. Am schlimmsten war es, wenn sich Halbstarke mit amerikanischen Soldaten in die Wolle kriegten – und ziemlich schnell die Militärpolizei und die Funkstreife anrückten. Niemand schien hier je zu schlafen. Man verstand kaum sein eigenes Wort, weil aus jeder Tür Musik dröhnte und sich draußen auf der Straße zu einem Lärmbrei verdichtete, der nur durch hupende Autos, kreischende Animiermädchen oder streitlustige Männer übertönt wurde. Eine plärrende Welt, in der Bier und Blut flossen, und das Tag und Nacht.

Bevor er sich ins Getümmel seines neuen Reviers stürzte, traf er seine Mutter in einem Café in der Nähe des Ostfriedhofs. Er wollte nicht wieder zu Hause einziehen, schon deshalb nicht, weil er ihr die Schande ersparen wollte, daß die Nachbarn ihn nach Hause kommen sahen. Seine Mutter hatte dafür Verständnis. Mit den Nachbarn wäre sie ohne Mühe klargekommen, da ließ sie sich nichts gefallen. Aber sie spürte, daß ihr Sohn endlich erwachsen werden mußte. Zuerst einmal stopfte sie ihn mit Rührkuchen voll, weil sie annahm, daß er nichts im Magen hatte. Daß er dazu Bier trinken wollte, verbot sie ihm. »Trink Wasser, wenn du Durst hast!« schnauzte sie ihn an und rückte ihm den Hemdkragen zurecht. »Und nachher gehen wir dir was zum Anziehen kaufen!«

Er tat ihr leid. Vier vergeudete Jahre, die wichtigsten Jahre im Leben, die schönste Zeit, eingesperrt! Wie oft hatte sie zu Hause gesessen und deshalb geweint. Daß er alles, was er versäumt hatte, jetzt nachholen wollte, verstand sie nur zu gut. Beruhigend fand sie diese Vorstellung allerdings nicht; noch dazu, daß er es nicht eilig zu haben schien, sich nach einer Arbeitsstelle umzusehen, und sich statt dessen wieder mit seinen alten Freunden herumtrieb, diesem Max vor allem, der auch kein Vorbild war.

Auch wenn sie sich Sorgen machte, richtig Angst um ihn hatte sie trotzdem keine. Sie war sicher, daß er wieder auf die Beine kommen würde. Soviel Verstand traute sie ihm zu. Hauptsache ist, dachte sie, daß er weiß, daß er jederzeit nach Hause kommen kann, ohne befürchten zu müssen, nur immer ausgeschimpft zu werden.

Seine körperliche Verfassung war großartig. Er strotzte vor Kraft. Vier Jahre lang hatte er, wenn auch gezwungenermaßen, keinen Tropfen Alkohol getrunken und jeden Abend trainiert. Er war besser in Form als damals, als er die Meisterschaft als bester Rock-'n'-Roll-Tänzer gewonnen hatte. Hundert Liegestütze waren ein Kinderspiel, da kam er nicht mal ins Schwitzen.

Die erste Nacht nach seiner Entlassung hatte er bei einem Bekannten verbracht, auch einem, der nicht wußte, was er mit seinem Leben anstellen sollte. Als sie gegen Morgen in seiner Wohnung aufkreuzten, lag schon jemand im Bett.

»Das ist nur meine Schwester«, beruhigte er Johnny.

Der Anblick war aber alles andere als beruhigend. Da lag eine Frau, die nichts anhatte. Die erste Frau nach vier Jahren Knast. Die erste richtige Frau. Schnecke war keine richtige Frau gewesen, jedenfalls keine wie die hier. So eine Frau hatte er überhaupt noch nie gesehen.

Er hatte die ganze Nacht lang jede Menge Bier und Schnaps in sich hineingeschüttet und war hundemüde. »Wo kann ich mich hinhauen?«

»Ins Bett, wo sonst?«

»Aber da liegt doch deine Schwester?«

»Hast du Hemmungen?«

Er war heilfroh, daß er irgendwann einschlief, und sich am nächsten Morgen an nichts mehr erinnerte. Richtig, an die Frau, die nach dem Aufwachen immer noch neben ihm im Bett lag, erinnerte er sich. An alles andere aber wollte er sich gar nicht erinnern. Erinnerungen hatten ihn ermüdet. Vier Jahre lang hatte er sich nur erinnert. Wie Bier schmeckte. Wie schön es im Sommer unten an der Isar war und wie aufregend, eine schwere Horex zu klauen und Vollgas zu geben, im Kino zu sitzen und mit Schnecke rumzuknutschen. Er hatte genug davon. Nur keine Erinnerungen mehr! Er wollte wahllos mit Frauen schlafen, ohne sich auch nur an eine erinnern zu müssen. Gefühle verlangsamten das Tempo, waren also zeitraubend; aber Zeit hatte er genug verloren, und Gefühle zahlten sich nicht aus. Er hatte in Ebrach nur überlebt, weil er sie erfolgreich bekämpft hatte. Gefühle machen schwach, hatte er herausgefunden, und Schwäche war deshalb in seinen Augen ein unentschuldbares Verbrechen.

»Junge, Junge«, stöhnte er, als ihn Max fragte, wo er letzte Nacht abgeblieben war.

»Kannst du nicht etwas deutlicher werden?«

Junge, Junge, war ich blau, dachte Johnny. Und sagte dann: »Jedenfalls bin ich nicht allein aufgewacht.«

Zusammen mit Max mietete er für fünfzehn Mark die Woche am Bahnhof ein kleines Zimmer, eines, das kleiner war als eine Gefängniszelle, mit einem Tisch, einem Stuhl, einem Wasserhahn und einem zweistöckigen Bett.

Sie suchten halbherzig nach einem Halbtagsjob, lungerten aber die meiste Zeit in der Gegend um den Bahnhof herum und hockten in den Bars. Hatten sie Kohldampf, gingen sie zum Bratwurststandl, wo die meisten, die sie kannten, so verwahrlost aussahen, daß sie in keiner Kneipe, schon gar nicht in den Bars, die es Johnny jetzt angetan hatten, bedient worden wären. Die einzige Ausnahme war Vogel-Burli, immer schon mit seinen Hochwasserhosen der Eleganteste der ganzen Clique.

»Hallo, Burli, wo steckst du immer so?«

Da stand er, im vornehmen Anzug, unter dem Arm eine Börsenzeitung, mit immer ein paar Mark mehr in der Tasche als andere.

Johnny bestellte beim Kriegl-Sigi, der seit seiner Entlassung hier die Würste umdrehte, zwei Polnische; für sich und Max.

»Los, Burli«, mischte sich Schuster-Horstl ein, »erzähl doch noch mal die Sache mit dem Idioten vom Land, der hier war.«

Vogel-Burli strich mit der flachen Hand seine zitronengelbe Krawatte glatt und verzog sein Gesicht zu einem Lächeln. Die Sache mußte ihm Spaß gemacht haben, das sah man. Und weil er sich Zeit ließ, fing erst einmal Schuster-Horstl mit der Geschichte an. »Wir stehn da wie immer, bis wir merken, daß die ganze Zeit ein Mann ums Standl schleicht. Immer auf und ab. Schaut auch immer rüber zu uns. Einer vom Land. Na ja, denk ich mir, der sucht 'ne Frau, will sich wahrscheinlich vergnügen und getraut sich nicht recht, kennt sich nicht aus. Burli beobachtet ihn ebenfalls und geht dann zu ihm hin, nimmt seine Sonnenbrille ab, ganz auf vornehm, und fragt ihn, was er hier sucht. Aber der Typ druckst nur rum.«

»Erst wollte er wissen, ob er hier in der Goethestraße richtig sei«, mischte sich Vogel-Burli ein. »Daraufhin ich: Hier sind Sie goldrichtig, wenn Sie 'ne Frau suchen. Der hat mich nur angeschaut und gesagt: Meine Frau ist schwanger. Gratuliere! sag ich. Aber nein, hat er gesagt, das ist es ja gerade, Sie wissen schon. Dann hat er nichts mehr gesagt. Stand da und schaute mich nur noch an. Bis er schließlich mit der Wahrheit rausrückte: Wir wollen das Kind nicht haben! Ich hab ihn nur angeguckt und abgeschätzt, und dann hab ich gesagt: Woher wissen Sie eigentlich, daß ich Arzt bin? Ich sag ihm: Sie wollen doch nicht behaupten, daß das ein Zufall ist, daß Sie ausgerechnet mich fragen. Der Kerl hatte Geld, das war klar. Ich sag also: Dr. Vogel, angenehm. Der Kerl gibt mir die Hand und stottert nur: Ja so was, ich meine, nein, das ist aber ein Zufall! Ich knöpf ihm erst einmal, zur Sicherheit, falls doch noch was schiefläuft, zwanzig Mark ab. Dann sag ich: Sie wissen sicher, daß eine Abtreibung verboten ist. Aber Ihnen zuliebe will ich mal 'ne Ausnahme machen. Mieten Sie ein Zimmer da drüben im ›Grünen Hof‹ und seien Sie um zehn Uhr morgen früh mit Ihrer Frau da.«

»Und weiter?«

»Ist mit dem Sigi rüber«, erzählte Schuster-Horstl weiter, »so in Metzgerkitteln, die sie sich besorgt hatten, die wie Arztkittel aussahen, und ham an der Frau rumgefingert, da gedrückt, dort massiert, den Bauch abgetastet, mit so 'ner grünen Flüssigkeit rumgespritzt und so ...«

»Der Mann hat mir vor lauter Dankbarkeit zweihundertfünfzig Mark in die Hand gedrückt, hat seine Frau geschnappt und ist mit ihr nach Hause gefahren.« Vogel-Burli nahm die Sonnenbrille ab. »Die hab ich mir gekauft. Ist das nichts?«

8

Als er Anni zum erstenmal traf, war eigentlich Max noch hinter ihr her, ziemlich erfolglos allerdings. Sie spendierte ihm nicht einmal ein Freibier, wenn er pleite war. Lieber unterhielt sie sich mit GIs, die bei ihr in der »Hawaii-Bar« verkehrten, wo sie hinter der Bar stand. Mit einem, hieß es überall, sollte sie sogar so gut wie verlobt sein. Genaueres wußte Max auch nicht, und fragen wollte er nicht.

Er hatte ihr von Johnny schon vorgeschwärmt, als der noch gar nicht entlassen war, und ihr versprochen, ihn mitzubringen, sobald er wieder in München auftauchte.

Anni fing an zu lachen, als Max ihr seinen Freund vorstellte. »Was, der? Das soll der starke Supertyp sein?«

»Ganz recht«, sagte Max.

Wenn das die Frau ist, in die sich Max verliebt hat, dachte Johnny, dann war er nicht bei Verstand. Mehr Gedanken machte er sich nicht. Dann stand er auf. »Wenn ich Ihnen nicht groß oder stark genug bin, behalten Sie das für sich. Und wenn Sie mich noch mal so anreden, dann gibt's einen Klatscher.« Er ließ Max, Anni und deren Freundin sitzen und ging.

Johnny verkehrte am liebsten gegenüber im »Roxy«. Dort saß er auch, als er ans Telefon gerufen wurde. Max hatte in der »Dschungel-Bar« gerade Ärger mit einem Verehrer von Anni. Der war dort mit Freunden angetanzt und hatte Anni gleich zur Begrüßung eine Ohrfeige verpaßt, weil er erfahren hatte, sie würde in seiner Abwesenheit mit anderen rummachen. Gemeint war Max, der nun reagieren mußte. Zumindest mußte er erst einmal aufstehen. Aber was dann? Was sollte er gegen sieben amerikanische Soldaten ausrichten? Und wie Anni erklären, daß er sich nicht traute, auch nur gegen einen einzigen anzutreten? Er konnte sich, verdammt noch mal, nicht prügeln, nicht so wie Johnny jedenfalls. Also war er zum Telefon gerannt.

Johnny hatte nicht die geringste Lust, Anni, die ihn beleidigt hatte, zu helfen, aber Max war sein Freund; ihm blieb also keine Wahl.

Johnny stürmte die Bar mit fünf Mann, vier andere warteten draußen, weil es immer welche gab, die davonliefen, sobald es ernst wurde.

Die Schlägerei war schnell entschieden. Es machte Spaß, GIs aufzumischen. Einige rannten, wie erwartet, gleich aus der Bar und wurden draußen in Empfang genommen. Drinnen knöpfte sich Johnny das Großmaul vor und richtete den Kerl so übel zu, daß er sich ergab.

Beim Davonlaufen trauerte Johnny den guten, alten Zeiten nach, wo man sich neben den blutig geschlagenen Gegner stellte und seinen Triumph genoß, schließlich sollte ja jeder mitbekommen, daß man gewonnen hatte. Aber jetzt, vier Jahre später, hoffte er nur, daß niemand ihn verpfeifen würde.

In der gleichen Nacht tauchte plötzlich Anni im »Charly« auf, einem Frühlokal, das sich immer erst füllte, wenn draußen schon die Sonne schien. Johnny hatte ein Mädchen im Arm, von dem er bis jetzt nur wußte, daß es zwei Namen hatte: Rebecca und Inge.

Anni kam direkt zu seinem Tisch. »Das war nett von dir, danke schön!« Sie sah verlegen aus.

»Ich hab nur meinem Freund einen Gefallen getan, nicht dir«, antwortete Johnny, »außerdem siehst du doch, daß ich nicht allein bin.« Er drehte sich wieder Rebecca und Inge zu. »Laß uns abhauen.«

Man sah immer sofort, wann es Streit gab. Man sah einem Kerl einfach an, wenn er es darauf ankommen lassen wollte. Genauso einer kam ihm gerade auf der Goethestraße entgegen. Klar, daß keiner dem anderen ausweichen würde. Und damit stand fest, daß jeder Schritt, mit dem sie sich einander näherten, unausweichlich zur Vorbereitung auf eine Schlägerei wurde.

»Das beste ist, Rebecca, du bringst dich in Sicherheit!«

Es gab keinen Grund und Gründe genug, sich mit ihm zu prügeln, aber ihr Aufeinanderprallen wäre nur zu verhindern gewesen, wenn einer freiwillig die Straßenseite gewechselt hätte.

Drüben lehnten Mädchen in den Eingängen der Bars. Die meisten kannten Johnny. Es wäre also einfach gewesen, die Seite zu wechseln, ohne damit dem, der auf ihn zusteuerte, das Gefühl der Überlegenheit geben zu müssen. Aber warum? Er hatte gerade einen GI verdroschen und war noch warm.

Johnny wich dem ersten Schlag aus, duckte sich, hob den Kerl, was seine Spezialität war, mit der rechten Schulter aus, sprang über ihn, packte ihn bei den Haaren und schlug seinen Kopf gegen die Steinplatten des Gehsteigs. Er zog ihn gleich wieder am Jackett hoch und schlug den Kopf gegen eine Parkuhr, die auf fünfundvierzig Minuten hochsprang. Dann ließ er ihn los. Der Kerl fiel ihm entgegen. Erst jetzt war Johnny bereit, einen Schritt zur Seite zu tun, und dann rannte er davon. Und plötzlich fiel ihm auch wieder ein, daß er den Kerl aus Ebrach kannte und daß sie sich schon dort nie besonders grün gewesen waren. Ein Kerl, der blutend mitten auf dem Gehsteig liegt, ist für einfache Passanten ein Mensch, der im Sterben liegt. Einer ruft immer nach der Polizei. Es war wirklich Glück, daß Anni gerade auch nichts anderes zu tun gehabt hatte, als sich von drüben alles mit anzusehen. Wenn die Funkstreife vorfuhr, war Johnny, wenn nicht wirklich alle dichthielten, dran.

»Wenn eine von euch sagt, wer das war, sorge ich dafür, daß sie hier keine Mark mehr verdient!« Anni hatte als Barfrau genug Autorität und die richtige Klappe, um sich durchzusetzen.

Kein Mädchen hatte, als die Polizei Fragen stellte, etwas gesehen. Die Passanten hatten alle zuviel gesehen. Mit ihren Angaben hätte man ein Dutzend Leute verhaften können.

Johnny wußte, daß er aufpassen mußte. Ohne Annis Hilfe wäre alles schon nach wenigen Tagen in Freiheit wieder von vorne losgegangen. In der gleichen Nacht erschien er deshalb in der »Hawaii-Bar«, um sich bei ihr zu bedanken, was sie mit einem Blick beantwortete, der Johnny zu schaffen machte, schließlich war, wie er wußte, noch immer Max hinter ihr her. Sie stellte ihm, weil sie offenbar wollte, daß er blieb, etwas zum Trinken hin – und wieder füllten sich ihre Augen mit einer Erwartung, auf die Johnny nicht vorbereitet war. Als sie vorschlug, sie sollten, sobald sie, »so um drei«, mit der Arbeit fertig sei, zusammen was essen gehen, hatte Johnny nur einen einzigen Einwand: »Ich hab kein Geld, um jemand einzuladen.«

Zwei Stunden später erschien Anni mit einer Freundin im Frühlokal, wo Johnny schon wartete. Ihm war es sogar ziemlich recht, daß sie in Begleitung kam, weil ihm nicht klar war, wie er sich verhalten sollte.

Es war spät, als sie zusammen zu ihr nach Hause kamen. Anni teilte ihr Zimmer mit einer Freundin, die sofort aufwachte. Damit er sich später nicht an Einzelheiten erinnern mußte, leerte er die angebrochene Flasche Weinbrand, die auf dem Fenstersims stand, und spülte mit einer Flasche Bier aus dem Eisschrank nach.

Um Max zu schonen, erzählte er ihm am nächsten Mittag die Wahrheit. »Spaß hat's erst gemacht, als Anni eingeschlafen war.«

Zwei Tage später zog er mit Anni ins »Hansa«, eine Hotelpension, was der Besitzer sehr rasch bedauerte, denn Johnny füllte die übrigen leerstehenden Zimmer mit Freunden und Bekannten. Je mehr sie waren, um so ungenierter konnten sie sich dort benehmen. Der Besitzer machte Anni schon nach einem Monat den Vorschlag, ihnen alle Mietschulden zu erlassen, wenn sie nur dafür sorgen würde, daß alle endlich auszogen, worauf sie natürlich nicht einging.

Bald ließ Johnnys gute Laune, was Anni betraf, nach. Sie war eifersüchtig, sie verlor völlig die Beherrschung, wenn sie eifersüchtig war. Natürlich hatte er nie wirklich die Absicht, Anni zu verlassen, wenn er ihren Szenen dadurch ein Ende setzte, indem er, und war es nachts um drei oder vier Uhr, seine Tasche packte und zum Bahnhof ging, um sie in ein Schließfach zu tun. Er mußte auch nie länger als zehn Minuten warten, bis sie im »Roxy« oder, wenn er dort nicht war, in der »Dschungel-Bar« auftauchte. Dann warf er ihr den Schlüssel zu, Anni holte seine Tasche und schleppte ihn durch die Goethestraße zurück in die Pension. Das wiederholte sich zweimal die Woche, mindestens. Vielleicht war sie verrückt, was aber immer noch aufregender war, fand sie, als nur unglücklich zu sein wie alle, die sich über sie lustig machten. Sie kannte doch ihre Kolleginnen, die sich alle auch nur nach der großen, wahren Liebe sehnten. Ganze Nächte gingen mit diesen Gesprächen drauf. Sollte jede, die sie jetzt auslachte, denken, was sie wollte. Sie jedenfalls fühlte sich von allen beneidet.

Johnny war entschlossen, sich auf das zu konzentrieren, was er sich zutraute. Wozu sollte er sonst auch gut sein? Als Teil einer Kolonne, die Plakatwände aufstellte, war er jedenfalls ungeeignet, was ihm sein Chef auch gleich bestätigte. »Geh zurück, wo du herkommst! Einen wie dich hätten sie niemals freilassen dürfen!« Johnny konnte den aufgebrachten Mann, auch wenn er ihm Prügel androhte, sogar verstehen! Mit Leuten wie ihm machte jeder ordentliche Geschäftsmann unweigerlich irgendwann pleite. In jeder Mittagspause hatte er den Vorarbeiter zu einem Spielchen überreden können (das konnte er!) und ihm dabei jedesmal sein ganzes Geld abgenommen. Als er anschreiben lassen mußte, hatte Johnny auf Zahlung bestanden. Macht zu haben über einen, der das Sagen hatte, dieses Gefühl war unwiderstehlich geworden. Also hatte er sich, als Gegenleistung für die Schulden, dessen Vespa ausgeliehen und war damit während der Arbeit spazierengefahren.

Um in aller Herrgottsfrühe Schlachtvieh aus Güterwaggons zu treiben, auch dafür war er nicht auf die Welt gekommen. Das konnten andere besser. Außerdem saß er um diese Zeit lieber noch in einer Bar oder spielte bei sich zu Hause Karten; oder er schaute noch auf einen Sprung ins »Palais de Dance«, um Mädchen abzuschleppen. Das war auch etwas, was er inzwischen konnte. Es klappte immer dann am besten, wenn er sich so wenig wie möglich anstrengte.

Die Hälfte aller Jungs, die im Nachtleben beschäftigt waren, kannte er aus Ebrach. Im »Palais« brauchte er nicht einmal zahlen, weil zwei Kellner im Knast für ihn Brote geschmiert hatten. Er kannte auch Kippler, den kleinen slowenischen Juden, dem der Laden gehörte, eine Schießbudenfigur, nicht größer und schöner als eine Zwergratte. Wenn er ihn begrüßte, mußte er immer an das denken, was ihm Max erzählt hatte, daß er nämlich mit einer Schönheit verheiratet war, einer Rothaarigen, die ihn um mehr als einen Kopf überragte. Allein ihretwegen schon erschien Johnny jede Nacht – und ihretwegen ließ er sich dann auch als Geschäftsführer anstellen, für neunhundert Mark im Monat. Sein Vorgänger war beim Glücksspiel erwischt und verhaftet worden, und Kippler hatte sich nach einem Ersatz umsehen müssen und immer wieder Johnnys Namen gehört. Der Junge schien alle Voraussetzungen für so einen Job mitzubringen. Er konnte mit den Kellnern, war nicht auf den Kopf gefallen, verstand etwas von Rock ’n’ Roll und, was das Wichtigste war, ging selbst zur Sache, wenn es mit den Gästen Krach gab. Außer daß er Kipplers Frau nie zu Gesicht bekam, hatte die Sache noch einen anderen Haken. Immer konnte er sich, wenn er zugeschlagen hatte, nicht auf das Hausrecht herausreden, und die Polizisten, die zusammen mit der amerikanischen Militärpolizei Streife gingen, verloren allmählich den Humor. Immer die gleichen Ausreden zu Protokoll nehmen zu müssen und einen Notarztwagen anzufordern, war nicht, was ihre Vorgesetzten im Präsidium von ihnen erwarteten. Der ganze Ärger aber, fand Johnny, ging nur Kippler etwas an, denn er tat schließlich nur, wozu er da war, und nur deshalb war sein Chef auch mit ihm zufrieden. Warum begriff die Polizei nie, daß er die gleiche Drecksarbeit machte wie sie? Dazu kam noch sein Pech, daß er nicht aussah wie einer, der einem groß gefährlich werden konnte. Viele Typen wollten es einfach wissen, wenn er sie in seiner Eigenschaft als Geschäftsführer aufforderte, sich zu benehmen. Seine neue Wunderwaffe war ein kurzer Haken direkt aufs Herz. Als Auftakt war dieser Schlag mehr als wirkungsvoll, denn automatisch nämlich ließen alle, sobald sie den Schlag spürten, ihre Köpfe nach unten fallen. Diesen Moment nützte Johnny aus, um sie mit einem von unten geschlagenen Haken zu erwischen, was zur Folge hatte, daß ihre Köpfe wieder nach hinten flogen und damit den Hals bloßlegten. Genau die Halsschlagader zu treffen, nur noch darauf kam es dann an. Jedenfalls war das auch die beste Methode, unnötiges Blutvergießen zu vermeiden. Schon einer, der nur aus der Nase blutete, konnte die ganzen Polster versauen. Dazu kam, daß sie ja nicht alle einzeln, sondern zu viert oder fünft erschienen und meistens schon zuviel getrunken hatten. Rein technisch war Johnny also darauf angewiesen, den ersten der Angreifer gleich derart zuzurichten, daß die anderen der Mut verließ. Und schnell mußte alles auch noch gehen, weil der Laden, vor allem an den Wochenenden, an allen Ecken und Enden brannte.

Johnny übersah völlig, daß er, wenn auch in Ausübung seines Berufs, bereits wieder in eine gefährliche Richtung rannte – zurück ins Gefängnis.

Daß es Zuhälter gab, wußte er zwar, hatte sich aber nie weiter dafür interessiert. Er hatte Anni, und nebenbei hatte er eine Rosie, seine Rebecca, die auch Inge hieß, eine Natascha und noch einige andere, viele andere, und genoß das Gefühl, daß nur die Mädchen sich in ihn verknallten, er aber seine Gefühle kontrollieren konnte.

Eines Tages lief ihm Evi über den Weg, die ziemlich ramponiert aussah, und Johnny wollte natürlich wissen, was passiert war. Sie hatte sich in der Nymphenburger Straße einfach unter die Prostituierten gemischt und war verdroschen worden.

»Und was willst du, was ich jetzt tun soll?«

»Mir helfen!«

»Stehst du nicht mehr bei Speedy hinter der Bar?«

»Keine Lust mehr! Drüben soll man mehr verdienen, erzählen alle.«

»Und wer hat dich geschlagen?«

»Mit Handtaschen sind sie auf mich losgegangen. Und dann ist ein Typ aus einem Haus gekommen und wollte, daß ich mich in sein Auto setze, weil er mit mir was zu reden hätte. Was weiß ich, was!«

»Na, was schon! Du glaubst doch nicht, daß du ohne Kerl dort einfach stehen darfst.«

Evi fing an zu weinen. »Hilfst du mir?«

Für Johnny war es ein Kinderspiel, dreißig Mann zusammenzutrommeln.

Natürlich hatten die Mädchen, von denen Evi vertrieben worden war, alle ihre Zuhälter. Er kannte auch ihre Stammkneipe, drüben in der Seidlstraße das »Kapitol«. Sie brauchten also von der Goethestraße nur durch den Bahnhof hindurchzugehen.

Da es bereits dunkel war, konnte man von außen zwar durch die Scheiben ins Innere des Lokals schauen – nicht aber umgekehrt. Sie blieben erst einmal unentdeckt, und Johnny konnte den Überfall organisieren. Zehn Mann würden mit ihm das Lokal betreten, die restlichen zwanzig draußen warten, falls jemand abhauen wollte.

Johnny und seine Jungs gingen rein, umstellten den Tisch der Zuhälter, nahmen sich jeder eine Flasche Bier – und knallten sie den Herren kommentarlos über den Schädel. Wer zu fliehen versuchte, wurde draußen aufgemischt. Das Ganze dauerte nur Minuten. Dann rannte das Rudel zurück in die Goethestraße.

Johnny sagte Evi, sie solle sich morgen nur wieder ganz ruhig neben die anderen Mädchen hinstellen – und falls eine von denen es wagen sollte, sie erneut zu vertreiben, sollte sie es ihm sagen.

Es gab zwar am ersten Arbeitstag für Evi noch ein paar böse Worte und abfällige Blicke, aber niemand wagte mehr, sie zu belästigen. Die schon etwas älteren Herren in den Anzügen wußten, daß sie keine großen Chancen gegen eine Schlägertruppe aus der Goethestraße haben würden. Als Johnny am nächsten Tag vorbeischaute, stieg Evi gerade in ein Auto. Der Gedanke, daß sie auf die gleiche Art mit jedem Mann schlief wie mit ihm, machte ihn eifersüchtig.

Johnny hatte deshalb die Idee, sich im Wagen von Timo, einem seiner Kellner, im Kofferraum zu verstecken. Timo sollte sich bei ihr als Freier ausgeben, auf diese Weise würde Johnny alles, was er wissen wollte, unbemerkt mitbekommen.

Sie fuhren in die Nymphenburger Straße und hielten auf der gegenüberliegenden Seite an. Johnny deutete auf ein blondes, sommersprossiges Mädchen in einem grünen Kleid. »Die da! Das ist sie!«

»Versteh ich, daß du eifersüchtig bist«, sagte Timo, nachdem er begutachtet hatte, was das grüne Kleid alles nicht bedeckte.

»Eifersüchtig?« wehrte Johnny ab. »Auf die doch nicht!«

»Und warum dann der ganze Zirkus?«

»Fahr los und dreh da vorne um, aber halt kurz an, damit ich mich in den Kofferraum legen kann.« Er hatte ganz kalte Hände vor Aufregung.

Evi widerstand jedem Angebot, das Timo ihr machte. Sie ließ sich nicht küssen, auch nicht für fünfzig Mark. Auch sonst keine Extratouren, auch nicht, als er sie mit zweihundert Mark zu überreden versuchte. Genervt stieg Evi aus und knallte die Autotür so wütend zu, daß Johnny hinten im Kofferraum den Kopf einzog – und trotzdem dachte, daß er irgendwo angestoßen sei.

Anni spielte verrückt, als sie dahinterkam, und handelte sich ein blaues Auge ein, als sie ihn auch noch als »Zuhälter« beschimpfte. Er brauchte zwei Sekunden, um einzusehen, daß sie recht haben könnte. Daß Evi anschaffen ging und er davon profitierte, weil sie ihm Geschenke machte, war, wie er fand, aber kein Grund, ihn so zu beleidigen.

Sich zwischen Evi und Anni zu entscheiden, fiel ihm schon deshalb nicht schwer, weil es für ihn nur eine einzige Wahl gab: seine Unabhängigkeit, sein Vergnügen, seine Freiheit. Noch immer zuckte er zusammen, sobald er die Hand einer Frau auf seiner Schulter spürte.

Es war ihm ganz recht, daß er Evi nicht anlügen mußte, als er ihr sagte, er habe noch etwas zu erledigen. »Wenn du zu Hause bleibst, komm ich vielleicht später noch mal auf 'n Sprung hoch!« Wenn er getrunken hatte, hatte er auf Evi auch dann Lust, wenn er sie am gleichen Tag schon einmal gehabt hatte.

»Dann warte ich auf dich«, strahlte Evi.

Als er ins »Roxy« kam, war Schuster-Horstl schon da. Er stellte ihm ein Mädchen vor, das Angelika hieß – und böse wurde, wenn einer sie Angie nannte. »Finden Sie nicht, daß man den Namen, den man hat, nicht abkürzen soll, schon gar nicht, daß er wie einer dieser amerikanischen Schlager klingt?«

Johnny schob sich einen Kaugummi in den Mund. Was sollte er sagen? Das hatte Horstl davon, sich jedes Wochenende in ein anderes anständiges Mädchen zu verknallen. Was er wissen mußte, hatte Horstl ihm schon gestern gesagt. Sie war die Tochter irgendeines Wirtschaftsfritzen, ziemlich betucht, nicht gerade schön, grundanständig; das Stärkste, was sie trank, war ein Mineralwasser. Ausgerechnet sie wollte Horstl rumkriegen – und hatte sie deshalb ins »Roxy« eingeladen; sie sollte staunen, wo er sich überall herumtrieb.

Wie verabredet verschwand Schuster-Horstl nur deshalb zweimal auf der Toilette, um Johnny Gelegenheit zu geben, in seiner Abwesenheit ein paar Lobeshymnen auf ihn loszuwerden.

Als Schuster-Horstl zum drittenmal zur Toilette ging, stand sie auch auf. »Ich muß auch mal dahin.«

An der Bar stand ein etwa zwanzigjähriger Kerl, den Johnny nicht kannte, aber als sie an ihm vorbeigehen wollte, sah er, wie der Kerl ihr ein Bein stellte, so daß sie fast fiel, und dabei grinste er.

Johnny überlegte. Eigentlich war sein Abend reserviert für seinen Freund. Nur nicht wieder die übliche Schlägerei – vor allem nicht in Gegenwart dieses Mädchens, das zu Tode erschrecken würde. Andererseits war Johnny einfach nicht der Junge, der sich beherrschen konnte.

»Wo ist die Kleine?« wollte Schuster-Horstl wissen, als er wieder am Tisch saß.

»Kennst du den Typ dort drüben?«

»Wieso?« Schuster-Horstl drehte sich um. »Will der was?« Der Kerl schaute unverwandt herüber.

»Ja, Streit!«

»Hör auf damit, Johnny. Um Gottes willen, laß ihn glotzen. Denk dran, daß ich auf die Kleine scharf bin. Wenn's hier kracht, läuft sie nach Hause. Tu mir den Gefallen.«

»Er hat ihr, als sie auf den Topf ging, ein Bein gestellt. So sieht's aus. Und die ganze Zeit grinst er schon herüber.«

Schuster-Horstl legte den Arm um Johnny. »Denk an meinen Schuß.«

Aber Johnny war bereits aufgestanden und zur Bar hinübergegangen. »Gibt's was?«

Der Kerl antwortete nicht.

Jetzt kam Angelika zurück, ging an den beiden vorbei, ohne etwas von dem Streit zu bemerken, und setzte sich zu Horst. »Hier bin ich wieder!«

»Ich?« Der Typ lachte.

»Komm mit raus, wenn du keine Angst hast.«

»Ich bin gleich wieder zurück«, sagte der Kerl zu dem Mädchen hinter der Bar. Dann folgte er Johnny auf die Straße.

Dort warteten sie zu sechst.

»Gleich mit Verstärkung?« sagte Johnny, der sich sofort das Hemd vom Oberkörper riß.

»Hallo, Johnny!« hörte er hinter sich plötzlich jemand sagen, drehte sich um und sah Mann-Helli, der ihn im gleichen Moment ansprang. »Schön still halten! Und keine Aufregung!«

Also darauf läuft es hinaus, dachte Johnny. Gestern hatten sie Streit gehabt, weil Mann-Helli beim Pokern Geld verloren und ihn danach beschuldigt hatte, betrogen zu haben, worauf er ihm Lokalverbot erteilt hatte.

Mann-Helli drückte ihm jetzt beide Arme so fest zusammen, daß Johnny sich geschlagen geben mußte. Und dann legten sie los! Einer nach dem anderen schlug auf ihn ein. Das Blut lief ihm über das Gesicht. Der Magen brannte. Ein Tritt zwischen die Beine machte ihn halb bewußtlos. Johnny hing immer noch in Hellis Umklammerung. Als er sie öffnete, fiel Johnny zu Boden. Er bekam keine Luft mehr und sah auch nichts mehr. Der ganze Körper tat ihm weh. Es dauerte einige Zeit, bis er wieder zu sich kam. Trotz der Wut über Hellis Gemeinheit und der Schmerzen, die er hatte, wurde er wütend, weil Passanten stehengeblieben waren, ihn anglotzten und nach der Polizei riefen. Er verteidigte, wenn er sich prügelte, nicht nur seine Haut, sondern sein Selbstbewußtsein. Er rappelte sich also hoch und torkelte die Straße hinunter zu seiner Pension. Jeder Schritt fiel ihm schwer. Das Blut lief ihm aus der Nase. Beide Augen waren zugeschwollen, Die Rippen taten ihm weh. Er konnte kaum schlucken und kaum noch den Kiefer bewegen. Auf der Treppe nach oben befühlte er seine Zähne. Alle wackelten.

Johnny wünschte sich jetzt nur, daß es keine Anni gäbe. Er wollte allein sein, sich verkriechen, ohne viel erklären zu müssen.

Als Anni die Tür aufmachte, erschrak sie. »Oh, mein Gott, was ist denn mit dir passiert?«

Er antwortete nicht. Dann mußte er kotzen.

Es war keine drei Monate her, daß er entlassen worden war, als ihm jemand, der sein Auto nicht mehr abbezahlen konnte, den Wagen anbot. Johnny mußte monatlich also nur eine Rate von hundert Mark zahlen. Daß er noch immer keinen Führerschein besaß, hielt er für unwichtig.

Zwei Tage später geriet er in eine Polizeikontrolle. Sie wollten seine Papiere sehen und nahmen ihn, weil er keine hatte, mit auf die Wache. Er wurde zu vierzehn Tagen Haft verurteilt und sollte die Strafe in drei Tagen antreten. Zuerst dachte er daran, einfach unterzutauchen, überlegte es sich aber dann doch anders, weil Anni so gut wie jede Nacht völlig durchdrehte und das, obwohl er mit Evi Schluß gemacht hatte, und er einfach ein paar Tage seine Ruhe haben wollte.

Die Beamten wußten, daß er dieses Mal nur wegen einer Kleinigkeit einsaß und ließen ihn seine Strafe mehr oder weniger verschlafen – sie waren sich einfach zu sicher, ihn sehr bald, dann aber endgültig hinter Schloß und Riegel setzen zu können.

Er hatte viel Schlaf nachzuholen, aber in den wenigen wachen Stunden dämmerte ihm, daß sie mit ihrer Annahme gar nicht so falsch lagen.

Er mußte weg hier.

Drittes Buch

Die Arbeit, am Leben zu bleiben

Was du thust, was dir gefällt, ist Gesetz.
Friedrich Schiller

I

Auch Horst Rübelein besaß keinen Führerschein. Trotzdem machten sie sich mit ihrem klapprigen, in den bayerischen Landesfarben weiß-blau gestrichenen Opel Kapitän auf die Fahrt nach Hamburg. Das Geld reichte gerade für das Benzin und für einmal Bockwurst mit einer Scheibe Brot unterwegs.

Erst einmal waren sie weg aus München. Nicht, daß sie sich ein anderes Leben wünschten, sie waren zufrieden mit ihrer unruhigen, nutzlosen Existenz, aber eine Abwechslung würde beiden guttun. Sie würden sich auf St. Pauli umschauen. Sollte sich etwas ergeben, wollten sie bleiben, wenn nicht, vielleicht auf einem Frachter anheuern oder eben wieder zurückfahren.

Als sie über die Elbbrücken nach Hamburg hineinfuhren, war es bereits zu dunkel, um noch viel sehen zu können. Aber was sie in Umrissen, nur von einem halben Mond beschienen, erkennen konnten, steigerte noch ihre aufgekratzte Vorfreude.

Johnny schlug das Herz schneller, sein Staunen machte ihn hellwach. Die Hafenanlagen, Brücken und Docks beeindruckten ihn so sehr, daß er sich wünschte, die ganze Stadt schwimme auf dem Wasser. Er kurbelte das Fenster herunter, atmete die Luft ein und glaubte seinem Glücksgefühl, ans Ende der Welt gelangt zu sein.

»Wo fahren wir eigentlich hin?« Die Elbbrücken lagen längst hinter ihnen, als er allmählich wieder zur Besinnung kam.

Da sie keinen Pfennig in der Tasche hatten, schieden billige Pensionen von vornherein aus, denn dort mußte man, wie sie wußten, sofort zahlen. Ein anständiges Hotel der Mittelklasse aber konnte schon wegen der Vornehmheit, die es für sich beanspruchte, dem ankommenden Gast nicht allzusehr mißtrauen. In der Regel wurde der Zimmerpreis erst am nächsten Morgen verlangt.

Nach einer Irrfahrt durch die halbe Innenstadt entschieden sie sich für das Hotel »Continental« gegenüber dem Hauptbahnhof. Zum Glück lag das Hotel direkt neben dem Deutschen Schauspielhaus, denn das Personal dort hütete sich, jungen Burschen, auch wenn sie nur über ein mäßig vertrauenswürdiges Aussehen verfügten, ein Zimmer zu verwehren. Vielleicht waren es ja Schauspieler, wer kannte sich schon aus mit angehenden Genies? Und so wurden sie mit einer Freundlichkeit empfangen, die ihnen völlig unerklärlich vorkam. Rübelein warf dem jungen Mann in der Uniform eines Königspagen seine Autoschlüssel zu. »Wenn Sie den Wagen vielleicht irgendwo parken könnten?« Das klang überzeugend; die letzten Zweifel, sie könnten Ungeziefer einschleppen, waren damit beseitigt. Johnny verlangte ein Doppelzimmer mit Dusche und wollte wissen, ob es möglich sei, etwas zum Trinken aufs Zimmer zu bekommen.

»Aber selbstverständlich!«

»Gut, sechs Flaschen Bier, aber schön kalt.«

»In Ordnung. Wenn Sie nur hier bitte noch die Formulare ausfüllen würden.«

Name, Geburtsdatum, Geburtsort, Paßnummer? Klar. Aber Beruf? Nach kurzem Nachdenken entschied sich Johnny für »Bayerischer Meister im Rock 'n' Roll«. Aha, staunte der Empfangschef, als er das Formular überflog, dann haben wir morgen vielleicht den deutschen Meister zu Gast, und händigte ihm den Zimmerschlüssel aus. »Die Getränke lasse ich gleich hochbringen.«

Sie tranken drei der Flaschen aus, versteckten die restlichen drei unter ihren Jacken und verließen eine Stunde nach ihrer Ankunft das Hotel. Es war bereits nach Mitternacht.

»Wenn ihr mal nach Hamburg kommt, fragt einfach im ›Amber‹ nach mir«, hatte Brandl-Adi jedesmal gesagt, wenn er auf dem Weg nach Tirol, wo seine Eltern wohnten, in München Station gemacht hatte. Wie elegant der immer aussah! Und erst der Schmuck, den er trug: Goldkettchen, an allen Fingern Ringe, eine Rolex. »Das ist nicht einfach nur Gold«, klärte er sie auf, »das ist echt Gold!« Dagegen waren Johnny und seine Kumpels arme Schlucker. Sie versteckten ihr Kleingeld noch in den Socken. Adi dagegen hielt alle frei, wenn er mit ihnen die Goethestraße unsicher machte.

Am Bahnhof fanden sie einen Taxifahrer, der bereit war, sie zum Gegenwert von drei Flaschen Bier einsteigen zu lassen.

Sie betraten das »Amber« und stellten sich, um sowenig wie möglich aufzufallen, ans Ende der Theke. Am liebsten wäre Johnny eine Weile unsichtbar geblieben; er haßte es, angestarrt zu werden.

»Ja?« Der Kerl hinter dem Tresen wirkte unentschlossen, ob er sie überhaupt bedienen sollte.

»Wir sind Freunde vom Brandl-Adi aus München ...«

»Na und?«

»Nichts. Nur, daß wir ihn suchen. Das hier soll seine Stammkneipe sein.«

An einem Tisch in der hintersten Ecke erhob sich ein älterer Mann. »Was gibt's?«

»Freunde vom Brandl-Adi. Weißt du, wo der sich rumtreibt?«

Der Mann kam näher und gab beiden die Hand. »Ich bin Sascha.« Er schaute auf die Uhr. »Sicher ist man bei dem nie, wann er auftaucht, aber irgendwann wird er schon eintrudeln. Er wohnt ja schließlich oben.«

»Wir haben's nicht eilig«, versicherte ihm Johnny.

Sascha ließ ihnen zwei Bier hinstellen und ging zu seinem Tisch zurück, um sich wieder in die Zeitung zu vertiefen.

Sascha Schünemann war Hamburger und hatte nach dem

Krieg eines der ersten Bordelle betrieben. Das Haus hier hatte er sich zusammengespart und zu einer Pension umgebaut. Er hatte immer schon Kinder haben wollen – und sie auf dem Umweg über diese Kneipe auch bekommen, eine ganze Bande gleich, und alle verehrten ihn. Er war schätzungsweise fünfzig, wirkte aber trotz der breiten Schultern, der massigen Hände und der gebrochenen Nase gutmütig. Sascha war Urgestein, Ahnherr einer Vergangenheit, als Stripperinnen noch Schönheitstänzerinnen und Prostituierte noch Freudenmädchen hießen. Einmal jede Woche, immer in der Nacht von Samstag auf Sonntag, gönnte er sich selbst ein Vergnügen, ging bummeln, traf Freunde von früher, schaute bei seinen Kollegen vorbei, schmiß, wo immer er auftauchte, seine Lokalrunde, trank selbst nur noch wenig, plauderte, lachte, informierte sich über Neuigkeiten und beschloß den Rundgang morgens auf dem Fischmarkt, wo er im Stehen frühstückte, um sich dann wieder für eine Woche zu verabschieden.

Seine Kneipe hatte den Charakter eines Wohnzimmers, Plüsch und Holz, tiefhängende Lampen, Nischen mit Tischen und neben der Tür eine Jukebox. Wer hier verkehrte, gehörte zu St. Pauli. Touristen kamen nicht herein; und wenn, wurden sie gebeten, sich zur Reeperbahn durchzufragen.

Die Jungs an den Tischen nahmen ihr Kartenspiel nicht so ernst, daß sie nicht auch mitbekommen hätten, daß da zwei neue Gesichter herumsaßen. Einer fing an zu lachen, was ansteckend gewirkt haben mußte, denn schon grölte der ganze Tisch. Für eine Minute waren sie der Mittelpunkt des Lokals. Man wollte wissen, wo sie ihre Lederhosen hatten, und ob sie jodeln könnten; die üblichen Scherze eben. Johnny konnte Witze dieser Art nicht ausstehen und überlegte schon, ob er aufstehen und gehen sollte.

»Was trinkt ihr, Jungs?« fragte einer und bestellte, ohne die Antwort abzuwarten, eine Runde. »Auf mich, Uwe!«

Das mußte er sich merken. Sie waren fremd, noch keine zehn Minuten hier und bereits zweimal eingeladen worden. Dabei war er schon drauf und dran gewesen, Streit anzufangen. Dann fiel ihm ein, daß er nichts in der Tasche hatte, womit er auch nur ein einziges Bier selbst hätte bezahlen können.

Auch der Kellner wurde allmählich freundlicher und telefonierte sogar, um Adi aufzutreiben.

Adi tauchte nicht auf, aber nach und nach die ersten Mädchen. Ein Wunder, daß der Laden nicht Feuer fing. Was Johnny sah, war beunruhigend aufregend. Es fiel ihm schwer, sich auf die Fliege zu konzentrieren, die einen Tropfen Bier erwischt hatte und schon halb hinüber war. Das hier, soviel kapierte er, war die härtere Version des Lebens ohne Sperrstunde.

Das »Amber« schien der Treffpunkt für Spätheimkehrer und Frühaufsteher zu sein – und nur einer ganz bestimmten Gruppe von Freunden und Kollegen zugänglich. Die Mädchen hatten ihre Arbeit für die Nacht hinter sich, tankten noch etwas, bevor sie schlafen gingen, oder holten ihre Männer ab. Johnny beobachtete, wie geduldig sie warteten, bis einer nach dem anderen aufstand, denn erst spielten sie noch ihre Runde zu Ende, bestellten noch den letzten Schluck, irgendeiner fing todsicher wieder mit einem Witz an, und plötzlich ging der Würfelbecher von Hand zu Hand; aber die Mädchen warteten.

Gegen acht Uhr morgens erschien Adi doch noch, hatte offensichtlich ebenfalls die ganze Nacht getrunken, aber ebenso offensichtlich noch immer nicht genug.

»Da hinten sitzt Besuch für dich«, teilte Uwe ihm mit.

Es dauerte eine Weile, bis er Johnny entdeckt und sich bis zu ihm durchgeschlagen hatte, weil er mit jedem, der im Weg stand, noch etwas zu reden hatte. »Hast du's endlich nach Hamburg geschafft?«

»Wurde auch Zeit, die hatten mich schon wieder auf der Abschußliste.«

»Wer?«

»Die Polizei natürlich.«

»Und wer noch?« Er wunderte sich über Johnnys noch nicht ganz ausgeheiltes Gesicht.

»Ach so. Da haben sechs Mann wenigstens ihren Spaß gehabt!«

»Dann bleibst du also 'n Weilchen?«

»Nichts dagegen, wenn's überall so zugeht wie hier.«

»Dann trinken wir erst mal was«, entschied Adi.

Es war Mittag, als Johnny im Hotel »Continental« den Zimmerschlüssel verlangte. Die Angestellten waren sich jetzt nicht mehr ganz so sicher, ob sie es bei den beiden Burschen mit angehenden Genies zu tun hatten.

Als Johnny oben auf dem Zimmer sein Jackett auszog, fielen ihm mehrere Hundertmarkscheine aus der Tasche. Er war zu müde, um hinzuschauen, und zu glücklich, um es zu glauben.

2

Als er ausgeschlafen hatte, war es wieder Mitternacht. Er ließ sich, zusammen mit Rübelein, sofort wieder ins »Amber« fahren und war fassungslos stolz, daß ihn alle wiedererkannten.

Sascha saß an seinem Tisch und las Zeitung.

»Hallo, Sascha!«

»Hallo, mein Junge. Ausgeschlafen?«

»Bestens, und sogar schon gefrühstückt.« So höflich, das fiel ihm auf, hatte er selten jemand geantwortet.

Das »Amber« war noch halbleer. Er setzte sich an die

Theke, und Uwe stellte ihm ein frisch gezapftes Bier vor die Nase.

»Bin ich übrigens gestern was schuldig geblieben?« Natürlich war ihm nicht entfallen, daß er eingeladen worden war, aber schaden konnte es nicht, noch einmal nachzufragen. Auch wenn München in ihren Augen ein katholisches Provinznest war, wollte er nicht als unbekümmerter Schmarotzer eingestuft werden.

»Ich hab nichts notiert.«

Nach einer halben Stunde erschien Adi und ließ sich einen Kaffee einschenken. Er war noch nicht wieder ganz nüchtern.

»Also, das Geld«, fing Johnny sofort an, »das kriegst du so schnell, wie es geht, wieder.«

»Das regelt sich schon, mein Junge.« Adi gähnte und spülte mit dem Kaffee zwei Alka Seltzer hinunter. »Diese ewige Sauferei«, stöhnte er und verlangte ein Bier. »Wo wohnt ihr eigentlich?«

»Am Bahnhof. Hotel ›Continental‹.«

»Weiber?«

»Nicht mal 'n Zimmermädchen hab ich gesehen. Da müssen wir jedenfalls raus. Weißt du, wo man wohnen könnte?«

»Na ja.« Er wischte sich den Schaum von der Oberlippe.

»Hier würde ich sofort einziehen.«

»Langsam, langsam, da stehen schon fünfzig andere auf der Warteliste.« Adi überlegte. Er konnte Johnny jetzt unmöglich erklären, daß im »Amber« nur die gestandene Elite zu Hause war, die wichtigen, anerkannten Figuren auf dem Kiez, und daß, wer im »Amber« wohnte, in nahezu jeder Kneipe auf St. Pauli unbegrenzten Kredit besaß, daß die Adresse bei Sascha also mehr bedeutete als ein Dach über dem Kopf. Er wollte es Johnny auch nach dem zweiten Bier nicht sagen. Für diese Visitenkarte war es ganz einfach noch zu früh. Sie war ein Verdienst.

Am nächsten Tag, genauer gesagt, am gleichen Mittag noch, hatte Adi bei Catcher-Felix in der Pension »St. Annen«, die gleich gegenüber lag, ein Doppelzimmer gemietet.

Das Zimmer bestand zwar aus vier Wänden und einer Tür, das schon, aber auch eine Zelle hatte diese Grundausstattung. Sie brauchten zumindest ein Radio und was zum Anschauen für die Wand. Am liebsten das gleiche halbnackte, über einen Telefonhörer hinweg lächelnde Mädchen, das im »Amber« in der Ecke hing, genau dort, wo Johnny gestern die halbe Nacht gesessen hatte. Wo immer man bei ihr hinschaute, immer schaute sie zurück. Der Fotograf hatte ihr die Jeans aufgeknöpft, aber sie schien es noch nicht bemerkt zu haben. Johnny himmelte sie an, ging zum Bahnhof, kaufte am Kiosk einen Playboy und fand sie auch gleich. Inzwischen hatte sie aufgehört zu telefonieren und nuckelte, unschuldig wie Zitronenmarmelade, an einem Strohhalm. Da Johnny sich geschworen hatte, mit dem Klauen Schluß zu machen, bezahlte er für das Radio, das ihm gefiel, weil es die Form eines Aschenbechers hatte.

3

Adi kümmerte sich darum, daß Johnny nicht nur im »Amber« herumsaß, sondern die Reeperbahn kennenlernte.

Johnny schüttelte jedem, dem er vorgestellt wurde, die Hand, darunter einige, die aus Gußeisen sein mußten, und nahm keinem übel, wenn sie ihm vier Jahre Knast nicht abnehmen wollten. Zwischendurch, wenn es sich nicht vermeiden ließ, schlief er ein paar Stunden. Das Foto mit seiner Freundin hatte einen Ehrenplatz über dem Waschbecken; von dort schaute sie ihm zu, wie ihre Gleichgültigkeit ihn zum Orgasmus trieb.

Auf St. Pauli regte sich kein Mensch über den Verfall irgendwelcher Sitten auf. Die gewerbsmäßige Prostitution war hier zu Hause, hatte Gewohnheitsrecht und gehörte zur Monotonie des Alltags. Nicht einmal eine Hausfrau hätte sich darüber aufgeregt. Außerdem sahen die jungen Dinger, die sich auf offener Straße den Männern anboten, wie Schulmädchen aus, die sonntags bei ihren Schwiegereltern zum Tee erscheinen.

Die Menschen lebten gerne in ihrem Viertel. Sie waren sogar stolz, daß hier alles ein wenig anders war als sonstwo. Niemand betrachtete einen Zuhälter und seine Mädchen als Belästigung, den Matrosen verziehen sie ihre lärmende Trunkenheit, den Transvestiten ihr Unglück. Daß St. Pauli in aller Welt als »sündige Meile« galt, brachte keinen aus der Fassung. Ihr Viertel war berühmt, weltberühmt sogar, von überall kamen sie angereist, um über die Reeperbahn zu bummeln, und aus jeder zweiten Kneipe hörte man die Stimme von Hans Albers, der sie besang.

Für Johnny war das Betreten der Großen Freiheit wie das Eintauchen in die explodierende Gischt einer Brandung. Dagegen war alles, was er von der Goethestraße kannte, lächerlich. Vor ihm lag eine Tempelstraße, eine Märchenkulisse nächtlicher Vergnügungen, eingetaucht in Farben, Lichter und Lärm. Vor jedem Eingang standen schreiende Portiers und kümmerten sich mit fanatischer Aufmerksamkeit um alles, was sich bewegte. Sie stellten sich auch Johnny in den Weg, versprachen ihm Frauen und Bier zum Spottpreis. Manche sahen aus wie Obdachlose im geliehenen Anzug. Wer es sich leisten konnte, nahm allerdings einen ohne Glasauge und Zahnlücken. Aber es gab auch hier Könner und Könige, elegante, überzeugend wirkende Lockrufer des Verbotenen. Sie schafften es, einem seit vierzig Jahren verheirateten Ehepaar auf die charmanteste Art klarzumachen, daß der Zeitpunkt gekommen war für einen Anschauungsunterricht in Sachen erotischer Glückseligkeit; eine Sünde, nicht wenigstens einen Versuch gewagt zu haben. Nach einem stummen Blick folgten sie ihm durch einen Vorhang ins Innere des Lokals – mit einem so ratlos überraschten Gesichtsausdruck, als seien sie nicht mehr verantwortlich für ihr Verhalten. Auch Johnny hatte Mühe, sich nicht aufhalten zu lassen. Von allen Seiten riefen sie ihm ihre Angebote zu. An den Eingängen perlten ganze Kaskaden vielfarbiger Glühlämpchen, Musik schwemmte wie Badeschaum aus allen Ritzen, jeder versprach Girls-Girls-Girls, appellierte an die Neugier, die Lust, an die große Freiheit eben.

Nachmittags stand Johnny spät auf, erlebte, wenn er sich beeilte, gerade noch den Sonnenuntergang unten am Hafen, schaute den Schiffen nach und beschloß, nicht so schnell wieder nach München zurückzufahren. Er konnte auch hier vor die Hunde gehen, wenn es sein mußte. Aber da er das nicht vorhatte, mußte er lernen, wie St. Pauli funktionierte, wer diese Ansammlung von Buden, Bars und Bordellen regierte, wer das Sagen hatte und wer zuhörte, wer oben, auf dem Weg nach oben oder auf dem Abstieg war. Die Arbeit, der er in diesen Wochen nachging, bestand darin, eine Bestandsaufnahme seiner neuen Umgebung durchzuführen. Auf der einen Seite ging er die Reeperbahn hoch, auf der anderen wieder zurück, nahm sich eine Woche die rechte, die nächste die linke Hälfte von St. Pauli vor, ganz systematisch.

Im »Bacchus« in der Talstraße wurde er Stammgast, eine Kneipe, die vierundzwanzig Stunden offen hatte, Zeit genug, sich auch ein paar Tricks zu merken, wie man zu Geld kam. Beim Würfeln klemmte die Sechs in der Hand, die den Würfelbecher schüttelte; man mußte sie nur geschickt genug öffnen – und da lag sie. Das ergab dann zusammengenommen meistens mehr, als der andere würfelte. Und da zunächst nur um die nächste Flasche Bier oder den nächsten

Whisky gespielt wurde, war auch dem Kellner geholfen, denn der machte Umsatz. Die Freier, die hier herumsaßen, wurden, wenn sie getrunken hatten, irgendwann natürlich unvorsichtig. Schon ging es um Geld. Die Rechnung war also aufgegangen. Es begriff ja keiner, daß er immer nur Pech haben soll, setzte und würfelte also weiter, um immer höhere Einsätze. Der Rest war nur noch Routine. Die Menschen gehorchten, wie Johnny lernte, einer einfältigen Logik. Erkläre einem, daß er nur soviel trinken soll, wie er verträgt, wird er gleich die doppelte Ladung bestellen. Rede ihm ins Gewissen, daß er nicht sein ganzes Geld versaufen soll, wird er erst mal die Ladung runterkippen und dann damit prahlen, wieviel Geld er noch in der Tasche hat. Sage ihm, daß seine Würfel nicht gewinnen, wird er mit Scheinen wedeln und jedem das Gegenteil beweisen wollen. Wenn er anfängt, von Betrug zu reden, überlaß ihn dem Kellner. Sag ihm, daß er besoffen ist, erst, wenn die Rechnung bezahlt und die Spielschulden beglichen sind. Gib ihm, bevor er Streit anfangen will, ein paar Mark, daß er wenigstens noch nach Hause kommt.

Johnny machte jeden Tag genug Gewinn, um nicht betteln zu müssen, genug sogar, um Adi schließlich die Schulden zurückzahlen zu können. Er zahlte regelmäßig im »St. Annen« seine Miete und hatte trotzdem immer noch gerade so viel Kleingeld in der Tasche, daß es mittags für eine Fischsemmel und nachts für eine Bratwurst reichte.

Einmal half er im »Bacchus« drei Nächte aus. Der Wirt hatte ihn gebeten, für Finger-Hannes einzuspringen, der nicht zur Schicht erschienen war.

Natürlich kamen gleich alle vorbei, die er inzwischen kannte, Adi, Totenkopf-Fred, Auto-Wolfgang, Franzosen-Helmut, sogar Sascha steckte Samstag nacht kurz den Kopf zur Tür herein, als ob er ihm gratulieren wollte, daß er jetzt dazugehörte.

Wenn Johnny etwas aus dem Handgelenk schütteln konnte, dann das. Eine Theke war die richtige Rennbahn. Es gab Unterhaltung. Es kam Geld in die Tasche. Und dazu dröhnte die Jukebox. Nur Würfeln oder eine Runde Poker war noch angenehmer.

»Mal sehen«, antwortete er, als der Wirt ihm vorschlug, zu bleiben, richtig mit Lohn und so.

Wenn er dazugehören wollte, mußte er sich entscheiden. Es sprach nichts dagegen, den Vorschlag anzunehmen. Nur sollte sich der Wirt nicht einbilden, ihm läge viel daran. Das konnte er nicht leiden. Unter der Bedingung, daß er die Nachtschicht bekam, sagte er schließlich zu.

Das Wichtigste war, sich nicht zu besaufen. Natürlich mußte ein guter Kellner mittrinken, wenn er eingeladen wurde, und er wurde praktisch von jedem zweiten Gast eingeladen. Wollte er aber halbwegs nüchtern bleiben, um die Übersicht zu behalten, ging das nur, wenn er geschickt genug war, sein Glas unbemerkt wegzukippen. Er kannte das, Barmädchen machten das auch so.

Jedesmal, wenn die Tür aufging, lernte er etwas dazu. Er lernte, einen Betrunkenen von einem Quartalsäufer, einen Verrückten von einem Wahnsinnigen und einen Schreihals von einem Schläger zu unterscheiden. Er sah einem an, ob er Geld oder nur ein Messer bei sich hatte. Nicht einmal zum Schlafen waren die Leute aus der Kneipe zu kriegen. Und wenn sie aufwachten, tranken sie weiter.

Er hatte noch keine Woche hinter sich, als sein Chef frühmorgens zur Tür hereintorkelte. Johnny war seiner Frau gerade dabei behilflich, ein Wäschepaket zum Auto zu tragen. »Laß das«, schrie er, »die soll ihren verdammten Dreck gefälligst selber tragen!«

Einen Moment lang wußte Johnny nicht, wie er sich verhalten sollte. Sein Bauch sagte ihm: Hau ihm in die Fresse. Der Kopf sagte: Halt dich besser raus. »Sie können anschreien, wen Sie wollen, aber nicht mich«, erklärte Johnny und schmiß ihm das Paket vor die Füße.

Die nächsten Wochen lungerte er wieder herum, ging am Vormittag ins Bett, stand am späten Nachmittag auf, wenn es begann, dunkel zu werden, machte gleich nach dem Aufstehen regelmäßig seine Liegestützen und bearbeitete seine Haare. Er gab den letzten Pfennig für Pomade aus. Eine Ewigkeit dauerte es jedesmal, bis er sich gefiel und die Stirnlocke sich so schwungvoll und gleichzeitig massiv über die Stirn wölbte, wie bei einem, der in zehn Minuten einen Plattenvertrag unterschrieb. Was ihm jetzt noch fehlte, waren ein Anzug mit Weste, ein Paar hengstschwarze Stiefeletten mit hohen Absätzen und ein weißes Hemd dazu mit breitem Kragen.

Max hatte ihm am Telefon nicht abnehmen wollen, daß er noch mit keinem Mädchen in Hamburg was gehabt hatte. An jeder Ecke standen welche, er brauchte nur mitzugehen. Aber kaum machte eine auch nur den Mund auf, wurde er böse, denn er wußte, daß keine einen ansprach, der aussah, als sei er im Milieu zu Hause. Andererseits mußte er sich zusammenreißen, wenn ihm doch eine gefiel, aber seine Selbstachtung ließ es nicht zu, sich wie ein Freier behandeln zu lassen, nicht zu diesem Zeitpunkt, wo er zu den Jungs gehören wollte, die umsonst bekamen, was sie zum Vergnügen brauchten. Angstträume schüttelten ihn, wenn er sich vorstellte, wie er im »Amber« saß, die Tür aufging, eine reinkam, die er vor ein paar Stunden bezahlt hatte, ihn erkannte und sich dann zu einem setzte, den er auch kannte; bei der Vorstellung, sie würde rufen: Seit wann verkehren hier Freier!, brach ihm der Schweiß aus. In diesem Zustand landete er meistens im »Zillertal«, einem Besäufnispalast neben der Davidswache, mit Blasmusik und weiß-blauen Tischtüchern. Er hatte weiter nichts vor, als sich allein und andächtig vor Heimweh vollaufen zu lassen.

Die Bedienung gefiel ihm mit jedem Schluck besser. Er bestellte nur noch, um sie auf sich aufmerksam zu machen. Sie war nicht viel älter als er, ein junges Ding mit rotblonden Haaren. Aber ein Flirt war, wenn man den Mund nicht aufbrachte, Knochenarbeit. Nie fiel ihm ein, was nicht zu eindeutig und doch unmißverständlich genug war. Er war, sobald er allein herumsaß, hoffnungslos auf ein Stichwort angewiesen. Wenn er vor einer Stunde gesagt hätte: Ich wette, daß du aus Bayern kommst, wüßte er jetzt wenigstens ihren Vornamen.

»Ich wette, du kommst aus Bayern«, sagte sie und stellte ihm Schweinswürstel hin, einen ganzen Teller. »Wartest du, bis ich Feierabend habe?«

Er hatte nichts zu essen bestellt. »Beeil dich!«

Als sie das »Zillertal« verließen, schafften sie es gerade noch bis zum nächsten Hauseingang und ließen sich auch von einem Rentner nicht stören, der mit seinem Hund die Treppe herunterkam.

Auf dem Heimweg wartete er eine halbe Stunde, bis die Banken öffneten, nur um zwei Fünfzigmarkscheine gegen einen Hundertmarkschein zu tauschen, schaute im »Amber« vorbei, wie immer, und schmiß nur deshalb noch eine Lokalrunde, um mit dem großen Schein zahlen zu können.

»Hallo, Sascha!«

»Hallo, mein Junge!«

Inzwischen kannten ihn alle. Niemand zweifelte mehr, daß er nach St. Pauli paßte.

Uwe teilte ihm mit, daß ein Mädchen für ihn angerufen habe.

»Kann ich auch nicht ändern!« Soviel Schnoddrigkeit war er sich allmählich schuldig.

Johnny war zu müde, um bleiben zu wollen, aber nicht müde genug, schon schlafen zu können. Das Filmplakat, das zwei Straßen weiter hing, versprach einiges. Es zeigte eine

Faust und das Gesicht einer schwarzhaarigen Schönheit, neben deren Locken ein Auto explodierte. Er haute sich in die letzte Reihe und träumte von einem Tag, der ein ganzes Leben wert war. Minuten später war er eingeschlafen.

4

Gleichgültigkeit galt als ein Zeichen der Stärke, vor allem Gleichgültigkeit gegenüber den Launen der Frauen. Wem diese Gleichgültigkeit nicht im Blut lag, blieb ein Leben lang Anfänger. Es gab sie scharenweise; Männer, die nicht wahrhaben wollten, daß sie verspielt hatten, und das nur, weil sie einer Frau hörig waren; sie büßten ihren Stolz ein, ihre Ehre, ihren Ruf, ihr Geld und schließlich auch die Frau, die es verdiente. An jeder Bar standen sie betrunken herum, tranken und träumten vom Vergessen, endeten als Mitläufer, sackten ab in die Gereiztheit eines Unberechenbaren und wurden gemieden wie Aussätzige. Mit jedem von ihnen ging es auf andere Weise zu Ende. Sie erhängten sich, stellten sich, schwer bewaffnet, Geldtransportern in den Weg und gingen dabei drauf oder landeten im Gefängnis. Viele kamen ohne eine Tagesration von dreißig Captagon nicht mehr klar.

Was Johnny zuerst unbegreiflich schien, war der widerspruchslose Gehorsam, den gerade die besonders attraktiven und erfolgreichen Frauen auszeichnete. Sie waren fleißig, zuverlässig und absolut treu. Sie kämpften nicht gegen, sondern um ihre Abhängigkeit von dem Kerl, den sie liebten. Keine hätte gewagt, sich in sein Männerleben einzumischen. Für die Sorgen, die sie haben mochten, war Sascha zuständig. Zur Aufheiterung genügten ein paar Tränen, die sie in seiner Gegenwart weinen durften. Danach genehmigten sie sich einen Cognac, verabreichten ihrem Gesicht eine neue Schicht

Puder und zogen die Linien ihrer Augenbrauen nach. Jetzt, wo es draußen zu stürmen begann und nicht mehr so schnell aufhören würde zu regnen, wollten sie sich schon deshalb das Wohlwollen ihres Kerls nicht verscherzen, weil sie hofften, um Weihnachten herum, wenn die Kundschaft zu Hause blieb, mit ihm in den Süden zu fliegen. Jede wollte der anderen um ein paar südliche Breitengrade voraus sein. Also hielt sie sich ran, daß er mit dem, was sie verdiente, zufrieden war. Nur dann konnte sie hoffen, daß er das Geld in zwei Wochen Sonne investierte.

Eine Frau, die das kapiert hatte, war mächtiger als die Gleichgültigkeit, gegen die sie ankämpfte. War sie klug, ließ sie, zu ihrem eigenen Vorteil, die Macht der Männer unangetastet. War sie klug und schön, war sie ganz einfach ein Vermögen wert. Wenn sie es wollte, war auch der Gleichgültigste nichts weiter als ein gefundenes Fressen.

Die teuersten Prachtexemplare dieser Gattung standen drüben in der Kastanienallee, und die besten hatten eines der zwanzig Zimmer im »Passat« gemietet, einer geschmackvoll, teuer und exklusiv betriebenen Bar, deren Besitzer Günther Kluge hieß.

Johnny mußte nur Sascha zuhören, um alles zu erfahren. Schon mit fünfzehn hatten er und Winfried Kessler, der andere Name, der andauernd fiel, im Hafen Geld verdient, aber die Schufterei war hart, und gefallen lassen durfte man sich unter Schauerleuten auch als Jugendlicher nichts. Als Vorarbeiter sah dann die Sache schon anders aus, man überließ die Plackerei anderen. Auf ihrem Heimweg kamen sie regelmäßig über die Reeperbahn und bekamen natürlich mit, daß man hier Geld verdienen konnte, ohne sich müde zu schuften. Daß sie sich prügeln konnten, sprach sich als erstes herum.

Kluge wurde ein Job als Portier im berüchtigten »Jahnkes Ballhaus« in der Davidstraße angeboten, den er auch sofort annahm. Er hatte lediglich dafür zu sorgen, daß es keinen Krawall gab. Wenn sich ein Streit dennoch nicht vermeiden ließ, begann die eigentliche Arbeit, und die erledigte er sorgfältig. Kluge war sich seines Talents so sicher, daß er die Randalierer nicht etwa einfach rausschmiß, sondern die Tür von innen abschloß, um sie sich der Reihe nach und in aller Ruhe vorknöpfen zu können. Ein zweites Mal machte hier so leicht keiner Krawall mehr.

Anders Kessler, der Elegante. Er setzte sich ins Ruhrgebiet ab, ließ sich zum Croupier ausbilden und kam erst dann wieder zurück.

Zu dieser Zeit baute ein Unternehmer, Seppl Scheffler, der auch aus Bayern stammte, gerade fünf Stockwerke auf eine Behelfsbar, das »Austria«, das erste Hotelbordell. Als alle Zimmer bezugsfertig waren, suchte Scheffler das richtige Personal.

Kluge und Kessler ließen sich bitten, verhandelten hart und übernahmen das Hotel schließlich als gleichberechtigte Geschäftsführer. Kluge sorgte für Ruhe, Kessler regelte alles Geschäftliche. Vom ersten Tag an herrschte Hochkonjunktur. Die Freier standen sogar auf der Straße Schlange und warteten, bis ein Zimmer frei wurde. Wer einen Kellner bestach, hatte bessere Chancen. Für eine Flasche Champagner wurde auch schon mal ein Zimmer zwangsweise geräumt, gleichgültig in welchem Stadium seines Vergnügens der betreffende Gast sich gerade befand.

Im Boom der Nachkriegszeit wurde auch in St. Pauli wild spekuliert. Seppl Scheffler baute, fast gleichzeitig, auch noch das »King George« und, in der gleichen Straße, das »Passat«. Nach den guten Erfahrungen mit seinen beiden Partnern gab es für ihn kein Nachdenken: Kessler übernahm das »King George«, das er später kaufte, Kluge das »Passat«. Die Reviere wurden aufgeteilt. Zum Glück für die beiden Aufsteiger saß Paulchen Meier, einer der Pioniere des Milieus, gerade fünf Jahre Knast ab. Und Kuddel Tamm, den sie den »lachenden Haifisch« nannten, weil jeder wußte, wie ungemütlich es wurde, sobald er anfing zu lachen, hatte mit seinen Immobilien, seinen Scheidungen und seiner Bierschwemme auf der Reeperbahn schon genug Ärger.

»Alles Einheimische«, betonte Sascha, »waschechte St. Paulianer! Entweder sie spüren das Leben in den Eingeweiden, oder sie spüren nichts!«

Kuddel war auf der Kleinen Freiheit groß geworden und dort mit Paulchen zur Schule gegangen. Wenn ihnen langweilig wurde, rempelten sie Reeperbahnbummler und Matrosen an, warteten, bis sie sich über diese Ungezogenheiten beschwerten, um dann zur Sache zu kommen. Der Vollstrecker war immer Paulchen, danach rannten sie weg. Sein Onkel setzte große Erwartungen in ihn und gab ihm deshalb eine solide Grundausbildung für ein Leben auf St. Pauli: Er zahlte ihm für jeden Seemann, den er auf den Solarplexus traf, fünfzig Pfennige extra.

Kuddel war neunzehn, als der Krieg aus war. Sein Vater schickte ihn auf die Handelsschule, die er nach zwei Jahren lustlos verließ, um ins väterliche Baugeschäft einzutreten. 1948 übernahm er das Geschäft dann. Er war am Bau des Reeperbahnlokals »Hafen-Edith« beteiligt, einem Tanzschuppen, in dem allerdings nicht nur getanzt, sondern zur Unterhaltung auch Boxkämpfe veranstaltet wurden, zehn Mark für den Sieger. Paulchen nahm es dort mit jedem auf, der sich stark genug fühlte.

Schon nach zwei Jahren übergab Kuddel das Baugeschäft wieder seinem Vater, jobbte danach auf dem Fischmarkt, auf dem Bau, fuhr Schichten am Hafen oder stand, mit einem Bauchladen voller Speiseeis, am HSV-Sportplatz. Irgendwann hatte er genug Geld verdient, um sich das »Thierbräu-Stüberl« am Winterhuder Marktplatz kaufen zu können. Das war 1957. Sein Arzt riet ihm, nachdem er seine Leberwerte ermittelt hatte, die Gaststätte besser zu verpachten. Er wechselte in die Automatenbranche, stellte für eine Firma Jukeboxen und Spielautomaten auf und kam über diesen Umweg wieder zurück nach St. Pauli. Wieder hielt er nur gute zwei Jahre durch, bis er dann auch den Vertreterjob an den Nagel hängte. Auf der Reeperbahn kannte er einen Bäcker, der im Haus seit dreißig Jahren eine Konditorei betrieb. Von ihm wollte er eines Tages wissen, ob er sich nicht endlich zur Ruhe setzen wolle. Der alte Mann antwortete mit einem Seufzen. »Sobald ich aus dem Vertrag raus kann!« Kuddel kümmerte sich jetzt mehr um den auslaufenden Vertrag als um seine Automaten, brachte eine Brauerei als Mieter, leitete selbst den Umbau und übernahm seine erste eigene Bierschwemme. Er nannte sie nach der Hausnummer »88« und mietete direkt darüber eine Wohnung, um immer schnell genug am Ort des Geschehens zu sein, falls es mal Ärger gab. Als Zapfer stellte er einen Zweimetermann ein, der hin und wieder als Boxer aufgetreten war. In jede der drei Buchten stellte er eine Barfrau.

1963 kamen die Neppläden in Mode, kleine Plüschkabaretts, und Kuddel eröffnete auf der Reeperbahn sein »Mon Cherie«, zimmerte seine Bühne aus Obstkisten selbst zusammen, engagierte die dicke Hannelore als einzige Stripperin, stellte sie in den Lichtkegel eines geklauten Scheinwerfers, und oben an die Treppe stellte er einen Mann mit Sprachfehler, der die Show und eine Flasche Bier dazu für »fünf'nneunzig« anpries, was sich bei all dem Lärm ringsum sehr günstig anhörte. »Was kann ich denn dafür, wenn Sie nicht richtig zuhören«, schimpfte Kuddel und kassierte immer fünfundneunzig Mark.

Bald konnte er sich ein Haus in Blankenese, einem Villenvorort, leisten, erwarb Immobilien, baute sie zu Hotels und Diskotheken um, wurde immer reicher und hatte genug Geld flüssig, um drei Scheidungen zu überstehen.

»Stimmt es, daß Sie Ihre Frau betrogen haben?« hatte der Richter ihn gefragt.

»Tun Sie das nicht?« hatte Kuddel wissen wollen.

Die zweite Ehe war gescheitert, weil er nicht einsah, was er in seiner ersten falsch gemacht haben sollte.

»Glaub bloß nicht, daß ich mir das länger gefallen lasse«, hatte Marion ihn angeschrien, »jeden Abend sitze ich zu Hause, während du dich mit sonstwem vergnügst!« Und ihm gedroht, ebenfalls auszugehen, falls er sie nicht mitnähme. »Tu das«, hatte Kuddel geantwortet, »geh du ruhig auch aus«, ihr das Gebiß aus dem Mund genommen, in die Hosentasche gesteckt und die Wohnung verlassen. Diesen Einfall überlebte seine dritte Ehe nur um eine Woche.

Als auf St. Pauli der Massentourismus einsetzte, hatten Kluge und Kessler das Geschäft fest in der Hand. Sie hatten die Grundstücksbesitzer hinter sich, die Bauunternehmer, die Getränkegroßhändler und auch die Polizei. Sie garantierten dafür die entsprechenden Vorteile: Die Besitzer bekamen ihre Pacht, die Großhändler steigende Aufträge und die Polizei nützliche Helfer, denn nur Kluge und Kessler garantierten Ruhe und Ordnung.

Gut zu wissen, dachte Johnny, als er das System durchschaut hatte. Die Beamten der Davidswache hielten es wie Fonse und Pickel. Darauf würde er sich mühelos einstellen können.

Kluge ließ sich die Bordelle »Lausen« und »Clubhotel« bauen. Und auch Kessler schaute sich um, entdeckte in der Innenstadt, in der Nähe des Hauptbahnhofs, ein Tanzlokal, eigentlich genau, was er suchte, und traf sich mit dem Pächter.

»Hören Sie«, unterbrach ihn Herr Heimrat schon nach wenigen Minuten, »ich bin natürlich im Bilde, wer Sie sind, und kann mir auch gut vorstellen, daß es Leute gibt, die es mit der Angst zu tun kriegen, sobald Sie auftauchen. Ich gehöre allerdings nicht zu ihnen. Um es also kurz zu machen: Sie können mich mal, Herr Kessler! Ich habe einen Fünfjahresvertrag in der Tasche und lasse mir von Ihnen nicht die Pistole auf die Brust setzen. Ich hoffe, das war deutlich genug.« Er stand auf und empfahl sich.

Na gut, dachte Kessler, dann werde ich dir deinen Arsch zunähen! Er traf sich noch am gleichen Tag mit dem Hausbesitzer, machte ihm einen derart großzügigen Vorschlag, das ganze Grundstück zu kaufen, daß der einfach einwilligen mußte. Kessler schrieb daraufhin einen Brief an Herrn Heimrat, forderte ihn noch einmal auf, aus dem Vertrag auszusteigen, erhielt aber keine Antwort. Kessler war nicht der Mann, lange abzuwarten, und veranlaßte deshalb, das Gebäude in einer anderen Farbe anstreichen zu lassen, zudem sollten kleinere Bauarbeiten vorgenommen werden. Also fuhren ein paar Tage später Lastwagen vor und schütteten den Eingang der Tanzbar mit Sand zu.

Spätestens dann dämmerte es Herrn Heimrat, daß es keinen Sinn mehr hatte, auf einen, wenn auch gültigen, Vertrag zu pochen.

Kessler baute das Haus völlig um. Was ihm vorschwebte, war eine erstklassige Adresse für anspruchsvolle Kunden. Wer anläßlich von Kongressen in der Stadt weilte und Abwechslung suchte, sollte sich bei ihm wohl fühlen: die schönsten Frauen in vornehmer Abendgarderobe, leise Musik, dezente Beleuchtung, ausgesucht höfliche Kellner. Den Frauen war streng untersagt, Gäste anzusprechen. Hatte sich ein Gast entschieden, bat er einen der Kellner, diese oder jene Dame an den Tisch zu bitten.

Die gleiche Klientel, die sich allerdings auch im »Triangel« einfand, einem Sexclub in der Hafenstraße. Auch hier feierten die Herren der Geldaristokratie, nur daß es dort zur Hausordnung gehörte, sich nach Betreten des Clubs sofort aller Kleidungsstücke zu entledigen.

Die Behörde war natürlich informiert, was sich im »Triangel« abspielte, und versuchte, den Club schließen zu lassen, was schon deshalb nicht ganz einfach war, weil die Kundschaft zum Teil aus eben jenen Herren bestand, die über den Antrag zu befinden hatten. So kam es zu folgendem seltsamen Kompromiß: Die Behörde untersagte den Besitzern lediglich, Alkohol zu verkaufen, hatte aber nichts dagegen, daß Anton und Tanja, die Besitzer, nun eben Bananen, Birnen und Äpfel für dreihundert Mark verkauften und den Champagner dazu gratis ausschenkten. Die Herrschaften versoffen in einer Nacht ganze Fruchtkörbe.

Johnny konnte es nicht erwarten, einen wie Kluge oder Kessler endlich kennenzulernen, aber selbst wenn er im »Passat« oder »King George« mit Anzug und Weste und einem frischen Hemd und seinen hengstschwarzen Stiefeletten aufgetaucht wäre, selbst wenn er Champagner in einer Kristallkaraffe bestellt hätte, sie hätten ihn doch nur angeschaut, als habe er sich verirrt. Daß ihn inzwischen alle den Münchner-Johnny nannten und er damit einen Namen hatte, der ihn von anderen unterschied, hatte sich noch nicht bis zu denen herumgesprochen.

Keine Nacht verging, in der Johnny nicht auch im »Star-Club« in der Großen Freiheit reinschaute. Auf der Bühne stand Tony Sheridan, wackelte mit den Hüften und stampfte, wenn er sein ›Skinny Minny‹ sang, seine Schuhsohlen platt. Seine Band waren vier Jungs aus Liverpool. Eine Detonation hätte weniger Lärm gemacht. Es war kaum möglich, auch nur den kleinen Finger zu bewegen, so voll war der Laden jede Nacht.

Daß Johnny trotz Überfüllung reinkam, verdankte er Betty, die hinter der Theke stand. Sie hatte, als sie noch im »88« bediente, an ihm einen Narren gefressen, nannte ihn

»mein schöner Junge« und hoffte, daß er sich einmal breitschlagen lassen würde, sie nach Feierabend nach Hause zu begleiten. Er sah zum Verlieben verloren aus. Aber Betty hatte genug Übergewicht, um auch dann ihren Humor nicht zu verlieren, wenn sie Pech hatte. Es gab jede Menge andere Jungs, die ihr gefielen. Hauptsache, sie trugen komische Klamotten, kauten Kaugummi und konnten Rock 'n' Roll tanzen.

Wenn er erschien, war Betty glücklich, schmiß den nächstbesten Kerl vom Barhocker und stellte Johnny ein Bier hin. Sie hatte ihm auch schon Horst »Hoddel« Fischer vorgestellt, ihren Chef. Betty mußte ihm eine Menge über Johnny erzählt haben, denn eines Nachts nahm Hoddel ihn zur Seite. »Du suchst einen Job, hab ich das richtig gehört?«

Johnny grinste. »Hab richtig Heimweh nach Arbeit.«

»So einen such ich«, lachte Fischer und bot ihm eine Stelle als Kellner an. Johnny hatte keine Wahl, wenn er wieder einmal frische Socken anziehen wollte. Auch mit der Miete war er im Rückstand, weil Rübelein sich seit einem Monat nicht mehr hatte blicken lassen.

Betty machte einen Luftsprung. »Das wird ein Spaß! Ich und mein schöner Junge.«

Aber Johnny verging das Lachen schnell. Es war Schwerarbeit, ein Tablett voller Gläser heil durch einen Tanzschuppen zu jonglieren, in dem alle wie die Wilden herumtobten. Am nächsten Morgen war er regelmäßig heiser, weil er sich nur schreiend verständlich machten konnte, und Trinkgeld machte einer im »Star-Club« auch nur, wenn er die hinteren Tische, die für St. Paulianer reserviert blieben, bedienen durfte.

Adi half ihm, Fischer zu überreden, ihm die leichter zugänglichen Tische der Prominenz zu überlassen. Danach stimmte zwar das Trinkgeld, aber die Arbeit gefiel ihm immer noch nicht. Um sich herumstoßen zu lassen, war er nicht nach St. Pauli gekommen. Hätte er jedem, der ihm nicht aus dem Weg ging, eine verpaßt, wäre er nicht mehr zum Bedienen gekommen. So viele blaue Flecken hatte er nicht einmal, als ihn Max mit ins Puff in die Rottmannstraße genommen hatte und er dort an eine geraten war, die sich Kastrilla nannte, aber die hatte sich nachher wenigstens entschuldigt.

Am meisten regte ihn auf, wenn er sich nicht wehren konnte. An einem der Tische saß einmal ein großer, blonder Kerl in Begleitung eines Amerikaners, der aussah, als gehöre ihm eine Juwelenfabrik. Johnny wußte, es würde Ärger geben. Der Kerl hatte Hände, kräftig genug, einem Sechzehnender das Geweih vom Kopf zu reißen, und wahrscheinlich mußte er seinen einziehen, wenn er den Kölner Dom betrat. Er hatte seine Cowboystiefel auf dem Tisch und sah nicht so aus, als sei er bereit, sie auf Wunsch eines Kellners runterzunehmen.

»Sag dem Angeber, er soll seine Flossen vom Tisch nehmen«, verlangte Fischer.

»Hab ich schon versucht.«

»Und?«

Sie gingen beide rüber. Fischer tippte dem Kerl auf die Schulter. »Füße runter, wenn's geht.«

Der Kerl kümmerte sich weiter nur darum, daß ihm die Zigarre schmeckte.

»Flossen runter, hab ich gesagt!«

»Nachschenken!« Der Kerl schlug gelangweilt seine Beine übereinander und hielt ihm sein leeres Glas hin.

»Na gut«, entschied Fischer, ging zum Telefon und rief seine Brüder an. Dann waren sie zu dritt. »Steh auf, Grupe, und raus hier, bevor wir ungemütlich werden müssen.«

»Oha, die Herren kennen mich also?«

»Oder sollen wir Prinz von Homburg sagen?«

»Aber nicht doch! Prinz genügt!«

»Runter mit den Flossen jetzt«, wiederholte Fischer noch einmal.

Johnny haßte den Kerl, der ihn nur müde angelächelt hatte, als er ihn bat, es sich hier nicht zu gemütlich zu machen, empfand aber, wenn er ehrlich war, Bewunderung für die unglaubliche Selbstsicherheit, mit der er sich jetzt Zeit ließ. Physische Kraft, daran glaubte er mehr denn je, war ein Gottesgeschenk.

»Habt ihr keine Kanonen dabei?« lachte Grupe, stand dann aber auf. »They don't like us here, let's go!« Er setzte seinen flachen Stetson auf. »Für meinen nächsten Kampf schicke ich euch Freikarten. Und stellt schon mal die Flaschen kalt. Horrido!«

Johnny schlief mehr im Kino als in seinem Bett. Und wenn er ins Hotel »St. Annen« in sein Zimmer kam, sah es dort immer aus, als hätte man gerade eine Leiche abtransportiert.

Allmählich wurde es draußen empfindlich kalt, aber die Mädchen standen weiter auf den Straßen und boten sich den Blicken der Männer an, als schiene die Sonne. Johnny beobachtete sie, ohne sich einzumischen. Zeit und Zufall waren seine Verbündeten. Er wollte nicht die Mädchen, er wollte nur ihre Aufmerksamkeit erobern. Vorerst genügte ihm, daß sie ihn nicht mehr für einen Freier hielten. Sobald ihm wehmütig wurde, ging er zum Hafen und starrte vor sich hin oder hinüber zu den Docks von Blohm und Voss, wo sie Tanker zusammenschweißten. Das Tuten der Schiffskutter war zu hören, das kichernde Krächzen der Möwen und das langsame Schlagen der Wellen gegen die Hafenmauern. Er drückte seine Zigarette aus und trottete wieder zurück, versuchte aber auszusehen wie einer, der von einer Verabredung zur nächsten unterwegs war.

Er aß, was er bezahlen konnte. Alles mit viel Senf.

Einmal betrat er eine Buchhandlung, aber die hatten kein Telefonbuch.

Er fror, wenn er durch die Straßen lief, und wärmte sich

wie die Mädchen mit einem Cognac oder heißen Grog auf. Er hätte sich längst einen warmen Mantel leisten können von all dem Geld, das er versoff.

Ins »Amber« ging er nur, wenn er nüchtern und guter Laune war. Sascha sollte seine Freude an ihm haben. Vielleicht wurde doch irgendwann oben ein Zimmer frei, das er ihm vermietete.

Man mußte rechtzeitig Luft holen, wenn Betty auftauchte und einen ans Herz drückte. Und wenn sie einen wieder losließ, hatte sie es eilig; aber nicht eilig genug, um ihm nicht jedesmal noch von irgendeinem Jungen, in den sie gerade verliebt war, vorzuschwärmen. »Du weißt, wen ich meine.«

»Keine Ahnung, Betty.«

»Mein kleiner, wilder Musiker.«

»Du hast jede Nacht einen anderen kleinen, wilden Musiker.«

Bettys Augen hellten sich auf. »Meistens nimmt er mich in sein Hotel mit, zu den anderen Jungs. Aber machen tu ich's nur mit ihm.«

»Na, na, Betty.«

»Glaub mir, Schätzchen. Er ist sogar schüchtern, nicht so wie auf der Bühne.«

»Von wem, zum Teufel, redest du?«

»Von John!«

»Welchem John?«

»Stell dich nicht so an, der Typ, der mit Tony spielt.«

»Ach so, die Pausenkapelle aus England.«

»John, der Gitarrist.«

»Aha«, mokierte sich Johnny, »und der abgerissene Vogel gefällt dir, Betty?«

Ein Seufzer preßte ihr alle Luft aus der Lunge. »Bei dir ist ja nichts zu machen. Du magst mich ja nicht.«

»Und wie ich dich mag, Betty.«

Sie schnippte mit zwei Fingern. »Aber nicht so, du weißt schon.«

»Schon gut. Aber, glaub mir, du bist große Klasse.«

»Laß uns 'ne Pizza verdrücken, ich muß sowieso gleich arbeiten.«

»Wie willst du jemals abnehmen, wenn du nur Pizzas futterst?«

Sie schaute Johnny ganz betrübt an. »Wenn ich nur wüßte, wie ich's anstellen soll, dich rumzukriegen.«

»Betty, laß es gut sein.«

»Hab ich dir erzählt, daß er mich nach Liverpool mitnehmen will, wenn er hier abhaut?«

»Wieso, will er dich heiraten?«

»Natürlich!« Betty stemmte beide Hände in die Hüften. »Betty Lennon? Betty Lennon!« Sie ließ es sich auf der Zunge zergehen.

Klingt wie Bitter Lemon, dachte Johnny. Nur gut, daß sie nichts auf der Welt so ernst nahm, um es nicht in der nächsten Minute wieder vergessen zu haben.

5

Johnny traute seinen Augen nicht, als im »Amber« die Tür aufging und Anni vor ihm stand. Nicht besser erging es Rübelein, der inzwischen wieder aufgetaucht war, denn mit ihr war auch dessen Freundin angereist. »Ich kann doch nicht so betrunken sein?« wunderte der sich, stand sofort auf, ging mit ihr über die Straße ins »St. Annen« und mietete ein eigenes Zimmer.

Johnny blieb sitzen. Er ließ sich nicht anmerken, wie überrascht er war. Er verzichtete auch darauf, sie zu fragen, wie sie ihn gefunden hatte. Der Fehler war, daß Hamburg nicht auf dem Wasser schwamm, er wäre längst in Amerika und unauffindbar. »Setz dich!«

Daß sie schwanger war, hatte sie ihm schon in München gestanden. Jetzt versuchte sie, ihren Bauch durch einen weiten Pullover zu verbergen – was sie natürlich nicht abhielt, es jedem, den Johnny ihr vorstellte, zu erzählen.

Der einzige, der sich freute, war Sascha. Eine Schwangerschaft war in seiner Familie eine Seltenheit. Wer legte schon Wert darauf, sein Geld in eigenen Nachwuchs zu investieren. Eine Schwangere bedeutete hundertprozentigen Geschäftsausfall, totes Betriebskapital sozusagen.

»Kopf hoch, mein Junge! Freu dich!«

Johnny blieb vorerst also nichts anderes übrig, als Sascha die Freude nicht zu verderben. Ihn selbst ließ die Sache gleichgültig. Was ihm die Laune verdarb, war nicht die Vorstellung, in ein paar Monaten Vater zu werden, er hatte nur einfach keine Ahnung, was er mit Anni in Hamburg anfangen sollte.

Sie sah müde aus. »Na schön, ich habe mir nicht eingebildet, daß du mir um den Hals fällst. Es war nur nicht mehr schön in München ohne dich.«

Johnny trank sein Bier aus. »Deinen Auftritt hast du ja jetzt gehabt, also laß uns verschwinden.«

Als er sah, wie sie Sascha auf die Wange küßte, bevor sie ging, entschied er, ihr bei der nächsten Gelegenheit ein paar Kostproben seines neuen Selbstbewußtseins zu verpassen. Er würde ihr einen Menschen präsentieren, der er erst noch werden wollte: ein Bandit von St. Pauli.

Bis er endlich einschlief, hörte er, wie sie auf ihn einredete: Treu sei sie gewesen, das schwöre sie, sie liebe ihn, wolle nur für ihn da sein und, wenn es soweit wäre, eine gute Mutter werden.

Unsinn, hatte sein Vater immer abgewinkt, wenn Frauen sentimental wurden.

»Schlaf gut«, antwortete Johnny und rollte sich auf die andere Seite.

»Oh, nein«, sagte Anni und meinte es auch so. »Darauf habe ich lange genug verzichten müssen.«

Marianne war, was Kenner eine Klassefrau nannten: attraktiv, selbständig, fleißig und intelligent genug, von einem, den sie aushielt, auch zu verlangen, daß er sich entschied.

Als Johnny mit ihr im Bett lag, war er ausnahmsweise einmal völlig nüchtern und konnte sich deshalb auch nicht verhört haben, als sie vorschlug, er solle Anni verlassen.

»Um was zu tun?« wollte er wissen.

Sie küßte ihn. »Willst du vielleicht weiter den Ehemann spielen, der in einer Absteige haust, kein Geld hat und auf alles, was Spaß macht, verzichten muß?« Sie spielte mit seinen Haaren. »Du hast mich haben wollen. Du hast gekriegt, was du wolltest. Und jetzt?«

Johnny hatte genug Selbsteinschätzung, um die Dinge nicht zu überstürzen. Es war wichtig, in keinem Abenteuer mehr zu sehen als eine Minute des Glücks und eine Stunde nützlicher Entspannung. Wichtig war, daß er auftauchte und verschwand und daß keine sich beklagen konnte, nicht, was seine Ausdauer betraf. Vor Gerede fürchtete er sich. Es kam vor, daß er sich blamierte, weil er schon zu betrunken war, und dann fiel ihm jedesmal Betty ein, die alles, was ihr im Bett nicht den Verstand raubte, als Mißerfolg einstufte. Wie gemein sie sein konnte, wenn sie über jemanden herzog, dem zu schnell die Puste ausgegangen war. »Kann ich gleich am kleinen Finger lutschen. Und danach mußt du auch noch richtig nett sein, weil er dir sonst an die Gurgel geht. Scheißtypen, die keinen hochkriegen!« Johnny war also gewarnt. Verspotten sollte ihn keine, und keine sich einbilden, er habe sich verliebt. Fast verachtete er jede Frau, die sich mit ihm einließ, weil es half, daß wenigstens ihm die Puste nicht zu früh ausging.

»Und warum, denkst du, soll ich Anni verlassen? Sie taugt was, wenn sie hinter einer Bar steht.«

»Das trägt die Maus doch auf dem Schwanz davon, was die verdient.«

»Jedenfalls ging's mir noch nie so gut.«

»Dann deshalb, weil ich schöner bin.«

Er suchte nach Zigaretten, zündete sich eine an und blies ihr den Rauch zwischen die Beine. »Wenn man einen Mund hat wie du, kann man jeden kriegen.«

»Ich weiß, rot wie mein Thunderbird.«

Johnny nickte. »Scharfer Schlitten, eindeutig deine beste Waffe.«

Sie lachte. »Stimmt!«

Jede Klassefrau hatte einen Nachteil. Die Handschellen, die sie einem verpaßte, waren aus Gold, das schon, aber es blieben Handschellen. Und damit konnte sich einer ganz schön herumquälen. Wenn einer wie ihr was nicht paßte, durfte man sie wahrscheinlich eine Woche lang nur noch mit dem Nachnamen anreden.

»Paß mal auf, Marianne«, sagte Johnny und setzte sich auf. »Wir zwei liegen hier gerade zusammen im Bett. Schön, das ist das eine. Und kaum ist der Spaß um, willst du, daß ich mit dir zusammengehe, dabei seid ihr doch Freundinnen, du und Anni. Du liegst also eigentlich mit dem Freund deiner Freundin im Bett.«

»Na und, und weiter?«

»Nichts weiter.«

Sie lachte ihm ins Gesicht. »Du lieber Himmel, auch noch den Moralapostel spielen! Ich weiß zwar nicht, ob dich interessiert, was sich Freundinnen so alles erzählen, aber etwas, nehme ich an, wird dich überraschen. Deine Anni hat's in München ganz schön krachen lassen, und das nicht nur aus Verzweiflung.«

Sie war aufgestanden und suchte nach etwas. »Schon mal

gehört, wenn GIs mit den Eiern klingeln?« Jetzt hatte sie ihre Haarbürste gefunden. »Frag sie, falls du mir nicht glaubst.«

Anni stritt zuerst alles ab, bis sie einsah, daß es sinnlos war. Dann weinte sie nur noch. Als ihre Tränen Johnny nicht weiter beeindruckten, ging sie zum Gegenangriff über. Als ihre Kräfte nachließen, sank sie in sich zusammen und begann wieder zu weinen; ein Weinen, das ganz allmählich leiser wurde. »Wie ich mich schäme, einen wie dich jemals geliebt zu haben.« Sie war inzwischen von ihrem Geschrei erschöpft und so heiser geworden, daß sie Mühe hatte, überhaupt noch zu sprechen.

Je verzweifelter Anni wurde, um so mehr fühlte sich Johnny in Hochstimmung. Endlich konnte er beweisen, wie kaltblütig und konsequent er handeln konnte. Es kränkte ihn außerdem, daß sie ihn so sehr unterschätzt hatte.

Sie zählte lauter Namen von Frauen auf, mit denen er was gehabt hatte.

»Ab heute kannst du jede Menge neue Namen auswendig lernen.«

Es gab ungeschriebene Gesetze, an die sich jeder halten mußte, wenn er auf St. Pauli ins Geschäft kommen wollte. Darunter gab es Gesetze, die das Zusammenleben der Geschlechter betraf. Darunter wieder gab es Gesetze, die regelten, was eine Frau sich erlauben durfte. Kein St. Paulianer konnte sich eine Frau leisten, die dem Gesetz des Gehorsams zuwiderhandelte. Keiner blieb ungeschoren, der Gefühle über Gesetze stellte. Er mochte sie lieben, ihr sogar liebend gern ihre Untreue verzeihen wollen, es half alles nichts. Er war, wenn er sie nicht verließ, unbrauchbar auch für andere ungeschriebene Gesetze.

Daß Johnny sie nicht gleich rausschmiß oder selbst auszog, verdankte sie Sascha. Anni gehörte längst zu den Frauen, die er als Mitglieder seiner Familie ansah – und den Vorwurf, sie in ihrem Zustand ganz im Stich zu lassen, wollte Johnny nicht einstecken müssen. Er teilte Anni mit, daß sie zwar nicht ausziehen müsse, daß nur von nun an jeder von ihnen frei sei und tun könne, was immer er wolle.

»Und unser Kind?«

»Was meinst du damit, unser Kind?«

»Denkst du nicht, daß es auch dein Kind ist?«

»Laß die Zukunft denken, Anni.«

6

Es war Winter und ohne Mantel zu kalt, um sich groß in der Gegend herumzutreiben. Außerdem waren seine Schuhe nicht wasserdicht. Er fror schon, wenn er aufwachte, blieb aber liegen, bis es dunkel war und Anni von der Arbeit kam. Dann verschwand er, bis es wieder hell wurde und Anni zur Arbeit mußte.

Bisher war er in Hamburg jedem Streit aus dem Weg gegangen. Keine einfache Sache, wo es an jeder Straßenecke Zoff gab und in jeder Kaschemme welche saßen, die erst lachten, wenn Blut floß – und wer lachte nicht gern?

Wer es geschafft hatte, war Geschäftsführer eines Clubs, Wirtschafter in einem Bordell, Chef einer Absteige, Zuhälter, betrieb eine Kneipe oder stand als Rausschmeißer auf einer Lohnliste. Ungemütlich wurden sie nur, wenn man es darauf anlegte, auf der Kühlerhaube ihrer Autos zu frühstücken oder einer Frau Komplimente zu machen, die unter ihrem Schutz stand.

Gefährlicher waren die Verlierer, die noch einmal Luft holten, bevor sie zum letztenmal alles riskierten, Süchtige, die zuviel geschluckt hatten oder auf Entzug durch die Kneipen rannten, entlassene oder entsprungene Häftlinge, notorische Gewalttäter und, auch sie, Männer mit Liebeskummer.

Taxi-Uwe war von allem etwas, an diesem frühen Morgen aber vor allem betrunken. Als er das »Kastanienstübchen« betrat, nahm ihn Johnny, der mit Marianne gerade an einem Ecktisch saß, anfangs gar nicht wahr.

»Tut mir leid, das mit Anni. Aber ich vertrag's einfach nicht, so behandelt zu werden. Da mußte ich dir eben weh tun.« Sie griff nach seiner Hand. »Du rennst rum wie im Hochsommer. Ist dir nicht kalt?«

Johnny hörte die Autoschlüssel klingeln. »Gib dir keine Mühe, Pelzmäntel passen nun mal nicht zu mir.«

Sie steckte sich eine Zigarette zwischen ihre Lippen, und genau die schaute Johnny gerade an. Ich bin wirklich nicht bei Trost, dachte er, ihr Angebot auszuschlagen, so wie die aussieht und verliebt, wie sie ist. Mir friert der Arsch ab. Mehr als Rindsbratwürste sind nicht drin. Der Ärger mit Anni. Das kalte Loch im »St. Annen«. Und noch immer keine gescheite Arbeit. Dabei könnte ich morgen im Flugzeug sitzen oder mit ihrem Thunderbird schnell mal nach München rauschen, Max abholen, bei meiner Mutter vorbeischauen, frisch gewaschen und ausgeschlafen, und anschließend die alten Kumpels besuchen und sie, wie Adi früher, zum Saufen einladen. Er brauchte jetzt nur mit ihr rübergehen, hoch auf ihr Zimmer, was einer Eheschließung gleichkam, und wäre ab sofort auch Nutznießer ihrer Ersparnisse. Es mußte ja kein Pelzmantel sein, aber ein Anzug mit Weste, neue Schuhe und ein Halskettchen wären drin. Er lief auch kein Risiko, Ärger mit einem anderen Kerl zu bekommen; er nahm sie ja schließlich keinem weg. Blühen konnte ihm lediglich, daß sie auf die Idee kam, ihm eine Hundeleine in die Hand zu drücken, damit er ihren Pustekuchen von Pudel Gassi führte. Und sicher würden sie dann den Rest ihrer gemeinsamen Zukunft damit zubringen, sich zu streiten, ob das liebe Tierchen nun vergiftet oder verpäppelt werden sollte. Da lag der Haken. Als Zuhälter war er die falsche Besetzung. Er kannte inzwischen genug, und je häufiger er mit ihnen zusammenkam, um so weniger imponierten sie ihm. Den meisten sah man es an: Von einer Frau abhängig zu sein, war auch eine Methode, den Wahnsinn kennenzulernen.

»Wirklich, ich kann mir nichts Schöneres vorstellen.« Er zog seine Hand zurück. »Wenn ich nur herausfinden könnte, was mit dir los ist. Woran denkst du?«

Er dachte daran, ob nicht endlich der Zeitpunkt für seine erste Prügelei auf St. Pauli gekommen war, und fragte sich, ob eine mit einem wie Taxi-Uwe überhaupt Aufsehen erregen würde. Vor ihm hatten viele Angst, soviel wußte er. »Ich hab's gleich«, antwortete er und überlegte weiter, wieviel Reputation ihm die Sache einbringen würde.

Währenddessen hing Taxi-Uwe am Tresen und lästerte über alle, die aus Bayern nach Hamburg gekommen waren.

»Um drei mach ich Schluß, dann könnten wir rüber ins ›Top Ten‹. Keine gute Idee?«

Wie kämpfte einer wie er? Wie ein Boxer, breitbeinig, die Fäuste in der Luft, abwartend? Ließ er es auf einen Ringkampf ankommen? Möglich, daß er sich dafür entschied, mit einer abgeschlagenen Bierflasche anzutreten! Am wahrscheinlichsten aber war, daß er sich erst einmal amüsieren würde, woher ein Zwerg wie Johnny überhaupt den Mumm nahm, sich mit ihm anlegen zu wollen.

Taxi-Uwe war an beiden Unterarmen tätowiert, und auch der Rest sah ganz danach aus, daß es ungemütlich werden könnte. Johnny war gut einen Kopf kleiner und im Vergleich zu ihm schmächtig. Wenn er es nicht schaffte, ihn zu überraschen, konnte ihn Marianne im Hafenkrankenhaus abliefern – und ihm als Hochzeitsgeschenk gleich einen Satz neuer Zähne spendieren. Schon um ihr nicht in die Hände zu fallen, mußte er sich also anstrengen.

Jetzt hatte auch Marianne kapiert. »Soll ich rüberlaufen ins ›Passat‹? Die werden leicht mit ihm fertig.«

Offenbar traute sie ihm nicht viel zu. »Bleib sitzen«, sagte Johnny, stand auf und ging zur Theke. »Paß mal auf, du besoffenes Arschloch, ich hab dir nun lange genug zugehört. Entweder wir gehen jetzt sofort vor die Tür und stoßen das Ding draußen aus, oder ich reiß dir gleich hier deinen fetten Arsch auf.«

Während Taxi-Uwe noch nach einer passenden Antwort suchte, hatte ihm Johnny die Jacke so über beide Schultern gezogen, daß er seine Arme nicht mehr richtig bewegen konnte, und ihm dann sofort die Beine weggezogen. Taxi-Uwe plumpste zu Boden. Johnny besann sich gerade noch, wie falsch es wäre, sich jetzt auf ihn zu werfen; einen Ringkampf hätte er kaum heil überstanden.

»Heute dein Glückstag?« Taxi-Uwe lag zwischen den Barhockern und grinste.

»Wie hast du's eigentlich angestellt, so lange am Leben zu bleiben?« grinste Johnny zurück und trat ihm mit der Spitze seines rechten Stiefels gegen die Schläfe. Er konnte nur gewinnen, wenn er alles in Kauf nahm – und gewinnen mußte er, um auf St. Pauli ernst genommen zu werden. »Das nächste Mal verkauf ich Eintrittskarten!«

Taxi-Uwe scherte sich nicht darum, wie heftig er bereits blutete, sondern versuchte, wieder hochzukommen. Johnny sah seine beste Chance darin, ihn von hinten mit einem Barhocker zu bearbeiten. Der dritte Schlag traf ihn dann im Gesicht, und Taxi-Uwe fiel entgültig um.

Er konnte zwar nach einigen Minuten wieder aufstehen, aber auf die Beine kam er nach dieser Niederlage nie wieder.

»Das ist der Vorteil an einer Schlägerei, daß einem dabei warm wird«, sagte Johnny zu Marianne, als sie draußen in der Kälte standen.

Die Tatsache, daß Anni ein paar Wäschestücke und gerade die nötigsten Toilettensachen in eine Tasche packte, hatte Johnny zuerst mißverstanden. Es mußte der viele Whisky gewesen sein, daß er annahm, sie wäre zur Vernunft gekommen, würde ihn endlich verlassen und ausziehen. Als er begriff, daß sie sich, den Beginn der Wehen erwartend, in die Klinik nach Altona begab, ließ er sich in die Kissen zurückfallen. Er war bereits wieder im Tiefschlaf, als Anni die Tür schloß und unten in ein wartendes Taxi stieg.

Als er aufwachte, wunderte er sich, wo sie geblieben war.

Nachts dann, nach dem Frühstück, war er der Mittelpunkt eines Tumults. Die Kneipe »Bei Klara und Fritz« war viel zu klein für alle, die von der Neuigkeit erfahren hatten. Den meisten war der Anlaß völlig gleichgültig, Hauptsache, man traf sich mal wieder zu einem Besäufnis.

Als Klara das Gebrüll und die Wetten, ob es ein Junge oder ein Mädchen werden würde, zuviel wurden, riß sie den Stecker aus der Jukebox und zerrte Johnny zum Telefon. »Ruf gefälligst an und erkundige dich endlich, bevor hier alle durchdrehen!«

Die Schwester am anderen Ende mußte erst die Unterlagen heraussuchen und bestätigte dann, daß bei Frau Bauer alles gutgegangen sei.

»Junge oder Mädchen?«

»Tut mir leid, Herr Bauer, ab morgen nachmittag, wenn Besuchszeit ist, können Sie das erfahren.«

»Ich bin nicht der Herr Bauer, du Schnepfe! Ich will wissen, ob es ein ...«

Die Nachtschwester hatte aufgelegt.

Johnny schnappte sich Körber-Peter und fuhr nach Altona. »Dann werden wir uns halt selbst drum kümmern müssen.«

Es sah, als sie erschienen, ganz nach einem Überfall aus, aber keiner der beiden Burschen hatte eine Pistole, und sie verlangten auch kein Geld, sondern wollten nur wissen, wo Frau Bauer lag. Sie rannten die Treppen hoch, die Gänge entlang und rissen jede Tür auf.

Überall gingen Lichter an. Das Klinikpersonal lief zusammen. Eine Schwester, die sich ihnen in den Weg stellte, knöpfte den obersten Knopf ihres Kittels zu, als hoffte sie, damit einer Vergewaltigung entgehen zu können. Der Stationsarzt begriff als erster, daß er es mit jungen betrunkenen Burschen zu tun hatte. »Meine Herren, wir sind hier in einem Krankenhaus. Ich bitte Sie doch, sich dementsprechend zu verhalten.«

»Wir werden Sie gleich verarzten, wenn wir nicht erfahren, ob mein Freund hier einen Jungen oder ein Mädchen bekommen hat.«

»Beruhigen Sie sich und kommen Sie bitte mit mir.« Er gab dem Personal Anweisung, sich um die aufgewachten, verängstigten Patienten zu kümmern.

Im Arztzimmer erfuhren sie, daß Frau Bauer einen Jungen geboren hatte. »Ich hoffe, Sie sind mit dieser Auskunft zufrieden und gehen jetzt wieder.«

»Herzeigen«, forderte Johnny den Arzt auf.

»Ich bitte Sie ...«

»Soll ich nicht doch die Polizei verständigen«, mischte sich eine Schwester ein, die gerade ins Zimmer gekommen war, um nachzusehen, ob der Stationsarzt Hilfe benötigte.

»Gehen Sie, Schwester, ich bringe die Herren selbst rüber.«

Er führte sie in einen Raum, dessen Stirnseite eine Glaswand war, die den Blick freigab in einen Raum voller kleiner Betten. Drinnen erschienen zwei Schwestern, eine trug ein Bündel im Arm, aus dem ein kleiner, nasser Kopf herausschaute. Johnny kniff die Augen zusammen, um überhaupt etwas erkennen zu können, und sah trotzdem nur zwei Schwestern und sonst nichts.

»Auspacken«, befahl Johnny.

Der Stationsarzt machte den Schwestern ein Zeichen. Daraufhin wickelten sie das Baby gerade so weit aus den Windeln, daß Johnny zufrieden war.

Fritz hatte zwar siebenhundert Mark verloren, atmete aber trotzdem auf. »Gott sei Dank, eine Hure weniger auf der Welt.«

Johnny zog aus dem »St. Annen« aus und mietete ein Zimmer beim Tschechen-Franz, eine kleine Kammer am Ende eines Flurs. »Aber wehe, dein Baby plärrt mir die Ohren voll.«

»Und das Scheißhaus auf dem Gang?« beschwerte sich Johnny. »Wie wär's, wenn da mal jemand mit 'ner Schaufel reingeht, um sauberzumachen.«

»Hinten im Garten steht eine.«

Sie zogen nach zwei Tagen aus und hundert Meter weiter ins Hotel »Germania«. Johnny war alles recht, solange sich Anni mehr um das Kind kümmerte als um ihn. Einmal blieb er ganze fünf Tage verschollen, trieb sich mit Egon herum, dem »schönen Egon«, wie ihn alle nannten, weil er sich von Frauen aushalten ließ, denen seine schwarzen Locken, die Farbe seiner Krawatten oder sein Hang zu leichtsinnigen Gefühlsausbrüchen gefiel. Am längsten hielt es nun schon Helga mit ihm aus, eine altgediente Prostituierte, die ihm seine Eskapaden nicht nur immer wieder verzieh, sondern sogar stolz darauf war, was ihr Egon alles anstellen konnte. Diese Schwäche nutzte er aus. Fünf Tage und Nächte ohne Unterbrechung, dabei hatte es ganz harmlos begonnen. Johnny war im Bademantel in einer Hotelbar gesessen, als Egon auftauchte, ebenfalls nur in Unterhose und Morgenmantel. Nach dem fünften Cognac und einigen Captagon hatten sie vergessen, was sie anhatten, und zogen los. Als sie nach zwei Nächten immer noch auf den Beinen waren, tranken sie längst nicht mehr auf eigene Rechnung, sondern waren, verrückt wie sie aussahen, zur Sehenswürdigkeit geworden, und das ließen sich Kellner und Gäste was kosten. Als sie sich nach vier Tagen kaum noch auf den Beinen halten konnten, sprangen sie zur Erfrischung ins Hafenwasser, ließen sich von der alten Erna im Fischhaus zum Imbiß einladen, stiegen gestärkt den Pinnasberg hoch und tauchten in der nächsten Kneipe unter.

»Gehen wir zu mir und schlafen eine Runde«, schlug Egon schließlich vor, weil er die Augen nicht mehr offenhalten konnte und das Captagon sofort wieder erbrach.

»Und was meint Helga dazu? Hat die dich nicht längst abgeschrieben?«

»Da mach dir mal keine Sorgen«, stellte Egon klar. »Die weiß genau, daß mich der Zufall immer wieder nach Hause treibt.«

Einen weiteren halben Tag waren sie noch damit beschäftigt, sich einen letzten Abschiedstrunk zu gönnen, und hörten damit erst auf, als es immer mühseliger wurde, ein Glas zu halten.

Helga war, als Egon die Wohnungstür aufschloß, nicht da, hatte aber unmißverständliche Botschaften hinterlassen. Alles war entzweigeschnitten, seine Hosen und Hemden, die Krawatten und Socken, auch der Mantel mit dem Pelzkragen. Es sah nach sorgfältiger Arbeit aus. Sie hatte weder im Zorn gewütet noch aus Wut etwa etwas übersehen, nichts jedenfalls, woran sein Herz hing. Sogar die weißen Schuhe hatte sie verschnippelt. Das Geld, das sich in seiner Anzugtasche befunden hatte, war Konfetti; vielleicht hatte sie dabei Radio gehört und vor sich hingeträllert.

Egon reagierte auf die Entdeckung mit einem Lachanfall. »Die gute Helga! Hinreißend, was für Einfälle sie immer hat, findest du nicht? Und die Mühe, die sie sich gibt! Ist doch immer wieder erstaunlich, wozu verliebte Weiber fähig sind.«

Johnny war auf dem Sofa im Wohnzimmer längst eingeschlafen, da lachte Egon immer noch, diesmal über den Liebesbrief, den sie auf den Badezimmerspiegel gemalt hatte: Habe alles auf Kindergröße reduziert, suche mir jetzt einen Mann!

Kaum hatte Egon ausgeschlafen, erschien er in der Herbertstraße. Nur seine Knochen waren ganz, alles übrige, Hose, Hemd, Schlips, Socken und Schuhe, war halbiert. Diesem Anblick war Helga nicht gewachsen. »Mach, daß du verschwindest«, schimpfte sie, während ihr gleichzeitig die Tränen herunterliefen. Wahrhaftig, ranhalten mußte sie sich, denn schließlich brauchte sie jetzt Geld, um ihren Egon neu einkleiden zu können.

Wenn Johnny bisher auf St. Pauli überhaupt etwas zustande gebracht hatte, dann war es die Kunst, bestimmten Leuten aus dem Weg zu gehen, die ihn nicht in ihrer Nähe geduldet hätten. Soviel saufen konnte er gar nicht, um nicht einen großen Bogen um die besseren Adressen und wichtigen Drahtzieher zu machen. Bunte Vögel gab es scharenweise, Zaungäste, die keinen kümmerten. Er dagegen wollte ernst genommen werden, auch von jenen, denen er noch nicht vorgestellt worden war. Die Schlägerei mit Taxi-Uwe hätte er sich dann sparen können.

Seit jener Auseinandersetzung im »St. Annen«, gleich nach ihrer Ankunft in Hamburg, hatte Johnny nicht mehr mit Anni geschlafen. Er ließ manchmal, wenn er vorbeischaute, etwas Geld da und rannte wieder davon. Sie kannte sich: Auch wenn sie nur zu ihrer Ehrenrettung einen Mann brauchte, aber sie brauchte einen. Er mußte, das war sie ihrem Eigensinn schuldig, ein besonderer Mann sein. Sie würde Johnny, hatte sie sich geschworen, allein schon dadurch demütigen, daß sie ihn durch einen ersetzte, der mindestens eine Garnitur besser war als er. Ihre Wahl fiel folgerichtig auf Falko Rufer, Chef bei Kessler im »King George« und Liebling vieler Schönheiten. Die Wirkung seines Blicks, dieser harten, sehr dunklen Augen war das eine, das andere ihre Genugtuung, nicht länger eine verlassene, bemitleidete Frau zu sein. Niemand ging es etwas an, daß sie ihren neuen Liebhaber nicht liebte, nur war der Haß, mit dem sie Johnny in Erinnerung behielt, endlich erträglicher. Sie wünschte sich nur noch eins: daß Johnny bald eine Abreibung bekam, richtig gut, richtig gründlich und, wie sie fand, richtig gerecht.

7

Wem er das Glück verdankte, daß ihn Kluge zu sich ins »Passat« bestellte, erfuhr Johnny nie. Sascha wollte es nicht gewesen sein, obwohl er auch dort jeden Samstag hereinschaute und am ehesten wissen konnte, daß Kluge mit Schweine-Hans, seinem Barkellner, unzufrieden war. »Nicht nur Gäste, auch einige der Mädchen haben sich beschwert. Er verträgt nichts. Und dann, na ja, dann vergißt er eben, daß er nicht mehr am Schlachthof arbeitet.«

Johnny mochte ihn. Er war gutmütig, von schläfriger, kraftstrotzender Langsamkeit und nur, wenn er mit Fusel abgefüllt war, zum Fürchten. Möglich, daß er in diesem Zustand vergessen hatte, wer sein Chef war.

Daß Kluge ihn sprechen wollte, betrachtete Johnny als Höhepunkt seines Lebens. Endlich lernte er einen kennen, von dessen Eingeweiden ihm Sascha vorgeschwärmt hatte. Zwei Tage vor seinem Termin kramte er noch einmal seine Würfel hervor, besorgte sich in ein paar einschlägigen Kneipen das nötige Kapital, ließ sich mit dem Taxi zu einem Bekleidungshaus in die Innenstadt fahren und kaufte dort endlich einen Anzug mit Weste, dazu ein Hemd, frische Socken und eine Unterhose. Unter Menschen zu kommen, die er weder kannte noch verstand, jagte ihm einen solchen Schrecken ein, daß er die Innenstadt fluchtartig verließ. Erst als er oben in die Reeperbahn einbog, wurde ihm wieder wohler.

»Setz dich, mein Junge«, begrüßte ihn Kluge. »Was zu trinken?«

»Danke, im Moment noch nicht.« Nicht übertreiben, hatte sich Johnny vorgenommen. Ein Mann, der gut fünfzehn Jahre älter und Geschäftsmann war, mochte sich zum Frühstück einen genehmigen, was nicht hieß, daß auch er Eindruck machte, wenn er trank. Das Trinken war es ja, was Kluge offenbar bei seinem Personal nicht ausstehen konnte. Er schob einen Stapel Rechnungen zur Seite und winkte einem Mädchen. »Zwei Whisky Cola!« Dann wandte er sich wieder Johnny zu. »Seit gestern ist hier die Eismaschine kaputt und solange warte ich nun schon auf einen Mann, der sie reparieren soll.« Er machte eine Geste, die seine Ratlosigkeit unterstrich und den Widerwillen, sich überhaupt noch mit solchen Kleinigkeiten abgeben zu müssen. »Man kann aber nicht alles können!« Dann nahm er sich die Zeit, sich den Jungen, der ihm gegenübersaß, genauer anzuschauen. »Aber das ist nicht mein einziges Problem im Moment, deshalb habe ich dich auch nicht sprechen wollen.«

»Ich habe zwar bei Mercedes gelernt, aber nicht, wie man kaputte Eismaschinen wieder in Gang setzt.« Er gab ganz schön an.

»Dann kannst du meine Karre reparieren, falls sie mal verreckt?«

Schon kam Johnny ins Schwitzen, dabei hatte er doch vorgehabt, zurückhaltend zu bleiben und nicht gleich Lügen aufzutischen. »Richtig ausgelernt«, gab er zu, »hab ich eigentlich nicht, weil – nun ja, dann haben sie mich erst einmal eingebuchtet.«

Kluge spitzte die Lippen, hob die Augenbrauen und nickte bewundernd. »Für wie lange?«

»Vier Jahre.«

»Dann müssen sie dich im Kinderwagen verhaftet haben. Und was hat dich nach Hamburg verschlagen?«

»Tja«, sagte Johnny und suchte unter den möglichen Antworten eine aus, die Kluge einleuchten mußte. »Weil hier die Musik spielt, ganz einfach.«

Das Mädchen brachte die Drinks. »Recht so?«

»Danke. Wer hat Schicht?«

»Holger!«

»Und warum ist er nicht da?«

»Keine Ahnung.«

Kluge hob sein Glas. »Stimmt es, du bist Vater geworden?«

Was sollte er antworten? Eigentlich war er vollauf damit beschäftigt zu vergessen, daß er ein Kind hatte. »Stimmt.«

»Und, irgendwelche Schwierigkeiten?«

Johnny wußte nicht, worauf Kluge hinauswollte. Er konnte ihn doch unmöglich hergebeten haben, um ihn nach seinem Kind auszufragen. »Nicht direkt, nein!«

»Muß ja 'ne wilde Party gewesen sein. Jedenfalls war Hans zwei Tage lang unauffindbar, zwei Arbeitstage wohlgemerkt.«

»Wird nicht wieder vorkommen. Noch mal werd ich nicht Vater.«

»Dann Prost! Auf dein Kind!«

Sie ließen die Gläser klirren. »Was ich mit dir besprechen will, ist folgendes. Oben bei mir ist gerade eine Zweizimmerwohnung frei geworden. Nun kenne ich mindestens zwanzig Leute, die sie haben wollen, und wie ich's auch anstelle, ich kann's nur einem recht machen und die anderen fühlen sich angeschissen.«

»Verstehe.« Johnny verstand nichts.

»Ein Kind wäre die beste Ausrede, dann kann keiner sagen, ich hätte kein Herz«. Er lachte. »In dieser Richtung hat mir, von meiner Mutter abgesehen, noch nie einer Komplimente gemacht.«

Johnny fand es schwierig, Kluge zu folgen. Obwohl er aufmerksam zugehört und ihn so verstanden hatte, als habe er sagen wollen, weil er ein Kind habe, könne er bei ihm im »Passat« einziehen, war er doch viel zu überrascht, um seinen Ohren zu trauen.

Kluge spielte mit einem Stoß Spielkarten, den er aus seinem Jackett gezogen hatte. »Wie wär's, willst du sie nicht nehmen, du, deine Freundin und dein Kind?«

Johnny starrte in sein Glas. Jetzt war er es, der Probleme hatte. Nur nicht mit Anni wieder von vorn beginnen müssen, auch wenn das Kind die Woche über in einer kommunalen Pflegestelle betreut wurde. »So gern ich hier einziehen würde, ich kann weder eine Kaution noch überhaupt Miete zahlen, weil ich, ehrlich gesagt, im Moment ziemlich ausgemistet bin.«

»Vergiß die Kaution, und das mit der Miete werden wir irgendwie schon schaukeln. Hast du schon mal hinter 'ner Theke gestanden?«

»Klar, aber so vornehm wie hier ging's da nicht zu.«

»Daran gewöhnt man sich. Außerdem hoffe ich, du kannst Tischtennis spielen.«

Johnny nickte, was wieder übertrieben war. »Wieso?«

»Weil hinten eine nagelneue Platte steht und ich gerne spiele.«

Mit Sack und Pack und Anni und dem Baby zog Johnny am nächsten Tag im »Passat« ein, genoß den Luxus einer eigenen kleinen Wohnung mit Küche, einer Dusche und einem Blick über die Dächer von St. Pauli. Alles, was er von nun an tun wollte, konnte, wenn er vernünftig dachte, nur einen Sinn haben: nur jetzt nicht den Schwung verlieren.

Er gefiel sich. Das knallrote Kellnerjäckchen saß. Jetzt brauchte er nur noch ein paar Tage Übung. Gleich beim ersten der insgesamt zwanzig Mädchen, die abwechselnd in Tag- und Nachtschichten oben die Zimmer benutzten, fing er damit an. »Hock hier nicht rum! Raus, arbeiten!« Nicht, daß sie glaubte, er sei Anfänger.

Kam ein Gast herein und bestellte einen Kaffee, sagte er nicht »Tut mir leid, Kaffee haben wir nicht«, sondern »Darf's auch Wasser sein?« – entweder ging er daraufhin oder bestellte Whisky, was darauf schließen ließ, daß er Gesellschaft suchte. Ein Blick genügte, um eines der Mädchen aufzufordern, sich zu ihm zu setzen. Solange sie nüchtern waren, lief alles reibungslos, aber der Stumpfsinn des Wartens war ohne ein Gläschen dann und wann unerträglich.

»Nicht so geizig«, maulte eines der Mädchen, hielt ihm ihr Glas mit Pfefferminzlikör hin und deutete auf den Meßstrich. »Hoffentlich lernst du's bald!«

Johnny war ab jetzt ein Mann mit Vollmachten und nutzte die Wirkung gut durchbluteter Stimmbänder. »Und du gewöhnst dir ab heute einen anderen Ton an, du alte Kuh«, schrie er sie an, »sonst sorg ich dafür, daß du rausfliegst.«

Jetzt war es ihr schon weniger recht, daß auch die anderen Mädchen zuhörten. »Hast du mich ›alte Kuh‹ genannt?« Sie war kalt wie Gefrorenes, rutschte vom Barhocker und rannte raus – und erschien zwei Stunden später wieder, in Begleitung eines Kerls, den Johnny nicht kannte. Es war aber unschwer zu erraten, welchem Beruf er nachging.

Johnny stellte gerade einem Gast einen Campari-Orange hin, als der Kerl seine Hand ausstreckte und seine Autoschlüssel ins Glas hielt. »Entweder hast du meine Frau beleidigt, oder sie hat da was falsch verstanden!«

Kluge, der mit Freunden an seinem Tisch saß und Karten spielte, entging nicht, daß Johnny Streit hatte, mischte sich aber vorerst nicht ein.

Zu Johnnys angeborenen Talenten gehörte auch, daß er einem Gegner in die Augen schauen konnte. Feiglinge konnte er aussortieren wie andere poröse Luftballons.

»Nimm die Schlüssel aus dem Glas!«

»Falsch verstanden?« plärrte das Mädchen. »Wo alle hier zugehört haben?«

»Halt's Maul«, fuhr er sie an, hielt aber seine Autoschlüssel weiter in den Campari.

Johnny entschuldigte sich bei dem Gast, schüttete den Campari weg und begann, seine Jacke aufzuknöpfen. »Du hast genau eine Minute Zeit, sonst begleite ich dich vor die Tür.«

Der Kerl steckte seine Schlüssel ein, legte Geld auf den Tresen (»oder was kostet ein Campari?«), schnauzte sein Mädchen an, sich beim nächsten Mal zu benehmen, und dann verließen beide die Bar. Am frühen Morgen endlich erschienen seine Freunde. Adi machte den Anfang, und Johnny, der seine Trinkgewohnheiten ja kannte, stellte ihm einen Whisky Cola hin.

»Weißt du was«, erklärte Adi und schob das Glas zur Seite, »zur Feier des Tages und weil du jetzt richtig einer von uns bist, trinke ich mal was anderes, und zwar, sagen wir, einen TNT.«

»Was soll das denn sein?«

»Scotch mit Anisette, geht aber mit Pernod auch. Hauptsache, er ist richtig verrührt.«

»Machst du Witze?« Johnny suchte den Pernod, schüttete Whisky in ein Glas und schüttelte den Kopf. Die Bar war rammelvoll und Adi, ausgerechnet er, hatte plötzlich Sonderwünsche.

Als er den ersten Schluck probiert hatte, fing er an, sich bei Totenkopf-Fred, der inzwischen auch erschienen war, über Johnnys mangelnde Fähigkeiten auszulassen, einen internationalen Drink zu servieren. »Tu mir einen Gefallen und versuch's noch mal.«

»Laß mal testen«, sagte Totenkopf-Fred, nippte und verzog sein Gesicht. »Mir lieber einen Bacardi mit einer Zitronenscheibe und Eis.«

Keiner hatte je etwas anderes als Whisky Cola getrunken, und nur weil er heute Einstand feierte, drehten sie durch. Totenkopf-Fred fischte sofort die Zitrone aus dem Glas. »Die muß hauchdünn sein.«

Finger-Hannes, der als nächster reinkam, bestellte eine Bloody Mary. »Richtig mit viel Pfeffer und ruhig großzügig Tabasco rein.«

Johnny wußte nicht, wie lange er sich das noch gefallen lassen sollte. Der Schweiß lief ihm über das Gesicht, keinen der Drinks, die er servieren sollte, kannte er, und keiner ließ sich breitschlagen, ihm die Arbeit zu erleichtern. Außerdem herrschte in der Bar Hochbetrieb, zur gleichen Zeit saßen Gäste an allen Tischen, die ebenfalls Durst hatten, und dann gab es noch Mädchen, die Getränke mit nach oben nehmen wollten – und mit Gläsern hantieren war Glückssache, wenn man nervös war. Als Kölner-Hanne anfing, von Mexiko zu schwärmen, und plötzlich doch keinen Whisky Cola wollte, sondern Lust auf eine Margarita bekam, drehte Johnny durch.

»Mach doch gleich mal für alle hier Margarita«, forderte ihn Hanne auch noch auf.

»Und wo bleibt das Eis?« beschwerte sich Adi.

Das hatte er noch nicht erlebt. Da standen die größten Saufköpfe, fachsimpelten über Alkohol und ließen ihn laufen wie einen Springbock. »Was ist«, fragte Hanne, »doch nicht etwa am ersten Abend schon müde?«

Daß sie ihn die ganze Zeit zum Narren gehalten hatten, merkte er erst, als Kluge ebenfalls Sonderwünsche äußerte. Mit übertriebenem Ernst versuchte er, sich nicht zu verraten, aber gleichzeitig brach das Gelächter aus ihnen heraus. Adi hatte seinen Text richtiggehend auswendig lernen müssen, und natürlich war Kölner-Hanne noch nie in Mexiko gewesen, aber Durst auf Whisky hatten sie jetzt wenigstens. Bevor er an diesem Morgen einschlief, legte Johnny das verdiente Geld, ganze sechshundert Mark, in eine Zigarrenkiste, schluckte eine Schlaftablette und dachte, nie mehr werde ich arm sein. Ich werde nie mehr so arm sein, daß ich stehlen muß, die erste Frau, die mich um den Finger wickeln wollte, habe ich hinter mir, und demnächst werde ich es sein, der sich Späße erlaubt.

Und Anni und das Baby? Der kleine Schreihals, das gab er zu, hatte ihm Glück gebracht, daß aber Anni auch etwas damit zu tun hatte, übersah er. Seine Arbeit machte ihm mehr Spaß als alles, was er in seinem Leben bisher getan hatte, und die Zeit, wo ihn der Inhalt ihrer Handtasche interessiert hatte, lag lange zurück. Oft kam sie gar nicht nach Hause und schneite nur auf eine Zigarette herein. Wehe, er lag dann aber nicht allein im Bett. Sie nahm gleich den nächstbesten Gegenstand und ging damit auf ihn los. Danach war sie jedesmal erleichtert. Mit einem blauen Auge fiel sie überall auf. Irgendwann wäre auch Falko gezwungen, sich Johnny vorzuknöpfen. Das Gesetz, nach dem er handeln mußte, konnte er sich aussuchen: Eifersucht oder Ehre.

Den Straßenjungen sah man Johnny auch mit Anzug, Weste und Krawatte immer noch an. Das war ihm nur recht! Sollte sich die Welt, wenn er auftauchte, ruhig ein wenig angerempelt fühlen. Nur in Travemünde oder Maschen wurde er wütend, wenn sie ihn jedesmal beim Betreten der Spielbank aufhielten, umständlich seinen Ausweis kontrollierten und wissen wollten, ob er auch Geld bei sich hatte. Da waren die anderen bereits drinnen.

Auf dem Rückweg von Travemünde machten sie meistens noch in Lübeck, in den Bordellkneipen in der Clemensstraße, ihre Aufwartung.

Dort begegnete er Gitte.

Sie war ihm gleich aufgefallen und der Grund, daß er Käthe, Wirtschafterin im Haus Eins, aufforderte, allen Mädchen einzuschenken. Lokalrunden waren nichts Ungewöhnliches. Wenn sie in der Provinz vorbeischauten, ließ man sich bewundern und gab sich großzügig.

Was dann geschah, war ihm allerdings noch nie passiert. Gitte, gerade sie, die er auf sich hatte aufmerksam machen wollen, wies seine Einladung zurück. »Wie komm ich eigentlich dazu, mich von jedem Typen einladen zu lassen?«

Käthe mochte Johnny und bemühte sich, ihn zu beschwichtigen, indem sie Gitte zurechtwies. »Schrei hier nicht rum, schließlich bin ich noch nicht schwerhörig.« Und dann nahm sie ihren Liebling zur Seite. »Laß dich nicht provozieren, Johnny, nicht von so einer.« Einer weiteren Andeutung entnahm er, was sie damit meinte: Gitte war lesbisch.

Johnny stand auf. »Schon gut, Käthe, was bin ich schuldig?«

»Nichts, nur mach mir hier bitte keine Schwierigkeiten.«

Er legte genug hin und ging und trank in einer Frühkneipe weiter, als plötzlich Gitte auftauchte und auf dem direktesten Weg an seinen Tisch kam. »Darf ich mich setzen?«

Johnny hob den Kopf und betrachtete sie mit abschätziger Ausführlichkeit. »Danke, wir sind vollzählig.«

»Tut mir leid, das mit vorhin!«

Eine wie sie, dachte er, wäre genau das richtige Vergnügen, bevor ich zurückfahre, auch wenn stimmt, was Käthe erzählt hat.

»Ich warte drüben an der Bar!« sagte sie. Sie erschien ihm schöner als jede Frau, die er bisher getroffen hatte. Ihre Augen waren schwarz wie Kohlestückchen, kurz bevor sie zu Diamanten werden.

»Vorsicht«, warnte Torsten.

Er sah sie an der Bar warten. »Für wen geht die?«

»Arbeitet in die eigene Tasche.«

Johnny stand auf, stellte sich neben sie an die Bar, selbst unruhig vor Ungeduld, mit ihr allein sein zu können, verlangte ein Mineralwasser und schüttete ihr den Inhalt der ganzen Flasche über den Kopf. »Gehn wir.«

Sie schloß die Augen und leckte sich mit der Zunge den Sprudel von der Oberlippe. »Gut, gehn wir.«

Sie gingen zurück in die Clemensstraße.

Daß sie sich ihm ohne Zurückhaltung hingab, machte seinen Zustand vollkommener Trunkenheit vollkommen. Abwärts, aus dem Zimmer, aus der Welt, aus der Zeit.

Dann fielen Schüsse.

»Oh, mein Gott«, schrie Gitte. »Nein, nicht!«

Johnny fiel erst, als der Putz von der Decke kam, auf, daß etwas nicht in Ordnung sein konnte. Teile der Tür waren zersplittert, dahinter hörte er eine Frau schreien. Nach Anni klang das nicht! Er hielt den Atem an, um festzustellen, ob er was abgekriegt hatte.

Gitte lag halb unter dem Bett, hielt sich ein Kissen vor ihr Gesicht und schrie immer noch.

In jedem Bordell gab es zumindest einen Experten, der eine vor Eifersucht tobende Frau wirkungsvoll zur Besinnung bringen konnte. Der Lärm draußen wurde schnell leiser.

»Bist du okay?« fragte Johnny.

»Mein Gott, ich wußte doch immer, daß sie verrückt ist. Gott sei Dank war abgeschlossen!«

»Dann weißt du, wer geschossen hat?«

Gitte nickte.

Torsten hatte ihn gewarnt, und Käthe auch. Der Schädel tat ihm weh, was nicht an der Aufregung lag, einem Mordanschlag entgangen zu sein. Nur nicht alt werden, war seine Devise; er wäre mit einer Lebenserwartung von weiteren zwei oder drei Jahren zufrieden gewesen, aber von einer Kugel, die eine Frau abfeuerte, während er mit einer anderen im

Bett lag, wollte er nicht getötet werden. Soviel Pech wäre lächerlich.

Johnny ließ den geliehenen Borgward stehen und sich mit einem Taxi nach Hamburg fahren.

Im »Passat« saß Anni vor einer leeren Flasche Benedictine und war sternhagelvoll.

Die Wut, daß sie sich mit ihm in aller Öffentlichkeit anlegen wollte, trieb ihm den noch nicht verdauten Alkohol der letzten Nacht ins Blut zurück. »In fünf Minuten bist du in der Wohnung!« Johnny ließ sie sitzen und ging allein nach oben, angefüllt mit einem Haß auf alle Frauen. Erst flog der Fernseher aus dem Fenster, dann ging er mit Rasierklingen auf Annis Kleider los, riß, soweit es seine Müdigkeit noch zuließ, ihre Matratze in Stücke und schlief ein.

Als er wieder aufwachte, war ihm, als sei das halbe Zimmer verschwunden. Er sollte recht behalten: Annie war ausgezogen, rüber ins »King George«, zu Falko.

Es war unklug, daß sich Johnny, kaum war er aufgestanden, gleich wieder besoff. Aber er war nun einmal richtig in Schwung: frisch verliebt, von der Wirkung des Alkohols gleichzeitig überdreht und übermüdet, dazu, was Anni betraf, in seiner Ehre gekränkt. Es war Ehrensache, daß einem die eigene Frau gehorchte. Tat sie das nicht, noch dazu in Gegenwart anderer, büßte man sein Ansehen ein. Zum Beispiel mußte Kluge sich doch fragen, wie einer, dem schon die eigene Frau auf der Nase herumtanzt, mit Mädchen fertig werden soll, die er als Angestellter zu kontrollieren hatte.

Als er das »King George« betrat, hatte er sich wieder vollkommen in der Gewalt.

»Was willst du denn hier, du Wichser!« Anni schaute ihn nicht einmal an, sondern ließ sich von Falko Feuer geben und blies den Rauch ihrer Zigarette wie eine weitere üble Beschimpfung in die Luft.

Falko war gut zehn Jahre älter als Johnny, ein Mann, der in seiner Jugend sein Geld als Boxer verdient hatte. Deshalb war Anni auch so sicher, daß er der Richtige sein würde, Johnnys schönem Gesicht ein paar Narben zu verpassen.

Er wäre es gewesen, wenn er nicht eine kleine, aber entscheidende Schwäche gehabt hätte. Sobald er nämlich spürte, daß er durch seine pure Präsenz einem Gegner keine Angst einjagen konnte, brach sein Mut. Johnny wußte, daß er vor Falko nicht kneifen durfte. Er setzte sich an den Tresen, bestellte eine Cola und wartete, bis Falko das Glas vor ihn hingestellt hatte. »Ich habe gehört, daß Anni jetzt deine neue Freundin ist. An und für sich war die Frau bei mir gut erzogen.« Johnny sprach langsam und bewußt mit kleinen Unterbrechungen, die er nutzte, um sich einen Schluck zu genehmigen – er wußte, wie man eine Kampfansage unmißverständlich formuliert, und in welchem Tempo. »Und wenn sie sich einem deiner Kollegen gegenüber im Ton vergreift, so muß ich annehmen, daß du damit einverstanden bist. Jedenfalls habe ich nicht gehört, daß du sie zurechtgewiesen hättest.«

Als Falko nicht sofort die Knöpfe seiner Jacke öffnete, sondern anfing, die Sache zu zerreden, war der Kampf entschieden.

»Was die mir schon alles vorgeheult hat wegen dir, du solltest mir einen ausgeben, statt mir zu drohen. Aber eines muß klar sein: nicht noch einmal grob werden. Oder willst du mir einreden, sie holt sich ihre Veilchen im Blumenladen?«

»Erstens, Falko, geht dich das alles nichts an. Und zweitens gehe ich davon aus, daß ich von deiner Freundin in Zukunft nicht mehr beleidigt werde, wenn ich im ›King George‹ auftauche.«

Annis Rechnung konnte nicht aufgehen. Beide waren Barkellner, jeder im Stall eines anderen, aber ihre Bosse waren Freunde und Geschäftsleute, und viel zu intelligent, sich gegenseitig die Butter vom Brot zu stehlen. Es war üblich, daß das Geld, das Falko ausgab, wenn er feierte, im »Passat« landete – und umgekehrt Johnnys Zeche in der Kasse des Kollegen.

Einige Tage danach ging Anni ein letztes Mal auf ihn los. Johnny war mit Schweine-Hans unterwegs gewesen und irgendwann im Lauf der Nacht im »King George« gelandet, wo sie Anni trafen. Sonderbar, wie freundlich sie plötzlich war. Sie trank wieder Benedictine, war aber noch nicht betrunken. Sie schien sich sogar zu freuen, Johnny zu sehen. Dann passierte es. Anni schlug ihr Glas gegen die Theke und drückte ihm das scharfkantige Ende ins Gesicht.

Er begriff zuerst nicht, was sie getan hatte, sondern schaute sie nur an und wunderte sich: War sie nicht vor einer Minute noch blond gewesen? Mit jedem Herzschlag spritzte immer mehr Blut auf Annis Haar, ihr Gesicht und ihr Kleid.

Schweine-Hans fuhr Johnny sofort ins Hafenkrankenhaus, wo die Wunde geklammert wurde. Das Glas hatte das linke Auge, wie sich herausstellte, nur um Millimeter verfehlt, aber das untere Augenlid durchschnitten.

Mit einer Augenklappe sah er zwar wie ein Pirat aus, aber für Scherze hatte er, als er wieder im »King George« erschien, nichts übrig.

»Wo ist sie?«

»Laß sie in Ruhe«, warnte ihn Falko. »Wenn du die Frau auch nur berührst, schlag ich dich tot.«

Offenbar hatte Falko inzwischen seinen Chef benachrichtigt, daß er Ärger hatte, denn ein paar Minuten später ging die Tür auf und Kessler kam herein. Beide mußten erzählen, was vorgefallen war. Das war neu für Johnny, daß er sich einem Schiedsgericht stellen mußte, das aus nur einer Person bestand.

»Kann ich gut verstehen, daß du sie dir vorknöpfen willst«, erklärte Kessler, »aber als Besitzer dieses Ladens befehle ich dir, daß du sie in Ruhe läßt. Bring sie um, wo du willst, schmeiß sie von mir aus in den Hafen, aber im ›King George‹ rührst du sie nicht an. Eigentlich müßtest du das kapieren.«

Johnny hatte keine Lust, sich belehren zu lassen. Er rannte die Treppen hoch, trat die Tür ein und sah Anni, die auf dem Bett lag und weinte. Johnny schaute sie nur an, sagte nichts und ging.

Auf der Treppe kam ihm Kessler entgegen.

»Okay«, sagte Johnny, »ich hab sie nicht angerührt.«

»Geh runter und vergiß es.«

Zu Johnnys Pflichten, wenn er Tagschicht hatte, gehörte auch, Post entgegenzunehmen und dem Briefträger, wie das üblich war, ein Bier auszugeben. An diesem Morgen überreichte er ihm ein Paket und wollte neunundsiebzig Mark Nachnahmegebühr kassieren. Johnny wunderte sich zwar, zahlte aber und legte Kluge das Paket samt Quittung auf seinen Tisch.

»Was soll das denn?« wunderte sich der, als er gegen elf kurz hereinschaute.

»Du schuldest mir neunundsiebzig Mark, hab ich für dich ausgelegt.«

»Was geht mich das an?«

»Das Paket ist an dich adressiert, also hab ich's bezahlt.«

»Hab ich dir jemals gesagt, Nachnahmepakete anzunehmen? Das nächste Mal erscheint einer und kassiert sonstwas.« Kluge ließ nicht mit sich reden. »Du hast bezahlt, also nimm's auch!«

Na so was, dachte Johnny, aber na gut, besser keinen Streit anfangen, nahm das Paket und verstaute es bis Feierabend neben den Bierkästen.

»Wie immer, Kapitän?«

»Ganz recht, und für meine Begleitung auch ein Gläschen.«

»Selbstverständlich, Kapitän, sofort.«

Dödel-Alex kam, und das täglich, meist schon am frühen Mittag in die Bar, wenn nichts los war. Kam er in Gesellschaft einer Dame, wußte Johnny, was er zu tun hatte. »Bitte sehr, gnädige Frau.« Er goß ihr ein Glas Champagner ein. »Lange nicht gesehen, Kapitän, wieder viel unterwegs gewesen?«

»Hhm«, machte Dödel-Alex. »Gestern angekommen, Afrika.«

Die Dame schaute sich vorsichtig um. »Aber das ist kein Bordell oder so was, nein?«

»Aber nicht doch, gnädige Frau«, beruhigte sie Johnny.

»Und die beiden da drüben?« Sie deutete mit dem Kinn hinüber zu einem der Tische.

»Tja«, meinte Dödel-Alex, »wenn es auf St. Pauli keine Mädchen gäbe, sagen Sie selbst, wär das denn in Ordnung?«

Die Dame erlaubte sich ein Lächeln und gab damit zu verstehen, wie aufregend sie es fand, in einer zweifelhaften Bar gelandet zu sein. Hier also kommen Männer her, um ihr Vergnügen zu haben, dachte sie und dachte sofort auch an ihren Mann.

»Wirklich, wenn ich das meinem Mann erzähle.« Sie strahlte vor Neugier. »Prost!«

»Darf ich nachschenken?« erkundigte sich Johnny.

»Mittags schon Champagner, uuh!« Sie entnahm ihrer Handtasche eine Puderdose. »Wahrscheinlich habe ich bereits rote Backen.«

Meistens haute es hin, daß die Damen schnell in Fahrt kamen, eine Flasche bestellten und erst gingen, wenn sie nicht mehr gehen konnten. Mehr wollte Alex auch nicht, den Kapitän spielen, seine Späße machen und Champagner süffeln. Wenn die Sache schiefging, das war abgemacht, trank er auf Hauspreis.

Sein Tag begann am späten Vormittag meist in Kaufhäusern und Cafés, wo er nach Damen Ausschau hielt, die er ansprechen konnte. Nach zwanzig Jahren war es ein Kinderspiel, ihre Neugier zu wecken und sie zu einem Reeperbahnbummel zu überreden. Er hatte in seinem Leben nie etwas anderes getan als zu unterhalten, zu vergnügen, den Müßiggang zu pflegen und, das Wichtigste, die Frauen zu lieben. Inzwischen war er auch schon sechzig, immer noch stattlich und nie ohne eine brennende Zigarette im Mund, ein schrulliger Frührentner, der seinen Fuß nie außerhalb Hamburgs gesetzt hatte. Aber was er konnte, war, Geschichten erfinden, die unglaublichsten Geschichten – und was vertragen. Johnny war froh, wenn Dödel-Alex hereinschneite und er sich hinter der Bar nicht langweilen mußte. Er war nicht einfach nur ein Schnorrer, sondern revanchierte sich, indem er bezauberte – je nach Laune mit einem Schiffbruch im Chinesischen Meer, einem Taifun in den Tropen oder der Liebesgeschichte mit einer Eingeborenen, deren Sprache er nicht verstand, deren Seele aber rein und weiß war wie das Fleisch der Kokosnuß. Der Mittelpunkt seines Lebens aber war Relli, eine resolute Frau mit einem hohen Turm von Haaren, die sie je nach Stimmung einfärbte. Sie lebte von den Mieteinnahmen ihres Bordells in der Herbertstraße. Ein Verkauf, der ihr immer wieder angeboten wurde, hätte sie zwar auf einen Schlag zur Millionärin gemacht, aber davon wollte sie nichts wissen. Geld war nichts, was sie ernst nahm. Nach jeder Scheidung hatte sie ihrem Alex genug geschenkt, damit er sich weiter einkleiden und sich sein Gläschen Champagner leisten konnte. Sobald alles verpraßt war, verkam er immer mehr, ließ sich in den erbarmungswürdigsten Zustand der Verkommenheit treiben, bis irgendwie auch Relli zu Ohren kam, wie schlimm es um ihren Alex stand. Auch Johnny hatte schon einige Male dafür gesorgt, Relli klarzumachen, daß Alex ohne ihre Hilfe vor die Hunde gehen würde. Erstaunlich, wie liebevoll sie ihn dann verfluchen konnte. Es liefen bereits Wetten, wann Relli ihn zum viertenmal heiraten würde. »Und wohin geht die große Fahrt als nächstes?«

Dödel-Alex rutschte vom Barhocker. »Ich muß mal.«

Kaum war er verschwunden, improvisierte Johnny, eingespielt waren sie ja. »Wahrscheinlich hat er Ihnen noch nicht erzählt, daß er heute Geburtstag hat.«

»Ach, du lieber Himmel, wirklich? Nein, kein Sterbenswörtchen hat er verlauten lassen. Na so was, auch noch Geburtstag?« Was für ein Tag! Nur ein Täßchen Kaffee hatte sie trinken wollen und saß nun mitten in St. Pauli in einer ziemlich dunklen Bar. Aber es machte, wie sie zugeben mußte, Spaß, war aufregend, ein wenig verwegen sogar, aber das Gefühl, Angst haben zu müssen, stellte sich nicht ein. Im Gegenteil, was für Menschen, was für Orte, was für schöne Stunden es geben konnte, wenn man sich ein einziges Mal ein klein wenig gehen ließ und nicht immer so dumm war, vernünftig zu sein.

Wenn das ganze Theater kein Reinfall werden sollte, mußte sie sich bald entscheiden, eine Flasche Champagner springen zu lassen.

Johnny half ein wenig nach, indem er jetzt schwieg. Was immer wirkte, war Musik, die richtige Musik, was zum Träumen, Paul Anka zum Beispiel.

Sie machte Dödel-Alex, sobald er wieder neben ihr Platz genommen hatte, sofort Vorwürfe, ihm die Neuigkeit verschwiegen zu haben.

»Nun ja«, zierte sich Alex und zündete sich eine Zigarette an. Die Nummer hatten sie zu oft und schon in allen Variationen abgezogen, um noch Fehler zu machen. Jetzt kam es auf die Fähigkeit an, abwarten zu können. Einen kleinen Schwips hatte sie. Und ihr Glas war leer.

»Also darauf müssen wir doch anstoßen, nicht?«

»Was ist, Kapitän, noch ein Gläschen?« fragte Johnny.

Dödel-Alex konnte so hinreißend hilflos schweigen, daß der Dame nichts anderes übrigblieb. »Ich bin so frei, öffnen Sie eine Flasche.«

Ach ja, das Paket, fiel Johnny ein, bevor er nach Feierabend nach oben ging, um sich umzuziehen. Wie immer am Donnerstag stand Sauna auf dem Programm, draußen bei Kluge in seiner privaten Villa. Man traf sich, trank und mußte die ganze Zeit verdammt aufpassen, um nicht Opfer übler Scherze zu werden. Tag und Nacht lief man Gefahr, reingelegt zu werden; jeder hatte ja Zeit genug, sich immer neuen Unsinn auszudenken.

Erst letzte Woche hatte es Günther Röseler erwischt, nur weil er allen zu laut und zu ausführlich von einem Mädchen vorgeschwärmt hatte, das er gerade erst nachts im »Top Ten« kennengelernt hatte. Nein, mit ihr geschlafen habe er noch nicht, sie gehe noch zur Schule und müsse früh zu Hause sein, aber heute nach der Sauna würde er sie wieder im »Top Ten« treffen. Schweine-Hans verließ die Sauna, holte eine Schere, sie hielten ihn fest und verpaßten ihm, noch in der Sauna, einen Irokesenschnitt. Damit sah er aus wie der Häuptling eines Hühnerhofs. »Mal sehen, ob deiner Kleinen dein Haarschnitt gefällt.«

Eine Schere besaß Johnny nicht, also riß er sich die Finger an der Schnur blutig, bis das Paket endlich offen war. Dann sah er die Bescherung. Porto zahlt Empfänger, fluchte Johnny und hielt sich die Nase zu. Verschimmeltes Brot und verfaulte Reste von Käse, Pizza und Wurst, leere Konservendosen, Fischköpfe, alte Zeitungen und jede Menge Kippen. Irgendwer mußte seine Mülltonnen geplündert haben. Dann fiel ihm ein, daß es nur Kluge gewesen sein konnte, denn der hatte an der Tischtennisplatte hinten im Hof zuviel Geld verloren, als Johnny sich den Spaß erlaubt hatte, Lazi Ligeti, einen ungarischen Nationalspieler, aus München einfliegen zu lassen. Er war überhaupt erst auf diese Idee gekommen, als er sah, mit welch verrücktem Ehrgeiz alle spielten. Lazi spielte mit der linken Hand, und auch mit der noch absichtlich ungeschickt, was allerdings immer noch ausreichte, um jedes seiner Spiele zu gewinnen; freilich, wie mit Johnny abgesprochen, immer nur knapp. Bei einer Revanche, dachte sich jeder, packe ich den Kerl dann aber. Aber auch die Revanche verloren sie, wieder nur mit knappen zwei oder drei Punkten. Lazi stellte es geschickt an, sich so ungeschickt wie möglich zu verhalten, so daß immer neue Spiele gefordert, neue Wetten, immer höhere Wetten geschlossen wurden. Die Tausender türmten sich. Von den Fenstern aus verfolgten die Mädchen das Turnier. Und Johnny kassierte und sah, wie sie erst nach einer Woche endlich aufgaben. »Wär ja auch gelacht, wenn einer von euch gegen einen ungarischen Nationalspieler gewinnen würde!« grinste Johnny, als sie ihre Schläger eingepackt und ihre Verluste zusammengerechnet hatten. Sein Einfall war als Bluff eine Meisterleistung, deshalb faßten sie sich nur an die Köpfe, aber keiner verlangte sein Geld zurück.

Nur würden sie sich, wenn er eintraf, diesmal über ihn totlachen.

Gelacht wurde an diesem Abend aber über etwas anderes.

Es war bereits spät, nach zehn schon, als Kluge von der Sauna aus einen Rechtsanwalt anrief. »Auch so einer, der mir dauernd Einladungen zu seinen Gartenfesten schickt und davon träumt, daß mir das imponiert.« Es gab in Hamburg Anwälte, die seinen Namen gut genug kannten, um zu wissen, daß Anrufe dieser Art zu lukrativen Aufträgen führen konnten. Eine Anzahl Kollegen hatte, wie er wußte, bereits kräftig kassiert. Wer außerdem Kontakte zum Milieu hatte und in einschlägigen Bars, wenn auch nur beruflich, verkehrte, rief bei Damen der Gesellschaft Neugier und bei seinen Freunden Neidgefühle hervor.

Dr. Witte erschien in Maschen, was immerhin eine Fahrt von einer halben Stunde bedeutete, im Anzug und mit Aktenmappe unter dem Arm, und wußte zuerst nicht recht, wie er sich verhalten sollte, als er in die Sauna geführt wurde, wo er ein ganzes Rudel junger Kerle in ausgelassener Stimmung antraf. Noch bevor er ganz kapierte, daß irgend etwas nicht seiner Routine entsprach, lag er – platsch! – im Pool.

»Tut mir leid«, entschuldigte sich Kluge und ließ sich in seinen Liegestuhl zurückfallen, »aber trösten Sie sich, wir versenken jeden Donnerstag einen.«

Dr. Witte stieg aus dem Wasser. Ihm wurde schlecht, so sehr schämte er sich. Er war, das wußte er, eine durch und durch lächerliche Figur. In seinen Schuhen stand das Wasser, aus der Aktentasche tropfte es heraus, die Kleider klebten am Körper – niemals hatte er sich erbärmlicher gefühlt.

»Und empfehlen Sie mich weiter«, lachte Kluge.

Dr. Witte fror, als er wieder im Auto saß. Möglicherweise werde ich mir einen verdammten Schnupfen holen, dachte er, wußte aber, daß es nicht eine Erkältung war, die er fürchtete, sondern die Wahrheit, mit der er fortan zu leben hatte. Wer wollte leugnen, daß er sich dem Gefrierpunkt näherte. Seine ganze Existenz, fand er, war irgendwie mit ins Wasser gefallen.

Johnny lehnte an der Tür und schaute, bevor gleich seine Schicht begann, noch einmal die Straße rauf und runter, als er ein Taxi in die Kastanienallee einbiegen sah. Es hielt direkt vor dem »Passat«.

»Hallo, Schatz! Hilfst du mir mal?« Irgendwas muß sie mißverstanden haben, dachte Johnny und wurde nervös. Nüchtern konnte Gitte nicht sein, so wie sie jetzt auf ihn zusteuerte.

Der Fahrer war inzwischen um den Wagen herumgegangen. »Wenn Sie mal so nett sein könnten und mir helfen.«

Vor jeder Kneipe stand bereits einer, der sich amüsierte.

»Was ist?« wollte der Fahrer wissen. Den halben Wagen hatte er bereits ausgeräumt, Bügeleisen, Schminkkoffer, Haarfön und Fernseher, ein Sammelsurium von allem, was eine Frau auf die Schnelle zusammenpackt, sobald sie den Entschluß faßt, für eine Überraschung zu sorgen.

»Bist du sicher, daß du nicht betrunken bist?« schimpfte Johnny.

»Bin ich«, wehrte sich Gitte.

Dann wandte er sich wieder an den Taxifahrer. »Packen Sie alles wieder ein, da hat sich jemand in der Adresse geirrt.«

»Hier bin ich, und ich bleibe hier!«

Er kannte die Tonart, bevor Frauen durchdrehen. Wenn er sich jetzt stur stellte, machte sie ihm eine Szene – und das war es, worauf die ganze Straße wartete. Es war also im Augenblick nur wichtig, Gitte so rasch wie möglich wegzuschaffen. Er bezahlte den Fahrer und brachte sie nach oben in die Wohnung. »Sobald du wieder zu dir gekommen bist, fährst du zurück nach Lübeck.«

»Komm schon, aber schließ die Tür ab.« Sie strahlte Zuversicht aus, als sie ihre Bluse aufknöpfte.

»Reimers«, meldete sich die Stimme am Telefon, »Reimers aus Lübeck. Ich nehme an, daß Ihnen mein Name nicht unbekannt ist.«

Johnny mußte nachdenken. »Clemensstraße?«

»Richtig. Mir gehört das Haus, in dem Sie ja, bis die Brigitte ausgezogen ist, Stammgast waren.»

Jetzt fiel der Groschen. Du meine Güte, Reimers. Der Mann war um die Fünfzig, Bordellchef seit der Kapitulation und bis vor ein paar Monaten, wie ihm Gitte erzählt hatte, mit einer sehr viel jüngeren Frau verheiratet gewesen. »Was gibt's, Herr Reimers?«

»Ist es möglich, daß Sie wieder mal nach Lübeck kommen?«

»Worum geht es?«

»Geschäfte.«

Johnny hielt den Hörer etwas von seinem Ohr, weil ihm der harte Offizierston, mit dem Reimers sprach, am Trommelfell kratzte.

»Sagen wir, morgen abend acht Uhr?«

»Einverstanden.«

»Ach übrigens, sind Sie noch mit Brigitte zusammen?«

»Bin ich.«

»Großartig. Fabelhaftes Mädchen. Hat sich sehr zu ihrem Vorteil entwickelt, seit sie sich wieder gefangen hat.«

»Bis morgen«, sagte Johnny und legte auf. »Weißt du, wer gerade angerufen hat? Dein alter Chef.«

Gitte kam aus dem Bad. »Reimers?«

»Hast du eine Ahnung, was der von mir will?«

»Ich weiß nur, daß du ihm immer imponiert hast. Er hat mich andauernd nach dir gefragt und war plötzlich sogar richtig nett zu mir.«

Seit ihn seine Frau verlassen hatte, kränkelte Herr Reimers, allem Anschein nach ein Herzleiden. Gewissermaßen schon, erklärte ihm sein Hausarzt, aber dafür seien Psychologen zuständig.

»Ich will verpachten«, erklärte Reimers, nachdem er sich mit Johnny im Restaurant des »Lübecker Hof« an einen Tisch gesetzt hatte. »Ich bin zu alt für den ständigen Ärger. Ich habe Sie hergebeten, weil ich das Haus an Sie verpachten will.«

»An mich?«

Reimers senkte den Kopf. Er schien Mühe zu haben, die richtigen Worte zu finden.

»Hat Ihnen denn Brigitte nichts erzählt?«

»Daß Ihnen Ihre Frau abhanden gekommen ist, mehr nicht.«

Reimers konnte einem leid tun. Verliebte sich in seinem

Alter in eine um zwanzig Jahre Jüngere, die ihm auch prompt wieder weglief. Sicher hätte er einen gleichaltrigen Burschen vielleicht noch verdaut, aber mit einer gut und gern Fünfundvierzigjährigen, noch dazu einer Dame der Gesellschaft? Damit konnte er sich nicht abfinden.

»Wenn Sie Ihr Haus verkaufen oder verpachten wollen, ist das Ihre Sache. Aber nicht an mich, weil ich nämlich das Geld nicht habe.«

Reimers war ein vermögender Mann. Es kam ihm nicht darauf an, noch reicher zu werden – er suchte Genugtuung. Der Verkauf an ihn hatte, so besessen wie Reimers sich benahm, etwas von einem Mordauftrag. »Sie werden doch hundertfünfzigtausend Mark auftreiben können?«

Johnny winkte ab. »Tut mir leid, kann ich nicht.«

»Dreißigtausend Mark auf die Hand, den Rest in monatlichen Raten. Mehr entgegenkommen kann ich Ihnen nicht.«

Johnny überlegte.

»Zinslos«, ergänzte Reimers und gab ihm seine Telefonnummer. »Für mich sind Sie ein ganz außergewöhnlicher junger Mann, ich wünschte mir, Sie könnten mir einen Rat geben.«

»Wie Sie Ihre Frau zurückerobern?«

»Wenn Sie so wollen!« Herr Reimers hob den Kopf und schaute Johnny zum erstenmal direkt in die Augen. »Wie haben Sie es, wenn ich Sie das einmal so offen fragen darf, eigentlich angestellt, daß sich Gitte in Sie, einen Mann also, verliebt hat?«

»Keine Ahnung«, antwortete Johnny, »aber wenn's mir eingefallen ist, rufe ich Sie sofort an.«

Auf der Heimfahrt brachte Johnny Ordnung in die absurde Logik der Ereignisse. Reimers hätte mit beträchtlich höherem Gewinn an jeden verkaufen können, bot aber statt dessen ihm das Geschäft an, und das offensichtlich nur, weil er vor Enttäuschung und Wut durchdrehte. Vielleicht hatte er auch bereits den Verstand verloren und sah in ihm so etwas wie den Rächer der Betrogenen. Ihm war also nicht ein Geschäftsmann gegenübergesessen, sondern ein Mann, der Hilfe suchte, einen Freund, einen, der die Zauberformel zur Bestrafung verrückt gewordener Frauen kannte.

Bordellbesitzer, das war Johnnys Chance. An der Bar des »Passat« stand er zwar im Zentrum, und Kluge war mit seiner Arbeit zufrieden. Er schleppte Bargeld bündelweise mit sich herum, genug, um sich jede Woche neue Zigarrenkisten besorgen zu müssen. Mit den Mädchen kam er klar. Streitigkeiten waren auch dann kein Problem, wenn er selbst handgreiflich werden mußte. Er arbeitete zwanzig Tage im Monat und verdiente Tausende von Mark. Aber in seiner freien Zeit wußte er nie, was er tun sollte. Wie leicht könnte er nebenher in Lübeck Geschäfte abwickeln. Er brauchte lediglich einen Partner, der mit eigenem Geld einstieg.

Toni-Karl war, wenn er nachdachte, der richtige Mann. Von ihm wußte er, daß er Kapital flüssig machen konnte und ohnehin vorhatte, ins Geschäft einzusteigen. Es kostete Johnny keine zwei Stunden, bis er ihn überredet hatte, das Haus seiner Mutter zu beleihen. Mit dieser Sicherheit fuhr er wieder nach Lübeck und unterschrieb den Vertrag. Mit seinen zweiundzwanzig Jahren war Johnny damit Deutschlands jüngster Bordellbesitzer.

Zwei Monate lief das Geschäft. Er entließ erst einmal gut die Hälfte der Prostituierten und schaffte neue und jüngere aus Hamburg nach Lübeck. Er überwachte strenger als jeder andere, der in der Clemensstraße was zu sagen hatte, die Arbeitszeiten und Arbeitsgewohnheiten, dekorierte die Zimmer neu und steckte die Mädchen in Netzanzüge. Auf die Idee war vor ihm noch keiner gekommen – sie waren also bekleidet, was sie laut polizeilicher Verordnung auch sein mußten, aber eigentlich doch nackt. Aber Johnny war noch nicht clever genug, um vorauszusehen, daß bei dem Konkurrenzkampf, den er entfachte, die alteingesessenen Bordellbesitzer nicht tatenlos zusehen würden. Sie verhielten sich geschickt, organisierten keine Schlägertrupps und legten sich auch persönlich nicht mit ihm an, sondern überließen die Arbeit der Polizei, die dafür schließlich bezahlt wurde, auch von ihnen. Ruhig warteten sie ab, bis das Kilo Akten aus München eingetroffen war. Dann bat die Polizei Johnny zu einem Gespräch ins Präsidium. Das Ergebnis: Es war ihm zwar erlaubt, die Stadt zu betreten, nicht aber die Clemensstraße. Aufgrund seines Vorstrafenregisters galt er dort, und zwar ab sofort, als unerwünschte Person. Damit war amtlich, daß er sein eigenes Bordell nicht mehr betreten konnte. Was nützte ihm die gute Käthe in der Küche, Gitte hinter der Bar, Arno Dossi als Wirtschafter und Toni-Karl als sein Teilhaber, wenn er selbst Hausverbot hatte? Auf einen Rechtsstreit wollte er es nicht ankommen lassen, verkaufte seine Anteile und verließ Lübeck mit einem Achselzucken.

»Was dagegen, wenn ich auch gleich aus Lübeck verschwinde?« fragte Arno Dossi.

»Nein, ist mir sogar recht. Dann kannst du solange fahren, bis wir auf der Autobahn sind. Die lochen mich noch ein, nur weil ich keinen Führerschein habe.«

Auf der Rückfahrt erzählte Dossi, daß sie sich früher schon einmal begegnet waren.

»Ich kam von Düsseldorf und bin drei Monate bei Kluge eingezogen.«

»Das gibt's doch nicht, daß ich dich übersehen habe.«

»Ich weiß noch, wie wir eines Morgens zusammen in der Dakota-Bar standen, ziemlich pleite beide, ich hatte noch sieben und du noch ganze drei Mark.«

Auch daran konnte sich Johnny nicht erinnern. »Und?«

»Wenn du jetzt deine sieben Mark rausrückst, hast du gesagt, versprech ich dir, daß es dir immer gutgehen wird.«

»Und?«

»Ich hab's dir geglaubt.«

»Na gut«, lachte Johnny, »dann bleib am besten immer in meiner Nähe.«

Max brauchte er diesen Vorschlag erst gar nicht machen, er fand das Leben in München ohne seinen Freund ohnehin unerträglich langweilig, außerdem, auf sich allein gestellt, auch viel zu riskant. Im Grunde hielt er sich selbst für untauglich, was die Anforderungen betraf, die an einen jungen Mann gestellt wurden, der sich auch am Tag im Nachtleben herumtrieb. Er war, das wußte er, weder zäh noch durchtrieben noch gewissenlos genug für eine derartige Nervenbelastung, jedenfalls auf Dauer nicht. Aber ohne das Milieu kam er nicht aus. Was er liebte, war die Atmosphäre, die Allgegenwart käuflicher Liebe und die Gegenwart junger Mädchen, deren Jugend ihn vergessen ließ, daß ihre Geschäfte von Männern organisiert wurden. Er war nicht zum Äußersten entschlossen, nur ein Schönling, wie die ihn nannten, die ihn nicht leiden konnten. Es passierte außerdem zu häufig, daß er sich betrank, wenn er sich unsicher fühlte, mehr trank jedenfalls, als er vertrug, dann den Mund zu weit aufriß und natürlich prompt die Quittung kassierte. Danach lag er dann drei Tage flach, starrte die Decke an und kriegte Anfälle von Schwermut. Das Leben war dann ein Ungeheuer und die Nacht der einzige Schlupfwinkel, um sich sicher zu fühlen. Nie wurde er diese Angst los. Deshalb jagte er auch keinem, dem sein aggressives Gerede auf die Nerven ging, Angst ein. Zum Glück waren wenigstens überall so gut wie alle Mädchen in ihn vernarrt. Er sah gut aus, wußte das auch und tat sein Bestes, das Ungeheuer zu vergessen. Er war auch ein guter Tänzer, wenn es nicht darauf ankam, dabei die Beine zu bewegen, und hatte das beneidenswerte Talent, Stimmung in eine Gesellschaft zu bringen. Dabei war er auf der Suche nach einem Glück, das altmodischer war als das Hochzeitskleid seiner Mutter. Er träumte, was er nur Johnny gegenüber zugab, von Kindern, einem Haus und einem ruhigen Schlaf.

Zu Anfang hatte er auch im »St. Annen« gewohnt, bis ihm Marianne über den Weg lief, die ihn mit zu sich nach Hause nahm und dafür sorgte, daß keinem entging, daß sie jeden, den sie wollte, auch haben konnte. Sie genoß es, sich auf diesem Umweg noch einmal in Johnnys Leben einmischen zu können.

Er kellnerte danach eine Zeitlang, bis ihm Karin über den Weg lief, die ihn mit zu sich nach Hause nahm und dafür sorgte, daß er Johnny nicht mehr jede freie Minute hinterherlief. Wenn er drei Tage lang flach lag, brühte sie ihm Kamillentee auf oder stellte mit einem Handgriff unter die Decke fest, daß er so krank auch nicht sein konnte.

Sein größtes Handikap war natürlich auch in Hamburg, daß er sich nicht prügeln konnte. Er war rauflustig, das war aber auch schon alles. Oft war er nur aus Unsicherheit ungeschickt und eine Nervensäge, aber alle wußten, daß Max unter dem besonderen Schutz seines Freundes stand und überlegten sich zweimal, ob sie ihn beleidigten. Schlimm für ihn war nur, wenn er zwischen die Fronten geriet und Schläge kassierte, nur weil es einer eigentlich auf Johnny abgesehen hatte. Johnny war der große Bruder von Max, der aber Johnnys Mutter. Nicht nur sahen sie sich ununterbrochen, sie telefonierten auch noch dreimal am Tag. Max sorgte sich um alle Kleinigkeiten, das Bezahlen von Rechnungen oder Strafmandaten, das Aufsperren von Strom und Wasser, er wimmelte Gerichtsvollzieher an der Tür ab, holte Wäsche aus der Reinigung, machte ihm Vorwürfe wegen seiner Abhängigkeit von Schlaftabletten und tröstete verschmähte oder abgelegte Liebschaften. Seine Zuneigung zu Johnny war allem überlegen, was er etwa für eine Frau, die er liebte, empfand. Vor allem hörte er zu, wenn Johnny schlechte Laune hatte, sich elend oder deprimiert fühlte und reden wollte. Er redete, wie Max fand, manchmal wirklich wirres Zeug. Manchmal, mitten im Lachen, merke er, sagte Johnny, daß er sich gar nicht amüsiere, sondern langweile, er spiele oft mehr den Betrunkenen, als daß er es sei, ihn treibe keine Sehnsucht, nicht einmal die, reich zu werden, auch seinem Vater wolle er nicht imponieren, dazu komme, daß er sich seiner Ängste schäme, zum Beispiel der Angst, daß sich, wenn er sich mit einem Mädchen in einer Absteige verstecke, seine Abhängigkeit von ihnen bei allen herumspräche, es sei ihm unmöglich, damit, wie die meisten, selbstherrlich zu prahlen; wie alle zu sein, mache ihn unsicher. »Was ist mit mir los, Max?«

»Nimm zwei Aspirin, das hilft immer.«

»Dagegen nicht, Max.«

Sie gingen am Hafen spazieren, was sie oft taten, wenn einer seinen schlechten Tag hatte.

»Stimmt was mit Gitte nicht?«

Johnny dachte nach. »Sie ist das Beste, was ich je im Bett hatte.«

»Immer noch?«

»Immer noch!« Johnny schaute einer Möwe nach, die eine Menge Lärm machte. Am Fährhaus drehten sie um und gingen den gleichen Weg zurück. »Irgendwas ist, ich weiß nur nicht was.«

»Dann sauf weniger. Oder heirate!«

Johnny kannte die Schwäche seines Freundes, seine Sehnsucht nach einer Familie. Einen ersten Versuch hatte er bereits hinter sich.

Der Vater seiner Karin hatte einen Betrieb, dessen Spezialität es war, geschälte und in Plastikbeutel verpackte Kartoffeln auf den Markt zu bringen. Max heiratete und bezog mit Karin eine Wohnung in der Hamburger Innenstadt und saß morgens, wenn anständige Leute zur Arbeit gingen, bereits im Büro. In St. Pauli hatte er sich kaum noch blicken lassen. Nach einem halben Jahr allerdings wurden seine Stippvisiten auf der Reeperbahn wieder häufiger. Er kam, wie es aussah, doch nicht ganz ohne seine alten Freunde aus, obwohl er sich immer pünktlich um ein Uhr nachts verabschiedete. Aber der Zauber der durchzechten Nächte höhlte seine bürgerlichen Tugenden mehr und mehr aus, mehr als er das selbst wahrhaben wollte. Schließlich genügte ein Haufen Hundekot, den Johnny und ein paar Freunde auf dem Fahrersitz seines Lieferwagens plaziert hatten, um Max klarzumachen, wohin er gehörte und daß er doch nicht der geborene Familienvater und künftige Teilhaber eines Kartoffelschälbetriebs war. Er hatte in aller Herrgottsfrühe die Tür seines Lieferwagens aufgerissen, sich hinters Steuer gesetzt und den Motor starten wollen, als er auch schon hochsprang und sich dabei an der Türöffnung auch noch eine Beule holte. Er saß, unleugbar, in der Scheiße, womit der erste Anlauf zurück ins normale Leben gescheitert war.

Als er seinen zweiten Versuch unternahm, dem Leben auf St. Pauli den Rücken zu kehren, versuchte er sich als Handelskaufmann, kaufte verdorbene Schiffsladungen auf und versuchte, den Kram auf Flohmärkten zu verscherbeln. Zum Verhängnis wurde ihm die Ladung eines Frachters, sogenannte »Pariser Pantinen«, Schlafzimmerslipper à la Doris Day für Damen jeden Alters, die feucht geworden waren und deshalb zum Schleuderpreis verhökert wurden. Max kaufte sie auf. Der Wunsch nach einem erholsamen Feierabend im Kreise einer Familie mußte ihn bereits derart um den Verstand gebracht haben, daß er tatsächlich anfing, jeden einzelnen Schuh erst mit einem Haarfön zu trocknen und den Bommel auf dem Rist oben dann mit einer Zahnbürste so lange zu bearbeiten, bis er wieder halbwegs flauschig war. Und das bei gut fünftausend Paar! Danach baute Max am Hamburger Fischmarkt dann einen Stand auf – und dort sah Johnny ihn stehen. Das war ganz der Max, wie er ihn liebte, rührend hilflos und lächerlich. Johnny hatte auch gleich die zündende Idee, wie er ihm helfen konnte, suchte sich den richtigen Mann, einen Hünen von einem Seemann, und machte dem klar, wie er sich Geld verdienen könne. Der Riese scheuchte sofort, wie abgesprochen, das Gewühl der Hausfrauen auseinander und verlangte mit umständlicher Ungeschicklichkeit und der Sturheit eines Geistesgestörten ein Paar Slipper Größe 49. Ein Witz, den Max nicht würdigen konnte, weil er es langsam mit der Angst zu tun bekam. Es war unmöglich, diesen Kerl davon abzubringen, seine Geschäfte zu stören, und ebenso unmöglich, ihn etwa am Kragen zu packen. Max wurde wütend, immer nervöser und sah hilfesuchend um sich. Da entdeckte er Johnny, der sich die ganze Zeit über versteckt hatte und jetzt vor Vergnügen losbrüllte. Größe 49, darüber mußte auch Max jetzt lachen und hätte Johnny am liebsten umarmt, aber bei aller Liebe, das war ausgeschlossen.

Wenige Wochen nach seiner Rückkehr ins Milieu verliebte sich Max in eine Bärbel, die sich beruflich Yvonne nannte. Da er nicht der Typ war, seiner Frau die Wahrheit ins Gesicht sagen zu können, wußte er nicht weiter. »Karin spürt ganz genau, wenn ich nebenher was habe. So geschickt kann ich gar nicht lügen.«

»An deiner Stelle würde ich es folgendermaßen machen«, riet ihm Johnny, ohne lange überlegen zu müssen, »sag ihr, du hättest die Steuerfahndung am Hals und mußt dein Vermögen retten, erkläre ihr, daß das nur möglich ist, wenn ihr euch scheiden laßt, denn nur dann könntest du ihr deine Betriebe überschreiben. Nach der Scheidung sagst du ihr dann die Wahrheit. Dafür wird sie dich, ich schwöre dir, so abgrundtief hassen, daß sie froh sein wird, dich los zu sein.«

Karin glaubte Max und ließ sich scheiden, nur um dann beim Verlassen des Gerichtsgebäudes miterleben zu müssen, daß draußen eine andere auf ihn wartete.

Aber auch Yvonne redete unentwegt auf Max ein, sich aus

St. Pauli zurückzuziehen, und setzte durch, daß sie eine Wohnung an der Alster, mit Steg und eigenem Boot, mieteten. Er blieb trotzdem ein beliebter Weiberheld, allerdings mit einer konfusen Bereitschaft, sich versklaven zu lassen. Genau das passierte ihm mit Janine, in die er sich kurz nach seiner Hochzeit mit Yvonne verliebte.

8

Wer es sich leisten konnte, fuhr jedes Jahr ans Mittelmeer, kam braungebrannt wieder und schwärmte von reichen Männern, schönen Frauen und dem vielen Geld, das alle hatten. Johnny hatte immer mit besonderer Aufmerksamkeit zugehört. Das Meer war blau, in den Häfen lagen Schiffe, keine rostigen Tanker wie hier, sondern Segelschiffe, Yachten und Motorboote, dazu schien die Sonne, wahrscheinlich schien sie dort vierundzwanzig Stunden lang. So ein Leben mußte aufregend sein, abwechslungsreich und einen Versuch wert. In Hamburg hatte er in sehr kurzer Zeit mehr erreicht, als er sich je erträumt hatte. Er war hergekommen und hatte Erfolg gehabt. So einfach stellte er sich seine Zukunft auch im Süden vor. Reiche Männer waren das gefundene Fressen für Gitte und schöne Frauen im Grunde alles, was ihn interessierte. Seine Freunde staunten nicht schlecht, als er ankündigte, seine Arbeit im »Passat« an den Nagel zu hängen und zugleich auch die Wohnung im Haus kündigen zu wollen, um auszuwandern.

Vor allem Kluge versuchte, ihm diese Schnapsidee auszureden, und schlug vor, er solle erst einmal nur für ein paar Wochen verreisen, nichts überstürzen und abwarten, wie sich die Dinge entwickeln würden. Er bot ihm an, für diese Zeit nur einen Aushilfskellner einzustellen und ihm auch seine Wohnung freizuhalten. Johnny nahm das Angebot als Kompliment für die Arbeit, die er geleistet hatte, aber es bestärkte ihn nur in seiner Zuversicht, daß er überall auf der Welt einen wie Kluge finden oder selbst einer wie er werden würde. Umzustimmen war er jedenfalls nicht mehr, zu sehr hatten sich ihm drei Dinge eingeprägt: Klasseweiber, Klassewetter, Klassehotels.

Von seiner eigenen Klasse war er ohnehin überzeugt, und Gitte war, wie er fand, einfach eine Klasse für sich. Nur ein Zufall konnte also verhindern, daß er nicht auch im Süden zurechtkommen würde. »Ich werde mich schon durchschlagen«, behauptete er mit der ganzen Unbekümmertheit seiner Jugend.

Reiche Männer, richtige Millionäre stellte er sich alle als bedauernswerte Geschöpfe vor, die gleichen Schlappschwänze, die sich vor seinen Augen nackt im »Triangel« vergnügt hatten. Häßliche, müde Figuren, impotent in der Mehrzahl, gleichwohl sexuell hungrig, gelangweilt von ihrem Leben, ihrem Geld und, wenn sie welche hatten, von ihren Ehefrauen; neugierig auf neue Affären, neue Abenteuer, deren Preis sie mit links bezahlten, versessen auf Schweinereien jeder Art und anfällig für eindeutige Blicke, die Entspannung versprachen. Da hatte er mit Gitte einen Joker in der Hand, der stach. Sie sah aus, als habe Gott sechs Tage lang über sie nachgedacht und sie am siebten, kurz vor dem Glockenschlag, mit einer einzigen, ebenso leichtfertigen wie geübten Handbewegung erschaffen.

Als sie wissen wollte, ob sie ein Abendkleid mitnehmen müsse, antwortete er: »Bikini genügt, am besten einer, der in dein Zigarettenetui paßt.«

Johnny nahm an, daß sich reiche Männer allein schon das Vergnügen eines Flirts und die Hoffnung auf ein Abenteuer ein Vermögen kosten ließen. Falls es nicht gleich auf Anhieb klappen sollte, hatte er ja, wenn er seine Zigarrenkisten plünderte, genug Anfangskapital.

Als er die Prachtkutsche auf dem Gelände eines Gebrauchtwagenhändlers stehen sah, blieb ihm das Herz stehen. Ein weißer Chevrolet Impala mit roten Ledersitzen! Von so einem Schlitten hatte er geträumt, seit er denken konnte. Er untersuchte die Karosserie nach Rost, prüfte das automatische Verdeck, die elektrisch ausfahrbare Antenne, die verstellbaren Sitze und entdeckte auch unter der Motorhaube nichts, was gegen einen Kauf sprach. Nur der Preis gefiel ihm nicht, und der Händler auch nicht. Aber im Handeln war Johnny geschickt, und er kannte die Wirkung von Bargeld. Am Ende hatte er den Kaufpreis nahezu halbiert, nahm die Wagenpapiere an sich und setzte sich ans Steuer. Auch das Lenkrad war verstellbar! Und die Stereoanlage funktionierte! Bevor er losfuhr, schloß er die Augen und war, als er sie wieder öffnete, überzeugt, daß eine neue Zukunft begonnen hatte.

Mit seinem innen roten, außen weißen Amischlitten und einem gefälschten Führerschein machten sie sich auf die Reise, ein junger, unternehmungslustiger Kerl, neben ihm sein Mädchen, in deren Haaren der Fahrtwind spielte – optisch stimmte das Bild. Und Gitte freute sich. »Faulenzen, mal richtig nichts tun, nur einfach faulenzen.« Viel hatte er ihr nicht erzählt, wie er sich ihr weiteres Leben vorstellte. Sie würde schon tun, was er vorschlug.

Sie mieteten sich in einem Klassehotel ein, direkt an der Croisette im »Miramare«, und Johnny verlangte nicht etwa nur ein Doppelzimmer, sondern gleich eine Suite, mit Blick aufs Meer natürlich, und buchte auch nicht etwa nur für ein, zwei Wochen, sondern für einen ganzen Monat, wobei er andeutete, er denke sogar daran, noch zu verlängern. Als Optimist war er zur Welt gekommen, aber als Hochstapler hätte er auch eine blendende Figur abgegeben. Natürlich ließ er zwei Liegestühle am hoteleigenen Strand reservieren, auch gleich für einen Monat, und dem Garagenmeister gab er Anweisung, täglich seinen Chevrolet zu waschen. Er hatte noch nicht einmal die Zimmerschlüssel in Empfang genommen, schon war er um fünfhundert Mark ärmer. Aber umsonst hatte er nicht gekellnert: Trinkgeld, das wußte er, war der Schlüssel, der Türen aufschloß.

Nach der ersten Woche kam es zum ersten Streit. Gitte verbrachte den Tag am Strand, kam erst nach Sonnenuntergang zurück ins Hotel, duschte sich, legte sich gleich wieder ins Bett und wollte, wenn sie ausgeschlafen hatte, was essen und danach was unternehmen. Sie sprach ein paar Brocken Englisch, sonst wäre sich Johnny vollkommen überflüssig vorgekommen. Die Restaurants waren stinkvornehm, stinkteuer natürlich und stinkstill. »Wenn das hier die große Welt sein soll«, stänkerte er, »dann ist mir mein Wohnwagen in Scharbeutz oben aber lieber.«

»Und ob sie das ist. Schau dir nur mal den Schmuck an, den die Weiber tragen.«

Er warf seine Serviette in den Teller. »Ich sehe keine, die nicht schon tot ist. Verzichten wir lieber auf den Nachtisch.«

Die ersten Tage ließ er ihr den Spaß, fuhr allein spazieren, suchte nach einschlägigen Amüsierlokalen, nach reichen Männern, schönen Frauen und einer Gelegenheit, sich in das Leben, wie er es kannte, einzumischen. Jeden Abend fuhr er außerdem vor dem Spielkasino vor, dem wie ein orientalischer Palast beleuchteten Casino »Palm Beach«, parkte den Wagen vor der Treppe, stieg aus und warf, wie er das beobachtet hatte, einem der livrierten Parkwächter den Schlüssel zu. Er machte das so lange, bis ihn jeder der Angestellten kannte und grüßte.

Das Casino schüchterte ihn ein, weil er nicht gewohnt war, allein zu spielen, und auf das Glück wollte er es bei seinen schwindenden Finanzen nicht mehr ankommen lassen. Also stand er sich an der Bar die Füße in den Bauch, trank Mineralwasser und schaute zu, wie reiche Männer mit schönen

Frauen an ihm vorübergingen. Niemand nahm von ihm Notiz. Die große Welt kam ohne ihn zurecht!

Es war heiß in Cannes. Er liebte Hitze zwar, aber sie störte, wenn er schlecht gelaunt war. Was in zwei Zigarrenkisten ging, war nicht genug, um noch lange durchzuhalten, wenn nicht endlich etwas passierte.

Auch nach drei Wochen war noch immer nichts passiert, nicht das jedenfalls, was sich Johnny vorgestellt hatte. Passiert war nur, daß er sein Auto jetzt selber wusch, hinten an einer Hafenmauer, wo sich die Einheimischen ihrem Badespaß hingaben, und daß der Besuch im Casino flachfiel. Es war einfach viel zu gefährlich, dort weiter regelmäßig aufzukreuzen. In seiner Laune hätte schon ein einziger Whisky eine Katastrophe auslösen können. Er wäre mit dem letzten Geld in den Saal gegangen, um die Bank zu sprengen.

Mit keinem Menschen hatte er bisher auch nur ein einziges Wort gesprochen, und was Gitte inzwischen alles von sich gab, verstand er auch nicht mehr. Es zeigte sich immer deutlicher, daß sie verschiedene Interessen verfolgten: Sie wollte sich erholen und nahtlos braun werden, er etwas erleben und endlich einen Fuß auf den Boden kriegen. Es war selten genug, daß er zum Strand kam, und dann ging er auch nur noch zur Abkühlung seiner strapazierten Nerven ins Wasser. Da er bisher kaum seinen Liegestuhl in Anspruch genommen hatte, wurde der Bademeister natürlich mißtrauisch, als er sich ausgerechnet neben Gitte legte. Sie mußte dem Mann erst erklären, daß alles in Ordnung sei – was Johnny aus der Fassung brachte. »Sag dem Arschloch, daß ich mich schlecht beherrschen kann, wenn er noch weiter auf mich einredet.«

Gitte, faul, träge und ausgeruht wie sie war, blieb freundlich. »Ich dachte, daß wir in Cannes was aufreißen wollten? War das nicht der Plan, mit dem du mir, seit wir hier sind, in den Ohren liegst?« Sie sprach mit ihm wie mit einem Kind, das schwer von Begriff war. »Du verstehst nicht, was er dir sagen will. Daß dieser Liegestuhl dir gehört, weil du dafür bezahlt hast, ist nicht das Thema.«

»Was dann?«

Der Bademeister, selbst noch ein ziemlich junger Kerl, war nicht davon abzubringen, sich weiter mit ihm unterhalten zu wollen. Zwischendurch hob er die Schultern, um Gitte gegenüber anzudeuten, daß sie doch bitte übersetzen sollte, was er meinte.

»Es wäre besser, sagt er, wenn der Platz neben mir frei bliebe. Bei ihm hätten sich nämlich schon einige Herren nach mir erkundigt. Fällt der Groschen endlich?«

Er fiel ihm zentnerschwer auf die Nerven. Johnny schien völlig vergessen zu haben, warum sie überhaupt hergekommen waren, und es war ihm in diesem Augenblick auch völlig gleichgültig, wie lange ihr Geld noch reichte. Er war jetzt verärgert und obendrein eifersüchtig, so sehr, daß er nicht mehr Herr der Situation war. »Ich glaub, ich krieg eine Erkältung.«

Gitte wechselte noch ein paar Worte mit dem Bademeister, legte sich dann im Liegestuhl zurück und schloß ihre Augen. »Klar, sind ja auch nur dreißig Grad im Schatten.«

Er überhörte ihre boshafte Bemerkung, weil er immer noch nicht darüber hinwegkam, daß ihm jemand Vorschriften machen wollte. »Sagt mir doch glatt, ich soll mich verpissen. Richtig? Das hat er doch gemeint, oder?«

»Sei so lieb.« Gitte hielt ihm ihr Sonnenöl hin.

»Wahrscheinlich hält er selbst die Hand auf!«

»Kann doch sein, daß das auch hier üblich ist. Vielleicht solltest du ihn abstecken.«

»Ich hör wohl nicht recht. Was ist er, Italiener?«

»Ich verbrenn mir die Haut, wenn du mich nicht endlich einölst.«

»Dafür ist er sicher auch noch zuständig, aufpassen, daß nichts brennt.«

»Was soll ich denn deiner Meinung nach tun? Hier liegen und in Pornoheften blättern? Ich mach dir einen Vorschlag, Schatz. Laß mich drei, vier Wochen allein, dann bin ich im Geschäft. Aber du mit deiner Laune verdirbst doch nur alles. Du bist einfach, seit wir hier sind, unausstehlich.«

Er war immer noch damit beschäftigt, den Bademeister zu beobachten und ihn zum Mittelpunkt seiner Wut zu machen. Hielt er Gitte für eine Professionelle, ihn hingegen für einen hergelaufenen Strauchdieb? Er dachte über ihren Vorschlag nicht unnötig lange nach. Den Luden spielen, dazu war er nicht bereit. Gitte war seine Frau, die mit ihm lebte. Und Geld konnte er selbst genug verdienen. Geld hatte er immer verdient. Warum zettelte sie nicht einfach, wie abgesprochen, ein paar Bekanntschaften an und trieb ihm ihre Eroberungen an den Spieltisch – irgend etwas in der Art hatte ihm vorgeschwebt, aber jetzt hatte er es mit einem Typen zu tun, der Badetücher austeilte und Sonnenschirme vermietete.

Er fühlte sich tatsächlich krank, fühlte, wie unwichtig er in Cannes war, wie wenig ihm seine Kraft und Schlauheit hier nützte. Das war nicht die Welt, wo er Streit durch eine Prügelei entscheiden konnte. Die leise, vornehm langsame und sonderbar kostbare Harmonie dieses Lebens war ihm derart zuwider, daß er am liebsten sofort abgereist wäre. Beim Cocktail in einer Hotelbar oder beim Spazierengehen auf der Uferpromenade sah er zwar, wie sich Männer nach Gitte umdrehten, aber die wirklich reichen betrachteten sie mit höflicher Zurückhaltung, einem zustimmenden Kopfnicken und einer fast väterlichen Bewunderung. Dagegen wirkte er armselig, wie er selbst spürte. Es kostete ihn enorme Kraft, nicht durchzudrehen. Natürlich schob er alle Schuld auf Gitte und warf ihr vor, sie wirke provozierend statt elegant, aufreizend statt gelassen, billig statt teuer. Noch mehr ärgerte ihn, daß Gitte auf alles, was er ihr an den Kopf warf, wie eine Frau von Welt reagierte, nämlich gar nicht. Es war, wenn er mit ihr schlief, mehr ein Wutanfall, ein Aufbäumen gegen seinen Untergang, eine hastige, sinnlose Vergewaltigung.

Nur um sie einmal vom Strand wegzukriegen, unternahm er mit ihr eine Spritztour in die Berge – und irgendwo dort schmiß er sie aus dem Wagen. Sie hatte sich nur einmal kurz umgedreht, um den Blick eines Mannes zu erwidern, der gerade die Garagentür seiner Villa aufschloß und dem zuerst der Chevrolet und dann eine junge, schwarzhaarige Schönheit aufgefallen war. Johnny trat auf die Bremse, beugte sich rüber und öffnete die Tür. »Raus!«

»Wie du willst«, sagte sie und stieg hochmütig langsam aus.

Johnny raste zum Hotel zurück, wobei er derart den Weg verlor, daß er immer wieder im Kreis herumfuhr. Als er schließlich doch ins Hotel zurückfand und den Zimmerschlüssel verlangte, hing er nicht mehr am Haken. »Madame ist bereits oben«, teilte ihm höflich ein Fräulein mit.

Gitte hatte es sich auf dem Balkon in einem Korbstuhl bequem gemacht und schaute über die Palmen hinweg aufs Meer. »Auch schon da?«

Immer noch einfallsreich genug, sich nicht durchschauen zu lassen, ging er zum Gegenangriff über. »Nun hör mal zu, du Miststück«, schrie er sie an, »ich schmeiß dich aus dem Auto, und zwar direkt vor die Füße eines Millionärs, und dann bist du zu blöde, die Gelegenheit zu nutzen, dich bedauern und zu einem Drink einladen zu lassen. Genau das wär's nämlich gewesen.«

»Ach so«, sagte Gitte und zeigte ihm mit einem Lächeln, was sie von seinen Einfällen hielt. »Aber am Strand unten drehst du durch, sobald sich jemand für mich interessiert. Ist dir eigentlich klar, daß es auch noch Männer gibt, die nicht gleich mit jeder Frau ins Bett wollen? Der Typ hat mich einfach nur auf dem schnellsten Weg hergefahren, weil ich ihm leid tat.«

»Weil du mein Spiel nicht durchschaut hast! Und was diesen Idioten von Bademeister betrifft, so hat er nicht mit dir, sondern mit mir zu reden, falls was unklar ist, und nicht so zu tun, als störe ich. Ich bin nur sauer, sag ich dir, daß ich ihm keine gescheuert habe, dann wären da unten vielleicht ein paar Herrschaften aufgewacht aus ihrem Tiefschlaf.«

Sie stritten sich, bis Gitte eingeschlafen war, und fuhren am nächsten Morgen aus Cannes ab.

Er raste zurück, das Grünzeug links und rechts der Straße war Italien und unwichtig, ihn faszinierte die Nadel des Tachos. Autofahren konnte er, was auch immer in Cannes schiefgelaufen sein mochte. Die Stadt war undurchschaubar geblieben. Schöne Frauen hatte er gesehen, das schon, sie aber ihn nicht!

In München war der Tank leer und sein Geld endgültig alle.

»Was mußt auch so ein großes Auto fahren«, war der einzige Kommentar seiner Mutter, die Wichtigeres zu tun hatte, als sich etwas von Palmen, Schiffen und Hotels anzuhören – Schuhe mußten zum Schuster. Sie lieh ihm trotzdem Geld.

Um dem Gelächter zu entgehen, fuhr er auf Schleichwegen nach Hamburg hinein und wollte sich erst einmal für ein paar Tage verstecken. Aber dann erfuhr er, was mit Max passiert war. Er hatte sich nach einem Streit mit Yvonne vollaufen lassen und war, irgendwann gegen Morgen, bei Peter Goschka im »Handtuch« aufgekreuzt, war dort auf Max Sager und Manni Bienert gestoßen, die auch beide ziemlich betrunken waren, hatte sie einladen wollen und wurde von ihnen ausgelacht. Goschka hatte Max überreden wollen, schlafen zu gehen oder woanders weiterzusaufen, weil er ahnte, was passieren würde, aber Max hatte darauf bestanden, eine Lokalrunde zu schmeißen. Sager und Bienert hatten Goschka aufgefordert, Max aus dem Lokal zu entfernen, was der auch wollte, aber nicht schaffte. Schließlich hatten die beiden Max

Prügel angedroht, falls er nicht sofort verschwinden würde. Jeder wußte, wie man Bienert beleidigen konnte: Man mußte ihm nur zuprosten und mit dem Glas auf seine Nasenspitze zielen, die ihm ein eifersüchtiger Ehemann abgebissen hatte; seither war sie mit Plastik ausgebessert und fiel ab, wenn man dagegenschlug. Genau das hatte Max getan, war dann getürmt und nach Hause gelaufen, hatte sich dort mit einer Beretta bewaffnet, war zu Goschkas Kneipe zurückgekehrt, hatte Sager und Bienert mit vorgehaltener Pistole aufgefordert, mit ihm zu trinken, was die beiden nicht weiter ernst nahmen, hatte sie aufgefordert, niederzuknien, was sie noch mehr amüsierte, und hatte dann abgedrückt, aber die Beretta ging nicht los, was Max in seinem Alkohol- und Preludinrausch gar nicht störte. Daß seine Waffe Ladehemmung hatte, hatte er erst gemerkt, als Sager auf ihn zugestürzt kam. Max war daraufhin aus der Kneipe gerannt, plötzlich funktionierte die Beretta wieder und traf Sager, der hinter ihm herrannte, zweimal, beide Male ins linke Bein. Max war ins »Passat« geflüchtet, wo er inzwischen eingezogen war, und hatte sich oben eingeschlossen. Die Polizei war mit fast einer Hundertschaft angerückt, hatte das Haus umstellt, Scharfschützen waren gegenüber in Stellung gegangen – und Max hatte oben auf seinem Bett gelegen und war eingeschlafen. Aufgewacht war er erst, als sie ihm schon Handschellen angelegt hatten.

Max selbst konnte sich, als Johnny ihn in der Untersuchungshaft besuchte, an absolut nichts mehr erinnern. Er wirkte müde, hilflos, wie das Opfer einer Verwechslung. Auch schien ihm offenbar nicht klar zu sein, daß ihm eine Anklage wegen Mordversuchs blühte und damit möglicherweise acht, neun Jahre. Hilf mir, flehten seine Augen, als die Freunde einander gegenübersaßen; aber für jede Hilfe war es erst einmal zu spät. Max hatte überhaupt nur dann eine Chance, einigermaßen glimpflich davonzukommen, wenn

Sager bereit wäre, die Sache als Notwehr zu sehen. Aber die ersten Gespräche mit ihm waren schwierig. Er haßte Max. »Was wäre gewesen, wenn die verdammte Kanone nicht Ladehemmung gehabt hätte? Dann säße ich doch nicht hier, oder? Dann wäre ich doch jetzt tot, oder?«

Johnny hörte sich wochenlang alles an, ohne zu widersprechen. Was er inzwischen alles an psychologischen Tricks gelernt hatte, nutzte er nun, um Sager langsam, ganz behutsam von der Ansicht zu überzeugen, daß sein Freund aus Todesangst auf ihn gefeuert und absichtlich nur auf seine Beine gezielt hätte. »Der trifft, wenn er will, glaub mir das.«

»Ein Kerl mit 'ner Kanone ist kein Kerl.«

Johnny gab ihm recht und füllte sein Glas Whisky nach.

»Hier«, Sager zeigte Johnny seine Hände, »mit meinen eigenen Händen bring ich ihn um, wenn er rauskommt. Ich zerdrück die Fliege, glaub mir.«

»Natürlich«, antwortete Johnny, »natürlich.«

»Sind wir jetzt schon so weit, daß jeder jeden über den Haufen knallt?«

»Warum läßt du's nicht erledigen? In Fuhlsbüttel sitzen doch genug, die dir den Gefallen tun. Du mußt doch nur mit dem Finger schnippen.«

Das waren Komplimente, die Sager gern hörte. Da schmeckte das Saufen. Die nächsten Monate tat er ohnehin nichts anderes und ging damit allen auf die Nerven, denn Max war beliebt und keiner wünschte ihm eine langjährige Haftstrafe.

An welcher Theke Sager auch saß, er hörte immer die gleichen Schmeicheleien. Es gab, wie Johnny wußte, keine andere Möglichkeit, Max zu helfen. Bis zum Prozeßbeginn mußten sie ihn so weit haben, daß er zugab, wie gefährlich er war.

»Wer soll gegen dich antreten? Das schaff doch selbst ich nur schwer bewaffnet«, erklärte Kessler.

Kuddel stimmte ihm zu. »Eine Kanone ist gegen dich doch die einzige Rettung.«

Sie kreisten ihn systematisch ein. Außer einer Narbe war nichts zurückgeblieben, sein Bein war wieder gesund. Die vielen Komplimente stiegen ihm gehörig zu Kopf, und endlich gab er zu, daß er ihn geschlagen hätte. Vor Gericht demonstrierte Sager auch optisch, was er zu Protokoll gab. Der Angeklagte wäre ohne Waffe nicht mehr am Leben. »Ich hätte ihn alle gemacht.« Nach dieser Aussage wurde die Anklage wegen versuchten Mordes fallengelassen und Max zu eineinhalb Jahren Gefängnis verurteilt.

Sager war plötzlich nicht mehr der Mittelpunkt. Selbst seine Freunde gingen ihm mehr und mehr aus dem Weg. Hinter einer Bar gab es keine Arbeit mehr für ihn, und davor wurde er auch nur noch geduldet. Was er von sich gab, waren immer gemeinere, bösartigere Andeutungen, wem er demnächst mal »so richtig eine aufs Maul hauen würde«, keinem aber mit größerem Vergnügen als Kessler. Der Alkohol spülte einen alten Haß an die Oberfläche. Ihm hatte er sich schon ebenbürtig gefühlt, als sie damals gemeinsam noch unten am Hafen geschuftet hatten. Nur war Kessler inzwischen Millionär geworden, hatte eine Frau, eine Villa in Blankenese, fuhr einen dicken Mercedes und machte noch dickere Geschäfte, er aber war arm geblieben und hatte zahllose Gefängnisstrafen abgesessen.

Kessler war intelligent genug, einer offenen Auseinandersetzung mit Sager auszuweichen, und noch hatte der ihn ja nicht offen herausgefordert. Aber das passierte, als Sager ausgerechnet im »King George« erschien und den Kellner aufforderte, Kessler Bescheid zu sagen, daß er auf ihn wartete.

»Füllt ihn ab«, befahl Kessler, »bis ich komme.«

Kessler kam gegen Morgen, schon im Trainingsanzug und

bereits die Ballhandschuhe an, Handschuhe, wie sie Boxer beim Training am Sandsack benutzen, und schlug Sager zusammen. »Schmeißt ihn in die Nebenstraße«, war alles, was Kessler sagte, bevor er nach Hause fuhr.

9

Wenn alle Buchstaben leuchteten, war an der Hausfront »Olymp« zu lesen. Im Erdgeschoß waren zwei Stripteaselokale, die Kessler gehörten, dazwischen war ein Aufgang, der zum ersten Stock führte, wo eine Hotelbar eingerichtet wurde. Darüber befanden sich die Zimmer, die Ladiges an Prostituierte vermietet hatte.

Heinzi Ladiges war fast vierzig, ein kleiner, gedrungener Mann, der auch als Hafenarbeiter angefangen und auch schnell begriffen hatte, wieviel Geld auf St. Pauli zu verdienen war. Er kam nie ohne Aktenmappe zum Dienst und führte das »Olymp« mit der entschlossenen Nüchternheit eines Kaufmanns, der acht Stunden arbeitete und nach der Arbeit nach Hause ging zu Frau und Tochter.

Nach einigen Wochen, die er rund um die Uhr arbeiten mußte, sah er ein, daß er einen Partner brauchte, und entschied sich, wie ihm Kessler geraten hatte, für den jungen Berger.

Das »Olymp« war, was den Umsatz betraf, auf St. Pauli einmalig – schon aus dem einen Grund, weil es für alle Mädchen Pflicht war, mit einem Gast nur mit einem Getränk aufs Zimmer zu gehen. Sie tranken selbst nie etwas anderes als einen sogenannten Hauscognac, ein Gemisch aus Coca-Cola und einem leicht aufgebrühten Tee, der in Courvoisier-Flaschen abgefüllt war. Er hielt wach, kostete nichts und machte keine betrunken. Um den Getränkeeinkauf kümmerte sich

Johnny selbst, beschaffte sich Ausverkaufswhisky, Wodkaverschnitt und geschmuggelten Gin gleich stapelweise und ließ den Fusel in Flaschen aller gängigen Marken abfüllen. Es gehörte mit zur Aufgabe der Mädchen, dafür zu sorgen, daß auch das Zeug schmeckte.

Natürlich hatte Johnny längst Bleistift und Papier zur Hand genommen und gerechnet: die dreiundzwanzig Zimmer, dreiundzwanzig Mädchen, Arbeitstage, Mietgeld, Putzgeld, Getränkegeld. Ihm wurde heiß, als er die Zahlen sah. Den Zettel, den er vollgekritzelt hatte, zerriß er so sorgfältig, als handle es sich um die Zahlenkombination zu einem Tresor. Er verstand einfach nicht, daß Geld so einfach zu verdienen war. Er kapierte nur, daß er es niemandem stahl. Waren die Pilzköpfe, die ihn noch vor weniger als zwei Jahren im »Star-Club« um ein Bier angebettelt hatten, nicht inzwischen auch steinreich? Die ganze Welt kaufte Beatles-Platten, Millionen kleiner Mädchen fielen in Ohnmacht, wo immer sie auftraten, und Betty hatte er ausgelacht, als sie sich in John Lennon verliebte. Jedenfalls brauchte er jetzt Schuhkartons, um seinen Reichtum verstauen zu können.

Weil er beweglich sein wollte, stellte er ein Mädchen hinter die Bar. Er selbst hatte also nicht mehr viel zu tun, erschien nur jeden Abend Punkt acht zur Schicht, überprüfte die Anwesenheitsliste und blieb erreichbar, um eventuelle Streitigkeiten zu schlichten, ohne daß die Polizei kommen mußte, aber genau das hatte ja schon alles zu seinen Pflichten gehört, als er noch das rote Jäckchen trug.

Johnny hütete sich, mit dem vielen Geld zu protzen. Er leistete sich nur, was unbedingt sein mußte: eine Rolex und eine bleistiftdicke Halskette aus Gold. Tatsächlich hatte er die Hosen voll, sobald er sich klarmachte, wieviel er verdienen würde, wenn diese Strähne nicht sofort wieder abriß. Zur Tarnung, aber auch zur Beruhigung seiner Nerven, bewohnte er mit Gitte weiter die billige, enge Kellerwohnung bei seinem Freund Butchie Ahrens, der Johnny nach seinem mißglückten Ausflug in die große Welt erst einmal kostenlos ein Zimmer angeboten hatte.

Er schlief jeden Tag bis drei, vier Uhr nachmittags und ging dann zum Frühstück in eine Eisdiele, wo immer jemand saß, den er kannte. Aber dort nahm er jetzt am Unternehmertisch Platz, dort, wo die Großen ihr Frühstücksei köpften. Auf diese Weise erfuhr er Neuigkeiten aus erster Hand.

Seiner Meinung nach hatte Gitte genug gefaulenzt. Er schlug vor, ihr einen eigenen Club einzurichten, bestand aber darauf, es müßte ein Frauenlokal sein, weil er sich davon, bei der Vielzahl ihrer Freundinnen, ein gutes Geschäft versprach. Am Paulinenplatz mietete er einen Keller, steckte Geld in den Umbau und nannte ihn »Le Punsch«, übergab Gitte die Schlüssel und damit die Verantwortung und legte sich endlich auch ein Bankschließfach zu, in das er seine Schuhkartons einschloß.

10

Zuerst waren es nur wenige Wiener, die in St. Pauli ihren Geschäften nachgingen. Sie waren beliebt, vor allem wegen ihrer fleißigen, freundlichen und besonders attraktiven Frauen. Dann kamen immer mehr, sie kamen schließlich in Scharen, und damit begann der Ärger. Nicht nur waren sie berüchtigt dafür, wie skrupellos sie ihre Frauen abgerichtet hatten, es sprach sich noch schneller herum, daß sie auch sonst nicht zimperlich waren, Messer hatten, einige sogar Schußwaffen und so, wie sie sich benahmen, auch davon Gebrauch machen würden.

Geschätzt waren die Wiener, weil sie zwar unermüdliche,

aber nicht gerade sehr geschickte Pokerspieler waren. Niemanden sonst konnte man so gut putzen. Johnny nahm ihnen jede zweite Nacht ein Vermögen ab. Um sie bei Laune zu halten und nicht auch noch in die Schußlinie von Berufszockern zu kommen, verlor er absichtlich hin und wieder, allerdings nur gegen den eigenen Mann am Tisch, der ihm die Scheine, sobald die Wiener gegangen waren, wieder hinblätterte. Johnny wußte, daß sich sein wechselndes Spielglück herumsprechen würde, was schon deshalb beruhigend war, weil es inzwischen genug gab, die sich an ihren fünf Fingern, falls sie so viele noch hatten, abzählen konnten, was im »Olymp« umgesetzt wurde.

Gemieden wurden die Wiener endgültig, als es zu Messerstechereien kam. Vor Beginn einer Boxveranstaltung hatte Johnny selbst miterlebt, wie neben ihm einer ihrer eigenen Leute umgefallen war. Niemand hatte etwas gesehen, keiner einen Streit bemerkt. Eine kleine Bestrafung, wie die Wiener das nannten. Gong zur ersten Runde. Zurück blieb eine Leiche, für die sich nicht einmal die Sanitäter sonderlich interessierten.

Natürlich wurde in der Eisdiele, wo auch Kessler oder Kluge frühstückten, auch darüber gesprochen, wie unberechenbar die Wiener waren und daß sie allmählich eine Gefahr darstellten. Sie würden, um sich gegen die einheimische Konkurrenz durchzusetzen, auch vor einem Blutbad nicht zurückschrecken, zumal sie nicht nur viel pokerten, sondern auch kräftig tranken.

Selbst die Wiener Bosse, darunter Größen wie Kaltmann-Franz und der rote Horst, waren mit dem Benehmen ihrer zweiten Garnitur alles andere als zufrieden, weshalb Kessler auch ihre volle Unterstützung hatte, als er vorschlug, zwei Drittel der kleinen Walzerkönige aus der Stadt zu vertreiben. Eine Stunde, nachdem sich die Bosse geeinigt hatten, war die Aktion vorbereitet. Da die meisten bei Kluge wohnten, gingen an die hundert Mann gleich hinüber ins »Passat«.

Auch die Wiener wußten natürlich, wie man Telefone benutzt und konnten sich ausrechnen, was ihnen blühte, schoben Schränke vor die Türen und versuchten, von den Fenstern aus zu verhandeln.

»Schmeißt alle Waffen runter!« befahl Kessler.

Sie warfen ihre Pistolen in den Hof.

»Auch die Messer!«

Sie trennten sich sogar von ihren Nagelscheren.

»Und jetzt«, schrie Kessler hoch, »packt eure Sachen und verschwindet. Ab jetzt gilt St.-Pauli-Verbot.«

Um fünf Uhr morgens war St. Pauli ohne jedes Blutvergießen vom Mob der Wiener gesäubert, was wirklich ein Grund war zu feiern. Johnny zog sich mit Kessler und Falko ins »Austria« zurück, einer der Stammkneipen der Wiener, und leerte auf den Erfolg ein paar Flaschen. Sie waren einem Bandenkrieg zuvorgekommen; selbst vier Beamte der Davidswache kamen, um zu gratulieren.

Ausgerechnet im Hinterzimmer saßen noch vier Wiener, die schon seit zwei Tagen nichts anderes taten als Karten spielen. Als einer seinen Kopf aus der Tür steckte, um neue Getränke und was zu essen zu bestellen, drehten sich drei Köpfe in seine Richtung. Irgendwen müssen wir übersehen haben, dachten alle und stürmten ins Hinterzimmer. Als einer ein Messer zog, schlug Falko es ihm aus der Hand, hob es auf und stach zu. Die übrigen drei retteten sich durch ein Fenster ins Freie. Eier-Otto, der gerade Schicht hatte, kam nach hinten gerannt und erschrak, als er den Wiener-Bär blutend neben dem umgestürzten Tisch liegen sah. »Der muß sofort ins Krankenhaus, der kippt uns sonst um.«

»Der liegt doch schon«, lachte Falko.

»Bring ihn ins Hafenkrankenhaus, Otto, und leg ihn dort vor die Eingangstür«, befahl Kessler, »aber mach dich irgendwie bemerkbar, bevor du wieder abhaust, läute am Haupttor, damit sie ihn auch finden, weil er sonst bei der Scheißkälte draußen womöglich erfriert.«

Danach trennten sie sich, und Johnny ging ins »Amber«. Er hatte das erste Bier noch nicht ausgetrunken, als zehn Mann der Sonderfahndung erschienen.

»Aufstehen, Berger!«

Johnny stellte sich dumm. »Wer, ich?«

»Leg deine Karten hin und steh auf!«

»Moment mal, Jungs. Was wollt ihr eigentlich?«

»Mitkommen und keine Fragen stellen.«

»Ihr müßt mich verwechseln, garantiert!«

Zwei Beamte halfen ihm, seine Hände so zu halten, daß sie ihm Handschellen anlegen konnten.

»Uwe, schmeiß mal 'ne Packung Zigaretten rüber.« Also wenigstens Zigaretten brauchte er.

Die Sache wurde wie üblich mächtig aufgebauscht. Die Hamburger Zeitungen sprachen von Bandenkrieg und brachten auf ihren Titelseiten ein Foto, auf dem Johnny zusammen mit Kessler zu sehen war, was ihm schon deshalb schmeichelte, weil er jetzt mit einem der mächtigsten St. Paulianer zusammen abgebildet war. Die Verhaftung selbst nahm er nicht weiter tragisch, verweigerte jede Aussage und wartete ab. Von den anderen blieb er abgesondert, auch beim Hofgang gab es keine Möglichkeit, einander zu treffen.

Als er erfuhr, daß sie Kessler wieder auf freien Fuß gesetzt hatten, konnte er sich das nur so erklären, daß sie ihm nicht zutrauten, mit einem Messer hantiert zu haben. Der Wiener-Bär, auch das erfuhr er im Gefängnis, lag zwei Wochen später immer noch im Krankenhaus und schwebte noch in Lebensgefahr. Als er nach etwa einem Monat endlich wieder soweit genesen war, um aussagen zu können, belastete er Falko. Damit war Johnny entlastet und erwartete nun nicht nur seine umgehende Freilassung, sondern auch eine Entschuldigung, vor allem aber Haftentschädigung. Aber der Haftrichter machte nicht nur keinerlei Anstalten, sich zu entschuldigen, sondern warf ihm vielmehr vor, nicht gleich die Wahrheit gesagt zu haben. »Sie wußten ja, daß Herr Rufer der Mann war, der das Messer benutzt hatte. Sie hätten uns da ja behilflich sein können.«

Darauf zu antworten, war Johnny zu dumm.

»Nun gut«, teilte ihm der Haftrichter mit und blätterte mit großer Geduld in irgendwelchen Akten herum. »Da ist außerdem noch eine Kleinigkeit, Herr Berger, wie Sie sich ja selbst denken können: Fahren ohne Führerschein, und zwar gleich in mehreren Fällen.«

Erst nach zwei Wochen ließen sie ihn endlich laufen.

Wegen einer anderen Sache war er für seine Verhaftung allerdings dankbar; zum erstenmal hatte er den Mann leibhaftig zu Gesicht bekommen, von dem er soviel gehört hatte, Paulchen Meier. Er hatte ihn beim Hofgang, wenn auch nur aus ziemlicher Entfernung, gesehen, ein Mann um die Vierzig, schmal, schmächtig fast, der aussah wie ein Oberlehrer. »Mit dieser Faust regierte er St. Pauli!« hatte »Fox-Tönende-Wochenschau« berichtet. Johnny war damals gerade aus Ebrach entlassen worden.

Die Bilder hatten einige St.-Pauli-Bosse im Gerichtssaal und dann ihre Überführung ins Gefängnis gezeigt. Auf Johnny wirkte Paulchen Meier damals allein schon deshalb so geheimnisvoll, weil er gar nicht aussah wie ein Unterweltler. Der Name tauchte aus seiner Erinnerung erst wieder auf, als er nach St. Pauli kam und mehr über ihn erfuhr.

Paulchen war schon als Knirps in seiner Bande der Chef gewesen und hatte sich später zu einem der erfolgreichsten Geldschrankknacker der Nachkriegszeit hochgearbeitet. Nur einmal war eine Sache nicht wie geplant gelaufen, aber dabei war lediglich sein Kompagnon geschnappt und zu elf

Jahren Zuchthaus verurteilt worden. Entgegen allen Vorhaltungen seiner Verteidigung bestand der Angeklagte darauf, das Ding ganz allein gedreht zu haben, und so blieb Paulchen frei und verlegte sich auf eine weniger risikoreiche Karriere. In kürzester Zeit hatte er ein Imperium von annähernd vierzig Betrieben unter seiner Kontrolle, Bars, Clubs, Stripteaselokale.

Das Unglück geschah eines schönen Tages, und, wie so oft, geschah es aus nichtigem Anlaß. Paulchen saß in bester Laune mit einer Bekannten in einer Bar. Als es die Frau fror, nahm er den nächstbesten Mantel vom Kleiderständer und legte ihn ihr über die Schultern.

»He, das ist mein Mantel«, brüllte Ochsen-Harry aus seiner Ecke.

»Reg dich ab, Harry.« Für Paulchen war der Fall damit erledigt.

Ochsen-Harry maulte aber weiter, und Paulchen ließ sich einen Zimmerschlüssel aushändigen, um mit seiner Begleitung nach oben zu gehen. Den Mantel hängte er zurück an den Haken.

Ochsen-Harry konnte sich nicht beruhigen, trank weiter, verschwand dann, erschien mit einem geladenen Gewehr wieder und bedrohte den Kellner. »Ruf hoch und sag ihm, ich warte.«

Es dauerte keine zwei Minuten, bis Paulchen unten war und das Gewehr sah. »Was soll das, Harry? Sei vernünftig und trag es wieder ins Pfandhaus.« Er nahm den Mantel vom Kleiderständer, ging auf ihn zu, sprach weiter beruhigend auf ihn ein, und mit einemmal hatte er den Mantel über das Gewehr geworfen. Nach zwei exakt ausgeteilten Schlägen war Ochsen-Harry erst einmal kampfunfähig. Er lief, nachdem er wieder zu sich gekommen war, sofort zur Davidswache und erstattete Anzeige.

Für Paulchen hätte die Festnahme zu keinem ungünstigeren Zeitpunkt kommen können. Der Prozeß gegen ihn diente dem Wahlkampf der Politiker, nicht der Gerechtigkeit. Die Stadt präsentierte den Angeklagten vor allem, um zu beweisen, wie erfolgreich sie im Kampf gegen das Verbrechen war. Also hielt ihn die Öffentlichkeit für einen der Unterweltbosse. Der Richter konnte sich darauf verlassen, daß er sein Urteil im Namen des Volkes sprach. Zeugen, die, nur um ihren eigenen Kopf zu retten, alles, was man ihnen sagte, beeideten, fanden sich genug. Paulchen wurde wegen Nötigung, Körperverletzung und Bandenbildung zu fünf Jahren und neun Monaten verurteilt.

Es war ein Sonntag, als sie Johnny nach dem Gottesdienst endlich rausließen. Liebe deinen Nächsten wie dich selbst? Daraus war er noch nie schlau geworden. Es gab eine Welt, und der kehrte er gerade den Rücken, in der man nur zurechtkam, wenn man sich selbst der nächste war.

»Wo ist Gitte?« Alle waren da, um ihn willkommen zu heißen, das halbe »Olymp«, nur Gitte konnte er nirgendwo entdecken.

»Sie wartet bei Sascha, und da feiern wir jetzt«, freute sich Uwe.

»Sag mal«, erklärte Sascha, der ihn mit einer Flasche Sekt in der Hand begrüßte, »wäre es nicht der richtige Zeitpunkt, daß ihr beide endlich heiratet?«

»Wer beide?«

»Du und Gitte.« Er fing an, ein Loblied auf sie zu singen, wie anständig, fleißig und traurig sie die ganze Zeit gewesen sei.

»Und hat mich gerade dreimal besucht.«

»Weil du nicht wolltest, daß ich komme«, wehrte sich Gitte, »weil du lieber Max und Ladiges sehen wolltest.«

»Streiten könnt ihr euch, wenn ihr verheiratet seid«, entschied Sascha. »Also, wie wär's?«

»Na gut, von mir aus, heiraten wir halt.« Er wollte seinen Freund nicht gleich nach seiner Entlassung enttäuschen. Daß Gitte nur Sascha um den Hals fiel, war ihm besonders recht.

Dann nahm Johnny Sascha zur Seite. »Was soll das? Irgendwas stimmt doch da nicht.«

»Was willst du, ewig Junggeselle bleiben? Ihr tut euch beiden selbst den größten Gefallen, glaub mir. Sie weiß, wo sie hingehört, und du mußt zur Ruhe kommen, jetzt, wo du es geschafft hast.«

»Komm schon, Sascha, raus mit der Sprache. Irgendwas hast du doch.«

»Nichts, nur daß es besser wäre, du paßt auf sie ein bißchen auf! Sie hat zuviel mit Frauen zu tun.«

»Was meinst du damit, mit Frauen zu tun?« Johnnys Ton wurde schärfer.

»Reg dich ab! Heirate sie, und in ein paar Jahren zieht ihr euch zurück. Geld habt ihr dann ja genug.«

»Zurückziehen, bist du übergeschnappt?«

»Was willst du? Reich oder glücklich werden?«

Das war das Sympathische an dem alten Mann, daß er immer so komische Sachen sagte, die man nie kapierte. Das mußte auch der Grund sein, weshalb alle Frauen einen Narren an ihm gefressen hatten. Wenn er solche Sachen von sich gab, glücklich werden und so, kriegten sie feuchte Augen. Und zu Hause mußte man sich den Mist dann anhören. »Du verschweigst mir doch was! Ist was nicht in Ordnung?«

»Nein, alles in Butter!«

»Du hast gerade gesagt, daß es besser wäre, sie hätte nicht soviel mit Frauen zu tun! Was soll das heißen?«

»Nichts, gar nichts!«

»Ich will wissen, was du damit andeuten wolltest! Hat sie was mit einer? Weißt du was? Wissen andere was? Sag endlich!« Er mußte sich immer wieder einreden, daß es Sascha war, den er vor sich hatte; jedem anderen wäre er längst an die Gurgel gesprungen.

»Hör auf damit, Johnny, und freu dich, daß du wieder draußen bist.«

»Was hast du gemeint?« Das Schlimmste war Gerede, das ihn auf Umwegen erreichte.

»Nichts, Schluß jetzt.« Er wußte, wie leicht es war, sich mit Johnny in die Haare zu kriegen.

»Wieso Schluß, angefangen hast du doch!«

»Ich hab's nicht so gemeint. Nun mach dir doch darüber keine Gedanken. Nächste Woche bist du Ehemann.«

»Hör mit dem Quatsch auf, Sascha, und rede endlich.«

Sascha legte den Arm um ihn. »Vergiß es jetzt, ja? Tu mir den Gefallen. Es täte mir leid um euch. Du bist der einzige, der sie bändigen kann.«

»Bändigen?! Klingt ja toll! Zur Ruhe kommen! Aussteigen! Glücklich sein! Hör sich das einer an!« Er hörte erst auf zu schreien, als er selbst nicht mehr wußte, worum es eigentlich ging, und dann tat es ihm leid, Sascha angeschrien zu haben. »Ich vertrag keinen Alkohol mehr«, sagte er kleinlaut und trank weiter. Aus Gitte kriegte er auch nichts heraus. Sie beschuldigte im Gegenteil ihn, sie zu betrügen.

Zumindest war Johnny nun sicher, daß beide, Sascha und sie, ihm etwas verheimlichten. Wenn Gitte die Fassung verlor, waren dafür bisher immer Schuldgefühle verantwortlich gewesen. Er fand es aber überflüssig, sofort ein Geständnis aus ihr herauszuprügeln. Besser war, erst einmal einen Abstecher nach Flensburg zu machen; dort kannte er eine, die er in guter Erinnerung hatte. Schuldgefühle haben auch angenehme Konsequenzen. Jedenfalls war Gitte, als Johnny am nächsten Morgen wieder erschien, die liebenswerteste Geliebte, die er sich nur wünschen konnte. Es war, als hätten die Flitterwochen schon vor ihrer Trauung begonnen. Mit dem gleichen Vergnügen hatte er mit ihr nur zu Beginn ihrer Beziehung geschlafen, weil er spürte, über wieviel unverbrauchte Leidenschaft sie noch verfügte. Deshalb sparte er sich seinen Spott, mit dem er Gitte davon abbringen wollte, den Hochzeitstermin ernst zu nehmen. Er war diese letzten Tage vor dem Weg zum Standesamt zu glücklich, um sich gegen ihre Entscheidung noch zu wehren, und noch schlaftrunken, als er dem Standesbeamten antworten sollte. Deshalb sagte eben Gitte: »Ja, er will!«

Gewöhnlich rief er sie immer nach Dienstschluß gegen acht Uhr früh im »Le Punsch« an, um sie abzuholen. Betreten durfte Johnny sein eigenes Lokal nicht, weil Gitte, aufgrund seiner Vorstrafen, sonst nie eine Konzession bekommen hätte. Als er eines Morgens anrief, war sie nicht da.

»Brigitte ist eigentlich schon seit drei, halb vier weg«, sagte das Barmädchen, und seine Stimme klang verdächtig nervös.

Zu Hause nahm auch niemand den Hörer ab. Johnny überlegte. Darauf, daß es auf St. Pauli Leute geben könnte, die ihm mitteilten, seine Frau mit einer anderen Frau überrascht zu haben, wollte er es nicht ankommen lassen. Wenn er etwas haßte, dann die Vorstellung, eine ungehorsame Frau zu haben. Er haßte das mehr als den Gedanken, sie wäre untreu. Treue interessierte ihn nur, weil sie Gehorsam einschloß.

Er schmiß Charly, seinem Faktotum, die Hausschlüssel hin, damit der in seiner Wohnung alles, was nach Mann aussah, in Koffer packte und herbrachte. Dann rief er seinen Anwalt an. Gitte würde bei dem Honorar, das er zu zahlen bereit war, wegen »böswilligen Verlassens« schuldig geschieden werden. »Gut, dann füllen Sie schon mal alle Formulare aus.«

Er hatte bewußt so schnell gehandelt, damit er nicht mehr zurückkonnte, was immer Gitte, wenn sie wieder auftauchte, ihm auch erzählen würde. Anders, so gut kannte er sich, konnte er mit der Situation nicht fertig werden.

Charly schleppte Johnnys Koffer ins »Olymp«.

Erst einmal brauchte er jetzt eine Bleibe und rief deshalb Seppl Scheffler an, dem das Haus in der Talstraße gehörte.

»Tut mir leid, Johnny, aber bei mir ist im Moment alles voll.«

»Dann schau mal auf deiner Liste nach, wer die Miete noch nicht bezahlt hat.«

»Na gut, komm rüber.«

Als er erschien, händigte ihm Scheffler einen Schlüssel aus. »Die liegen oben aber noch im Bett.«

Johnny suchte das Zimmer, schloß auf, sah einen Fuß unter der Decke herausschauen und hielt seine brennende Zigarette dagegen. »Anziehen und raus!« Der Kerl, einer, wie er sie vom »Star-Club« her kannte, war schlagartig wach. »He, du spinnst wohl. Wer bist du eigentlich?«

»Der Hoteldiener. Und heute ist mein erster Tag. So, und jetzt aus dem Bett raus, und zwar sofort.«

»Was ist das denn für ein Witzbold«, schimpfte seine Freundin, die die Augen kaum aufbrachte und sich wunderte, warum ihr Kerl nicht aufstand und dafür sorgte, daß sie weiterschlafen konnte.

»Gibt gleich noch mehr Feuer, wenn du nicht sofort in deine Hose springst.«

Der Kerl zog seiner Freundin die Decke weg. »Steh auf, mach schon, zieh dich an!«

»Ich warte unten«, sagte Johnny, »spätestens in einer halben Stunde seid ihr verschwunden.«

Jetzt muß ich nur noch herausfinden, überlegte er, was Gitte treibt und mit wem. Eifersucht war schlimm, aber schlimmer, daß er sich nichts anmerken lassen durfte. Mehr als Gittes Abwesenheit machte ihm die Vorstellung zu schaffen, daß gleich einer ins »Bacchus« kam und sich totlachte, weil er sie irgendwo mit einem Kesmus gesehen hatte.

Als sie drei Tage später schließlich anrief, hatte sich Johnny längst wieder beruhigt. Er hörte ihren Atem.

»Liebling, bitte hör zu ...«

»Heb dir deine Geschichten für deinen Anwalt auf.«

Was Gitte schließlich doch an Erklärungen zuwege brachte, war, daß sie sich in eine Frau verliebt hatte, auch noch ausgerechnet in eine Gefängniswärterin aus Fuhlsbüttel, und drei Tage mit ihr verbracht hatte.

Das war nichts, worüber Johnny nicht hinwegkommen konnte, nur Sascha, nahm er sich vor, würde er so schnell nicht wieder einen Gefallen tun.

»Aber ich will doch gar nicht weg von dir, Johnny, laß uns doch ...«

»Unnötig, Gitte.« Er legte auf. Vor seinen Augen spielte sich eine Liebesszene ab, beides Frauen, und eine war seine Gitte. Das Dumme war, daß er mit offenen Augen träumte. Als er sie schloß, wurde es noch schlimmer.

Halb St. Pauli lachte sich kaputt, als die Geschichte durchsickerte.

Mitten in das Gelächter platzte die Nachricht, daß es Adi erwischt hatte. Morgens um fünf war er auf der Reeperbahn in seine Kneipe gestürmt und hatte mit einem Maschinengewehr in die Decke geschossen. Sein »Hummel-Hummel« war zu diesem Zeitpunkt noch immer brechend voll. Zuerst hatte niemand von ihm Notiz genommen, auch seine Angestellten nicht, die einiges von ihrem Chef gewöhnt waren. Er war auch schon mal nackt aufgetaucht. Aber bevor es jetzt Tote gab, mußten sie eingreifen. »Raus! Alle raus! Verschwindet! Raus mit euch,« hatte Adi gebrüllt und das nächste Magazin eingeworfen. Alle waren in Panik zur nächsten Tür gestürmt, gleichgültig wohin sie führte. Sein Geschäftsführer behielt so lange die Nerven, bis Adi auch ihm den Lauf ins Gesicht hielt. »Dich will ich hier auch nicht mehr sehen!« Nur seinem Akkordeonspieler hatte er befohlen zu bleiben. »Los, Heini, spiel weiter, spiel für mich.« So hatte ihn die Polizei gefunden, eingeschlafen und, wenn man ihn so sah, mit sich und der Welt zufrieden. Aber Alkohol und Tabletten hatten ihn an den Rand der Zurechnungsfähigkeit gebracht. Er hatte dann eine Krankenschwester bestochen und sich von ihr beide Beine eingipsen lassen. Und so war er vor dem Wettbüro auf der Reeperbahn gesessen, ohne daß ihm viel fehlte, nur eben ein bißchen klarer Verstand, und dann stand er nie mehr auf. Herzschlag, und das mit achtundzwanzig.

Jeder hatte ein Glas und eine Flasche in der Hand und prostete ihm ein letztes Mal zu. Vor dem Friedhofseingang parkten die Prachtkarossen in Zweierreihen. Und Passanten wunderten sich, welcher Film hier gedreht wurde.

Keine Woche später stand Johnny wieder auf dem Friedhof, diesmal in Frankfurt. Dort hatten sich, wie in Hamburg die Wiener und in Berlin die Perser, die Türken breitgemacht, und sie waren es, die Totenkopf-Fred nach einem Streit erstochen hatten.

Eines wurde Johnny immer klarer: Geld verdiente man, ohne zu arbeiten, die Arbeit war, am Leben zu bleiben.

11

Ladiges wollte sich gerade verabschieden, als Sterni, ein kleiner Hehler, in der Tür erschien und den Inhalt einer Tüte auf den Tresen leerte. Ladiges schaute Johnny an. »Ist der übergeschnappt?«

Sterni hielt Ladiges einen Ring mit einem gefaßten Diamanten hin.

»Raus mit dir, du Idiot, aber schnell, und nimm alles wieder mit.«

»Aber Heinzi! Das gibt's doch nicht, ihr seid doch für mich immer die erste Adresse für was Günstiges.« Sterni hielt den Diamantring jetzt Johnny unter die Nase. »Halt ihn mal ins Licht, wie der funkelt.«

»Der funkelt nicht, der flunkert!«

Nachdem Ladiges kurz telefoniert hatte, verließ er das »Olymp«. »Gib Sterni was zu trinken, Johnny, aber dann soll er seinen Kram nehmen und verschwinden.«

»Whisky, Wodka oder Wasser?«

»Wacholder!«

Johnny schenkte ihm einen Doppelten ein. »Verkauf's jemand anderem!«

Sterni kippte das Glas und verschwand mit seiner Tüte. In der Tiefgarage traf ihn dann ein Schraubenschlüssel, ein geschickter Schlag, der ihn nur so lange außer Gefecht setzte, wie nötig war, um ihm den Schmuck abzunehmen. An den Schlag konnte er sich, als er wieder bei Johnny oben erschien, noch erinnern, ein Gesicht aber hatte er nicht gesehen.

Auf die Idee, daß sein Partner hinter dem Überfall stecken könnte, wäre Johnny nie gekommen. Aber der gleiche Ring tauchte wieder auf, und zwar am Finger von Ladiges' Frau. Mein Gott, dachte Johnny, nicht einmal das viele Geld kann dieses Schwein davon abhalten, einem kleinen Hehler die Ware abzuknöpfen, und seiner eigenen Frau steckt er den geklauten Klunker auch noch an die Kralle. Ein Anruf hatte genügt! Wenn eines der Mädchen krank zu Hause lag, genügte auch ein Anruf und einer erschien mit einem Blumenstrauß; oder in der Tiefgarage erschien eben einer mit einem Schraubenschlüssel. Johnny schaute Ladiges an wie einer, der vergessen hatte zu atmen.

Kein Wunder, daß er mißtrauisch war, als zwei Nächte später ein Mann im »Olymp« erschien, der sich reichlich sonderbar benahm. Nachdem er mit einigen Mädchen Champagner getrunken hatte, griff er in seine Jackentasche, entnahm ihr ein Briefkuvert und bat Johnny, es für ihn aufzubewahren, bis er gehen würde. Auf die Frage, ob das nicht leichtsinnig sei, teilte ihm der Gast nur mit, das Geld am Nachmittag in Travemünde gewonnen zu haben.

»Ich schließe es so lange in meine Schublade ein«, sagte Johnny und dachte, dort wird es auch noch liegen, wenn du längst verschwunden bist. Komischer Kerl, kommt mit einem Haufen Scheine ins Bordell und bittet einen ihm völlig Unbekannten, den Zaster für ihn aufzubewahren.

Offenbar erriet er Johnnys Gedanken. »Sie wundern sich?«

»Offen gestanden, ja! Aber natürlich sind uns Gäste, die nicht glauben, daß es bei uns alles umsonst gibt, immer willkommen.«

»Ihre Bar hat, wie man mir erzählt hat, einen ausgezeichneten Ruf. Und was die Damen betrifft«, er ließ seinen Blick schweifen, »hat mein Freund wahrhaftig nicht übertrieben. Wissen Sie, ich bin nicht gerade ein häufiger Kunde, was diese Art von Vergnügen betrifft, und deshalb auch ein wenig, wie soll ich sagen, befangen.«

»Das wird sich legen«, beruhigte ihn Johnny. »Wenn Sie irgendwelche Wünsche haben sollten, lassen Sie es mich wissen.«

Als er die Schublade öffnete, um das Kuvert zu verstauen, sah er seine Spielkarten, nahm sie heraus, ging zum Tisch zurück, setzte sich und wartete ab, wie dieser seltsame Gast reagieren würde, wenn er Spielkarten sah. Es stellte sich heraus, daß er ebenfalls gern hin und wieder spielte. »Freilich bin ich nicht gerade ein besonders guter Spieler.«

Was sich herausstellte! Trotzdem blieb Johnny mißtrauisch. Daß der Mann verlor, sagte noch nicht alles. Er selbst gab ebenfalls oft zu Beginn einer Kartenrunde ein gutes Blatt auf, studierte statt dessen erst einmal lieber die Reaktionen seines Gegenübers, den Stil seines Spiels, die Ruhe seiner Augen, seine Fähigkeit zur Geduld, seine Risikobereitschaft.

Am Pokertisch reizte Johnny weniger das Geld, auch wenn es in Bergen in der Mitte lag, als die Kraft eines Menschen, die er an Selbstkontrolle angesichts dieser Summen aufbringen mußte, um ruhig zu bleiben. Was ihn spielen ließ, war die Leidenschaft, Glück auszuschalten; mehr noch, gegen das Glück zu gewinnen.

Mittlerweile hatten sich Stotter-Harry, Millionen-Dieter, Westfalen-Günter und andere Jungs im »Olymp« versammelt, die alle das Spiel beobachteten. Für sie war klar, daß Johnny einen Freier operierte und warteten nur darauf, bis er den Mann rasiert hatte. Auch Rolf Neumann schaute herein, ein Berufsspieler, der sich wunderte, daß Johnny mit einem Mann am Tisch saß, einem Falschspieler, den er aus dem Ruhrgebiet kannte, gegen den er selbst schon hoch verloren hatte und von dem er wußte, daß er nur mit gezinkten Karten antrat. An einen Zufall glauben konnte er nicht, auch nicht, daß Westfalen-Günter, den er mit ihm schon in Dortmund zusammen gesehen hatte, nur den harmlosen Zuschauer spielte. Er legte beide Zeigefinger übereinander, daß sie wie ein Kreuz aussahen, was soviel hieß wie, wenn wir teilen, geht alles klar.

Westfalen-Günter schüttelte den Kopf.

Niemand fiel auf, als Rolf Neumann, nachdem er noch ein paar Worte mit Margrit gewechselt hatte, den Club verließ; auch nicht, als Margrit daraufhin Johnny zu sich rief.

»Was gibt's?« Er legte die Karten auf den Tisch und bat, ihn für einen Moment zu entschuldigen.

»Du sollst auf die Toilette kommen.« Es war ihr Flüstern, das ihn mißtrauisch machte.

Auf der Toilette wartete Neumann. »Der Kerl ist einer der besten Falschspieler! Zufällig ist der nicht bei dir!«

Johnny schloß die Tür ab. »Und jetzt noch mal, und ganz langsam!«

»Mit was für Karten spielt ihr?«

»Mit meinen!«

»Gezinkt?«

»Der händigt mir einen Umschlag mit Moneten aus, glaubst du, daß ich den nicht auch ehrlich rasiere?« Ihm fiel ein, daß er den Umschlag nicht genau genug untersucht hatte. Wahrscheinlich voll mit Zeitungspapier!

Johnny ging wieder zurück, ging hinter die Theke und tat so, als kontrolliere er dort nur noch rasch die Getränkebons, nahm sein Sandpapier, das er dort immer liegen hatte, und rieb sich die Hornhaut von den Fingerkuppen. Auf St. Pauli wußte überhaupt nur ein halbes Dutzend Jungs, daß (und wann) mit gezinkten Karten gespielt wurde. In der Regel wurden die Karten mit einer Nadel gekennzeichnet. Eingestochene Punkte an bestimmten Stellen sagten dem Spieler, um welche Karte es sich handelte. Die Punkte waren weder sichtbar, noch konnte man sie mit den Fingern spüren, es sei denn, man hatte seine Fingerkuppen vorher mit Sandpapier bearbeitet.

»Jetzt kann's weitergehen«, sagte Johnny, »ich mußte nur schnell einen Betrunkenen an die frische Luft setzen!«

Der Mann gab neue Karten. Johnny befühlte sein Blatt. Tatsächlich! Er kannte sogar den Code. Er ließ noch ein Spiel geben, griff erst dann nach seiner Bierflasche und schlug sie dem Mann kommentarlos über den Schädel. Es kostete ihn Mühe, ihm nicht sofort sämtliche Knochen zu brechen. Aber etwas interessierte ihn: Er selbst hatte die Karten, seine Karten, aus der Schublade geholt, sie mußten also vorher dort vertauscht worden sein. Aber von wem? Ladiges? Er packte den Mann, zog ihn hoch und schleifte ihn nach oben, auf eines der Zimmer, und warf ihn gegen die Wand. »Und jetzt werden wir uns unterhalten.« Er wollte aber nicht reden, wischte sich das Blut aus dem Gesicht und bat nur, ihm nichts zu tun.

Johnny packte seinen Arm und bog ihn am Handgelenk

herum. »Du wirst nie mehr Karten anfassen, wenn ich mit dir fertig bin. Wer hat dich geschickt?«

»Sag ich nicht.«

»Wer dich geschickt hat, will ich wissen!«

Als der Mann begriff, daß es Johnny ernst meinte, gab er auf. »Westfalen-Günter.«

Johnny ließ ihn los. »Verschwinde.«

Er ging wieder nach unten, stopfte die Geldscheine in seine Tasche und dann, als er vor Westfalen-Günter stand, schlug er zu. »Du mieses Schwein!« Er prügelte alles, was er wissen wollte, aus ihm heraus. Er war am Morgen, als nur die Putzfrau da war, im »Olymp« erschienen und hatte die Spielkarten vertauscht. Was für eine Menge Scheißtypen doch herumlaufen, dachte Johnny.

Ladiges verhielt sich Johnny gegenüber zunehmend mißtrauischer. Der Junge war in einem atemberaubenden Tempo zu Geld gekommen. Gut möglich, nahm er also an, daß er mir irgendwann Schwierigkeiten macht. Sein Verdacht beruhte auf der Überzeugung, daß einer vor allem dann gefährlich war, wenn er sich auch im Privatleben unter Kontrolle hatte. Er hatte aber nicht gehört, daß Johnny sich etwa eine Luxuswohnung angeschafft hätte oder hinter kostspieligen Flittchen her wäre, er wußte, daß er weder auf Pferde wettete, noch sich am Boxgeschäft beteiligte, wie das Kessler tat. Es war ihm auch nie aufgefallen, daß er überhaupt Geld ausgab, abgesehen davon, daß er zweimal jedes Jahr sonstwohin in Urlaub fuhr. Er beauftragte deshalb Uwe Prokopf, ihm eine Abreibung zu verpassen, nur so, eine kleine Lektion, zum Vernünftigbleiben gewissermaßen. Prokopf war schon deshalb der richtige Mann, weil er froh war über jede Beschäftigung, die Geld einbrachte; er war erst seit zehn Tagen wieder auf freiem Fuß.

Er erschien also eines Nachts nicht gerade nüchtern im

»Olymp«, schob die Aschenbecher von der Theke und verlangte was zu trinken.

Er wird Kummer haben, dachte Johnny und machte Margrit ein Zeichen, die Aschenbecher wieder auf die Theke zu stellen. »Mach ihm einen Kaffee.«

»Trink die Brühe selber und sag deiner Barschlampe, sie soll mal einschenken.«

Johnny wollte keinen Streit. »Laß gut sein, Uwe.« Er hatte ihn während seiner Untersuchungshaft kennengelernt und ihn auf Anhieb sympathisch gefunden.

»Irgendwie gefällt mir deine überhebliche Art nicht, dabei scheißt du dir doch in die Hosen, wenn sich einer nichts gefallen läßt.«

Johnny versuchte, dem Unvermeidlichen aus dem Weg zu gehen. »Irgendwas stimmt doch mit dir nicht, Uwe.«

»Komisch, aber genau das denk ich über dich auch. Du spielst den großen Macker, kassierst die Kohle und bist doch schon viel zu satt, um dich noch richtig gerade zu machen.«

Es war leise geworden in der Bar. Die Mädchen kannten ihren Chef und verdrückten sich in den hintersten Teil der Bar. Und Margrit räumte vorsorglich die Aschenbecher wieder von der Theke. Aber noch bevor Johnny sich entschieden hatte, was er tun sollte, hatte Prokopf die Bar verlassen.

»Was war denn mit dem los?« Prokopfs Auftritt konnte sich Johnny nur so erklären, daß er was genommen hatte; immer mehr Jungs rannten nur noch bekifft durch die Gegend.

Dann, zwei Wochen später, drängte sich Prokopf geradezu auf, als Johnny, der einen Abstecher nach Flensburg vorhatte, jemanden suchte, der mit ihm fuhr. Zuerst schauten sie bei Anni vorbei, die dort oben in einem Western Saloon arbeitete, und Johnny hatte es zuerst nicht weiter ernst genommen, daß sich Prokopf und Anni in die Haare kriegten. Er mischte sich erst ein, als Prokopf ihr Ohrfeigen androhte.

»Also alles, was recht ist, aber der Anni gibst du keine Watschn.«

Sein Lachen war noch nicht bis in die Mundwinkel gelangt, da hatte Johnny schon zugeschlagen, und der Western Saloon sah sofort viel echter aus als vorher: Kutschen kamen in Bewegung, Gläser und Flaschen rutschten von den Tischen, Stühle flogen durch die Luft, und sicher war einigen Gästen nicht sofort klar, daß es sich dabei nicht um ein Unterhaltungsprogramm handelte. Hatten zuerst nur Johnny und Prokopf miteinander gestritten, so fanden sie sich bald Seite an Seite gegen eine Übermacht anderer Männer, die wild auf alles eindroschen, was sich bewegte. Sie schafften es irgendwie, sich zu verdrücken, und landeten, jeder im Arm eines Mädchens, in einem anderen Lokal.

Auf der Rückfahrt schien Prokopf der Zeitpunkt gekommen, endlich reinen Tisch zu machen. »Erinnerst du dich noch, wie ich ins ›Olymp‹ gekommen bin und mich mit dir angelegt habe?«

»Du hast es zumindest versucht.«

»Ich werde nie dazu stehen, wenn du was weitererzählst, und sag's dir auch nur, damit ich's endlich los bin. Aber wenn du mich in diese Sache irgendwie hineinziehst, werde ich alles abstreiten.«

»Klingt ganz so, als hätte dich jemand dafür bezahlt.«

»Stimmt.«

»Interessant. Und wer?«

»Du wirst es nicht glauben!« Er machte eine Pause. »Ladiges.« Johnny nahm den Fuß vom Gas.

»Er zahlte gut, und bei dir hatte ich Schulden.«

Johnny brauchte ein paar Minuten, bis er es hatte. »Ach so, du kassierst Honorar, mich zusammenzuschlagen, und das nur, um deine Schulden, die du bei mir hast, zahlen zu können?«

Inzwischen fuhr Johnny wieder Höchstgeschwindigkeit.

Er verlor jede Lust, Einzelheiten wissen zu wollen. Ladiges war eben ein Schwein! Und was für eines! Macken hatten hier viele, aber keiner konnte ihm an Charakterlosigkeit das Wasser reichen. Warum hatte er so lange gebraucht, das zu begreifen? Er kannte den Grund. Zu lange hatte er mit zuviel Bewunderung zu jedem von ihnen aufgeblickt. Wenn er schon nicht an die Welt der feinen Gesellschaft, die Welt der Richter, Rechtsanwälte, der Bankiers und Beamten glauben konnte, wollte er wenigstens an seine Welt glauben. Ohne diesen Glauben war alles Geld, das er hatte, nichts wert.

Als Paulchen Meier kurz nach seinem fünfzigsten Geburtstag das Gefängnis wieder verlassen durfte, trafen sich alle zu seiner Begrüßung im »Olymp«. Sie sahen tatsächlich ein wenig aus wie die Freunde der italienischen Oper. Ziemlich spät erschien, als letzter, der Ehrengast und schüttelte jedem die Hand. Für jeden hatte er ein Späßchen übrig. Und dann wollte er wissen, ob er endlich etwas zu trinken bekommen könnte. Johnny schenkte ihm den Whisky höchstpersönlich ein und hoffte, von ihm bemerkt zu werden. Paulchen nahm sein Glas. »Bist du nicht der Freund von Max?«

Bevor Johnny auch nur nicken konnte, hatte sich Paulchen wieder umgedreht, prostete allen zu und hob dann seine Hand. »Ich will es kurz machen. Danke, daß ihr vollzählig erschienen seid und daß ihr mich nicht vergessen habt. Wie ich euch kenne, habt ihr die fünf Jahre genutzt, euch während meiner Abwesenheit mal so richtig gründlich die Taschen vollzustopfen, jedenfalls seht ihr alle satt und zufrieden aus. Gratuliere. Laßt uns darauf anstoßen.« Er trank einen Schluck, nahm seinen Hut ab, trocknete mit einem Taschentuch das Schweißband, wischte mit dem Ärmel seines Anzugs über die Krempe und setzte den Hut wieder auf, »Und nicht nervös werden, wenn ich mich jetzt empfehle. Mir ist nur nach etwas Abwechslung zumute, wie ihr euch vorstellen könnt.«

Johnny hielt es für ausgeschlossen, daß er nicht mitgekriegt hatte, wer er war. Einer wie Meier blieb auch hinter Gittern nicht nur im Geschäft, sondern auch sonst auf dem laufenden. Einer wie der schaute ohne Bedauern zurück und ohne Neid in seine Zukunft. Er war nicht nur auf die Treue seiner Freunde angewiesen, er kannte auch Methoden, wie man etwas nachhalf. Schlachter-Heinz zum Beispiel, dem verschiedene Imbisse und Kneipen gehörten, erhielt auffallend pünktlich mit Paulchens Entlassung Drohbriefe, Anrufe mit Morddrohungen, und sein Haus wurde zur Zielscheibe von Schießübungen. In seiner Verzweiflung wandte er sich an Paulchen, der die Sache gelassen nahm. »Was glaubst du, wie schnell der Unsinn aufhört, wenn wir Partner wären!«

Zu teilen tut niemand weh, der Angst um sein Leben hat. Und darauf stießen sie an. Paulchen war in Begleitung seiner Ehefrau, wollte aber auf die Gegenwart seiner Geliebten trotzdem nicht verzichten, was Kuddel zum Anlaß nahm, die Damen absichtlich zu verwechseln. Viele hielten Vielweiberei für eine liebenswerte Beschäftigung, nicht so Kuddel, jedenfalls nicht auf dieser Party. Im Milchladen in der Hein-Hoyer-Straße hatten sie sich schon als Buben in die Wolle gekriegt, und das passierte ihnen fünfzig Jahre später gelegentlich immer noch. Als Paulchen ihm jetzt die Faust ans Kinn schlug, zog Kuddel erst einmal seelenruhig seine Jacke aus, die Gäste machten respektvoll Platz, und Paulchen streifte, wie es seine Art war, einen Lederhandschuh über seine rechte Faust. Das war Zeitgeschichte, was sich vor Johnnys Augen abspielte. Undenkbar, daß Kluge und Kessler Unstimmigkeiten auf die gleiche Weise erledigt hätten. Als es in der »Roten Katze« zu eng wurde, verlegten sie ihre Auseinandersetzung auf die Straße. Paulchen versuchte, während sie aufeinander einschlugen, seinem Freund ins Gewissen zu reden, endlich aufzugeben, aber Kuddel dachte nicht daran, obwohl er bereits blutete. Was sollte Paulchen nur tun, um zu verhindern, daß er seinen Freund schwerer als nötig verletzte? Der einzige Ausweg war die Telefonzelle gegenüber – und in die rannte er, hielt die Tür von innen zu und gab Kuddel zu verstehen, er solle sich endlich beruhigen. Vielleicht war es die gelbe Farbe, die ihn zur Besinnung brachte, jedenfalls lehnte er sich von außen gegen die Scheibe, brachte seinen Schlips wieder in Ordnung und bedankte sich für den Beifall.

Die beiden Polizisten, die die ganze Zeit auf der anderen Straßenseite gestanden und alles mitangesehen hatten, trotteten gut gelaunt weiter.

»Keine Ahnung, wie sie es immer wieder schaffen!«

»Was?«

»Freunde zu bleiben!«

12

Natürlich wollte Max Neuigkeiten hören, wenn Johnny ihn besuchen kam. Eine Stunde war wenig Zeit. Die Hälfte ging mit Klatsch drauf, dem üblichen Kram, Weibergeschichten und Geschäfte. Neuigkeiten gab es immer genug. Paulchen hatte die »Rote Katze« übernommen, Relli zum viertenmal ihren Alex geheiratet, Sager sich erhängt, und er selbst war in einem Stundenhotel auch fast draufgegangen, als dort ein Feuer ausbrach und er, nur mit einer Unterhose bekleidet, auf die Straße flüchten mußte. Daß ein Aufpasser alles mit anhörte, störte ihn nicht; vier Jahre hatte er einen im Genick gehabt!

Den Rest der Zeit sprachen sie von sich, was auch regelmäßig auf ein Gespräch über Frauen hinauslief, denn Max war ständig besorgt, Yvonne könnte ihm mit seiner Beziehung zu Janine auf die Schliche kommen. Es war Schwerarbeit, allein die Besuchstermine zu koordinieren. Darüber hinaus schienen ihn Zweifel zu quälen, wie lange Janine noch die Nerven behielt, ob er sich von Yvonne scheiden lassen sollte und wann – und ob er eigentlich noch bei Verstand war. Da er wußte, wie schnell Johnny sich langweilte, wechselte er das Thema und schmiedete Zukunftspläne, sprach von einem Haus in Spanien, am besten eines auf Mallorca, zusammen mit Janine.

Wenn er von ihr sprach, tat er Johnny leid. »Um Janine kümmere ich mich schon, keine Sorge. Ich werde sie fragen, ob sie nicht wechseln und bei mir arbeiten will.«

»Wieso? Hast du was frei?«

Johnny schaute auf seine Uhr. »Eine Neuigkeit zum Schluß noch, aber für dich behalten! Ich glaube, ich hab mich mal wieder verliebt.«

Max sah, daß Johnny beim Reden am Daumen kaute, die Sache also ernst war. »Ich glaub dir kein Wort!«

Johnny legte beide Ellenbogen auf den Tisch und beugte sich vor. »Die arbeitet bei mir oben schon ein halbes Jahr, ohne daß ich merke, daß ich verliebt bin!«

»Tut mir leid«, meldete sich der Aufpasser und machte mit dem Schlüsselbund Musik. »Zeit um! Verabschieden Sie sich!«

»Welche Haarfarbe?«

»Blond, aber keine Blondine!«

»Beine?«

»Ich muß Sie jetzt bitten, Herr Dassner«, sagte der Aufpasser. »Keine Fragen mehr!«

»Die muß sie geklaut haben, so schön sind die!«

Als ihr Chef konnte er sich die Blöße einer Verliebtheit nicht leisten. Er mußte sicher sein, daß Karin seine Gefühle erwiderte.

Karin hatte das gleiche Problem, auch sie hatte sich schon seit langem in Johnny verliebt, wußte aber nicht, wie sie ihm ihre Zuneigung zeigen sollte, ohne Gefahr zu laufen, ihren Arbeitsplatz zu verlieren. Die Geschichte war also geschrieben, sie suchte nur ihren Beginn.

Eines Abends erschien Kessler, schaute sich um und wollte wissen, wer die Blonde sei. Das hatte er vor ein paar Wochen, als er zu Besuch war, schon einmal wissen wollen, und Johnny hatte ihn abblitzen lassen. Für Bosse seines Kalibers waren die Mädchen tabu, was Kessler natürlich wußte. Aber damals wußte Johnny noch nicht, wie verliebt er in das Mädchen war.

»Wenn du willst, mach ich dir das.« Johnny winkte Karin. Natürlich wußte sie, wer Kessler war, und fühlte sich geschmeichelt, aber aufgeregt war sie erst, als Johnny ihr klarmachte, daß er von ihr einen persönlichen Gefallen erwartete. »Tu's mir zuliebe und streng dich an.«

Um vier Uhr morgens kamen sie zurück, und Kessler nahm Johnny zur Seite. »Bist du eigentlich noch ganz dicht? Wie kannst du mir eine Frau mitgeben, die mir die ganze Zeit nur von dir vorschwärmt?«

Johnny gab sich ahnungslos, war aber erleichtert, da er nun ihre Gefühle kannte. Er wartete noch einen Tag und lud sie dann nach seiner Schicht zum Frühstück ein.

Es grenzte schon an Zauberei, wie einfach es war, in Stimmung zu kommen, und wie leicht, sich dabei nicht so unbeteiligt wie meistens zu fühlen. Zum erstenmal seit langer Zeit wußte er wieder, daß die Wärme eines weiblichen Körpers wichtiger sein konnte als Geldscheine in Schuhschachteln.

Am Mittag waren sie ein Liebespaar und zogen noch am gleichen Tag zusammen, aber Johnny vergaß nicht, sie an die Notwendigkeit einer gewissen Ordnung zu erinnern. »Ich mach, was ich will, und du machst auch, was ich will.«

13

Die Nachricht schlug ein wie eine Bombe. Willi Barschel, den viele für den reichsten Mann Hamburgs hielten, hatte im Senat der Hansestadt tatsächlich durchgedrückt, daß auf der Reeperbahn ein Block gebaut werden durfte, ein riesiges Eroscenter mit insgesamt dreihundert Zimmern. Daß ein Club wie das »Olymp« seine besten Tage damit hinter sich hatte, war Johnny klar. Welches Argument hatte er noch, wenn erst die Herbststürme wieder einsetzten? Welchem Mädchen war dann noch klarzumachen, daß sie im Freien in der Kälte herumstehen sollte? Zwar entstand jetzt ein Ghetto, aber sie waren unter sich und in einem geschützten, geheizten Kontakthof auch sicherer und in der Lage, sich noch spärlicher bekleidet ihrer Kundschaft anzubieten.

Johnny setzte sich mit Ladiges zusammen und besprach die veränderte Situation. Beide waren der Meinung, gegen einen Großbetrieb wie diesen keine Chance zu haben.

»Was wirst du anfangen?« wollte Ladiges wissen.

»Urlaub machen!« Johnny kramte einen Brief aus seiner Tasche. »Hier!«

Ladiges überflog das Schreiben. »Drei Monate? Beneidenswert!«

»Und keinen Tropfen Alkohol!«

Seit Max seine Strafzettel nicht mehr bezahlt und er selbst auf keine der vielen Mahnungen reagiert hatte, war ein Verfahren gegen ihn eröffnet worden, das zu seiner Verurteilung führte. Johnny handelte mit dem Gericht die Zusage aus, die Strafe in Bernau am Chiemsee absitzen zu dürfen. Dort würde er Freunde treffen.

Als er mit seinem weißen Stingray vor dem Gefängnistor hielt, schrie einer aus dem Turm, daß es hier nichts zu schauen gäbe und er gefälligst weiterfahren solle.

»Würde ich ja gerne, du Schreihals, aber ich bin hier verabredet.« Er gab Karin einen Kuß. »Hol mich in drei Monaten wieder ab.«

Die Anstaltsleitung hatte lange versucht, ihn nach Landsberg abzuschieben, aber er blieb in Bernau, allerdings im Zugangssaal nicht zwei Tage, wie das üblich war, sondern ganze drei Wochen. So lange waren sie unschlüssig, wie sie ihn behandeln sollten und welche Methode die sicherste sei, die zu erwartende Unruhe so gering wie möglich zu halten. Sie kannten die Polizeiakten und seine Karriere. Als Unterweltler, noch dazu einer aus der Hauptstadt des Gewerbes, stellte er eine Mischung aus Staatsgast und Verbrecher dar, in jedem Fall aber war er der natürliche Feind. Noch der unbedeutendste Aufseher spielte ihm gegenüber den großen, starken Mann, nur weil er sich unter einer Dienstmütze sicher fühlte, bestrafte ihn mit jedem kleinlichen Befehl, jeder Zurechtweisung, jedem Blick für die kraftstrotzende Sorglosigkeit, die Johnny an den Tag legte. Dann, über Nacht, setzte der Frost ein. »Stecken wir ihn in den Torfstich«, entschied der Anstaltsleiter. Im Freien Torf stechen, das war, zumal bei Temperaturen weit unter dem Gefrierpunkt, die härteste Strafe. Daß den Gefangenen der Schweiß auf der Stirn gefror, ließ die Beamten kalt. Johnny verfluchte die Stunde, in der er sich für Bernau entschieden hatte. Warum nur hatte er sich einer sentimentalen Empfindung hingegeben, ein Gedanke, der ihm mehr zu schaffen machte als die Kälte.

Von Ebrach war er gewohnt, daß das Recht des Stärkeren zählte und kein Häftling wagte, einen anderen anzuzeigen. Unter Jugendlichen war das eine Selbstverständlichkeit, aber nicht hier, in einer Anstalt ausschließlich für erwachsene Straftäter, einer Welt, in der schon Lachen gegen Gesetze verstieß.

Was für ein kläglicher Haufen das war, gebrochene Menschen, die sich in ihr Schicksal gefügt hatten, ausgemusterte

Versager, ängstliche Angeber, kein erhebender Anblick für einen, der nach einem Urlaub in Thailand gerade mit zweihundert Sachen hierher gerast war. Er schaffte es gerade, abends hin und wieder ein Spielchen zu organisieren, aber mehr als Kekse und Margarine war nicht zu gewinnen.

Die drei Monate gingen auch deshalb langsam herum, weil Karin nichts von sich hören ließ, die ihm doch hoch und heilig versprochen hatte, jeden Tag zu schreiben. Kein einziger Brief war bisher eingetroffen. Am letzten Tag händigten sie ihm dann einen ganzen Stapel aus, alle von Karin. Ihr Inhalt interessierte ihn weniger als ihre Zahl, denn nachdem er sie abgezählt und herausgefunden hatte, daß sie ihm tatsächlich täglich geschrieben hatte, öffnete er nur die beiden letzten, überflog sie nach Neuigkeiten, die nichts mit ihren Gefühlen zu ihm zu tun hatten, und warf sie zum Abfall. Er liebte Karin, weil sie Wort gehalten hatte, nicht der Worte wegen, die sie ihm schrieb.

Kurz vor seiner Entlassung hatte Johnny so viel Margarine und Kekse gehortet, daß ihm die Idee kam, allen noch eine Freude zu machen. Heimzahlen wollte er ihnen, daß sie ihn den Boden hatten schrubben lassen; nicht einmal im Tausch gegen Tabak waren sie bereit gewesen, seinen Stubendienst zu übernehmen. Er bastelte zwei Torten, eine kleine, mit wenig Margarine, für sich und einen Kumpel, den er noch aus dem »Tabarin« kannte, und eine große für alle anderen, eine, die hauptsächlich aus Margarine bestand, mit ein paar eingelegten Keksen als stabilisierendem Element und außen mit Schokolade verschmiert, damit niemand mißtrauisch wurde; außerdem hatte er jede Menge Zucker hineingerührt, weil sie Süßes sicher zu schätzen wußten. Die Torte wurde in der Mitte der Zelle auf einen Tisch gestellt, ihr Durchmesser war in etwa der einer Kirchturmuhr. Jeder bekam eine Gabel und mußte sich auf Johnnys Befehl im Kreis rund um die Torte aufstellen. Er erklärte ihnen, daß sie sich erst auf sein ausdrückliches Kommando hin über die Torte hermachen durften. Nicht nur seine Macht, auch der Spaß, den er sich mit anderen Menschen machte, beruhte auf Menschenkenntnis. Er wußte, daß keiner dem anderen auch nur einen einzigen Bissen gönnen und schon deshalb soviel in sich hineinstopfen würde, wie er nur konnte. Die Folgen kannte er.

Johnny probierte ein Stück seiner eigenen Torte und mußte sich beherrschen, das Zeug nicht gleich wieder auszuspucken. Danach gab er das Kommando für alle! Sie fielen wie die Kinder über die Torte her, kauten nicht, sondern schlangen alles einfach hinein, und jeder prahlte, als der letzte, fettige Krümel verschwunden war, mehr erwischt zu haben als die anderen. Alle ließen sich auf die Betten fallen und lobten Johnnys einfallsreiche Großzügigkeit.

Inzwischen hatte sich sein Kumpel mit einem Krimi auf die Toilette zurückgezogen und Johnny bereits angekündigt, daß er der nächste sei. Es war üblich, daß man sich anmeldete. Keiner hatte dem irgendeine Bedeutung beigemessen, bis es in ihren Därmen zu rumoren begann. Erst wurde ihnen komisch, dann schlecht, dann starrten alle auf die Toilette.

»Tut mir leid«, stellte Johnny klar, »der nächste bin ich.«

Einige lachten noch, andere übergaben sich bei dem Versuch, das Peinliche, aber Unvermeidliche unterdrücken zu wollen. Als es der erste nicht mehr länger aushielt und aufstöhnend, aber erleichtert in seine Hosen schiß, gaben auch die anderen ihren aussichtslosen Kampf auf. Einige gaben dabei Laute von sich, die er zum letztenmal gehört hatte, als er sie selbst von sich gab, auch im Bett, aber daran war nicht Margarine schuld.

14

Johnny konnte sich Zeit lassen mit der Überlegung, wann und wo er sich an einem neuen Geschäft beteiligen würde, überließ Ladiges die Abwicklung ihrer Beteiligung am »Olymp« und wollte sich mit Karin in seinem Wohnwagen an der Nordsee ausruhen; er zwang sie, für mindestens zehn Tage zu packen, überlegte es sich schon nach dem ersten Tag, den sie nur im Bett gelegen hatten, anders und fuhr zurück. Die Erinnerungen, eingesperrt und nur seinen Gedanken ausgeliefert auf Einzelzelle zu sitzen, verloren sich auch nicht, wenn er mit Karin herummachte; wenigstens telefonieren mußte er zwischendurch.

Johnny kannte Annemarie Buhr, sie kam wie er aus Bayern und war ein Leben lang Kneipenwirtin gewesen. Als ihr alter Freund Willi Barschel sein Eroscenter baute, mietete sie zwei Etagen und suchte jemand, der ihr die Arbeit abnahm. Der Vorschlag, den sie Johnny machte, war fair. Er sollte eine Etage mit zwanzig Zimmern als Geschäftsführer übernehmen. Er akzeptierte unter der Bedingung, daß sie Max, dessen Entlassung im Frühling fällig war, ihre andere Etage anbot.

Gegen seinen Willen hatte er von Annemarie Buhr vier Prostituierte übernommen, Bordsteinschwalben alten Zuschnitts, die nicht gerade erfreut waren, daß ihnen plötzlich ein junger Kerl das Tempo vorschrieb, mit dem sie zu arbeiten hatten. Nach einer Woche Streiterei warf er sie raus, die Warteliste war ohnehin lang genug, um die Zimmer jederzeit neu vermieten zu können. Als Frau Buhr davon erfuhr, tauchte sie selbst auf und beschwerte sich, nicht vorher darüber informiert worden zu sein. Sie verlangte von ihm, seine Entscheidung rückgängig zu machen.

»Das geht so nicht mit deiner Hausfrauentour, Annemarie.« Wenn er sie jetzt wieder einstellte, würde er seine Autorität verlieren, weil sich die anderen Mädchen sagen müßten, schau her, der kann rausschmeißen, wen er will, und am nächsten Tag muß er sie doch wieder einstellen.

Am gleichen Abend traf sich Johnny deshalb mit dem alten Stiegler, der zwei Stockwerke darüber das »Amourette« gemietet hatte, auch einer der alten Garde, der allein nicht mehr zurechtkam und ihm anbot, für ihn zu arbeiten. Johnny sagte sofort zu und holte sich Uwe Hansen als Wirtschafter.

Allen fiel auf, wieviel Johnny wieder trank. Er zechte Nächte durch, fing mit jedem Streit an, der ein ungeschicktes Wort fallen ließ, raste über Autobahnen in Bordelle nach Lübeck, Kiel oder Flensburg, schlich sich hinein, wenn er sicher war, daß ihn niemand kannte, und suchte sich eine Anfängerin aus, der er befahl, zärtlich zu sein, weil er hoffte, dabei einschlafen zu können. Gab es kein Mittel, mit der Unruhe in seinem Kopf fertig zu werden? Keine Frau, die den Stromkreis seiner Langeweile unterbrach? Er sehnte sich nach der Explosion eines großen Verbrechens.

Johnny hatte nicht einmal im Traum daran gedacht, sich jemals einen Hund anzuschaffen, aber nachdem er mit Max ausgiebig Wiedersehen gefeiert hatte, fuhren sie auf dem Heimweg zufällig am Tierheim in der Südowstraße vorbei. Johnny trat auf die Bremse. »Laß uns doch da mal reinschauen, das ist sicher komisch.«

»Lieber nicht! Laß uns weiterfahren. Das gibt doch nur wieder Ärger.«

»Na und?« Er lief, von einem aufgebrachten Angestellten mehr verfolgt als begleitet, die Zwinger entlang, und die Tiere, die Hunde und Katzen, schauten ihn an, und Johnny wurde immer stiller. »Was passiert eigentlich, wenn niemand kommt und sie abholt?«

»Hunde behalten wir im Durchschnitt vier bis sechs Wochen hier. Wir haben ja leider nicht genügend Platz, wie Sie sehen, und auch kaum finanzielle Unterstützung. Hat ein Tier aber absolut keine Chance, abgeholt zu werden, na ja, dann müssen wir es einschläfern lassen.«

»Wer ist der nächste Todeskandidat?«

Der Angestellte ging zwei Zwinger weiter. »Der da.«

Auf dem Schild, das am Drahtgitter befestigt war, stand »Jimmy«, womit ein zotteliger, schwarz-weiß gefleckter Köter gemeint war, der in der hintersten Ecke seiner Behausung saß und jedes Interesse an seiner Existenz verloren zu haben schien.

»Als wir ihn aufgelesen haben, hatte er eine Wunde am Rücken«, erklärte der Pfleger, »wahrscheinlich von einer Schußverletzung.«

»Noch ein kleiner Revolverheld! Einpacken! Den nehme ich mit.«

Karin schlief noch, als Johnny Jimmy anbrachte. »Um Gottes willen! Wo hast du den denn aufgelesen?« stöhnte sie im Halbschlaf, sah die ganze Häßlichkeit des Hundes, der vor Angst gleich büschelweise Haare verlor, das Bein hob und dann losbellte. »Den willst du doch nicht etwa behalten?«

»Natürlich bleibt der hier, was denkst du denn?«

Zum erstenmal, seit er sie kannte, wurde Karin richtig wütend. »Raus mit ihm aus meinem Schlafzimmer. Puuh, wie der stinkt.«

Er benutzte ihren Bademantelgürtel als Leine und verließ die Wohnung. Der einzige Hundesalon, den er kannte, war zwei Straßen weiter neben einem Fachgeschäft für Tätowierungen, wurde von zwei Tunten geführt und hatte von morgens zehn bis Mitternacht Hochbetrieb. Er war das einzige auf St. Pauli, was ihn an Cannes erinnerte, drinnen wuchsen in Töpfen sogar Palmen. Stammkunden waren Prostituierte und die Tänzerinnen aus dem »Regina« und dem »Salambo«, die hier ihre Edelhunde frisieren, einfärben, parfümieren und ihnen die Nägel lackieren ließen.

Nach der Schönheitsbehandlung sah Jimmy noch häßlicher aus. Er blieb ein Mischmaschköter, auch mit Bürstenschnitt. Karin gewöhnte sich an ihn, weil er jetzt wenigstens nur noch nach Hund roch – und weil sie Johnny nicht die Freude verderben wollte, denn er war jeden Tag mehr in ihn vernarrt. Endlich hatte er sein Ebenbild gefunden, halbstark wie er, ein herumstrawanzender Raufer, der sich jedem männlichen Artgenossen ohne Angst in den Weg stellte und kein Weibchen ungeschoren ließ. Er brachte ihm Gehorsam bei, unterhielt sich aber mit ihm wie mit einem Königstiger.

Am liebsten hätte er die Tatsache, daß er inzwischen eine Menge Geld gespart hatte, nicht nur vor anderen, sondern vor allem vor sich selbst geheimgehalten. Das viele Geld machte ihn noch wahnsinnig. Er war, wenn er seine Geldscheine bündelweise in die Schuhkartons stopfte und dann ins Bankfach einschloß, jedesmal schweißgebadet und immer noch so nervös wie ein Junge, der Pornohefte unter einer Matratze versteckt. Dabei war er inzwischen achtundzwanzig Jahre alt. Es klang alles andere als fröhlich, wenn er mit Max darüber sprach. Die sorglosen Zeiten der Improvisation waren vorbei. Sein Leben war, mehr als er sich das je gewünscht hätte, geregelt. Er war selbst zum Vorbild geworden, auch das empfand er als lästig. Er konnte es nicht einmal Max richtig erklären. Er fühlte sich wie das Innere eines vor langer Zeit gestrandeten Schiffes, war einsam, obwohl er praktisch keine Sekunde seines Lebens allein war, hatte seine Unmittelbarkeit eingebüßt und dachte nach, bevor er etwas tat oder sagte – und was er tat und sagte, war auf Wirkung angewiesen, weil er sich behaupten mußte. Er sah praktische Ziele, nichts sonst. Dabei wollte er sich oft einfach nur gehenlassen, aber alles war dem Zwang des unmittelbaren Nutzens unterworfen. Nur deshalb ließ er sich manchmal auch breitschlagen, in Urlaub zu fliegen. Man traf sich dann, immer die gleiche Runde, im gleichen Hotel, gab Geld aus und fotografierte sich dabei. Spaß machte nur, Ehepaare an den Rand der Scheidung, Oberkellner an den Rand des Wahnsinns und am Rand des Swimmingpools Frauen zum Erröten zu treiben. Mit einer Gesellschaft, die scheinheilig vor ihnen ausspuckte, hatten sie immer eine Rechnung offen.

Millionen-Dieter hatte, als er in Kenia eintraf, die richtige Begleitung bei sich, eine mit allem unzufriedene Pommes-frites-Blondine. Von der ersten Minute an lief sie herum, als sei auch der Steinboden aus Schaumgummi.

Kuddel erbarmte sich ihrer. »Reizende Person!«

»Die hast du aber zentimetergenau eingekleidet«, lobte Johnny.

»Wie wär's mit einem Spielchen?« Millionen-Dieter hatte noch nicht einmal die Koffer ausgepackt.

»Einverstanden«, sagte Johnny, »aber rücken wir lieber den Tisch in den Schatten, nicht daß du uns umkippst!«

»Umkippen? Ich hör wohl nicht richtig! Setz lieber selbst einen Strohhut auf, du Witzbold.«

Der Nackedei kicherte ohrenbetäubend dünn. »Die sind ja süß. Was glauben die denn, weshalb wir hier sind?«

»Also ich leg mir lieber was auf den Kopf«, sagte Kuddel und knüpfte vier Knoten in sein Taschentuch.

»Sonne macht mir überhaupt nichts aus«, prahlte Millionen-Dieter.

»Wie du willst«, sagte Johnny, »aber wetten, daß ich Sonne besser vertrage?«

Jeder Unfug begann immer mit einer Wette. Natürlich war die Tischrunde mit Johnny und Kuddel nicht zufällig in der prallen Mittagssonne inszeniert worden, denn auf einen wie

Millionen-Dieter hatten sie gewartet. Er war zu unwichtig in der Hierarchie St. Paulis, um nicht wenigstens im Urlaub das Gold glänzen zu lassen. Aber die Sonne war dagegen. Mit Fieber, Übelkeit und Verbrennungen zweiten Grades landete er sechs Stunden später in einem abgedunkelten Krankenzimmer in Mombasa, wo er den Rest seiner Ferien zubrachte.

15

Johnny war schon mit schlechter Laune ins »Amourette« gekommen und hatte sofort wissen wollen, wo Max steckte, und Uwe gebeten, ihn zu suchen, und seitdem war eine Stunde vergangen und er telefonierte immer noch hinter ihm her.

Was für ein verdammter Idiot Max manchmal doch sein konnte! Obwohl er wußte, wie unangenehm es ihm war, wenn er allen Leuten, die er nachts traf, von ihm vorschwärmte, hörte er einfach nie auf damit. Er sprach kaum noch von etwas anderem, wenn er sentimental wurde, was nach jedem zehnten Glas der Fall war. Wahrscheinlich lag er auch Paulchen andauernd damit in den Ohren, was der Grund dafür sein mußte, daß er ihn, wenn sie sich trafen, und gestern nacht war es wieder so gewesen, jedesmal seltsam belustigt, irgendwie unnatürlich aufmerksam anschaute. Sie gaben sich zwar die Hand, das schon, aber dann war es immer, als habe er eine boshafte Bemerkung auf der Zunge, die er nur mit einiger Mühe herunterschluckte. Johnny machte dieser Zustand nervös. Mit allen kam er problemlos klar, nur nicht mit Paulchen. Irgend etwas stimmte nicht! Paulchen zeigte eine auffallend intensive Art von Desinteresse, sobald sie gemeinsam an einer Theke saßen, aber Johnny hatte nicht die geringste Ahnung, weshalb das so war, und grübelte darüber nun schon seit Monaten, praktisch seit Paulchens Entlassung und seinem Erscheinen im »Olymp«, nach. Betrachtete er ihn mit Mißtrauen? Wenn ja, warum? Sah er in ihm einen Rivalen? Unsinn, dachte Johnny, ausgeschlossen. Traute er ihm vielleicht einfach nichts zu? Paulchen mußte doch eigentlich alles über ihn wissen, schließlich kannte er Sascha und Ladiges, und mit Kuddel war er befreundet. Wollte er ihn vielleicht nur provozieren, wenn er Max liebenswert fand, ihm gegenüber aber eiskalt blieb? Und gerade ihn bewunderte Johnny wie keinen sonst. So einer wollte er auch werden. St. Pauli war sicher, solange Paulchen dort verkehrte. Die Beamten der Davidswache hatten das ihren Vorgesetzten im Präsidium endlich auch klarmachen können. Er war die Garantie, daß Auseinandersetzungen nicht mit Schußwaffen geführt wurden, alle ihre Hände von Drogengeschäften ließen und auch, daß immer mehr Touristen die Reeperbahn besuchen kamen, ohne Angst um ihr Leben haben zu müssen. In ihm sah Johnny den Mann, der weiter nichts tat, als eine Tradition zu vererben. Er sah sich selbst als einen dieser Erben an, und deshalb war der Unfug, den Max anstellte, völlig unnötig. »Ich wußte die ganze Zeit, daß es irgendwann so kommen mußte, und das nur, weil er sein verdammtes Maul nicht halten kann.«

Armdrücken, darum war es gegangen. Paulchen hatte eine richtige Marotte, was Armdrücken anging, und konnte nur sehr schlecht verlieren! Deshalb war ihm Johnny auch immer aus dem Weg gegangen. »Was hätte ich denn tun sollen, als er sich heute früh bei Falko ausgerechnet neben mich setzte? Wegrennen? Und natürlich standen alle gleich um uns herum, nur, um nichts zu verpassen. Seinen Blick hättest du sehen sollen, als ich ihn unten hatte.«

In diesem Moment steckte Max den Kopf zur Tür herein, und Johnny überhäufte ihn sofort mit Vorwürfen. Sogar Jimmy fing an, Max anzubellen. »Was soll ich deiner Meinung nach jetzt tun? Für nichts und wieder nichts habe ich mit einem Mann Streit, mit dem ich gar keinen Streit haben will. Ich bin doch jetzt in der Zwickmühle. Wenn ich das nächste Mal wieder gewinne, kann ich gleich die Koffer pakken, und wenn ich verliere, muß er doch denken, daß ich absichtlich verloren habe. Und das alles wegen dir.«

»Du hast Sorgen«, amüsierte sich Max. »Wenn er wirklich etwas gegen dich hätte, wüßte ich es!«

»Über was du dich aufregen kannst«, wunderte sich auch Uwe. Johnny hörte nur auf zu schimpfen, damit sich Jimmy endlich beruhigte. »Klar, was soll er auch gegen mich haben! Aber er hat trotzdem was! Irgendwas hat er! Oder ist das normal, wenn er, nur weil er verloren hat, einfach aufsteht?«

»Rate mal, woher ich gerade komme. Was glaubst du? Ich werd's dir sagen. Ich komme gerade von Paulchen.«

Johnny schaute Uwe an. »Fängt er neuerdings schon morgens an, sich vollaufen zu lassen?«

»Und rate mal, weshalb er mich sprechen wollte.« Er ließ die Hände sinken. »›Ich bau's, wie du es haben willst, Max‹, hat er gesagt, ›und wir beide machen das dann.‹ Und dann hat er mir die Hand gegeben und gesagt, ›überleg's dir, mein Junge, und rede mit keinem darüber!‹« Max freute sich wie ein Kind, sah aber, daß Johnny nur den Kopf schüttelte. »Ich hab's zuerst auch nicht glauben wollen. Ausgerechnet mich!«

Wenn Max nicht einfach übergeschnappt ist, sagte sich Johnny, bedeutet das: Paulchen baut Ecke Gerhardstraße und Friedrichstraße, genau am Hans-Albers-Platz, wo jetzt noch die alte Drogerie steht, einen Palast und bietet Max, ausgerechnet ihm, an, sein Partner zu werden. Und das bedeutet, daß er auf einen Schlag geschäftlich auf der gleichen Stufe mit Kluge und Kessler wäre, Chef über fünf Betriebe: einer Bierschwemme, einem Casino, einer Disko, einer Stripshow und einem Bordell mit zwanzig Zimmern.

»Hast du überhaupt zugehört?« fragte Max.

»Gratuliere!« antwortete Johnny geistesabwesend und überlegte weiter. Paulchen konnte doch unmöglich annehmen, daß Max in der Lage sein würde, ein Unternehmen dieser Größenordnung allein zu führen.

»Wie kann er was gegen dich haben, wenn er mir so ein Geschäft anbietet, wo er doch ganz genau weiß, daß ich das nur übernehme, wenn du mit dabei bist?«

»Und das hast du ihm gesagt?«

»Natürlich!«

»Und was hat er geantwortet?«

»Er hat mir gratuliert.«

Scharf darauf, richtig arbeiten zu müssen, war Johnny noch nie gewesen, dieses Gefühl kannte er gar nicht, aber so eine Herausforderung konnte er sich nicht entgehen lassen. Da war sie, die Explosion, von der er geträumt hatte. Partner jenes Mannes zu werden, der ihm schon als Halbstarker in München eine Gänsehaut eingejagt hatte. Max war als Freund zwar ein Kleinod, als Partner aber nicht mehr als ein Strohmann, allenfalls eine diplomatische Instanz, was mögliche Reibereien mit Paulchen betraf.

Bei ihrem ersten Treffen wollte er auf die Sache, die ihn beunruhigte, nicht eingehen, und auch Paulchen erwähnte nichts. Aus der Welt schaffen ließ sich, was immer zwischen ihnen auch sein mochte, nur, wenn er ihm den Beweis lieferte, wozu er fähig war.

Paulchen hatte, wie er erfuhr, nicht vor, sich in das Geschäft einzumischen, er wollte Geld verdienen, und das hieß, daß er lediglich Wert darauf legte, regelmäßig seine Pacht auf seinem Konto vorzufinden. Johnny brauchte eine Mannschaft, die auf ihn hörte, allerdings mußte es auch eine sein, die sich sonst von niemandem viel sagen ließ. Für einen Rund-um-die-Uhr-Betrieb mußte er zwei Schichten einstellen, er brauchte Bardamen, Animiermädchen, Kellner, Aushilfskellner, Diskjockeys und welche, die was von Striptease verstanden, der Getränkeeinkauf mußte organisiert und überwacht werden, Steuerberater und Rechtsanwälte mußten beschäftigt werden, ein Büro war wahrscheinlich nötig, also würde er auch noch eine Sekretärin einstellen müssen. Um Himmels willen, dachte Johnny, ich will doch noch nicht erwachsen werden! Aber wegrennen, was er immer am liebsten getan hatte, konnte er jetzt nicht mehr.

Arno Dossi erinnerte ihn an die sieben Mark und daran, daß er selbst ihm geraten hatte, schön brav in seiner Nähe zu bleiben. Johnny hielt Wort und stellte ihn als Wirtschafter im Bordell ein.

Einer, der immer ankam, war Badener-Hans, ein anständiger Kerl mit kahlrasiertem Schädel und einem Dschingis-Khan-Bart, dessen Enden bis über die Kinnknochen hingen. Er war einer jener vielen Burschen, die es irgendwann nach St. Pauli verschlagen hatte und die überall arbeiteten, wo es ein paar Mark zu verdienen gab.

Auch Anni meldete sich. Johnny stellte sie in der Disko hinter die Bar.

Die dicke Betty drückte ihm fast den Brustkorb ein, als er sie fragte, ob sie bei ihm arbeiten wolle.

Als verantwortliche Angestellte brauchte er allerdings Respektspersonen, Typen, die zuwenig Ehrgeiz besaßen, sich auf eigene Füße zu stellen, aber Verstand genug, um einzusehen, daß ein Job bei ihm im »Chikago« gutes Geld bedeutete und die Sicherheit, keine krummen Dinger mehr drehen zu müssen. Mit Finger-Hannes, Butschie Stakelberg, Rolf Moraski und Nasen-Peter war er schließlich, wie er Sascha vorschwärmte, so kompakt bestückt wie die Weltmeisterelf von Bern mit Toni Turek im Tor und mit Liebrich, Eckel und Kohlmeier in der Verteidigung. Freundlich sahen sie alle nicht aus, nicht einmal, wenn sie lachten. Ihnen brauchte er auch nicht erst umständlich klarmachen, daß sie nicht in einer

Räuberhöhle beschäftigt waren und er sich nicht jeden Tag mit der Polizei herumärgern konnte.

Uwe blieb im »Amourette« und übernahm nebenbei auch noch für Max die obere Etage. Von dort kam der alte Rudi zu Johnny, ein Mann, der sechs Jahre wegen verschiedener Einbruchsdelikte gesessen hatte und bei Max als Wirtschafter angestellt gewesen war, bis die Behörden beschlossen hatten, daß im gesamten Eroskomplex wegen der vielen Prügeleien nur noch Frauen als Wirtschafter eingestellt werden durften. Johnny steckte ihm eine Nelke ins Knopfloch und machte ihn ab sofort für den Geldverkehr aller Betriebe verantwortlich.

Die nächsten Monate verbrachte er auf seiner Baustelle, verhandelte mit Architekten und Handwerkern, Brauereibesitzern und Spirituosenhändlern – und natürlich weiter mit Paulchen. Sie einigten sich auf eine Kaution, eine Summe, die er sich mit Max teilen würde, und auf eine monatlich zu zahlende Pacht.

Das »Chikago« war noch im Rohbau, als sich Kessler blicken ließ, um Johnny zu gratulieren. Aber er wäre nicht so reich geworden, wenn er seine Zeit nur mit Höflichkeiten verplempert hätte. »Nachdem wir dann ja Nachbarn werden, wollen wir es doch so halten, daß du nie einen Kellner von mir und auch nie eine von meinen Frauen anstellst, auch dann nicht, wenn sie von selbst kommen. Umgekehrt gilt das gleiche!« Er streckte ihm die Hand entgegen, und Johnny schlug ohne Nachdenken ein, weil er geschmeichelt war, mit Kessler von nun an auf gleicher Ebene verhandeln zu können.

Die Farbe an den Wänden war noch nicht trocken, als sich die ersten bei ihm nach Arbeit erkundigten. Viele fühlten sich im »King George« nicht wohl. Johnny wurde klar, welchen Fehler er gemacht hatte – und was für ein raffinierter Geschäftsmann Kessler war.

Kurz vor Weihnachten, nach mehr als einem halben Jahr Bauzeit, fand die Eröffnung statt, und alle waren erschienen, die ganze Bordellbranche, selbst die angegrauten Großfürsten des Milieus, die Gastwirte und Varietébesitzer, sogar die Direktoren der Brauereien mit ihren Gattinnen. Max und Johnny zuliebe spielte Kluge den Diskjockey und Kessler den Kellner, stand Sascha hinterm Tresen, zapfte Ladiges Bier. Dreihundert Gäste waren gekommen, um ihnen zu gratulieren, alle, bei denen sie als arme Schlucker gewürfelt oder gekellnert hatten. Als gegen vier Uhr früh ein paar ungebetene Gäste Krawall anfingen, demonstrierte Johnny gleich eigenhändig den neuen Stil seines Hauses. Er pfiff seine Jungs, die sich einmischen wollten, zurück und erledigte die Sache selbst. Keiner sollte glauben, er sei bei ihm angestellt worden, weil sich der Chef nicht selbst helfen konnte. Für die größeren Schlachten hatte er seine Truppe – und für die höhere Politik Paulchen. In seinem Schatten konnte ihm wenig passieren.

Falls er keine Fehler machte.

Max legte sich eine Woche nach der Eröffnung mit Fieber ins Bett. Als Johnny ihn besuchte, rückte er sofort mit der Sprache heraus. Er wolle aussteigen, teilte er ihm mit, und zwar auf der Stelle, sofort! Weil er sonst noch verrückt werde. Unglücklich sei er, verzweifelt, krank, habe überall Schmerzen, vor allem eine fürchterliche Migräne, schlafe schon seit drei Wochen kaum noch und habe absolut nie Hunger. Er schäme sich, ihm das sagen zu müssen, aber was solle er tun, es müsse heraus, es ersticke ihn. »Ich hab's versucht, Johnny, gib zu, daß ich's wenigstens versucht habe. Aber ich pack's nicht.« Er lag in seinem Bett, den Kopf zur Seite gedreht, um Johnny nicht anschauen zu müssen. Er redete tatsächlich wie im Fieber. »Ich bin nicht wie du. Mich lachen sie doch aus, wenn ich was sage. Das ist der ganze Unterschied zwischen uns. Wenn du angegriffen wirst, schlägst du zurück. Immer hast du gewußt, wie du dich wehren mußt. Der Star bin nicht ich, sondern du. Du bist der einzige, von dem sich Rolf, Butschie oder die anderen was sagen lassen. Und dann jede Nacht die Besoffenen, die Schlägereien und das Blut überall, die Jungs, die dauernd durchdrehen, die ganze Verantwortung, die Abrechnerei, der Schriftkram, und die Weiber, die alle spinnen, jede kommt mit ihrem Scheiß zu mir, weil sie sich nicht trauen, mit dir zu reden. Hans kann nicht abrechnen, weil er kein Geld hat, alles verzockt. Vor dir hat er Manschetten, aber mich haut er an. Mach irgendeine Schublade in unserem Betrieb auf. In jeder liegt eine Pistole. Du weißt genau, daß Rolf nicht richtig tickt. Das letzte Mal, als ich drüben war, rempelte er mich an, und zwar absichtlich, schaute mich an und sagte, ich solle mich nicht so breit machen. Und das mir, seinem Chef!« Er stieß alle Luft aus der Lunge. »Ich steige aus! Mach den Laden, mit wem du willst, aber ohne mich. Ich verzichte freiwillig auf meinen Anteil, behalt ihn, nur versteh mich. Mein Gott, was für ein schönes Leben ich vorher gehabt habe.«

Elend sah er aus, das mußte Johnny zugeben. »Und wie soll ich das Paulchen erklären?«

»Ich hab's ihm schon gesagt.«

Trotzdem war Johnny wütend. »Du hast mich reingehetzt in die ganze Sache, und schon nach einer Woche steigst du aus!«

»Mach's ohne mich«, bettelte Max.

»Na gut«, sagte Johnny enttäuscht und stand auf, »muß ich wohl, ich kann ja nicht wegen dir mein Gesicht verlieren. Ich kann einpacken, wenn ich den Laden hinschmeiße, nur weil wir jetzt ein paar Probleme haben.«

»Unsere Freundschaft hätte früher oder später darunter gelitten, glaub mir. Ich wär dir auf die Nerven gegangen. Eigentlich war mir das schon lange klar.«

»Okay, Max. Dann bist du draußen, bevor du mir hier weiter was vorjammerst. Kann ja sein, daß es tatsächlich so besser ist.«

Ganz konnte er seine Enttäuschung aber immer noch nicht verbergen. »Sag mir nicht, daß dahinter nicht Yvonne steckt! Oder Janine! Die wollen doch beide nicht, daß du dich zuviel mit mir rumtreibst.« Johnny öffnete die Tür. »Dann werd ich mal bei uns die Schubladen ausräumen.«

Seine Jungs ersetzten ihre Schußwaffen durch Baseballschläger, was ihnen den Spitznamen »Keulen-Gang« einbrachte – und jede Menge Anzeigen, von Körperverletzung bis zu versuchtem Totschlag. Jeder, der vor einer Keule davonrannte, lief zur Davidswache, wo er in der Ausnüchterungszelle landete.

Am gleichen Tag, als Johnny Uwe zu seinem neuen Partner machte, war Max wieder kerngesund.

16

Max hatte am vierzehnten, Johnny am sechzehnten Februar Geburtstag und schon immer feierten sie am fünfzehnten. Als auch Sascha erschien, um ihnen zu gratulieren, und sich bei Rolf Moraski einen Drink bestellte, schüttelte der den Kopf. »Hau ab, du Spinner. Erstens bin ich nicht der Kellner, und zweitens will ich dich hier nicht sehen!«

Die Geschichte, die seinen Zorn auslöste, lag fünf Jahre zurück. Er war damals in der Kneipe von Peter Goschka Kellner gewesen, als Sascha, wie üblich, Samstag nacht hereinschaute, um sich einen Whisky mit Eis zu genehmigen. Er konnte keines servieren, ganz einfach deshalb nicht, weil die Eismaschine kaputt und das Geld nicht da war, sie zu reparieren oder eine neue anzuschaffen. Sascha hatte daraufhin nur etwas wie »Was ist das denn hier für ein Scheißladen« gemurmelt und war wieder gegangen.

Saschas Langzeitgedächtnis funktionierte, was Affären mit Frauen betraf, nicht aber bei Nebensächlichkeiten, deshalb wollte er von Johnny wissen, warum er nicht bedient würde.

»Bist du eigentlich bekloppt?!« schrie Johnny seinen Geschäftsführer an. »Du kannst doch nicht meine eigenen Freunde aus dem Laden schmeißen wollen! Weißt du was, Rolf? Ladiges sucht jemand für sein ›Luxor‹. Dahinten sitzt er. Am besten, du fragst ihn.«

Moraski war nicht der Mann, der schnell schaltete. »Was willst du damit sagen?«

»Daß ich dir nächsten Monat kein Gehalt mehr zahle, das will ich damit sagen.«

In der gleichen Nacht ging Moraski auch noch mit einer Keule auf Grupe los, der auf einem Barhocker saß, die ganze Party für überflüssig hielt und sich die Zeit lieber damit vertrieb, das Telefon abzunehmen, wenn es läutete. Genau das aber paßte Moraski nicht. Der erste Schlag traf den Tresen.

Grupe gratulierte. »Daneben.«

Der zweite Schlag kam von der Seite. Grupe war darauf trainiert, Schläge, von wo auch immer, kommen zu sehen, und wich geschickt aus.

Max bekam Fieberanfälle, als er sah, wie Moraski zum drittenmal ausholte.

Inzwischen war Grupe vom Barhocker gerutscht. »Na gut, starker Mann, dann wolln wir mal!« Er wollte gerade zu ihm hinter den Tresen springen, als er Johnny sah. Er setzte sich wieder. »Ich dachte nur, er sollte sich mal wieder richtig ausschlafen!«

Es fiel in all dem Lärm nur einem auf, daß Johnny auf seinen eigenen Angestellten losging und ihn eigenhändig rauswarf. Ladiges hatte sich immer noch nicht geändert. Diesmal hatte er Ärger mit Joe Krenn, der seine Geschäfte zwar ausschließlich in der Innenstadt betrieb, aber gern nach St. Pauli kam und dort auch beliebt war. Begonnen hatte ihr Streit mit dem dummen Gezänk ihrer Ehefrauen auf dem Campingplatz in Scharbeutz, und seither haßte Ladiges ihn. Am meisten quälte ihn, daß er den Mumm nicht aufbrachte, ihm, wenn er vorbeischaute, Lokalverbot zu erteilen – und nicht den richtigen Kellner hatte, ihm diese Arbeit abzunehmen. Mit Moraski glaubte er, den richtigen Griff getan zu haben. Sollte Krenn noch einmal sein Haus betreten, würde der ihm schon an die Kehle gehen.

Joe Krenn stellte seine Besuche im »Luxor« ein, Ladiges sah aber bald an seinen Abrechnungen, daß er mit Moraski für seine elegante, ruhige Bar den völlig falschen Mann eingestellt hatte, einen Wahnsinnigen, der nie gelernt hatte, mit bürgerlichen Gästen umzugehen, die deshalb bald ausblieben, weil sie sich nicht unterhalten, sondern bedroht fühlten. Auch mit den in der Bar arbeitenden Mädchen stritt er sich herum. Als Ladiges deshalb mit ihm über seine Kündigung sprechen wollte, schaltete Moraski auf stur. »Du hast mich geholt, weil du Schiß vor Joe Krenn hattest, und jetzt willst du mich rausschmeißen? Versuch's doch mal!« drohte er ihm. Hatte Ladiges bisher das Problem gehabt, Krenn kein Lokalverbot erteilen zu können, so stand er jetzt vor dem Problem, bei Moraski die Kündigung durchzusetzen. Da war es, fand er, doch einfacher, sich mit Krenn wieder auszusöhnen, damit er ihm half, Moraski rauszuschmeißen.

»Na gut«, sagte Krenn gutmütig, »den Gefallen tu ich dir. Gehen wir gleich hoch?«

Moraski verzog nur sein Gesicht. »Du kannst mich mal am Arsch lecken, du Pfeife!«

Im gleichen Moment begann die Schlägerei. Auch zu zweit war es gegen Moraski nicht einfach. Erst als ihn Krenn am Boden hatte und Ladiges einen Aschenbecher aus Kristall auf seiner Schädeldecke zerschlug, ließen seine Kräfte nach. Sie bearbeiteten ihn noch eine Weile mit Fäusten und Fußtritten und waren erleichtert, als er sich nicht mehr rührte.

»Ich will nicht dabei sein, wenn er wieder zu sich kommt«, verabschiedete sich Krenn. »Am besten, du bringst ihn ins Krankenhaus, ganz neu sieht er nämlich nicht mehr aus.«

Ladiges wäre am liebsten auch abgehauen. Aus Angst, daß Moraski vor seinen Augen verbluten könnte, griff er zum Telefon, legte den Hörer aber nach ein paar Sekunden wieder auf. Vielleicht hilft frische Luft, dachte er und schleppte den schweren, ohnmächtigen Körper durch ein Zimmer auf einen kleinen Balkon. Aber was, wenn er wirklich wieder aufwachte? Diese Angst war größer als die andere, einen Mord zu begehen. Er stand da, starrte auf den Mann, der schon wie eine Leiche zu seinen Füßen lag, ging zurück ins Zimmer, nahm eine Nachttischlampe, deren Fuß aus Messing war, und schlug Moraski tot.

Danach war ihm wohler; ruhig ging er durch das Zimmer zurück an die Theke, gab Andrea, seiner Barfrau, Anweisung, hinter ihm abzuschließen, nahm seine Aktentasche, seinen Mantel und seinen Hut und machte sich auf den kurzen Weg zur Davidswache, wo er ein Geständnis ablegte.

17

Wenn der alte Rudi wollte, konnte er wie ein Bankdirektor aussehen. In diesem Aufzug schickte ihn Johnny Anfang Dezember nach Blankenese, weil er in einem bekannten Feinschmeckerlokal einen Saal für seine jährlich stattfindende Weihnachtsfeier anmieten sollte.

»Um welche Firma handelt es sich?« wollte der Wirt wissen.

»Die Firma Berger & Hansen.«

»Schön«, sagte der Wirt, »und um wie viele Personen?«

»Hundertzwanzig Damen und Herren.«

Der Wirt strahlte. »Geht in Ordnung.«

Der alte Rudi machte eine Anzahlung und wies den Wirt an, an nichts zu sparen und nur vom Feinsten auffahren zu lassen.

Einen Tag vor der geplanten Feier erschien er mit der kompletten Liste aller Gäste wieder. Es ging um die Tischordnung. Die Wirtsleute waren freundlich genug, ihm ein junges Serviermädchen abzustellen, damit sie die Namen auf die Kärtchen übertrug. Es waren seltsame Namen, die das Mädchen Inge zu hören bekam, Nasen-Peter, Glatzen-Horst, Keulen-Karl, Finger-Hannes. Zuerst schrieb sie weiter, wurde dann aber immer unsicherer, bat, kurz einmal austreten zu dürfen, und benutzte die Ausrede dazu, ihren Chef zu informieren.

Aus Angst vor einem Skandal stellte der Wirt jenen Herrn, der sich als Bevollmächtigter der Firma Berger & Hansen ausgegeben hatte, zur Rede und fragte ihn, ob seine Firma etwas mit dem Hamburger Vergnügungsviertel St. Pauli zu tun habe. Eine Tatsache, die ihm der alte Rudi gern bestätigte.

»Warum haben Sie das, um Gottes willen, nicht gleich gesagt?« Verzweifelt griff er sich mit der einen Hand an den Kopf, während er mit der anderen ein Kärtchen vom Tisch hob. »Keulen-Karl!« Er mußte sich erst einmal setzen. Auf einem anderen Kärtchen las er »Titten-Ilse«. »Das darf doch nicht wahr sein!«

Der Wirt schien im Konflikt zu sein: Einerseits dachte er an seine Reputation als Gastronom und deshalb mit Abscheu an das Erscheinen aufgetakelter Blondinen, brutaler Zuhälter, womöglich sogar richtiger Krimineller, andererseits wußte er nicht, wer ihm den Verdienstausfall bezahlen sollte, wo alles schon eingekauft und vorbereitet war, ein komplettes sechsgängiges Menü.

»Wir haben ja nicht vor, Ihr Haus in die Luft zu jagen«, beruhigte Rudi den Wirt. »Wir wollen nur Weihnachten feiern, essen und trinken und fröhlich sein.«

»Das hätten Sie mir aber sagen müssen«, beschwerte sich der Wirt weiter. »Ich kriege ja keinen Ersatz mehr.«

»Ersatz? Wir haben gebucht und denken nicht daran, die Feier ausfallen zu lassen.«

»Sie hätten mir das aber doch sagen müssen, daß Ihre Firma, ich meine, aus Rücksicht auf die übrigen Gäste, die wir erwarten ...« Er war jetzt kreidebleich. Sie einigten sich, der Wirt bat lediglich darum, sich, wie er sich ausdrückte, »gesittet« zu benehmen, worauf ihm Rudi sein Wort gab. »Wenn Sie jetzt, bitte, das Mädchen wieder hereinschicken, damit wir die Tischordnung erledigen können.«

Der Wirt durchlitt bis zum Eintreffen der Gäste alle Qualen eines Mannes, der in einen Abgrund blickt. Aber es kam dann wunderbarerweise ganz anders. Alle Herren trugen schwarze Anzüge, die Animiermädchen Abendkleider, und die Transvestiten gingen als Künstlerinnen durch. Alle waren von der Vornehmheit des Restaurants so eingeschüchtert, von der geschmückten Weihnachtstafel und dem Kerzenlicht so beeindruckt und von der Großzügigkeit ihres Chefs so gerührt, daß sie sich dem festlichen Rahmen anpaßten. Die Galgenvögel hantierten mit Messer und Gabel, und die Damen wurden mit jedem Schluck, den sie tranken, rührseliger. Weihnachtslieder wurden gesungen und die Geschenke, die alle mitgebracht hatten, in einer Tombola verlost. Jeder, der ein Päckchen öffnete, mußte herausfinden, von wem es war. Wenn es in Johnnys Absicht gelegen hatte, einmal Familienvater zu spielen, war ihm das geglückt.

»So etwas«, stammelte die Wirtin, als sich die letzten Gäste frühmorgens verabschiedeten, und schaute ihren Mann an, »mein Gott, wie langweilig sonst so unsere Weihnachtsfeiern sind.«

18

Auch wenn sich Johnny mit Grupe, dem Boxer, inzwischen immer enger angefreundet hatte, blieb es schwierig, ihm klarzumachen, daß er sich nicht in seine Geschäfte und Freundschaften einmischen sollte. Seine körperliche Überlegenheit machte es noch schwieriger, ihn abzuhalten, unnötige Streitereien zu beginnen. Kaum einer auf dem Kiez konnte diesen selbstherrlichen Preisboxer ausstehen. Etwas, das Johnny sofort für ihn eingenommen hatte. Er war nicht wie alle, noch mehr ein Einzelgänger, als Johnny es je werden sollte. Ihm imponierte die provokante Art, wie Grupe sich der Öffentlichkeit darbot. Ihm gefiel sein rebellisches Selbstbewußtsein. Er bewunderte ihn, weil er im Ring mit dem Herz eines liebeskranken Elefanten kämpfen konnte, und beneidete ihn um diese Erlebnisse. St. Pauli hielt Grupe für einen unbedeutenden Vorort von Los Angeles, und die Jungs, die St. Pauli regierten, für Aufschneider und Hosenscheißer. Er schüttelte nur den Kopf, wann immer Johnny ihm zu erklären versuchte, wieviel Respekt manche Leute verdienten. Daß eine seiner Verehrerinnen ausgerechnet auf Kluge losging, ohne zu wissen, um wen es sich handelte, machte die Sache nicht einfacher. Der Anlaß war wieder lächerlich. Sie fühlte sich, als er in einer Bar nur an ihr vorbeiging, grob angerempelt und meckerte drauflos. Kluge knallte ihr eine, was sie veranlaßte, nach ihm zu treten und noch widerwärtiger zu schimpfen, woraufhin Kluge ihr gleich noch zwei knallte. Als Johnny davon erfuhr, war ihm klar, daß Grupe auf der Bildfläche erscheinen würde. Da er sich gerade in Spanien auf einen Kampf vorbereitete, dauerte es zwei Tage, bis er auftauchte. Er betrat Kluges Villa, wo neben Johnny noch Kessler und Kuddel gewartet hatten, mit der Gelassenheit eines Primaten, ließ sich in einen der Sessel fallen, legte seine Cowboystiefel auf die Glasplatte des Tisches und verlangte zehntausend Mark. Am liebsten hätte er schon für seine Anwesenheit Honorar kassiert, denn er sah sich, berühmt wie er inzwischen war, als eine Art Sehenswürdigkeit. Zur Begründung brachte er vor, daß niemand das Recht habe, eine Frau zu berühren, die ihm gehöre. Die Summe betrachtete er, darauf wies er hin, als viel zu niedrig und ein Entgegenkommen seinerseits, das Kluge seiner Freundschaft mit Johnny verdanke, denn er könne ihm auch gleich alle Knochen brechen. »Ich gebe dir genau vierundzwanzig Stunden Zeit, Kluge, und in vierundzwanzig Stunden stehe ich wieder hier vor deiner Tür.«

Er nahm die Cowboystiefel vom Tisch, zwinkerte Johnny zu, stand auf, grüßte gelangweilt die übrige Runde und ging.

Natürlich dachte Kluge nicht daran, auch nur einen Pfennig zu zahlen, aber Johnny warnte ihn. »Der steht morgen vor deiner Tür, glaub mir!« Und welche Chancen hatte er dann? Selbst der Lauf einer entsicherten Pistole würde diesen Blondschopf nicht einschüchtern, da müßte er dann auch abdrücken. Er konnte sich nachher auf Notwehr herausreden, das schon, aber erst einmal einbuchten würden sie ihn auf jeden Fall. Wie der Prozeß gegen Paulchen gezeigt hatte, fanden sich immer welche, die ihn belasten würden.

Andererseits war es undenkbar, und auch Johnny riet ihm ab, daß er nachgab. Der Gedanke, Kluge könnte die Nerven verlieren, machte ihn aber unruhig. Da war er abergläubisch. Fiel Kluge, fielen nach ihm auch andere, vielleicht sogar er selbst. Deshalb schlug er vor, sie sollten zusammenlegen, dann wäre Kluge nicht länger in Gefahr und hätte sein Gesicht gewahrt, und Grupe könnte wieder nach Spanien fliegen. Er redete, als sei er es, der eine Schlinge um seinen Hals hatte. »Kopfrechnen ist Charaktersache, und Charakter hat er nun mal. Angenommen, wir geben ihm das Geld nicht, dann macht er Krieg, was mit seiner Festnahme enden wird, womit auch sein Kampf platzt! Ich schwöre euch, er wird am ersten Tag seiner Entlassung hier vor der Tür stehen und zu den zehntausend auch noch seine Gage als Hauptkämpfer verlangen, dazu noch Schmerzensgeld. Einen wie ihn wirst du nicht los! Also, rechne nach, was dich billiger kommt.« Johnny machte eine Pause. »So ist das nun mal.«

Kurz darauf passierte Kluge eine andere dumme Geschichte, deren Einzelheiten nie ganz aufgedeckt wurden. Er soll geklauten Schmuck gekauft haben, wurde verhaftet und unter Auflagen und gegen Kaution zwar freigelassen, hatte aber bei seiner Vernehmung offenbar den Fehler begangen, der Polizei Namen zu nennen. Genau jene Herren erwarteten ihn dann in der Halle seiner Villa, alle drei bewaffnet. Um die Unterhaltung nicht ausufern zu lassen, begleiteten sie ihn in sein Badezimmer, ließen Wasser in die Wanne einlaufen und forderten Kluge auf, sich reinzulegen.

Einer der Österreicher riß ein Stromkabel ab und hielt es über die Wanne. »Jetzt sagst du entweder Amen, oder du rückst den Schlüssel raus!«

Sie räumten seinen Tresor leer und verschwanden.

Johnny verstand, als die Gerüchte durchsickerten, nicht, was in Kluge vorging und warum er nichts unternahm; auch nicht, als er wußte, wo sich die drei versteckten: zwei in Wien, der dritte, weil er nach seinem Ausbruch in Österreich auf der Fahndungsliste stand, in Düsseldorf. Ein Anruf hätte genügt, Kluge griff aber weder zum Telefon, noch erledigte er die Sache selbst. Hilfe lehnte er ab, und Gespräche darüber wollte er keine führen. An seinem Tisch im »Passat« wurde es einsam, auch die Saunaabende lösten sich in Wohlgefallen auf. Alle verloren ein bißchen, und jeden Tag ein bißchen mehr, die Achtung vor einem Mann, der für Johnny ein Vorbild gewesen war. Das Schicksal, dachte er, wartet auf solche Menschen. Ihr Fehler ist, daß sie aufhören, nach eigenen Gesetzen zu handeln. Das Leben in seiner Villa, auch mit ausgeraubtem Tresor, war Kluge längst wichtiger als gerechte Rache, auch wenn darauf Zuchthaus stand. Dafür mußte er von nun an mit dem Gefühl leben, seine Ehre eingebüßt zu haben.

Scheißgefühl, dachte Johnny.

Zu lachen gab's erst wieder was, als bekannt wurde, warum sie Chinesen-Paul verhaftet hatten. Er hatte auch mit gestohlenem Schmuck seine Kasse aufbessern wollen, die Ware aber, bis er sie absetzen konnte, auf den Friedhof geschafft. Dort hatte er auf dem Grab seiner Mutter mit bloßen Händen ein Loch gebuddelt, den Schmuck vergraben und die Erde wieder sorgfältig verteilt. Das Dumme war nur, daß auf dem gleichen Friedhof jeden Tag eine alte Frau spazierenging, die jeden Stein und jede Inschrift, jede Blume und jedes Unkraut kannte, weshalb ihr natürlich sofort auffiel, daß da mit einem Grab etwas nicht in Ordnung sein konnte. Sie ging zum Friedhofsgärtner, um sich zu erkundigen, ob vielleicht er für die aufgeharkte Erde auf dem Grab der Frau Emilie Schindler verantwortlich war, lief zum nächsten Polizeirevier und schaffte es, den Beamten so auf die Nerven zu fallen, daß sie mit ihr schließlich zum Friedhof fuhren.

Von dort fuhren sie nach St. Pauli.

19

Als Johnny noch mit Gitte in der Klaus-Grothe-Straße gewohnt hatte, war ihm Sergio de Coppola, der im gleichen Haus wohnte, nicht weiter aufgefallen. Von dieser Sorte gab es genug, Jungs, die als Kellner, Spieler oder Zuhälter herumlungerten. Er erinnerte sich an ihn erst wieder, als die Zeitungen über ihn schrieben, ihn »Die Bestie von St. Pauli« nannten und er auch auf Eddi, einen seiner Angestellten, losgegangen war. De Coppola gehörte als Schläger zur Abteilung der Menschenfresser, er verprügelte seine Gegner nicht nur, er skalpierte sie regelrecht, biß ihnen Finger oder Ohren ab und drückte ihnen die Augen mit dem Daumen in die Höhlen.

»Vielleicht verstehst du jetzt«, erklärte ihm Paulchen, »daß ich mich nicht mehr verantwortlich fühlen und mich bald ganz zurückziehen will.« Er schüttelte nachdenklich seinen Kopf. »Nein, ich glaube nicht, Johnny, daß du das verstehen kannst. Ich müßte ins Schwärmen kommen, um dir klarmachen zu können, wie einfach hier mal alles war, wie friedlich und anständig. St. Pauli war ein Dorf an einem Hafen, voller Spelunken und kleiner Absteigen, wo Leute tranken und wo gerauft wurde. Natürlich gab es auch damals schon Verrückte, die sich nicht immer beherrschen konnten, aber Leute wie de Coppola kannten wir nicht. Es wird wieder Tote geben, auf welcher Seite auch immer.«

Er wurde, weil sich niemand mehr sicher fühlte, wie ein Tier gejagt. Es gab keine Kneipe, die nicht informiert war, aber Sergio de Coppola versteckte sich. Nacht für Nacht ging im »Chikago« das Telefon, alle wollten ihn irgendwo gesehen haben. Dann kam ein Anruf von Falko. Es klang unglaublich, aber Sergio de Coppola saß seelenruhig und offenbar ohne jede Angst im »King George«. Er war nicht betrunken, sondern inzwischen offenbar wirklich geisteskrank.

Stotter-Harry, der wegen einer schlimmen Prügelei auch eine offene Rechnung mit ihm hatte, rückte mit sieben Mann an. De Coppola drehte, als sie hereinkamen, zuerst lediglich den Kopf zur Tür, rutschte langsam vom Barhocker, sprang dann aber blitzschnell auf Harry zu. All seine Kraft nützte nichts gegen die Übermacht seiner Gegner. Sie schlugen von allen Seiten gleichzeitig auf ihn ein, zerschlugen Flaschen auf seinem Kopf und stachen mit Korkenziehern in seinen Körper. De Coppola gelang es trotzdem, aus dem »King George« zu entkommen, aber weit kam er nicht. Schließlich brach er bewußtlos zusammen. Da sie sich nicht ganz sicher waren, ob er sich nicht einfach nur totstellte, schleiften sie ihn zum Bordstein, legten ihn sich zurecht und brachen ihm, indem sie von einem neben dem Bordstein parkenden Auto auf ihn heruntersprangen, Arme und Beine, Brustkorb und Schädel. Alle sieben Mann sprangen, alle der Reihe nach, und als letzter Stotter-Harry.

Johnny hatte bei Wolli Schlief gesessen, einem liebenswerten Spinner, der seinen Lebensunterhalt zwar als Pächter einer Etage im »Palais d'Amour« verdiente, viel lieber aber zufrieden zu Hause hockte und Bücher las oder malte, und hatte Grupe zugehört, der vom Leben in Kalifornien schwärmte, als ihn der Anruf aus dem »Chikago« erreichte.

Als er eintraf, stieg ihm die Wirkung des gerade getrunkenen Alkohols erst richtig zu Kopf, und er hatte Mühe, allen, die jetzt gleichzeitig auf ihn einredeten, zuzuhören. Er nahm alles nur in kurzen, einzeln aufblitzenden Bildern wahr, und der Lärm hörte sich an, als hätten hier hundert Mann gleichzeitig miteinander Streit. Offenbar war nicht der Mord der Grund ihrer Erregung, sondern zwei Freunde von de Coppola, die auch um ihr Leben fürchteten und versuchten, aus dem Lokal zu flüchten. Johnny versuchte sich zu konzentrieren, ging auf einen von ihnen zu, als er eine Pistole an der Schläfe spürte. Und endlich hörte er auch wieder richtig; es wurde still.

Der andere hielt Uwe auch eine Kanone an den Kopf.

Johnny spürte nicht so sehr das Eisen an der Schläfe, er dachte auch nicht an die Kugel, die ihm in der nächsten Sekunde das Hirn zerfetzen konnte. Er sah, allerdings in schärferen Konturen als jemals zuvor, seine Freunde, alle Bekannten und Angestellten, die ihn jetzt anstarrten. Seelenruhig stellte er sich vor, wie er einer von denen sei und sich selbst zuschaute. Was immer er nun tun würde, es war ihm klar, daß er sein Publikum entweder auf Anhieb begeistern oder auf ewig enttäuschen konnte. Er spürte weder Angst noch Nervosität, nicht mehr jedenfalls als ein Schauspieler, der sich auf den Beginn eines Monologs konzentriert.

Johnnys Monolog bestand aus einem einzigen kurzen Satz: »Drück ab, du Schwanz!«

Im gleichen Moment hörte er, wie die Polizei anrückte, und sah, wie die beiden davonrannten.

20

Nichts hätte Johnny unvermuteter treffen können. Er glaubte die Wahrheit auch dann noch nicht, als sie endgültig war. Nie war ihm auch nur der Verdacht gekommen, Karin könnte etwas anderes sein als die überglücklichste Frau der Welt.

Er war für eine Woche nach Mallorca geflogen, um Max zu besuchen, der dort tatsächlich ein Haus kaufen wollte. Max träumte inzwischen von einer Tauchschule. Unklar war nur, mit welcher seiner beiden Frauen er die neue Existenz beginnen wollte, denn er liebte sowohl Yvonne wie Janine, war beiden in der gleichen hilflosen Abhängigkeit ausgeliefert.

Auf dem Rückflug machte Johnny in Frankfurt Station und rief von dort, wie er das immer tat, bevor er ein Flugzeug nach Hamburg bestieg, Karin an. Sie machte einen völlig veränderten Eindruck, weil sie sich sonst, wenn sie ihn an der Strippe hatte, immer als erstes nach der Ankunftszeit erkundigte, um ihn abholen zu können.

»Ist was?«

»Was soll sein?«

Er hängte auf.

Nach der Landung fuhr er sofort in seine Wohnung in der Paul-Rosen-Straße. Als er die Tür aufschloß, freute sich wenigstens Jimmy, daß er wieder da war. Karin dagegen saß im Wohnzimmer in einem Sessel, rauchte eine Zigarette, die sie sofort ausdrückte, als er sich ihr gegenübersetzte, und schien damit beschäftigt, die Faserung der Tapete zu studieren.

»Was hast du? Was ist los, verdammt noch mal?« Der Klang seiner Stimme war nicht gerade eine Einladung, ihm das Herz auszuschütten.

»Nichts!«

Als sie sich wieder eine Zigarette anzünden wollte, schlug er ihr das Feuerzeug aus der Hand. »Wenn du nur wieder deine Tage hast, dann sag's, aber laß mich nicht lange rumraten.«

Sie warf den Kopf in den Nacken. »Viel mehr verstehst du wirklich nicht von Frauen! Irgendwann haben sie ihre Tage und den Rest des Jahres haben sie guter Laune zu sein!« Sie zerbrach ihre Zigarette und warf sie in den Aschenbecher.

Johnny war für Feinheiten in den Gedankengängen von Frauen nicht zu haben, und außerdem bereits maßlos verärgert. Er beschloß, sich mit der Stoßkraft gekränkter Eitelkeit zu wehren, und tat alles als Laune ab. Es gab für ihn einen einzigen Ort, der über das Schicksal von Liebenden entschied: das Bett! Johnny konnte deshalb nicht anders, als hinter ihrer plötzlichen Feindseligkeit einen anderen Mann zu vermuten. Den Anflug seiner Eifersucht konterte er mit herablassender Kälte. »Hat Jimmy sein Fressen schon gekriegt?«

»Hast du mir jemals gesagt, daß du mich liebst?« Endlich war ihr ein Satz gelungen, fühlte sie, zu dem sie bisher nie den Mut gehabt hatte.

Johnny stöhnte – etwas hilflos, wie sie fand – laut auf. »Wenn du das hören willst, dann such dir einen mit einem Sprachfehler!«

Jimmy wollte offenbar mit seinem Gummiknochen spielen, denn er legte ihn vor Johnnys Füße, wedelte mit dem Schwanz und wartete, daß Johnny ihn nahm und in die Diele warf. Aber den Gefallen tat er ihm nicht, sondern schaute ihn nur an und empfand gleichzeitig eine heftige Abneigung gegen Frauen. Wie mitleidlos kompliziert alle waren.

Verdammter Hund, dachte Karin und wollte noch etwas ähnlich Wirkungsvolles sagen; es fiel ihr aber nur ein: »Ich glaube im übrigen auch nicht, daß du es mir jemals sagen wirst!«

Ihm war zum Kotzen. Auf schwierige Unterhaltungen legte er keinen Wert. Das alles machte ihn nur unsicher. Eine Frau, die an seiner Seite nicht glücklich sein konnte, verletzte seinen Stolz. Er schämte sich fast, daß sie glauben konnte, er ließe sich auf ein Gespräch über Liebe ein. Eine Frau, die liebt, dachte er, ist nur noch der schreckliche Rest jener Frau, die einmal verliebt war. »Klingt ja ganz so, als ob du nicht mehr glücklich wärst!«

»Stimmt!« Es klang beleidigend nüchtern, trotzdem konnte sie kaum verbergen, daß sie drauf und dran war, in Tränen auszubrechen.

Die Beobachtung, daß Karin Gefühl zeigte, half ihm, seine eigene Verwirrung zu ignorieren. »Na gut, wenn das wirklich deine Meinung ist, daß es nicht mehr so ist, wie's mal war, dann gehen wir morgen früh Koffer kaufen und du fliegst nach Wien zurück.«

Weder widersprach Karin, noch brach sie in Tränen aus, sie starrte nur vor sich hin und schwieg.

Am nächsten Morgen kauften sie vier Koffer – sie hatte jede Menge Pelzmäntel –, buchten ihren Flug und kauften nachmittags, weil sie zu viele Pelzmäntel hatte, noch zwei Koffer.

Abends brachte Johnny sie zum Flughafen. Ihm war, als hätte er sich mit ihrer Abreise wieder einmal bewiesen, wie unverwundbar er war. Als sie sich beim Abschied flüchtig umarmten, fing Karin doch noch an zu heulen. Endlich, dachte er, endlich war sie unglücklich. Das tat ihm gut.

Schon am nächsten Tag rief sie ihn in der Hoffnung an, er

könnte sich überwinden und würde sie mit einer Liebeserklärung wieder nach Hamburg locken.

Er hörte mehr seine eigenen als ihre Worte, als er ihr erklärte, sie solle sich gut erholen, bevor sie wiederkäme.

»Hast du was dagegen, wenn ich dann meine Schwester mitbringe?«

Er hatte nichts dagegen. Er würde den beiden eine Freude machen und sie an die Ostsee schicken, damit Karin mit ihrer Schwester, die, wie sie ihm erzählt hatte, in Wien für einen Hungerlohn als Zeitungsausträgerin arbeitete, ein paar Tage Ferien machen könnte. Die Idee, daß sie etwas anderes erwartet hatte, einen liebevollen Empfang und dann vielleicht eine zärtliche Versöhnung, kam ihm gar nicht.

Johnny war ganz sicher, ein gutes Werk getan zu haben, Karin hingegen vollkommen ernüchtert über die kalte Vernünftigkeit seines Vorschlags. Warum hatte er sich, wie sie es sich doch erhofft hatte, in der Zeit ihrer Trennung nicht geändert?

Johnny ging, wie immer, seinen Geschäften nach. Für ihn war die Krise ausgestanden. Er lastete sie ohnehin nur Karin an, ihrem unruhigen Aufbegehren und ihren unvernünftigen Stimmungen.

Nach einer Woche saß sie mit dem gleichen enttäuschten Gesichtsausdruck im selben Sessel, und wieder brachte sie in seiner Gegenwart nicht die wenigen Worte zusammen, die sie sagen wollte. Statt dessen hörte sie Johnny zu, aber die egoistische Selbstgefälligkeit, mit der er seinen Standpunkt vertrat, machte sie nur müde. Seine Tiraden über die Regeln ihres Zusammenlebens zerstörten jede Hoffnung, von einem Leben mit ihm mehr zu erwarten, als er ihr bisher gegeben hatte. Es war kein Vergnügen, zur Zufriedenheit verpflichtet zu sein. In Wien dagegen war sie plötzlich wieder begehrt gewesen, die Männer hatten ihr den Hof gemacht, mit diesem Glücksgefühl war sie zurückgekommen, aber ihre Hoffnungen waren an Johnnys praktischer Entscheidung, sie sofort mit ihrer Schwester an die Ostsee abzuschieben, abgeprallt. Alles war wieder wie früher. Nichts würde ihn je ändern, jedenfalls keine Frau, auch keine, nach der er verrückt war.

Die Trennung machte Johnny zu schaffen. Im Wegrennen war doch immer nur einer der Beste gewesen! Nun saß er da, verlassen, allein gelassen. Da er nicht die Fähigkeit besaß, sich durch Nachdenken Klarheit über seine Lage zu verschaffen, trank er. Die Gefühle aber, die der Alkohol in ihm freilegte, verabscheute er. Lieber schlug er um sich. Mit jedem Schlag, den er austeilte, bekämpfte er die Erkenntnis, daß sein in jeder Hinsicht angenehmes Leben schäbig und schal geworden war. Daß er sie so leicht hatte gehen lassen, war nicht, wie sie annahm, Gleichgültigkeit, er hatte sie nur zwingen wollen, ihn zu vermissen – so sehr, bis es weh tat.

Als kein Anruf mehr kam, wurde er nervös. Gab es, überlegte er, irgendeine Möglichkeit, sie zu einem Anruf zu zwingen?

Max schlug vor, selbst anzurufen.

»Bist du verrückt? Ich will nicht, daß sie kommt«, schrie er ihn an, »ich will nur, daß sie anruft!« Er sah, ob er die Augen offen oder geschlossen hatte, immer nur ihren Körper, und immer war sie nackt, und immer lag ein Mann neben ihr. Er phantasierte so heftig, daß er sich mehrmals am Tag abduschen mußte. Gott im Himmel, betete er, laß dieses Miststück endlich anrufen! Er starrte das Telefon an und erinnerte sich, was Yvonne immer behauptet hatte, daß Liebende telepathische Fähigkeiten besäßen. Also konzentrierte er sich auf die Vorstellung, daß Karin jetzt in Wien in ihrer Wohnung ebenfalls das Telefon anstarrte und, seinem telepathischen Befehl gehorchend, seine Nummer wählte.

Das Telefon klingelte tatsächlich. Er nahm den Hörer aber erst ab, als er sicher war, daß sie seiner Stimme die Aufregung nicht würde anhören können. Aber es war nicht Karin, sondern der alte Rudi, der wissen wollte, wann sich Johnny mal wieder im Geschäft sehen ließe.

Natürlich dachte er jetzt auch daran, Karin zu heiraten, schließlich war sie die einzige Frau, der er vertraut und immer alles anvertraut hatte. Nur wäre eine Hochzeit zu diesem Zeitpunkt das Eingeständnis seiner Liebe zu ihr, ein Opfer, das ihn an die Hand erinnerte, die ihn mit drei Jahren daran gehindert hatte, sich nach dem Päckchen Kaugummi zu bücken.

Nicht nur Max mußte sich Johnnys Gejammer von früh bis spät anhören, auch Uwe, der über ihm wohnte, kam kaum noch zum Schlafen.

»Haut einfach nach vier Jahren ab, ist das zu fassen?« Er ballte die Fäuste, die er zuerst nur anschaute, dann aber anschrie. Als er sich wieder beruhigt hatte, lehnte er sich gegen das Fenster und schaute die Talstraße hinunter zur Reeperbahn. »Die ganze Nacht hat sie geredet, und glaubst du, ich hab auch nur ein Wort verstanden.«

Frau Strauß, seine Zugehfrau, mußte sich, wenn sie morgens zur Arbeit erschien, sogar zu ihm ans Bett setzen und ihm so lange Geschichten erzählen, bis er eingeschlafen war. Auf ihre Frage, warum sie ihn verlassen habe, wußte er keine Antwort. Schnecke hatte nicht auf ihn gewartet, Gitte ihn lächerlich gemacht und Karin die Koffer gepackt. Er hatte genug Übung, sich immer unschuldig zu fühlen.

»Was weiß ich, vielleicht erklärst du mir mal, warum Frauen so sind!«

»Meiner sitzt den ganzen Tag am Tresen und versäuft, was ich nach Hause bringe. Vielleicht erklärst du mir mal, warum Männer so sind«, schimpfte sie, ohne sich noch groß darüber aufregen zu können. »Daß sie dich geliebt hat, weiß ich. Sehr sogar! Das hat sie mir selbst oft genug gesagt.«

»Ich auch! Ich hab das Miststück auch geliebt!« Johnny gähnte. »Passiert mir nie wieder!«

Sie lachte. »Augen zu jetzt und geschlafen.«

Uwe hörte ihm kaum noch zu. Er verstand überhaupt nicht, daß er sich wegen einer Frau so quälen konnte, noch dazu ein so erfolgreicher Mann wie er. An seiner Stelle, sagte er, würde er nach Wien fahren und sie zwingen, nach Hause zu kommen. So wie er das erledigt hatte, als seine Inge abgehauen war. Damals waren sie, zwölf Mann hoch, nach Hannover gefahren und hatten den Kerl, in den sie sich verguckt hatte, vor die Alternative gestellt, entweder Strafe zu zahlen oder als Krüppel zu leben. Johnny war dabeigewesen, und insgeheim bedauerte er jetzt, daß seine Selbstachtung so etwas unmöglich machte. Niemals würde Johnny das tun können. Niemals würde er eine Frau, die ihn verlassen hatte, zurückerobern wollen. Er würde sie nicht einmal mehr haben wollen, wenn sie jetzt reumütig zu ihm zurückkehrte. Mehr als an die Kraft der Liebe glaubte er an die Kraft seines Stolzes.

Er war, als er den Hörer abnahm, gerade dabeigewesen, unter fünf Hemden eines auszusuchen, das zur Farbe seines Jacketts paßte, eine Prozedur, die er nicht ausstehen konnte, weil Farben ihn verwirrten und er, sobald er mit einem Hemd und dem Jackett vor den Spiegel trat, doch nicht hinschaute. In einem Spiegel interessierte ihn nur sein Gesicht. Er beobachtete es, betrachtete den Ausdruck seiner Lippen, die Wirkung seiner Narbe, eines Blicks oder Lächelns. Es war, als suche er nach einer Gewißheit, die es ihm erlaubte, die Wohnung mit einem guten Gefühl zu verlassen. »Ja?«

»Ich bin's.«

Er schloß die Augen, sah alle Farben des Regenbogens, schluckte einen Freudenschrei hinunter, vergaß sein Gesicht und suchte nur noch nach einer Zigarette. Ihm fiel gar nicht auf, daß er nichts sagte.

»Bist du noch dran?«

»Ja!«

»Ich wollte dich nur erinnern, daß am Ersten alle Rechnungen bezahlt werden müssen.«

»Schon erledigt!«

Nichts war erledigt, das war ja immer ihre Aufgabe gewesen.

Johnny konnte nicht glauben, daß sie nichts anderes auf dem Herzen haben konnte als das, und versuchte Zeit zu gewinnen, indem er seinen Mercedes erwähnte, seinen flügeltürigen Dreihunderter, den er gerade aus der Reparatur geholt hatte. Weil er wußte, wieviel ihr an diesem Auto immer gelegen hatte, beschloß er, es ihr zu schenken. Das war, wie er hoffte, der Ausweg, ihr seine Liebe zu zeigen, ohne sie gestehen zu müssen.

Karin bedankte sich, schwieg dann aber wieder.

Johnny hatte erwartet, sein Geschenk würde sie endlich zur Vernunft bringen. Warum, zum Teufel, sagte sie nicht endlich: Ich will nicht das Auto, begreif das doch, sondern dich?

Er versuchte es weiter. »Paß auf, Karin«, schlug er vor, um weiter Zeit zu gewinnen und die quälenden Pausen zu füllen, »vielleicht besuch ich meine Mutter in München und bring dir dann den Wagen schnell nach Wien.« Alles war nur die Brücke, auf die, wie er hoffte, sie den ersten Schritt setzen würde.

»Tust du mir einen Gefallen? Könntest du mir das Auto vielleicht von jemand anderem bringen lassen, weil – ich hab hier nämlich jemand kennengelernt!«

Johnny schmiß den Hörer auf die Gabel und fing an zu schreien. Jimmy kam angelaufen. Wie wär's, schien er ihm vorschlagen zu wollen, wenn wir zu einem kleinen Spaziergang an die frische Luft abhauen würden? Gott muß in die Augen dieses Hundes geblickt haben, dachte Johnny, als ihm die Idee kam, Menschen so leiden zu lassen. Nicht einmal damals in Ebrach, in jenem eiskalten Kellerloch, hatte er sich so verlassen, so allein, so gedemütigt gefühlt. Und das ausgerechnet jetzt, wo er verabredet war. Das Erscheinen bei Boxveranstaltungen gehörte zu den Ereignissen, die keiner jemals ausließ. Aus ganz Deutschland reisten sie an.

Im Foyer der Ernst-Merck-Halle nahm er sofort Max zur Seite. »Sie hat angerufen!«

»Wer?«

»Karin!«

»Na also, hab ich's dir doch gesagt! Und warum machst du dann so ein Gesicht?«

Da immer wieder welche kamen, die ihm die Hand schütteln wollten, war Johnny mit zwei Gesichtern beschäftigt, einem inneren und seinem äußeren Gesicht, das nichts widerspiegelte als unbestechliche Beherrschung.

»Hör zu, du fährst nach Wien runter und kriegst raus, was los ist. Krieg raus, wer der Kerl ist, den sie hat!«

»Mach ich!«

»Erzähl ihr aber nicht, wie's mir geht. Kein Wort, daß ich dich geschickt habe. Und sag ja nichts, was mich wie einen Trottel aussehen läßt.«

»Verstanden!«

»Dann los, hau ab!«

Max war im Smoking und freute sich auf den Abend. »Bist du eigentlich bekloppt? Es genügt doch, wenn ich nachher, nach dem Boxen, fahre!«

»Ruf mich an, sobald du in Wien bist.« Er gab ihm Karins Telefonnummer, die Autoschlüssel und ließ ihn stehen.

Max rief gegen Morgen an, nachdem er Karin gesprochen hatte. Er wollte nicht lügen. Es war aus. Sie war in einen anderen verliebt. Daß sie fabelhaft ausgesehen hatte, ersparte er seinem Freund. Und noch etwas behielt er für sich, etwas, das ihm Karin gestanden hatte. Vor einem halben Jahr war sie schwanger gewesen, aber die Art, wie Johnny von ihr die Abtreibung verlangt hatte – zwischen zwei Telefonaten hatte er ihr geraten, sich von Uwe die Telefonnummer des Quacksalbers geben zu lassen, der als »Doktor Schere« bekannt war –, hatte sie schockiert und ihre Liebe zu ihm getötet. Langsam sei dieses Sterben vor sich gegangen, aber aufzuhalten sei es nicht mehr gewesen. Danach sei es kein Vergnügen mehr gewesen, überall, wo sie hinkam, als seine Frau bewundert und beneidet zu werden, und mit niemandem habe sie damals sprechen können.

Max bat sie, nicht ausführlicher zu werden. Daß er nun den Grund ihrer Trennung wußte, war ihm um so unangenehmer, als Johnny ihn ausfragen würde, was Karin alles gesagt hatte, er würde sogar wissen wollen, was sie verschwiegen haben könnte. Es kam ihm wie ein Verrat vor, Johnny sein Geheimnis nicht zu verraten.

Gegen seinen Willen liebte Johnny Karin auch nach einem halben Jahr immer noch, zu seiner Bestürzung sogar heftiger als je zuvor. Der Verlust hatte sie wertvoller, schöner und begehrenswerter gemacht. Jede Straße, die er entlanglief, und jede Bar, die er aufsuchte, erinnerten ihn an sie. Sie war, gerade in ihrer Abwesenheit, allgegenwärtig.

Sein System, den Weiberhelden zu spielen, funktionierte trotzdem. Sobald er ein Mädchen mit zu sich nach Hause genommen hatte, wurde der alte Rudi informiert; der wußte dann, daß er in genau zwei Stunden zurückrufen mußte; und Johnny teilte dem Mädchen dann mit, daß er im Geschäft gebraucht wurde; das Mädchen zog sich an, und Johnny war es los. Die Vielzahl seiner Affären hatte die rücksichtslose Verbissenheit eines Rachefeldzugs. Jetzt hatten viele, die ihn immer haben wollten, endlich Glück. Besonders gefielen ihm Frauen, die nicht jedem gefielen. Übertrieben attraktiven, selbstbewußten Frauen ging er aus dem Weg, weil er ihnen nicht traute, nicht einmal eine halbe Nacht lang. Vor allem haßte er Mißverständnisse. Treib es nie mit einer im eigenen Bett, war einer seiner Grundsätze, die bildet sich sonst ein, du liebst sie.

21

Carola, die junge, gerade neunzehnjährige Friseuse, die immer im »Amourette« den Mädchen die Haare richtete, war so unscheinbar, daß sie ihm gerade deshalb plötzlich auffiel. Er vergaß ganz, ihr mit seinem üblichen Kampfgeist imponieren zu wollen, und fragte sie auf den Kopf zu, ob sie nicht Lust hätte, mit ihm in Urlaub zu fahren. Es reizte ihn, das Spiel einer Verführung zu beginnen, dessen Ausgang ihm gleichgültig war.

Carola schoß das Blut in den Kopf. Sie schämte sich so sehr, daß sie vor Scham anfing zu zittern. Sie hatte schweißnasse Hände, und sie begriff nichts.

»Das mein ich so. Warum fahren wir nicht mal ein paar Tage einfach weg.« Nie zuvor hatte er etwas Vergleichbares getan. Da saß vor ihm ein vor Verlegenheit fast sterbendes Mädchen, dem er vorschlug, seine Geliebte zu werden.

»Aber ich hab einen Verlobten ...«, stammelte sie.

»Dein Verlobter interessiert mich nicht! Ich habe nicht ihn, sondern dich gefragt.«

Ihm schmeichelte, daß sie vor Herzklopfen noch immer starr vor ihm saß und nicht wagte, ihm in die Augen zu schauen.

Sie kenne nun seine Gedanken, sagte er, und solle es sich in Ruhe überlegen.

Dann ging Johnny.

Carolas Zukunft war mit ihrem Einverständnis bereits bis

hin zur Farbe der Gardinen verplant. Ihre Eltern waren mit Georg, ihrem Freund, als Schwiegersohn einverstanden. Sie wohnten zusammen in Glinde, einem Hamburger Vorort, und dort sollte sie einen Friseursalon eröffnen, Georg heiraten und Kinder bekommen. Carola war von den Ereignissen so überfordert, daß sie sich in ihrer Verwirrung ihren Eltern anvertraute. Es wurde noch am gleichen Tag beschlossen, daß sie ihre Arbeit sofort aufgeben und so schnell wie möglich heiraten sollte.

Als Johnny am Abend ins »Amourette« kam, tauchte auch Carola wieder auf, aber nur, um ihre restlichen Utensilien abzuholen, die Bürsten, Kämme, Scheren und Lockenwickler.

»Setz dich mal her zu mir«, forderte er sie auf und wartete, bis sie es getan hatte. »Sag mir jetzt mal klipp und klar und ohne jedes Wenn und Aber, ob du lieber bei deinem Verlobten bleiben oder lieber bei mir sein möchtest.«

Carola wischte sich Tränen aus dem Gesicht. »Aber er wartet unten auf mich.«

»Wo?«

»In der Tiefgarage.«

Johnny überlegte. Dann stand er auf. »Bleib hier jetzt ganz ruhig sitzen, ja?«

Sie war erschrocken, wie erleichtert sie plötzlich war. »Ja.«

Johnny ging in die Tiefgarage, sah einen jungen Mann in einem Wagen warten, riß die Tür auf und befahl ihm, auszusteigen. Er nahm ihm auch gleich die Zündschlüssel ab. »Du brauchst nicht mehr zu warten! Carola ist ab jetzt mit einem anderen zusammen!«

Carolas Verlobter bestand darauf, mit ihr persönlich sprechen zu wollen.

»Mach, daß du verschwindest!« Er schloß das Auto ab und ließ ihn stehen.

Oben wollte Carola wissen, was ihr Verlobter gesagt hatte.

»Was soll er groß gesagt haben«, lachte Johnny. »Gegangen ist er! Und wir gehen jetzt auch nach Hause.« Wie komisch das in ihren Ohren klingen mußte, dachte er, nach Hause, sie hatte ja nichts bei sich als eine Plastiktüte mit ihrem Krimskrams.

Sie lief, fast fallend, neben ihm her, während ihm die Tatsache zu schaffen machte, eine Geliebte zu haben, in die er nicht verliebt war und für die er auch sonst keine Verwendung wußte, jedenfalls im Moment nicht, nicht bei Tageslicht, und nüchtern noch dazu.

Jimmy hatte ihn nur ganze sechzig Mark gekostet, aber in dieser Schicksalsstunde war er Gold wert. Beide konnten sich, als er die Wohnung aufschloß, erst einmal notdürftig ablenken von der Ungewißheit, was eigentlich weiter passieren sollte.

»Jimmy«, erklärte Johnny feierlich, »das ist Carola.« Er wandte sich an Carola. »Und das da ist Jimmy!« Dann fiel ihm ein, daß sie ihn ja kannte, Jimmy war immer dabei, wenn er ins »Amourette« kam. »Stimmt ja, ihr beide kennt euch ja längst.« Er nahm ihr die Plastiktüte aus der Hand und ging ins Wohnzimmer. »Komm rein!«

Carola setzte sich auf die Couch, saß da wie ein Waisenkind und rührte sich nicht mehr. Als Jimmy sein Bellen beendet und es sich neben Carola gemütlich gemacht hatte, brach Johnny wieder der Schweiß aus. Nein, auch der Sekundenzeiger ließ sich Zeit, auch wenn er noch so oft auf die Uhr schaute. Zum Glück sah ihn jetzt keiner, wie dumm er in seinem Zimmer herumlief und um einen Einfall verlegen war. Warum läutete nicht wenigstens das Telefon? Es dauerte einige Minuten, bis ihm einfiel, selbst zum Hörer zu greifen. Max sollte die Neuigkeit zuerst erfahren. Damit war er zugleich auch die quälende Sorge los, etwas mit dem Mädchen anfangen zu müssen.

Max sagte ihr Name nicht viel. »Wer?«

»Die Kleine aus dem ›Eros‹, die auch bei dir die Mädchen frisiert.«

Die Tatsache, daß er in Gegenwart des Mädchens so über sie sprach, entkrampfte seine Nerven. Es klang unverfroren, zugleich aber konnte sie hören, daß er sich zu ihr bekannte.

Der nächste, den er anrief, war Uwe, der auch kein Wort glaubte.

»Kein Witz, Uwe. Sie ist schon bei mir eingezogen. Da sitzt sie und kann es selbst kaum glauben.« Solange er telefonierte, fühlte sich Johnny sicher, aber was sollte er tun, wenn es niemand mehr gab, den er anrufen konnte? Er saß auf der Fensterbank, sie bewegungslos auf der Couch – und kein Funke war zu spüren, nicht die Andeutung eines Funkens eines Begehrens.

Es war jetzt wichtig, das Warten auf ein Wunder abzukürzen. Er mußte Zeit gewinnen. »Warum gehn wir nicht runter, was einkaufen?«

Carola stand sofort auf. »Einverstanden!«

Johnny schob, zum erstenmal in seinem Leben, einen Einkaufswagen durch einen Supermarkt. Plötzlich entdeckte er Max, der draußen stand und ihn, halb verdeckt von den Klebestreifen, die Sonderangebote anpriesen, durch die Scheibe beobachtete.

Johnny ließ den Einkaufswagen so plötzlich los, als hätte ihn ein elektrischer Schlag getroffen, teilte Carola mit, sie solle allein weiter einkaufen und dann in die Wohnung kommen, und lief aus dem Laden.

»Oh!« Max grinste. »Der Herr macht auf Familie?«

»Laß uns hochgehen und was trinken.« Johnny war glücklich, daß endlich Max da war und daß er einen Grund hatte, Whisky zu trinken. Whisky Cola, wie immer.

Auch Carola war froh, daß noch jemand außer Johnny und ihr in der Wohnung war. Sie hatte Todesängste ausgestanden bei dem Gedanken, Johnny würde von ihr sofort sonstwas verlangen.

In dieser Nacht zogen sie zu dritt durch viele Bars. Carola mochte nicht trinken, sie vertrug nichts, und stellte sich auch ungeschickt an, wenn sie es, Johnny zuliebe, trotzdem versuchte. Nach drei Pikkolo war sie beschwipst und noch schweigsamer.

Johnny dagegen ließ sich vollaufen und stellte Carola jedem als seine neue Frau vor. Daß ausgerechnet sie, die alle nur als kleine Friseuse kannten, jetzt die Geliebte von Johnny sein sollte, glaubten sie nur deshalb, weil er selbst die Neuigkeit verbreitete. So betrunken konnte Johnny gar nicht werden, daß er nicht spürte, wie schockiert sie waren, und er genoß deshalb den Respekt doppelt, den sie Carola entgegenzubringen gezwungen waren.

Als er gegen Morgen zum erstenmal mit Carola schlief, mißbrauchte er sie in Gedanken an Karin. Er hatte gerade noch so viel Geistesgegenwart aufgebracht, um sich wenigstens seiner Hose zu entledigen, und irgendwie kam es ihm auch zwischendurch komisch vor, warum der alte Rudi nicht anläutete.

Da Johnny nach dem Aufwachen immer noch nicht wußte, was mit ihnen eigentlich weiter passieren sollte, schlug er vor, erst einmal ein paar Tage allein nach München zu fliegen. »Und wenn ich zurückkomme, Carola, und du solltest den Entschluß gefaßt haben, doch zu deinen Eltern zurückgehen zu wollen oder zu deinem Verlobten, hab ich dafür Verständnis und wäre dir nicht böse.«

Sie versprach, sich in der Zwischenzeit alles gut überlegen zu wollen.

Erleichtert reiste Johnny ab und hoffte, daß Karin, die sich in guten Nächten selbst zu den Raubkatzen zählte, von seiner Affäre erfuhr, sich einmischen und Carola klarmachen würde, in welchen Raubtierkäfig sie geraten war. War sie noch da, wenn er zurückkam, na gut! War sie weg, gut!

Als er nach drei Tagen, in denen er sich nicht bei ihr gemeldet hatte, wieder in Hamburg war und die Tür seiner Wohnung aufschloß, zeigte Carola voller Stolz, was sie inzwischen alles mit der Wohnung angestellt hatte. Überall hatte sie frische Blumen aufgestellt, getrocknete Rosensträuße aufgehängt, Kupferpfannen an alle Wände genagelt, den Eisschrank aufgefüllt, alles geputzt, Jimmy sogar einen Hundekorb gekauft, und auf dem Sofa und den Sesseln lagen ihre Teddybären.

Karin hätte sich totgelacht.

Viertes Buch

Glück ist ein Raubtier

Wenn ich mein Geld ausgebe,
will ich mich auch unterhalten.
Da Ponte, Don Giovanni

I

Johnny war erleichtert, wieder in München zu sein. Endlich erinnerte ihn nichts mehr an Karin. Hier würde es einfacher sein, sie aus seinen Gedanken zu verbannen und sich vielleicht wirklich eines Tages in Carola zu verlieben.

Für seinen Aufenthalt hatte er sich im Cosima-Haus, einem dreiundzwanzig Stockwerke hohen Kasten, der teils als Hotel, teils als Appartementhaus genutzt wurde, eingemietet. Seine Wohnung lag im achtzehnten Stockwerk, von wo aus er einen weiten, freien Blick über die Stadt hatte, in der er als Kind und als Halbstarker herumgestrolcht war.

Vom ersten Tag an tat er so, als sei ihm diese Art eines vornehmen Hotellebens von Geburt an vertraut, dabei erinnerte er sich jetzt, wie er hier zuletzt gehaust hatte, ziemlich pleite in einer Absteige am Bahnhof. Ein bißchen war es jedesmal so, als würde man, sobald man durch die Drehtür ins Haus kam, die Halle eines internationalen Flughafens betreten. Deshalb hatte er jetzt in seinen Taschen auch immer Geldscheine griffbereit, die er den Zimmermädchen, Liftboys oder Telefonistinnen zustecken konnte; um keinen Zweifel aufkommen zu lassen, daß er die Spielregeln kannte, steckte er auch dem alten Portier immer etwas zu; diese Großzügigkeit Angestellten gegenüber hatte er sich schon in Hamburg bei seinen eigenen Leuten geleistet. In seinen Augen stellten die kleinen Leute den verläßlicheren Teil der Menschheit dar.

Jeden Tag fuhr er mit dem Lift hinauf zur Dachterrasse, schwamm im Pool und ging danach in die Sauna. Carola mußte ihm Hanteln kaufen, mit denen er regelmäßig jeden Morgen und jeden Abend trainierte. Es tat gut, etwas von seiner überschüssigen Kraft ausschwitzen zu können. Auch wenn München, was das Nachtleben betraf, Entwicklungsland war, würde er einen nüchternen Kopf und starke Nerven brauchen, um mit der Gesetzlosigkeit im Milieu um den Hauptbahnhof aufzuräumen. Klar war auch, daß er von Beginn an mit dem Anspruch auftreten wollte, keine Konkurrenz zu dulden. Auch denen, die ihn als alten Kumpel anrempeln würden, mußte er beibringen, daß es genügte, ihm die Hand zu schütteln.

Draußen schneite es. Carola schaute hinaus und fühlte sich wie eine entführte Prinzessin. Trotzdem glaubte sie an ihr Glück.

2

Karl Deska sah zwar elegant, trotzdem aber ziemlich mitgenommen aus, als er Johnny die Hand schüttelte. Er schien, wenn er nicht an einer Zigarette zog, zu ersticken. »Schön, daß du gleich gekommen bist! Aber Weihnachten ist ja in Hamburg sicher auch nichts los! Und deine Mutter wird sich freuen, dich mal wieder zu sehen.« Johnny dachte nicht daran, ihre rein geschäftliche Besprechung zu einem gemütlichen Wiedersehen ausarten zu lassen, obwohl sie sich gut zehn Jahre nicht gesehen und schon als Halbstarke hin und wieder zusammen ihren Spaß gehabt hatten. Was er wußte, war nur, daß Deska zuletzt in Frankfurt als Geschäftsführer ein Eroscenter geleitet hatte – was ihn wunderte, da sich Deska, wie sich Johnny erinnerte, noch nie hatte prügeln können; offenbar aber war er geschickt genug gewesen, die richtigen Jungs für sich arbeiten zu lassen. Immerhin galt Frankfurt neben und nach St. Pauli in Unterweltskreisen als das heißeste Pflaster. Außerdem hatte Deska in ganz Deutschland einen Namen als einer der besten Blatt- und

Würfelspieler, und das schon zu einer Zeit, als Johnny noch geklaute Mopeds gegen Bauzäune gefahren hatte.

Deska schien über jede einzelne Etappe von Johnnys Aufstieg zu einem der anerkannten St.-Pauli-Bosse genau informiert zu sein. Als er ein paar Komplimente loswerden wollte, winkte Johnny ab. »Spar dir den Schmus, Karl. Um was geht es?«

Es ging um ein Gebäude in der Zweigstraße, ein ehemaliges Hotel, das den Besitzer gewechselt hatte und zum Bordell umgebaut worden war. Obwohl schon seit vier Monaten in Betrieb, gab es nichts als Schwierigkeiten. »Es geht zu wie im Irrenhaus. Die Luden gehen ein und aus, die Weiber kommen und gehen, wann sie wollen, ihre Miete zahlt jede, wann sie gerade Lust hat, und die Polizei wartet nur auf die kleinste Gelegenheit, um das Haus wieder schließen zu können. Um das zu verhindern, habe ich dich kommen lassen. Bring den Laden in Ordnung! Vergiß nicht, in neun Monaten ist Olympiade, da lohnen sich die Geschäfte.«

Die Zweigstraße kannte Johnny. Das war schon damals sein Revier gewesen, im gleichen Haus hatte sich die »Dschungelbar« befunden.

Deska rührte Zucker in seinen Tee. »Ich weiß zwar nicht genau, was ihr in St. Pauli soviel anders macht, aber daß du dir 'ne goldene Nase verdient hast, ist ja kein Geheimnis.«

Diese Anspielung mißfiel Johnny. Und doch war natürlich Geld der einzige Grund, weshalb ihn ein kurzfristiger Wechsel an die Isar überhaupt interessierte. Er würde, wenn er zusagte, sein Gastspiel so gut es ging vergolden. Das wiederum war aber nur möglich, wenn er bereit war, noch einmal richtig die Ärmel hochzukrempeln. Wenn er sich durchsetzen wollte, mußte er wieder den harten Ganoven spielen, wobei das Risiko, sich bei der Polizei unbeliebt zu machen, in München ungleich höher war als in jeder anderen deutschen Stadt. Was das Milieu betraf, konnte er davon ausgehen, daß sein Name eine Waffe war. Offenbar ging davon auch Deska aus.

Johnny ließ sich alles durch den Kopf gehen, auch, daß im Moment gegen Hamburg sprach, mit welchen Erinnerungen an Karin er dort zu kämpfen hatte.

»Die Tagschicht würde ich übernehmen, du die Nachtschicht«, schlug Deska vor, und Johnny mußte grinsen. Am Tag war Ruhe, in der Nacht aber die Hölle los. Da war klar, wer die Hauptarbeit machen mußte. Zugleich aber hatte Deska damit auch zu verstehen gegeben, wie die Macht verteilt sein sollte. Was er vorgeschlagen hatte, lief darauf hinaus, daß er Johnny als Chef anerkannte.

»Wer sonst hat noch was zu sagen? Was ist mit deinem Kompagnon?«

»Kein Problem! Der ist mit allem einverstanden, solange er was auf sein Konto kriegt.«

»Und die Verträge schließe ich mit wem, mit dem Kübler?«

»Richtig, mit dem Hausbesitzer.«

Johnny ließ sich sein Interesse nicht anmerken. Er war frei, also stellte er die Bedingungen. »Sagen wir so, Karl, du hast an allen Ecken und Enden Probleme; deshalb bietest du mir eine Beteiligung an. Seh ich das richtig?«

Deska nickte.

»Es ist ja keine Schande, aber da du dich nun mal nicht durchsetzen kannst, tanzen dir die Luden auf der Nase herum, stimmt's?«

»Na ja«, sagte Deska nervös.

»Und jetzt ruft Tarzan die Elefanten zu Hilfe! Na gut, einverstanden. Laß uns das Ding durchziehen, unter einer Bedingung allerdings: Alles, was aus Getränken eingenommen wird, geht ausschließlich an uns beide.«

Entweder kannte Deska nicht die Gewinnspannen, die, zumal in einer Bordellbar, zwischen dem Einkaufs- und dem

Verkaufspreis von Spirituosen lagen, oder er hatte gerade Gedächtnisstörungen; jedenfalls war er sofort einverstanden. »Aber glaub nicht, daß du hier deine harten St.-Pauli-Methoden einführen kannst. Du kennst ja München.«

»Nicht nur, Karl, daß ich meine Methoden einführe, ich bring gleich auch noch einen Teil meiner Hamburger Mannschaft mit.«

»Oh«, sagte Deska, leicht verwirrt, »das wird die Katholiken aber freuen.«

»Meinen Vater auch, fürchte ich.« Der alte Mann tat ihm jetzt schon leid, wenn er in ein paar Wochen die Zeitungen aufschlug. »Und noch was! Sag keinem, daß ich übernehme, ich will mir nämlich erst einmal in Ruhe alles anschauen; besser, die Bombe geht ohne Vorwarnung hoch.«

Zehn Minuten später rief Johnny Carola im Cosima-Haus an. »Buch zwei Flüge nach Hamburg, heute noch.« Er wußte, wieviel ihr daran lag, sich mit den Eltern aussprechen zu können, die verzweifelt waren über ihren Entschluß, sich mit einem wie ihm eingelassen zu haben.

3

Johnny setzte Carola gleich nach der Ankunft in Hamburg in seiner Wohnung ab und fuhr zum »Chikago«. Dort besprach er sich drei Stunden mit Uwe Hansen. Nichts sollte sich vorerst ändern, außer daß er, Johnny, nun für einige Zeit in München die Arbeit hatte, aus einem chaotischen Freudenhaus ein sauberes, sicheres Bordell zu machen. Sie besprachen, wen er mitnehmen konnte. Arno Dossi, den alten Rudi, Schweine-Hans und Dieter Lossmann. Die nötige Verstärkung konnte jederzeit eingeflogen werden.

Bis in die Nacht hinein telefonierte er herum. Zuerst natürlich mit Max, dem er seine Pläne erzählte. Dabei fiel ihm ein, daß sie am fünfzehnten Februar wieder gemeinsam ihren Geburtstag feiern würden – und er auch schon eine Idee hatte.

Die Party mußte dieses Mal in München steigen.

»Und warum das?«

»Weil mir das eine Menge Ärger erspart, deshalb!«

Max war dagegen. »Quatsch, du kommst hoch und wir machen hier oben was los.«

»Du kapierst wieder nichts, Max. Was denkst du, was in München los sein wird, wenn ich da unten übernehme. Glaubst du, die schauen einfach zu?«

»Hau die Jungs vors Brett. Und die Weiber, mein Gott, schick sie ins Altersheim. Aber tu mir den Gefallen und laß uns in Hamburg feiern.«

»Wenn alle kommen, sind das hundert Mann. Die Jungs in München werden also hoffentlich einsehen, daß es keinen Wert hat, sich mit mir anzulegen, denn sonst haben sie ganz schnell ganz St. Pauli am Hals. Fällt der Groschen?«

Die anderen Anrufe galten Freunden, die Frauen an der Hand hatten, um sie gegebenenfalls sofort nach München schicken zu können. Das Geschäft während der Olympiade, wenn die Stadt von Touristen überschwemmt sein würde, versprach schnelles Geld. Keiner brauchte lange, um das zu kapieren.

Dann ging er ins »Amber«, um Sascha zu begrüßen, danach ins »King George«, wo er Falko und später auch Winfried Kessler traf, danach ins »Passat«. In einer Bar am Hafen, wo er sicher sein konnte, daß ihn keiner kannte, sprach er eine Prostituierte an. Sie war höchstens achtzehn Jahre alt, trug eine Brille und nannte sich »Cherie«. Und machte alles falsch; aber manchmal war nichts schöner. Danach weckte er Carola und fuhr mit ihr zum Flughafen. Sie hatte den Abend bei ihren Eltern verbracht und wirkte verstört. Offenbar hatten sie versucht, sie zur Trennung von Johnny und zur Rückkehr nach Hamburg zu überreden. Ihre Mutter hatte die ganze Zeit nur dagesessen und geweint, weil sie die Tochter, ihr einziges Kind, schon als Hure in der Gosse enden sah. Unter diesen Umständen blieb Carola nichts anderes übrig, als selbst auch in Tränen auszubrechen. Sie liebte ihre Eltern abgöttisch, aber Johnny liebte sie auch. Er war kein Krimineller, wie ihr Vater behauptete, aber als Schwiegersohn nach seinem Geschmack konnte sie ihn auch nicht hinstellen. Es war aussichtslos gewesen, sich gegen die schweren Vorwürfe zu wehren. Während Carola noch nachdachte, ob sie Johnny ihr Herz ausschütten sollte, war er neben ihr bereits eingeschlafen. Er wurde erst wach, als die Maschine in München aufsetzte.

4

Die ersten Nächte saß Johnny bis zum Morgen im »Leierkasten«, wie das Bordell in der Zweigstraße hieß. Wer ihn persönlich kannte, begrüßte ihn und nahm an, er sei nur schnell auf Weihnachtsbesuch nach München gekommen; die ihn nicht kannten, hatten zumindest den Namen schon gehört; die wenigen, die auch den Namen nie gehört hatten, wurden informiert, um wen es sich handelte.

»Und wieso sitzt der hier rum?«

»Keine Ahnung! Vielleicht will er einige von uns nach Hamburg holen.«

Wie Deska ihm schon bei ihrem ersten Treffen erklärt hatte, gab es hier weder Tag- noch Nachtschicht. Jede der fünfundsechzig Frauen mietete ihr Zimmer für vierundzwanzig Stunden und machte dann, was sie wollte. Hatte eine keine Lust zu arbeiten, erschien sie eben nicht. Die Pflicht, regelmäßige Arbeitszeiten einhalten zu müssen, hatte Deska nicht durchsetzen können, auch nicht die Einsicht, daß ein Bordell keine Kneipe für Zuhälter, sondern ein Geschäftsunternehmen war wie jedes andere auch. Was den Getränkeausschank anging, war alles dem Zufall überlassen. Keine gab sich Mühe, einen Gast zu einer Flasche Sekt oder auch nur zu einem Bier mit Schnaps zu überreden.

Am ersten Januar begann er seine Arbeit damit, daß er sein Grundgesetz an die Wand der Kantine heftete, ein Blatt Papier, auf dem stand: »KRANK GIBT ES NICHT! ENTWEDER TOT ODER ARBEITEN!« Schon fünf Tage später hatte er vierzehn Frauen fristlos gekündigt, die er umgehend durch Hamburgerinnen ersetzte.

Eben noch war allen dieser junge Mann, der einige Tage lächelnd, freundlich und zuvorkommend in der Kantine seinen Kaffee getrunken hatte, sympathisch, einigen als vielversprechender Flirt sogar willkommen gewesen; ein Kerl, wohlhabend, einer der Jungs, die es geschafft hatten, und dazu sah er nicht schlecht aus. Dann aber dieser Schock! Um die Zeitverschwendung in der Kantine einzuschränken, wurde erst einmal der Fernseher entfernt, auch das Kartenspielen war ab sofort verboten, in der Kantine durfte etwas getrunken, etwas gegessen werden, dann aber mußten alle schleunigst wieder runter in den Kontakthof. Zudem mußte sich jede Frau sofort entweder für die Tag- oder die Nachtschicht entscheiden.

Das erste, was ihm auf den Tisch flatterte, war eine Unterschriftensammlung der meisten Mädchen, die seine Anordnungen als Einmischung in ihre persönlichen Rechte betrachteten und einen Boykott androhten. Unter den Namen entdeckte er auch den einer Bekannten aus seiner Halbstarkenzeit. Vielleicht war wenigstens der klarzumachen, was er vorhatte. Schließlich konnte er schlecht einfach alle Frauen, die ihn beschimpften, entlassen. Und hinter jedem Mädchen stand ein Kerl, der sich selbst das Recht vorbehielt, ihr Befehle zu erteilen. Er konnte sich also auf einiges gefaßt machen.

Er ließ die Schlee-Katrin, eine der Rädelsführerinnen, in sein Büro rufen und nahm sich erst einmal die Zeit, mit ihr über alte Zeiten und gemeinsame Bekannte zu plaudern. Den Schilderungen, die ihr Privatleben betrafen, konnte er entnehmen, daß sie nicht nur in Gefühls-, sondern mehr noch in Geldschwierigkeiten steckte und keiner aufpaßte, daß sie keine Dummheiten machte. Die Arbeit im Bordell betrachtete sie nicht als Tiefpunkt einer menschlichen Existenz, auch nicht als Sprungbrett in ein normales Lebensglück; dazu war sie zu realistisch. »Aber du bist doch für jeden nur der letzte Dreck, wenn du kein Geld hast. Wenn ein Freier Streit mit mir anfängt, knall ich ihm eine; wenn ich das mit meinem Vermieter mache, wenn er mir auf die Nerven geht, sitze ich auf der Straße.«

»Paß mal auf, Katrin«, fing Johnny an. »Du bist doch eigentlich so mit die vernünftigste Frau hier im Haus.« Viele Männer, nahm er an, werden ihr ein solches Kompliment noch nicht gemacht haben. »Ich glaube einfach nicht, daß gerade du gegen mich bist. Du bist doch viel zu intelligent, einen Mann, der ganz korrekt ein Bordell führt, als Ausbeuter oder Schwein zu bezeichnen!«

Sie sagte nichts, dachte aber nach.

»Wenn du mir am Monatsende einen Gefallen tun könntest, Katrin, sag mir einfach nur, nicht wieviel, sondern nur, ob du im Januar mehr verdient hast als vorher. Außerdem«, fügte er noch hinzu, auch das ein Kompliment, das ihr schmeicheln sollte, »weißt du wahrscheinlich als einzige, wie Bordelle in Hamburg geführt werden, und auch, wieviel die Mädchen bei uns verdienen.« Das Blatt mit den Unterschriften zerriß er.

»Ja«, nickte Katrin beeindruckt, »natürlich weiß ich das.

Das ist doch normal, daß man besser verdient, wenn nicht die ganze Zeit nur in der Kantine rumgefaulenzt wird.«

»Dann bist du eigentlich meiner Meinung?«

»Aber hundertprozent deiner Meinung.«

»Na, dann ist ja gut. Dann braucht es zwischen uns beiden ja keine Scherereien mehr zu geben.«

»Also, das will ich doch noch klarstellen, Johnny, ein Schwein hab ich dich nie genannt.«

Er gab ihr die Hand. »Dann erwarte ich, daß du jetzt runtergehst und deinen Kolleginnen erklärst, wie in Zukunft hier gearbeitet wird.«

Als nächstes, darauf war Johnny vorbereitet, würden die Luden erscheinen. Sie hatten seit Jahresbeginn Hausverbot und sich bis jetzt ruhig verhalten – was nicht hieß, daß nicht in jeder Kneipe welche saßen und die neue Situation diskutierten.

Es dauerte nicht einmal einen Vormittag, bis das Telefon läutete. »Du, Johnny, kann ich dich mal sprechen?«

»Wer ist dran?«

»Harry!«

»Kenn ich keinen!«

»Ich hab meine Alte bei dir stehen.«

»Na gut, Harry, dann komm mal vorbei. Aber gleich in mein Büro.«

Er ließ den alten Rudi holen. »Ich krieg gleich Besuch. Bring dann einen Eimer und den Putzlappen mit.«

Irgendwann erschien Harry Zahn, der sich etwas zu frech vor ihm aufbaute und nicht einsehen wollte, wie gefährlich es war, den Mund zu weit aufzureißen. Johnny schlug ihm gegen die kurzen Rippen, ein zweiter Schlag traf die Nase; daß sie sofort blutete, ärgerte ihn.

Da erschien schon der alte Rudi, mit Kübel und Putzlappen.

»Mach Platz, ich muß hier aufwischen!« schnauzte er

Harry Zahn an, der sich benommen erhob, tief durchatmete und wortlos verschwand.

Die ganzen nächsten Tage ging das so. Auf Harry Zahn folgten andere: Lackschuh-Peter, Glatzen-Klaus, Brillen-Beppi, Bayern-Klausi und wie sie alle hießen. Es gab in den ersten Wochen keinen Tag, an dem der alte Rudi nicht den Boden aufwischte. Ahgesehen von denen, die in Johnny nicht sofort ihren Feind sahen und kapierten, daß seine Methode zu arbeiten was für sich hatte, und die ihn deshalb auch unterstützten, gab es welche, die genug Selbstvertrauen hatten, um zurückzuschlagen, wenn Johnny handgreiflich werden mußte. Rudi wischte auch schon mal Blut auf, das sein Chef vergoß.

Johnny mied jene Frühlokale, in denen sich viele seiner Gegner trafen; es genügte schon, wenn sie ihm im Weißbierkeller des »Mathäser« über den Weg liefen. Dann dachte er an seinen Geburtstag. Die Anwesenheit seiner Freunde aus St. Pauli würde seine Macht festigen, ihn zumindest weniger angreifbar machen – vorausgesetzt, es kam nicht vorher noch ein Vollidiot daher, der ein Messer zog oder seine Kanone auf ihn abfeuerte.

Auch wenn Johnny diese Typen noch nie besonders leiden konnte, nannte er doch keinen von ihnen jemals »Zuhälter«, nicht einmal im Jähzorn, genausowenig, wie er jemals ein Mädchen oder eine Frau, die anschaffen ging, eine »Prostituierte« nennen würde. Das waren, wie er fand, Schimpfworte, üblich im Sprachgebrauch der Justiz oder der Leute, die auch ihn für einen Zuhälter hielten.

Angst hatte die alte Ilse, die Deska in der Kantine arbeiten ließ. Eine Frau, sechzig Jahre alt, wovon sie mehr als die Hälfte im Milieu zugebracht hatte, die putzte, Kaffee kochte, Brote schmierte und die Mädchen bemutterte. Als sie erfahren hatte, daß dieser nette, höfliche junge Mann der Chef des Hauses werden würde, war sie noch voller Zuversicht gewesen. Schon am Nachmittag aber hatte sie ihre Schürze auf den Tresen gelegt und zu Deska gesagt: »Es ist wohl besser, wenn ich hier aufhöre. Für mich wird bei diesen neuen Methoden wohl kein Platz mehr sein!« Sie hatte ihren Stolz und wollte selbst gehen, bevor sie dieser junge Mann, der hier nur Unruhe ins Haus gebracht hatte, einfach vor die Tür setzte.

»Aber nicht doch, Ilse«, beschwichtigte Deska.

»Vielleicht bin ich jetzt wirklich zu alt. Und die Zeiten sind eben nicht mehr wie früher.«

»Trink einen Cognac auf meine Rechnung, Ilse.«

Sie griff zur Flasche und schenkte sich ein. »Aber das mit dem Fernseher aus der Kantine hätte er besser sein lassen sollen.«

Inzwischen war Johnny in der Kantine aufgetaucht. »Schmier du nur weiter deine Brote, Ilse, und mach den Abwasch und kümmere dich um alles. Niemand will dir hier kündigen. Und wenn du irgendwelche Sorgen hast, sag's mir.«

Als verspätetes Weihnachtsgeschenk ließ er ihr, auf deren Lebenserfahrung er nicht verzichten wollte, einen nagelneuen Fernseher in die Wohnung stellen.

5

Langsam wurde es Zeit, sich um die Geburtstagsfeier zu kümmern. Johnny lud alle persönlich ein. Es fehlte nur, wer gerade saß: Ladiges, Joe Krenn, Stotter-Harry.

Niemand von ihnen kannte München richtig. Die Stadt war, was ihre Art von Geschäften anging, uninteressant. Es gab kein Vergnügungsviertel, kein Zockermilieu, und Boxkämpfe wurden dort unten auch keine veranstaltet.

Die Feier sollte am Aschermittwoch in der »Casanova-

Bar« steigen. Dem Wirt drückte Johnny am Rosenmontag pauschal fünftausend Mark bar in die Hand und verlangte dafür, daß die Regale aufgefüllt würden. »Mit Champagner, Dimple, Chivas Regal, Johnnie Walker und allem!« Der Mann strahlte. Fünftausend Mark Verdienst am Aschermittwoch, einem Tag, der noch nie, solange er eine Bar hatte, ein Geschäft war. Da stellte er keine Fragen. Nur auf eines machte er aufmerksam: »Sie wissen, daß laut Gesetz bis vierundzwanzig Uhr nicht getanzt werden darf.«

»Nur eine kleine Geburtstagsfeier unter guten Freunden«, beruhigte ihn Johnny. Er hatte auch ein Dutzend Jungs aus München eingeladen, als Augenzeugen seiner Geburtstagsfeier. Seine Absicht war, sie zu beeindrucken, seine Hoffnung, daß es sich herumsprach. Wer dann immer noch glaubte, sich mit ihm anlegen zu können, mußte unzurechnungsfähig sein.

Aus sämtlichen Himmelsrichtungen flogen etwa zweihundert Mann nach München ein, ein Umstand, der natürlich der Polizei nicht entging. Allein aus Hamburg kamen mit einer einzigen Maschine hundertfünfzig Gäste.

Zwei Milchgesichter, die in Polizeiuniform durch die Ankunftshalle des Flughafens patrouillierten, hatten ihre große Minute. Sie riefen ihre Kollegen im Präsidium an. Dort machte man sich auf Alarmbereitschaft gefaßt. Am Abend standen dreißig Beamte in Zivil am Sendlinger-Tor-Platz und warteten, daß es einen Grund zum Eingreifen geben würde. In den Seitenstraßen parkten Einsatzwagen.

Bevor das Fest in den üblichen Tumult eines Trinkgelages ausartete, wurden Reden gehalten, laute, überschwenglich vorgetragene Trinksprüche der Solidarität, Hymnen auf die Freundschaft, das Leben, die Liebe; aber ebenso unüberhörbar die Warnung an alle, die Johnny nicht in Ruhe lassen würden. Uwe erklärte das Bordell zur Zweigstelle St. Paulis und stellte es damit unter den Schutz der Reeperbahn-Aristokratie.

Allmählich dämmerte es dem Wirt, daß er zwar fünftausend Mark in der Tasche hatte, dieser wild gewordene Haufen das Saufen aber gewohnt war. Spätestens in einer halben Stunde würde er draufzahlen.

Draußen war es längst hell – und sie feierten immer noch. Jetzt zählte der Hausherr die Minuten, bis seine Gäste endlich Lust auf Abwechslung bekamen.

Der letzte Treff war »Birschi« am Oskar-von-Miller-Ring. Endlich lagen sich dort auch die beiden Geburtstagskinder in den Armen. Sie waren ein Jahr älter geworden.

Auch das war ein Resultat von Johnnys Geburtstagsfeier. In einem Interview mit Münchens Polizeipräsident war zu lesen: »Wir können in München keine organisierte Prostitution dulden, da sie automatisch das Verbrechen anzieht.«

Zwei Tage später erschienen sie, in einer Stärke von dreißig Mann, und sperrten das Haus in der Zweigstraße mit Eisengittern ab.

Johnny erreichte der Anruf des alten Rudi gegen elf Uhr morgens, drei Minuten nach Beginn der Polizeiaktion. Schnell hatte sich das Spektakel in der ganzen Gegend herumgesprochen – immer mehr Schaulustige strömten in die Zweigstraße. Aus allen Fenstern des Hauses winkten die Mädchen heraus, und sie winkten nicht nur mit den Händen. Die Polizei hatte mehr mit den Menschen vor dem Haus zu tun, als daß sie sich um die Sicherung des Gebäudes kümmern konnte.

Johnny bahnte sich den Weg durch die Menge, sprang über das Gitter und wurde prompt aufgehalten. »Bitte gehen Sie wieder hinter die Absperrung zurück!«

»Mein Name ist Berger.«

Ein zweiter Beamter trat hinzu. »Sie können rein, aber sorgen Sie dafür, daß unseren Anweisungen Folge geleistet wird.«

»Und die wären?«

»Sagen Sie erst einmal allen Mädchen, von den Fenstern zu verschwinden und vor allem vom Dach zu kommen. Das ist kein Spaß, was wir hier tun.«

»Was tun Sie überhaupt hier?«

»Das sehen Sie ja! Wir verhindern, daß Sie weiter Ihren Geschäften nachgehen können!«

»Aha«, sagte Johnny, »Sie hören ja, daß es welche gibt, die darüber anders denken.« Womit er die Sprechchöre meinte, die den Abzug der Polizei forderten.

Alle saßen in der Kantine. Ilse schmierte Brote, als gelte es, sich auf ein Leben in Gefangenschaft einzurichten.

Johnny entschied zuerst, daß nichts unternommen werden sollte. Die Mädchen sollten diesen Tag keine Miete zahlen müssen. Und sich nicht allzu verrückt benehmen, wenn sie im Treppenhaus oder vor dem Hauseingang mit den Beamten ihre Späße trieben.

Dann erschien der Einsatzleiter, Kriminaldirektor Gustav Kögl. In Johnnys Büro kam es zu einem kurzen Gespräch. Kögl erklärte, das Haus sei mit Beginn der polizeilichen Maßnahmen geschlossen, und schlug vor, die Damen sollten nach Hause gehen.

»Sie, ich muß Ihnen ganz ehrlich sagen«, antwortete Johnny, »mir gehört das Haus nicht, ich führe das Haus nur. Und wenn Sie meinen, daß Sie im Recht sind, dann irren Sie sich. Die Stadt kann das Haus nicht schließen, solange die Regierung von Oberbayern keinen Beschluß gefaßt hat.« Deska kannte die Rechtslage und hatte Johnny informiert.

»Wenn Sie meinen, Herr Berger. Jedenfalls werden wir unsere Aktion fortführen. Auch dafür gibt es gesetzliche Mittel.«

»Gibt es nicht!«

Wenn er sich oft gefragt hatte, warum er sich wieder mit Behörden herumschlug, statt in Hamburg auf der faulen

Haut zu liegen, genügte so eine Visage, ihm die Antwort zu liefern. Als er fünfzehn gewesen war, hatten Leute wie der eine Menge Trümpfe gegen ihn in der Hand gehabt. Endlich war der Zeitpunkt gekommen, die Karten neu zu mischen. Er war wieder da. Es machte Spaß, wieder dazusein.

Am nächsten Morgen waren die Titelseiten der Münchner Boulevardpresse mit ihren Schlagzeilen an der Reihe. In großer Aufmachung wurden Bilder, Stellungnahmen und Interviews präsentiert. DIRNENKRIEG. WOHIN MIT DER FREIEN LIEBE? DIE SCHLACHT UM DEN »LEIERKASTEN«. Der Fall war zum Stadtgespräch geworden. Eine bessere Reklame, dachte Johnny, können wir nicht bekommen. Immer mehr Menschen strömten zur Zweigstraße. Die Geschäftsleute, die gegen den Betrieb eines Bordells in ihrer unmittelbaren Nachbarschaft Unterschriften gesammelt und Petitionen an die Behörden eingereicht hatten, »den Saustall endlich auszumisten«, machten nun gar keine Umsätze mehr.

Johnny genoß den ganzen Wirbel. Sogar ein Foto von ihm erschien in den Zeitungen. »Ich mache das Geschäft seit zehn Jahren«, erklärte er in einem Interview. »Wir lassen uns nicht mehr rausdrücken aus München. Wir haben einen sauberen, ordentlichen Betrieb.«

Bevor es zu einer weiteren Eskalation kam, zog sich die Polizei zurück. »Wir haben nichts mehr unternommen, nachdem die Absperrung durchbrochen war«, sagte Kögl der Presse.

Der »Leierkasten« glich danach einem Wallfahrtsort. Wer sein Vergnügen suchte, kam hierher. Und sie kamen scharenweise, vierundzwanzig Stunden lang. Damit war Johnny geglückt, was er sich am Tag der Übernahme vorgenommen hatte: das Haus zur ersten aller vergleichbaren Adressen in der Stadt zu machen.

In wenigen Monaten allerdings war ein neuer Gesetzesentwurf verabschiedet, die sogenannte »Sperrbezirksverordnung«, wonach in bestimmten Stadtbezirken die Ausübung der gewerblichen Prostitution untersagt werden konnte. Johnny brauchte nur die Zeitungen zu lesen, um sich über den Fortgang der Diskussion auf dem laufenden zu halten. Es dauerte weitere drei Monate, bis der Beschluß der Regierung von Oberbayern in Kraft trat.

Johnny war weit davon entfernt, entmutigt zu sein. »Such ein neues, anderes Haus, das nicht im Sperrbezirk liegt«, schlug er Deska vor. »Und ruf mich dann in Hamburg an.«

»Paß auf, Ilse«, sagte er der alten Frau zum Abschied, »nicht, daß du denkst, wir geben auf. Fahr in Urlaub«, Johnny drückte ihr einen zusammengefalteten Fünfhundertmarkschein in die Hand, »erhol dich ein bißchen. Und dann machen wir anderswo weiter.«

Mit Carola fuhr er zum Cosima-Haus, händigte dem Portier wie immer die Autoschlüssel aus, stieg aus, hörte, wie jemand durch die Zähne pfiff, und drehte sich um. Es gefiel Johnny nicht, wenn Männer einer Frau nachpfiffen, er ging hinüber zum Taxistand und nahm die Hände aus den Hosentaschen. »Hast du mir gepfiffen?«

»Wer pfeift denn dir?« lachte der Taxifahrer.

Johnny schlug mit der ganzen Wut, die sich seit dem Vormittag in ihm aufgestaut hatte, auf ihn ein. Der Mann sackte viel zu schnell zusammen.

Hotelgäste liefen zusammen. Johnny strich sich durch die Haare, drehte sich um und ging im Hochgefühl seiner Selbstachtung zurück zur Drehtür, an aufgebrachten Passanten vorbei, die aus Furcht, er könnte auch noch auf sie einschlagen, erst losschimpften, als er verschwunden war.

»Kopf hoch, Carola, ist doch nichts passiert.«

Glotzt nicht so blöd, dachte er, als er auch in der Halle die Blicke der Leute spürte. Legionen eben dieser Leute, die ihn jetzt verachteten, hatte er zehn Jahre lang durch die Kontakthöfe und die Korridore der Bordelle gehen sehen. Je mehr sie für ihr Vergnügen bezahlten, je mehr sie an die Macht ihrer Titel und ihres Geldes glaubten, um so geschickter wurden sie abkassiert. Johnny hatte schon alles gesehen: Direktoren in Unterhosen, Rechtsanwälte nackt mit steifem Glied, Familienväter mit nichts an als Socken, Spießbürger von Sinnen vor Geilheit. Vor seinen Augen hatten sich ganze Belegschaften angesehener Firmen mit bezahlten Körpern vergnügt. Was sollte ihn noch schockieren. Nur machte es ihn wütend, wenn die gleichen Herrschaften sich tagsüber, im anderen Leben unter helleren Himmeln, anmaßten, ihn über gutes Benehmen belehren zu wollen. Die Schnauze sollten sie halten, und damit meinte er auch einen der Geschäftsführer, der in der Eingangshalle jetzt auf ihn zulief.

»Herr Berger, ich muß Sie doch höflich bitten ...«

Johnny schob ihn zur Seite. »Passen S' auf, Sie Schlaumeier. Gewöhnen Sie sich erst mal einen anderen Ton an, wenn Sie mit mir sprechen.« Johnny sprach absichtlich laut und deutlich, damit ihn auch alle in der Halle hören konnten.

»Ich glaube nicht«, fuhr der Mann fort, »daß wir Ihre Anwesenheit hier bei uns unter diesen Umständen länger dulden können, und bitte deshalb, daß Sie schnellstmöglich ausziehen.«

Johnny nahm Carola, die sich schämte – freilich nur deshalb, weil sie es nicht gewohnt war, im Mittelpunkt zu stehen –, ging mit ihr zum Aufzug, stieg ein und fuhr ohne weiteren Kommentar nach oben.

Gleich darauf klopfte es an der Tür. Diesmal war es der Direktor. »Eine Anzeige gegen Sie wird es nicht geben, Herr Berger, dafür habe ich, trotz der Einwände meiner Leute, gesorgt. Aber Sie werden verstehen, es tut mir leid, daß ich die Kündigung nicht rückgängig machen kann. Außerdem sind Sie nicht der einzige, mit dem es im Haus Ärger gibt.« Er meinte damit ein paar seiner Freunde, die nach ihm ebenfalls hier eingezogen waren. »Wir sind hier nicht in St. Pauli, Herr Berger.

»Ein Glück – für Sie!« Johnny knallte die Tür ins Schloß.

In der selben Nacht landete Johnny dann doch noch auf dem Polizeipräsidium. Er hatte, anfangs noch mit dem alten Rudi und Deska-Karl, in einigen Bars etwas getrunken. Durch die Presseberichte war sein Name inzwischen bekannter in München, als ihm lieb war. Und verständlicherweise waren nicht alle begeistert, wenn er, auch noch mit Gefolge, bei ihnen auftauchte.

Dann war er allein weitergezogen und wußte zuerst nicht recht, wohin. Die sanfte Seite des Nachtlebens hatte ihn bis jetzt noch nie interessiert; da er aber keine Lust verspürte, eine der Kneipen im Bahnhofsviertel aufzusuchen, weil sie ihm kein Vergnügen versprach, fuhr er nach Schwabing, fuhr so lange herum, bis ihm eine Leuchtreklame auffiel, die ihn interessierte.

Der Türsteher der Disko wollte ihn nicht einlassen. »Heute nicht!«

»Was meinst du denn damit, heute nicht?« Wenn Johnny von St. Pauli aus manchmal in die Innenstadt gefahren war, um sich zu amüsieren, hatte er auch immer Schwierigkeiten gehabt.

»Na, heute nicht!«

»Du mit deinen aufgeblasenen Muskeln, mach dich hier nicht so wichtig, sonst kriegst du mal 'ne richtige Tracht Prügel.« Er riß ihn zur Seite und ging die Treppen hinunter.

Er bestellte Whisky Cola, wurde aber erst dann bedient, als er dem Geschäftsführer, der sich bei ihm beschweren wollte, eine Ohrfeige gab. Was Johnny nicht mitkriegte, war, daß der seiner Barfrau ein Zeichen gab, die Polizei zu rufen.

Dann endlich hatte er, was er wollte: mitten im Lärm stehen, was trinken und schauen, wie schön die Mädchen waren, die sich auf der Tanzfläche tummelten. Mehr als nur selbstvergessen an der Bar lehnen und auf einem Filtermundstück herumzukauen wollte er nicht. Trotzdem dachte er über das, was er sah, nach. Musik war die Macht, der sie sich auslieferten. Ihre Bewegungen erinnerten ihn an gefesselte Frauen, wobei nicht klar war, ob sie die Fesseln abstreifen oder sich darin verheddern wollten. Ihm war nicht aufgefallen, daß inzwischen Polizei in die Disko gekommen war, zehn Mann in Lederjacken. Er nahm sie erst wahr, als sie ihn schon umringt hatten.

Na, dachte er, das sind aber jetzt die ganz harten Jungs, da brauche ich mich jetzt nicht besonders wichtig machen. Er stieg deshalb sofort vom Barhocker und legte gleich auch demonstrativ beide Hände nach hinten auf den Rücken, damit ja keiner zuschlagen und sich später damit herausreden konnte, er habe Gegenwehr geleistet, weil er sich bedroht gefühlt habe.

Der Einsatzleiter hatte für seine vorbildliche Verhaltensweise etwas übrig. »So gefallen Sie mir!«

»Auch noch so spät unterwegs, Herr Wachtmeister?«

»Wir wurden gerufen, weil Sie in diesem Lokal als Gast unerwünscht sind, sich aber trotzdem mit Gewalt Zutritt verschafft haben.«

Johnny grinste. »Und deshalb mobilisieren Sie ein Überfallkommando?« Das gefiel ihm.

»Kommen Sie, gehn wir.«

Sie fuhren ihn zum Präsidium, eine ganze Eskorte von V8-Peterwagen, die alle mit Blaulicht angerückt waren, als gelte es, eine Handvoll schwerer Jungs auszuheben. Das war wie im Kino. Und Kino ließ ihn träumen. Von einem, wie er einer war.

Die Räume im Polizeipräsidium kannte er. Mehr als fünfzehn Jahre waren inzwischen vergangen. Von hier aus war er zuerst ins Cornelius gewandert, dann ins Schubgefängnis und dann die Jahre nach Ebrach. Die Farbe an den Wänden war noch immer grün. Es roch immer noch nach Scheuerpulver. Und die Menschen in den Zimmern und Korridoren taten ihm immer noch leid. Was für ein falsches Leben sie hatten, dachte er.

Der diensthabende Beamte bat ihn, ihm gegenüber Platz zu nehmen. »Schön, daß ich Sie endlich persönlich kennenlerne. Sie also sind Johnny Berger!«

»Hören Sie, ich hab's eilig. Sparen Sie sich Ihre Vorreden.«

Der Beamte ließ sich nicht aus der Ruhe bringen. »Wissen Sie, Herr Berger, ich kenne Ihren Vater. Wir sind uns einige Male draußen beim Pilzesammeln begegnet. Ein Mann mit Charakter. Schade nur, daß er, was seinen Sohn angeht, soviel Pech haben muß.«

Es war nicht diese Beleidigung, die Johnny wütend machte, sondern die Tatsache, daß der Mann seinen Vater erwähnte. Er hatte kein Recht dazu. Am liebsten hätte er ihm ins Gesicht geschlagen.

»Wenn Sie uns den Gefallen schon nicht tun wollen, machen Sie doch Ihrem Vater wenigstens die Freude und verschwinden Sie wieder nach St. Pauli.

Der Beamte genoß die frühe Stunde und seinen Triumph, daß dieser Berger ihm hier gegenübersaß. Er versuchte, ihn zu provozieren. Vielleicht verlor er doch irgendwann die Fassung, wurde handgreiflich und bot ihm Gelegenheit, ihn doch noch in Handschellen abführen zu können. »Es gibt genug meiner Kollegen, die nichts lieber täten, glauben Sie mir, als Sie mal richtig in die Mangel zu nehmen.«

Johnny nickte zustimmend. »Na klar, wozu sonst das ganze Training.«

»Ich muß sagen, daß ich meine Kollegen verstehen kann.«

Johnny lächelte und nickte wieder. Er lächelte auch noch, als der Beamte mit völlig ruhiger, fast schleppender Stimme zum Ende kam. »Sollten wir uns aber doch mißverstanden haben, Herr Berger, und Sie hören nicht auf meinen Rat, dann schwöre ich Ihnen eines: Wir werden Sie aus dem Verkehr ziehen!« Er lehnte sich zurück. »Und nun machen Sie, daß Sie verschwinden, bevor ich mir's anders überlege und Sie doch noch wegen Androhung von Gewalt einlochen lasse.«

Johnny fuhr danach ins »Boccaccio«, eine Bar, die ihm Ablenkung und zu dieser Stunde vielleicht sogar ein Abenteuer versprach. Bei seinem ersten Besuch hatte er auch hier zuerst Schwierigkeiten gehabt. Der Chef war selbst zu feige gewesen, ihm Lokalverbot zu erteilen, und hatte von Heidi, seiner Barfrau, verlangt, ihm auszurichten, daß er hier unerwünscht sei. Die aber dachte gar nicht daran. Ihr gefiel der Kerl. Sie verstand sogar, daß ihm diesmal nicht groß nach Reden zumute war. Es gefiel ihr, wie er nur dasaß und nichts sagte. Es gefiel ihr auch, wie er sie anschaute.

Schließlich sagte er: »Fahr mich um sechs zum Flughafen.«

Sie wußten beide, daß im »Boccaccio« schon um vier Uhr Feierabend war.

6

»Gib mir mal schnell Johnny«, verlangte Max am Telefon.

»Der ist, glaub ich, schon nach Frankfurt geflogen«, antwortete Carola.

»Also doch. Dann werd ich auch 'n Flieger nehmen, Carola, und danke.« Er legte auf, trat aus der Telefonzelle, sah drüben vor dem »Golden Nugget« Karate-Uwe stehen, von dem er wußte, daß er auch nach Frankfurt wollte, auch fliegen, aber dann entschlossen sich beide, doch mit dem Sportwagen von Max zu fahren.

»Mit Saufen ist dann aber nichts, wenn wir gleich wieder zurückfahren wollen.«

»Nur Mineralwasser«, sagte Max, der tatsächlich seit der Geburtstagsfeier in München abstinent geblieben war. Vor allem im Gesicht war er von der ewigen Sauferei fett geworden, und angesoffen machte er ohnehin nur Dummheiten und verlor zuviel Geld beim Zocken. Hauptsache war, er sah Johnny wieder, denn ohne ihn war es einsam. Er hatte, wenn er von Janine, seiner zweiten Geliebten, absah, die ihm zuhörte, wenn er seine moralischen Anwandlungen kriegte, keinen Menschen, mit dem er richtig reden konnte.

Aus allen Städten kamen sie angereist, um Hannes' Geburtstag zu feiern. Sie wiederholten die gleichen Reden, die gleichen Gesänge, die gleichen Hochrufe. Sie trugen die gleichen Anzüge, auch die Witze waren nicht alle neu, aber keiner wollte fehlen, wenn es etwas zu feiern gab. Unternehmer halten Konferenzen ab, wenn sie Geschäfte vorbereiten oder auf neue Situationen in ihrer Branche reagieren müssen. Die Bosse des Milieus treffen sich bei Geburtstagen, verhandeln das Geschäftliche am Rande von Boxveranstaltungen oder Beerdigungen. Als sich Max, der sich tapfer an Mineralwasser gehalten hatte und deshalb auch nie in die richtige Stimmung gekommen war, gegen drei Uhr nachts verabschiedete, um mit Karate-Uwe nach Hamburg zurückzufahren, war Johnny bester Stimmung. Sein Leben drehte sich bunter als jedes Glücksrad. Das Gemisch aus Champagner und Whisky in seinem Blut ließ ihn in einen komaähnlichen Zustand von Zufriedenheit fallen. Himmel, fühlte er sich wohl. Die Gesellschaft, in der er sich befand, war erstklassig, zumindest die an seinem Tisch. Er selbst war noch vor sechs, sieben Jahren ein Niemand gewesen, ein kleiner Kellner, der die Goldknöpfe an seinem Jackett polierte. Wenn er sich umschaute, hatte er von allen den schnellsten Weg nach oben zurückgelegt. Er hatte seine Vorteile genutzt, ohne dabei jemand zu benachteiligen. Vielleicht lag es aber auch daran, daß er nie beliebt sein wollte. Ihm genügte, sie waren höflich.

Als Max weg war, ging ihm Heidi durch den Kopf. Er war gerne verliebt, wenn es nicht darauf ankam. Er fühlte Leidenschaft immer dann besonders stark, wenn sie durch kein Interesse belastet war. Seufzer der Zufriedenheit, ja, ein tiefes, erlöstes Ausatmen, ja, aber keine Habgier. Keine Küßchen, keine Lügen. So blieben keine Schulden zurück. Wer das aushielt, blieb in Reichweite. Johnny wollte Heidi von seiner Treulosigkeit überzeugen. Wenn sie ihn, wie es Carola tat, auch dann noch mochte, konnte er ihr vertrauen.

Die erste Maschine brachte Johnny zurück zu Carola, die ihn am Flughafen abholte. Er war erschöpft und wollte nur noch schlafen. Er würde ruhiger schlafen, wenn sie nicht in der Wohnung war. Johnny steckte das Telefon aus. Carola nahm den Wagen und fuhr zum Starnberger See.

Er wachte auf, als draußen jemand durch den Briefschlitz seinen Namen rief, seinen und den von Max.

Aber Johnny war zu müde, drehte sich auf die andere Seite und dachte: Scheiße, schon wieder Ärger mit Max, und versuchte einschlafen.

Nuntius de Coppola, der Bruder von Sergio, sein Wohnungsnachbar, schlug fast die Tür ein, bevor Johnny endlich aufstand und öffnete. Was er erfuhr, verstand er nicht, glaubte es auch nicht: Angeblich war Max auf der Heimfahrt tödlich verunglückt.

Er wählte sofort seine Nummer, aber niemand nahm ab. Er rief im »Chikago« an und verlangte Uwe. Der schlafe noch, hieß es. Hans kam an die Strippe. Die Radionachrichten hätten eine Meldung gebracht, erklärte er, mehr aber wisse er auch noch nicht. Johnny telefonierte weiter. Niemand wußte viel, aber alle kondolierten ihm. Er wählte, bevor er die Whiskyflasche suchen ging, noch einmal die Nummer von Max. Tränen liefen ihm übers Gesicht, als er den Hörer auf die Gabel zurücklegte.

»Er ist tot«, sagte Johnny, als Carola hereinkam und ihn mit der Flasche auf dem Sofa liegen sah. »Er ist tot!«

Sie wußte sofort, daß nur Max gemeint sein konnte, weil sie ihm ansah, daß er geweint hatte.

»Glaubst du das?«

Sie wußte nicht, was sie antworten sollte. Sie wünschte sich, daß Max noch lebte, schon Johnny zuliebe, weil sie erschrocken sah, in welchem Zustand er sich befand.

Gleich morgens fuhr er zu den Eltern von Max. Sein Vater war im Büro, und der Mutter wollte er die Wahrheit vorerst ersparen; es war besser, entschied er, sie erfuhr alles von ihrem Mann.

Der Vater nahm die Nachricht vom Tod seines Sohnes äußerlich ruhig und gefaßt auf und wollte nur das Nötigste wissen. Dann starrte er einige Minuten teilnahmslos vor sich hin. Mit den Tränen mußte er nicht kämpfen, aber mit seinen Nerven. Am liebsten hätte er Johnny jetzt eine Standpauke gehalten, denn der Tod seines Sohnes war für ihn nichts weiter als die logische Konsequenz eines liederlichen Lebens – und dafür machte er vor allem ihn verantwortlich, für all den Kummer, den Max ihnen gemacht hatte, für all die betrogenen Hoffnungen, die sie in ihn gesetzt hatten. »Weiß es meine Frau schon?«

»Von mir nicht.«

»Danke, daß du gekommen bist. Ich weiß, du warst sein bester Freund. Leider hatte er keine anderen.«

Johnny war nicht der Mensch, Anspielungen auf sich beruhen zu lassen, und war drauf und dran, ihm ein paar passende Worte zu sagen, sagte dann aber nur: »Es werden zu seiner Beerdigung eine Menge anderer Freunde erscheinen. Auch damit werden Sie sich abfinden müssen, Herr Dassner. Max war beliebt. Er gehörte zu einer großen Familie.«

Johnny nahm die Mittagsmaschine nach Hamburg und

suchte zuerst Yvonne und danach Janine auf. Sie weinten alle beide, Yvonne heftig, fast vorwurfsvoll, Janine hilflos, leise und so verstört, daß Johnny Angst um sie hatte. Da sie seine heimliche Geliebte gewesen war, gab es außer Johnny niemand, der sie trösten würde. Yvonne hingegen war schon seit Bekanntwerden der Todesnachricht mit Anteilnahme überschüttet worden. Es gefiel Johnny nicht, mit wieviel Selbstherrlichkeit sie die Witwe spielte. Gemocht hatten sich beide nie besonders, und auch jetzt fiel es ihm nicht leicht, sie aufrichtig zu bedauern. Dagegen tat ihm Janine leid; ihr mußte es jetzt wie ihm gehen, nachdem ihn Karin verlassen hatte und die ganze Stadt zur Erinnerung an eine verlorene Liebe geworden war, ein Zustand, den er ihr ersparen wollte. »Am besten bleibst du gleich nach der Beerdigung in München«, schlug er ihr vor, »und mach dir keine Sorgen wegen einer Wohnung, das erledige ich. Und sei vernünftig, versprich mir das!« Er nahm sie in den Arm und hielt sie länger fest, als er das je mit einer anderen Frau getan hatte.

Sascha war in St. Pauli der erste, der den Stecker aus der Musikbox zog. Zwei Tage lang wurde in keiner Bar, keiner Kneipe und keinem Bordell auch nur eine Platte aufgelegt.

Um zu trauern, waren in Hamburg zu viele Menschen um Johnny herum; außerdem war er immer noch damit beschäftigt, sich über Max zu ärgern. Es machte keinen Sinn, sich einen toten Max vorzustellen. Johnny wollte es erst schwarz auf weiß in der Zeitung lesen.

Badener-Hans las es ihm vor, als sie zum Leichenschauhaus nach Hildesheim fuhren. »Am Donnerstag, dem 8. Juni, gegen 5 Uhr, fuhr ein viersitziger italienischer Luxussportwagen, Typ Iso Rivolta Lele, mit mehr als 200 Stundenkilometern über die regennasse Autobahn Kassel–Hamburg. Kurz vor der Innerstetal-Brücke, die die Bahnlinie nach Hildesheim–Goslar überquert, kam das Gefährt von der Fahrbahn ab. Auf einer Länge von 70 Metern rasierte der schleudernde

Sportwagen die Büsche ab, schoß eine Böschung hinunter und prallte gegen einen Baum. Das Luxusfahrzeug verwandelte sich mit einem Schlag in ein zusammengepreßtes Schrottpaket. Die beiden Insassen wurden 15 Meter weit durch die Luft geschleudert. Ihre Körper zerrissen eine Telefonleitung, bevor sie auf den Bahnschienen aufschlugen. Eine Stunde später entdeckte der Führer eines Triebwagens die beiden Toten. Goldene Armbanduhren und kostbare Schmuckstücke glitzerten an ihren Händen. Anhand ihrer Papiere und der Fahrzeugnummer identifizierte die Polizei die Unfallopfer als den 30jährigen Max Dassner und den 31jährigen Erich Kilsch, beide wohnhaft in Hamburg.«

Verdammte Schmierfinken, ärgerte sich Johnny, von seinen Klunkern mal abgesehen, hatte er vor allem ein goldenes Herz gehabt.

Die Leichen lagen nebeneinander in Zinkwannen. Er schaute Max an. Sein Gesicht war unverletzt geblieben, nur ein Faden getrockneten Blutes führte vom rechten Mundwinkel herauf zur Schläfe. Mensch Junge, dachte Johnny, Schluß jetzt mit dem Theater, so tot siehst du auch wieder nicht aus. Aber Max lag da und rührte sich nicht.

Hans liefen Tränen über die Wangen. Das rührte Johnny und lenkte ihn ab. Er wußte nicht, warum er noch länger hier herumstehen sollte.

Eigentlich rechnete er damit, daß ihm die Polizei einen Revolver präsentieren würde. Johnny wußte, daß Max die Angewohnheit hatte, im rechten Stiefel eine Waffe zu verstecken, aber auf dem Tisch standen nur seine Nappalederstiefel, daneben lag ein Goldbarren an einem Kettchen, das Max gehört hatte. Das Gold war plattgedrückt, was die Wucht des Aufpralls veranschaulichte.

Bis zum Tag der Beerdigung war Johnny nur damit beschäftigt, das Begräbnis zu organisieren, die Mutter von Max zu trösten, ein Grab für seinen Freund zu kaufen, die Überführung zu überwachen, einen Sarg zu wählen und darauf zu hoffen, daß er ihn wieder in Zahlung geben konnte, wenn Max doch noch irgendwann einfach zur Tür hereinstolperte. Nachts, wenn er genug getrunken hatte und Carola ins Zimmer kam, haßte er sie allein deshalb, weil sie nicht die Überraschung war, von der er träumte; dann haßte er nur noch sich selbst und trank weiter.

Jeden Tag meldete sich bei ihm ein anderer der alten Kumpel, der zur Beerdigung kommen wollte, das Geld aber nicht hatte, sich einen Anzug leisten zu können. Als Johnny es satt hatte, sie einzeln einzukleiden, ließ er im Kaufhof alle dunklen Anzüge einer mittleren Größe kaufen und deponierte sie bei Kriegl-Sigi in der Wurstbraterei.

Allein aus Hamburg hatten sich so viele Freunde zur Beerdigung angesagt, daß der Gedanke nahelag, gleich eine ganze Lufthansa-Boeing zu chartern; aber auch die reichte kaum. Auf dem Flughafen kam es zu Schlägereien um die letzten freien Plätze. Grupe zum Beispiel riß einem, den er noch nie leiden konnte, einfach das Ticket aus der Hand und riet ihm, sein Vaterunser zu Hause zu beten.

Eigentlich wirkten nur die Eltern von Max und seine Verwandten fehl am Platz, sie sahen einfach viel zu normal aus. Dagegen wirkten die an die dreihundert Trauergäste, die in einem endlosen Marsch von der Aussegnungshalle zum Grab gingen, wie eine Prozession von Rummelplatzfiguren, alle in viel zu engen, schwarzen Anzügen, die Mähnen abstehend und die Augen hinter Sonnenbrillen verborgen. Mit jedem einzelnen hätte man kleinen Kindern Angstträume einjagen können. Zwischen den Männern gingen die Mädchen, die auch alle Sonnenbrillen trugen. Jede hatte eine rote Rose in der Hand, und alle weinten. Selbst gestandene Friedhofsbeamte kamen aus dem Staunen nicht mehr heraus, als sie die Blumen, die Gebinde und Kränze sahen. Man hätte die Zweigstraße damit zuschütten können, so viele waren es.

Stolz sah Johnny, daß Max damit gebührend geehrt war. Es machte ihn weniger tot in diesem Moment.

Dem Pfarrer hatte Johnny ins Gewissen geredet, er solle auf seine üblichen Reden verzichten, es handle sich hier um ein Begräbnis etwas anderer Art. Er kapierte erst, als sein Auge auf die Trauergemeinde fiel – und machte es gnädig. Eine Kapelle spielte Soulmusik und den Zapfenstreich.

Die Trauerrede hielt Sascha, ein Fachmann der freien Rede an Gräbern von Freunden. Zuerst ehrte er Max als Helden eines übermütig ehrlichen Lebens, sprach dann mit der Schärfe einer Injektionsnadel von den Vorurteilen der Gesellschaft gegen einen wie ihn, dankte ihm für seine Anwesenheit auf Erden und den kleinen Umweg über St. Pauli und bat den Toten zum Abschied, ihm dort oben einen Engel übrigzulassen.

Dann nahm Johnny die Schaufel und schüttete Erde auf den Sarg; es war zum Kotzen, was Max da von ihm verlangte.

»Adenauer hatte auch nicht mehr Kränze«, fiel Hans auf.

Später, als alle bei »Birschl« saßen und sich im Gedenken an Max betranken, fuhr Johnny noch einmal allein zurück zum Waldfriedhof. Am Grab stand Janine, um von ihrem Geliebten Abschied zu nehmen. Zur offiziellen Feier wäre ihr Erscheinen zwar durchaus möglich gewesen, weil ja niemand außer Johnny von ihrer Beziehung zu Max wußte, aber sie hatte es vorgezogen, erst nach dem großen Trubel zu kommen.

Carola war die einzige, die miterlebte, wie nahe Johnny der Tod seines besten Freundes ging. Er schämte sich nicht, in ihrer Gegenwart Gefühle zu zeigen. Eine ganze Woche lang wollte er niemanden sehen, lag im Bett und verließ die Wohnung nur nachts, um in der Stadt herumzufahren, ziellos, von einem Ende zum anderen. Er fuhr nur, um nicht verrückt zu werden. Er war zu erschöpft von seinen Gedanken, Gedanken, die er nicht verstand. Er verstand nur, daß es gefährlich war, sie denken zu müssen. Wenn alles unwichtig war, hieß das doch, daß auch alles, was er selbst bisher für wichtig gehalten hatte, nicht viel bedeutete. Wenn der Tod kam, wann er wollte, erschien ihm jede Verabredung, die über einen Tag hinausging, lächerlich. Der Schock hatte Johnny aufgebrochen, er war verwundet, er taumelte; seine Traurigkeit trieb ihn in ihre Richtung, Carola mußte nur die Arme öffnen.

»Wäre damals jemand gegen mich angetreten, Carola«, vertraute er ihr ein paar Monate später an, »ich hätte alles hingeschmissen. Ich war immer schneller gewesen als andere, gerade, weil ich nie Zeit mit Zweifeln verschwendet habe.« Das Lauffeuer seiner Einfälle war für die meisten seiner Freunde und Angestellten, selbst für Carola, die eine Göttin der Geduld war, eine tatsächlich nervenaufreibende Zumutung. Es war, als wollte er nie auch nur eine einzige Sekunde verlieren und das Vergehen der Zeit dadurch noch beschleunigen, daß er sich mit unablässiger Aktivität betäubte. Sobald er in Gesellschaft auftauchte, war Johnny nicht einfach nur anwesend, er war allgegenwärtig – und jetzt tat er nichts weiter, als Blumen auf das Grab seines Freundes zu legen und über den Sinn seines Lebens nachzudenken. Weit kam er trotz aller Anstrengungen nicht und schwelgte lieber in Erinnerungen, und Carola mußte ihm zuhören, was spätestens nach der dritten Wiederholung der gleichen Geschichte Nerven kostete.

7

Während Carola damit beschäftigt war, den Umzug in ihre neue Wohnung, eine vornehme Zweizimmerwohnung in der Nähe des Nymphenburger Schlosses, zu organisieren, flog Johnny immer wieder nach Hamburg. Die Umsätze hatten in seiner Abwesenheit nachgelassen, er selbst auch ein wenig die Lust verloren, im Geschäft bleiben zu wollen. Er war immer noch unschlüssig, ob er nicht verkaufen sollte, als Deska anrief.

»Ich habe, glaube ich, was gefunden, was ideal für uns wäre, ein nagelneues und günstiges Wohnhaus mit genügend Wohnungen, das außerdem nur einen Steinwurf vom Olympiagelände entfernt liegt.«

»Wer ist der Besitzer?«

»Mike Deinhard.«

»Der mit den dicken Zigarren?«

»Richtig. Er hat das Haus geerbt. Und ist ganz scharf drauf, daß wir mit ihm was machen.«

»Der kriegt seine Miete, und damit hat sich's.«

Mike Deinhard war Junggeselle, lebte von seinem Erbe, trieb sich überall herum, wo getrunken und gelacht wurde, ein urgemütlicher Bayer, mit dem es keine Schwierigkeiten geben würde. Kraut, Knödel und Spanferkel bildeten die Eckpfeiler seiner Lebensphilosophie.

»Na gut, Karl, dann handle du die Verträge mit ihm aus, stell die alte Ilse in die Küche, hol alle Frauen, die was taugen, zurück, den Rest bring ich selber mit. Ich werde meine Geschäfte in Hamburg wahrscheinlich sowieso aufgeben.«

»Wann kommst du?«

»Ich schick dir noch heute den Uwe runter.«

Deska schluckte. »Ich denke, daß wir zwei das machen?«

»Uwe ist mein Partner bei all meinen Geschäften!« Das war deutlich, und Deska begriff, aber von diesem Tag an ließ er keine Gelegenheit aus, sich mit ihm anzulegen. Johnny machte sich also auf einigen Ärger gefaßt. Obwohl er ihm nicht über den Weg traute, konnte ihm von der Seite nicht viel passieren. Er würde ohnehin mit der eingespielten Mannschaft aus St. Pauli antreten, und seine Jungs würden Befehle nur von ihm akzeptieren.

Bevor er zurückflog, erledigte er auch gleich noch eine andere Kleinigkeit und wählte die Nummer von Carolas Ex-Verlobtem. »Hier ist Berger. Ich schick gleich jemand vorbei, der die zwanzigtausend Mark abholt, die du, wie du dich hoffentlich noch erinnerst, Carola schuldest.«

»Mal langsam«, versuchte sich Georg zu wehren. »Das ist eine Sache, die nur mich und sie was angeht.«

»Nun hör mal gut zu, du Träumer. Du zahlst, oder ich komm gleich selbst vorbei.«

Diese Vorstellung schien ihm Angst einzujagen. »Ich hab's nicht, nicht im Moment.«

»Dann wirst du dich halt wohl oder übel von deinem Pferd trennen müssen.« Johnny legte auf. Das mit dem Pferd wußte er von Carola. Daß er Besitzer eines Trabers werden würde, gefiel Johnny, weil es seinem Geltungsbedürfnis schmeichelte. Er gab Dossi, der ein Pferdenarr war, die Anweisung, das Tier so bald wie möglich nach München-Daglfing zu schaffen.

Inzwischen wurde das neue Haus zum Bordell umgebaut. Uwe strich eigenhändig die Tiefgarage rot, Schweine-Hans legte die elektrischen Leitungen – und Deska und Johnny sorgten dafür, daß die Zimmer vermietet wurden wie immer: für eine Tag- und eine Nachtschicht. Weil er es sich ersparen wollte, andauernd selbst, wie noch in der Zweigstraße, in die Zimmer zu müssen, sobald es Auseinandersetzungen gab, holte er sich Dieter Lossmann und Arno Dossi als Aufpasser, außerdem installierte er in jedem der Zimmer eine Alarmanlage.

Die Stadt schickte sofort ihre Beamten vorbei, die Johnny zur Schließung des Bordells aufforderten.

»Lesen Sie Ihre Verordnungen!« belehrte er sie. »Und kommen Sie in neun Monaten wieder, wenn der Beschluß der Regierung von Oberbayern vorliegt.« So lange dauerte es immer, bis der Beschluß, ein bestimmtes Viertel zum Sperrgebiet erklären zu lassen, alle Instanzen durchlaufen hatte. Dann wäre die Olympiade vorbei – und das Geschäft gemacht. Und mehr hatte Johnny nicht vor.

Schon Wochen vor den Olympischen Spielen lief das Bordell auf Hochtouren. Obwohl die Stadt untersagt hatte, an der Fassade den Schriftzug »Eros-Center« anzubringen, fanden die Sportler den Weg, türkische Boxer, russische Gewichtheber, französische Fechter, amerikanische Hammerwerfer, persische Catcher, brasilianische Sprinter, Sieger und Verlierer. Johnny feierte nächtelang mit den Stars der Olympiade. Wer seinen Wettkampf beendet hatte, aber noch bis zur Abschiedszeremonie im Stadion bleiben mußte, wurde Stammgast bei ihm. Sie saßen nächtelang in der Bar, bezahlten die Mädchen großzügig und tranken wie heimwehgeplagte Seeleute. Sie liefen nackt durchs Haus, einige bekleidet nur mit den errungenen Medaillen. So hautnah hatte kein Mensch Olympische Spiele je erlebt.

Dann kamen die Rocker.

Johnny saß im »Boccaccio«, als der Anruf von Lossmann kam.

»Macht das Haus dicht. Ich bin gleich da.« Dann rief er Ami-Toni an. »Bei mir ist Tanz angesagt, ruf unsere Leute zusammen!«

Die Rocker waren in der Menschenmenge leicht auszumachen. Johnny und Ami-Toni und die anderen mischten sich zuerst einfach nur unter sie, schauten wie alle nur zu, wie sie gegen das geschlossene Garagentor traten, wie sie zu Lossmann und Dossi hinaufbrüllten, daß sie den ganzen Laden plattmachen würden. Dann, auf Johnnys Zeichen, schlugen sie los. Die größten Schreier kamen zuerst an die Reihe. Der Angriff kam nicht, wie die Rocker vermuten mußten, aus dem Haus, sondern aus der Menge; diese Überraschung war der entscheidende Vorteil. Johnny und seine Leute schlugen schnell und ohne Erbarmen zu, weil sie wußten, nur so überhaupt eine Chance gegen Rocker zu haben. Noch bevor einer zum Messer oder Totschläger greifen konnte, mußte er unten liegen und kampfunfähig sein.

Johnny, Ami-Toni und Knochen-Karl nahmen sich die beiden Anführer vor und trieben sie, wie abgesprochen, zum Garagentor, das Lossmann von innen öffnete, um sie hereinzulassen, und sofort wieder schloß. Daß sie keine Chance hatten, sahen sie ein, ergaben sich, warfen ihre Munition auf den Boden, zwei Messer, Schlagringe und eine Stahlrute, versuchten, einen Kompromiß auszuhandeln, und wehrten sich kaum noch, als die Bestrafung begann. Danach warfen sie sie in den Hof zu den anderen, die dort schon lagen.

»Paß auf, Lose, ich war in Hamburg. Von dort melde ich mich bei der Polizei. Du und Ami-Toni, ihr nehmt einen Wagen und verzieht euch ebenfalls. Und laßt euch in den nächsten Wochen nicht in München blicken, verstanden?«

Dann rannte Johnny los, lief zur nächsten Telefonzelle, weckte Carola auf und wartete, bis sie ihn abholte.

Er raste unter rücksichtsloser Benutzung der Überholspur, des Gaspedals und der Lichthupe nach Hamburg. Von dort rief er sofort das zuständige Polizeirevier in München an. »Mein Name ist Berger. Ich rufe von Hamburg aus an. Gerade erfahre ich, was in München in meinem Haus passiert ist.«

»Na ja«, sagte ein Beamter, »nur zwei Kieferbrüche, ein Nasenbeinbruch, bei einer der Personen Verdacht auf Quetschung der Niere – und jede Menge ausgeschlagener Zähne.«

»Meine Leute sind von Rockern angegriffen worden. Das ist alles, was ich bisher erfahren habe. Ich bin gerade erst nach Hause gekommen ...« Johnny mußte lächeln, weil es in gewisser Weise sogar der Wahrheit entsprach, denn er saß in Hamburg bei sich zu Hause in der Paul-Rosen-Straße. »Ich werde aber, wenn Sie das wünschen, umgehend nach München fliegen, und wenn ich Ihnen dann helfen kann, stehe ich zur Verfügung.« Während er sprach, hielt er einen Spiegel vor sein Gesicht und vergewisserte sich, daß er nichts abbekommen hatte. Dann telefonierte er mit dem alten Rudi, gab ihm die Ankunftszeit durch und bat ihn, ihn abzuholen.

Carola ließ er den SL nach München zurückfahren. Er selbst nahm die Frühmaschine und besprach sich auf der Fahrt zurück in die Stadt mit dem alten Rudi. »Ich bin wahrscheinlich von der Liste, und Toni und Ricky sind untergetaucht. Der, den ich in der Garage plattgemacht habe, sagt frühestens in ein paar Wochen aus, so wie ich den zugerichtet habe. Außerdem war es nicht sehr hell. Und dann steht immer noch Aussage gegen Aussage. Und mein Alibi, der Anruf aus Hamburg.«

»Ich glaube nicht, daß die Polizei uns groß was anhängen kann!« erklärte Rudi. »Die Mädchen halten alle dicht; und daß die Rocker auf Krawall aus waren, steht auch fest. Was soll's also.« Rudi steuerte den Wagen gerade um den Friedensengel zur Isar hinunter. »Wo soll ich überhaupt hinfahren?«

»Ich muß erst mal 'n Anruf machen.«

Er rief Heidi an. Er war viel zu glücklich über den gelungenen Streich mit dem Alibi, um Müdigkeit zu spüren. Bis Carola am späten Nachmittag eintraf, wollte er sich mit Heidi vergnügen.

Drei Tage später mußte er im Präsidium erscheinen, wo sie ihn ins Verhör nahmen. Erleichtert stellte Johnny fest, daß sein Alibi hielt, machte sich aber darauf gefaßt, daß sie ihn ab jetzt noch lückenloser überwachen würden.

Bis sich die Gemüter wieder beruhigt hatten, wollte Johnny erst einmal von der Bildfläche verschwinden. Er schlug Carola vor, mit ihr nach Thailand zu fliegen. Carola hatte sich inzwischen mit Janine angefreundet. Also flogen sie zu dritt.

Johnny wollte nichts weiter als schlafen. Kein »Lagunal« mehr. Ein Teelöffel war vorgeschrieben, aber er schüttete sich den Schlafsaft gleich flaschenweise in den Hals und schlief trotzdem keine zwei Stunden durch. Ohne Schwierigkeiten war er nur einmal eingeschlafen, aus Langeweile in einem Bordell in Bangkok.

Da er täglich mit München und Hamburg telefonierte, war er über alles informiert, auch darüber, daß Deska sich in seiner Abwesenheit als Chef aufspielte und sich weiterhin mit Uwe anlegte; außerdem hatte er, wie Johnny erfuhr, einen jungen Amateurboxer entdeckt, der das Zeug zum Europameister in den Fäusten hätte. »Wo fehlt's?« wollte Johnny wissen, den nur Weltmeister interessierten. Trotzdem wollte er sich den Burschen nach seiner Rückkehr anschauen. Warum sollte er es, nach dem Fehlschlag mit seinem Traber, zur Abwechslung nicht mit einem Boxer versuchen?

»Charong«, Besitzer: Johnny Berger. Allein, um das auf der großen Anzeigetafel in München-Daglfing zu lesen, war er mit Carola überhaupt erschienen. Und natürlich war auch das halbe Nachtleben anwesend. Alle hatten auf sein Pferd gewettet, weil sie sich sagten: wenn der Berger-Johnny, dieser Erfolgsmensch, ein Pferd laufen hat, dann gewinnt das auch! »Charong« zahlte deshalb für zehn Mark nur mehr ganze zwölf – der Neuling war also bei seinem ersten Start überhaupt total heruntergewettet. Das Rennen war über eine Distanz von tausendachthundert Meter gegangen, und »Charong« hatte noch auf der Gegengeraden das Feld souverän angeführt, war dann aber immer mehr zurückgefallen und schließlich abgeschlagen nur Vorletzter geworden. Trotzdem hatte nun keiner geglaubt, daß Johnny mit »Charong« eine Niete gezogen hatte, sondern vielmehr angenommen, daß er sein Pferd absichtlich nicht hatte gewinnen lassen. Beim nächsten Rennen waren sie wieder vollzählig anwesend, und wieder wetteten sie das Pferd herunter – und

»Charong« lief wieder hinterher. Danach hatte Johnny eingesehen, daß all die Mühe, all die Kisten knackiger Granny-Smith-Äpfel und ganze Wagenladungen frischer Karotten, die er an sein Pferd höchstpersönlich verfüttert hatte, sich nicht auszahlen würden, und ließ es auf einen Pferdehof bringen, wo es sein Gnadenbrot bekam.

Er schickte Uwe nach Hamburg hoch, um dort, wie sie besprochen hatten, alles entweder zu verkaufen oder zu verpachten. Die besten seiner Jungs sollten sich nach München auf den Weg machen, denn Johnny hatte bereits wieder ein neues Haus, in der Herzogstraße mitten in Schwabing, in Aussicht.

Mit diesem Bordell würde er einen letzten Versuch starten, die Stadt davon zu überzeugen, daß es nicht nur möglich, sondern im Interesse der Stadt auch nötig war, ein sauber geführtes, erstklassiges Bordell zu genehmigen. Auf die Dauer würde München sich sowieso entscheiden müssen, soviel war sicher. Dann wollte Johnny der einzig mögliche, der vernünftige und deshalb logische Partner der Politik werden. Seine fachmännischen Fähigkeiten würden ihm selbst seine Gegner nicht absprechen können.

Deshalb war es wichtig, die kleinen Clubbesitzer zu kontrollieren, einen wie Conny Schömig zum Beispiel. Einfach draußen in Ramersdorf ein Bordell zu eröffnen, ohne ihm eine Beteiligung anzubieten oder auch nur um Erlaubnis zu fragen, war unvernünftig. Nachdem er auch noch erfahren hatte, daß sich zwei seiner eigenen Leute, ebenfalls ohne Absprache, mit eingekauft hatten, verlor er ganz die Laune. Noch aus Thailand ließ er ihnen deshalb mitteilen, daß sie mit Schwierigkeiten zu rechnen hätten, falls sie nicht zur Vernunft kämen, und schickte Deska los. »Sag den Herrschaften, daß ich ihnen, wenn ich wieder da bin, einen Besuch abstatte. Aber sie können ihre Verträge auch gleich zerreißen. Entweder sie tun, was ich will, oder ich zünde sie an!«

Ami-Toni nahm seine Sonnenbrille ab, strich sich mit der Hand über die Nase und setzte die Brille wieder auf. Das war die Zeit, die er zum Nachdenken brauchte. »Eins ist klar, daß sich Johnny nichts gefallen läßt. Irgendwas müssen wir also tun.«

Dann sah Toni, daß Charlie, ein kleiner Ganove, der gerade aus Berlin zu Besuch gekommen war, um sich nach Arbeit zu erkundigen, eine Pistole durchlud. »Was soll das? Bist du übergeschnappt?«

Charlie legte weiter die Patronen ein. »Damit könnte ich euch behilflich sein.« Er hob die Hand und spreizte, um den Preis anzudeuten, alle fünf Finger.

Ricky schüttelte den Kopf. »Und gehst dafür zehn Jahr in 'n Bau.«

»Nicht bei mildernden Umständen«, lachte Charlie und holte aus seiner Jackentasche drei Zehnerpackungen Captagon. »Ihr müßt mich nur schnell genug ins nächste Krankenhaus bringen, damit die dort feststellen können, daß ich unzurechnungsfähig war und mich außerdem nur gewehrt habe.«

Ricky mußte grinsen. »Und der Schmiere schreibst du unsere Namen auf, wenn sie dich im Krankenhaus verhört?«

Jetzt war Charlie beleidigt. »Du kiffst zuviel, Ricky!«

Toni wurde nervös. Charlie war verrückt, ganz klar, aber wie sie sich sonst ihrer Haut wehren sollten, fiel ihm auch nicht ein. Deshalb schlug er vor, Charlie solle sein Geld erhalten, aber erst schießen, wenn sich die Sache als aussichtslos herausstellen sollte.

Ricky und Toni teilten sich die Summe. Charlie steckte die Scheine ein und verlangte Wasser. »Wie soll ich sonst dreißig Tabletten runterkriegen?«

Als Johnny den Club betrat, versuchte Toni, ihm die ganze Angelegenheit als Mißverständnis zu verkaufen, während sich gleichzeitig Ricky bemühte, Charlie unauffällig klarzumachen, daß er jetzt besser verschwinden, unter keinen Umständen aber schießen sollte.

Charlie steckte die Tabletten weg, blieb aber sitzen, denn er wollte nicht gehen, ohne Johnny nicht wenigstens gebührend begrüßt zu haben, schließlich kannten sie sich und hatten sich lange genug nicht gesehen. Charlie, immer auf Achse und immer ohne einen Pfennig in der Tasche, war lange Stammgast in St. Pauli gewesen, und Johnny hatte ihn immer amüsant gefunden und ihm deshalb hin und wieder sogar, wenn er pleite war, Geld zugesteckt.

Das Gespräch dauerte nur so lange, bis Conny Schömig einsah, daß er einen Fehler gemacht hatte, und mit einer entsprechenden Abfindung einverstanden war. Ami-Toni und Ricky sollten das »Karo« weiterführen, Deska die beiden kontrollieren und ihm, Johnny, Rechenschaft schuldig sein.

Eigentlich hatte Johnny alle, die hier rumsaßen, längst satt, ihre Gesicher, ihre Sprüche, ihre Frisuren, ihre Cowboystiefel und Ledergürtel, ihre Muskeln, einfach alles. Er umarmte Charlie, den er erst jetzt richtig bemerkte, und lud ihn zum Weißwurstessen ein, weil er Abwechslung brauchte und ihn als Spaßvogel in bester Erinnerung hatte.

»Nur wenn die Zeche diesmal auf mich geht!« Er griff in die Tasche und hielt ihm die Scheine, die er gerade kassiert hatte, unter die Nase.

»Du und Geld?« Johnny wunderte sich. »Wen hast du denn dafür umgebracht?«

8

Uwe hatte Heimweh und war immer wieder unschlüssig. Vielleicht ist es doch ein Fehler gewesen, dachte er, Hamburg aufzugeben. Er kam aus Lübeck, liebte Hamburg und fühlte sich in München nicht wohl. Die Bars und Diskotheken, in die ihn Johnny schleppte, waren nicht seine Welt. Die Mädchen, die er dort traf, hatten Adelstitel, redeten Fremdsprachen und dummes Zeug. Die meisten waren Fotomodelle, modische Krawalltanten, eingebildete Hippies oder Studentinnen, die reich genug waren, um nicht studieren zu müssen. Er kapierte nie, was sie sagten, wenn sie sich mit ihm unterhalten wollten. Das waren keine Frauen, wie er sie gewohnt war, keine, die er handhaben konnte. So stellte er sich Millionärspartys vor, wenn die Eltern ausgeflogen sind. Nur daß die Kinder hier um die Vierzig waren, die Männer Bäuche und die Frauen falsche Zähne hatten. »Bin ich denn bekloppt, hier rumzustehen? Kannst du mir mal sagen, was ich hier soll?«

»Komm schon, Uwe, trink was!«

»Nee, da verdrück ich mich lieber!« Das aber getraute er sich Johnny gegenüber nicht.

Uwe verstand nicht, daß ihn Johnny immer mitschleppen mußte, nur weil er Begleitung brauchte. Viel lieber trieb er sich im Milieu um den Bahnhof herum, im »Liverpool« in der Schillerstraße oder in der Schwanthaler Straße in der »Lancaster-Bar«. Das roch wenigstens ein wenig nach St. Pauli – und Johnny hatte ihm schließlich zehn Jahre lang davon vorgeschwärmt. Aber seit er jede Woche in der Zeitung stand, trieb es Johnny in andere Bars. Schon als kleiner Kellner hatte ihn der Zauber indirekter Beleuchtung, leiser Musik und schöner Frauen immer fasziniert. Die Frühlokale waren ihm plötzlich nicht mehr interessant genug. Warum sollte er sich mit zweitklassigen Banditen abgeben, wenn er in Hamburg die erstklassigen Jungs aufgegeben hatte? Außerdem war er längst ein Außenseiter. Er war einfach zu groß geworden. Und er suchte ein anderes Leben.

Uwe war froh, wenn Johnny auf Reisen war, dann mußte er ihn wenigstens nicht nächtelang durch die Bars begleiten.

Und Johnny reiste viel, seit er zusammen mit Deska den Boxer eingekauft und ihm einen Trainingsraum angemietet hatte. Als Amateurboxer hatte er sich in den Bierzelten der Hauptstadt einen Namen gemacht. Jetzt wollten ihn Deska und Johnny zum Europameister machen – und dann, natürlich, zum Weltmeister.

Johnny ging mit der gewohnten, wie immer etwas großspurigen Routine an die Sache heran. Niemand sollte behaupten, er verstünde nicht auch davon etwas. Um sich einzustimmen, beschloß er, erst einmal nach Las Vegas zu fliegen.

Was er nicht über diese Stadt schon alles gehört, gelesen und im Fernsehen gesehen hatte! Große Boxkämpfe fanden dort statt, Sinatra trat dort auf, Elvis hatte dort leibhaftig auf der Bühne gestanden. Jedes Hotel war ein riesiges Spielcasino, es gab jede Menge Gangster, die dort zu Hause waren, berühmte Namen, die seine Idole waren. Grupe hatte ihm von dort vorgeschwärmt, Kessler kannte sogar Don King, den Boxpromotor, und hatte Johnny seinc Telefonnummer gegeben und versprochen, ihn eigens auch noch anzurufen; überhaupt war alles bestens vorbereitet, damit er und Deska gebührend empfangen wurden. Bill Cohn kannte in der Glücksspielszene überall auf der Welt jeden, der über Einfluß verfügte. Er war selbst Amerikaner und Spieler, und als er von Johnnys Freund Achmed Khezami, den die Polizei »König der Perser« und Freunde einfach Perser-Achmed nannten, gehört hatte, daß Johnny Las Vegas seinen Antrittsbesuch abstatten wollte, hatte er ihm zuliebe alles Notwendige geregelt.

In einem Schundroman, den sich Johnny vor dem Abflug wegen der Frau auf dem Umschlag gekauft hatte, fiel ihm, als er darin herumblätterte, ein Satz auf, der ihm gefiel. »Sie lebte an seiner Seite mit der Lautlosigkeit großer Schiffe, die an Horizonten segeln.« Dieser Satz charakterisierte alles, was

Johnny an Carola bewunderte. Sie war die absolut ideale Frau, ein Kleinod. Sie gehen zu lassen, war für ihn so unvorstellbar, wie ihr die Hand zu küssen.

Vom Flughafen ließen sie sich zum »Caesar's Palace« fahren.

»Wir haben hier zwei Zimmer. Auf die Namen Berger und Deska.« Johnny hatte sich diese zwei Sätze aus dem Wörterbuch zusammengesucht und auswendig gelernt.

»Sorry«, sagte die Dame an der Rezeption, nachdem sie nachgeschaut hatte. »Wie haben keine Eintragung.«

Das geht ja gut los, dachte Johnny, von dem fünfzehnstündigen Flug geschafft. »Und nun?«

»Aber hat Bill denn nicht bestätigt, daß hier für uns was reserviert wurde?«

»Natürlich, aber trotzdem stehen wir jetzt wie Idioten da.«

Sie schleppten ihre Koffer über die Straße zum MGM-Hotel. Johnny schob dem Mann an der Rezeption hundert Dollar hin und verlangte zwei Zimmer.

»Tut mir leid«, war die höfliche Antwort. »Auch nicht für zweihundert Dollar. Wir sind restlos ausgebucht.«

Sie waren hundemüde, aber Johnny konnte sich nicht vorstellen, daß Cohn nichts unternommen haben sollte. »Was hat er gesagt, welchen Namen sollen wir erwähnen?«

»Al Cambusa.«

Sie trotteten wieder zurück ins »Caesar's Palace«. Es war demütigend, wie abweisend diese Welt war, und Johnny erinnerte sich, wie er damals mit Gitte durch Cannes gestrolcht war – nur um glücklos wieder abzufahren.

Die Dame an der Rezeption sah sie kommen, und man sah ihr an, daß sie keine Lust hatte, sich mit diesen zwei Burschen noch einmal herumzustreiten. »Wir sind ausgebucht, meine Herren. Ich sagte es Ihnen doch schon.«

»Wir werden hier erwartet. Bitte sagen Sie Al Cambusa, daß hier zwei Freunde sind, aus Germany.«

Die Dame riß die Augen auf. »Moment mal!« Sie setzte den VIP-Computer in Betrieb. »Berger und Deska? Natürlich! Entschuldigen Sie bitte.«

Sie wurden in zwei nebeneinanderliegenden Suiten untergebracht, jede groß genug, um sich darin zu verlaufen.

»Was hat Bill den Leuten hier bloß erzählt, wer wir sind?« staunte Johnny.

Auf dem Tisch stand Champagner im Kübel, eine Schale mit Shrimps auf Eisstückchen, daneben ein Korb mit Obst. Johnny wurde wieder wach. Und auf dem Tisch lag auch ein Brief. Al Cambusa hieß sie, auch im Namen der Direktion des Hotels, willkommen. Selbstverständlich seien sie für die Dauer ihres Aufenthalts Ehrengäste. In der Garage stehe ein Cadillac bereit. Sollten sie Shows besuchen wollen, welche auch immer, sollten sie nur die angegebene Telefonnummer wählen, Ehrenkarten seien dann selbstverständlich reserviert. Überdies, schrieb er, freue er sich, »meine deutschen Freunde« kennenzulernen. Al Cambusa, genannt »Monkey«, war zweiundsechzig Jahre alt und Chef aller Spielbetriebe des »Caesar's Palace«.

Sie verzichteten auf den Cadillac und gingen zu Fuß los, den Strip rauf und wieder runter, immer rauf und wieder runter, und das, bis es dunkel wurde. Dabei wurde es in Las Vegas nie dunkel, nur der Himmel war nachts weniger blau. Johnny war am Durchdrehen vor Genugtuung und nahm seine Anwesenheit hier als Beweis, daß er mit allem, was er in seinem Leben bisher auch angestellt haben mochte, recht behalten hatte. Wenn das hier Amerika war, dann war er Ehrengast in Amerika! Ein Gedanken, bei dem ihm schwindlig wurde.

Am gleichen Abend lernten sie Al Cambusa kennen, eine Erscheinung von ruhiger, unauffälliger Eleganz. Er schien Johnny und Deska für zwei einflußreiche Mobster des europäischen Kontinents zu halten. Während Deska, der etwas

Englisch sprach, sich um die Konversation kümmerte, begnügte sich Johnny mit übertrieben ruhigem Gesichtsausdruck zu unterstreichen, über wieviel Selbstvertrauen er verfügte, dabei hätte er vor Begeisterung über sein Zusammentreffen mit Al Cambusa Luftsprünge machen können. Mit der Begabung eines Kindes, das die Augen schließt, damit alles, was es zu erleben wünscht, um so strahlender erscheint, machte Johnny Zukunftspläne. In dieser Welt hatte es einen Sinn, sich in Träume zu flüchten, weil niemand einen störte, auch nicht nach Sonnenaufgang. Las Vegas duldete keine Ablenkung durch den Alltag.

Ein anderer Mann, vor allem aber die Situation, in der er sich behauptete, beeindruckte Johnny. Al Cambusa hatte ihm bei einem Rundgang durch das Hotel Joe Gordon vorgestellt, den fast blinden, schon über achtzig Jahre alten Chef der großen Halle. Obwohl eigentlich hilflos und für seine Arbeit kaum noch brauchbar, hatte Al Cambusa immer größten Wert darauf gelegt, daß er weiter seiner Arbeit nachging, ohne die der alte Mann nicht leben konnte: die Oberaufsicht über die Spieltische. Er saß auf seinem Thron, einem erhöhten Stuhl, von wo aus er alles überblicken konnte. Da er aber, wie nur Eingeweihte wußten, selbst die eigene Hand nur noch als Schatten wahrnehmen konnte, hatte man ihm zwei Assistenten zur Seite gestellt, die ihn über alles, was geschah, informierten und seine Entscheidungen abwarteten.

Er kaute auf einer kalten Zigarre herum. »Wenn ich nicht jeden Tag da wäre, glauben Sie mir, nichts würde hier klappen.«

Es war rührend, und Johnny war sprachlos.

Die Begegnung mit Joe Gordon gehörte seitdem zu Johnnys Lieblingsgeschichten. Er konnte sie nicht oft genug erzählen, und wenn er getrunken hatte, geriet sie ihm zum Märchen vom alten, blinden König, der, von den neuen Günstlingen der Macht wie ein Vater verehrt, weder abgesetzt noch einfach in die Wüste oder nach Miami in Rente geschickt wurde. Keiner gibt einem König auch nur andeutungsweise zu verstehen, wie überflüssig er ist. Johnny fielen sein eigener Vater ein und die Regeln jener Welt, an die Josef Berger glaubte und in der er trotzdem vereinsamt war. Wer Johnny zuhörte, begriff schnell, welche Welt er verteidigte, auch wenn sie von hartgesottenen Burschen und reich gewordenen Gangstern und Unterweltskönigen bevölkert wurde.

Da er sich die Nächte in München immer häufiger außerhalb seines Milieus um die Ohren schlug, waren es jetzt Rechtsanwälte und Geschäftsleute, deren Exfrauen oder Freundinnen oder Exfreundinnen, die an seinen Lippen hingen. Johnny wurde umworben – und, wie Uwe fand, immer empfänglicher für diese Art von Bewunderung. Erzählte er sein Märchen seinen Angestellten, begriffen die nie, warum er aus Las Vegas mit einer Geschichte zurückkam, in denen keine Weiber vorkamen.

Auf dem Rückflug besprachen sie die Zukunft ihres Boxers. Sie wollten nicht nur zum Zuschauen nach Las Vegas zurückkommen, sondern so schnell wie möglich als Veranstalter eines Weltmeisterschaftskampfs, zum Beispiel gegen Marvin Hagler, da war Johnny nicht zimperlich. Immer schon waren Boxer das Hobby großer Gangster gewesen; in diesen Fußstapfen gefiel er sich.

Sie ließen einen amerikanischen Trainer nach München einfliegen, der sich als Betreuer von »Smoking« Joe Frazier ausgab. Nach dem ersten Sparring, zu dem Johnny die Presse eingeladen hatte, verkündete der Amerikaner: Der Deutsche schlägt härter als Frazier! Die Zeitungen druckten die Ente, und Johnny zweifelte nicht mehr, aus seinem Preisboxer einen Champion machen zu können – was ihm auch Grupe nicht ausreden konnte, denn für Johnny war die Nebenbeschäftigung als Veranstalter von Boxkämpfen eine neue Gelegenheit, gesellschaftlich ins Rampenlicht zu treten. Vielleicht begriff dann auch endlich die Polizei, daß ein Unternehmer des Bordellgeschäfts nicht ein halbirrer Krimineller sein mußte, der Mordbefehle gab, während er sein Frühstücksei köpfte.

Eine Woche später flog Johnny mit Deska nach Mailand, um seinen Boxer mit dessen Trainer in den berühmten Branchini-Boxstall zu schicken, wo er sich auf seinen ersten Kampf vorbereiten sollte. Auch daran fand er Gefallen, von nun an regelmäßig nach Italien zu fliegen, um das Training zu überwachen, sich in Nacht-Clubs zu amüsieren oder sich beim berühmten Cesare seidene Anzüge schneidern zu lassen, einen Kontakt, den er Carlo, einem der acht Fendi-Brüder, die Mailand regierten, verdankte.

Nach einigen Vorbereitungskämpfen, die sein Boxer überzeugend gewonnen hatte, kümmerte sich Johnny um einen Titelkampf, dem Kampf um die deutsche Meisterschaft, der in München im »Circus-Krone-Bau« stattfinden sollte.

Er hatte alles getan, um den Abend zu einem Erfolg zu machen. Der Zirkusbau war bis auf den letzten Platz ausverkauft, die Logen, die er eigens hatte anfertigen lassen, mit Freunden aus dem Milieu, schönen Frauen und stadtbekannter Prominenz besetzt.

Zum Abschlußtraining war sein Boxer aber mit einer fiebrigen Erkältung erschienen und wirkte so apathisch, daß ihn selbst seine Sparringspartner nach Belieben treffen konnten. »Mit dem kann man den Boden aufwischen«, fluchte Johnny, wollte den Kampf aber trotzdem nicht verschieben. Da fiel ihm das Naheliegende ein. Der Gegner, ein Mittelgewichtler aus Berlin, war am Ende seiner Karriere angelangt, große Zahltage hatte er nicht mehr zu erwarten. Es konnte also nicht schwer sein, ihm den Sieg abzukaufen. Man einigte sich schließlich auf eine Summe, die gut das Doppelte der vereinbarten Gage war.

Dann nahm sich Johnny seinen Boxer vor, der nicht einsehen wollte, warum er krank in den Ring sollte. Aus den Andeutungen, die Johnny machte, entnahm er, daß sich sein Gegner bei der erstbesten Gelegenheit flachlegen würde.

Im Ring kam dann alles ganz anders. Der Berliner schien sich nicht an die Abmachung halten zu wollen, attackierte, schlug ihm schon in der zweiten Runde die rechte Augenbraue blutig und siegte schließlich in der sechsten durch Abbruch.

Als Johnny in die Garderobe kam, traf er auf einen enttäuschten Verlierer, der sich verschaukelt fühlte – und auf einen Sieger, dem vor Todesangst die Knie schlotterten.

»Für diese Blamage wirst du zahlen, mein Junge, oder glaubst du, daß du mich verarschen kannst?«

Er hielt ihm, noch mit bandagierten Händen, das Kuvert mit dem Geld hin. »Wie soll ich umfallen, zum Teufel, wenn mich das Arschloch nicht ein einziges Mal auch nur berührt.«

Johnny riß ihm das Kuvert aus der Hand. »Das wird dir noch leid tun! Du trittst zur Revanche an, dann aber gegen einen gesunden Mann. Und wehe, du hast bis dahin deine Lektion nicht gelernt.«

Die Siegesfeier fand ohne Johnny statt. Er wollte nach dieser Enttäuschung keinen Menschen mehr sehen, nicht saufen, nicht würfeln, nicht pokern, vor allem wollte er sich nicht verspotten lassen und nicht jedem erklären müssen, was schiefgelaufen war. Er verließ die Garderoben, setzte sich in sein Auto, jagte mit Höchstgeschwindigkeit über die Autobahn, um sich abzureagieren, fuhr zurück, rollte durch die leeren Straßen und hielt schließlich vor dem Haus in der Dachauer Straße an, dort, wo er aufgewachsen war und sein Vater immer noch im gleichen kleinen Zimmer wohnte. Er stieg aus und schaute hinauf. Licht brannte keines mehr.

Als er ihn vor ein paar Wochen zum letztenmal besucht hatte, schien Josef Berger die Karriere seines Sohnes zwar zu kennen, aber sie beeindruckte ihn nicht. Er verlor jedenfalls nie ein Wort darüber. Trotzdem spürte Johnny, daß sein Vater erleichtert war, daß seine Prognose, der Sohn ende im Zuchthaus, sich – vorerst wenigstens – noch nicht bewahrheitet hatte. Obwohl er ihn, seit er es sich leisten konnte, finanziell unterstützte, stopfte Josef Berger weiterhin Raben und Papageien aus, und hatte inzwischen, wie Johnny feststellte, im Haus den Posten des Hausmeisters angenommen, putzte nun Treppen, fegte den Hof sauber und stellte die Tonnen hinaus für die Müllmänner. Am liebsten stand er natürlich immer noch vor seiner Staffelei und malte, ging am Wochenende Schwammerl suchen und besuchte das Grinzinger Kircherl.

Dann holte Johnny Heidi ab, scherte sich einen Dreck darum, ob sie schon Feierabend hatte – es war erst drei Uhr früh –, fuhr mit ihr zum Ammersee und legte sie auf einem Parkplatz auf den vom Fahren noch warmen Kühler seines Autos. »Hier draußen werde ich für meinen Vater ein Haus kaufen«, sagte Johnny und öffnete ihr die Bluse.

Danach brachte er Heidi nach Hause und fuhr zum Frühstücken ins »Eros«. Er las, was die Zeitungen über die Niederlage seines Boxers schrieben. Sie hatten allen Grund zu spotten. Auch von ihm war ein Bild abgedruckt, wobei ihm auffiel, daß er sich um seine Haare kümmern mußte, sie wurden, wie man deutlich sehen konnte, weniger, waren dünn und ärgerlich schwierig zu kämmen.

»Ist dir schon aufgefallen, daß du ganz gelb bist im Gesicht?«

»Schenk mir lieber noch 'n Kaffee ein, Ilse.«

Als Janine hereinschaute und Johnny sah, ging sie gleich wieder. Sie kannte ihn, wenn er schlecht gelaunt war.

»Ruf Hans an. Er soll herkommen.«

Ilse telefonierte.

»Ruf den Deska-Karl an, er soll auch herkommen. Und ruf

den Mike Deinhard an, und sag ihm, daß ich ihn sofort sprechen muß.«

Deska rief als erster zurück. Er hatte gerade noch am Spieltisch gesessen und sich gewundert, wo Johnny abgeblieben war.

»Ich habe nachgedacht, ob ich unseren Preisboxer nicht in die Wüste schicken soll. Wenn, was ich hoffe, die Trainer in Mailand ihm noch was beibringen können, planen wir am besten noch dieses Jahr einen Titelkampf um die Europameisterschaft, bevor er noch ein paar Kämpfe verliert. Nur tu mir den Gefallen, flieg mit ihm gleich wieder zu Branchini und sag ihm, ich will ihn erst wiedersehen, wenn seine Einstellung stimmt.«

Dann erschien Hans, verkatert und wegen der Niederlage noch immer mit den Nerven fertig. Er erschrak, als er Johnny sah. »Was ist denn mit dir los?«

»Ich muß unbedingt einen Arzt finden, der was gegen meine Haare unternimmt.« Er fuhr sich durch die Frisur, spürte fast keinen Widerstand und fragte sich, warum sein Vater ihm nicht den Gefallen getan hatte, ihm seine Haare, die noch im Alter voll und fest waren, zu vererben.

»Schau mal in den Spiegel. Du bist ja völlig gelb im Gesicht!«

Johnny ging auf die Toilette und schaute sich im Spiegel an. Viel fiel ihm nie auf, wenn er sich gesund fühlte; für einen, fand er, der soviel säuft und kaum schläft, sah er sogar ausgeruht aus. Dann telefonierte er doch mit seiner Mutter und wollte wissen, was ein gelbes Gesicht zu bedeuten habe.

»Tja, Gelbsucht«, antwortete sie. »Fühlst du dich denn krank?«

»Danke, Mama.«

Johnny ließ sich von Hans sofort zur Notaufnahme ins Schwabinger Krankenhaus fahren, wo die Ärzte tatsächlich Gelbsucht feststellten und ihm rieten, am besten gleich dazubleiben. »Sie können froh sein, daß wir überhaupt noch ein Bett frei haben.«

Den Anblick kranker Menschen, die auf rollenden Wagen durch die Korridore gekarrt wurden oder dort elend in ihren Schlafanzügen und Bademänteln herumstanden, ertrug Johnny so wenig wie den Geruch von Rattengift.

»Sie, passen S' auf«, erklärte er einer Schwester, »ich hol nur schnell meinen Waschbeutel draußen aus dem Auto«, verließ die Klinik, ließ sich von Hans zum »Eros« zurückfahren und rief seine Mutter noch einmal an. »Onkel Werner kennt doch sicher ein Krankenhaus, wo ich mich mal ein paar Tage reinlegen kann, was Schönes im Grünen, eine Privatklinik oder so was, egal, was es kostet, nur will ich keine Kranken sehen.«

Onkel Werner hielt ihm erst einmal einen Vortrag über die Gefahren, sollte die Krankheit nicht richtig auskuriert werden. »Das kann Monate dauern!«

»Quatsch, bei mir doch nicht«, lachte Johnny, ließ sich aber am Mittag von Hans ins ruhige und nahe am Wald gelegene Harlachinger Krankenhaus fahren, das Onkel Werner für ihn ausgesucht hatte. Ein Zimmer im dritten Stock lehnte er ab. Er mußte kommen und gehen können, wann immer er das wollte, und verlangte ein Zimmer im Erdgeschoß. Als er im Bett lag und seine Füße betrachtete, begriff er endlich, daß er sich beim Urlaub in Thailand angesteckt haben mußte; sie waren gelb wie sein Urin, wenn er gezecht hatte.

Bei der Untersuchung stellte sich heraus, daß es sich in seinem Fall nicht um eine infektiöse Gelbsucht handelte. Sie gaben ihm Zwieback zu essen und schwarzen Tee zu trinken und verordneten strengste Bettruhe.

Schon in der ersten Nacht bekam er Hunger. Also rief er Hans an. »Bring mir sofort was zum Futtern! Kartoffelsalat, Pommes frites, ein halbes Hähnchen, du weißt schon!«

Hans kletterte eine halbe Stunde später mit drei Tüten

über den Zaun und stieg durchs offene Fenster ein. Johnny ließ es sich schmecken und gab Hans nebenbei Anweisung, Mike Deinhard an das Grundstück am Ammersee zu erinnern, Carola mit Zeitschriften und Zigaretten herzuschicken und Ami-Toni, Ricky und Arno Bescheid zu sagen, Spielkarten mitzubringen.

Der Arzt untersuchte täglich seine Werte und war zufrieden. »Wenn Sie weiterhin wie bisher Diät halten, geht alles bestens. Ihre Werte, Herr Berger, machen sich jedenfalls.«

»Na, sehen Sie, Doktor, was die heutige Medizin alles kann.« Wenn er an seine nächtlichen Freßgelage dachte, mußte er grinsen. Der Arzt hatte gestern sein Bild in der Zeitung gesehen: Sie hatten ihn in einer Serie über »Die goldenen Junggesellen« verewigt; er wußte also, wer der schwierige Patient war. »Trotzdem, Herr Berger, tun Sie mir den Gefallen, halten Sie sich wenigstens ein wenig an unsere Nachtruhe.«

Bis Hans pünktlich um fünf Uhr jeden Morgen zum Fenster hereingeklettert kam und Frühstück und Zeitungen mitbrachte, spielte er mit seinen Freunden Karten, was nur deshalb geduldet wurde, weil die Nachtschwester was für ihren neuen Patienten übrighatte, gern seine Komplimente hörte und noch jung und neugierig genug war, ihn auszufragen, was wirklich in Bordellen geschah. Das Trinkgeld, das er ihr zusteckte, war höher als ihr Monatsgehalt, und was er jede Nacht mit seinen Freunden verspielte, verdiente ein Arzt in einem ganzen Jahr nicht.

Mit Hans besprach er den Hauskauf am Ammersee. »Ich werde meinem Vater da draußen ein Schloß bauen, dann kann er tun und lassen, was er will, wandern, malen und nebenan im Wirtshaus sein Bier trinken. Sobald ich das Haus gekauft habe, wird es von unseren Jungs umgebaut.«

Auf eigene Verantwortung wurde Johnny bereits nach achtzehn Tagen aus dem Krankenhaus entlassen. Sein Arzt redete ihm ins Gewissen, keinen Alkohol zu trinken, viel zu schlafen und vor allem Sonne zu meiden.

Johnny bedankte sich für die Ratschläge und flog noch am gleichen Tag ins sonnige Mallorca. Er nahm Carola mit und Janine, um deren Gemütszustand er sich Sorgen machte, seit Carola ihm erzählt hatte, daß sie Selbstmordabsichten geäußert habe.

»Warum das?« Johnny sah sie jeden Tag in Slip und Strapsen durch das Haus stolzieren. Sie lachte, war voller Energie und ließ keine Gelegenheit ungenutzt, Geld zu verdienen.

»Wegen Max!«

»Dann werden wir sie eben ein bißchen aufmuntern müssen.«

Ferien fand Johnny grauenvoll. Nichts strengte ihn so an wie Nichtstun, er war deshalb ganz froh, daß er sich um Janine kümmern konnte. Ihr zuliebe (und mehr noch Max zuliebe) spielte er ein wenig den Philosophen, zeigte ihr, wie die Sonne aufging, wie ein Tag begann, wie es sich anfühlt, wenn man im Meer schwamm, nackt und allein, wie dumm Ziegen schauen, wie ungefährlich Schlangen sind, wie spannend es war, barfuß über Steine zu gehen und wie am Abend, wenn die Sonne wieder unterging, der Rotwein schmeckte. Mit genug Rotwein war es keine Kunst, die Beine auszustrecken, und alles, was ihm gerade einfiel, wie ein Märchenonkel auszuschmücken, Hauptsache, sie konnte über ihn lachen. »Und mit einem Lächeln«, sagte er, bevor Janine dann schlafen ging, »wirst du morgen früh aufwachen.«

Johnny leerte die nächste Flasche allein. Er war ganz in der Stimmung, sein Leben für ein viel größeres Wunder zu halten als Himmel, Meer und Sterne.

9

Von der ersten Minute an war klar, daß er das Haus kaufen mußte. Es lag, nur durch eine kleine und wenig befahrene Straße vom Ufer des Ammersees entfernt, im Grünen und doch mitten in Herrsching. Den ganzen Tag schien Sonne in den Garten, in den Bäumen zwitscherten Vögel, die Luft war gesund, und fremde Menschen waren außer Sichtweite. Nicht ganz allerdings, denn es waren zwei Häuser, ein zweistöckiges Haupthaus und daneben ein kleiner Bungalow, kaum größer als ein Bootshaus oder ein geräumiger Geräteschuppen. Im obersten Stockwerk des Haupthauses wohnte eine alleinstehende, ältere Frau, der nicht sofort gekündigt werden konnte. Johnny dachte schon deshalb nicht daran, ihr das Leben schwerzumachen, da ihre Anwesenheit nützlich sein konnte, falls sein Vater Hilfe benötigen würde – also strengte er sich an, sich von seiner besten Seite zu zeigen. Die ahnungslose, zuerst noch mißtrauische Frau sah in dem jungen Mann bald einen vorbildlich fürsorglichen Sohn.

Die Bauarbeiten, die Johnny vornehmen ließ, waren gründlich. Der kleine Bungalow – das eigentliche Refugium für den Vater – sollte völlig neu hergerichtet, die Wände neu gemauert, das Dach erneuert, ein Badezimmer eingerichtet, ein offener Kamin gebaut, zwei Fenster um das Doppelte vergrößert werden. Für jede Lüge, jede Ungezogenheit seiner Flegeljahre wollte sich Johnny endlich entschuldigen; goldene Wasserhähne wollte er anmontieren lassen, weil er beweisen mußte, wie sehr er sich seiner Schandtaten bewußt war. Sprechen konnte er darüber nicht! Warum sollte er, da er nichts bereute?

Als Josef Berger zum erstenmal nach Herrsching kam, verschlug es ihm die Sprache. Johnny hatte alle, die ihn sonst immer nur anpumpten, zum Arbeiten auf die Baustelle geschickt, Jugendfreunde aus dem »Tabarin« und ehemalige Knastbrüder, jeder konnte irgend etwas, Steine schleppen, Fliesen legen, Zement rühren, Dach decken. Er ließ Kuddel, der ja gelernter Baufachmann war, jede Woche einmal extra aus Hamburg einfliegen.

Mit der Arbeit ließen sie sich Zeit, für sie waren es bezahlte Ferien. Sie grillten Fische, gingen baden und sonnten sich. Josef Berger schüttelte nur den Kopf, als er das mit eigenen Augen sah. Und tat, was Johnny gehofft hatte: Er übernahm jetzt selbst das Kommando. Nur an den Wochenenden, wenn Ferkel gebraten und Holzfässer aus der nahegelegenen Klosterbrauerei geleert wurden, wenn Johnny auftauchte und gefeiert wurde, verschwand er. Für diese Art von Lebensfreude hatte er nichts übrig.

Nach drei Monaten war das Haus trotzdem bezugsfertig.

»Was ist das?« wollte Josef Berger wissen, als vor dem Grundstück ein monströses Gebilde aus Plastik abgeladen wurde.

Neubauer-Heinzi klärte ihn auf. »Na, was schon, ein Swimmingpool.«

»Und wer hat gesagt, daß ich einen will?«

»Na, wer schon. Ihr Sohn.«

»Auch das hab ich dir nicht austreiben können«, erklärte Josef Berger seinem Sohn, »daß du selbst in dem, was du Gutes tust, rücksichtslos sein mußt.«

Johnny hörte nicht auf sein Gerede, der Pool wurde gegen seinen Willen im Garten versenkt. Eine einfache Holzhütte, das begriff Johnny aber allmählich, wäre seinem Vater lieber gewesen.

»Und du meinst, ich werde mich hier jemals zu Hause fühlen?«

»Schau hier, Pap, funktioniert alles elektrisch!« Johnny drückte auf einen Knopf, und die Vorhänge schlossen sich automatisch. »Und hier, schau!« Johnny hatte sogar das

Licht mit Dimmer ausgestattet, damit sein Vater die Lichtstärke selbst regeln konnte. Johnny war von allem, was er ihm vorführte, begeistert.

Josef Berger hielt seinen Sohn für übergeschnappt. »Wenigstens blieb der Ammersee von dir verschont.«

Unfaßbar, dachte Johnny, dabei fiel ihm ein, daß sein Vater nicht einmal dann Gefühle gezeigt hätte, wenn es eine Holzhütte, und damit das Richtige, gewesen wäre. »Na, wenn du hier nicht malen kannst, Pap!«

Über das Malen redete er nicht, mit niemandem. Aber an dem Tag, das wußte Johnny, wenn er den richtigen Platz für seine Staffelei gefunden hatte, war er hier zu Hause. Und darauf freute er sich.

Da er dem Reichtum seines Sohnes noch immer nicht traute, behielt er das Zimmer in der Dachauer Straße, zahlte weiterhin seine fünfundvierzig Mark Miete im Monat und genoß das Gefühl seiner Unabhängigkeit.

»Was, um Gottes willen, willst du denn damit?« wunderte sich Johnny, als sein Vater auch das kleine, alte Nachtkasterl mit nach Herrsching brachte. »Das brauchst du doch jetzt nicht mehr, Pap, und wenn, kauf ich dir was Modernes, was hierher paßt.«

»Später«, wehrte sich Josef Berger.

Wochen später stand der Nachttisch immer noch herum. Johnny machte einen sehr energischen letzten Versuch, ihm das häßliche schiefe Ding auszureden.

»Das Kasterl bleibt hier. Sonst geh ich auch.«

Johnny bot ihm, im Tausch gegen das Kasterl, einen Hund an. Josef Berger liebte Hunde, aber sein Entschluß stand fest, und deshalb gab es darüber nichts mehr zu reden. Johnny schenkte ihm trotzdem einen Hund.

In Herrsching traf Johnny auch einen alten Spezi wieder. Aus dem einstmals gefürchteten Schmidinger-Xare war ein ruhiger und zufriedener Mann geworden. Ein Mann wie ein Baum immer noch, aber einer, der inzwischen verheiratet war, eine neunjährige Tochter hatte und in seiner Freizeit nichts lieber tat, als bis zum Sonnenuntergang am Ufer des Ammersees zu sitzen, breit und schläfrig in einem Klappstuhl, neben sich einen Kasten Bier und einen Campingtisch für die Brotzeit. Er hatte in den Zeitungen genug über Johnnys Erfolge gelesen und freute sich, ihm endlich persönlich gratulieren zu können. Daß Johnny reich geworden und dabei schlank geblieben war, gefiel ihm, aber tauschen wollte er nicht mit ihm. Seine Vergangenheit hatte er gründlich hinter sich gelassen. Den Xare der »Dschungelbar« gab es nicht mehr, und an die wilde Rock-'n'-Roll-Zeit erinnerten nur noch die Tätowierungen an beiden Armen. Seit zehn Jahren arbeitete er als Polier bei einer Baufirma. Er ließ sich nicht einmal dazu überreden, nur eben mal schnell über die Straße zu kommen, um auf der Baustelle ein paar gemeinsamen Bekannten von früher die Hand zu schütteln.

Johnny war da, was seine Vergangenheit betraf, anhänglicher. Er sah keinen Grund, warum ein Mannsbild wie Xare nicht bei ihm sein Geld verdienen sollte. Außerdem suchte er gerade jemand, da er bei einem Pokerspiel ein Grundstück in Oberfinning, nur ein paar Kilometer von hier entfernt, gewonnen hatte. Es war ihm, anstelle von Spielschulden, zugefallen, ein halbzerfallener Hof mit einem Haupthaus und einer großen Scheune, einer Pferdekoppel und Ställen. Nur hatte Johnny nicht die geringste Ahnung, was er damit anstellen sollte. Aber war denn nicht Xare genau der richtige Mann für so was, ein Urbayer, Mitglied in einem Trachtenverein, der zudem als Maurer den Bau selbst in die Hand nehmen konnte?

Es dauerte drei Wochenenden, bis er Xare überredet hatte,

sich wenigsten aus seinem Klappstuhl zu erheben und sich das Grundstück in Oberfinning anzuschauen. Johnny würde, wie er versprach, wenn es sein mußte, auch eine Million in die Renovierung stecken, bis der Hof der schönste des gesamten Dorfs war. Und er, Xare, würde mit seiner Familie da draußen ein ruhiges, friedliches Leben haben können, mit Pferden, Hühnern, Hasen, Katzen und Hunden. »Da lebst du doch wie im Paradies, zahlst wenig Miete, besorgst nur den Hof, arbeitest bei mir – und deine Tochter ist raus aus der Stadt.«

Xare erinnerte sich, daß gegen Johnny, wenn er sich einmal etwas in den Kopf gesetzt hatte, nichts zu machen war. Er glaubte längst selbst daran, daß er noch nie etwas anderes hatte tun wollen, als einen Bauernhof zu bewirtschaften.

10

Johnny ging alles zu langsam, nur sein Leben verging ihm zu schnell. Er wollte mehr, als nur Bordelle betreiben. Es mußte andere Wege geben, Geld zu verdienen, ohne sich Tag und Nacht mit Weibern und Luden herumzustreiten, die Konkurrenz zu kontrollieren, Beleidigungen mit Bestrafungen zu beantworten, die eigene Mannschaft bei Laune und ihren Ehrgeiz in Schach zu halten, Schlägereien zu schlichten, Gäste, die durchdrehten, auf die Straße zu befördern und die Mädchen zu beruhigen, wenn sie mit Freiern oder untereinander Streit hatten. Er hatte diese Arbeit lange genug gemacht; und noch länger hatte er für andere den Kopf hingehalten.

Ihm schwebte ein Kaufhaus vor, ein Großbetrieb, etwas wie ein erotischer Palast jedenfalls. Nicht umsonst hatte ihm Las Vegas so imponiert. Er kannte die Gegend zwischen Stachus und Bahnhof wie seine Westentasche und wußte, daß vor allem die Bayerstraße in Frage kam. Dort mußte er sich einen Überblick über die Besitz- und Mietverhältnisse verschaffen.

Die öffentlichen Diskussionen um die Existenz seines Bordells, es lag keine fünfzig Meter hinter der Sperrbezirksgrenze und doch mitten in Schwabing, wurden schließlich – in allen Medien und bis ins Rathaus hinein – so heftig, daß Johnny schon damit rechnete, sie würden das Haus schließen lassen. Aber dann entschied die Stadtverwaltung: »Dieses gutgeführte Haus sollte geöffnet bleiben.«

Jetzt riefen sogar schon Rechtsanwälte aus ihren Kanzleien in der teuren Maximilianstraße an, um ihn zu beglückwünschen, Leute, die er auf seinen Streifzügen durch die besseren Restaurants kennengelernt hatte, alle gleich gekleidet, englisches Tweed, Einstecktuch passend zur Krawatte, in seinem Alter und auch zu Geld gekommen, Makler, Finanzschieber, Immobilienhändler, alle mit Frauen im Schlepptau, die einen wie Johnny aufregend fanden, aufregend gefährlich. So einer sprach ihn im »Boccaccio« an und stellte sich als Dr. Blatter vor.

»Ihre Frau sagte mir, daß ich Sie hier treffen würde. Sie ist ja augenblicklich eine meiner Patientinnen.«

Stimmt, fiel es Johnny ein, seit zehn Tagen lag Carola, den rechten Fuß in Gips, in der Blatter-Klinik. Er gab dem Mann die Hand und bot ihm den Platz neben sich an. »Wie geht's ihr denn?«

»Es gibt keinen Grund, sie länger bei uns zu behalten.«

»Aha.« Johnny überlegte. »Ach, wissen Sie, Doktor, sie soll sich mal bei Ihnen ein paar Tage richtig ausschlafen. Lassen Sie sie ruhig noch da.«

Das forderte bei Dr. Blatter ein anzügliches Lächeln heraus. »Verstehe, da kann ein Mann seinen Bewegungsspielraum besser genießen.«

Johnny bedauerte bereits, dem Mann die Hand gegeben zu

haben. Männerkumpanei dieser Art konnte er noch nie leiden, und für hochtrabende Ausdrücke hatte er auch nichts übrig. In Hamburg wäre der Kerl im Pool gelandet. »Sie wünschen?«

»Um es kurz zu machen«, erklärte sein Gegenüber, »man hat mir meine Freundin ausgespannt.«

»Ach, wirklich?« Johnny schaute sich den Mann genauer an. Er schaute ihm sogar länger als nur ein paar Sekunden direkt in die Augen, bemerkte ein Nervenzucken in beiden Tränensäcken und schloß daraus, daß irgend etwas in diesem Kopf in Unordnung sein mußte. Hatte er nicht von einer Freundin gesprochen? Er trug aber, wie Johnny sah, einen Ehering. Wahrscheinlich hatte er Kinder, erwachsene Kinder. Und das Nervenzucken mochte begonnen haben, als er seiner Freundin die Heirat in Aussicht stellte, ohne, wie er wußte, jemals den Mut aufbringen zu können, sich von seiner Frau zu trennen. »Und Sie wollen sie wiederhaben, wenn ich Sie richtig verstehe.«

Er nickte. »Unbedingt!«

»Und was hab ich, bitte schön, damit zu tun?«

»Da Sie der berühmte Herr Berger sind, dachte ich mir, könnten Sie mir, natürlich gegen Gage, vielleicht einen Gefallen tun.«

Johnny stellte sich dumm. »Aha, verstehe! Sie suchen jemand, der sie aufstöbert, ihr einen Blumenstrauß in die Hand drückt und klarmacht, wie sehr Sie immer noch an ihr hängen und daß sie zurückkommen soll.«

Dr. Blatter entnahm seiner Brieftasche eine Fotografie. »Das war letzten August am Gardasee – als ich, wohlgemerkt, noch völlig ahnungslos war.«

Johnny warf einen Blick auf das Bild. »Sind Sie sicher, daß die Dame nicht Ihre Tochter ist?« Er reichte Heidi den Schnappschuß. »Oder wie alt schätzt du sie?«

»Bitte, nicht doch«, entrüstete sich Dr. Blatter, riß Heidi das

Foto aus der Hand und verstaute es wieder. »Wieviel verlangen Leute wie Sie dafür, einem kleinen hergelaufenen Pizzabäcker ein wenig Anstand beizubrigen.« Seine Stimme klang jetzt streng. »Er darf nur nicht erfahren, wer dahinter steckt.«

»Wäre es Ihnen recht, ihm erst einmal nur den rechten Unterarm abzuhacken?«

Heidi mußte hemmungslos lachen.

Dr. Blatter wurde rot, vor Scham und vor Wut, und griff nach seinem Mantel.

»Warum gehen Sie nicht zum Schlachthof und suchen sich dort jemand? Dachten Sie, ich führe eine Agentur, die auf Mord und Totschlag spezialisiert ist?«

»Ich schwör's Ihnen, wenn das auch nur die geringste Publicity gibt, lasse ich Sie aus der Stadt jagen!« Nach dieser Drohung verließ Dr. Blatter das »Boccaccio«. Johnny rief Carola in der Klinik an, um ihr mitzuteilen, sie solle ihre Sachen zusammenpacken und sich mit einem Taxi nach Hause fahren lassen.

Heidi nahm ihn anschließend noch zur Eröffnung einer Kneipe mit. »Und danach gehen wir noch zu meiner Freundin Edith.«

Johnny hatte nichts dagegen, wenn er nur irgendwann heute nacht eine Frau traf, die ihm gefiel. Nach einer Flasche Chivas war das immerhin wahrscheinlich.

Einen der Partygäste kannte Johnny dem Namen nach: Franz Grahammer. »Was amüsiert Sie eigentlich so?«

Grahammer schien mit einem lachenden Gesicht auf die Welt gekommen zu sein. »Weil ich neben einem Mann stehe, vor dem so viele Leute Angst haben.«

»Wer hat Ihnen denn diesen Bären aufgebunden?«

»Als Journalist hat man so seine Quellen.«

»Da muß ich Sie aber enttäuschen. Ich bin Kaufmann. Und wenn Sie über etwas Menschenkenntnis verfügen würden, müßte Ihnen einleuchten, daß ich vollkommen friedlich bin. Ich hab mich in meinem ganzen Leben noch nie geprügelt.«

Da Grahammer immer lachte, fiel gar nicht auf, daß er lachte. »Das können Sie doch mir nicht erzählen!«

Johnny winkte ab. »Alles Gerede, weiter nichts. Die schreiben eben ihre Riemen runter, Zuhälterkönig, Unterweltsboß, Mafia, was weiß ich.«

»Ein Gesicht wie Ihres kriegt man jedenfalls nicht vom Beten.«

»Dabei bete ich täglich«, lachte Johnny, »daß der Dollar nicht fällt.« Nach einer Stunde war Grahammer nicht mehr so sicher, daß die Geschichten, die er über diesen Mann gehört, gelesen, einmal in seiner Gesellschaftskolumne sogar selbst erwähnt hatte, alle stimmten. Damit war er nicht nur sein Gesprächsthema los, sondern auch die Befriedigung, endlich einen der harten Burschen, einen von der Straße, kennengelernt zu haben.

Heidi sah seine Enttäuschung. »Was hast du gedacht, was er ist: einer, der mit einer Pistole rumfuchtelt?«

»Aber Sie haben doch irgendwo eine rumliegen?«

»Natürlich, und immer mit Leitungswasser geladen.«

Grahammer gab auf. Er trottete neben Johnny und Heidi her, hinüber zu Ediths »Why not«, einer gläsernen Disko für betuchtere Nachtschwärmer.

Edith schäumte vor Entzücken, endlich den Mann kennenzulernen, von dem alle redeten. Sie fand, daß er Gewalttätigkeit ausstrahlte und sehr gut aussah, genau die Art Gäste, die sie am liebsten bediente. Männer, die einem den Orgasmus in die Wangen trieben. Dafür spendierte sie Champagner.

Irgendwann gegen Morgen trat ein Mann an Johnnys Tisch und wollte wissen, ob er »der Berger-Johnny« sei, griff gleichzeitig nach der Champagnerflasche, schlug den Hals an der Tischkante ab und ging damit auf ihn los.

Heidi schrie, als habe ihr jemand Todesspinnen in den Ausschnitt geworfen. Grahammer, der gerne aus nächster Nähe zugeschaut hätte, flüchtete mit den übrigen Gästen in eine der Ecken. Nur Edith war fasziniert.

Geistesgegenwärtig hatte Johnny den Tisch sofort nach vorne gekippt, was ihm Zeit gab, seinen Angreifer zu packen und zu sich zu ziehen. Da er den Halt verloren und das scharfkantige Ende seiner Flasche immer noch nicht fallengelassen hatte, genügte ein Schlag mit der Handfläche gegen die Halsschlagader, damit der Kerl den Kopf hob, sein Kinn zeigte und Johnny damit Gelegenheit gab, einen gezielten Haken abzufeuern. Der Kerl rutschte über die schräge Platte nach unten, war aber noch nicht bereit, sich zu ergeben. Jetzt saß Johnny über ihm, eingekeilt zwischen Sofa und Tisch, und würgte ihn mit der einen Hand und schlug mit der anderen auf sein Kinn und seine Schläfe ein. Der Kerl war zäh, brachte aber trotzdem nicht mehr die Kraft auf, sich aus seiner aussichtslosen Lage zu befreien. Mehr, als ihn anzuspucken und ihm das Hemd zu zerreißen, brachte er nicht zustande.

Grahammer kam aus der Ecke, richtete so sorgfältig sein Jackett, als sei er gerade selbst einer Schlägerei entronnen, und atmete bewundernd auf. »Wenn das keine Kostprobe war.«

Johnny hob schmunzelnd die Schultern. »Dabei habe ich mir wirklich Mühe gegeben, ihm nicht weh zu tun.«

Er bat das Personal, den Mann draußen vor die Tür zu legen. » Ich kümmere mich gleich selbst um meinen Freund.«

Eine neue Flasche Champagner, die Edith an der Bar bestellt hatte, lehnte er ab. Er wollte wissen, wer der Angreifer war und wer ihn geschickt hatte.

Johnny verließ das »Why not«, aber der Hof war leer.

11

Hans biß in ein Wurstbrot und schüttelte den Kopf. »Da seh ich schwarz!«

»Das scheint deine Lieblingsfarbe zu sein«, spottete Johnny.

Lehner-Erich, der mit am Kantinentisch saß, hatte mit zehn Jahren angefangen, das Handwerk des Prügelns zu studieren und seitdem eine Menge dazugelernt. Er brachte die nötigen Voraussetzungen mit, sich nicht erst auf große Debatten einzulassen. »Dem Mann Angst einzujagen, ist kein Problem.«

»Aber dir Verstand beizubringen«, sagte Johnny.

»Wir erschießen seine Doggen, danach erpressen wir ihn.«

»Kann sein, daß wir einfach zu spät kommen«, überlegte Uwe.

»Das wissen wir erst, wenn Rudi gleich anruft.«

Es ging um das Grundstück Bayerstraße. Bis vor drei Monaten war das zweistöckige Gebäude noch ein Schuhkaufhaus gewesen. Der Besitzer hieß Randl. Ihm gehörte auch das Grundstück. Vermietet hatte er das Haus an einen gewissen Küfer aus Fulda, einen Großunternehmer der Pornobranche mit Filialen in mindestens dreißig deutschen Städten. Mit den Umbauten war bereits begonnen worden. Auch Küfer wollte, wie Johnny, zwei Kinos und im Erdgeschoß einen Sexshop bauen. Dann wurde ein Baustopp verhängt; jetzt ging es darum, ob die Stadt ihn aufhob oder nicht.

Rudi hatte gute Nachrichten. »Abgelehnt. Der Küfer hatte nicht einmal eine Baugenehmigung eingeholt, bevor er anfing.«

Das war Johnnys Chance. Küfer würde nun entweder einen Rechtsstreit beginnen oder aufgeben. Seine Baustelle kostete ihn vermutlich an die zwanzigtausend Mark Miete monatlich, und er hatte die Behörden gegen sich. Selbst wenn er klagte, konnte das dauern.

Johnny rief Herrn Küfer an, um seinen Besuch anzukündigen.

Das Gespräch war kurz. Der Mann war bereit, ihn zu empfangen. Das hieß, folgerte Johnny, daß er ihn vielleicht wirklich aus dem Mietvertrag rausboxen konnte.

»Ich bin ein Scheißkerl, wenn ich will. Und Küfer werde ich den Beweis liefern.«

Johnny fuhr, zusammen mit Deska, mit dem Zug nach Fulda. Sie trugen Trainingsanzüge – und zogen sich erst kurz vor dem Aussteigen um; ihre Anzüge hatten sie in Plastiktüten dabei.

Herr Küfer ließ sie erst einmal warten, weil er, wie seine Sekretärin ihnen ausrichtete, sein Tennisspiel nicht unterbrechen wollte. Es dauerte eine geschlagene Stunde, bis er endlich sein Büro betrat, seine Gäste begrüßte und sie in einen abgedunkelten, holzgetäfelten Konferenzraum führte. »Was darf ich Ihnen anbieten?«

Küfer, schätzte Johnny, war vielleicht sechzig, aber fit. Er wirkte vornehm und redete ungewöhnlich leise. Nichts deutete auf einen Unternehmer der Pornobranche hin. Er hätte auch mit Steinway-Flügeln sein Geld verdienen können.

Johnny kam sofort zum Thema. »Wir wollen Ihren Mietvertrag kaufen. Und ich sage auch gleich, warum wir das vorhaben.«

Er redete gut eine halbe Stunde und war in Hochform. Seine Ausführungen berücksichtigten alle wichtigen Details, die verärgerte Behörde, die katholische Politik der bayerischen Landeshauptstadt, die Kosten der Baustelle. Das alles war aber nur der Anfang. Geld hatte Küfer schließlich genug. Deshalb klärte er ihn über die Gewohnheiten des Milieus auf, über das Rechtsempfinden unter Banditen und ihre Art, es durchzusetzen. Kaltschnäuzig präsentierte er sich als Chef der Rechtspflege, drückte mächtig auf die Tube, übertrieb und beobachtete dabei sein Gegenüber.

Küfer hörte aufmerksam zu, zog an seiner Zigarre und streichelte die Tischplatte.

»Sie werden keine Freude haben in München«, schloß Johnny seine Rede ab. »Und keine Freunde.«

Küfer betrachtete die Glut seiner Zigarre. »Ich nehme an, Sie werden der Mann sein, der mir das Leben schwermachen will.«

Johnny nickte. »Ich glaube, ich habe die nötige Begabung dafür, auf der Straße lernt man so was.«

»Sozusagen von der Pike auf«, erwiderte Küfer und erhob sich. »Sie erwarten sicher von mir, daß ich mich schnell entscheide.«

»Das wäre nach meinem Geschmack«, bestätigte Johnny.

Der alte Rudi hatte gründlich recherchiert. Draußen im Garten, der die Ausmaße eines Parks hatte, sprangen drei weiße Doggen herum.

»Kommen Sie um drei Uhr wieder, ich erwarte Sie.« Er stand auf, begleitete sie zur Tür und schaute ihnen nach. Dann griff er zum Telefon.

In einer Gaststätte aßen Johnny und Deska einen Wurstsalat, tranken Bier, kippten dazu einen Wacholder und fuhren kurz vor drei Uhr zur Villa zurück.

Eine Stunde später standen beide auf dem kleinen Bahnsteig und warteten auf den Zug. Johnny konnte es kaum erwarten, nach München zu kommen.

Es hatte geradezu feierlich geklungen, wie Küfer seine Entscheidung, den Mietvertrag zu kündigen, begründete. »Ich muß sagen, daß mich Ihre Selbstsicherheit in dieser Sache keineswegs eingeschüchtert hat, Herr Berger, ganz im Gegenteil – ich war überrascht, wie vergnüglich sich so was anhört. Sie kommen mich besuchen, um mich herauszukaufen, und tun das, indem Sie mir drohen. Aber alles, was ich herausgehört habe aus Ihren Worten, ist – neben den Fakten, die auch mir bekannt sind – die Tatsache, daß Sie, verzeihen Sie, eine gute Kinderstube haben. Sie haben eine direkte, offene Art, die mir zusagt. Und wenn ich mich aus dem Geschäft zurückziehe, dann nicht, weil Sie mir Angst eingejagt haben, glauben Sie mir das. Viel mehr als junge Menschen, die etwas wollen, fürchte ich Politiker, noch dazu katholische. Das ist der Grund, mich von diesem Geschäft zu verabschieden. Sie hatten recht. In meinem Alter ist es nicht mehr die Mühe wert, mit Dummköpfen zu streiten. Meine Rechtsanwälte sind über die Entscheidung bereits informiert. Und Ihnen kann ich nur Glück wünschen.«

Obwohl Johnny mit dem Ergebnis rundum zufrieden war, ging ihm etwas nicht aus dem Kopf. »Das Kompliment höre ich nun schon zum zweitenmal, daß ich eine gute Kinderstube haben soll. Fonse im Knast in Ebrach hat mir das auch schon mal an den Kopf geworfen, und schon damals habe ich nicht kapiert, was er damit gemeint haben könnte. Immerhin habe ich dem Mann doch gerade die Pistole auf die Brust gesetzt.«

»Nein, eben gerade nicht! Geredet hast du, einen Vortrag gehalten, ihn auf deine Art sogar respektiert. Ich kenne genug, die sich nicht soviel Mühe geben. Aber ich kenne auch keinen, der sich selbst so gern reden hört wie du.«

Das schluckte Johnny. Er wußte, daß er nun mal verdammt gern anderen sagte, wo's langging. Wie oft in seinem Leben hatte er sich nur durch Ausreden helfen können; da lernte auch einer ohne Schulabschluß, sich auszudrücken. Es war ja auch sonst wesentlich unterhaltsamer, selbst was von sich zu geben als nur zuzuhören. »Ich wollte seinen Vertrag und nicht den Killer spielen. Ich brauch nicht nachts mit 'ner Sonnenbrille rumlaufen, um den starken Mann zu markieren.«

Trotzdem dachte er darüber nach, warum ihn jemand, was in seinen Augen lachhaft war, für einen guterzogenen jungen

Mann halten konnte. »Ich seh doch nicht wie einer aus, dem man solche Komplimente machen kann, oder?« Die Vorstellung, daß er da falschliegen könnte, behagte ihm überhaupt nicht. Er ließ sich immer noch viel lieber beschimpfen als loben.

Johnny überlegte und sagte dann: »Sieht Paulchen wie einer aus, der St. Pauli regiert? Sah Ali so aus, als hätte er gegen Sonny Liston auch nur die geringste Chance? Meyer-Lanski sah aus wie ein Buchhalter. Und du«, Johnny nahm Deska die Zigarette weg, die er sich gerade angezündet hatte, »du siehst auch nicht gerade aus wie ein As am Pokertisch.«

»Zum Glück! Typen, die wie angesengte Seifenflocken ihre Scheine stapeln, gehen am Ende immer leer aus!«

Johnny liebte es, Risiken einzugehen, während sein Partner Deska angesichts der Summen, die jetzt investiert werden mußten, ziemlich schnell kalte Füße bekam. Er wollte eigentlich schon aussteigen; aber Johnny brauchte sein Geld und wußte genau, daß Deska zu ehrgeizig war, um jetzt geizig sein zu können. Ihn bei der Stange zu halten, war deshalb nicht schwer. Küfer forderte eine Abfindung von knapp zweihunderttausend Mark.

Randls Makler erhöhte bereits beim ersten Vorgespräch die Miete, um am ersten Tag der Verhandlung noch einmal ein paar Tausender draufzulegen. Es schien kein Zufall, daß auf seinem Schreibtisch ein Foto stand mit dem Porträt einer Frau, die ganz sicher nicht seine Ehefrau war.

Noch weniger war es ein Zufall, daß Johnny, inzwischen schon zum zweitenmal, mit Randls einzigem Sohn zusammensaß. Dabei erfuhr er, daß dem alten Randl auch noch das angrenzende Grundstück gehörte. Da residierte, eingesessen und ehrwürdig, ein Herrenbekleidungsgeschäft.

Der Vertrag mit Randl wurde auf zehn Jahre und fünf

Jahre Option abgeschlossen. Johnny kümmerte sich sofort um die Baubehörde. In allen Punkten gab er den zuständigen Beamten recht – eine andere Strategie, um an seine Baugenehmigung zu kommen, wäre dumm gewesen.

Als das geschafft war, begann er mit dem Umbau. Genauer hätte man alle Vorschriften nicht einhalten können – er baute ja gewissermaßen auch unter den mißtrauischen Augen der Polizei.

Unangenehm war nur, daß Johnny es noch mit einem Herrn Schweeger zu tun hatte, einem der alten Vertragspartner von Küfer. Ihm hatte er bereits eines der Kinos verpachtet gehabt, und darüber existierte ein gültiger Vertrag.

Schweeger bewohnte eine Villa in Grünwald, und dort stellt er Johnny, als sie sich kennenlernten, Therese von Thon, seine Geschäftsführerin, vor, eine elegante, vielleicht dreißig Jahre alte, attraktive Frau.

Daß er beide, Schweeger und seine Herzdame, so rasch wie möglich aus dem Vertrag drücken würde, stand fest, nachdem Schweeger einen Verkauf abgelehnt hatte. Auch wo er den Hebel ansetzen mußte, war ihm schon klar. Allein wie Frau von Thon ihn behandelte, forderte Johnny heraus; und wenn er sich nicht verhört hatte, sprach sie auch sonst von Männern wie von kleinen, ungezogenen Kindern.

Ein Abendessen zu zweit diente einzig dem Zweck, ihre Verführung vorzubereiten, aber sie war ein zäher Brocken. Auch nach der dritten Flasche Wein besaß sie noch genug Geistesgegenwart, mißtrauisch zu bleiben. Ein zweites Abendessen zu zweit wurde notwendig. Und eine Ehrenkarte zu einer seiner Boxveranstaltungen.

Etwa einen halben Monat, nachdem Johnny seine »Silver-City-Sex-Vertriebsgesellschaft mbH« gegründet und das »Silver-City-Show-Center« eröffnet hatte, ging über München ein Platzregen nieder, und Johnny bot Frau von Thon, die zum Flughafen mußte, an, sie zu fahren. Er war sich zu diesem Zeitpunkt seiner Sache sicher. Als er von der Autobahn abbog und den Wagen auf einem Feldweg, der wegen des Wolkenbruchs kaum mehr befahrbar war, anhielt, war der dritte Schritt zu Schweegers Niederlage eingeleitet. »Ich glaube, wir sitzen fest.« Johnny stieg aus.

Frau von Thon wurde nervös. Sie tat vorsichtshalber immer noch so, als verstünde sie nicht, daß Johnny nur darauf wartete, bis auch sie aus dem Auto stieg. Dann stand sie barfuß und von einer Minute zur nächsten bereits völlig durchnäßt neben ihm. »Sie sind verrückt«, schrie sie und warf sich ihm an den Hals.

Es ist immer wieder erstaunlich, dachte Johnny, wie weit man bei Frauen kommt, wenn man den Dreckskerl raushängen läßt. Frau von Thon ließ es sich gefallen, daß Johnny sie auszog und sich schließlich mit ihr im Schlamm wälzte.

Nach diesem Erlebnis saß Frau von Thon jetzt häufiger selbst an ihrer Kinokasse und ließ kaum eine Gelegenheit aus, sich weiter für Johnny zu interessieren. Bei Regenwetter wurde sie immer besonders redselig, dann zog sie auch über Schweeger, ihren Chef, her – und tat damit genau, worauf Johnny nur gewartet hatte. Von ihr erfuhr er, daß Schweeger ihn für einen aufgeblasenen, kleinen Zuhälter hielt. »Ich nehme aber an, daß Sie das nicht weiter überrascht.«

Das Stichwort war gefallen, nun konnte er handeln. »Dabei war ich ihm gegenüber doch immer fair«, antwortete Johnny mit gespielter Entrüstung.

»Ah ja?« Frau von Thon kramte in ihrer Handtasche nach ihrem Feuerzeug. »War das auch fair, was Sie mit mir gemacht haben?«

Johnny überhörte die Frage. »Dann redet also Schweeger schlecht über mich?«

Sie hatte ihr Feuerzeug gefunden. »Geben Sie mir Feuer?«

»Wieso? Tun das Männer gewöhnlich?« Er schaute sie mit der ganzen Überheblichkeit eines Menschen an, der noch nie seine Hände aus den Taschen genommen hat. »Richten Sie Ihrem Chef folgendes aus. Wenn er sich noch einmal im ›Silver-City‹ blicken läßt, schmeiße ich ihn eigenhändig vor die Tür. Und wenn er Sie fragt, warum, sagen Sie ihm die Wahrheit.«

Als Johnny aus Monte Carlo zurückkam, wo er mit Freunden beim Boxkampf gewesen war, gestand ihm Dossi, daß er mit Frau von Thon ein Verhältnis begonnen habe, und machte sich schon auf ein Donnerwetter gefaßt; Verhältnisse unter Angestellten waren ein Kündigungsgrund. Aber Johnny amüsierte sich nur. »Und wie lange geht das schon?«

»Drei Wochen.«

»Dann wird es Zeit für deine Abschiedsvorstellung«, sagte Johnny und besprach mit ihm, wie er sich die Einzelheiten vorstellte; zugleich rief er einige seiner Mitarbeiter zusammen, die er als Zeugen benötigte.

Auf Johnnys Anordnung ließ sich Dossi noch einmal mit Frau von Thon ein, auf die Schnelle hinter den zugezogenen Vorhängen der Kinokasse.

Zehn Minuten später riß Johnny, wie abgemacht, die Tür auf. »Schaut euch das an!« schrie er, mußte sich aber zusammennehmen, um nicht lachen zu müssen. Das taten dafür seine Mitarbeiter, die den Anblick, der sich ihnen bot, auch noch ausführlich kommentierten.

Frau von Thon war kreidebleich, begann zu weinen, brachte ihre Kleidung in Ordnung, stürzte die Treppe hinunter, fiel fast und rannte davon.

»Mal sehen, was Schweeger jetzt macht«, freute sich Johnny. Dossi schickte er zur Beruhigung nach Liechtenstein, um dort seine Interessen an einem Spielcasino durchzusetzen.

Schweeger gab sich geschlagen und ließ durch seinen Rechtsanwalt mitteilen, daß er bereit sei, seinen Vertrag zu kündigen.

Für den gleichen Abend war Johnny mit dem jungen Randl verabredet; bis dahin nahm er sich noch Zeit, seinen Vater in Herrsching zu besuchen. Carola nahm er mit. Das tat er absichtlich. Er wollte ihr die leerstehende untere Wohnung des Haupthauses schmackhaft machen. Er dachte daran, verschiedene Dinge, die ungelöst waren, zu seinem eigenen Vorteil zu verknüpfen. Da hatte er seinen Vater allein in seinem Bungalow sitzen, ohne daß er Gesellschaft hatte; und hatte Carola, die darunter litt, daß sie ihre Eltern nicht oft genug sehen und besuchen konnte. Er würde irgendwann beide nach Herrsching holen, damit wäre Carola geholfen, ihren Eltern, und seinem Vater auch.

Noch behielt er aber alles für sich. Es sollte eine Überraschung werden, und zwar zum für ihn richtigen Zeitpunkt. Er hatte einen Riecher dafür, wann er etwas aus dem Hut zaubern mußte. Als er aufhörte, mit Carola zu schlafen, war es ein Hund, als er sich rund um die Uhr um den Kampf mit der Baubehörde und den Bau seines Geschäfts kümmern mußte, war es ein Ring gewesen. Ändern wollte er sein Leben wegen einer Frau nicht, aber verlieren wollte er auch keine. Nicht eine wie Carola. »Ist das nicht ein Jammer, daß der ganze untere Stock, eine vollkommen eingerichtete Wohnung, leersteht? Wenn ich nicht ein Stadtmensch wäre, hier wäre mein Paradies. Ist das nicht fantastisch, daß man vom Fenster aus den See sehen kann? Und die Luft, die Ruhe! Und wenn man nicht im See schwimmen will, springt man einfach in den Pool. Außerdem kann man hier die schönsten Spaziergänge machen.« Er war immer dann besonders überzeugend, wenn er maßlos übertrieb. Dann versprühte er Charme. Er ließ Carola keine Chance, ihm nicht zu glauben, daß er, hätte er nur die Zeit, selbst nach Herrsching ziehen würde.

Da er die Nase voll hatte, im Rhythmus von jeweils neun Monaten gerade erst eröffnete Bordelle wieder schließen zu müssen, hatte er sich, von einigen Beteiligungen abgesehen, aus diesem Gewerbe inzwischen offiziell zurückgezogen; was zu tun blieb, erledigte Hans, mit dem er sich mehr und mehr angefreundet hatte, mit seiner Mannschaft. Er mußte nur noch aufpassen, daß sie sich Manieren zulegten; der Stachus war nicht der Fischmarkt. Die kleinste Prügelei konnte ihm eine Anzeige wegen Körperverletzung einbringen, was genügen würde, seine unternehmerischen Interessen in der Innenstadt zu gefährden.

Auf dem Oktoberfest kam es dann trotzdem zu einer Schlägerei. Johnny saß mit einem guten Dutzend seiner Leute in einem der Bierzelte, und zwei Tische weiter saß Mike Deinhard mit seiner Clique. Von Anfang an herrschte eine gespannte Atmosphäre. Johnny kannte den Grund: Deinhard hatte versucht, sich ins Bordellgewerbe einzukaufen, was nicht geglückt war; und wofür er einzig und allein Johnny verantwortlich machte. Offenbar wollte er es jetzt, umgeben von seinen Muskelprotzen, darauf ankommen lassen.

Johnny schickte vorsichtshalber erst einmal alle anwesenden Frauen nach Hause, stand dann auf und ging hinüber. Noch bevor Deinhard genug Zeit hatte, die Zigarre aus dem Mund zu nehmen, traf ihn ein Kinnhaken. Sofort waren Hans, Uwe, Arno und alle anderen, die mit am Tisch gesessen hatten, auch aufgesprungen. Das Saufen von Wies'n-Bier war die Garantie, daß jetzt erstklassig gearbeitet wurde. Als er die Polizei anrücken sah, lief Johnny zum Ausgang, gab dem Ordner, der ihn aufhalten wollte, einen Hundertmarkschein und rief: »Gerade bin ich Vater geworden!«

Der Mann ließ ihn los. »Ach so? Ja mei! Gratuliere!«

Die Anzeige nahm Hans auf seine Kappe, der übel zugerichtet unter einem der Tische gefunden und festgenommen worden war; da er stark blutete, wurde er ins Erste-Hilfe-

Zelt gebracht. Als er dort wieder zu sich kam, sah er neben sich Deinhard liegen, sprang auf und ging gleich wieder auf ihn los. Drei Sanitäter schafften es schließlich, ihn zu überwältigen. Nach einer Beruhigungsspritze war Hans einverstanden, endlich einzuschlafen.

Da auch Deinhard nicht darauf bestand, Johnny zu belasten, blieb es, was die Ermittlungen betraf, bei Vermutungen. Trotzdem war es immer besser, nicht erreichbar zu sein, wenn die Polizei sich allzusehr für einen interessierte. Deshalb flogen Johnny und Carola noch am Abend mit der letzten Maschine nach Hamburg. Zuerst besuchten sie Carolas Eltern, und Johnny schwärmte ihnen ausführlich von seinem Haus am Ammersee vor. »Ich verstehe überhaupt nicht, warum ihr euch das nicht längst einmal angeschaut habt.«

»Weil du uns noch nicht eingeladen hast, deshalb.«

»Na gut«, entschied Johnny, »sagt mir, wann ihr kommen wollt, dann zeige ich euch alles.«

Er ließ Carola bei ihren Eltern, wo sie auch übernachten sollte, und erledigte zuerst ein paar Geschäfte; seine Nachfolger nahmen ihre Abrechnungen nur dann genau, wenn er ihnen hin und wieder persönlich auf die Finger schaute. Anschließend schaute er im »Cherie« vorbei, um Kessler zu treffen, der aber verreist war. Er beschränkte sich darauf, den Mädchen, die unbeschäftigt an der Bar saßen, eine Flasche zu spendieren und sich mit Dakota-Erich, der vorbeischaute, zu unterhalten. Dann bekam er doch noch Durst, telefonierte seine Freunde zusammen und lud sie zu einem Besäufnis ein.

Als er das »Cherie« morgens gegen zehn Uhr ziemlich mitgenommen verließ, wußte er einen Moment lang nichts mit sich anzufangen und schaute unschlüssig die Straße rauf und runter, als ihm ein kleiner Junge auffiel, der einen Tennisball gegen eine Hausmauer kickte. Im gleichen Moment fiel ihm ein, daß er sich eigentlich mal wieder erkundigen könnte, was aus seinem Sohn geworden war; gut sieben Jahre hatte er ihn nicht mehr gesehen. Er nahm Schweine-Hans mit und hielt auf dem Weg zum Jugendamt vor einem Sportgeschäft, um für den Jungen einen Fußball zu kaufen.

Der Beamte wußte gleich, mit wem er es zu tun hatte. »Tut mir leid, daß ich Ihnen nicht weiterhelfen kann. Es wäre besser, Sie reichen den Wunsch, Ihren Sohn sehen zu wollen, erst einmal schriftlich ein.«

»Was Sie nicht sagen!« Jetzt war Johnny wachgerüttelt. Nicht nur das Wiedersehen mit seinem Sohn interessierte ihn, sondern der Widerstand, den die Behörden einem Treffen mit ihm entgegensetzten. Er rief Anni an, die ihm eine Straße in Barmbeck nannte, sich aber im Moment an die Hausnummer nicht erinnern konnte.

»Er wohnt dort jedenfalls bei einer Familie, die Frisch heißt.«

Als Johnny auf einem freien Baugelände Kinder Fußball spielen sah, hielt er an und schaute sich jeden der Jungs an; es war immerhin möglich, daß darunter sein Sohn war. Aber jedesmal, wenn er sicher war, ihn gefunden zu haben, schüttelte der betreffende Junge den Kopf.

»Fragen wir besser mal in einem der Geschäfte hier.«

Die Bäckersfrau kannte keinen Jungen, der Gustav Bauer hieß. »Hier gibt's in der ganzen Gegend keine Familie, die so heißt.«

»Hans, was hat Anni gesagt, wie die Familie heißt?«

»Frisch!«

»Gibt's denn hier eine Familie, die Frisch heißt?«

Ihr Gesicht hellte sich auf. »Vielleicht meinen Sie den kleinen Frisch, der heißt Gustav mit Vornamen!«

»Das gibt's doch nicht«, fluchte Johnny, »die geben meinen Sohn glatt als ihren eigenen aus!«

»Im Moment ist der aber bei seiner Oma.«

»Und wo ist das?«

»Keine Ahnung, irgendwo auf dem Land.«

»Geben Sie ihm das hier, wenn er wieder auftaucht«, sagte Johnny und händigte ihr den Fußball aus. Den Mann, der schon die ganze Zeit darauf wartete, endlich bedient zu werden, hätte er am liebsten geohrfeigt, einfach nur, weil er ihn anstarrte. Er ohrfeigte statt dessen das Mädchen, neben dem er nachmittags aufwachte, weil es ihn ins Ohr gebissen und behauptet hatte, er möge das.

12

Johnny war achtundvierzig Stunden nicht mehr ins Bett gekommen, auch in das einer Frau nicht; dafür stand aber das »Maxim's« kurz vor der Vollendung. Die Stadt, die sich eine Weltstadt nannte, noch dazu eine »Weltstadt mit Herz«, würde über sein Geschenk, das er ihr machen wollte, staunen. Eine elegante Bar, die Sitze bequem, das Licht gerade hell genug, die Musik leise, so leise, daß sie einem zu schaffen machen kann, und die Animierdamen in Abendgarderobe, ausgesuchte Exemplare mit Erfahrung.

In den Umbau hatte er ein Vermögen gesteckt, was Deska veranlaßte, schon bei der Planung aus dem Geschäft auszusteigen. Wie immer wurde Uwe Hansen sein Partner. Als dritten Partner, der die Bar nach außen hin repräsentieren sollte, hatte er James Graser angeheuert, als Playboy liebenswert und unverdächtig.

Noch bevor die Zeitungen groß über die Eröffnung berichteten, lagen den Behörden bereits Hinweise vor, wer hinter Graser und dem »Maxim's« steckte. Ein Beamter äußerte sich gegenüber der Presse folgendermaßen: »Wenn sich dieser Herr Berger einbildet, aus dem »Maxim's« einen bordellähnlichen Betrieb machen zu können, dann werden wir nicht tatenlos zusehen.«

Zwei Minuten, nachdem Johnny das gelesen hatte, ging das Telefon. Anni war dran.

»Ich hab Johnny für einen Tag zu dir geschickt.«

Johnny verstand nicht, was sie meinte.

»Bring ihn einfach morgen nachmittag wieder zum Flughafen, und ich hol ihn dann ab.«

»Von wem, verdammt noch mal, sprichst du eigentlich?« schrie Johnny.

»Hast du neulich nicht gesagt, du würdest deinen Sohn gern mal wieder zu Gesicht bekommen?«

Er fuhr zum Flughafen, obwohl er lieber mit einer Sprengladung Dynamit im Polizeipräsidium aufgetaucht wäre, holte seinen Sohn ab und brachte ihn zur Zittelstraße, wohin er inzwischen mit Carola umgezogen war.

»Was willst du machen?« Der Junge gefiel ihm, vor allem, weil er starkes, struppiges Haar hatte. Er war schon jetzt fast so groß wie sein Vater, und sein Händedruck verriet, daß er ernst genommen werden wollte.

»Nichts. Bei dir sein.«

»Das geht jetzt aber schlecht.« Er gab ihm die Hausschlüssel und hundert Mark. »Geh ins Kino, geh in den Zoo, schau dir, von mir aus, die Stadt an, mach, was du willst, nur kann ich dich jetzt nicht mitnehmen!«

»Und warum nicht?« bettelte der Junge.

»Weil Buben in Stripteasebars keinen Zutritt haben. Schon mal in einer drin gewesen?«

»Alkohol schmeckt mir nicht, davon wird mir schlecht.«

»Und 'ne Freundin, schon mal eine gehabt?«

Der Junge schüttelte den Kopf; seinem Gesicht sah man an, daß er Frauen und Alkohol für dasselbe hielt.

»Ich erklär dir das alles mal, wenn ich Zeit habe, einverstanden?« Johnny gab ihm einen Klaps. »Und verlier den Schlüssel nicht, weil ich nicht weiß, wann ich nach Hause komme.« Dann fuhr er zum »Maxim's«.

Solange er Bordelle betrieben hatte, war er ein leicht auszurechnender, wenn auch zäher Bursche gewesen. Eine gesellschaftliche Rolle, gar ein gewisses publikumswirksames Ansehen konnte er deshalb noch lange nicht beanspruchen; auch als Veranstalter von Boxkämpfen blieb er im Dunstkreis des Verbrechens. Mit einer noblen Adresse wie dem »Maxim's« aber wandte er sich jetzt eindeutig an eine Elite, den Geld- und Vergnügungsadel, und das, wenn schon nicht übertrieben laut, so doch mit dem Anspruch auf Exklusivität. Warum, verdammt, sah die Stadt nicht ein, wie begabt er für seinen Beruf war, glänzend begabt, wie er beweisen wollte! Warum ließ sie ihn nicht gewähren? Er liebte die Frauen, die Höhenlage ihrer Geheimnisse, den Zauber der Atmosphäre, die erotische Illusion. Eine Bar, eine mit ein paar verschwiegenen »Künstlerzimmern« im Obergeschoß, war dafür nur die Bühne. Er verstand sich auf die Lust auf ein Leben, das sich für die meisten weitgehend in Gedanken abspielte. Ihr Begehren war sein Profit. Er verlangte von der Stadt lediglich Aufrichtigkeit, um Geschmacksfragen würde er sich selbst kümmern. Warum die Würde des Menschen bemühen, wenn es Menschen gab, die Geld hinblätterten, um sie loszuwerden? Mochten sie lauthals von Moral reden, so verstanden sie doch eher was von Schmiergeldern und Religion – und beides zusammen nannten sie Politik.

Es fiel Johnny schwer, sich damit abzufinden, daß die Stadt ihm wieder einmal einen Strich durch die Rechnung gemacht hatte. Er begriff nicht, was sie eigentlich wirklich gegen ihn hatten. Auf der ganzen Welt gab es Freudenhäuser, und viele waren berühmt geworden. Schriftsteller, Maler, Schauspieler hatten welche besucht, sie gemalt, besungen und beschrieben. Es gab Bordelle, die von Königen finanziert wurden, und Grafen, Barone und Herzöge waren dort ein und aus gegangen. Es gab sie seit Anbeginn der Menschheit. Bordelle waren die Heimat der Matrosen, der Abenteurer und der Verlorenen, sie waren entweder Spelunken oder Paläste, aber ihre Geschichten faszinierten die Menschen. Bordelle waren der Schauplatz komischer Tragödien und tragischer Liebesgeschichten. Eine Hure war das älteste Weibsstück der ganzen Schöpfung.

Johnny konnte unmöglich riskieren, daß er zu einer Eröffnung lud – und die Polizei drei Stunden vorher das Lokal schloß. Ihm blieb also nichts anderes übrig, als eine Bühne für Tänzerinnen bauen zu lassen, und das in zwei Tagen! Und selbst dann hatte er am Ende nicht viel mehr als einen stinknormalen Stripteaseschuppen am Hals. Genau das, was er nicht mehr wollte! Von dieser Sorte gab es genug. Aber der Zeitpunkt war vorbei, alles hinschmeißen zu können. Die Einladungen waren verschickt, die Hotels für seine Freunde gebucht, einige sogar bereits eingetroffen. Er überlegte fieberhaft, was noch zu retten war. Da ihn alles, was nicht annähernd einer Sensation nahekam, langweilte, brauchte er, wenn er nun eben auf eine Bühnenshow angewiesen war, zumindest etwas Besonderes, einen Star.

Seit ihrem Striptease in Federico Fellinis Film »La dolce vita« war Nadja Gray eine Berühmtheit. In München, wo sie im »Intermezzo« angekündigt war, gab es Gerüchte, daß sie mit einem bekannten Politiker ein Verhältnis gehabt hatte, was sie geheimnisvoll machte, und teuer.

Es war erst elf Uhr abends und noch zu früh, ins »Intermezzo« zu gehen, deshalb fuhr er kurz in der Zittelstraße vorbei. Er wollte wenigstens noch ein paar Worte mit seinem Sohn reden.

»Da stand die ganze Zeit unten ein Auto, und ein Mann saß drin und hat hochgeschaut«, teilte der ihm mit, als Johnny die Tür öffnete. »Ganz lange, ich hab's beobachtet.« Er war ganz aufgeregt und stolz, da er spürte, daß sein Vater ihn nicht einfach auslachte.

Johnny ließ sich von ihm erzählen, was er den Tag über alles angestellt hatte, wollte wissen, ob es ihm in Hamburg im

Heim jetzt besser gefiele, und ob er, wenn er in drei Jahren achtzehn war, zu seiner Mutter oder zu ihm ziehen wollte.

»Zu dir!« war die Antwort.

»Aber du hast ja gerade gesehen, daß es gefährlich zugeht.«

»Das macht mir doch nichts aus.«

»Na gut. Und morgen, wenn du ausgeschlafen hast, bring ich dich zum Flughafen.«

»Wohin gehst du denn schon wieder?« wollte sein Sohn wissen.

Johnny ging zum Fenster, ohne etwas Verdächtiges entdecken zu können. »Arbeiten. Und hab keine Angst, schließ die Tür ab und geh jetzt schlafen.«

»Angst hab ich nur vor Spinnen. In der Küche hab ich vorhin eine an der Wand entdeckt.«

»Und?«

»Ich laß am besten das Licht an.« Er zeigte mit dem Kinn auf ein Foto, das in einem Bilderrahmen auf einem Tisch stand. »Ist sie das?«

»Wer?«

»Deine Freundin?«

»Das ist Carola, ja.«

»Ist sie nicht da?«

»Nein, sie besucht ihre Eltern in Hamburg.«

»Und das da?«

»Das ist Jimmy. Und jetzt ins Bett.«

Wer konnte ihn beobachten, ihm Angst einjagen, ihn vielleicht sogar umbringen wollen? Er kannte nur einen, dem er so eine Dummheit zutraute. Sie hatten sich überworfen, er und Schweine-Hans, wegen einer Kleinigkeit, die nur deshalb plötzlich zum Gegenstand einer Auseinandersetzung geworden war, weil Hans schon seit zwei Tagen getrunken hatte. Er wollte, wie er mehr angedroht als vorgeschlagen hatte, endlich zum gleichberechtigten Geschäftspartner befördert werden, was Johnny abgelehnt hatte.

Er rief, bevor er seine Wohnung verließ, Uwe an – und kam zu spät, seinen Verdacht loszuwerden. Schweine-Hans hatte es erwischt, friedlich sozusagen, er war in der »Lancaster-Bar« zusammengeklappt und noch im Notarztwagen an Herzversagen gestorben.

Es war Zeit, halb zwölf, und Johnny fuhr zum »Intermezzo«, setzte sich an die Bar und ließ Nadja Gray ausrichten, wer auf sie wartete.

Johnny war vom ersten Moment an fasziniert, von der Tänzerin und der Frau. Ihre Ausstrahlung war ebenso natürlich wie rätselhaft. Und sie übertrieb es nicht, da sie wußte, wie sie auf Männer wirkte. Am liebsten hätte Johnny reingebissen in das, was er sah. Er vergaß fast, mit ihr über sein Problem zu sprechen und daß nicht er von ihr, sondern vor allem sie von ihm beeindruckt sein mußte, wenn er sie abwerben wollte.

Nadja Gray war sowohl, was seine Person betraf, als auch über die Eröffnung seiner Bar informiert, war aber, was seinen Vorschlag anging, unschlüssig. »Ich habe Freddy mein Wort gegeben, ab morgen hier aufzutreten und bin, wie Sie sehen, mitten in den Proben.«

»Ich glaube kaum, daß er sich weigern wird, mir einen Gefallen zu tun.«

»So?« Nadja Gray schaute Johnny mit boshaftem Vergnügen in die Augen. »Nichts dagegen, daß Sie ihm die Show stehlen?«

»Er wird Tränen vergießen«, lachte Johnny.

»Worüber? Weil er sich nicht wehren kann?«

Johnny verstand, worauf sie anspielte, spürte aber, daß sie weit davon entfernt war, ihm deshalb Vorwürfe machen zu wollen.

»Hören Sie zu, Nadja! Ich zahle Sie aus, biete Ihnen das Doppelte, was Sie hier verdient hätten, und einen Jahresvertrag!«

Nadja Gray staunte. Sie liebte Männer, die sich deutlich ausdrückten, davon gab es kaum noch welche; aber jetzt, direkt neben ihr, saß einer. »Sie sitzen in der Patsche, und ich helfe Ihnen. Und dann? Helfen Sie mir dann auch aus meiner?« Sie sagte es so leidenschaftlich leise, daß Johnny heiß wurde. Hätte er jetzt einen Wunsch frei gehabt, er wäre gerne die Zunge in ihrem Mund gewesen. »Abgemacht!«

Inzwischen war es drei Uhr früh. Während sich Hans noch immer mit einem Dutzend Hilfsarbeitern abplagte, die dabei waren, eine Bühne zusammenzuzimmern, war Uwe damit beschäftigt, mit Animiermädchen eine Show auf die Beine zu stellen, und verfluchte den Tag, an dem er Johnny begegnet war. In einem Hotelzimmer das Abendkleid fallen zu lassen, war eine Sache, eine andere, dasselbe auf einer Bühne zu tun, noch dazu im Scheinwerferlicht. In drei Sprachen redeten sie, und alle gleichzeitig, auf ihn ein.

Johnny war, als er erschien, viel zu gut gelaunt, als daß ihm Uwe klarmachen konnte, wie nahe er einem Nervenzusammenbruch war. »Gibt's was?«

»Nein, außer der Kleinigkeit, daß ich in der nächsten halben Stunde jedes einzelne dieser Prachtexemplare eigenhändig erwürgen werde. Ach übrigens«, fiel Uwe dann ein, »was ich vergessen habe, gestern hat deine Mutter angerufen, du sollst dein Haarwasser abholen.«

»Heute scheint mein Glückstag zu sein«, strahlte Johnny, fuhr zu seiner Mutter und kam gerade recht zum Frühstück. Als er Nadja Gray erwähnte, die bei ihm im »Maxim's« auftreten würde, war Onkel Werner begeistert.

»Da kannst du hingehen«, schimpfte Frau Karst.

Onkel Werner sagte zu, rief aber zwei Stunden später wieder an und sagte wieder ab. »Warum lädst du aber nicht deinen Bruder ein? Der freut sich, wenn er wieder mal mit dir zusammensein kann.«

Es wurde Zeit, seinen Sohn zum Flughafen zu bringen. »Hast du die Spinne erwischt?«

»Nein. Aber ich weiß jetzt, was ich werden will. Hotelkaufmann! Und zwar in Amerika!« Er fand seine Idee so großartig, daß er seinem Vater einen Kaugummi anbot.

»Darüber reden wir, wenn ich mehr Zeit habe. Dann nehm ich dich auch mal nach Las Vegas mit, einverstanden?«

Eigentlich wollte er heute, am Tag vor der Eröffnung, nichts anderes tun, als sich ganz um das »Maxim's« und die gute Laune von Nadja Gray zu kümmern. Statt dessen rief, kaum war er wieder in der Stadt, Lehner-Erich an und teilte ihm mit, Hans sei vor einer Stunde zusammengeklappt.

»Hoffentlich ist er tot, sonst mach ich ihm Feuer unter seinen fetten Arsch.«

»Wir mußten den Notarzt rufen!«

Johnny fuhr sofort ins Schwabinger Krankenhaus, erkundigte sich, wo Hans Rätz lag, rannte die Treppen hoch, die Gänge entlang und fand das Zimmer.

»Was ist denn mit dir los?« schrie Johnny.

»Keine Ahnung, nur daß mir plötzlich schwarz vor den Augen wurde.«

»Dir geht's wohl nicht gut, dich einfach ins Bett zu hauen.«

Die zwei anderen Patienten hatten ihre Illustrierten längst zur Seite gelegt und nach der Schwester geklingelt.

Johnny ging zum Schrank, holte, was Hans gehörte, heraus und schmiß es auf sein Bett. Eine Schwester, die inzwischen hereingekommen war, forderte er auf, die Kanüle zu entfernen. Sie weigerte sich. »Dann mach ich's eben selbst.« Johnny riß sie heraus. »Und jetzt zieh deine Klamotten an und spiel mir hier nicht den Kranken vor!«

Hans war Johnny dankbar, daß wenigstens einer klarstellte, was mit ihm los war, und fühlte sich wieder kerngesund.

»Mich hat vorhin Ami-Toni angerufen, der auf deinen Job scharf ist.«

Schon war Hans wieder ganz der alte. »Dem hau ich was vors Brett, dem Bengel.«

Am Abend stand Johnny dann im Mittelpunkt und genoß den Trubel um seine Person. Die Eröffnung hatte Interesse gefunden. Die Gesellschaft der Geldverdiener war vollzählig erschienen. Viele kamen aus Freundschaft zu James Graser – und aus Neugier auf ihn, Johnny Berger. Und alle waren sie natürlich wegen Nadja Gray gekommen. Sie war hinreißend, der umjubelte Star, der sein Publikum daran erinnerte, daß Gott eine Geliebte haben mußte – und alle zuschauen ließ, wie sie ihn betrog. Die Männer atmeten schwer, als hätten sie einen Schlag in die Magengrube zu verdauen.

Zwischen ihren Auftritten saß sie bei Johnny am Tisch, wo auch Peter, sein Bruder, saß, seine Freunde aus Hamburg und Grupe; der Boxer küßte ihr die Hand, was wie Menschenfresserei aussah. Carola sah wunderschön aus, sie trug das Haar streng nach hinten, wo es in einem Zopf endete. Die Perlenkette war echt, was Johnny nur beurteilen konnte, weil er sie bezahlt hatte.

Johnny fühlte zwar die Zufriedenheit, die einer empfindet, der ein Fest zur Freude seiner Freunde feiert, war aber trotzdem enttäuscht. Plötzlich hatte er Heimweh nach Las Vegas, nach Männern wie Al Cambusa, nach einem Handschlag mit Joe Gordon, und ärgerte sich. Ein Nachtclub von Format hätte es werden sollen, jetzt knallten Strapse, eine als Cleopatra aufgedonnerte Tänzerin räkelte sich auf einem Bettvorleger, es ging zu wie auf seinen Zigarettenbildchen, Serie »Geheimnisse des Orients«. Trotz Miss Gray würde das »Maxim's« nichts als ein Stripteaseschuppen bleiben. Das hatte er nicht gewollt und interessierte ihn nur einen Abend lang, und der war vorüber. Er nahm noch die Glückwünsche einzelner Gäste entgegen, als er in Gedanken bereits Verkaufsgespräche führte. Er würde das »Maxim's« nur noch so lange weiterführen, wie es Profite abwarf, sich dann noch etwas einfallen lassen, was es wieder ins Gespräch brachte, um es dann endgültig, und zum Höchstpreis, loszuwerden.

Johnny kam erst gegen elf Uhr vormittags nach Hause, in bester Laune. »Weißt du, Carola, wen du unbedingt näher kennenlernen mußt?«

Sie nickte. Dann hat er die Nacht also doch mit Nadja Gray verbracht, dachte sie, ohne deshalb eifersüchtig zu werden. Nur konnte sie ihm jetzt nicht in die Augen schauen. »Sie ist nett, stimmt.« Johnny war begeistert von ihr, und sie war es auch, wenn sie ehrlich war. Sie war klug, schlagfertig und von südländischem Temperament, hatte schwarzes Haar und eine, auch in ihrem Alter noch, vollkommene Figur, aber vor allem ihr Lachen war unvergeßlich, und ihr Blick aus rätselhaft ruhigen Augen. Es gab also nicht viel, was sie Johnny hätte übelnehmen können.

»Ich sage dir, sie ist unbezahlbar!«

Daß er auch nur eine Mark für sein Vergnügen hingelegt hatte, nahm sie wirklich nicht an.

Danach rief Peter an, bedankte sich für den Abend und bat Johnny um ein Gespräch.

»Worüber?«

»Wie wär's, Bruderherz, wenn ich bei dir mit ins Geschäft einsteige?«

»Dann komm gleich, weil ich in ein paar Stunden nach Monte Carlo fliege.«

Als Peter erschien, stauchte ihn Johnny erst einmal wieder auf Normalgröße zusammen. Er mochte seinen Bruder, wollte aber verhindern, daß er die Welt der Straße mit zu romantischen Augen betrachtete. Wenn Johnny hart mit ihm umsprang, tat er das aus einem Gefühl von väterlicher Verantwortung heraus. Überheblichkeit war der Fehler vieler Jungs gewesen, die Johnny hatte kommen und gehen sehen.

Und Träume waren schlichtweg lebensgefährlich! Nur weil er nicht mal zum Schlafen die Cowboystiefel auszog, bildete er sich sonstwas ein. »Du hast schon von Anfang an die falsche Einstellung, mein Junge. Sprüche wie: Ich will bei dir einsteigen, Bruderherz! kannst du dir sofort abschminken. Vielleicht kannst du irgendwann einmal in einem meiner Betriebe einen Job übernehmen, dann mußt du aber arbeiten wie jeder andere auch. Es gibt keine Extrawurst für dich, nur weil du mein Bruder bist. Für dich bin ich Johnny, und nicht dein Bruderherz!«

Peters ganzes Problem hatte immer schon darin bestanden, unbedingt auch so einer werden zu wollen wie sein Bruder, dabei hatte er es schon in der Grundschule nicht geschafft, wenigstens ordentlich zu schwänzen, landete kreuzbrav auf der Mittelschule, die er abschloß, fuhr anschließend, weil er schnell eigenes Geld verdienen wollte, Getränke aus, volontierte bei einer Zeitung, wechselte danach immer häufiger seine Arbeit, tauchte auch hin und wieder in St. Pauli auf und wollte jedesmal am liebsten gleich dableiben. Als er zwei Jahre später seine Jugendfreundin heiratete, tat Johnny ihm den Gefallen und fuhr das Brautpaar in einem offenen Cadillac zum Standesamt, Peter im weißen Anzug, mit rotem Hemd, weißer Krawatte und spitzen Lackschuhen – genau, wie er immer aussehen wollte.

»Und jetzt willst du was?« erkundigte sich Johnny. »Was meinst du mit ›einsteigen‹?«

»Mensch, hör mal zu, so viele kriegen von dir eine Chance, Geld zu verdienen, warum nicht ich? Wir haben uns doch immer ganz gut vertragen, oder nicht?«

Johnny würde mit seiner Mutter sprechen. »Ich überleg's mir, Peter. Sobald ich zurück bin, sag ich dir Bescheid.«

»Warum rufst du nicht deine Eltern an?« schlug Johnny vor, als ihn Carola zum Flughafen fuhr. »Lade sie doch übers Wochenende nach München ein, dann kannst du mit ihnen nach Herrsching fahren und ihnen das Haus zeigen.« Sein schlechtes Gewissen, sich in den letzten Monaten kaum noch um sie gekümmert zu haben, war er damit los.

Am Air-France-Schalter stürzte ein Mädchen auf ihn zu. Sie hatten einmal zusammen was gehabt, was Johnny nicht für einen hinreichenden Grund ansah, ihm in aller Öffentlichkeit um den Hals zu fallen. »Johnny, mein Gott, wie geht's?«

»Wo fliegst du denn hin? Auch runter ans Mittelmeer?«

»Nein, nach Paris. Mich will dort unbedingt jemand heiraten.« Wie sie das erzählte, mußte sie einem leid tun.

»Warum fliegst du nicht einfach mit mir nach Monte Carlo?« Er zerriß ihren Flugschein und buchte zwei Plätze nach Nizza.

»Du bist verrückt«, himmelte sie ihn an. Sie war drauf und dran, ihm wieder um den Hals zu fallen. Er konnte Aufdringlichkeiten nicht leiden, auch wenn er schon anfing, die Stunden zu zählen, bis er mit ihr allein war.

Melanie machte das Vibrieren des Flugzeugs zu schaffen, auch ihre Stimme, mit der sie ihm Liebenswürdigkeiten ins Ohr flüsterte, vibrierte. Dagegen war Johnny schließlich machtlos. Ein Glück, daß Diskretion im Preis für die erste Klasse inbegriffen war.

In Monte Carlo traf Johnny Kessler, der seine Frau dabei hatte, Frankie, einen Spieler, der hier lebte und ihm die Karten für den Boxkampf besorgt hatte, Bill Cohn, dem er endlich persönlich die Grüße von Al Cambusa ausrichten konnte, und natürlich Perser-Achmed. Außerdem würde er Joe Riffner kennenlernen, von dem er immer nur gehört hatte, einer der Drahtzieher der illegalen Glücksspielszene der Cosa Nostra zu sein. Sie trafen sich nach Mitternacht alle bei »Jimmy's«. Mit französischen Namen blamierte er sich immer, aber »Roederer Cristal« konnte er aussprechen und beschloß, nie mehr etwas anderes als diesen Champagner zu trinken.

Vier Stunden später goß er eine ganze Flasche über die schlafende Melanie und saß dann bis zum Sonnenaufgang allein auf seiner Terrasse. Vom Grand Hotel in Cap Ferrat hatte er einen weiten Blick über den Jachthafen, die Boote und die noch schwarze, dunstige Meeresoberfläche. Und während Melanie schlief und vielleicht schon träumte, rechnete er nach, was Träume kosteten. Man brauchte mehr als nur ein paar lumpige Millionen, um sich hier nicht lächerlich zu machen. Aber auch dann war man nur reich, weiter nichts. Es sei denn, man hatte Stil, Klasse und gute Nerven und war noch jung genug, um es ruhig angehen zu lassen; oder so alt wie Joe Riffner, der es hinter sich hatte, sich von jedem kleinen Polizisten anschnauzen lassen zu müssen.

Langsam spürte er den Alkohol. Er stieg in seinen Mietwagen und fuhr nach Cannes und fand tatsächlich die kleine Straße wieder, wo das Bordell war, in dem er sich damals immer von den Streitereien mit Gitte erholt hatte. Er verlangte das Übliche, nur hielt er dem Mädchen dabei den Mund zu, damit sie ihm nichts erzählte, was er ohnehin nicht verstand. Im Treppenhaus reinigte eine Frau die Teppiche. Er gab ihr Geld, mehr Geld als dem Mädchen, das er gerade gehabt hatte.

Johnny erschien mit Melanie spät, erst kurz vor Beginn des Hauptkampfs. Wenn sie nackt gegangen wäre, hätte sie weniger Aufsehen erregt. Er mußte an Uwe denken, der Melanie eine geknallt hätte, vorausgesetzt, er hätte sie überhaupt nahe genug an sich herangelassen.

Das Fürstenpaar hatte bereits Platz genommen, als es noch vor dem Hauptkampf zu einer Schlägerei kam. Direkt neben Johnny saß Alain Delon, der französische Filmstar, vor dem sich ein Rudel Fotografen aufgebaut hatte, die ihm, während sie knipsten, auch noch auf den Füßen herumtraten. Delon versuchte es zuerst mit freundlichen Worten, verpaßte dann aber, als es ihm zuviel wurde, dem Erstbesten einen Kinnhaken. Es kam zu einem Handgemenge, dann zu einer Massenschlägerei. Stühle flogen, Flaschen und Fäuste. Und es floß Blut.

Natürlich ließ sich Johnny diese Gelegenheit nicht entgehen. Das war doch, fand er, wie in den guten, alten Zeiten im Löwenbräukeller, mit dem Unterschied nur, daß jetzt neben ihm nicht Hasenbergl-Rolfi, sondern Alain Delon die Schläge austeilte.

»Tut mir leid, ich habe aber bereits etwas vor«, bedankte er sich, als Delon ihm nach der Schlägerei die Hand gab, mit einem Lächeln, das Johnny bereits in Delons Filmen immer faszinierend gefunden hatte, und ihn einlud, im Anschluß an die Veranstaltung als sein Gast auf eine Party mitzukommen. Nichts hatte er vor, nichts vergleichbar Aufregendes jedenfalls, trotzdem gefiel ihm seine Antwort. Sein Gefühl für Pointen zwang ihn, dieser Version der Geschichte den Vorzug zu geben; eine Einladung dieser Güte abgelehnt zu haben, würde noch mehr Erstaunen hervorrufen, als die an sich schon erstaunliche Tatsache, von einem wie Delon eingeladen zu werden.

Melanie konnte nicht mitansehen, wie die Männer da oben aufeinander einschlugen und wollte, daß Johnny ihr wenigstens alles erklärte. Er schickte sie, weil sie ihm mit ihrer Fragerei das Vergnügen verdorben hatte, nach dem Kampf gleich ins Hotel und ging allein auf einen Drink zu »Jimmy's«. Als er in seinen Wodka starrte, fiel ihm das Haarwasser ein, das ihm seine Mutter besorgt und er ausprobiert hatte; es taugte leider auch nichts.

Da er erst gegen halb zwei Uhr morgens mit seinen Freunden zum Essen verabredet war, rief er in München an. Die Umsätze waren gut, das »Maxim's« auf Wochen hinaus ausverkauft. Dann weckte er Carola und wollte wissen, ob sie in Herrsching draußen gewesen war.

Carola gähnte. »Wie spät ist es eigentlich?«

»Was haben deine Eltern gesagt zum Haus, dem Grundstück, der ganzen Gegend?«

»Johnny, ich bin müde. Können wir nicht ...«

»Hör zu, Carola, du bist meine Frau, und das vierundzwanzig Stunden. Was haben sie gesagt?«

»Okay.« Sie gab es auf. »Ich bin rausgefahren, ja. Es hat die ganze Zeit geschneit, war aber schön. Alles voller Schnee und wunderbare Luft. Wir sind spazierengegangen und haben dann im Seehaus was gegessen ...«

»Hör zu, Carola«, schrie er in den Hörer, »ich will nur wissen, was deine Eltern gesagt haben?«

»Meine Mutter hat sich gewundert, warum die Wohnung leersteht.«

Mehr wollte Johnny nicht wissen. »Schlaf weiter!« Er legte auf.

Als Johnny ins Schlafzimmer kam, war Melanie gerade wach geworden und schlug die Bettdecke zurück. Johnny reagierte nicht. Er ging auf den Balkon hinaus, schaute auf den Jachthafen hinunter und hoffte, daß sein Glück nicht von Frauen wie ihr abhängig sein würde.

13

Irgendwie kam ihm der Tankwart, der ihn bedient hatte, bekannt vor, aber Johnny war sich nicht sicher. Er wartete, bis er ihm das Wechselgeld zurückgegeben hatte und er das Gesicht, das wegen der Kälte fast vollständig vermummt war, besser sehen konnte. Dann erkannte er ihn. Es war tatsächlich Strohbach-Hansi, sein alter Spezi, sein früherer Klassenkamerad aus der Giesinger Zeit, ein Schlitzohr, der einzige Junge, der ihm damals sympathisch gewesen war. Später wurde er Komplize von Max, als beide noch Autos knackten. Dafür kamen beide nach Ebrach. Auch dort hatte sich Johnny mit ihm bestens verstanden. Hansi war es, fiel ihm wieder ein, der ihm in einem geklauten VW-Bus das Autofahren beigebracht hatte, wobei sie fast draufgegangen wären, weil er die Bremse mit dem Gaspedal verwechselte, als sie direkt auf eine Steinmauer zurasten.

Johnny stieg aus seinem Excalibur. »Ist das ein Witz, oder bist du wirklich hier Tankwart?«

Seine Hände waren eisig vor Kälte, als er Johnny begrüßte. »Kein Witz, Johnny, im Augenblick läuft's halt bei mir mal wieder nicht so besonders, wie du siehst.« Er verzog den Mund zu einem Grinsen. »Dich zu fragen, wie's dir geht, erübrigt sich ja. Man hört und liest ja allerhand. Alle Achtung!«

Es war viel zu kalt im Freien, um sich Komplimente anzuhören. »Was verdienst du hier?«

»Fünfzehnhundert im Monat.«

»Weißt du was, Hansi«, sagte Johnny kurzentschlossen, »zieh deine Klamotten aus und komm am besten gleich mit. Das kannst du locker auch bei mir verdienen«, und stieg, weil ihn fror, wieder ins Auto.

»Ich bin sofort wieder da!«

Während sich Hansi umzog und sich noch mit seinem Chef streiten mußte, der ihm, obwohl er sah, daß sein Angestellter alles hinschmiß, noch erklären wollte, daß er fristlos gekündigt sei, dachte Johnny nach. Hansi war der beste Kumpel von Max gewesen, und von Janine wußte er, daß sie immer nach einem suchte, der wie Max war und daß sie deshalb in der Zwickmühle saß. Was, zumTeufel, sollte sie tun? Sie hatte es satt, einsam zu sein, und recht damit. Es war auch nicht gesund, länger die Witwe zu spielen. Kein Max konnte verlangen, daß sie nicht wieder Spaß haben sollte. Aber wen immer sie anschleppen würde, sie hatte Angst, Johnny könnte ihn ablehnen. Also war es nur vernünftig, er kümmerte sich gleich selbst darum. Er würde die beiden, beschloß er, zum Liebespaar machen, und zwar, ohne viel Zeit zu verlieren. Von der Tankstelle zum Traualtar, aus der Kälte in die Sonne, und dabei hatte er nur kurz tanken wollen. Entgegen seiner ursprünglichen Absicht, Hansi gleich mit ins »Eros« zu nehmen, fuhr er ihn dann doch erst nach Hause. »Ich ruf dich noch heute an!« Er fuhr zum »Eros« und erledigte ein paar Dinge, bis Janine oben ihren Besuch abgefertigt hatte.

Zum Geschäftlichen gehörte auch, daß er sich in schlechter Laune präsentierte, damit keiner annahm, er sei müde oder mit seinen Gedanken immer noch in Monte Carlo. Johnny beherrschte diesen Zustand inzwischen wie ein Virtuose; das hielt seine Leute auf Trab und ließ keinen nah an ihn herankommen. Seine Unzufriedenheit war jedoch nur zum Teil gespielt, er war unzufrieden geboren und glücklich damit. Keine Zufriedenheit würde seine Unruhe beseitigen, keine Frau, kein Konto, kein Erfolg. Er versuchte auch seinen Jungs diese Philosophie beizubringen, stieß aber auf taube Ohren. Alle um ihn herum waren, wie er sah, gerne zufrieden. Sie verdienten gutes Geld, gehörten zur besten und erfolgreichsten Clique im Milieu und sahen in Johnnys Ehrgeiz die Garantie, daß ihr Lebensstandard eher noch steigen würde. Für Hans war er, seit der Wunderheilung im Schwabinger Krankenhaus, ohnehin der liebe Gott.

Zum Geschäftlichen gehörte auch, daß er Nadja Gray zweimal die Woche frische Rosen in ihre Garderobe im »Maxim's« schicken ließ. Er telefonierte mit Randls Sohn, der inzwischen sein Freund geworden war, und erzählte ihm die Geschichte mit Alain Delon, die ihre Wirkung bei dem jungen Mann natürlich nicht verfehlte. Das wollte er genauer hören. Johnny lud ihn zur Sauna ein – und dachte dabei an das Nachbargrundstück, dessen Eigentümer der alte Randl war.

»In einem Jahr, Hans, gehört das Haus mir.«

Hans nickte vor Schreck.

Als Janine in der Kantine erschien, stand Johnny auf. »Zieh dir was an, wir fahren mal kurz um den Block.«

Sie fuhren zu Max' Grab, und Johnny sagte ihr dort auf den Kopf zu, daß er jemand getroffen habe, der was für sie wäre.

Janine antwortete nicht, legte ihren Blumenstrauß neben das Kreuz und ging zum Ausgang des Friedhofs zurück. Ihr drehte sich der Kopf.

Johnny wußte, in welchem Tempo und welchem Tonfall er Janine überreden mußte. Davon, daß er ihn im »Eros« als Kellner einstellen wollte, war sie alles andere als begeistert. Überhaupt ging ihr alles zu schnell.

Johnny dagegen ging alles viel zu langsam. Das Haus in der Herzogstraße war, wie er dann allerdings selbst zugeben mußte, nicht gerade ein idealer Platz, sich zu verlieben. Er wollte ganz sichergehen, daß sein Plan auch funktionierte – und schlug Janine deshalb vor, nach Acapulco mitzukommen. »Und ihn nehmen wir mit. Was hältst du davon?«

»Heißt er wirklich Hansi?«

Es war wichtig, daß Janine die Sache nicht nur einfach auf sich zukommen ließ und abwartete. Er mußte sie überzeugt haben, noch bevor sie Hansi überhaupt gesehen hatte. »Du weißt doch, wie Max war, ein Aufreißer vor dem Herrn, aber in Wahrheit, wenn ihm jemand wirklich gefiel, brachte er doch kaum ein Wort raus. Stimmt's?«

Janine erinnerte sich. Max hatte sich erst einen Vollrausch antrinken müssen, bevor er sich ein Herz faßte und sie fragte, ob sie mit ihm ins Bett wolle, und war eingeschlafen, noch bevor sie ja sagen konnte.

»Ich schwör dir, daß der auch kein Wort rauskriegt, wenn er dich sieht. Er ist wie Max.«

Er fuhr sie zum »Eros« zurück. Von dort rief er Hansi an. »Pack nur deine Badehose ein!« Um kein Risiko einzugehen, sprach er vor der Reise auch noch einmal mit Hansi und machte ihm klar, daß er nur bei ihr landen könne, wenn er sich völlig zurückhielte. »Das einzige, was du tun mußt, ist schüchtern sein. Schau sie nur an. Besauf dich und schau sie an, kapiert?«

»Und wenn ich nicht auf sie abfahre?«

»Dann laß es sein«, drohte er ihm.

Johnny hatte zwar nicht die geringste Lust, schon wieder Ferien zu machen, aber für Janine und natürlich für Carola war der Abstecher nach Mexiko ein verspätetes Weihnachtsgeschenk.

Hansi hatte noch vor einer Woche in der Kälte gestanden und Benzin in Autos gefüllt, jetzt lag er am Swimmingpool, vor ihm der Pazifik, hinter ihm eine Mariachi-Kapelle, die ohne jede Unterbrechung Lärm produzierte, und er tat, was Johnny ihm geraten hatte: Er starrte Janine an.

Auch Janine tat tapfer, was Johnny wollte: Sie gab sich Mühe, ihn kennenzulernen, und dabei verliebte sie sich schließlich.

Johnny war nicht, wie Hans glaubte, der liebe Gott, aber Gott konnte sich nie wohler gefühlt haben als er jetzt.

14

Johnny war fremden Menschen gegenüber mißtrauisch. Die meisten suchten nur ihren eigenen Vorteil und waren unzuverlässig, wenn man ihre Hilfe brauchte. Trotzdem bestand Deinhard, mit dem er sich wieder vertrug und seitdem zweimal die Woche Tennis spielte, darauf, daß er den älteren Herrn, der immer auf dem Tennisplatz herumstand, kennenlernen müßte.

»Und warum sollte ich?« fragte Johnny.

»Weil du vielleicht Verwendung für ihn hast.«

Johnny schüttelte den Kopf. »Zu alt!«

»Sag das nicht. Der Mann spricht sieben Sprachen, sogar japanisch.«

»In meiner Branche versteht man nur eine Sprache, und ich glaube kaum, daß er dafür kräftig genug ist. Was macht er beruflich?«

»Nichts.«

Der Mann, den Deinhard beschrieb und der Johnny nicht interessierte, war fünfundfünfzig Jahre alt, nicht allzu groß, hatte wenig Haare und trug eine modische Brille. Der Ring an seinem Finger wirkte echt. Er trug einen Anzug, wie ihn Direktoren tragen: etwas förmlich, aber Maßarbeit. Aber da waren noch, als etwas frivole Beigaben, eine in Gold gefaßte Perle, die seine Krawatte schmückte, und ein elegant fallendes Seidentuch in der linken Brusttasche. Daß der Mann pleite war, war nicht zu erkennen. Er konnte gut als Direktor eines Klassehotels durchgehen, vorausgesetzt, er hatte die letzte Nacht nicht zu tief ins Glas geschaut; dann nämlich glich er einem Mann, der in der Hotelbar die Zeche prellt.

Er hieß Nikolaus V. Dahn, war in Tokio Direktor einer Miederwarenfabrik gewesen und wurde dort einmal wegen unerlaubten Waffenbesitzes vorübergehend festgenommen – und daraufhin von seiner Firma fristlos entlassen.

Deinhard war ihm mehrmals im »Intermezzo« begegnet. »Der Mann hat Manieren, Johnny, sicheres Auftreten, richtiggehend Charme, die alte Schule eben, küßt allen Damen noch die Hand, ist gebildet und sucht nur im Moment dringend einen Job.«

»Ich hab nichts, tut mir leid.« Alles, was Johnny in den kommenden Monaten brauchte, waren Stehvermögen, etwas Glück und die besten Rechtsanwälte. An diesem Punkt seiner Karriere, wo er vorhatte, in der Innenstadt, sobald das zweite Haus auch ihm gehörte, die größte Spielhalle Europas zu bauen, war sein Gegner nicht mehr nur die Polizei, die ihn inzwischen als Unterweltsboß mit internationalen Beziehungen einstufte, sondern die Stadt selbst, besonders das Kreisverwaltungsreferat, das Amt für öffentliche Ordnung, und dort insbesondere, wie er gehört hatte, ein blutjunger, ehrgeiziger Politiker, der zum Sprung zu einer Karriere ansetzte; daneben natürlich die Baubehörde, speziell die Lokalbaukommission, die für Um- und Neubauten verantwortlich war. Ohne ihre Genehmigungen ging nichts.

Von Politik verstand Johnny nicht viel, ahnte aber, daß es nicht mehr genügen würde, einfach, sobald Probleme auftauchten, Freunde aus St. Pauli einfliegen zu lassen. Mit Krawall würde er in Zukunft nicht sehr weit kommen.

In Hamburg war es üblich gewesen, ein freundschaftliches Verhältnis zu allen Beamten der Davidswache zu pflegen. Man trat sich nicht unnötig auf die Zehen. Wer sich unbedingt austoben wollte, tat das nach Dienstschluß bei seiner Freundin, im Kegelklub oder zu Hause. Die Polizei war immer für einen ehrlichen Handel zu haben – es ging kollegial zu. Politiker bekam man nur zu sehen, wenn sie in exklusiven Clubs ihre Partys feierten.

Johnny hatte spätestens nach dem Anruf von Charly Feeder, dem Besitzer der »Madelaine-Bar«, seinen Fehler, den er mit dem »Maxim's« gemachte hatte, eingesehen – er hatte sich nicht um die richtige Rückendeckung bemüht, hinter ihm stand kein einflußreicher Politiker; er kannte nicht mal einen.

Charly war ein Mann, der sein Geschäft verstand. Die Geschichte mit dem »Maxim's« tat ihm leid. »Wundert mich nur, wo du doch sonst nicht auf den Kopf gefallen bist. Am besten, du kommst mal schnell rüber«, schlug er vor, »was soll ich lange quatschen. Vielleicht verstehst du dann, was ich meine.«

Als Johnny erschien, war die Bar wie ausgestorben. »War dir langweilig oder was? Keiner da?«

»Staatsbesuche der besonderen Art finden nun mal in aller Stille statt!«

»Du hast dich schon mal deutlicher ausgedrückt«, beschwerte sich Johnny.

»Willst du was trinken?«

»Sag schon«, sagte Johnny. »Ist der König von Tonga wieder zu Besuch in München?«

»Nein, aber der Chef höchstpersönlich!«

Johnny begriff sofort. Er atmete aus, als wolle er alle Kerzen auf der Geburtstagstorte einer Hundertjährigen ausblasen, und überredete Charly, ihm ein Kellnerjackett zu leihen und in dieser Aufmachung die nächste Flasche Champagner servieren zu dürfen.

Da saß er, der mächtige Politiker! Zeitungen hatten ihn verständnisvoll immer wieder als »Vollblutpolitiker, den es zum Weibe zieht«, bezeichnet. Wenn Johnny sich vor Aufregung nicht verzählt hatte, waren es insgesamt fünf Grazien, nackt bis auf die Zimmerbeleuchtung, zu denen er sich, gemeinsam mit noch einem Gast, auch einem hohen Tier wahrscheinlich, hingezogen fühlte. Unwillkürlich dachte Johnny daran, was jeder, dem er die Geschichte später erzählen würde, als erstes wissen wollte. So umständlich er es aber auch anstellte, sich mit dem Öffnen der Flasche Zeit zu lassen, es gelang ihm nicht, mehr als die Füße, beide Arme, den Kopf, und die nackten Schultern auszumachen.

Immerhin kapierte er jetzt, was Küfer damals gemeint haben mußte, als er von »katholischer Politik« gesprochen hatte.

Der alte Randl war, solange er sich noch selbst um die Geschäfte kümmern konnte, mit Johnny schon deshalb zufrieden, weil er die Mietzahlungen regelmäßig auf seinem Konto verbucht fand. Sie hatten sich, als er noch gesund war, hin und wieder im »Mathäser« auf eine Brotzeit getroffen, sich sympathisch gefunden und über die noch immer anhaltende Empörung der Anlieger gelacht, die mit den Kinos und dem »Fachgeschäft für ehehygienische Artikel« ganz und gar nicht einverstanden waren. Alle Eingaben, die sie bei der Stadt gemacht hatten, waren bisher erfolglos geblieben. Dem alten Randl war jemand, der sein Wort hielt, als Partner immer gut genug gewesen. »Leute Ihrer Sorte sind selten geworden. Wem kann man noch vertrauen? Nicht mal Liebespaare tun das heutzutage noch.«

Rolf Randl, sein Sohn, war von Johnny auch aus anderen Gründen begeistert. Kein Wunder, wo der gute Junge schon kalte Hände kriegte, wenn im Kino nur das Licht ausging. Er hatte Betriebswirtschaft studiert, das Studium dann abgebrochen, als es seinem Vater gesundheitlich zu schlecht ging, um sich allein um die Immobiliengeschäfte kümmern zu können. Mit seinem Selbstbewußtsein war es aufwärtsgegangen, als er den neuen Pächter persönlich kennenlernte. Daß er nun fast schon ein guter Bekannter des berüchtigten Johnny Berger war, dessen Name durch alle Gazetten geisterte, wirkte auf ihn wie ein Aufputschmittel.

»Was ich mit Ihnen besprechen will, Rolf, geht vorerst nur uns beide etwas an.« Johnny machte eine Pause, damit der junge Mann das Gefühl genießen konnte, ein Geheimnis zu teilen.

»Wenn ich irgend etwas für Sie tun kann, müssen Sie kein Blatt vor den Mund nehmen.«

» Ich will auch das Haus nebenan haben, dort, wo jetzt das Bekleidungshaus drin ist. Darüber will ich mit Ihnen reden!«

»Sie müssen nur sagen, wie das gehen soll.«

»Wie lange läuft der Mietvertrag?«

»Der wird jedes Jahr automatisch um ein weiteres verlängert, immer Mitte Februar.«

Dann wäre ja in einer Woche Stichtag?«

»Richtig, in einer Woche.« Beim Gedanken, daß der Termin so nah war, wurde Rolf Randl allerdings nervös. »Wollen wir das nicht doch erst in aller Ruhe miteinander besprechen?« Er war dann aber selbst enttäuscht, als er sich so reden hörte. »Es wäre theoretisch natürlich machbar, das stimmt schon!« Schon fühlte er sich wieder wohler. »Warum eigentlich nicht? Dann fliegt er eben in einer Woche aus seinem Vertrag.«

Johnny war die etwas überanstrengte Heiterkeit seines Gesprächspartners nicht entgangen. Möglich, daß er moralische Bedenken hatte, ein alteingesessenes, auch von seinem Vater geschätztes Bekleidungshaus einfach zusperren zu lassen, oder nicht den Mumm, jeden, der ihn deshalb in Zukunft schief anschauen würde, zu ignorieren. Natürlich würden die Zeitungen den Fall hochspielen, die Journalisten ihm unangenehme Fragen stellen. »Machen Sie sich aber darauf gefaßt, Rolf«, sagte Johnny, »daß die todsicher einen Prozeß anstrengen werden. Und wie Geschäftsleute nun mal sind, werden sie mit allen Mitteln kämpfen, drohen, Klage einreichen und die besten Rechtsanwälte beschäftigen. Da wird eine Menge Ärger auf uns zukommen.«

»Na, wenn schon.«

»Was zahlt er übrigens an Miete?«

»Gute zwanzig!«

»Na gut, Rolf, dann lege ich zehn drauf!«

Johnny hatte Randl längst auf den Geschmack gebracht, ebenfalls etwas unkomplizierter zu denken. »Dann ist es gelaufen, Herr Berger. Das kann ich hinbiegen.«

»Sie haben mich noch gar nicht gefragt, was ich mit dem Haus eigentlich vorhabe.«

»Stimmt«, lachte Rolf Randl. »Keine Ahnung.«

»Europas größte Spielhalle!« Johnny konnte so etwas sagen, ohne sich zu verschlucken.

Randl wußte jetzt, daß er sich keinen Mißerfolg zuschulden kommen lassen durfte, und schickte die Kündigung noch am gleichen Tag nach Frankfurt, wo die Firma ihren Hauptsitz hatte.

Johnnys Anwalt, ein alter Freund seines Stiefvaters, prüfte die Verträge und stöhnte. »Na ja, dann schau'n wir mal, was dabei herauskommt.«

Randl blieb standhaft, auch als die Gegenpartei gleich nach Erhalt der Kündigung die Miete ebenfalls erhöhte, und ließ sich auch nicht beeindrucken, als sie persönlich in München erschien und, wie erwartet, einen Skandal androhte, der zu vielen Prozessen führen würde. Dann versuchte es der Firmeninhaber mit einer List, rief den jungen Randl von Frankfurt aus an, hatte vier Zeugen bei sich im Büro sitzen, die freilich nur hören konnten, was ihr Chef sagte.

Randl, am anderen Ende der Leitung, verstand kein Wort von dem, was der Mann daherredete. »Stellen Sie sich vor«, erzählte er Johnny, »der sagte immer: Danke, Herr Randl, dann geht das mit der Verlängerung ja alles in Ordnung. Ich bedanke mich, das ist sehr nett. Und ich darauf: Hören Sie, ich habe Ihnen den Vertrag nicht verlängert. Und er wieder: Danke, danke, Herr Randl, also bis dann und auf eine lange Freundschaft und gute Zusammenarbeit, und legte auf.«

Einen Monat später kam es zum Gerichtstermin. Die Anwälte der Gegenpartei präsentierten prompt ihre vier Zeugen, die aussagten, der mündlichen Verlängerung des Mietvertrages beigewohnt zu haben, und beriefen sich auf einen Paragraphen, der tatsächlich existierte.

Dr. Michaelis, Johnnys Anwalt, hatte offenbar nicht seinen besten Tag erwischt. Jedenfalls gab das Gericht dem Kläger recht.

Johnny erreichte die Nachricht in St-Tropez; er war aber viel zu gut gelaunt, um sie glauben zu wollen. Er hatte sich gerade verliebt und beschlossen, seine Sommermonate ab sofort nur noch hier zu verbringen. St-Tropez war genau die Party, zu der er schon immer gerne eingeladen worden wäre. Die Mädchen waren schön, nackt und für jeden, der eine Million hatte, gratis.

Er hatte in Monte Carlo Otto Stein kennengelernt, einen jungen Deutschen, auch einen, der mit nichts begonnen und sich eigenhändig nach oben gearbeitet hatte und der ihm auf Anhieb gleich so sympathisch gewesen war, daß er dieses Mal eine Einladung akzeptierte. Daß der eine Villa hatte, war genug Herausforderung, sich auch gleich nach einer umzusehen. Dabei lief ihm eine junge Frau über den Weg, die ihm im Flugzeug nach Nizza schon einmal aufgefallen war. Sie war mit einer Freundin zusammen, die Johnny kannte. Abends traf er sie dann im »L'Esquinade«, einer Disko, wieder und war sicher, daß sie sich vorgenommen hatte, ihn kennenzulernen, denn sie kam ohne Umschweife zur Sache, zog ihn, nachdem sie lange genug neben ihm gestanden hatte, an sich – und bald färbte sich ihre Blässe pfirsichfarben, eine Farbe, die ihr stand. Sie war in dieser Nacht so leidenschaftlich, daß Johnny nicht lange darüber nachdachte, ob sie sein Fall war.

Aber er war ihrer. Er paßte, wie sie fand, so gar nicht hierher. Außerdem war er, sozusagen, nagelneu. Und, guter Gott, alles andere als ein Aristokrat.

Sie war knapp über dreißig, was entlang der Mittelmeerküste ein ziemlich fortgeschrittenes Alter darstellte. Kostbar, fast zerbrechlich, ein wenig zu schade für deftige Witze, hätte sie auch eine durchaus passable Laiendarstellerin im Garten Gethsemane abgegeben. Wahrscheinlich war sie in einer Hotelhalle getauft worden, jedenfalls kam sie zwischen Marmor gut zur Geltung. Was die logische Verknüpfung ihrer Gedanken anging, war sie ein Fall für den Psychiater. Dabei war sie gescheit und hätte, als alterndes Nesthäkchen, auch gut zu einem Professor gepaßt. Aber es war ein junger, noch keine dreißig Jahre alter, schwerreicher Erbe einer Zuckerdynastie gewesen, der sich in Paris, wo sie Modeaufnahmen machte, in sie verliebt hatte. Sie fühlte sich an allem, was um sie herum geschah, unschuldig – und ließ sich heiraten.

Fortan lebte sie also in einer Stadt, deren Sprache sie nicht verstand, mit einem Mann, der ihr auch dann kein Herzklopfen verursachte, wenn er hinter ihr stand und ihr die Träger des Unterrocks von den Schultern streifte, und wunderte sich über die Zufälle des Schicksals. Ihr Baron lebte mit ihr bei seiner Mutter, einer unbarmherzig strengen Person, die versuchte, ihr die Gepflogenheiten in einem aristokratischen Haus beizubringen. Sie wurde mit dem gleichen einschüchternden Aufwand entweder mit Brillanten beschenkt oder kantig zurechtgewiesen, wenn ihre Haare nicht frisiert waren. Zum Abendessen gehörte es sich, im Abendkleid zu erscheinen. Immer rollte ein Rolls-Royce hinter ihr her, auch wenn sie nur bummeln ging; der einsilbige Chauffeur hätte ein von ihrem Ehemann bezahlter Detektiv sein können. Es war auch Pflicht, im Bett zu frühstücken. Es war grausam – fast wie im Märchen.

Als sie davon dann doch, wie sie fand, ein wenig genug hatte, schnappte sie sich ihre Lieblingskatze und floh nach München zu einer Freundin. Mit ihr war sie nach St-Tropez gekommen und hatte noch nicht einmal Geld genug für ein Hotelzimmer.

Ines, wie die junge Baronin hieß, kannte das Leben der Reichen und war vom Luxus deshalb viel weniger beeindruckt als Johnny. Daß auch er kein armer Schlucker sein konnte, sah sie ihm zwar an, aber sie kannte welche, die sich zum Namenstag Renoirs schenkten.

Als sie zuerst nur erfuhr, daß er Geld hatte, atmete sie trotzdem auf. Als sie hörte, daß er in St. Pauli eine große

Nummer gewesen war und jetzt München unsicher machte, war sie sicher: So einer hatte sie noch nie geküßt!

Johnny gefiel ihr Gesicht mit den vollen, immer etwas mürrischen Lippen. Sie hatte weiche, weibliche Kurven und wirkte auch in Jeans und T-Shirt elegant. Darauf flog er. Sie war blond, gehörte aber nicht zu jener Sorte von Blondinen, die alle aussehen, als seien sie von braungebrannten Juwelieren gezeugt worden. Sie tat gerne so, als könne man mit ihr Pferde stehlen, aber es müßten schon welche aus Aga Khans Rennstall sein. Sie sah aus, als schliefe sie gern im Heu, aber in einem Pyjama von Dior. Man konnte sie aus dem Schlaf holen, und sicher wußte sie auf Anhieb die Telefonnummer des Ritz.

Ines war nicht nur sehr schön und ungemein präsentabel, sondern auch anstrengend, weil sie unentwegt redete. Ihrem Mundwerk konnte man nur durch Enthauptung beikommen. Offenbar nahm sie an, einer wie Johnny habe, was seine Allgemeinbildung betraf, noch ein paar Hausaufgaben nachzuholen, am besten unter ihren Fittichen.

Johnny ließ sie reden. Er kannte das von Frauen: Irgendwann hing ihnen ihre lächerliche Wohlanständigkeit zum Hals heraus, dann phantasierten sie von Nuttenkaschemmen, billigen Spelunken und den Freuden eines rohen, primitiven Lebens. Nicht gerade unterhaltsam für einen, der endlich herausfinden wollte, wie das Leben auf der Sonnenseite aussah. Er behandelte sie wie eine entlaufene Ehefrau, die zwar ein bißchen zu verrückt war, um sich mit Geld dressieren zu lassen, die aber im Augenblick trotzdem auf einen angewiesen war, der die Rechnungen zahlte.

Sie wiederum kränkte es, daß er keine Anstalten machte, sie nach St. Pauli zu entführen, und reagierte gereizt, als sie entdeckte, daß ihm zu seinem Glück nichts, nicht einmal sie, zu fehlen schien. Daß er wie einer aussah, der sein Vermögen in Scheinen in der Hosentasche mit sich herumtrug, warf sie ihm an den Kopf, als er gerade mit der Kellnerin abrechnete.

Zum Krach kam es, als sie ihm beizubringen versuchte, daß Aristokraten, die Klasse hatten, zufrieden seien, für ihren Reichtum berühmt zu sein, und sich deshalb unauffällig, ja zurückhaltend benahmen, und mit dem Trinkgeld keineswegs so lächerlich übertrieben wie er.

Das reichte ihm dann. Er ließ sie sitzen. Und Ines war, nach Herzenslust, schockiert.

Es war auch ohne den Nachhilfeunterricht einer Baronin nicht schwer herauszufinden, wie das gesellschaftliche Leben in St-Tropez organisiert war. Abgesehen von einigen Reichen, die sich nie blicken ließen, es sei denn, sie legten gerade mit ihrer Jacht im Hafen an und ließen sich dann im Rolls-Royce zu ihren Villen chauffieren, gab es andere Millionäre, die mit ihren Cliquen jeden Mittag am Strand erschienen, an einem der reservierten Tische im Schatten Platz nahmen und erst wieder am späten Abend oder frühen Morgen in einer der Diskos auftauchten, wo sie wieder an reservierten Tischen saßen. Es gab, wie Ines ihm erklärte, gegenwärtig drei, vier Cliquen, die dieses Spiel so konsequent wie eine Schachpartie zelebrierten, obwohl sie für etwas Abwechslung ihr Vermögen verschenkt hätten. Wie sie ihn weiter aufklärte, konkurrierten die einzelnen Cliquen untereinander. Unerläßlich war, die attraktivsten Mädchen um sich zu scharen. Ihre Zugehörigkeit war, wenigstens einen Sommer lang, so gut wie bindend, ein Überwechseln zu einer anderen Clique also ausgeschlossen.

Was die Männer betraf, die eine Clique vervollständigten, so kam es dabei zwar auf ihren Charme, ihre Schönheit und ihren Namen an, noch viel mehr aber auf Ruhm. Wer Carlos Monzon, den Mittelgewichtsweltmeister aus Argentinien, am Tisch hatte, ertrug es vielleicht, auf Johnny Halliday zu verzichten, der einer anderen Clique den Vorzug gab. Wer Régine, die Königin der Nachtclubs, zu seinen Gästen zählte, verschmerzte, daß Charlotte Rampling am Nebentisch feierte. Hauptsache war, die immer jeweils interessantesten Menschen um sich zu haben.

Johnny hatte sich immer schon selbst zu den Menschen gezählt, die ihr Leben genießen wollten. Schon als Fensterputzer war er nie anders zur Arbeit erschienen als im weißen Jackett mit Goldknöpfen und frisch polierten Schuhen, und der Lederlappen hing lässig, im Stil eines Einstecktuchs, oben im Jackett, das Wischblatt unsichtbar in der Innentasche. Nur nie wie einer aussehen, der arbeiten geht. Es gab also in St-Tropez keinen Grund, so zu tun, als habe er von goldenen Löffeln gegessen, wo er sie allenfalls geklaut hätte. Er würde sich aber, das war ihm gleich klar, nicht soviel Mühe geben wie andere, allen hier gefallen zu wollen. Wo er herkam, gab es keine Küßchen zur Begrüßung. Und nicht für jeden, der ihm die Hand hinstreckte, nahm er seine aus der Tasche. Als ebenbürtig anerkennen konnte er keinen, der mit der Patenschaft eines großen Erbes auf die Welt gekommen war. Wie sie Frauen behandelten, fand er dilettantisch. Warum eine Frau anschauen, die nur darauf wartet, angeschaut zu werden?

Richtig zufrieden war Johnny erst, als er seine Zirkustruppe, seinen St.-Pauli-Stammtisch, zusammenhatte, Jungs mit einem Vorstrafenregister, lang wie der Hals einer Giraffe. Nicht alle kamen gern. Hans fügte sich widerwillig, und nur seiner Freundin Andrea zuliebe verbrachte er hin und wieder ein paar Wochenenden dort unten. Uwe war die Nordsee und sein Campingplatz zwar auch lieber, aber da er überall gerne faul war, ließ er sich überreden. Lehner-Erich fand, daß St-Tropez immerhin besser war als Knast, und Grupe gab sich in gewohnter Übertreibung mit sich selbst zufrieden; er suchte keine Beweise seiner Unwiderstehlichkeit. Den einzigen, den er mit einer Einladung verschonte, war Xare, weil er wußte, daß der nie weiter als bis nach Berchtesgaden zum Schützenfest fuhr.

Johnny hatte gelernt, die Wirkung dessen, was man sich über ihn erzählte, behutsam zu nutzen. Er mußte nur seinem Wesen treu bleiben. Er vergaß nie das Privileg, aus einfachsten Verhältnissen zu stammen. Er hielt sich an Tugenden, die er schätzte: keine Freudentänze, keine abgedroschenen Champagnerlaunen, nie ein überflüssiges Wort. Auch hier ließ er sich nie einladen und verließ, wenn ihn Ines doch einmal überreden konnte, jeden Tisch, sobald er sich langweilte, und jede Party, wenn er merkte, daß seine Zunge schwer wurde. Er beherrschte die Kunst, einer schönen Frau den Hof zu machen, ohne auch nur ein einziges Kompliment zu äußern. Fühlte er sich aber wohl, war sein Wohlbefinden so ansteckend, daß die Leute ihn mochten.

Es gab aber Dinge, an die er sich doch noch gewöhnen mußte. Am Pool seines Freundes Otto Stein kam eine nur mit einem Strohhut bekleidete Frau auf ihn zu und wollte wissen: »Wie finden Sie meine Zehen?«

Er war kaum in München gelandet, als er, noch vom Flughafen aus, mit dem jungen Randl telefonierte. Dann fuhr er in sein Büro. Als er mit Carola sprach, gab er sich wieder vorsichtshalber schlecht gelaunt, damit sie nicht etwa annahm, daß er sich übers Wochenende amüsiert hatte oder gar frisch verliebt war.

Rücksichtsvoll verschonte sie ihn mit allem, was ihre eigenen Gefühle und Gedanken betraf. »Wie war's denn?«

»In St-Tropez? Das erzähl ich dir mal in Ruhe!« Dieser Satz war ein Versprechen, das er häufig gab, aber nie einlöste. Woher sollte er auch die Ruhe nehmen?

Er ging die Zeitungsberichte durch, die nach dem Prozeß erschienen waren. Alle, die Parteien, die Presse, die Bürgerkomitees, schienen einmütig glücklich, daß er verloren hatte. Dann rief er Grahammer an. »Beschaff mir einen Anwalt, der mir meine Revision rettet. Egal, was er kostet.«

Grahammer sagte auf Anhieb: »Dr. Wohlgast.« Er klärte ihn auf, wer der Mann war, und daß er die Prominenz der deutschen Hochfinanz vertrat.

»So in etwa hab ich mir das auch vorgestellt! Und wenn er Schwierigkeiten macht, weil er nicht mit meinem Namen in Verbindung gebracht werden will, dann sag ihm, daß ich nur zahle, er aber vor Gericht nur den Randl vertritt. In die Zeitungen muß es ja nicht gerade kommen, daß ich dahinterstecke.«

»Kein Problem«, sagte Grahammer. »Ich ruf gleich zurück.«

Dr. Wohlgast war entweder wirklich der überragende Anwalt, als den Grahammer ihn angepriesen hatte, oder er hatte einfach nur seinen guten Tag erwischt, jedenfalls war die Revision, die zwei Monate später stattfand, ein voller Erfolg. Urteil und Begründung wurden verworfen, der Prozeß war damit gewonnen. Innerhalb von sechs Wochen mußte das Geschäft geräumt sein.

Johnny gab sofort Presseerklärungen ab. »Ich werde die größte Spielhalle Europas hinstellen«, teilte er den versammelten Journalisten mit. »Sie wird ›Nevada City‹ heißen, im Stil und in der Atmosphäre an die großen ›Gambling Halls‹ in Las Vegas erinnern und ausgestattet sein mit den neuesten Geldspielautomaten und Unterhaltungsgeräten. Ich werde München um eine Attraktion reicher machen!«

Wieder war die öffentliche Reaktion heftig. Darauf war Johnny vorbereitet gewesen. Deshalb war er schon vorher beim Gewerbeamt vorstellig geworden, hatte seine Absichten, allerdings absichtlich sehr ungenau, erklärt und um die Genehmigung gebeten. Den Beamten schwante damals nichts Böses. Es gab in der Stadt viele Spielhallen. Von der Größenordnung des gesamten Projekts erfuhren sie erst aus den Zeitungen, als die Genehmigung bereits rechtskräftig erteilt war.

Natürlich wollte Deska bei diesem Geschäft wieder dabeisein, als er aber erfuhr, welche finanziellen Investitionen auch hier notwendig sein würden, und daß er von den 1,8 Millionen die Hälfte würde aufbringen müssen, zog er sich zurück. Er bezweifelte, daß Johnny eine Sache dieser Größenordnung in München überhaupt durchziehen konnte. Das Risiko war gewaltig und würde Johnny, wie er insgeheim hoffte, das Genick brechen. »Daran verschluckt er sich«, prophezeite er jedem, der es hören wollte.

Tatsächlich sah es nicht gut aus. Die Geschäftsinhaber der umliegenden Hotels, darunter der angesehene »Königshof«, des Kaufhofs und der vielen Einzelhandelsgeschäfte liefen Sturm gegen die geplante Spielhalle, die sie in ihren Eingaben an die Stadt »Spielhölle« nannten, und wiesen immer wieder auf den Charakter der Straße hin, der nur gewahrt bleiben konnte, wenn sich die Unterwelt dort nicht breitmachen durfte.

Johnny pochte auf seinen Mietvertrag, die unterschriebene Genehmigung des Ordnungsamtes, gab Interviews, in denen er auch schon ein Modell der Spielhalle präsentierte, machte alle Befürchtungen seiner Gegner lächerlich, argumentierte trotzdem sachlich, diskutierte Tag und Nacht mit Architekten, Rechtsanwälten und seinen eigenen Angestellten und wußte am Ende nur, daß alles von der Baubehörde, die dem Umbau zustimmen mußte, abhing. »Und, wie kriegen wir das hin?«

Johnny bekam keine Antwort. Zum erstenmal war er auch nicht viel klüger als seine Leute. Er nahm nicht an, daß die Stadt ihre besten Steuerzahler vor den Kopf stoßen würde. Da konnte er sich noch so unbeeindruckt von den Zeitungen ablichten lassen.

Er hatte sich gerade erst die sechzigste Zigarette angezündet, als er sie nach zwei Zügen aus dem Fenster warf. »Schmeiß gleich auch die Aschenbecher aus dem Büro, Rudi.«

Eine andere Sucht konnte er sich noch nicht abgewöhnen: seinen Namen in den Gesellschaftskolumnen der Boulevardpresse und Illustrierten lesen zu wollen. Vielleicht, dachte er, beeindruckt das die Herren in den Chefetagen der Hotels und Kaufhäuser (und hoffentlich auch die im Polizeipräsidium!), wenn sie erfahren, mit welchen Berühmtheiten er seine Wochenenden verbrachte. Grahammer schrieb sich die Finger wund, um den Eindruck zu erwecken, Johnny hätte mit Edward Kennedy, Brigitte Bardot und Richard Burton zur gleichen Zeit auf dem gleichen Handtuch gelegen.

In St-Tropez sah er auch zum erstenmal einen echten Picasso; sie hieß Paloma.

Carola schnitt alles aus und klebte es in seine Alben.

Jeden Freitag flog er jetzt nach Nizza. Dort wartete die Baronin und fuhr ihn nach St-Tropez. Die Villa, die er inzwischen gemietet hatte, in den mit Schilf bewachsenen Dünen der Baie des Canoubiers, hieß »Le Jouet«. Das Spielzeug. Das paßte.

Er dachte noch an die Arbeit, die hinter ihm lag, und an die Schwierigkeiten, die ihm in München noch bevorstanden, und wollte schon von Ines nur erst einmal alle Neuigkeiten wissen.

»Es gibt keine«, fing sie an, ein wenig verärgert, daß er sie bei der Ankunft nicht geküßt hatte. Aber dann war sie nicht mehr zu bremsen. Es gab nichts, was sie nicht wußte: Sie lieferte eine komplette Aufzählung, von allen Jachten, die gerade im Hafen vor Anker lagen, über Ehekrisen bis zu Vermutungen darüber, wer ihr den Hof gemacht hatte. Eifersüchtig war er nicht, aber es machte ihn rasend, daß sie nie erzählte, was passiert war, sondern nur, was sie über das, was passiert war, dachte. Außerdem schien sie zu jenen Frauen zu gehören, die immer auf dem letzten Tropfen Benzin fahren. Sie waren noch nicht an der Abzweigung nach Grasse vorbei, als die Warnleuchte aufblinkte. Trotzdem redete sie unbekümmert weiter.

»In spätestens zehn Minuten geht uns der Sprit aus, Baronin, schon bemerkt?«

»Na und? Dann tanken wir halt!« Auch das klang unbekümmert.

»Bis Ste-Maxime gibt's aber keine Tankstelle mehr!« schrie er sie an.

»Schade!« Sie gab weiter Gas. »Schlecht gelaunt?«

Johnny erkundigte sich nach der Einrichtung der Villa, die er ihr überlassen hatte, damit sie beschäftigt war. Sofort wurde Ines wieder weitschweifig, benutzte Ausdrücke, die er nicht kannte, und beschrieb ihm die von ihr ausgesuchten Farbtöne so genau, daß er jedes Interesse verlor, sich überhaupt irgend etwas vorzustellen. »Meinen Geschmack kennst du ja, einfach und gemütlich.« Es klang wie eine Warnung.

Zum Beispiel waren kostbare Vasen zur Verschönerung eines Wohnraums in ihren Augen einfach unerläßlich, auch wenn Johnny nie kapieren würde, warum; außerdem schätzte sie kostspielige Antiquitäten, ein paar wenige, dafür erlesene Stücke hatte sie ausgesucht.

Als er seine Villa betrat, gefiel ihm nichts. Dann wollte er mit ihr schlafen. Sie versuchte, ihn abzulenken, was ihr aber nicht gelang. Seufzend vor Vornehmheit gab sie nach. Sie wußte bereits, daß er kein zärtlicher Liebhaber war, aber jedesmal, wenn sie mit ihm schlief, übertraf er noch ihre Befürchtungen. Johnny war roh und Liebe für ihn eine Empfindung, einfach wie Hunger. Ines fühlte sich danach jedesmal krank.

Im Grunde hielt sie den sexuellen Akt für erbärmlich; er war in ihren Augen allenfalls eine Notlösung. Alles Handgreifliche war ihr zuwider, aber es nutzte nichts: Sie liebte diesen Kerl.

Jedesmal, wenn sie einen Wutanfall bekam, amüsierte sich Johnny, weil sich herausstellte, daß sie nicht einmal den richtig hinkriegte. Sie war ein Luxusgeschöpf, dessen Lebendigkeit immer etwas Künstliches behielt. Wenn sie sprach, hatte Johnny immer den Eindruck, sie las ihm handgeschriebene Briefe vor, die sie nicht genau entziffern konnte. Dabei war sie auf selbstvergessene Weise glücklich mit sich selbst. Es schien, daß sie sich gegen die Welt dadurch wehrte, daß sie ihr immer ein paar taumelnde Schritte hinterhertänzelte.

Dagegen war Johnny auch dann unruhig, wenn er müde und scheinbar gedankenverloren herumsaß. Er konnte plötzlich aufspringen und zum Strand fahren wollen. Ines zog sich dann so langsam um, bis er keine Lust mehr hatte, seine Pläne änderte und statt dessen beschloß, zum Essen zu fahren.

»Na gut«, antwortete Ines, »aber dazu muß ich mir erst wieder was anderes anziehen«, und verzog sich ins Badezimmer. Nach einer Ewigkeit streckte sie den Kopf aus der Tür und sagte: »Bin gleich soweit!« Aber Johnny war der Hunger inzwischen auch vergangen. Er fragte sich, warum er nicht einfach allein loszog.

»Was hat Otto vor?«

»Ari gibt eine Party, dort taucht er sicher im Lauf der Nacht auf.«

»Hat er uns eingeladen?«

Ines knipste den Fön aus. »Mich hat er eingeladen.« Bevor sie ihn wieder anknipste, sagte sie noch: »Bei Mauro sind wir übrigens auch eingeladen. Du hast also jede Auswahl.«

»Welchem Mauro?«

»Mauro Stalder.«

»Dann geh du zu deinem Playboy, ich schau bei Ari vorbei.«

Ines wußte zwar, daß er sich schon bei der Erwähnung seines Namens aufregte, dachte deshalb aber noch lange nicht daran, das Thema zu wechseln. »Er ist der einzige, der immerhin was tut, während andere nur Models aus Paris einfliegen lassen, um sie unter ihren Kumpels aufzuteilen.«

Es ging noch einige Zeit so dahin mit der Planung der abendlichen Vergnügungen, bis er genug hatte und allein zum Hafen fuhr, Bier trank und sich langweilte. Johnny neigte zur Selbstbeobachtung, eine Angewohnheit, die auf die Zeit zurückging, die er in Einzelhaft zugebracht hatte. Er saß auch jetzt hier nicht einfach nur an einem Tisch, sondern beobachtete sich, wie er denen zuschaute, die auch nur dasaßen und schauten; um genießen zu können, daß niemand ihm zu nahe kommen durfte, war ihm jedes Getümmel recht; auffallen wollte er, aber nur um den Preis, daß er passiv bleiben konnte – dabei wollte er nur Frauen auffallen und hoffte, eine hätte den Mut, ihm nahekommen zu wollen. Obwohl er sich langweilte, betrachtete er diesen Zustand nur als eine der möglichen Voraussetzungen, daß gleich etwas geschehen würde. Immer geschah etwas, wenn er sich aufraffen konnte, seine Langeweile nicht allzu ernst zu nehmen. Das Gefühl, jetzt allein zu sein, allein freilich unter Tausenden von Touristen, wurde auch dadurch erträglich, daß er sich vorstellte, es gäbe jetzt welche, die die Gelegenheit nutzten, um ungestört über ihn reden zu können. Er gab vor, gegen Gerede gleichgültig geworden zu sein, was nicht stimmte, denn er hoffte sehr, ihre Meinungen über ihn liefen auf Erstaunen, wenn nicht sogar Bewunderung hinaus. Solange Gerede auf Gerüchten beruhte, war er zufrieden; viel über ihn wußte hier niemand. Gerüchte waren nichts anderes als Vermutungen über Geheimnisse; und damit konnte er leben, konnte sogar, was ihm sonst ziemlich schwerfiel, eine gewisse Bescheidenheit zeigen.

Genau danach war ihm jetzt, weshalb er aufstand, zahlte und zu einer der Partys verschwand, die Ines erwähnt hatte.

Ari Tosso war vier Jahre älter als Johnny, ein reicher Erbe, der hoch oben über dem Cap Tahiti eine Villa besaß, die einen wunderschönen Blick auf die gesamte Bucht von Pampelonne bot. Er war der älteste von drei Brüdern. Seinem jüngsten, der nicht richtig spurte, hatte er vor einem halben Jahr die Firma »Lamborghini« gekauft, damit er, wie er sich ausdrückte, endlich das Arbeiten lernen würde.

Danach schaute Johnny noch bei Claude Politoff vorbei, einem schwerreichen Brasilianer. Auch er hatte eine Villa, die während der Sommermonate einem Harem glich. Jeder, der eingeladen war, mußte sich nur bedienen.

Als Johnny genug hatte, fuhr er nach Hause. Die Sonne war längst aufgegangen. Es war ein frischer, bereits warmer Morgen. Ines lag vor dem Haus in einem Liegestuhl und las ein Buch. Ihn ärgerte die Ruhe jedes Menschen, der sich einfach die Zeit nahm, ein Buch zu lesen, und verlangte Spiegeleier, Brot, Wurst und ein Bier – und das Telefon. Es war gerade acht Uhr früh, Zeit, seine Leute anzurufen. Dabei betrachtete er die Frau, in die er sich verliebt hatte. Eine wie Ines hatte er noch nie kennengelernt. Das gefiel ihm. Sie erschien ihm allein deshalb besonders, weil sie nicht in St-Tropez war, um sich, wie Scharen anderer Mädchen, einen reichen Ehemann zu angeln. Sie war ja mit einem immer noch verheiratet, und er war reicher als die meisten hier. Der Gedanke, daß ihr Mann wahrscheinlich Detektive auf sie angesetzt hatte, amüsierte ihn.

Was ihr dagegen Spaß machte, war, daß sie von ihren Freunden gewarnt worden war. Nicht Johnny, Ines, nicht einer aus der Unterwelt, das ist nicht ganz deine Welt.

Ines war entschlossen, ihn zu lieben, auch wenn sie darauf bestand, es ihm schwerzumachen. Sie begriff ziemlich schnell, welche Rolle ihr zugedacht war. Johnny war in der Welt der Reichen ein Neuling. Er erhoffte sich ein Leben in gehobener Stimmung. Und sie war dazu auserkoren, die Gesellschaftsdame zu spielen, die ihn durch die Wundergärten und Märchenwelten der großen Gesellschaft führen sollte – wenigstens so lange, bis er genug hatte. Er behielt sich die Rolle des eigensinnigen, halbstarken Kindes vor. Im Winter würde sie für ihn Zimmer im »Palace Hotel« in St. Moritz buchen, im Sommer das Haus in St-Tropez hüten oder ihm Paris zeigen, das er bis jetzt noch nicht kannte. Alles, wovon er immer nur gehört und seit seiner Jugend in Illustrierten gelesen hatte, wollte er kennenlernen. Er würde kaufen, was ihm gefiel, und verschenken, was ihn langweilte, und verlassen, was an Reiz eingebüßt hatte. Er lernte schon deshalb nie ein Wort Französisch, um sich nicht unterhalten zu müssen. Auch sein Englisch war noch immer holprig, aber er konnte inzwischen gerade so viel, um wenigstens seine eigenen Geschichten zum besten geben zu können.

Nachdem sie ihn immer wieder einige Tage lang sehr anstrengend gefunden hatte, war sie wieder in ihn verliebt. Er erschien ihr, im Gegensatz zu allen anderen, die in St-Tropez ihr Leben mit Nichtstun zubrachten, einmalig, unverdorben, kraftvoll. Er hatte einen klaren Kopf, dachte einfach und gesund. Er sprühte vor Energie. Immer mußte etwas passieren. Und zwar grundsätzlich zehn verschiedene Dinge gleichzeitig. Und Ines war dazu da, um das Unmögliche zu organisieren.

Johnny hatte ganz vergessen, daß sie die Ehefrau eines anderen war. Jetzt, wo sie ihn wieder daran erinnerte, fiel es ihm, ohne ihn sehr zu beschäftigen, wieder auf.

»Und bist du sicher, daß dein Mann dich zurückhaben will?«

Ines war nicht die Spur beleidigt. »Leider!«

»Na gut, dann werd ich das für dich regeln!«

»Jetzt sprichst du wie ein Gangster.« Sie fror, obwohl ihr heiß wurde.

»Und die Katze, ohne die du offenbar nicht leben kannst, wo ist die?«

»In seinem Landhaus.«

»Und wo ist das?«

»Etwa dreißig Kilometer außerhalb von Paris.«

»Hast du Schlüssel?«

»Die liegen in Paris.«

»Da ich nicht annehme, daß deine Katze sich von Mäusen ernährt, muß doch jemand aufpassen da draußen in seinem Landhaus.«

»Seine Mutter ist da.« Selbst ihre Seufzer klangen schrill.

Schon ging sie ihm wieder auf die Nerven. Im Moment interessierten ihn keine Einzelheiten. »Du fliegst mit mir nach München, fliegst dann weiter nach Paris, ich schick ein paar meiner Jungs mit einem Lastwagen, die einladen, was du mitnehmen willst, und damit hat sich's!«

Ines hätte ihm stundenlang zuhören können! Sie fand es aufregend, dabeizusein, wenn sie geraubt wurde. »Hauptsache, meinem Baba au Rum passiert nichts!« So hieß das milchweiße Miststück von Katze, getauft nach einem Dessert.

Er schaute sie kopfschüttelnd an. Da hatte sie die Chance, bei einer Scheidung ein paar nette, kleine Millionen abzustauben, wenn sie es nur geschickt genug anstellte, aber das einzige, wofür sie sich interessierte, war ihre Katze. Wenn das keine außergewöhnliche Frau war!

Am Abend war ihr der gleiche Kerl, der sie gerade noch bezaubert hatte, schon wieder völlig fremd. Es war ihr peinlich, wie er sich benahm. Einmal war er drauf und dran, den berühmten Fotografen Giovanni Prager zu ohrfeigen, nur weil er sie umarmt, mit Küßchen begrüßt und mit einem Schwall lauter Komplimente beeindruckt hatte, ohne ihn zuvor auch nur eines Blickes gewürdigt zu haben.

Johnny kannte keinen Giovanni Prager und stand auf. »Paß mal auf, du Arschloch, erst mal sagst du guten Tag, wenn du eine Frau begrüßt, die mit mir an einem Tisch sitzt, denn sonst gibt's das nächste Mal einen Klatscher!«

»Ist der mit dir?« erkundigte sich Prager amüsiert.

Ines war einer Ohnmacht nahe, und um eine Hoffnung ärmer: Gerade hatte Prager seinen Wunsch wiederholt, sie endlich zu fotografieren.

Das Wort »Unterwelt« muß einen magischen Reiz nicht nur auf Frauen ausüben, auch Künstler bekamen da heiße Ohren. Und Prager fühlte sich offenbar als solcher. Kaum hatte er nämlich mitgekriegt, um wen es sich bei dem jungen Mann, der ihm gerade Ohrfeigen angedroht hatte, handelte, war er beruhigt, entschuldigte sich am nächsten Mittag, als sie sich am Strand von Pampelonne wieder begegneten, und beschlossen, zusammen zu essen. Dabei spielte er sich als Experte auf, was die Manieren im Milieu betraf. Er brachte ihnen, wie Prager beteuerte, größte Sympathie entgegen. »Nur bin ich einem wie Ihnen in St-Tropez bisher noch nie begegnet.«

Ines schmollte. »Dein schlechtes Benehmen hat aufgehört, mich zu faszinieren.«

Sie fühlte sich immer schrecklich überflüssig, wenn sich Dinge unter Männern allein regelten. Dabei wollte sie so gerne unentbehrlich sein. Was sie in gewissem Sinne längst war – Johnny hatte sich in St-Tropez an den Gedanken gewöhnt, sich um nichts kümmern zu müssen. Mit allem, was zu erledigen war, beauftragte er sie, ob er ein Rennboot mieten, einen Tisch reservieren, einen Hubschrauber buchen oder neues Wasser im Pool haben wollte. Auch die Idee, für alle, die er inzwischen kennengelernt hatte, ein Essen zu geben, war ohne Ines undurchführbar. »Lade alle ein, auch diesen Karajan. Heißt er so?«

Ines schaute erschrocken auf. »Du weißt nicht, wer das ist!« Streng, aber trotzdem ein wenig belustigt fügte sie hinzu: »Manchmal hast du aber auch Vorstellungen, Johnny!«

Ihr Ton reizte ihn. Er haßte es, wenn sie anfing, ihn belehren zu wollen. »Er ist doch auch nur ein Reicher, der ein Haus hier hat.«

»Und nebenbei noch der berühmteste Dirigent der Welt und Chef der Berliner Philharmoniker.«

Johnny verstand kein Wort. Er gab das Thema auf, da er wußte, daß Ines sonst unweigerlich wieder mit ihrem Lieblingsthema, dem Unterschied der Klassen, beginnen würde. Er nahm sich vor, Grahammer zu fragen, wer dieser Karajan war, und sich Name und Beruf auf einen Zettel schreiben zu lassen.

Er war nicht an die Côte d'Azur gekommen, um einen Fortbildungskurs zu absolvieren, er war auf der Suche nach starken Reizen und eindrucksvollen Überraschungen. Er wollte Lebensfreude kaufen. Die eigene Welt kannte er, jetzt wollte er eine andere kennenlernen, auf direktem Weg und zu seinen eigenen Bedingungen – und ohne mit einer Frau darüber Diskussionen führen zu müssen.

15

Johnny saß in seinem Büro, war unkonzentriert und hatte Sorgen. Er mußte mit Carola reden und ihr etwas vorschlagen, was sie davon abhielt, ihm zu schnell auf die Schliche zu kommen. Er dachte an Ines, in die er sich verliebt hatte, weil sie den Frauen glich, die in den erotischen Träumen seiner Pubertät eine Rolle gespielt hatten, und daran, daß er sie jetzt am Hals hatte. Dazu kam, daß sein Vater immer kränker wurde, und, wie ihm die Nachbarin berichtet hatte, kaum noch die Rolläden hochzog. Da er nicht vorhatte, ihn in ein Altersheim abzuschieben, mußte etwas geschehen. Er hatte sich an Spielcasinos in Österreich, Belgien und Holland beteiligt, um die er sich kümmern mußte, wollte nach Las Vegas fliegen, um sich über Glücksspielgeräte zu informieren, sein Boxer hatte die beiden letzten Kämpfe gewonnen und trainierte weiter in Mailand; irgendwann wollte er aus ihm doch noch wenigstens einen Europameister machen.

Er trommelte seine Leute zusammen. »Wann kriegen wir endlich grünes Licht für unsere Umbaugenehmigung?«

»Wir rennen denen jeden Tag die Bude ein«, erklärte Dossi. »Jedesmal haben sie, wenn wir vorsprechen, was anderes auszusetzen. Einmal sind die Notausgänge nicht sicher genug, dann fordern sie mehr Parkplätze, dann lehnen sie die Entlüftung als unzureichend ab, dann heißt es, sie würden die Angelegenheit weiter prüfen, wir sollten uns gedulden.«

»Wie lange noch?« Johnny nahm einen kräftigen Schluck Schlafsaft, um seine Nerven zu beruhigen. »Dann ändern wir die Pläne eben so lange, bis sie zufrieden sind.«

»Mehr als hinrennen und mit denen reden können wir nicht«, wehrte sich Uwe.

»Alles Schikanen!« Sollte er Charly bitten, seine Beziehungen spielen zu lassen?

»Ich hab das Kaufhaus, da es ja sowieso im Augenblick ungenutzt leersteht, an einen Teppichhändler vermietet«, mischte sich der alte Rudi ein, »damit sparen wir einen Teil der Miete, die wir zahlen.«

»Die SPD und die FDP sind geschlossen gegen eine Spielhalle«, erklärte Hans, »die sind bereit, die Sache bis zur letzten Instanz zu bekämpfen.«

»Aha!« lachte Johnny. »Du siehst also wieder mal schwarz, was?«

Hans blieb ernst. »Das ist doch schon jetzt eine Sache, die für den Wahlkampf hochgespielt wird.«

»Aber irgendeine politische Gruppe muß doch auch für uns sein. Was ist mit der CSU?«

»Die hat sich noch nicht geäußert!«

Johnny brüllte nur noch. »Ich werde die Spielhalle bauen, und keiner, auch kein Politiker, wird mich daran hindern!«

Er nahm einen Stoß Zeitungen vom Tisch und warf ihn in die Ecke. »Was gibt's sonst?«

»Schau dir die neuen Tänzerinnen an«, sagte Uwe. »Eine Ägypterin hat sich gemeldet, aber sie will zuviel Gage. Und eine aus Rumänien.«

»Dann nimm die Rumänin. Und sag der Pharaonin, daß es eine Ehre ist, bei uns tanzen zu dürfen.« Er lehnte sich zurück und legte seine Füße auf den Tisch. »Und sonst? Mit Strohbach-Hansi alles okay?«

»Alles bestens«, bestätigte Hans. »Verliebt wie ein Esel.«

»Und die Zimmer, alle belegt?«

»Kein Problem. Jeden Tag stehen sie Schlange.«

»Ich komm rüber und schau mir die Abrechnungen an, sobald ich Zeit habe. Was ist mit der Wohnung für Ines?« Er hatte Hans beauftragt, für sie ein Appartement zu mieten.

»Ich laß gerade alle Wände streichen, dann kann sie einziehen.«

»Aber laß dich mit ihr auf keine Diskussionen ein, Hans, weil das zu nichts führt«, warnte ihn Johnny.

Hans und Uwe waren die einzigen, die die Baronin bei einem Wochenendbesuch in St-Tropez zu Gesicht bekommen hatten. Hans war anzumerken, wie sehr er seinem Herrgott dankbar war, daß er nicht mit dem gleichen Geschmack wie Johnny auf die Welt gekommen war. Und Uwe hatte nur den Kopf geschüttelt. »Die kriegt ja vom Anschauen schon blaue Flecken!«

»Und bei dir, Peter, was gibt's?«

»Ich hab gestern unseren Filmvorführer beim Klauen erwischt.«

»Den alten Schneider?«

»Ich wollte es zuerst selbst nicht glauben und habe ihn beobachten lassen. Er klaut zwar immer nur kleine Summen, streitet aber alles ab.«

»Bist du dir ganz sicher?«

Peter nickte. »Ich wollte nur warten, bis du da bist. Weil der Mann sicher nicht akzeptiert hätte, von mir rausgeschmissen zu werden.«

»Schick ihn her! Okay«, sagte er zu allen anderen, »wir reden später weiter.«

Johnny überlegte, während er wartete, wie er mit dem Mann verfahren sollte. Er wußte, daß er kurz vor der Pensionierung stand, verheiratet war, eine Tochter hatte, seine Frau putzen ging, um die Haushaltskasse aufzubessern, und daß seine bürgerliche Existenz ruiniert wäre, würde er ihn jetzt wegen des Diebstahls anzeigen. Das wollte er nicht, aber davonkommen lassen konnte er ihn auch nicht.

»Sie wollen mich sprechen, Herr Berger?«

»Wissen Sie, Schneider, am liebsten würde ich Ihnen die Fresse einschlagen. Oder ist es Ihnen lieber, ich hole die Polizei? Wie lange beklauen Sie mich eigentlich schon?«

Der Mann wurde blaß. »Reden Sie gefälligst in einem anderen Ton mit mir. Ich bin zwar nur ein einfacher Angestellter, das ist wahr, aber ich bitte trotzdem um mehr Höflichkeit.«

Johnny holte nur kurz aus, weil er ihm nicht weh tun wollte. Der Mann kippte um, schnappte nach Luft, stand wieder auf, schleppte sich, ohne noch etwas zu sagen, aus dem Büro und schloß sogar noch die Tür.

Er rief Peter an. »Such einen anderen.«

Noch am gleichen Nachmittag rief Schneiders Frau im Büro an und teilte Johnny mit, ihr Mann liege mit einem Leberriß im Krankenhaus. »Ich weiß nicht, was passiert ist. Darüber redet er nicht. Er bat mich nur, Ihnen das mitzuteilen. Also dann, auf Wiederhören.« Sie legte auf.

Johnny schickte den alten Rudi los. »Frag ihn, wieviel er haben will, damit er keine Polizei einschaltet.« Und dann kam ihm die Galle hoch. Verkehrte Welt, dachte er, jetzt kann ich hergehen und einem, der mich beklaut, auch noch Geld in die Tasche schieben, damit er die Schnauze hält. Er dachte an die Jahre in Hamburg zurück. Wie einfach war alles, wie unkompliziert damals.

Mit einer Summe, die einem Jahresgehalt entsprach, war Schneider einverstanden.

»Da siehst du«, sagte Johnny und legte dem alten Rudi den Arm um die Schultern. »Einfach einen vor den Kopf hauen, das kann ich mir fast schon nicht mehr leisten. Soweit ist es mit mir gekommen.«

Er hatte recht. Mindestens einmal in der Woche war er im Polizeipräsidium, weil sie ihn vorgeladen hatten. Wurde in München ein Kerl aufgegriffen, der versucht hatte, ein paar Kilo Haschisch an den Mann zu bringen, wollten sie wissen, ob er auch an Berger verkaufte. Jeder kleine Dealer wurde das gefragt. Flog eine Autoschieberbande auf, wurde gegen Berger ermittelt. Lag im Wald eine Leiche, die auch nur entfernt etwas mit dem Milieu zu tun gehabt hatte, geriet er automatisch in die Schußlinie. Jeden halbwegs undurchsichtigen Mordfall nahm die Polizei zum Anlaß, ihn auf die Liste der Verdächtigen zu setzten. Ihre Razzien in den Spielclubs häuften sich; die Zocker beschwerten sich schon bei Uwe, daß sie wegen »seinem Berger« nur noch Scherereien hätten. Sobald auch nur ein Auto vor seiner Wohnung hielt, sprang er auf und lief zum Fenster. Es war lächerlich. Wie im Kino war das.

Dazu kam, daß jeden Tag ein anderer kleiner Ganove in seinem Büro auftauchte, den die Polizei hatte laufen lassen. Und alle leierten sie den gleichen Text herunter. »Nach wem haben Sie mich gefragt? Nach dir! Wollten wissen, ob du mein Kunde bist. Teppiche, Schmuck, Fernseher. ›Er muß dir doch wenigstens einmal was abgekauft haben‹, wollten sie wissen.«

»Hab ich jemals was gekauft, du Eierkopf? Was hättest du also schon verpfeifen können?«

Einer wie der andere lachte dann dünn. »Ich hätte ja auch lügen können.«

Er schmiß sie raus; dankbar war er den armen Schluckern aber trotzdem, denn so erfuhr er wenigstens, daß das Präsidium vor nichts zurückschreckte.

Dann drehte völlig überraschend auch noch Kuddel durch; Johnny war mit ihm, seiner Frau Ina und Carola für zwei Wochen nach Rio geflogen. Mitten im Speisesaal des Hotels fing er plötzlich mit Liegestützen an, putzte im Hotelpool mit der Bürste den Beckenrand und redete vom Balkon aus auf die Christusstatue ein. Zuerst amüsierte sich Johnny noch; ganz bei Trost war keiner, den er kannte. Auffallend war nur, daß sein Freund auch sonst den Verstand verloren zu haben schien, es ablehnte, mit ihm Rio unsicher zu machen, Mineralwasser trank und von Müdigkeit und den Wünschen seiner Frau sprach, die es ihm verboten habe, Bordelle zu besuchen. Nicht einmal streiten konnte man mehr mit ihm. Brüllte Johnny ihn an, schaute er mit glasigen Augen zurück und behauptete, es wimmle von Ratten.

»Carola, geh hoch und pack unsere Koffer.« Sie flogen mit der nächsten Maschine nach München zurück und hatten zu Hause gerade die Tür hinter sich zugemacht, als es klingelte.

Johnny riß das Telegramm auf. »Kuddel schwer krank. Ina.«

»Was ist?«

»Nichts, nur daß ich wieder nach Rio muß.« Er reichte ihr das Telegramm.

Johnny lud Uwe ein, weil er keine Lust hatte, die ganzen dreizehn Stunden allein im Flugzeug zu sitzen, zumal er die Strecke gerade hinter sich hatte.

Ina erzählte, was inzwischen alles passiert war; seine Anfälle seien immer schlimmer geworden, überall habe er nur noch Ratten gesehen und, weil er so übermäßig schwitzte, andauernd Handtücher verlangt, immer gleich dutzendweise. Schließlich sei er, nur mit einem Badetuch bekleidet, in der Lobby erschienen. Zwei Angestellte hätten versucht, ihn zu beruhigen, beide habe er verprügelt.

Daraufhin sei die Polizei angerückt, und als die ihn festnehmen wollten, habe Kuddel vollends durchgedreht. Erst als sie Verstärkung bekommen hätten, sei es gelungen, ihn festzuhalten. »Und jetzt«, heulte Ina, »ist er in der Klapsmühle. Und mich lassen sie nicht zu ihm.«

»Hör auf zu heulen. Wir holen ihn da raus.«

»Er stirbt, Johnny, wenn du nichts unternimmst.«

»Dann kennst du Kuddel nicht!« Ina schlug er vor, ein Schlafmittel zu schlucken und sich hinzulegen. »Sei unbesorgt, uns wird schon was einfallen.« Dann zog er sich mit Uwe in sein Zimmer zurück. Zwei Stunden später riefen sie die deutsche Botschaft an. Es meldete sich der Pförtner und teilte ihnen mit, daß heute, Samstag, geschlossen und vor Montag kein Mensch zurück sei.

»Hören Sie, hier spricht Dr. Berger, und neben mir steht Prof. Hansen. Geben Sie uns bitte sofort die private Telefonnummer des Botschafters. Es ist ganz besonders dringend. Nähere Auskünfte kann ich Ihnen leider nicht geben, es handelt sich um eine geheime, die Regierung der Bundesrepublik Deutschland betreffende Angelegenheit.«

Der Pförtner hatte Anweisung, keine Privatnummer weiterzugeben. »Außerdem ist der Herr Botschafter übers Wochenende auf seinem Landsitz.«

»Sie sind Ihren Job los, Mann, wenn Sie nicht tun, was ich Ihnen sage!«

»Warten Sie einen Moment, ich verbinde Sie weiter.« Es meldete sich eine junge, kräftige helle Stimme. Wieder gab sich Johnny als Kurier einer nur für den Botschafter persönlich bestimmten, wichtigen Nachricht aus.

»Wie wär's«, schlug der junge Botschaftsangestellte vor, »wenn Sie erst einmal hier vorbeikommen? Dann können wir weitersehen.«

Genau das mußte Johnny verhindert. Sie sahen wirklich nicht wie gestandene Regierungsbeamte aus.

»Na gut«, sagte Johnny, »dann übernehmen aber Sie die volle Verantwortung, daß wir nicht schnell genug mit dem Botschafter persönlich sprechen konnten.«

Tatsächlich wurde auch der Botschaftsangestellte jetzt nervös. »In Ausnahmefällen, aber nur in äußerst dringlichen Angelegenheiten, bin ich befugt, den Botschafter am Wochenende zu stören. Wie war Ihr Name?«

»Dr. Berger, und bei mir ist Prof. Hansen. Wir sind eben erst angekommen und im ›Copacabana-Palace-Hotel‹ abgestiegen.«

»Wissen Sie was, Herr Doktor, ich werde den Botschafter verständigen. Er wird Sie anrufen. Verbleiben wir so?«

»Na gut«, lachte Johnny, nachdem er aufgelegt hatte, »dann werden wir uns mal in Schale werfen.«

Uwe genehmigte sich einen Schluck aus einer Whiskyflasche, und Johnny übte, wie und was er mit dem Botschafter reden mußte, um einigermaßen überzeugend zu klingen. »Wehe, Uwe, du fängst an zu lachen.«

Dann kam der Anruf. Johnny wiederholte sein Anliegen, ließ sich im Gespräch auf keine näheren Erläuterungen ein, teilte nur mit, daß der Mann, der nun bereits seit achtundvierzig Stunden in einer Irrenanstalt eingesperrt war, für die Regierung von größter Wichtigkeit sei, daß er aber nicht befugt sei, auch nur die leiseste Andeutung darüber am Telefon zu machen. »Wissen Sie, mir und meinem Kollegen ist es, weiß Gott, auch nicht gerade angenehm, nach Rio fliegen zu müssen, um hier nichts weiter zu tun, als eine Regierungssache, noch dazu eine so unangenehme Angelegenheit, zu regeln. Aber wenn Sie nicht in Ihren Hubschrauber steigen und unverzüglich hierherfliegen wollen, dann bestätigen Sie uns doch wenigstens per Telegramm, daß wir Sie heute, am Samstag, kontaktiert haben. Dann sind wir für einen möglichen Skandal nicht zu belangen.«

Der Botschafter schien immer noch an einen Scherz zu

glauben, versuchte mehr herauszufinden, was Johnny geschickt verhinderte. Nach einigem Zögern entschied er sich dann. »Also, treffen wir uns am besten gleich an Ort und Stelle. Sie werden mir dann hoffentlich alles Nähere mitteilen können.«

Der Botschafter fuhr mit der üblichen Staatskarosse vor, links die Standarte der Bundesregierung, rechts die Standarte des Gastlandes. Er war ein etwa sechzigjähriger Herr, der sofort erkannte, daß die Situation nicht ganz seinen diplomatischen Erfahrungen entsprach. Entweder waren die beiden Männer gefährlich, oder sie waren Witzbolde. Aus Besorgnis um sein Leben hoffte er das letztere, gab dem ihn begleitenden Sicherheitsbeamten aber Anweisung, dicht hinter ihm zu bleiben, um im Ernstfall eingreifen zu können.

Er stellte sich vor, gab aber keinem die Hand. Dann verlangte er eine Erklärung.

Johnny entschuldigte sich zuerst höflich, ihm sein Wochenende versaut zu haben, und tischte ihm dann ohne Umschweife die ganze Wahrheit auf.

Der Botschafter hörte sich alles an und machte dem Sicherheitsbeamten ein Zeichen, wieder zum Auto zurückzugehen. »Dann wollen Sie nur, daß Ihr Freund in ein richtiges Krankenhaus gebracht wird?«

»Weiter nichts«, bestätigte ihm Johnny.

»Und deshalb fliegen Sie von München nach Rio, rufen den Botschafter an, geben sich als Staatsbeamte aus und riskieren, daß ich Sie wegen Amtsanmaßung festnehmen lasse?«

Johnny nickte. »Ich nehme an, daß Sie, Herr Botschafter, für einen Ihrer Freunde nicht anders gehandelt hätten.«

Der Botschafter ließ sich mit seiner Antwort Zeit und sagte dann: »Ich glaube, wenn ich das heute abend meiner Frau erzähle, wird sie laut auflachen. Wahrscheinlich wird sie Sie kennenlernen wollen. Die hat ein Faible für Schlitzohren wie Sie!« Er bat sie, in seinen Wagen einzusteigen. »Was sind Sie, Kneipenwirte auf der Reeperbahn? Die habe ich mir eigentlich immer ganz anders vorgestellt.«

»Sie sollten uns mal sehen, wenn wir nicht wie Staatsbeamte ausstaffiert sind!«

»Daß Ihr Freund verheiratet ist und seine Frau in einem Hotel in der Stadt auf Nachricht wartet, das aber ist nicht auch noch erfunden, oder?«

»Nein.«

»Nun, dann wäre es doch das beste, wir holen sie.«

Während der Fahrt schwieg der Botschafter, weil er nachdachte. Ohne Zweifel hatte er sich leichtfertig verhalten und damit in Gefahr begeben, ein Umstand, der ihm angelastet werden könnte, falls sich der Vorfall herumspräche; andererseits, und ebenso unzweifelhaft, war den beiden jungen Männern ein Husarenstück gelungen, ungewöhnlich genug, um ihn den Drang verspüren zu lassen, davon zu erzählen. Er würde die Entscheidung, ob er reden oder schweigen sollte, seiner Frau überlassen; wahrscheinlich war es ohnehin besser, die ganze Geschichte ihr zu überlassen, sollte am besten sie seine Gäste auf dem nächsten Cocktailempfang damit unterhalten. Ein Mann, der von einer Männerfreundschaft sprach, noch dazu einer aus dem Zwielicht der Vergnügungsviertel, lief leicht Gefahr, mißverstanden zu werden; bestenfalls hielt man ihn für einen romantischen, wenn nicht gar sentimentalen Schwärmer, der zu verstehen gab, daß ihm das eigene Leben Dinge vorenthielt, denen er Bedeutung beimaß. Einer Frau jedoch würden sie so nicht kommen können, schon gar nicht seiner; ihr glaubte man, daß die Würde hoher Würdenträger auch nur eine Komödie war, allerdings keine der Freundschaft. Neue Freunde hatte er in seinem Beruf nicht hinzugewonnen, in heiklen Situationen würde er sich auf kaum jemand verlassen können; ein Gedanke, der ihn nicht gleichgültig ließ. »Ihr Freund«, wandte er sich endlich wieder an seine beiden Helden, »was ist mit ihm, was soll ich den Ärzten in der Anstalt sagen?«

»Die Wahrheit«, antwortete Johnny. »Daß er krank ist, aber nicht verrückt, daß er in ein normales Krankenhaus gebracht werden muß, und zwar gleich in das beste, und daß sie sich dort Mühe geben sollen, ihn wieder hinzukriegen, und daß wir bar bezahlen!«

Verhaftet wurde Johnny dann allerdings doch noch, aber erst, als er wieder in München gelandet war. Sie fuhren ihn ins Präsidium, um ihn im Entführungsfall Oetker einzuvernehmen. Das Verbrechen war am 14.12.1976, also genau an jenem Tag verübt worden, als Johnny nur für ein paar Stunden in München gewesen war.

Als Johnny den Beamten seine Geschichte erzählte, lachten sie ihn aus. Es war ihm völlig gleichgültig, was sie dachten, und ihm selbst gefiel die Geschichte so gut, daß er sich Zeit ließ, und um sie zu ärgern, auch noch mächtig übertrieb. Sie gaben ihm ein Blatt Papier, stellten ein Mikrophon vor ihn hin und ließen ihn, Wort für Wort, nachsprechen, was die Entführer, deren Anrufe mitgeschnitten worden waren, gesagt hatten.

»Sagen Sie, womit wollen Sie mich eigentlich drankriegen?«

Der Beamte betrachtete seine Fingernägel. »Diese Frage werden Sie selbst eines Tages beantworten.«

Nachdem sein Alibi überprüft war, ließen sie ihn frei.

Carola schlief noch, als er nach Hause kam. Er weckte sie. »Such eine andere Wohnung und miete sie unter deinem Namen. Ich hab es satt, daß vor meiner Tür Tag und Nacht die Schmiere parkt.«

»Einverstanden«, sagte Carola, »laß mich aber jetzt bitte weiterschlafen!«

Johnny ging aus dem Schlafzimmer, öffnete eine Flasche Cognac, setzte sich in einen Sessel und dachte über sich und Carola nach. Er hatte ihr immer gesagt, daß er die Villa in St-Tropez für sein Privatvergnügen angemietet hätte und sich dort nur mit seinen Freunden erholte. Er wußte, daß sie ihm das nicht abnahm, wußte aber auch, daß sie nichts unternehmen würde, die Wahrheit herauszufinden. Sie hatte Respekt vor dem, was er zu ihr sagte. Dafür liebte er sie. Carola war der lebende Beweis, daß er nicht alles verloren hatte, was vergangen war. Aber warum betrog er sie dann? Am besten, dachte er, ich frage sie selbst.

Er saß in einem Sessel und schaute zu, wie sich seine Hand bewegte. Sie war weit weg. Alles, was ihm bisher geholfen hatte, seine Zeit totzuschlagen, war weit weg. Ines hatte er nach einem Streit nach Paris geschickt. Hamburg war weiter als nur neunhundert Kilometer entfernt. Die Spaßmacher waren fast alle tot. Er hörte sie noch lachen. Wie gern er in ihrer Gesellschaft gelacht hatte! Sie hatten sich einen Dreck um ihre Zukunft geschert. Einige hatte er gesehen, die lagen im Sarg und lachten.

Ein paar alte Kumpels, mit denen er noch zum Stehlen gegangen war, tauchten hin und wieder in seinem Büro auf, die Erfolgreichsten hatten es zu einem Bierausschank gebracht. Es war lächerlich, ihnen auszureden, daß er nur etwas mehr Glück gehabt und deshalb heute mehr Geld hatte als sie. Er mußte es sich gefallen lassen, bewundert zu werden, es machte ihn aber traurig, wenn sie ihre Komplimente wie Schulaufsätze aufsagten. Trotzdem verblüffte ihn immer wieder ihr Einfallsreichtum und die Geschichten, die sie erfinden mußten, um an Geld zu kommen. Vogel-Burli war vor einem Monat mit einem Kanarienvogel aufgetaucht, hatte aber nicht etwa gesagt: Hör mal, Johnny, wie schön der singen kann, sondern: Der Vogel ist total krank und muß zum Tierarzt. Schab-Dieter war mit einem leibhaftigen Karnickel erschienen, hatte Johnny das Tier auf den Schreibtisch gesetzt und nicht etwa behauptet, das Biest sei krank und müsse zum Tierarzt, sondern: Den hätte ich keinem geschenkt, außer dir. Einmal war sogar Huber-Bertl aufgekreuzt, der in seiner Jugend eines der anerkannten Idole gewesen war. »Weißt du, was ich da habe, Johnny?« Er deutete auf ein Paket unter seinem Arm.

»Hoffentlich nicht auch noch ein Tier.«

Huber-Bertl hob die Augenbrauen wie ein Feinschmecker beim Genuß seiner Austern. »Einen echten Hirschl!«

Johnny sagte der Name nichts.

»Das darf doch nicht wahr sein, Johnny, daß du den nicht kennst«, empörte er sich und packte ein Bild aus, eine Federzeichnung, die ein Seeufer mit ein paar Bänken, Bäumen und Segelbooten zeigte. »Ein Mann von deinem Format, Johnny, und keine Ahnung von wahrer Kunst?«

»Wer sagt denn, daß ich von Kunst was verstehe? Aber daß du das Ding auf einem Flohmarkt geklaut hast, soviel ist doch sicher, oder?«

Bertl bestand darauf, bei Johnny eine Bildungslücke entdeckt zu haben. »Das ist einer unserer bekanntesten Maler. Tu mir mal einen Gefallen, Johnny, und ruf eine gute Kunstgalerie an. Da wird dir jeder sagen können, was heutzutage ein Hirschl kostet.«

Er bot es ihm schließlich für einen Tausender an; aber natürlich nicht zum Kauf. »Dafür ist mir das Bild viel zu wertvoll. Ich will es nur beleihen bei dir, weil ich weiß, daß du eine Schwäche für was Wertvolles hast.« Er sagte das alles ohne jedes Augenzwinkern. Es fehlte nur noch, daß er beim Leben seiner Mutter schwor, daß das Bild ein Vermögen wert sei.

Johnny schenkte ihm das Geld, ließ Xare einen Nagel in die Wand schlagen, hängte den »Hirschl« auf und betrachtete die Ausgabe als eine Investition in alte Erinnerungen.

Er hatte gar nicht bemerkt, daß Carola inzwischen ins

Wohnzimmer gekommen war. Erst als sie ihre Hand auf sein Knie legte, begriff er, daß er die ganze Zeit geträumt haben mußte. »Wie spät ist es?«

»Guten Morgen!« Carola nahm ihm die leere Cognacflasche aus der Hand und ging ins Badezimmer. »Sicher willst du vor dem Frühstück ein Bad nehmen.«

»Ich will kein Bad nehmen, sondern ein paar Leuten bei der Baubehörde den Hals umdrehen! Eine Frechheit, wie die mit meinem Architekten umspringen!«

Bevor Johnny die Wohnung verließ, schüttete er eine halbe Flasche Haarwasser über seine Haare, massierte die Kopfhaut, kämmte sich mit einer Sorgfalt, die etwas Verzweifeltes an sich hatte, prüfte das Ergebnis und blieb unzufrieden.

»Kauf alle Haarwuchsmittel, die auf dem Markt sind. Es muß doch für Geld was zu kaufen geben, verdammt noch mal!«

Die Sekretärin ließ sich kaum anmerken, daß sie wußte, wer vor ihr stand. Trotzdem spürte Johnny, wie groß ihr Bedauern war, ihn nicht mit der ganzen Verachtung einer strenggläubigen Katholikin strafen zu können.

»Mein Name ist Berger. Ich bin mit Dr. Kottag verabredet.«

»Einen Moment.« Es war offensichtlich, daß sie es als eine Zumutung empfand, höflich bleiben zu müssen.

Es dauerte einige Minuten, bis sie wieder die Tür zum Nebenzimmer öffnete und bat, er möge eintreten.

Dr. Kottag strahlte vor Vergnügen. In aller Ruhe schaute er sich seinen Besucher an und gab sich nicht die geringste Mühe, seine Neugier zu verbergen. »Nehmen Sie doch Platz, bitte.« Als er sich in seinen Stuhl fallen ließ, war er noch immer damit beschäftigt, Johnny zu mustern. »Nett, Sie endlich einmal persönlich kennenzulernen, Herr Berger, wo soviel über Sie geschrieben wird. Manch einer wäre froh, er hätte soviel Publicity.« Dann veränderte sich sein Gesichtsausdruck, und der glich dem seiner Vorzimmerdame. »Aber nicht alles, was Zeitungen so schreiben, ist barer Unsinn. Es ist nicht einmal alles übertrieben.« Er machte eine Pause und fuhr dann fort: »Das heißt nicht, daß wir als städtische Beamte nicht gehalten sind, objektiv zu bleiben. Ich möchte das besonders herausstreichen, speziell Ihnen gegenüber. Ich bin nicht der Richter über ein fremdes Leben. Jeder muß selbst wissen, was ihn glücklich macht. Nur vermute ich, daß Sie der Meinung sind, wir seien vielleicht befangen, nicht selbst Herren unserer Entscheidungen, gewissermaßen nur der verlängerte Arm des Sittenrichters. Dem ist nicht so, kann ich Ihnen versichern! Die Stadt läßt sich nicht unter Druck setzen. Sie wird auch Ihren Antrag behandeln wie alle anderen, die hier liegen.« Er legte die Hand auf einen Stoß Akten. »Allerdings muß ich hinzufügen, planen Sie ja nicht etwa ein Kaffeehaus. Und was man ›öffentliche Meinung‹ nennt, sind einzelne Bürger. Sehr viele Bürger sogar. Und alle laufen sie Sturm gegen Ihr Vorhaben. Sie wollen keine Spielhölle in der Innenstadt. Zumal das ja dann bereits das zweite Objekt wäre, das Sie dort betreiben, vorausgesetzt, Sie erhalten einen positiven Bescheid. Was nicht nur bei mir liegt.«

Seine selbstgefällig formulierten Erklärungen kotzten Johnny an. »Hören Sie, ich bin hergekommen, um herauszufinden, woran es liegt, daß es mit meinem Antrag, der Ihnen bereits einige Monate vorliegt, nicht weitergeht. Und was ich tun kann, damit sich etwas rührt. Gibt es irgend etwas, was meine Leute falsch machen?«

»Nein, nein«, versicherte ihm Dr. Kottag. »Die machen gar nichts falsch.«

»Woran liegt es dann also, daß nichts geschieht?«

»Sehen Sie die Akten hier? Alles Anträge.«

»Sie wollen mir doch nicht ernsthaft einreden, daß mein Antrag da in diesem Haufen liegt?«

»Mittendrin in diesem Haufen, natürlich!« Dr. Kottag machte noch nicht einmal den Versuch, seine Genugtuung zu verbergen. »Wo soll er auch sonst liegen?«

Dieses Dreckschwein, dachte Johnny, während der Beamte umständlich, mit der Sorgfalt eines Sadisten, nach seinem Antrag suchte. Er fand ihn kaum. Als er ihn dann endlich hatte und darin herumblätterte, bekam sein Gesicht einen Ausdruck falscher Sorge. »Wie aus den Protokollen ersichtlich wird, gibt es noch genügend strittige Punkte. Zum Beispiel haben Sie uns noch nicht Genüge getan, was die geforderten fünfunddreißig Garagenstellplätze angeht.«

»Ich weiß was von zwanzig«, unterbrach ihn Johnny. »Außerdem kostet mich ein einziger schon runde siebentausend!«

»Tut mir leid, aber so sind nun mal die Gesetze. Es muß gewährleistet sein, daß genug Garagenstellplätze zur Verfügung stehen.«

»Dann werde ich mich schnellstens darum kümmern. Gibt es sonst noch Probleme?«

»Genügend«, versicherte ihm Dr. Kottag fröhlich. »Und was die besagten Garagenplätze angeht, Herr Berger, so laufen Sie gewissermaßen im Kreis. Auch wenn Sie die Garagenplätze kaufen wollen, brauchen Sie immer noch die Genehmigung, sie auch kaufen zu dürfen.«

Johnny hatte kapiert und stand auf. »Dann werde ich mich eben anstrengen, nicht die Geduld zu verlieren. Ich danke Ihnen.« Er verließ das Zimmer, hatte aber keine Ahnung, was er in dieser Sache als nächstes tun konnte.

Vom Büro aus rief er Deinhard an. »Schick mal deinen Freund zu mir ins Büro, deinen arbeitslosen Charmeur, der immer auf dem Tennisplatz herumsteht.«

Er dachte an sein Versprechen, Ines und ihre verdammte Katze (und jetzt auch noch ihr Bett, wie sie ihm geschrieben hatte) nach München zu holen, und mußte gleichzeitig noch ihrem Ehemann klarmachen, daß es rausgeschmissenes Geld wäre, Privatdetektive anzuheuern.

Dann rief er Carola an. »Laß nächste Woche Renate für dich arbeiten und kümmere dich um die Wohnung in der Staubstraße. Aber rede nicht darüber. Ich will Ruhe haben, wenn ich zu Hause bin.«

Dann klingelte das Telefon, was selten vorkam, da Johnny selbst den ganzen Tag an der Strippe hing. Es meldete sich eine Stimme, der man nicht anhören konnte, ob sie weiblich oder männlich war, und die sich als »Privatsekretär von Arndt von Bohlen und Halbach« ausgab. Johnny hatte aber im Moment keine Lust, sich mit etwas anderem als seinen eigenen Problemen zu befassen, und bat den Anrufer, sich in einigen Tagen wieder zu melden.

Am Nachmittag erschien Nick Dahn im Büro. Er sah aus, als habe er gerade bei Kerzenlicht in einem Riviera-Hotel gefrühstückt. Wahrscheinlich war er genau der Richtige, sich um Ines zu kümmern. Vermutlich verstand er auch was von kostbaren Vasen. Sie gaben sich die Hand.

»Mike hat mir erzählt, daß Sie pleite sind, außerdem sollen Sie sieben Sprachen sprechen.«

Nick lachte. »Das ist eben Mikes Art, die Dinge zu dramatisieren. Allerdings stimmt, daß ich sieben Sprachen beherrsche.« Er warf einen kurzen Blick auf die Federzeichnung, die an der Wand hing. »Aber viel lieber würde ich malen oder komponieren können. Und was meine Finanzen betrifft, so muß ich zugeben, es wäre mir lieber, der Champagner würde die Hälfte kosten.«

»Ihre Finanzen«, sagte Johnny trocken, »interessieren mich nicht. Stimmt es, daß Sie Arbeit suchen?«

»Es ist nicht meine Absicht, Ihnen zu nahe zu treten, aber halten Sie mich trotzdem nicht für verrückt, wenn ich Ihnen versichere, daß ich Ihnen behilflich sein kann.«

»Deshalb habe ich Sie hergebeten. Ich habe sehr viele Dinge

am Hals, und um einige kann ich mich im Moment nicht selbst kümmern. Dafür bräuchte ich einen tüchtigen Mann.«

»Vor allem einen, nehme ich an, der was von Politik versteht.«

Johnny war verblüfft. Dazu gehörte Mut, ihm das an den Kopf zu werfen. »Lassen Sie das mal meine Sorge sein, guter Mann.«

»Dann brauchen Sie eine Menge Glück. Sie sehen aber nicht wie einer aus, der sich auf sein Glück verläßt.«

»Ganz recht. Glück ist die Kunst, die man beherrschen muß.«

Nick Dahn stimmte dem zu. »Wenn man nicht mehr an den Teufel glaubt, ist auch das Paradies verloren.«

Johnny wurde ungeduldig. Er hatte den Mann nicht rufen lassen, um sich von ihm kluge Vorträge halten zu lassen. In Paris saß die Baronin und wartete, daß sie gekidnappt wurde. In der Garage stand sein Excalibur und mußte dringend zur Inspektion. Carola brauchte jemand, der ihr beim Umzug half. Sein Vater in Herrsching brauchte Pflege. Er selbst brauchte nachts, wenn er zuviel getrunken hatte, einen, der ihn herumkutschierte. Wenn er in St-Tropez sein eigenes Auto fahren wollte, mußte es jemand runterfahren. Es gab tausend andere Kleinigkeiten, die einen Mann beschäftigen, der zwei Frauen, andere Freundinnen und auch sonst einen Hofstaat unterhielt. »Sagen Sie mir, was Sie verdienen wollen, wenn Sie für mich arbeiten.«

Nick saß in vollendeter Ruhe, fast sorgfältig ruhig, auf seinem Stuhl und ließ keinen Zweifel aufkommen, daß er darauf ungern direkt antworten wollte. Seiner Meinung nach lag hier offenbar ein Mißverständnis vor. Er war nicht gekommen, um diesem jungen Mann bei Kleinigkeiten zu helfen. Er war hier, um sein Hauptproblem zu lösen: den Kampf mit der Stadt München. Den ganzen Fall kannte er zwar nur aus der Zeitung, aber er begriff die Dimensionen dieser Auseinandersetzung. Dieser Berger, so clever er sich auch vorkommen mochte, hatte ohne kluge Hilfe kaum Chancen, seine Genehmigung durchzudrücken. Da war noch zuviel ungeschickte Überheblichkeit in ihm. Er war an Politik nicht interessiert genug, um seine Vorteile zu nutzen. Er wußte nicht, wie man Politiker beeinflussen konnte.

Dahn faltete seine Arme über der Brust und schaute Johnny ohne jede Herablassung ins Gesicht. »Ich schlage vor, wir setzen unsere Unterhaltung ein andermal fort, wenn Sie nicht in Ihrem Büro sitzen. Nennen Sie mir nur Ort und Uhrzeit, und ich werde da sein.«

»Sind Sie eigentlich verheiratet?« wollte Johnny plötzlich wissen.

»Insgesamt habe ich viermal in meinem kurzen Leben den Versuch unternommen, ein glücklich verheirateter Mann zu werden«, sagte Dahn und schien einen Augenblick lang selbst ganz fasziniert von dieser Tatsache. »Dreimal war ich dabei der Dumme. Ich war verheiratet, aber nicht lange glücklich. Dabei habe ich etwas herausgefunden. Zufriedene Männer sind erfolgreich, zufriedene Frauen gefährlich – oder eben, wie die Mehrzahl, langweilig. Aber darüber können wir ja, wenn wir uns wiedersehen, weiterreden.« Er stand auf. »Meine jetzige Frau ist übrigens sehr viel jünger, dreiunddreißig Jahre jünger sogar. Im Moment überlasse ich es ganz ihr, verheiratet zu sein.« Er gab Johnny die Hand und ging.

Johnny fiel erst, als es draußen dunkel wurde, ein, daß er weder den Ort noch eine Uhrzeit mit ihm abgemacht hatte. Er wollte schon Deinhard anrufen, entdeckte dann aber seine Visitenkarte. Darauf stand »Nikolaus V. Dahn« und seine Telefonnummer.

»Ich hoffe, Sie meditieren nicht gerade«, sagte Johnny lachend.

»In gewissem Sinne schon. Ich denke über Ihre Probleme nach.«

Wieder war Johnny verblüfft. Er war es nicht gewohnt, daß jemand so mit ihm redete. Und es gefiel ihm auch nicht! Sein Gefühl riet ihm aber, diese Verabredung nicht platzen zu lassen. »Ich weiß nicht ganz, was Sie vorhin meinten, als Sie von meinen Problemen sprachen. Sie kennen vielleicht ein paar Räubergeschichten, die Journalisten in die Welt gesetzt haben. Oder Mike hat Ihnen was erzählt, was weiß ich! Jedenfalls gefällt es mir nicht, daß Sie sich in diesem väterlichen Tonfall mit mir unterhalten. Ich habe, obwohl Sie älter sind, keine Lust, mich belehren zu lassen.«

Dahn unterbrach ihn. »Ich halte Sie für einen ausgeschlafenen Burschen, ohne Zweifel, und ich bewundere, was Sie alles geleistet haben. Mir imponiert das. Und keineswegs will ich den Vater spielen. Wissen Sie, ich bin dafür völlig ungeeignet. Nur will ich Ihnen eines sagen: Sie müssen sich mit den richtigen Leuten anfreunden, statt mit den falschen zu streiten. Bis heute abend.« Er legte auf.

Es war alles andere als ein Zufall, als Nick Dahn mit einem großen Blumenstrauß in der Hand das Vorzimmer des Landtagsabgeordneten Dr. Eindl betrat. Es war auch nicht das erste Mal. Er wußte deshalb auch schon, daß Frau Obergassner, die Sekretärin des Politikers, wegen Gewichtsproblemen auf Süßigkeiten verzichten mußte, daß aber Tulpen, vor allem wenn es gelbe waren, ein Lächeln auf ihr Gesicht zaubern konnten. Genau dieses Lächeln strahlte ihm jetzt entgegen.

»Wenn Sie mich weiter so verwöhnen, komme ich bei meinen Kolleginnen aber ganz schön ins Gerede«, scherzte sie, bedankte sich und holte eine Vase aus einem der Aktenschränke. »Er telefoniert noch. Kann ich Ihnen inzwischen vielleicht eine Tasse Kaffee anbieten?«

»Nur ein Glas klares, einfaches Leitungswasser vielleicht.«

»Also das ist es, was Sie so blühend jung erhält«, stellte Frau Obergassner fest. Dann kümmerte sie sich um das Glas

Wasser und das Wasser für die Tulpen. Als sie vom Gang wieder hereinkam, fiel ihr Blick auf die Telefonanlage. »Oh, ich glaube, jetzt ist er frei.« Sie klopfte an die Tür, trat ein und meldete den Besuch.

»Bitte schön«, sagte sie, lächelte noch einmal und wartete, bis Nick Dahn eingetreten war, und schloß dann die Tür.

»Du bist ein ganz schön zäher Bursche, Nick, wenn du dir mal was in den Kopf gesetzt hast«, begrüßte ihn Dr. Eindl. Er kam hinter seinem Schreibtisch hervor und schüttelte seinem alten Freund die Hand. »Tust du eigentlich sonst noch was, außer mich zu belästigen? Nicht mal nachts läßt du mich in Ruhe. Dabei haben wir Wahlkampf.«

»Die Sache ist verdammt dringlich, Ludwig, sehr sogar.«

»Das höre ich von jedem, der zur Tür hereinkommt. Setz dich!«

»Und für mich persönlich ungemein wichtig, wie ich dir schon letzte Woche am Telefon angedeutet habe.«

»Erzähl mir erst einmal, was ein Mann wie du in solchen Kreisen zu suchen hat.«

»Meinen Lebensunterhalt verdienen, Mädchen für alles spielen, seine Autos spazierenfahren, Besorgungen machen, alles, was eben so anfällt. Sogar um seine Freundinnen kümmere ich mich und sehe zu, daß meine Angelika dabei nicht zu kurz kommt. Du weißt ja, dafür muß man sich Zeit nehmen, wenn man ein verliebtes Mädchen zu Hause hat.«

»Meine Inge hat vor fünfzehn Jahren beschlossen, getrennte Schlafzimmer einzuführen. Du willst wohl, daß ich dich beneide?«

»Du siehst nicht aus, als würdest du darunter leiden.«

»Ist er wirklich so ein harter Bursche?«

»Berger? Wenn es mehr von seiner Sorte gäbe, wäre das Leben jedenfalls abwechslungsreicher. Ich bewundere den Burschen ... Und es macht verdammt Spaß, für ihn zu arbeiten, aber gegen euch hat er, bei seinem Ruf, allein keine Chance.

Dazu ist er eine viel zu ehrliche Haut. Ihn stört schon, daß ich mich einmische. Er will noch nicht einmal, daß man ihm hilft.«

»Zahlt er wenigstens anständig?«

Nick Dahn zündete sich eine Zigarette an und schaute dem Rauch nach. »Leute, die soviel Geld haben, halten doch alle den Daumen auf den Pfennig; dafür ist er aber ausgesprochen großzügig, wenn wir nachts zusammen unterwegs sind. Da läßt er sich nicht lumpen. Ich muß bald mal wieder meine Leberwerte kontrollieren lassen.«

»Weiß er denn, daß wir uns kennen?«

»Nur, daß ich mich um die Genehmigung der Behörde kümmere, wovon er sich aber nichts verspricht. Also mach ich's auf eigene Faust. Immerhin hängt alles davon ab, daß die Sache klappt, sonst kann ich stempeln gehen.«

»Wenn die Opposition sich weiter so aufführt, wird es für mich immer einfacher, die Fraktion geschlossen hinter mich zu bringen.«

»Hast du schon ein paar Worte mit deinem Chef reden können?«

»Du meinst, der hätte was gegen eine Spielhalle in der Innenstadt?«

»Aber vielleicht was gegen das Gerede, daß sich die Unterwelt dort breitmacht.«

Dr. Eindl mußte grinsen. »Diese Töne überlassen wir unseren parlamentarischen Gegnern. Es gibt zwei, drei meiner Kollegen, die sich, zugegeben, in ihrem Wahlkreis bessere Chancen ausrechnen, wenn sie ein bißchen auf die Pauke hauen. Mit Unterwelt, Mafia und so, na, du weißt schon! Aber das ist eher nebensächlich. Und ist auch belanglos, selbst dann, wenn bei der Abstimmung im Rathaus bei der Opposition Fraktionszwang angeordnet wird.«

»Wie stehen dafür die Chancen?«

Dr. Eindl überlegte. »Es ist immer gut, Einigkeit zu demonstrieren.«

»Der Job als Geschäftsführer dieser Spielhalle wäre meine Rettung.« Nick Dahn sagte das ohne besondere beschwörende Betonung. Er stellte es nur fest. »Ach übrigens, damit ich das nicht vergesse zu erwähnen, seit letzter Woche hat deine Partei zweihundert neue Mitglieder mehr. Alle Mitarbeiter seiner Betriebe sind geschlossen eingetreten.«

»Das war doch sicher deine Idee«, lachte Dr. Eindl.

»Ich will nur nicht, daß das keiner merkt.«

»Du bezauberst meine Sekretärin, du läßt keine meiner Wahlkampfveranstaltungen aus, du hockst plötzlich bei jedem Heimspiel des FC Bayern mit dem Berger auf der Ehrentribüne ...«

»Und jede Nacht kleben unsere Jungs für euch Wahlplakate, und das nicht nur hier in München«, unterbrach ihn Nick.

Dr. Eindl lehnte sich amüsiert zurück. »Und wann spendierst du uns ein paar seiner Damen? Aber Spaß beiseite, Nick. Einen alten Freund läßt man nicht hängen, da haben auch wir unsere Ehre. Mach dir also keine Sorgen wegen der Sache. Ich schau schon, daß im Stadtrat etwas Vernünftiges beschlossen wird.«

»Ich ruf dich morgen wieder an«, sagte Nick.

»Nur das nicht«, wehrte sich Dr. Eindl. »Oder hältst du mich für so vergeßlich?«

»Sagen Sie, Herr Dahn«, wollte Frau Obergassner wissen, als sich Nick von ihr verabschiedete, »was sind Sie eigentlich von Beruf, wenn ich Sie fragen darf?«

Er hauchte einen Kuß in Richtung ihres Handrückens. »Ich wär gern Duke Ellington geworden.«

Als er wieder ins Büro kam, saß Johnny hinter seinem Schreibtisch und betrachtete nachdenklich seine Schuhe, die er auf den Tisch gelegt hatte. »Was sagst du eigentlich dazu, Nick. Die Polizei wollte mir die Oetker-Entführung anhängen – und eben komme ich von diesem Arndt von Bohlen und Halbach, der Angst hat, entführt zu werden. Hat eine richtige kleine Armee von Leibwächtern um sich. Irgendwer muß ihm erzählt haben, daß ich was für ihn tun könnte.«

»Und? Kannst du?«

»Für so ein Honorar kann ich sogar zaubern.« Johnny zog einen Scheck aus der Tasche. »Dabei hat er nicht einmal Angst, jemand könnte ihn umnieten, sondern, daß sie ihm ein Ohr abschneiden oder so was. Drei Stunden hat er auf mich eingeredet, ich hab dann seine Salonboxer auf die Etagen verteilt, zwei hinter die Gardinen, drei im Flur, ein paar im Treppenhaus, und als ich mich verabschieden wollte, hat er wissen wollen, ob ich schon mal jemand umgelegt habe.«

»Wollte ich dich auch schon immer mal fragen.«

Johnny faltete den Scheck zusammen und steckte ihn wieder ein. »Auch so ein armer Hund von Erbe, der einem leid tun kann.« Er nahm die Füße vom Tisch. »Und wo kommst du gerade her?«

»In drei Wochen ist Plenarsitzung. Dann können wir aufmachen.«

Johnny schaute Nick mit unverhohlenem Spott an. »Verteilst du immer noch Blumensträuße?«

Nick ließ es sich gefallen; er wußte, was er tat und wie man es tat. Er war Experte, wenn es darum ging, einen Schritt nach dem anderen zu tun, und keinen seiner Schritte tat er überstürzt. Er hatte alle Unterlagen studiert, bei Johnny durchgesetzt, seinen Jungs begreiflich zu machen, sie sollten sich bis zur Plenarsitzung nichts zuschulden kommen lassen, keine Schlägerei, keine Casinobesuche, keine Schlagzeilen. Nick wußte, daß ihn viele von Johnnys Angestellten für eine Nervensäge hielten, nur weil er intelligenter reden konnte und Wert auf gute Manieren legte. Trotzdem traute ihm keiner, auch Johnny nicht, die Grütze zu, diesen Fall entscheidend beeinflussen zu können. Er wollte nicht bewundert, schon gar nicht geliebt werden, sondern nur beweisen, was er noch drauf hatte – und endlich wieder ein anständiges Auskommen haben.

Am Tag der Abstimmung brauchte er nicht einmal einen Cognac zur Beruhigung, ganz im Gegensatz zu Johnny, der in seinem Büro die Entscheidung abwartete und trank. »Gut gemacht, Nick«, stellte Johnny ohne erkennbare Begeisterung fest, als er von der Entscheidung zu seinen Gunsten erfuhr.

Auch Nick triumphierte nicht. Es war, wie er fand, sein gutes Recht zu gewinnen. Jetzt also war er wieder, was er in Tokio gewesen war: Geschäftsführer. Und auch sein Monatseinkommen stimmte endlich wieder.

Wer die beiden am gleichen Abend zusammen auf den Erfolg anstoßen sah, mußte annehmen, Dahn sei der Boß und Johnny sein Leibwächter. Das war falsch, aber kein Fehler.

16

Zuerst flog Johnny nach Hamburg, weil er dort die richtigen Architekten kannte, die schnell arbeiteten. Er hatte es eilig, seine Spielhalle endlich zu eröffnen. In sechs Wochen war der erste Advent, bis dahin sollte alles fertig sein. Er flog weiter nach London, unterschrieb dort den Vertrag über den Kampf seines Boxers um die Europameisterschaft – Austragungsort sollte die Olympiahalle in München sein –, flog anschließend nach Las Vegas, um sich über Glücksspielgeräte zu informieren, von dort zurück nach Rom, um Anita Ekberg zu treffen. Er konnte es selbst kaum glauben, daß er es in seinem Leben so weit gebracht hatte, auch noch mit Filmstars zu verhandeln. Grahammer hatte für ihn den Teppich ausgerollt. Er selbst wäre nicht auf die Idee gekommen, war aber nach allem, was er ihm von ihr vorgeschwärmt hatte, sicher, daß ihr Auftritt genau die richtige Sensation war, um sein »Maxim's« in die Schlagzeilen zurückzubringen.

Am Flughafen stand Hans, um ihn abzuholen. Er war, wie auch Uwe Hansen, ein Stück St. Pauli im Rohzustand geblieben.

»Was gibt's Neues?« wollte Johnny wissen.

»Anfang Januar gehen im ›Eros‹ die Lichter aus.«

Die Schließung eines Bordells machte Johnny schon lange kein Kopfzerbrechen mehr. »Dann machst du eben einen Tag später das Haus in der Landsberger Straße auf. Und hast wieder neun Monate Zeit, was zu suchen.«

Dann erzählte Hans, wie Ines eines Nachts im »Eros« erschienen war und sich für eine Punkparty was zum Anziehen hatte ausleihen wollen. »Was aus der Folterkammer.«

Johnny ließ sich die Wut, die augenblicklich in ihm hochstieg, nicht anmerken. »Du hast sie hoffentlich rausgeschmissen!«

Was die Baronin betraf, so betrachtete er seine Beziehung zu ihr längst unter dem Gesichtspunkt der Nützlichkeit. Sie war mittlerweile seine Privatsekretärin geworden, zuständig vor allem für seine Freizeit in Frankreich. Natürlich betrog er längst auch sie, seit einem Monat sogar mit ihrer besten Freundin, von deren Augen er fasziniert war; sie hatten die Farbe heller Steine, die nah am Ufer im Meer liegen. Seine Triebhaftigkeit rechtfertigte er in diesem Fall mit seinem Sinn für Gerechtigkeit: Indem er Ines mit Claudia betrog, rächte er Carola, die er mit Ines betrogen hatte. Warum sollte die Baronin das Privileg seiner Treue genießen, das er nicht einmal Carola gönnte, nicht einmal ihr, die er doch mehr achtete als jede andere.

»Du glaubst nicht, was das für ein Zirkus mit der war. Die hat alle verrückt gemacht.«

»War Carola auch da?«

»Nein, aber Janine!«

Damit war klar, daß Carola über sein Verhältnis mit Ines informiert war und er ihr beweisen mußte, daß er auch jetzt nicht daran dachte, sie zu verlassen. Ihm fiel auch sofort ein, womit er sie beeindrucken konnte. Carola wartete, wie er wußte, seit langem darauf, daß er endlich ihren Eltern vorschlug, nach Herrsching zu ziehen. Tat er das, konnte sie unmöglich annehmen, daß er Trennungsabsichten hatte.

»Daß Ladiges tot ist, weißt du, oder?«

»Nein! Seit wann?«

»Seit Samstag!«

»Und an was ist er gestorben?«

»Krebs!«

»Na gut, schick einen Kranz hoch und schreib auf die Schleife: Wir waren Freunde oder so was! Und seiner Frau, dieser Stußhenne, schick ein Telegramm!«

»Was soll ich der schreiben?«

»Daß er ein guter Mensch war, auch wenn's gelogen ist. Wundert mich nicht, daß so einer an Krebs krepiert, mißtrauisch wie er war, neidisch, ein richtiges Schwein eigentlich! Wegen ihm mußte Joe vier Jahre in den Bau!«

»Strohbach-Hansi liegt im Krankenhaus«, fuhr Hans mit der Aufzählung seiner Neuigkeiten fort.

»Auch Krebs?«

»Kreislaufstörungen soll er haben!«

Johnny mußte lachen. »Das sind keine Kreislaufstörungen, Hans. Der hat Probleme mit Janine, versteht du?«

Hans war Puffboss und las die Sportseiten. Viel mehr interessierte ihn nicht.

»Der spielt sich bei ihr als Max auf«, erklärte Johnny. »Aber daran bin ganz allein ich schuld, ich Idiot, denn ich hab die beiden zusammengebracht und hätte mir ausrechnen können, daß es Probleme geben wird. Alles, was dem im Kopf herumging, war Max. Deshalb hat es Janine auch kaum noch ausgehalten und ihn schon zweimal rausgeschmissen. Er kann sie nicht mehr richtig stoßen, weil er immer an Max denken muß, und glaubt, daß sie ihn mit Max vergleicht, wenn er mit ihr schläft. Deshalb verprügelt er sie auch. Erzähl mir also bitte nichts von Kreislaufstörungen.«

»Wenn der Johnny mich mal bedrohen sollte, hat er neulich nachts von sich gegeben, dann hack ich ihm beide Beine ab.«

»So reden alle, wenn sie besoffen sind«, lachte Johnny. Er hatte diesen Schweinehund von der Tankstelle geholt, ihm einen Job gegeben, ihn mitgenommen nach Acapulco und dort mit Janine verkuppelt und zum Dank dafür drehte er durch.

»Fahr mich ins Eros.«

Als er sich dort mit Janine unterhielt, war ihm klar, daß sie Hansi immer noch liebte. Sie war nicht unglücklich, nur ziemlich unzufrieden und dachte daran, sich in jenes kleine Haus auf Mallorca zurückzuziehen, das Max ihr vermacht hatte, oder zurück nach Frankreich zu gehen und in St-Tropez eine Boutique zu eröffnen, sollte sie sich doch von Hansi trennen. »Meinst du, ich könnte dort unten was finden?«

»Mach dir keine Sorgen deswegen«, antwortete Johnny und bat sie, auf Hansi aufzupassen. »Du weißt, daß er trinkt und wie er sich dann aufführt. Sag ihm, wenn er wieder gesund ist, soll er sich bei mir sehen lassen.«

Danach fuhr er zu Carola und brauchte keine fünf Minuten, um sie zum Lachen zu bringen. Sie freute sich, als sie von seiner Idee erfuhr. Er entschied trotzdem, ihr ein paar Worte über seine Affäre mit Ines zu sagen. Es war so leicht, zu glauben, was er sagte, weil sie aus allem, was er beichtete, immer noch eine Liebeserklärung heraushörte. Und damit hatte sie gar nicht unrecht. Johnny sagte die Wahrheit: Er würde sie keineswegs für irgendeines dieser Mädchen, mit denen er in St-Tropez die Nächte durchtanzte, verlassen.

Als Anita Ekberg aus dem Flugzeug stieg, schien sie nicht begriffen zu haben, daß unten an der Gangway nicht Federico Fellini, sondern Johnny Berger stand. Sie hob so ausladend beide Arme, als wolle sie all die Jahre, die sie älter geworden war, ungeschehen machen, ließ das Blitzlichtgewitter wie eine Verjüngungskur über sich ergehen, winkte den Fotografen und den Schaulustigen zu und bestieg die eigens für diesen Zweck gemietete Limousine. An ihrer Seite lächelte Johnny. Er hatte, seit er Don King in Las Vegas getroffen hatte, die Gewohnheit angenommen, Havannas zu rauchen; so gefiel er sich noch besser.

Er hatte schon bei seinem Besuch in Rom schockiert festgestellt, wie fett sie war, und für Grahammer war es nicht einfach gewesen, Johnny daran zu hindern, die Verhandlungen nicht sofort abzubrechen. Für intellektuelle Späße hatte er nichts übrig und sich deshalb Gedanken gemacht, wie er sie in diesem Zustand überhaupt präsentieren konnte. Ihm war klar, daß er sich hüten mußte, sie zu ermuntern, sexy wirken zu wollen. Diese Blamage wollte er ihr (und sich) ersparen. Gut, sie sollte drei, vier oder fünf Lieder playback singen, soviel war bereits in Rom besprochen worden, alles andere aber war offengeblieben. »Ich schlage vor«, erklärte ihr Johnny, »wir bleiben bei der Wahrheit. Sie gehen einfach auf die Bühne, stellen sich hin und halten zuerst eine kleine Ansprache, etwa in der Art wie: Da unten im Publikum sitzt jemand, der mir sehr viel Geld geboten hat, in München aufzutreten. Wie Sie sehen, habe ich mein Geld gut angelegt. Ich bin hundertprozent sicher, daß Sie dafür Applaus bekommen. Daß Sie nichts auf den Knochen haben, wird ja keiner behaupten wollen. Aber Ihr Humor wird Sie dem Publikum auf Anhieb sympathisch machen, glauben Sie mir das. Und danach sagen Sie: Ich mußte also nicht lange nachdenken, bin ins Flugzeug gestiegen – und jetzt stehe ich vor Ihnen. Auch dafür wird es sicher Applaus geben. Es ist immer die Wahrheit, die am besten klingt. Die Leute werden Sie dafür lieben.«

Johnny lehnte sich zurück. Seine Idee gefiel ihm. Grahammer übersetzte.

Anita Ekberg gab sich beleidigt. Sie wollte singen und tanzen und immer noch den Star spielen. Sie wollte, was niemand mehr verlangte: ein Vamp sein, der es noch draufhatte!

Johnny wollte nicht glauben, daß sie ihn nicht verstand. Er versuchte es noch einmal, aber wieder lehnte sie ab, weil sie es als Zumutung empfand, sich ihrem Publikum als eine Frau zu präsentieren, die fett und in Geldschwierigkeiten war. Ihre Vorliebe für Spaghetti, schrie sie, sei nicht das Thema.

»Sie werden nur Erfolg haben, wenn Sie tun, was ich Ihnen rate«, fluchte Johnny. Aber Anita Ekberg war nicht umzustimmen.

»Sag ihr, daß sie eine fette Schlampe ist und bescheuert obendrein.«

»Dann tun Sie einfach, was Sie für richtig halten, gnädige Frau«, übersetzte Grahammer.

Damit endlich war sie einverstanden.

Johnny hatte es kommen sehen. Sie konnte nicht singen, nicht tanzen und drehte sich wie ein schwerer, alter Schwan immer nur im Kreis. Uwe hatte ihren Auftritt vier Stunden mit ihr durchgesprochen und geprobt. Sie sollte einen ersten Schritt zwischen den Vorhang machen, ihn öffnen und abwarten, bis das Licht der Scheinwerfer sie traf. Als am Abend der Premiere die Scheinwerfer angingen, nestelte Anita Ekberg immer noch am Vorhang herum, war dann natürlich geblendet, als sie ihn endlich offen hatte, und fiel, weil sich ihr Schuh in den Kabeln, die herumlagen, verfing, vornüber auf die Bühne. Uwe war zu diesem Zeitpunkt bereits bewußtlos. Er war nur ein einfacher Junge aus St. Pauli – und das hier war für seine Nerven zuviel.

Nach dem zweiten Abend, der bis auf den Sturz ähnlich

unglücklich verlief, entschloß sich Johnny, die restlichen Auftritte abzusagen, zahlte Anita Ekberg aus und ließ sie von Nick zum Flughafen fahren.

Auch mit seinem Boxer hatte er nicht viel Glück. Der Kampf, der vor fast leeren Rängen in der Olympiahalle stattfand, endete mit einem Unentschieden. »Wenigstens kann keiner mehr behaupten, der Kampf sei verschoben worden!« Johnny war klar, daß sein Plan, einen Boxer von unten ganz nach oben zu bringen, gescheitert war. An nichts hatte es gefehlt, außer an der Härte des Boxers gegen sich selbst; er hatte nicht begriffen, daß das Leben jedem Menschen nur eine einzige Chance bietet.

Der sechste Dezember 1978 aber war Johnnys Glückstag. Er konnte endlich das »Nevada City«, seine große, auf zwei Stockwerke verteilte Spielhalle eröffnen. Er hatte alles, was in München an gesellschaftlicher Prominenz aufzutreiben war, eingeladen: Filmsternchen, Fernsehstars, einen echten Bayernprinzen, jede Menge Rechtsanwälte – und Mädchen, die nur an sich denken, das aber für Denken halten.

Die Geschäftsleute ringsherum wunderten sich zuerst, gaben es dann aber auf. Der Mann, der auf der gegenüberliegenden Straßenseite ein Wettbüro betrieb, schüttelt nur den Kopf. »Die schleppen das Geld jeden Morgen in Säcken zur Bank!«

Wer das »Nevada City« betrat, vergaß sofort, ob es Tag war oder Nacht. Die Musik dröhnte in einer Lautstärke, daß die Außenwelt wie von selbst verschwand. Bei seinem Vergnügen war jeder Spieler vollkommen mit sich selbst beschäftigt, fuhr Rennwagen um Haarnadelkurven, schoß brüllende Gorillas ab, jagte fliehende Astronauten, erschoß kämpfende Kommunisten oder versenkte U-Boote, man konnte sich duellieren, den Himmel in Brand stecken, Strip-

Poker spielen oder den Weltraum von feindlichen Agenten säubern.

Der Mann von dem Wettbüro hatte recht. Johnny war zum Großunternehmer geworden.

Nachdem er auf dem Grab von Max, wie jedes Jahr Anfang Dezember, einen Weihnachtsbaum aufgestellt hatte, flog Johnny mit Ines nach St. Moritz. Skilaufen konnte er nicht und wollte es auch nicht versuchen, nur nachmittags im »Palace« in der Halle sitzen und zuschauen, was sich tat, darauf war er neugierig.

Es tat sich wenig. Er sah attraktive Frauen, die vorbeigingen, ohne ihn eines Blickes zu würdigen. Mittlerweile hatte er getrunken. Es gefielen ihm auch schon die weniger attraktiven Frauen, was nichts daran änderte, daß er sich überflüssig vorkam und langweilte, während er Ines beobachtete, wie sie unter Küßchen einige Bekannte begrüßte. Sie Johnny vorzustellen, hatte sie aufgegeben. Sie hatte mit keinem, wie sie betonte, was gehabt, aber einige der Männer hätten ihr Geld geboten, um mit ihr schlafen zu dürfen. Darüber konnte Johnny nicht einmal mehr lächeln. Frauen ihres Typs kokettierten gern mit dem Heiligenschein der Hure.

Wie immer war ihr irgend etwas peinlich, und immer hatte sie an Johnny etwas auszusetzen. Es gefiel ihr nicht, wie provozierend direkt er den Frauen nachschaute. Es gehöre sich nicht, versuchte sie ihm beizubringen, ohne jedoch im geringsten eingeschnappt zu sein, daß seine ungeteilte Aufmerksamkeit nicht ihr galt. Es trieb ihr den Schweiß auf die Handflächen, als er dem Oberkellner, der die Gäste am Eingang zum Speiseraum empfing, Ohrfeigen androhte, da er ihn ohne Krawatte nicht passieren lassen wollte.

Ihre Liebe zu ihm hatte sich in ein Interesse an ihm gewandelt. Außerdem war ja er es, der für sie aufkam. Und undankbar wollte sie nicht erscheinen. Tränen waren also ausgeschlossen. Und Johnny saß an der Bar, trank und schaute zu, wie sich nichts tat. Wenn neben ihm wenigstens Liz Taylor einen gestemmt hätte! Auch einem Onassis, der sich langweilt, hätte er gern zugeschaut! Aber er sah nur Schminke und falsche Zähne. Alles erschien ihm falsch! Eine Gesellschaft voller falscher Bewegungen, falscher Gesten, falscher Freundlichkeiten! Er sah Männer Männer abküssen, Männer Frauen, Frauen Männer, Frauen Frauen; selbst Kleinkinder küßten sich zur Begrüßung! Weil er wütend war, lastete er alles, was ihn ärgerte, Ines an. Richtig wütend wurde er, als sie nicht aufhörte, ihm wieder Nachhilfeunterricht geben zu wollen.

Da er sich gerade in St. Moritz aufhielt, fiel ihm Mauro Stalder ein, der mit Zwanzig mit einem Millionenvermögen aufgewacht war, das er geerbt hatte, und seitdem zur Elite der europäischen Playboys gehörte, ein Meister unter den Müßiggängern, dessen Namen er nur erwähnte, weil er Ines jetzt damit ärgern konnte. Er erinnerte sich, wie heftig sie ihn schon in St-Tropez immer verteidigt hatte.

»Er ist mein Freund, und damit basta!«

»Warum hat er dir dann nicht den Gefallen getan, dich aus Paris herauszuholen?«

»Wo denkst du hin«, lachte Ines mit etwas Mitleid in den hohen Tönen ihres Lachens, »der doch nicht!«

»Dann nenne ihn nicht dauernd deinen Freund!«

Ines machte ihren Schmollmund. »Er ist trotzdem mein Freund!«

»Gibt er dir Geld, wenn du keines hast?«

»Aber bitte«, wehrte sie hochmütig ab, »so viel hat der doch auch nicht.«

»Für Katzenfutter mit Honig wird's aber reichen!«

Ines warf ihre Haare zurück. »Mit solchen Kleinigkeiten gibt sich doch der nicht ab.«

Sie redeten von zwei verschiedenen Dingen. Für Johnny

war Freundschaft ein heiliges Wort, ein Ehrenwort, das in ihm die tiefsten Emotionen auslöste. Da verstand er keinen Spaß.

Ines, wieder ganz die Baronin, fand es reizend, worüber er sich aufregen konnte. »Ich weiß, daß du jeden, der sein Vermögen geerbt hat, nicht für voll nimmst. Warum aber bis du dann nicht gleich in St. Pauli geblieben?«

Am nächsten Tag flogen sie mit dem Helikopter weiter nach Gstaad. Dort war Johnny auch noch nie gewesen, beschwerte sich aber auch hier sofort wieder über alles, was sich seinem flüchtigen, verständnislosen Blick darbot. Er verstand nicht, warum ein kleines, eingeschneites Dorf so viele berühmte Namen anziehen konnte. Wo waren sie, die interessanten Berühmtheiten? Ines klärte ihn über den Charakter dieses Wintersportortes auf, dessen Eigenart es war, sich tagsüber auf den Pisten auszutoben, sich aber sonst kaum in der Öffentlichkeit zu zeigen, auch nachts nicht auszugehen, sondern einander privat einzuladen.

Er erregte auch hier weder Interesse, auch kein flüchtiges, noch auch nur das mindeste Erstaunen bei den Menschen, was Johnny zur Schlußfolgerung zwang, es müsse sich bei ihnen um tote Materie handeln. Auch Ines betrachtete er als zu ihnen gehörig; und rechnete es sich selbst hoch an, sie vor der Versteinerung, auch der durch Edelsteine, gerettet und dem Leben zurückgegeben zu haben.

Wie eintönig weiß der Schnee war! Nach einem Streit mit Ines, die sich weigerte, mit ihm zu schlafen, weil es erst drei Uhr nachmittags war, flog er mit ihr nach St. Moritz zurück, ließ sie da und flog allein nach München, um Claudia zu treffen.

Ines würde toben; ein Grund mehr, sich mit Claudia wohlzufühlen. Carola würde die Tatsache, daß er auch Ines bereits betrog, mit Genugtuung zur Kenntnis nehmen. Er hatte von Insekten gehört, bei denen eines das andere nach dem Liebesakt tötete. Das war nach seinem Geschmack. Dann erfuhr er, daß es die Weibchen waren, die töteten, und vergaß das Ganze wieder.

Claudias größte Angst bestand darin, sich in einen Mann zu verlieben, der nicht genug Geld hatte. Eine Freundin hatte sie deshalb über Silvester nach Acapulco eingeladen, wo es noch genügend reiche Junggesellen gab.

Johnny war erleichtert, daß sie sich nicht einbildete, eventuell sei er der Mann, den sie suchte. Er fuhr sie, nachdem sie drei Tage im Bett verbracht hatten, zum Flughafen und wünschte ihr Glück.

Er blieb gleich da, buchte einen Flug nach Hamburg und besuchte Carola, die Weihnachten bei ihren Eltern verbracht hatte. Endlich rückte er mit der Sprache heraus. Carolas Eltern sollten nun so schnell wie möglich ihre Wohnung kündigen und nach Herrsching ziehen, mietfrei natürlich. Er nahm ihnen auch gleich jede Angst vor der Anstrengung eines Umzugs. »Das erledigen alles meine Leute!«

Carola wußte, daß er mit Ines in die Schweiz gefahren war, wollte aber nur wissen, ob er Ski gefahren sei.

»Ich hab mich mit Ines gestritten, mehr nicht«, antwortete er wahrheitsgemäß. Er konnte nicht herausfinden, was sie gerade dachte. War es möglich, daß sie Ines bedauerte?

»Ich habe gestern einen alten Schulfreund wiedergetroffen.«

»Und?« Johnny wunderte sich, warum sie ihm das überhaupt mitteilte.

»Nichts und«, sagte sie, »ich habe mich nur gefreut, ihn wiederzusehen.«

Wenn sie ihn eifersüchtig machen wollte, so war das ihr erster Versuch, seit er sie kannte. »Bleib am besten noch hier, um den Umzug vorzubereiten«, schlug er ihr vor und beruhigte sein Gewissen mit der Vorstellung, was für ein Wohltäter er war. Nicht ohne eine gewisse Selbstgefälligkeit glaubte er daran, daß Dankbarkeit zu seinen Tugenden zählte. Er war für viele da, die ohne Hilfe nicht überleben würden. Die letzte war Karin, seine Wiener-Karin, die im Oktober in seinem Büro aufgetaucht war, weil sie nicht mehr weiter wußte; er hatte nicht vergessen, wieviel er ihr verdankte, und ihr eines seiner Kinos verpachtet.

Als er in München seine Wohnung betrat, klingelte das Telefon. Claudia saß in Acapulco fest und bettelte darum, ihn sofort sehen zu können. »Es gibt nicht einen hier, der überhaupt in Frage kommt«, stöhnte sie. »Kannst du nicht herkommen?«

Die 9625 Kilometer nach Los Angeles flog man in knappen dreizehn Stunden, was kein Grund war, nicht zu fliegen. »Okay, Claudia, dann treffen wir uns in Los Angeles, im ›Beverly Wilshire Hotel‹!«

Als er hinter Claudia die Tür abschloß, fiel er mit einer solchen Hemmungslosigkeit über sie her, daß der Zimmerkellner die Tür fast eintreten mußte, um sich bemerkbar zu machen. Zuerst war Claudia glücklich, weil es schön war, sich in seinen Armen wohlzufühlen. Sie summte vor sich hin, wollte in den nächsten Stunden keinen Mann zum Heiraten finden, setzte sich aber plötzlich auf. »Komisch, weißt du, worüber ich gerade nachdenke? Warum ein Mann wie du keine Fremdsprachen spricht. Englisch zumindest solltest du beherrschen, wenigstens das.«

Johnny schleckte sich die klebrigen Finger ab. »Ist das alles, was dir Kopfschmerzen macht?«

Claudia setzte sich auf und stupste Johnny mit dem Zeigefinger auf den Bauch. »Ganz im Ernst, Johnny, ich finde, du solltest endlich Fremdsprachen lernen. Jeder, der in Acapulco auf der Party war, konnte zumindest zwei Sprachen, die meisten sogar drei.«

»Ich kenn einen, der spricht sieben. Und der ist bei mir angestellt.«

Claudia blieb hartnäckig. »Jetzt, wo du so reich bist und überall herumkommst, solltest du, finde ich, was für deine Bildung tun.«

Daß jetzt auch sie anfing, ihn erziehen zu wollen, ärgerte ihn um so mehr, als er dahinter Gespräche vermutete, die sie mit Ines geführt haben mußte. »Ich geh nur mal kurz Luft schnappen!« Er zog sich an. Unten bezahlte er die Rechnung. Er hätte sich für einen Versager gehalten, wenn die Direktion ihn nicht gebeten hätte, für den Schaden im Zimmer aufzukommen. Er gab ihnen genug, daß sie ihre Teppiche zum Reinigen nach Persien schicken konnten, und nahm die nächste Maschine nach München.

17

Gegen sein neues Büro im ersten Stock seiner Spielhalle war das im »Silver-City« nebenan eine Abstellkammer gewesen. Zwar wußte er immer noch nicht, warum er ein Büro brauchte, aber Nick fand, daß ihm das als Unternehmer, der er nun war, besser zu Gesicht stünde. »Bisher war dein Name eine Waffe. Versuch's jetzt mal mit dem Eindruck, den ein Mann hinterläßt, der seine Besucher hinter einem Schreibtisch empfängt.«

Na gut denn, dachte Johnny, dann aber wenigstens mit den Füßen auf dem Tisch.

Die Einrichtung des Büros hatte Nick übernommen. Rechts an der Wand stand eine Kommode, auf der eine zwanzigbändige Lexikonausgabe aufgereiht war. Darüber hing ein in grellen Farben gemaltes Bild zweier Boxer. Johnny hatte sich das Bild etwas kosten lassen, nachdem ihm Ines klargemacht hatte, der Maler sei im internationalen Kunsthandel im Kommen. Er selbst hielt sich mit Meinungen über die zeitgenössische Kunst zurück. »Das soll Kunst sein?« war alles, was er mit einem Kopfschütteln von sich gab. Er dachte an die Ölbilder seines Vaters, die ihm besser gefielen, gegenständliche Darstellungen der Natur. »Wie kommt das bloß, daß so was keine Kunst sein soll?« Aber auf Diskussionen darüber wollte er sich nicht einlassen, schon gar nicht mit Ines.

Da gefielen ihm die Fotos, die an der gegenüberliegenden Wand hingen, viel besser. Johnny mit Muhammed Ali, den er in Las Vegas kennengelernt hatte. Fast jeden Monat flog er mindestens einmal in die Stadt in Nevada zum Pokerspiel oder Boxkampf. Neben Ali hing ein Foto, das Johnny mit Al Cambusa zeigte. Daneben Johnny an Bord seines Rennboots in St-Tropez, entlang der Bordwand unübersehbar der rote Schriftzug »Viva Nevada«. Daneben der Schnappschuß eines blauen Rennwagens der Formel-drei-Klasse, mit »Nevada City« auf der Seitenfläche. Jedes dieser Fotos war eine Trophäe, auf die er stolz war.

Auf dem schweren, breiten Schreibtisch stand ein Foto von Carola. Es war während einer Weihnachtsfeier aufgenommen worden. Sicher war Carola schon ein wenig beschwipst gewesen, als sie fotografiert worden war. Sie lächelte, und in ihren Augen war ein spöttisches Zwinkern. Johnny erinnerte sich nicht mehr an den Grund ihres Lachens, aber jedesmal, wenn er mit einer anderen Frau telefonierte und dabei Carolas Foto betrachtete, erriet er ihre Gedanken; immer hatte sie recht.

Nick saß, nur durch eine Glasscheibe getrennt, im Büro nebenan. Für alle Aufgaben, um die sich Johnny persönlich nicht kümmern wollte, war er zuständig. Seine Beziehungen und seine Menschenkenntnis, seine Geduld und sein öffentliches Auftreten waren ein unschätzbares Kapital. Johnny nannte ihn bald »meinen Außenminister«. Wenn er den besten Rechtsanwalt brauchte, kümmerte sich Nick darum, daß er den allerbesten bekam. Hatte Johnny das Geburtstagsfest für seine Mutter, ein anfallendes Dienstjubiläum für Onkel Werner zu organisieren, Nick kümmerte sich darum. Er war der erste, der dann Vera Karst zum Tanz aufforderte, und der richtige Mann, mit einem Toast auf einen Justizvollzugsbeamten dessen anwesende Kollegen wie auch die Jungs aus dem Leben zum Lachen zu bringen. Obwohl er zuviel Bewegung für so ungesund hielt wie eine glückliche Ehe, ließ er keinen Tanz aus.

Das hatte Nick auch erledigt: Ines wohnte wieder in Paris. Johnny hatte ihr eine kleine Wohnung gemietet, um sie vom Hals zu haben.

Er verbrachte mit ihr nur noch hin und wieder die Wochenenden, besuchte Nachtclubs, benahm sich dort aber absichtlich wie einer, der Wert darauf legte, sich nicht auf die gleiche Art wie alle amüsieren zu wollen. Die Exbaronin, sie war inzwischen geschieden, hatte Mühe, seine Einstellung zu verstehen; immer wollte er unbedingt ausgehen, und nur dorthin, wo er auffiel, andererseits aber lehnte er Tischgespräche ab, blieb schweigsam und taute nur kurz auf, wenn einer, den er aus St-Tropez kannte, mit einer Frau vorbeischaute, deren Aussehen ihn bis in die Träume verfolgte. Ines wunderte sich, wieviel Charme er, wenn er wollte, an den Tag legen konnte, wenn er auch ihr gegenüber nicht mehr viele Worte machte. Während sie beschäftigt war, ihm sein Benehmen zu verzeihen, wozu sie auch zählte, daß er sie in Gesellschaft gern als sein Sorgenkind vorstellte, gab die Bewunderung für den »Deutschen«, wie ihn alle hier nannten, auch ihr eine Aura, mit der sich leben ließ, wenn man darunter vor allem das Nachtleben versteht.

18

Auf einen Kellnerblock von Asbach-Uralt, den er der Bedienung weggenommen hatte, zeichnete Jupp Kramer, Geschäftsführer einer Disko, in die sich Johnny manchmal verirrte, wenn er nachts nicht wußte, was er tun sollte, zuerst einen Kreis, an den er mehrere kleine Rechtecke skizzierte. In die Mitte des Kreises malte er einen kleinen runden Punkt. »Das ist, was die Amis eine Peep-Show nennen.«

Johnny verstand nichts.

»Was du auf dieser Zeichnung siehst, sind Kabinen um eine kleine Bühne herum. Man geht in eine der Kabinen, wirft ein Geldstück ein, im gleichen Moment geht die Klappe hoch und man sieht eine Frau, die sich auf einer Drehscheibe auszieht. Nach drei oder vier Minuten geht die Klappe wieder runter. Wer noch nicht genug hat, wirft nach. Das ist alles.«

»Wo hast du das denn gesehen, in New York?«

»Die ganze 42. Straße ist damit gepflastert.«

Zum erstenmal in seinem Leben bestellte Johnny einen Asbach-Uralt, faltete den Zettel zusammen und steckte ihn ein. »Am besten fliegst du gleich morgen mit mir nach New York.«

Er rief sofort Bill Cohn in Monte Carlo an und bat ihn um den richtigen Kontakt.

»Der Mann heißt Maffato, George Maffato«, sagte er und gab Johnny dessen Telefonnummer. »Und sag ihm schöne Grüße von mir!«

Kaum waren sie in New York im »St. Regis« abgestiegen, ließen sie sich zur 42. Straße fahren. Dort sah er mit eigenen Augen, was Kramer hingekritzelt hatte. Eine halbe Stunde lang stand er nur vor den Eingängen herum und zählte die Leute, die hineingingen. Damit wußte er, was er wissen wollte. Er schaute sich danach noch zwei, drei strippende Mädchen an und verließ die Kabine. Da Kramer nirgends zu sehen war, ging er allein zum Hotel zurück und rief George Maffato an, der ihn für den Abend zum Essen einlud. »Es gibt aber nur Spaghetti. Außerdem hoffe ich, daß Sie nichts dagegen haben, wenn auch Kinder dabei sind, die es gewohnt sind, die Hauptpersonen zu sein.«

»Ich hab selbst einen Sohn.« Mehr Zugeständnisse an seinen Familiensinn wollte Johnny nicht machen.

Als sie sich am Abend die Hand schüttelten – er hatte Kramer als Übersetzer dabei –, waren beide zuerst verwirrt. Johnny konnte sich nicht vorstellen, einem der mächtigsten Unterweltbosse New Yorks gegenüberzustehen. Maffato sah aus wie ein Obsthändler und hatte die gutmütigen Augen eines Mannes, der nichts lieber tat, als immer neuen Enkelkindern aus der Bibel vorzulesen.

Aber auch Maffato hatte sich den Mann, den Cohn ihm angekündigt hatte, anders vorgestellt. Er sah einen jungen Mann mit, wie er fand, unnötig langen Koteletten, einer Krawatte, deren Knoten lose und viel zu breit war, und einem Anzug, der zu eng und zu auffallend auf Taille geschneidert war, um noch vornehm zu wirken. Nur seine Augen gefielen ihm, sie waren randvoll mit Entschlußkraft.

Maffato bat beide, einzutreten. »Am besten gehen wir gleich in mein Arbeitszimmer.« Als er die Tür geschlossen hatte, setzte er sich ihm gegenüber in einen Sessel. »Mein Freund Bill, der mich über Ihren Besuch informiert hat, hat nicht ganz die Wahrheit gesagt. Oder, kann sein, ich habe nicht richtig zugehört. Jedenfalls will ich Sie nicht zwingen, mit meiner Familie zu Abend essen zu müssen. In Ihrem Alter hätte mich das gelangweilt. Kommen wir also gleich zum Geschäft?«

»Einverstanden.« Johnny erzählte ihm, daß er vorhabe, die Peep-Show nach Europa zu importieren.

Maffato reagierte amüsiert. »Sie sind in den letzten zwanzig Jahren nun schon der dreißigste Europäer, der mir diese Geschichte erzählt.«

»Heißt das, daß ich zu spät komme?«

»Nein, sie haben alle nur geredet, aber keiner hat sich je wieder bei mir gemeldet. Es hat mich also nur meine Zeit gekostet.«

Johnny sparte sich jedes überflüssige Wort, schickte Kramer ins Hotel, um Bargeld zu holen, und legte, als der wieder da war, ein dickes Bündel Dollarnoten auf den Tisch. »Hier sind fünfzigtausend Dollar. Und wenn Sie nichts mehr von mir hören sollten, gehört das Geld Ihnen!«

Maffato hob seine Augenbrauen. »Die Deutschen haben's nicht verlernt«, sagte er mit einem Anflug respektvoller Heiterkeit.

»Kann ich Sie morgen also treffen, und wo und wann?«

»Wenn Sie all das viele Geld wirklich riskieren wollen?« lachte Maffato. »Sind Sie sicher, daß es sich nicht um Blüten handelt?« Daß Johnny darauf mit Humor reagierte, fand Maffato so sympathisch, daß er fast bedauerte, nicht doch mit ihm den Abend verbringen zu können.

Am folgenden Tag unterschrieben sie die Verträge.

Johnny blieb nicht länger als nötig in New York, nur knappe achtundvierzig Stunden. Da es keine Boxkämpfe gab, er weder an Museen noch an einer Hafenrundfahrt noch an guten Restaurants interessiert war und niemand in der Stadt kannte, der ihm die richtigen Mädchen besorgen konnte, und Maffato auch nicht darum bitten wollte, langweilte er sich. Mit zwei Leibwächtern im Schlepptau, die Maffato ihm aufgedrängt hatte, spazierte er ein wenig durch Manhattan und konnte kaum fassen, wie hoch Wolkenkratzer sind, wenn man zum Himmel hochschaut, und wie klein die Menschen und Autos aussahen, wenn man vom Dach des Empire State Building nach unten schaute. Seine Leibwächter sparten sich auch diesen Anblick, sprangen aber plötzlich auf einen jungen Mann zu, der sich Johnny von hinten genähert hatte und gerade dabei war, ihm die Hand auf die Schulter zu legen. Johnny bemerkte den Vorfall erst, als die Leibwächter den Mann schon im Schwitzkasten hatten. Es handelte sich um einen Bekannten von Ines, einen Schriftsteller, den sie ihm vor einem halben Jahr vorgestellt hatte.

»Ich hoffe, die haben Sie nicht allzu hart angefaßt«, amüsierte sich Johnny.

Der Schriftsteller richtete sich das Hemd. »Schwein gehabt, daß Sie mich noch erkannt haben.«

Jetzt bring ich auch schon Typen Glück, die 'ne Nickelbrille auf der Nase haben, dachte Johnny. »Was zum Teufel machen Sie in Amerika?«

»Mich rumtreiben!«

»Aha«, antwortete Johnny. Künstlerkreise waren nicht seine Galaxie.

»Wenn Sie mich nicht gleich erkannt hätten«, wollte der Schriftsteller wissen, »was wäre denn passiert?«

»Die Jungs hätten Sie zerlegt, und nicht gerade zimperlich.«

Der Schriftsteller hatte den ganzen Tag über den Schluß seiner Reportage nachgedacht, die er gerade schrieb. Viel war ihm bisher nicht eingefallen. Aber jetzt hatte er, was er brauchte. Zwei Leibwächter würden ihn zerlegen, und das mitten auf der Fifth Avenue, und nicht gerade zimperlich.

»Wie du das Gewerbeamt dazu bringen willst, eine Peep-Show zu genehmigen, ist mir schleierhaft«, unterbrach Kramer seine Gedanken. »Die erste Peep-Show in Europa, und ausgerechnet im katholischen München.«

»Ich brauch nur die richtige Idee, den richtigen Aufhänger«, überlegte Johnny. »Seit wegen des Skandals um meine Spielhalle eigens ein Städtebebauungsplan ins Gesetz geschrieben worden ist, muß jeder Gewerbetreibende genau angeben, was er vorhat, wenn er eine Genehmigung will. Das ist der Haken. Natürlich wollen sie von mir wissen, was eine Peep-Show ist – was ich denen natürlich so genau nun auch nicht auf die Nase binden kann.« Er ließ sich, weil die Stewardeß gerade vorbeikam, eine Flasche Rotwein bringen. Whisky war was, wenn er eine Frau neben sich hatte. Mit Rotwein wurde er müde und immer ein bißchen melancholisch. Kein schlechtes Gefühl, wenn man nur dasitzen konnte und warten, bis das Flugzeug in Frankfurt aufsetzte. Es war zwar nicht sein Hobby, über Gott und die Welt nachzudenken, aber manchmal gab es einem ein angenehmes Gefühl der Schwerelosigkeit. Und dabei kamen einem die besten Ideen. »Ich muß mir was einfallen lassen, das stichhaltig ist – und trotzdem alles verschweigt.«

»Oder du läßt es dich einiges kosten. Diese Art Nebeneinkünfte stehen doch auf der Tagesordnung.«

»Bestechungsgeld? Ist es das, was du meinst?«

»›Erfolgshonorar‹ nennt man das, zahlbar nach Dienstschluß.«

»Aha«, gähnte Johnny, weil ihn das Thema langweilte. »Es ist viel einträglicher, nichts zu zahlen, du Klugscheißer!« Nicht, daß er nie welches gezahlt hätte, aber erstens ging das Kramer nichts an, und zweitens gefielen ihm die anderen Geschichten besser, sein Zweikampf mit Frau von Thon im Schlamm, Arno mit heruntergelassenen Hosen hinter der Kinokasse, Nick als Kavalier, der Vorzimmerdamen zum Seufzen brachte, die Komplizenschaft alter Freunde, die einander einen kleinen Gefallen nicht abschlagen können, oder Einfälle wie diesen. »Ich mußte mal ein Gespräch mit einem Beamten führen, der für eine Genehmigung zuständig war, und konnte mir ausrechnen, daß der Mann mir voller Vorurteile gegenübersitzen würde. Das tun sie ja alle, weil sie meinen Namen kennen, wissen, was ich mache, und sich stur stellen.

Mein einziger Trumpf war, daß ich vorher hatte herausfinden lassen, was der Mann in seiner Freizeit macht. Rosen züchten nämlich. Ich ließ mich also mitten in meiner Unterredung von Nick anrufen und immer wieder einfließen, er soll meinem Gärtner ausrichten, sich um die Beete mit den Rosen zu kümmern. Reine Erfindung! Alles abgesprochen! Ich faselte was von bestimmten Sorten, was weiß ich, eine hieß, glaube ich, American Dream und war rot, eine andere, eine weiße, hieß Duchesse de Montebello, weiß ich noch wie heute, weil ich nie was vergesse, was ich mal auswendig lernen mußte. Dafür muß man mehr Fingerspitzengefühl haben als Kuverts mit Bargeld auszuhändigen! Nicht zu dick auftragen, aber glaubwürdig klingen! Außerdem muß man darauf gefaßt sein, daß der Mann nachhakt, mehr wissen will, vielleicht nur aus Freude darüber, einen Gleichgesinnten vor sich zu haben. Ich durfte mich natürlich nicht auf ein Fachgespräch einlassen mit den paar Namen, die ich mir gemerkt habe. Alles runterspielen! Ihm den Spaß lassen, einen Anfänger, der gerade erst seine Liebe zu Rosen entdeckt haben will, vom Reichtum der Arten, ihrer Schönheit und ihren Farben vorzuschwärmen. Danach war der Beamte, der mir vor zwanzig Minuten noch mißtrauisch gegenübersaß, natürlich wie verwandelt.«

»Und die Genehmigung ging durch?«

Johnny nickte. »Ich war ihm ab sofort sympathisch.«

Auch nach der Landung war Johnny die Lösung seines Problems nicht eingefallen. Noch vom Flughafen aus rief er Carola an, um Neuigkeiten zu erfahren. Ihre Eltern, sagte sie, hätten vom Ammersee angerufen, weil irgendwas mit seinem Vater sei. »Er hat sich seit vierundzwanzig Stunden schon nicht mehr blicken lassen.«

Sofort fuhr Johnny los. Er fuhr gern herum, wenn er nachdenken mußte. Es fiel Johnny schwer, die Krankheit seines Vaters zu verstehen. Er war mit seinen siebenundsiebzig Jahren noch viel zu gesund, um in ein Krankenhaus zu müssen, aber nicht mehr gesund genug, um allein zurechtzukommen. Carolas Eltern, die sich mit ihm inzwischen angefreundet hatten, waren ebenfalls ratlos. »Das letzte Mal, als ich mit ihm gesprochen habe, hat er gesagt, daß der Bürgermeister ihm seinen Hund wegnehmen will«, sagte Carolas Mutter. »Das bilden Sie sich nur ein, Josef, hab ich gesagt. Aber er wollte nichts davon hören. Seitdem hat er sich verbarrikadiert.«

Endlich hatte Johnny Gelegenheit, etwas unternehmen zu können, nahm seinen Vater und begleitete ihn zum Rathaus.

Der Bürgermeister verwahrte sich gegen derlei Unsinn. »Sie können so viele Hunde haben, Herr Berger, wie Sie wollen. Ich weiß gar nicht, wie Sie darauf kommen, ich hätte etwas dagegen.«

Josef Berger liefen Tränen die Wangen herunter. Johnny hatte seinen Vater noch nie weinen sehen und schämte sich, es bemerkt zu haben. Als sie wieder zu Hause waren, räumte Johnny notdürftig das verwahrloste Zimmer auf, zog die Rolläden hoch, ließ frische Luft herein und machte sich eine Tasse Nescafé. Damit setzte er sich in einen Sessel und schaute seinem Vater zu, der vor seiner Staffelei stand. Lange geht das nicht mehr gut, dachte Johnny, und der Gedanke stimmte ihn traurig. Sterben hatte für Johnny mit Mord zu tun, einem Autounfall oder sonst einem dummen Zufall. Sein Vater war der erste Mensch, den er in sich zusammenfallen sah, der allmählich immer weniger wurde, einschrumpfte und seine Kraft verlor. Er wehrte sich, diese Tatsache zu akzeptieren. Krankenhäuser gab es, um dort gesund zu werden. Nicht, um zu sterben.

Er schaute den Vater an, wie er die Pinsel in der Hand hielt, die Farben mischte, sie übertrug auf die Leinwand. Es war etwas, das er mit Geduld und ruhiger Selbstverständlichkeit beherrschte. In sich versunken stand er vor der Leinwand.

Was er tat, schien ihm leichtzufallen. Und er vertraute seiner Fähigkeit. Alle Verwirrung war verschwunden. Josef Berger hatte aufgehört, ein kranker Mensch zu sein. Er malte.

Josef Berger nahm gar nicht wahr, daß sein Sohn immer noch im Zimmer saß und ihm zuschaute. Erst, als Johnny aufsprang, drehte er sich langsam um. »Bist du immer noch da?«

»Verdammt, Pap, du hast mich gerade auf eine Idee gebracht«, strahlte Johnny.

»Wenn du mit dem Malen beginnen willst«, sagte Josef Berger mit ruhigem Ernst, »kannst du meine Pinsel, meine Palette und auch die Staffelei hier haben. Wenn ich im Krankenhaus bin, brauch ich das alles ja nicht mehr.«

»Ich bring dich nur ins Krankenhaus, damit sie dich mal gründlich untersuchen, danach fahren wir gleich wieder nach Hause«, sagte Johnny. »Behalt also am besten alles.«

Jetzt, wo endlich der Groschen gefallen war, hatte er keine Geduld mehr, über Krankheit, Tod und Ölfarben nachzusinnen. Er raste nach München zurück und rief Kramer an. »Endlich ist mir die Idee eingefallen, wie ich die Peep-Show durchdrücke. Paß auf.« Als er mit der Erklärung zu Ende war, teilte er Nick seine Idee mit. »Ich werde denen folgendes erklären: Ich möchte Kabinen aufstellen, und in den Kabinen können Fotografen und Maler rein und können ein Modell fotografieren oder malen.«

Nick gehörte zu den Menschen, die niemand unnötig entmutigen wollen, blieb aber skeptisch. »Dir muß nur einer gegenübersitzen, der schon mal in New York war. Der lacht dich nur aus.«

»Stimmt«, gab Johnny zu. »Dann versuch einen Mann zu finden, der noch nie da war.«

»Ich werde herausfinden, auf welchem Schreibtisch unser Antrag landet.«

Johnny legte sich zurecht, wie er vorgehen wollte. Zum erstenmal in seinem Leben schrieb er etwas auf einen Block. Alles hing jetzt nur noch von der Überzeugungskraft seiner Argumente ab.

Johnny erklärte Amtsrat Eberle, dem zuständigen Beamten, dem er eine Woche später gegenübersaß, seine Idee, den technischen Ablauf und, mit besonderer Ausführlichkeit natürlich, den künstlerischen Aspekt seiner Unternehmung.

»Seit wann wollen Sie was Seriöses machen?«

»Es war mein Vater, der mich darauf gebracht hat«, antwortete Johnny. »Als ich neulich bei ihm saß und ihm beim Malen zugeschaut habe, wollte ich von ihm wissen, warum er niemals unbekleidete Frauen gemalt habe. Sie müssen wissen, daß er vor allem bayrische Landschaften malt. Mir zuliebe malte er einmal den Hamburger Hafen, als er mich in St. Pauli besuchte.« Johnny war mit sich zufrieden, seine Rede klappte, wie er fand, ganz ausgezeichnet. »Er sagte mir, daß er dafür nie ein Modell gefunden habe. Vor allem keines, das gratis für ihn gesessen hätte.« Er ließ die Worte für einen Moment nachklingen und fuhr fort: »Da habe ich ihm von meiner Idee erzählt und ihn gefragt, was er davon hält. Ich brauche Ihnen gegenüber nicht zu betonen, daß keine meiner bisherigen Unternehmen meinem Vater sonderlich imponiert haben. Er wollte nie etwas davon hören. Ihm genügte, können Sie sich vorstellen, was er alles in den Zeitungen über mich lesen mußte. Aber jetzt, mit einemmal, war er begeistert. Das ist das erste Mal, daß dir was Vernünftiges eingefallen ist, hat er zu mir gesagt. Wenn es das zu meiner Zeit gegeben hätte.«

Johnny redete nicht nur, er versuchte die Phantasien, die Amtsrat Eberle ungünstigerweise entwickeln könnte, so zu kontrollieren, daß nichts an seinem Vorschlag moralisch verwerflich erscheinen konnte. Er durfte nicht an nackte Frauen denken, die von Männern in Kabinen angegafft wurden. Er mußte schlucken, daß es dabei um künstlerische, nicht um menschliche Bedürfnisse ging.

Amtsrat Eberle war der Prototyp eines bayrischen Beamten, selbstzufrieden, von beachtlicher Leibesfülle, mit dem trockenen Humor eines bauernschlauen, zu Gutmütigkeit und Ironie neigenden Provinzlers. Daß er als Jurist tätig war, noch dazu im Ordnungsamt der Stadt München, mußte ein Zufall sein. Er sah eher aus, als habe er das Talent, Streitigkeiten zwischen Großbauern zu schlichten, mit einem klaren Wort sonntags nach dem Kirchgang. Deshalb hatte die Erwähnung seines malenden Vaters, zusammen mit der Erwähnung seiner Abneigung gegen die Auswüchse der Großstadt, eine Nachdenklichkeit erzeugt, die auf Amtsrat Eberle wie eine Einladung zu einem raschen Einverständnis wirkte. Unbekleidete Frauen waren für ihn »Nackerte« und Künstler »G'spinnerte«. So san's, die Menschen. Das mußte alles sein. Nur eben im Rahmen des Gesetzlichen, bitte schön.

»A Bayer san S' scho«, erkundigte er sich.

»Ein Urmünchner, Dachauer Straße.«

Das klang dem Beamten gut in den Ohren. »Also dann, Herr Berger, dann reichen's halt Ihren Antrag noch einmal ein, und wenn ich bitten darf, etwas weniger ausführlich – und dann schaun mir mal.« Er gab Johnny die Hand. »A bunter Hund san S' fei scho.« Das war, unter Bayern, ein Kompliment.

Johnny rief Maffato in New York an und vereinbarte die sofortige Lieferung von zweiunddreißig Kabinen und die Freistellung einiger Techniker, die nach München fliegen sollten, um alles an Ort und Stelle aufzubauen. Im »Silver-City« war Platz genug. Dann ließ er Nick einen Flug nach Paris buchen und beim Patentamt anrufen. Da in Europa bisher niemand je eine Peep-Show eröffnet hatte, wollte Johnny auch an der Lizenz verdienen. In einem Bescheid wurde Johnny jedoch mitgeteilt, daß ein Patent an dem vorliegenden Mechanismus nicht mehr vergeben werden könne. Der gleiche Vorgang,

Einwerfen einer Münze, Entriegelung einer Klappe, Sicht für eine bestimmte Zeit auf ein bestimmtes Objekt, funktionierte bei allen Fernrohren, die auf Aussichtsplateaus angebracht und in Betrieb waren.

Carola konnte ihre Tränen nicht schnell genug abwischen und Johnny, als er nach Hause kam, nicht länger so tun, als habe er nicht begriffen, daß sie unglücklich war.

»Was hast du?« Genausogut hätte er sagen können: Ich gebe dir zwei Minuten Zeit, zur Besinnung zu kommen.

Carola lebte nun lange genug mit ihm zusammen, um nicht einmal diese zwei Minuten beanspruchen zu wollen. »Ich bin traurig, weil du mich nicht mehr liebst.«

»Unsinn, Carola, spar dir die Tränen. Ich liebe keine andere und verlasse dich auch nicht!« Weil er das Gespräch damit für beendet hielt, rief er Hans an. »Komm mit, ich bring meinen Vater zur Untersuchung ins Krankenhaus.« Statt sich Zeit zu nehmen, sie zu trösten, erhoffte er sich Trost von ihr, lenkte die Aufmerksamkeit durch das Eingeständnis seiner Selbstsucht auf sich und schaffte es, Carola dahin zu bringen, ihn zu bedauern. Ein lauter Augenblick großer Worte genügte, sie von eigenen Sorgen abzulenken.

»Vielleicht liebst du keine andere, aber du verbringst deine Zeit mit ihnen.«

Carola hatte wieder zu zweifeln begonnen, ob sie noch länger zusammenbleiben sollten. Sie waren Freunde geworden, auch sie hatte das eingesehen. Es war gut so, aber nicht alles. Sie nahm Johnny nicht übel, daß er Freundinnen hatte, nur daß sie das Vergnügen genossen, mit ihm zu schlafen, brachte sie manchmal aus der Fassung. Dann dachte sie an Hamburg, an den Heiratsantrag, den Robert, ihr Schulfreund, ihr gemacht hatte, und an ihr Herzklopfen. Aus Verlegenheit hatte sie ihn ausgelacht und an Johnny gedacht; an ihm liebte sie immer noch, wie er mit seinem Leben spielte.

Er verließ sich auf die Treue seiner Freunde, auf das Vertrauen in seine Kraft und das Verständnis der Frau, die gerade mit ihm lebte. Er war ordinär, wenn ihm danach war. Er war beleidigend, wenn ihn die Wut packte. Wenn etwas nicht nach seinem Kopf ging, verschwand er einfach und kam irgendwann wieder. Dagegen war der anständige, höfliche Robert ein Musterknabe. Carola tat ihm also wieder einmal den Gefallen, glücklich zu sein. Erleichtert wurde ihr dieser Entschluß, da Johnnys Vater jetzt krank war und sie seine Betroffenheit spürte.

»Wie ich den alten Mann, und sei's nur zur Untersuchung, in ein Krankenhaus kriegen soll, ist mir schleierhaft«, sagte Johnny, bevor er mit Hans nach Herrsching fuhr.

Dort war dann aber alles ganz einfach. Josef Berger zog seinen besten Anzug an und ließ sich zur Schindelbeck-Klinik fahren. Daß es bis dorthin nur hundert Meter waren, mußte er vergessen haben; er hätte sonst protestiert und wäre zu Fuß gegangen.

Sie behielten ihn nach der Untersuchung gleich da.

»Wieso?« wollte Johnny wissen. »Mein Vater ist doch nicht etwa krank?«

»Arterienverkalkung. Sein Gehirn wird nicht mehr ausreichend durchblutet.«

»Und was tut man dagegen?«

»Das werden wir herausfinden.«

»Ich verlange, daß sie ihn wieder fit kriegen, egal, was es kostet! Der Mann war sein ganzes Leben lang kerngesund!«

Der Arzt fand diesen Vorschlag keineswegs komisch. Er hatte schon zu viele Menschen am Krankenbett eines Angehörigen von Geld reden hören. In ihren Augen waren Ärzte käuflich, und der Tod war bestechlich. Als Johnny seinen Vater nach einer Stunde wiedersah, lag er im Bett und schien zu schlafen.

»Wir haben ihn erst einmal ruhiggestellt«, erklärte der

Arzt, »das schien uns besser so, weil er der Typ ist, der aggressiv auf Krankenhäuser reagiert.«

»Ich auch«, sagte Johnny trocken. »Aber so wie ich meinen Vater kenne, wird er Ihnen abhauen, sobald er wieder wach ist!« Es lag Stolz in dem, was er sagte. »Eines aber will ich klarstellen: Niemand soll auf die Idee kommen, meinen Vater wie einen Mann zu behandeln, der alt und hilflos ist. Also nichts da mit: ›Na wie geht's uns denn heute wieder, Opa, jetzt machen wir mal schön den Mund auf und kauen anständig.‹ Daß wir uns da richtig verstehen. Sie behandeln den Mann wie einen Herrn!«

»Paß auf, Hans«, entschied Johnny auf der Heimfahrt, »in zwölf Stunden, wenn er wieder zu sich kommt, bist du bei ihm, damit er jemand erkennt. Dich kennt er. Wir wechseln uns dann regelmäßig ab.«

»Der wird schon wieder gesund«, sagte Hans. Der Augenblick seiner eigenen Wunderheilung hatte sich ihm wie ein Schock eingeprägt.

Da er für seinen Vater erst einmal weiter nichts tun konnte, Claudia als Partygirl in Kairo weilte, Carola allein sein wollte und es gerade auch noch zu regnen anfing, entschied er sich, um die Zeit totzuschlagen, für ein Wochenende in Paris.

Ines war großartig, nicht gerade flüssig, was ihre Finanzen anging, aber rotzfrech. Laß dich nie zweitklassig behandeln, war ihre Devise. Sie lehnte es ab, länger als zwei Minuten auf einen Tisch zu warten, bei »Maxim's« ebenso wie bei »Regine«. Daß sie Johnny so gefiel, wußte sie, konnte aber trotzdem nie verhindern, daß er sie beschimpfte, sobald ihm langweilig wurde. Dieser Zustand trat ein, wenn er die immer gleiche Karawane der Nachtschwärmer, der Industriellenerben, Playboys und Muttersöhnchen sah; zum Glück wechselten sie häufiger ihre Freundinnen als ihre Unterwäsche. Die Aussicht auf ein Abenteuer war der einzige Grund, weshalb Johnny das mondäne Leben überhaupt noch über sich ergehen ließ. Seine Sammelleidenschaft für Frauen mit schwerelosem Augenaufschlag, für Prachtweiber, deren Umrisse ihn an die Kritzeleien erinnerten, die er an den Wänden von Gefängniszellen gesehen hatte, wurde nur durch die Sentimentalität überboten, die er für das unselbständige, bebrillte junge Ding empfand, das sich in einer Absteige anbot. Gerade sie allen anderen Schönheiten vorzuziehen, verschaffte ihm Genugtuung.

»Das ist also die Welt, die dich interessiert«, sagte er angewidert. »Im wesentlichen sitze ich hier, weil du es wolltest«, war ihre scharfe Antwort.

Die Bäckereien hatten bereits geöffnet, als sie sich mit einem Taxi zum »Bristol« fahren ließen, wo Johnny in Paris immer abstieg. Mit ihrem Vorschlag, den Weg zum Hotel zu Fuß zu gehen, hatte sie keinen Erfolg gehabt. Nicht nur Landschaften interessierten ihn nicht, er war auch unempfänglich für den Zauber einer Stadt wie Paris. Er sah nichts, roch nichts, fühlte nichts und hörte ihr nicht zu. Ines liebte die Stadt, wenn sie gerade erwachte, die ersten Sonnenstrahlen und den Glanz der Obelisken; am liebsten hätte sie sich zu den Clochards gesetzt oder wäre einem übriggebliebenen Liebespaar nachgegangen.

Ines verschwand gleich im Badezimmer, wo sie den Inhalt ihrer Tasche auf den Boden kippte. Ohne Schlaftabletten konnte sie nicht schlafen, aber sie fand keine.

Johnny gab ihr eine, eine eiserne Ration hatte er immer griffbereit.

»Tut mir leid, aber was soll ich mit einer?« Sie hielt ihm ihre Hand hin.

Er gab ihr noch eine und steckte die Packung dann ein, obwohl er sah, daß sie am Durchdrehen war.

»Entweder du rückst jetzt die Tabletten raus, oder ich schlafe zu Hause.«

Johnny hatte sich angezogen aufs Bett gelegt und überlegte, wen er anrufen könnte. »Und wieviel schluckst du so im Durchschnitt?«

»Vier, fünf?« Ines gab sich nicht geschlagen, noch funktionierte ihre Selbstbeherrschung.

Johnny war müde, aber der schnippische Ton, in dem Ines mit ihm sprach, machte ihn mißtrauisch. Ihm fiel auf, daß sie ihr Gesicht vor ihm verbarg und ihre Hände zitterten. »Jede Nacht? Und wie lange schon?«

Es war brutal wie jedes Verhör; der eine will etwas erfahren, der andere nicht damit herausrücken. Nicht, daß sie abhängig von Schlaftabletten war, reizte ihn, er goß sich ja selbst den Schlafsaft flaschenweise in den Rachen, sondern die Arroganz, mit der sie ihre Abhängigkeit verbrämte und die Dosis rechtfertigen wollte. Ihn auszulachen, weil er mit einer auskam, war, wie er fand, ein klein bißchen zu halbstark für ihre sonstigen Allüren. »Mach den Mund auf«, schrie er sie an. »Wie lange schon?«

Ines antwortete nicht, ging ins Badezimmer, wo sie ihren Kram zusammensammelte und wieder in die Handtasche stopfte, kam wieder zum Vorschein, mit Verachtung, nicht nur für Johnny , sondern für alle Männer, alle Menschen, die ganze Welt im Gesicht, und wollte gerade ihren Mantel nehmen, als er aufsprang, sie an den Schultern packte und durchschüttelte. »Sieh mich an! Verdammt noch mal, sieh mich an!«

»Bitte«, flehte Ines leise, »gib sie mir und beruhige dich.«

Johnny hatte Angst, er könnte ihr das Genick brechen; ihr Kopf rollte hin und her. Auf ihn wirkte sie wie eine Schlafende, eine Einschlafende. »Wie lange schon, Ines. Ein Jahr, zwei Jahre? Wie lange geht das schon so?«

Sie hatte sich losgemacht und stand jetzt ans Fenster gelehnt, ihr Gesicht in den Händen vergraben. »Viel zu lange schon.«

»Wie lange?«

Ruckartig drehte sie ihm jetzt den Kopf zu, schaute ihn an, starrte ihm in die Augen, ein Blick, der ihre Kapitulation ankündigte. »Ich muß in ein Krankenhaus.«

»Ruf deine Freunde an, die sollen dir eins kaufen.« Zynismus ist nur wirksam, wenn er den Tonfall einer beiläufigen Bemerkung trifft. Johnny verfügte über das absolute Gehör für diese Art Zwischentöne, schmiß ihr den Rest der Tabletten ins Gesicht, packte seine Tasche, ließ sich zum Flughafen fahren und suchte nach einem Telefon. Er weckte Nick und erklärte ihm, was mit Ines los war. »Sorg dafür, daß sie sofort in München behandelt wird, schick ein Ticket, such das richtige Krankenhaus und den besten Arzt für so was. Und sag ihr, das Büro Berger trägt die Kosten.« Sein Lachen klang häßlich. »Gibt's wegen der Peep-Show was Neues?«

»Es ist Sonntag, Johnny.«

Josef Berger hatte Schwierigkeiten, die Gabel zum Mund zu führen. Seine Bewegungen gehorchten ihm nicht mehr. Er erinnerte sich auch nicht mehr, wer wann an seinem Bett gesessen hatte. Er verlangte Geld, wollte Alkohol trinken, vor allem wollte er nicht länger in einem Krankenhaus liegen. Dann verfiel er wieder in die Apathie eines Schwerkranken.

»Wenn ich offen sprechen soll, Herr Berger«, sagte der behandelnde Arzt, »dann rate ich Ihnen, Ihren Vater in eine Anstalt zu überweisen. Er braucht ständige Pflege.«

»Aber jeden Tag sind doch meine Leute um ihn herum.«

»Er braucht fachkundige Pflege. Außerdem traut sich keine unserer Schwestern, ihn zu betreuen. Wir müssen ihn füttern. Er muß umgelegt werden. Das Bett muß bezogen werden. Er kann seinen Stuhlgang nicht mehr kontrollieren. Aber dazu ist es notwendig, daß er jemand an sich heranläßt. Auch wenn Sie da anderer Ansicht sind, Herr Berger, können wir niemandem zumuten, die wachsende Unberechenbarkeit

Ihres Vaters zu ertragen. Einer unserer Schwestern hat er erst gestern ein Auge blau geschlagen.«

Johnny war stolz auf seinen Vater. Seine Reaktion ließ darauf schließen, daß noch Kräfte vorhanden waren, sein Wille noch nicht gebrochen und er noch ganz der alte war. »Was meinen Sie mit Anstalt?« Dieses Wort weckte unangenehme Erinnerungen in Johnny.

Der Arzt wollte es nicht darauf ankommen lassen, die nervöse Reizbarkeit dieses Mannes, der nicht bereit war zur Einsicht in das Unabwendbare, weiter zu strapazieren. »Ich sagte Ihnen bereits, daß wir für Ihren Vater nicht mehr allzuviel tun können.«

Die Pfleger hatten Josef Berger wieder ans Bett geschnallt. Er verfiel immer mehr und hatte nur noch wenige wache Momente, in denen er Johnny erkannte und ein paar Worte mit ihm sprach. Er bettelte nur noch darum, nach Hause gebracht zu werden. »So läßt du deinen Vater behandeln? Angeschnallt an ein Krankenhausbett?«

»Pap, das tut mir doch selbst alles fürchterlich leid. Was soll ich denn machen?«

»Bring mich nach Hause. Ich will nicht im Krankenhaus sterben müssen.«

Augenblicke später verwirrte sich sein Geist wieder, er zerrte an seinen Fesselungen, gab es aber bald auf, gab sich geschlagen, ermattete, verzog sein Gesicht und beruhigte sich wie ein zu Tode erschöpfter Gefangener. Er sah Dinge, die nur in der Erinnerung existierten. Er sprach laut mit Personen, die er einmal gekannt haben mußte. Dabei war sein Körper noch immer kräftig, die bloßen Arme, in denen die Katheder angebracht waren, noch sehnig und muskulös. Da lag ein Mann im Bett, der mit Entschlossenheit gegen sein Ende kämpfte.

»Wir fahren nach Hause, Pap«, versicherte Johnny, »und zwar jetzt gleich!«

Johnny bezweifelte, ob sein Vater das eigene Zuhause überhaupt noch erkennen würde. Was war, wenn er in seinem eigenen Bett lag, aber noch immer darum bat, nach Hause gebracht zu werden?

Er rief Frau Moser an, die alte Dame, die so lange mit ihm zusammen auf dem gleichen Grundstück gewohnt hatte. Er bat sie, am Tor zu stehen, wenn der Krankenwagen vorfuhr. »Stehen Sie dann einfach da, Frau Moser, sprechen Sie mit ihm ein paar Worte, dann weiß er, daß er wieder zu Hause ist. Tun Sie mir den Gefallen.«

»Es würde mich wundern, wenn ihm das gefiele«, antwortete sie. »Um die Wahrheit zu sagen, mochte er mich wohl nie besonders.«

Johnny überredete sie schließlich. Und Josef Berger erkannte seine Nachbarin, erkannte auch Carola und ihre Eltern, und Nick und Uwe und Hans und den alten Rudi, die Johnny alle hatte kommen lassen. Friedlich schlief Josef Berger ein, als sie ihn zu Bett gebracht hatten.

Einen Arzt zu finden, der nun ständig vorbeischaute, war nur mit viel Geld zu finanzieren. Johnny hätte gerne auch das Doppelte bezahlt, um seinen Vater wieder auf die Beine zu bringen. Der erste Arzt kündigte, als Josef Berger mit einem Fußtritt um etwas mehr Respekt bat. Dem zweiten zahlte Johnny deshalb gleich eine, wie er es nannte, Gefahrenzulage. Um ihn die meiste Zeit über friedlich zu halten, nahmen Johnny, Hans, Uwe und Nick ihren Schichtdienst rund um die Uhr wieder auf; so wachte einer der Freunde ständig am Krankenbett. Dabei erwies sich Uwe als der bei weitem unkomplizierteste Krankenpfleger, der legte sich nämlich gleich zu ihm ins Bett. Hans dagegen hatte Todesangst vor jedem Menschen, der mit einer Krankheit, einer tödlichen womöglich, zu tun hatte; er verzog sich ins Nebenzimmer und ließ nur die Tür einen Spalt offen. Nick erzählte ihm Geschichten aus Tokio, egal, ob Josef Berger nun zuhörte oder schlief.

Johnny nahm sich immer zwei seiner Jungs mit, spielte Karten, trank Bier und hoffte, sein Vater werde schon deshalb gesund, weil er die Atmosphäre im Wirtshaus immer gemocht hatte.

Er wehrte sich immer verzweifelter gegen den Gedanken, es könne für seinen Vater keine Rettung mehr geben. Als Josef Berger keine feste Nahrung mehr zu sich nehmen konnte, kaufte Johnny Astronautenkost, hochwertige Flüssignahrung, weltraumerprobt, wie er herumerzählte. Er glaubte so sehr daran, ein Serum der Unsterblichkeit gefunden zu haben, daß er sich selbst einen Vorrat zulegte. Er kämpfte nicht nur, daß sein Vater wieder an seine Staffelei zurückkehren konnte, er bekämpfte die unzumutbare Vorstellung, gegen den Tod nicht gewinnen zu können. Verlieren hatte er nie gelernt, und er war ahnungslos, was Vergänglichkeit bedeutete.

Nachdem er den Bescheid durchgelesen hatte, warf er den Hennessy, gleich die ganze Flasche, an die Wand. Endlich hatte er es schriftlich: Der Silver-City-Sex-Betriebsgesellschaft mbH wird hiermit nach § 33 a der Gewerbeordnung unter nachfolgenden Auflagen die Erlaubnis erteilt, im Sexladen (München, Bayerstraße) weibliche Personen in der Art gewerbsmäßig zur Schau zu stellen, wie es in Fotostudios üblich ist.

Johnny öffnete das Fenster und las weiter: Darbietungen, die den Gesetzen oder guten Sitten zuwiderlaufen, sind verboten. Demnach ist insbesondere zu beachten:

a) Beim gleichzeitigen Auftreten mehrerer Darsteller müssen bei diesen mindestens die Scham- bzw. Geschlechtsteile bedeckt sein.

b) Die Darbietungen dürfen nicht in Körperstellungen ausgeführt oder mit Bewegungen begleitet werden, die Geschlechtsverkehrs- oder Unzuchtshandlungen andeuten bzw. nachahmen sollen.

c) Ausfallend wirkende oder bewußt auf Beischlafs- bzw. Unzuchtshandlungen abgestimmte Lieder und Vortragstexte dürfen nicht verwendet werden.

d) Die Verwendung von Tieren, von denen eine Gefahr für das Publikum ausgehen kann, bedarf im Einzelfall der Erlaubnis des Kreisverwaltungsrates.

Lachend warf Johnny auch die zweite Flasche gegen die Wand.

e) Der Notausgang ist stets frei und unversperrt zu halten.

f) An folgenden Tagen ist die Zurschaustellung von Personen verboten: Aschermittwoch, Palmsonntag, Gründonnerstag, Karfreitag, Karsamstag, am Tag der deutschen Einheit, an Allerheiligen, Allerseelentag, am Volkstrauertag, Buß- und Bettag, am letzten Sonntag im Advent und am Heiligen Abend.

Von diesem Tag an, dem Tag der Eröffnung seiner Peep-Show, hatte Johnny einen unerbittlichen Gegner: Dr. Kohler, diesen schlauen, von höchster Stelle gedeckten Politiker. Dieser Mann war gefährlich. Johnny traute ihm zu, auch eine Peep-Show, die genehmigt war, verbieten zu wollen.

Dr. Kohler schickte sofort seine Beamten los – es waren die einzigen Männer, die hin und wieder tatsächlich einen Fotoapparat umhängen hatten – und sammelte gegen Berger alles, was ihm in die Hände fiel. Er verklagte ihn schon am zweiten Tag wegen Verletzung hygienischer Vorschriften. Als Beweismittel dienten Papiertaschentücher, die in Kabinen sichergestellt worden waren.

Johnny deckte sich mit den besten Rechtsanwälten ein; er beschäftigte bald mehr als Tänzerinnen; selbst die wurden regelmäßig vorgeladen, wehrten sich aber gegen jede Bevormundung und drohten ihrerseits mit Prozessen, die ihnen das Recht auf freie Ausübung ihrer Arbeit garantieren sollten. Es verging kein Tag, an dem nicht neue Bescheide auf seinen

Tisch flatterten, Geldstrafen eingeklagt und Maßnahmen zur Schließung angedroht wurden.

»Eine Ortsbesichtigung durch die städtische Branddirektion ergab, daß zusätzlich brandschutztechnische Auflagen erforderlich sind.«

»Aus dem Gang vom Besucherraum sind sämtliche Lagerungen (Prospektmaterial, Dekorationen), der Schrank, diverse Holzteile und die Aschentonnen zu entfernen.«

»Die Maueröffnung in der Trennwand zwischen dem Fluchtgang und dem Nebenraum im Kellergeschoß ist in Wandstärke zuzumauern.«

»In den Besucherräumen der Peep-Show sind Blechkübel mit dicht schließenden Deckeln in ausreichender Anzahl bereitzuhalten.«

»Die Notbeleuchtung ist mindestens alle zwei Jahre durch einen anerkannten Sachverständigen überprüfen zu lassen.«

Nick hatte inzwischen in Erfahrung gebracht, daß Dr. Kohler nichts anzuhaben war. »So wie uns hat er nur noch eine religiöse Sekte auf dem Kieker. Jedenfalls erschien gestern einer von denen in meinem Büro, der vorschlug, wir sollten uns gemeinsam gegen ihn verbünden. Sie hätten auch bereits Detektive auf ihn angesetzt.«

»Unsinn!« sagte Johnny und schüttelte den Kopf. »Das sind Methoden, die ich ablehne. Der Mann will Karriere machen – und zwar auf unserem Rücken. Das ist alles.«

Natürlich stand die Frage der Menschenwürde zur Diskussion, da überall in Europa nun Peep-Shows eröffnet wurden, denen die in München als Vorbild dienten. In ganz Deutschland erschienen Leitartikel über das eigenartige Phänomen. Daß die erste Peep-Show ausgerechnet im katholischen München eröffnet worden war, gab allerdings auch zur Belustigung Anlaß. Kluge Köpfe entdeckten darin keinerlei Widerspruch, im Gegenteil. Dem Allerheiligsten nah war das Sündige allemal. Trotzdem hetzte Dr. Kohler seine Beamten zu immer neuen Razzien, trieb seine Juristen zu immer neuen Prozessen; auch nach dem dreißigsten gaben die Behörden nicht auf. Von den einfachen Gerichten war die Sache längst an den Bayerischen Landesgerichtshof gewandert.

Johnny wehrte sich. Was er mit seiner Peep-Show wollte, war Striptease, erschwinglich für Leute, die sich einen Besuch in einer Striptease-Bar nicht leisten konnten. In seinen Augen stellte die Peep-Show eine Notwendigkeit dar. »Wenn einer für einen Whisky sechzig Mark hinblättert, hat keiner was dagegen, daß nebenbei gestrippt wird«, erklärte er einem Journalisten. »Niemand hält so eine Bar deshalb für einen Sündenpfuhl. Nur weil ich Striptease für eine Mark anbiete, soll es plötzlich unmoralisch oder entwürdigend sein?«

Die Männer, die täglich scharenweise in seine Peep-Show strömten und dort ihre Markstücke in die Automaten warfen, damit sich die Klappe hob, waren ohne jede Meinung, was den ganzen Streit betraf, zumindest so lange, bis sie ihr Vergnügen gehabt hatten.

Josef Berger starb am 12. August 1979, und Johnny kümmerte sich höchstpersönlich darum, daß sein Vater, auch nach seinem Tod, mit dem gebührenden Respekt behandelt wurde. Als er die Leichenwäscher sah und die Gesichter der Männer, denen er das Hemd und den schwarzen Anzug seines Vaters aushändigte, damit sie ihn ankleiden konnten, war ihm klar, daß sie nur gegen Geld bereit sein würden, die Würde seines Vaters zu respektieren. Uwe und Nick ließ er da, damit sie die Einkleidung beaufsichtigten. Johnny verlor lieber einen Prozeß gegen Dr. Kohler, als daß er die Suche nach einem geeigneten Grabstein unterbrochen hätte. Zwei Tage fuhr er kreuz und quer durch Bayern, bis er ihn hatte: einen Gletscherstein, groß genug, daß Johnny überzeugt war, er ehre den Toten. Gleichzeitig ließ er am Grinzinger Kircherl eine Bank aufstellen, genau an jener Stelle, die sein Vater so geliebt und er immer so gehaßt hatte.

Als der Sarg auf dem kleinen Friedhof in Herrsching ins offene Grab gesenkt wurde, ging ein Wolkenbruch nieder.

»Ich hab's ja gewußt«, sagte Frau Karst und spannte ihren Schirm auf, »ändern wird sich der nie.«

19

Als er gegen fünf Uhr in die »Weiße Villa« kam, einem illegalen Spielclub, an dem er beteiligt war, wollte er sich eigentlich nur wieder einmal sehen lassen. Nicht, daß alle dachten, er hätte sich zur Ruhe gesetzt oder den Mut nicht mehr, dort aufzukreuzen. Vor allem aber war er gekommen, um allen Jungs zu sagen, sie sollten Uwe nicht mehr an den Spieltisch lassen und ihm auch dann kein Geld mehr leihen, wenn er drohte, den ganzen Laden auseinanderzunehmen.

Obwohl er bereits vorgehabt hatte, selbst zu spielen, befiel ihn plötzlich eine Unruhe, die er gut kannte. Wenn seine Handflächen feucht wurden und er sich die Zigaretten am falschen Ende anzündete, war etwas nicht in Ordnung. Er sah zum Telefon. Keiner benutzte es. Keiner war aufgestanden, keiner verschwunden. Trotzdem fühlte er sich unwohl, verließ die Villa durch den Keller, stieg im dahinterliegenden Garten über den Zaun ins Nachbargrundstück, ging durch die Hintertür hinein und öffnete die Tür zur Straße. Da sah er sie: zwei Mannschaftswagen, vier Streifenwagen, jede Menge Polizei. Johnny wußte, wen sie suchten.

Die Genugtuung über das Funktionieren seiner Instinkte ließ ihn sofort wieder ruhig werden. Er trat auf die Straße, ging seelenruhig in die andere Richtung davon und bestieg in der Verdistraße ein Taxi. Es war inzwischen hell geworden. Die Vögel unterhielten sich, was sich anhörte, als hätten sie auch die ganze Nacht einen gezwitschert.

»Das nennt man Glück«, behauptete Ines. Seit mehr als fünf Wochen lag sie nun schon in einer Privatklinik in München. Es ging ihr inzwischen wieder gut. Sie schlief viel, ohne Tabletten, und hatte erst mal genug von Partys und Paris.

Johnny versuchte ihr, und das nicht zum erstenmal, zu erklären, daß sie Unrecht hatte. Es sei nicht Glück, sondern Instinkt, eine angeborene Fähigkeit, über die er nichts weiter sagen könne, als daß er ihr viel verdanke. Damit sei er groß geworden. Es sei ihm die vertrauteste Sache der Welt, auf alles gefaßt zu sein und blitzschnell zu reagieren. Es mache ihm außerdem den größten Spaß auf der Welt, mit Menschen umzugehen, als sei keiner schlauer als er. Er wisse, daß er nicht viel Bildung habe, aber er fühle sich vielen Klugscheißern, was Köpfchen angehe – er faßte sich dabei absichtlich an seine Nase – überlegen. »Das kann sich keiner deiner reichen Freunde kaufen, dieses Gefühl, wenn das Blut denkt!« – diesen Ausdruck hatte er von Nick zum erstenmal gehört und sich sofort aufgeschrieben.

Ines war dankbar, daß er sich so großzügig um sie sorgte, sie ließ ihm also den Spaß, mit seinem Blut, seiner Nase oder mit sonstwas zu denken. Unzweifelhaft war, daß sein völliger Mangel an Selbstzweifel ihn so erfolgreich gemacht hatten. Sein Zutrauen in die eigene physische Stärke war skandalös. Die Raufereien, als er noch ein Knirps war, die Prügeleien in Ami-Lokalen, als er noch keine vierzehn war, die blutigen Schlachten in Ebrach, die zehn Jahre St. Pauli, das war seine Bildung, bis ihm Frauen wie Ines über den Weg gelaufen waren.

»Weißt du, was Glück ist? Daß du einem wie mir über den Weg gelaufen bist!« Es war allerdings, wie er fand, ganz amüsant, eine Exbaronin als Freundin zu haben, aber was ihn ärgerte, war, wenn Leute immerzu davon faselten, daß er Glück hatte. Onkel Werner fing, wenn er beschwipst war, auch immer damit an: »Ich wünsche dir, Johnny, daß du auch weiterhin immer so viel Glück hast.« Jetzt ging ihm Ines damit auf die Nerven. Sie verstand nichts. Rock 'n' Roll? Keine Ahnung! Sie hörte Chopin und sah dabei aus, als sei sie über einem Seezungenfilet eingeschlafen.

Im Büro kam Nick mit einer Zeitung an. Johnny las das Unterstrichene: »In 21 Kabinen werden pro Stunde 1260 Markstücke eingeworfen. Da die Damen von 10 Uhr bis 1 Uhr nachts auftreten, darf mit 18900 Mark pro Tag gerechnet werden. Demzufolge wäre ein Monatsverdienst von 500000 Mark zu erwarten.«

Über soviel Dummheit konnte Johnny schon nicht mehr lachen. »Soll Carola in mein Album kleben«, war sein einziger Kommentar, rief am Flughafen an und ließ für Freitag einen Learjet reservieren.

20

Als er mit Claudia nach Nizza flog, war er erschöpft. In der Sonne liegen wollte er, sich besaufen und nicht auf jedem vor seiner Bucht kreisenden Motorboot einen Mann mit einem Maschinengewehr vermuten.

Der Herr, den er in seinem Learjet mit nach Nizza genommen hatte, war ihm gleich bekannt vorgekommen. Er hatte sich als Dr. Pettenkofer vorgestellt und war ihm höflich, aber mit einem breiten Schmunzeln zuvorgekommen, sich ebenfalls vorstellen zu können. »Danke, daß Sie mich mitnehmen, Herr Berger.«

Plötzlich fiel es Johnny wieder ein. Es war der gleiche Mann, den er damals in Begleitung des Politikers bei Charly in der »Madeleine-Bar« bedient hatte. Wenn das kein Glück ist, stellte Johnny verblüfft fest und wollte wissen, was er an der Côte d'Azur mache. Dr. Pettenkofer antwortete, er habe ein Haus, irgendwo bei Ste-Maxime. Klar doch, Staatsgeheimnis. Sicher verbrachte hin und wieder auch sein Freund dort südliche Nächte.

»Und Sie?«

»Ich werde mich besaufen und in der Sonne liegen«, strahlte Johnny. Er wollte das Gespräch wenigstens so lange fortsetzen, bis er überzeugt war, Dr. Pettenkofer würde sich, wenn Johnny wirklich einmal Hilfe benötigte, an ihn erinnern. »Sollte Ihnen in Ihrem Haus langweilig werden, besuchen Sie uns in meinem Haus.«

»Sehr gerne, obwohl ich nicht weiß, ob ich mir das politisch leisten kann.« Er lachte etwas. Über diesen Scherz hatte er sicher schon oft gelacht.

Die Antwort war geschickt. Sie kam von einem Mann, der sich mehr leisten konnte als viele andere und sich komisch vorkäme, bei seiner Karriere – und seinem Status – noch Rücksichten zu nehmen. Zugleich war sie eine Anspielung an die Adressse eines Mannes, über den er offenbar einiges wußte.

Gute dreizehn Stunden später saß Johnny in der einzigen Gefängniszelle von St-Tropez, gleich hinter der Präfektur am Place de la Garonne. Sie hatten ihn morgens gegen halb vier festgenommen. Er war betrunken nach Hause gefahren, hatte den Fuß nicht mehr rechtzeitig vom Gas bekommen, war über eine unebene Stelle der Straße wie über einen Schanzentisch gerast, durch die Luft geflogen, hatte das halbe Dach eines entgegenkommenden Autos mitgenommen, war in einen Graben gerutscht und hatte sich dort überschlagen. Zuerst kapierte er nur, daß weiter nichts passiert war, außer daß Claudia der Brustkorb und das linke Handgelenk weh taten. Er bot den drei Männern, die aus ihrem Auto krochen, ein neues an, wenn sie, wie er ihnen vorschlug, die Polizei aus dem Spiel ließen.

»Wir sind die Polizei«, antwortete einer von ihnen und legte ihm Handschellen an. Claudia stellten sie frei, was sie tun wolle. Da ihr die Rippen weh taten, wollte sie geröntgt werden.

»Was soll ich tun?« fragte Claudia, der auch der Kopf weh tat.

Wenn wenigstens Otto in St-Tropez wäre, dachte Johnny, Otto Stein, sein bester Kumpel hier, mit dem er die ganzen Jahre über den meisten Spaß gehabt hatte, ja wegen dem er überhaupt damals hiergeblieben war. »Ruf Ari an. Ruf Claude an. Aber unternimm was!« Dann fuhren sie ihn weg.

Die Zelle war klein. Es standen nur ein Tisch und ein Stuhl darin. Im engen Durchgang vor dem Zellenfenster roch es nach Hundepisse.– Er hörte zu, wie sich die Beamten draußen unterhielten. Da er nicht verstand, was sie sprachen, versuchte er am Tonfall und an der Heftigkeit ihrer Gespräche herauszufinden, wie seine Chancen standen. Natürlich fiel ihm sofort Dr. Pettenkofer ein; wie aber sollte der ihm helfen können? Daß er Pech gehabt hatte, war beim besten Willen keine Staatsaffäre, für die ein Politiker seiner Heimat eine Kompetenz beanspruchen konnte. Und Ari und Claude, was würden die ausrichten können? Kein Gendarm kannte sie und wenn, dann als Mitglieder einer Clique, die ihnen mit ihren Drogenskandalen immer schon auf die Nerven gegangen waren.

Auch Ines wäre jetzt die richtige Person, ihm zu helfen, dachte Johnny und verfiel in trübsinnige Gedanken. Wenn die Polizei auf die Idee käme, ihn ins Gefängnis nach Antibes zu überführen, wären ein, zwei Jahre fällig, denn dort war er ein Niemand.

Er lauschte weiter den Stimmen, die aufgeregt durcheinanderredeten, und dachte an seine Betriebe. Er war sicher, daß die Behörde sie durch Gerichtsbeschlüsse nacheinander schließen würde, wenn er nicht selbst anwesend war, um sich wehren zu können; er konnte sich außerdem ausrechnen, daß die Konkurrenz die Gelegenheit nutzen würde. Diese Hilflosigkeit quälte ihn. Er saß in diesem Loch wie ein kleiner Dieb.

Vor der Tür wurde immer noch gestritten. Die Stimmen überschlugen sich. Johnny konnte nicht heraushören, was sie vorhatten. Die Stimmen von Ari und Claude hörte er jedenfalls nicht. Aber plötzlich die von Felix!

Felix Giraud war Wirt und dabei reich geworden, aber wer ihm in St-Tropez über den Weg lief, wäre nicht auf die Idee gekommen, er sei etwas anderes als ein einfacher Mann des Hafens. Er spielte wie jeder, der sein Leben hier zubrachte, Boule und trank, wie jeder Einheimische, im Café des Arts seinen Ballon, seinen Rotwein. Er hatte Johnny von Anfang an gemocht, weil er in ihm nicht die übliche Ausgabe des reichen, jungen Gesellschaftslöwen sah. Mit ihm war die Unterhaltung auch dann angenehm, wenn sie sich nur anlachten.

Wie Johnny später erfuhr, hatte Felix, nachdem sich die Verhaftung des »Deutschen« herumgesprochen hatte, Alain angerufen, Alain Moreux, den Zahnarzt. Beide waren echte Tropezianer, hier geboren und aufgewachsen. Einige Polizisten wohnten mit ihren Familien in Häusern, die Felix gehörten, und alle ließen sie sich ihre Zähne von Alain richten.

Felix hörte sich die dumme Geschichte an und tat nicht so, als sei der Fall eine lächerliche Kleinigkeit; nein, das nicht! Er verstand schon, sie hätten tot sein können, zugegeben! Der »Deutsche« mußte verrückt sein, in so engen Straßen Höchstgeschwindigkeit zu fahren. Felix nickte. Das war unbestreitbar. Er ließ jeden ausreden. Auch Alain hörte nur zu. Dann, die Polizisten hatten sich inzwischen wieder etwas beruhigt, warteten sie, was er sagen würde.

»Alles schön und gut«, fing Felix an, »aber er ist nun mal ein Freund von mir.«

Dann redete er auf sie ein, machte ihnen behutsam klar, daß schließlich keiner auch nur eine einzige Schramme abbekommen hatte – wobei er einen Witz auf Kosten von Jacques machte, einem Beamten mit Glatze, den er fragte, ob er sein Toupet am Tatort vergessen habe. Auch Alain erlaubte sich einen Scherz. Sie könnten sich, sagte er, einen anderen Zahnarzt suchen, wenn sie vorhätten, den »Deutschen«, der auch sein Freund sei, nach Antibes zu überführen.

Fünfzehn Minuten später war Johnny frei.

Als Ines aus der Klinik entlassen wurde, quietschvergnügt, keineswegs aber vollständig geheilt – sie nahm nur schwächere Tabletten, und die heimlich –, flog sie zum Ausspannen nach St-Tropez. Mit Johnny war aber auch dort an Erholung nur zu denken, wenn er schlief, und das waren nie mehr als höchstens vier Stunden. Es wurde auch immer deutlicher, daß ihre Beziehung nur noch von Bosheiten und Beschimpfungen lebte, die sie einander an den Kopf warfen. Sie waren ständig damit beschäftigt, sich zu beleidigen. Sie nannte ihn »einen neureichen Angeber«. Er machte sich lustig über ihren Hang, sich mit Millionären rumzutreiben, diese aber von den Vorzügen eines einfachen Lebens überzeugen zu wollen. Sie bestritt, daß sie sich aushalten lasse. Er hielt sie für zu anspruchsvoll, um ihr Geld selbst verdienen zu können.

Kaum hatte sie die Geschichte seiner Verhaftung und seiner Freilassung gehört, sprach sie wieder vorwurfsvoll und in melodischen Seufzern von dem frechen Glück seiner ganzen Existenz. Johnny riß ihr büschelweise die Haare vom Kopf, weil sie immer noch nichts begriff. Daß Felix mit Alain aufgetaucht war, habe er allein sich selbst zu verdanken. »Mein schlechtes Benehmen mögen einfache Leute. Was dir immer peinlich ist, macht mich denen sympathisch.«

Dann hatte er genug gebrüllt und rief Carola in München an. »Nimm die nächste Maschine und komm her.«

Ines fuhr er nach Nizza und machte ihr unterwegs klar, daß er ab jetzt nur noch versuchen könne, ihr Freund zu bleiben. Damit, fand er, war sie nicht ganz verstoßen.

Als Carola in Nizza landete, ließ er ihr keine Zeit, auch nur den Anblick einer einzigen Palme zu genießen. »Mach aus meinem Haus ein Haus, das für mich wieder gemütlich ist.« Aus der klaren Geometrie, die Ines behutsam und wirkungsvoll mit wenigen, aber geschmackvollen Details angereichert hatte, machte Carola, aus Liebe zu Johnny, wieder die alte Räuberhöhle. Bald lungerte halb St. Pauli um den Pool herum.

Seine französischen Freunde waren viel gewohnt, was den »Deutschen« betraf, trotzdem aber erschien es ihnen ziemlich erstaunlich, mit welcher Selbstverständlichkeit nun plötzlich Carola an seiner Seite saß, seine »richtige Frau«, wie ihnen Otto den Unterschied erklärte. Nun, den Unterschied kannten sie selbst. Affären hatten sie schließlich alle, mehr als sie verkraften konnten, aber beeindruckend war es schon, als plötzlich auch wieder Ines erschien und lächelnd ihren Platz neben Johnny und Carola einnahm.

»In seinem Gästezimmer ist es himmlisch ruhig!« strahlte sie.

Unglücklich oder auch nur unzufrieden, das mußten sie zugeben, sah sie wirklich nicht aus. Beide, Carola und Ines, schienen sogar bestens miteinander auszukommen. Das immerhin war ein zu seltenes Kunststück, um nicht aller Achtung wert zu sein. Nicht um seine Frauen beneideten sie Johnny, sondern um seine Begabung, sich von keiner tyrannisieren zu lassen.

Während sich Carola und Ines die Zeit vertrieben mit Geschichten über den Mann, in den sie beide, jede auf ihre Weise, immer noch verliebt waren, stand Johnny bei Ari auf dessen Terrasse, und seine Aufmerksamkeit galt einem Mädchen. Er dachte an seine Wirkung auf sie – und unterschätzte dabei völlig ihre Wirkung auf ihn.

Sie hieß Jackie Chandler, war Engländerin, ein bildhübsches Ding, gerade zweiundzwanzig Jahre alt. Sie gehörte zur Clique um Ari und war dessen Geliebte gewesen. Ari nahm es nie wichtig, in wen er sich gerade wieder verliebt hatte. Als er aber sah, wie aufgeregt sich Jackie mit Johnny unterhielt, wünschte er ihr viel Glück – und ihm gute Nerven. Er kannte das Biest. Sie konnte stur sein wie ein Kind, streitbar wie ein ungezogener Junge und nicht zu bremsen, wenn es ihr einer angetan hatte.

Johnny gefiel ihre laute, besitzergreifende Leidenschaft, weil sie auf sein Selbstvertrauen wie ein Aufputschmittel wirkte. Ein Gutteil der in dieser Explosion freigewordenen neuen Energie verbrauchte er, um das Arbeitspensum der Geheimhaltung erledigen zu können. Carola, die jahrelang in München gewartet hatte, saß in seiner Villa in St-Tropez und wartete wieder, wobei ihr Ines und Claudia Gesellschaft leisteten.

Jackie wußte, wie verrückt Johnny nach ihr war, und gab ihm ausdauernd und in hohen Dosierungen, was er brauchte: Sex.

Bis alle Auslandsgeschäfte, vor allem die Reise nach Kanada, vorbereitet waren, auf die Johnny Nick angesetzt hatte, weil er wußte, daß er mit Jackie nur außerhalb St-Tropez' allein sein konnte, fuhr er mit ihr erst einmal kreuz und quer durch Europa. In Rom stieg er im »Hassler« ab, in Venedig im »Gritti«, am Comer See in der »Villa d'Este« – und immer in den teuersten Suiten. Nick war es, der ihm die Orte und die Hotels fein säuberlich aufnotiert hatte. So war es für Johnny einfacher, Jackie eine Welt zu zeigen, die er selbst gerade erst entdeckte.

Viel allerdings sah er von keinem Ort. Jackie beherrschte sein Blickfeld. Sie war es, die entschied, was er dachte und tat. Nach Belieben machte sie ihn entweder glücklich oder eifersüchtig. Sie entschied, wann beide das Bett, das Hotelzimmer, die Stadt oder ein Land verließen.

Carola hatte viel Zeit, um nachzudenken, wie sie reagieren sollte. Eines Tages, hoffte sie, würde er selbst mit dem Vorschlag kommen, sie sollten nur noch Freunde bleiben, aber nicht länger zusammenleben. Nur einmal war sie so deprimiert gewesen und hatte unvorsichtigerweise einem von den Jungs, die im Schlepptau von Johnny nach München gekommen waren, ihr Herz ausgeschüttet und sogar eine halbe Nacht mit ihm verbracht. Als Johnny, der jede Nacht, wo immer er gerade war, mehrmals anrief, sie nicht erreichte, hatte er Hans beauftragt, der Sache auf den Grund zu gehen, und den Jungen vor die Wahl gestellt, sich mit ihm um sie zu prügeln, falls er sie so liebe, oder sofort die Stadt zu verlassen. Da er die zweite Lösung vorzog, hatte Johnny auch noch den Triumph, Carola vorwerfen zu können, sie solle sich, wenn schon, mit einem einlassen, der wenigstens Charakter habe. Johnny versuchte, sie zu trösten, indem er die ganze Sache wie immer herunterspielte. »Das mit Jackie ist doch schon halb vorbei, Carola.«

Jackie wischte sich ihre Tränen wie Schweiß aus dem Gesicht und schrie sich heiser vor Wut, wenn er auch nur eine Nacht ausging, ohne sie mitzunehmen. Dabei wehrte sich Johnny nur noch. Jackie, soviel war ihm bei aller Abhängigkeit klar, kostete ihn auf Dauer zuviel Substanz. Ihre Lebendigkeit war fordernd. Sie ließ nicht gelten, daß er auch arbeiten mußte, interessierte sich nicht dafür, daß er Prozesse führte, und wollte an seiner Seite nichts weiter als ihr Leben genießen.

Für Ines war der Fall klar. Johnny war übergeschnappt. Sie kannte diese Art Mädchen. Es gab sie in jedem Sommer. Und da Ines nie so etwas wie sexuelle Abhängigkeit kennengelernt hatte, behandelte sie ihn mit der Nachsicht, die einem Kranken gebührt. Eine Einsicht im übrigen, die schließlich auch Carola tröstete.

»Diese Mädchen kommen und gehen«, sagte Ines.

»Sie kommen und gehen, ja«, antwortete Carola, »aber es hört nie auf.«

In Vancouver wurden sie wie Staatsgäste empfangen. Das Hotel war reserviert und bereits bezahlt, für Rundflüge stand ihnen ein Privatjet zur Verfügung. Die Liste seiner Termine füllte ganze Seiten seines Notizblocks. Er traf Unternehmer, Immobilienmakler und Bauherren. Er wurde herumgereicht und auf Objekte aufmerksam gemacht, die für Investitionen in Frage kamen. Auf dem Flug von Vancouver nach Toronto betrank sich Jackie und fing Streit an. Erst als er ihr eine knallte, schlief sie friedlich ein. Nach der Landung wollte sie dann wieder die Maschine nicht verlassen.

»Die muß verrückt sein«, stellte Hans fest, den Johnny vorsichtshalber mitgenommen hatte.

»Nein, ich bin es«, antwortete Johnny. »Ich kann mich auf keines der Gespräche, die ich führe, konzentrieren. Immer ist irgendwas mit Jackie, das mich beschäftigt!«

Sie trank Wodkaflaschen leer, wenn er beabsichtigte, allein mit Hans auszugehen, ging mit einer Stehlampe auf ihn los, wenn sie blau war, und fiel ihm um den Hals, wenn er sich breitschlagen ließ und sie doch mitnahm.

Wie hinreißend sie sein konnte, wenn ihr die Atmosphäre gefiel. Das Abendessen bei den Caposis war ganz nach ihrem Geschmack. Ihnen gehörten zwei Eishockeyclubs, sie kontrollierten das Glücksspiel und einige Politiker. Sie gaben das Essen auf der Veranda ihrer Villa, die vor der Stadt an einem See lag; auch der war Privateigentum. Diener in Livree, der Tisch im Licht von Kerzen, der See spiegelglatt, dunkel und vom Mond beschienen, die drei Caposi-Brüder mit ihren Frauen und einigen ihrer Kinder – Jackie hielt alles für den Vorgeschmack auf ihre Ehe mit Johnny.

Er entschied, in Kanada kein Geschäft abzuschließen. Um

sich aber nicht mit leeren Händen zu verabschieden, kaufte er ein Grundstück an der Küste Britisch-Kolumbiens, eine Million Quadratmeter Land mit einem Blockhaus in der Mitte, was Jackie ihm übelnahm, weil auch das für sie Zeitverschwendung war. Sie wollte Johnny für sich, für sich allein – und nichts davon hören, daß er sich wegen irgendwelcher beruflicher Verpflichtungen nicht ausschließlich nur um sie kümmern konnte.

Johnny bedauerte manchmal, daß er sie nicht einfach umbringen konnte, was jedenfalls leichter gewesen wäre, als sie zu verlassen.

Wenigstens hatte er Hans dabei, dem er, wenn Jackie schlief, bei einigen Flaschen Rotwein vorschwärmen konnte, was für ein gutes Geschäft er mit dem Landkauf gemacht hatte. Während der ersten Flasche beschränkte er sich darauf, über die Kapitalanlage bei steigenden Grundstückspreisen zu reden. Die nächste ermunterte ihn, sich seine Mitarbeiter als Feriengäste vorzustellen. »Sie können«, erklärte er Hans, »mit Kind und Kegel kostenlos ihre Ferien hier verbringen.« Über dem Eingang würde er ein Schild anbringen lassen, worauf »Johnny's Valley« stehen sollte. Nach der letzten fielen ihm nach und nach alle Jugendfreunde ein, aus denen nichts, jedenfalls nicht viel geworden war und denen frische Luft sicher guttun würde. Er sah sie vor Holzhütten am Feuer sitzen, mit praktischen Bärten und strahlend zufriedenen Augen. Eine Republik der Diebe, Glücklosen und Einfältigen. Grupe fiel ihm ein, der mit einem Pferd die Grenzen seines Grundstücks abreiten und die Zäune ausbessern könnte. Er sah Paulchen im geflochtenen Korbstuhl auf der Veranda sitzen, eine Zigarre rauchen und sich mit dem Gedanken anfreunden, was für ein Freund Johnny geworden war. Sobald Kuddel wieder anfing, Swimmingpools zu putzen, würde er Ina zwei Tickets kaufen; vielleicht putzte er dort dann Bäume. Vielleicht versuchte es Ines doch endlich einmal mit einem einfachen Leben. Oder Claudia, enttäuscht über die anhaltende Erfolglosigkeit ihrer Heiratspläne, konvertierte zur Heiligen und würde sich in die Einsamkeit zurückziehen wollen. Am liebsten aber, dachte Johnny beim letzten Schluck, würde ich Dr. Kohler hierher in die Verbannung schicken.

Noch bevor sich Nick beklagen konnte, daß ihm die Arbeit über den Kopf wuchs, hatte ihn Johnny bereits wieder mit einer neuen Idee in Beschlag genommen. »Paß auf, Nick, was ich vorhabe, ist folgendes: Ich werde in Bayern ein Millionending hinstellen, eine Art bayerisches Disneyland, finanziert durch Großbanken und Münchner Geschäftsleute, mit Bergen, Schlössern und Seen, mit Menschen in Fellen und Rüstungen, alte Bäcker, Metzger, richtige alte Schneider und Schuster, alle in Kostümen der jeweiligen Jahrhunderte, mit Raddampferfahrten um eine Insel mit Schloß Neuschwanstein drauf, Kanufahrten durch Grotten, eine Roseninsel mit Treibhäusern, ein Germanental mit Pfahlbauten, Steinzeithöhlen, Siedlungen und Wasserfällen, dazu gastronomische Betriebe, Biergärten, Geschäfte, die wir an andere untervermieten. Wenn ich aus Israel zurück bin, werden wir die Pläne anfertigen, die Modelle bauen lassen und die ganze Sache der Presse verkaufen.«

»Was willst du in Israel?«

»Ach nichts, nur ein kleines Pokerspiel.«

In so schlechter Verfassung hatte Johnny noch nie an einem Pokertisch Platz genommen. Er war unkonzentriert, wegen Jackie nervös, außerdem hatte er kaum geschlafen. Sie hatte beim Abendessen, noch in Tel Aviv gestern, getrunken, dann angefangen, ziemlich deutlich mit einer Frau zu flirten und sich, als Johnny sie deshalb anschrie, zu ihr an den Tisch gesetzt. Er wollte nicht nur das Spiel absagen, sondern

Jackie noch in der gleichen Nacht den Laufpaß geben – was sie dadurch verhinderte, daß sie die Stunden bis zum nächsten Morgen nutzte. Was ihn erregte, war die Anmaßung, mit der sie ihn anschauen konnte: als suche sie in seinen Augen nach Beweisen seiner Abhängigkeit von ihr, die sie auch fand. Er konnte tun, was er wollte, immer wieder war sie stärker. Er hatte zum erstenmal Angst, zum Dummkopf zu werden.

Ihm gegenüber saßen zwei Israeli, beide Geschäftsleute und Gelegenheitsspieler, und ein Amerikaner, Waffenhändler, wie Deska ihm schon in München gesagt hatte; für ihn war er kurzfristig eingesprungen, weil dessen Tochter konfirmiert wurde und seine Frau auf seiner Teilnahme in der Kirche bestanden hatte. Johnny hätte an diesem Abend mit Gambino, Capone oder sonstwem am Tisch sitzen können, er hätte doch nur an Jackie gedacht. Das war das tödlichste aller Spiele, und dafür würde er sie, sobald er die Kraft aufbrachte, bestrafen. In jeder Spielpause rannte er zum Telefon, hielt kaum einen Bluff durch, setzte ungeschickt und hatte am Ende der Partie, achtundzwanzig Stunden später, nicht mehr als fünfzigtausend Dollar gewonnen. Als er vom Tisch aufstand, wußte er, warum er seine Chancen nicht besser genutzt hatte. Jackie mußte weg! Er lebte mit ihr wie ein Betrunkener, war Stimmungsschwankungen unterworfen, deren Heftigkeit seine Nerven strapazierten; es wurde zunehmend schwieriger, diesen Zustand zu verheimlichen. Gab er weiter nach, war er nicht besser als alle, über die er immer gespottet hatte. Er spielte nur noch den Gleichgültigen, eine Rolle, die ihm seine Überlegenheit und sein Vergnügen bis jetzt garantiert hatten. Das hier war aber längst kein Vergnügen mehr! Jedoch, wie sollte er eine Frau loswerden, die es immer wieder verstand, genau jene Geliebte zu sein, von der Johnny immer geträumt hatte?

Vor dem Rückflug verbrachten sie noch eine Nacht in Tel

Aviv. Johnny nahm sich vor, sie erst in Paris zu verlassen, dann aber endgültig. Sie versöhnten sich auch in Paris wieder, dort aber machte sie dann einen entscheidenden Fehler: Sie bestand darauf, Frau Berger zu werden.

Johnny schickte Nick mit dem Geld, das er in Eilat gewonnen hatte, nach Paris. »Sag ihr, daß sie nicht mehr durchgestellt wird, wenn sie im Büro anruft.«

Er öffnete eine Flasche Cognac, trank sie halb leer und starrte die Wand an. Sie war aus Fleisch, aus Jackies Fleisch. Er sah sie auf dem Boden liegen und und trank die Flasche leer.

Jackie versuchte, Johnny zu erreichen. Durch die Glasscheibe sah er, wie Nick mit ihr sprach, stellte sich Jackie in Paris vor, wütend, weinend und wild, und verstand nicht mehr, warum er sie verlassen hatte.

Nick konnte sich Jackies Hartnäckigkeit nicht erklären. Er stellte sie nicht durch, gab keine Auskünfte, nahm keine Mitteilungen entgegen, machte sie nur immer wieder auf die Aussichtslosigkeit ihrer Bemühungen aufmerksam und empfahl sich, indem er auflegte. Arme Jackie, dachte er.

Johnny hatte, um Carola abzulenken, schon wieder eine neue Wohnung gekauft. Er selbst wollte seine zweite kleine Wohnung in der Staubstraße behalten. Er brauchte Ruhe. Er trank wieder. Er nahm fast so viele Tabletten wie Ines in ihrer schlimmsten Zeit. Hoffentlich, dachte er manchmal, kommt endlich ein Verrückter, zieht die Pistole und schießt. Sein Testament lag in der Schreibtischschublade. Aber die Zeit der Heldentode gehörte der Vergangenheit an. Heute war die Behörde sein Feind.

Sie hatten, wie er erfuhr, Kessler in Hamburg verhaftet; sie hatten in Monte Carlo auch Cohn eingelocht, nachdem sie monatelang auch dessen Telefon abgehört hatten. Sofort ließ Johnny sein Büro auf den Kopf stellen, fand aber keine Wanzen. Trotzdem besprach er die wichtigsten Dinge nur noch im Auto unterwegs nach Schliersee, wo er für seine Mutter und Onkel Werner eine Wohnung gemietet hatte und sie gerade einrichtete.

»Wie lange willst du eigentlich noch so weiterleben?«

»Was meinst du?« Johnny tunkte sein Brot in den Teller mit Bratensoße und ließ es sich schmecken.

»Ich meine, wofür verdienst du eigentlich das ganze Geld?«

Johnny zuckte mit den Achseln. »Verglichen mit den Beatles bin ich doch ein armer Schlucker. Von denen hatte damals auch keiner was. Die waren selig, wenn ich ihnen Freibier spendiert habe. Heute verdienen die jede Minute eine Million. Da soll ich mir wegen meiner paar Kröten den Kopf zerbrechen? Außerdem, Mama, wie sich's ohne Geld lebt, hab ich ja nicht vergessen.«

»Du fliegst in der Weltgeschichte herum, macht dich das glücklich?«

Johnny war froh, daß ihn das nicht Ines gefragt hatte. Er hätte ihr die Bratensoße in den Ausschnitt gekippt. Aber seine Mutter konnte so etwas mit einer Gleichgültigkeit fragen, die ihn nicht weiter aufregte. »Was ist mit dir und Onkel Werner? Keine Lust, auch rumzureisen? Fliegt doch mal rüber nach Kanada oder schaut euch Rio an, wie wär's?«

»Um Gottes willen«, lachte Frau Karst. »Mich bringt hier keiner mehr weg. Ich bin glücklich hier.« Sie war aufgestanden. »Noch 'n bißchen?«

»Schmeckt besser als der teuerste Kaviar.« Er hielt ihr den blitzblanken Teller hin.

»Wenn dir Kaviar nicht schmeckt, warum ißt du ihn dann?«

»Mir schmeckt auch Champagner nicht, und ich sauf ihn trotzdem.«

»Nichts gegen ein Glas guten Champagner.«

Um sich etwas aufzuheitern, erzählte er von seinem nächsten Projekt, seinem »Königreich Bayern«.

»Und wo soll das hin?«

»Da liegt das Problem, weil ich dafür mindestens fünfhunderttausend Quadratmeter Land brauche.«

»Du bist verrückt!« Sie stand auf, um den Tisch abzuräumen. »Aber eines sag ich dir! Nicht hier am Schliersee, sonst zieh ich da gleich wieder aus.«

Noch ganz benommen vom Aufsehen, das er bei den Journalisten erregt hatte, und vom Interesse, das er, als die Zeitungen am nächsten Morgen mit der Meldung aufmachten, bei der Bevölkerung hervorrief, setzte er sich mit Fachleuten zusammen, um keine Zeit zu verlieren.

»Bis alle Genehmigungen vorliegen, können Jahre vergehen«, stellte ein Städteplaner an den Anfang seiner Ausführungen.

»Nicht bei mir«, widersprach Johnny, »das mach ich schneller, glauben Sie mir. Sobald ich mir etwas in den Kopf gesetzt habe, gibt es nur noch Vollgas.«

Sein Gesprächspartner lächelte nachsichtig. »Das glaube ich Ihnen aufs Wort. In unserem Fall aber, lieber Herr Berger, liegen die Dinge etwas anders. Sie werden es mit vielen Gruppierungen zu tun kriegen, mit Heimatverbänden, Lokalpolitikern, vor allem aber mit Naturschützern. Das kann Jahre dauern. Es müssen geologische Gutachten erstellt, Wasserprüfungen sowie Gesteinsuntersuchungen vorgenommen werden. Wahrscheinlich haben Sie an all das nicht gedacht.«

»Gesteinsuntersuchungen?« Johnny wurde wütend. »Aber wenn der Landtag mein Projekt befürwortet?«

»Sie werden es trotzdem mit massiven Protesten zu tun bekommen und sich auf jede Menge Prozesse gefaßt machen müssen.«

Johnny blieb unbeeindruckt. »Bin ich alles mein Leben lang gewöhnt. Trotzdem kapiere ich nicht, wer gegen eine so schöne Idee, ein ›Königreich Bayern‹, etwas einwenden sollte.«

»Nehmen Sie die vier, fünf Jahre, die es wahrscheinlich braucht, um mit dem eigentlichen Bau beginnen zu können. Wie lange schätzen Sie die Bauzeit?«

»Zwei Jahre etwa.«

»Das sind dann sieben Jahre. Es ist besser und vernünftiger, Sie machen sich auf eine solche Zeitspanne gefaßt.«

Johnny sank in seinem Stuhl zusammen. »Sieben Jahre? Dann bin ich fünfzig! Dann interessiert mich das alles vielleicht überhaupt nicht mehr.«

»Die Idee selbst«, sagte der Städteplaner, »finde ich wunderbar, aber ihre Durchführung dürfte größte Schwierigkeiten machen. Gerade jetzt, wo alle nur noch über den Naturschutz reden.«

Johnny bedankte sich für das Gespräch. Am liebsten wäre er auf der Stelle nach Paris geflogen. Jackie lag wahrscheinlich mit einem Kerl im Bett. Um sich aber mit dem herumzustreiten, dafür liebte er sie nicht mehr genug. Es war sinnlos geworden. Er fuhr ins Büro zurück und beschimpfte Nick, ihn nicht ausreichend informiert zu haben. »Damit ist doch das ganze Projekt im Eimer!«

Dann brüllte er Uwe an, weil er jeden Tage mit neuen Gerichtsbeschlüssen ankam. Inzwischen lag die Entscheidung über die Zukunft der Peep-Show beim Bayerischen Verwaltungsgerichtshof und es sah ganz danach aus, als würden sie mit dem Argument der »Sittenwidrigkeit« seine Beschwerden und Eingaben endgültig zurückweisen. Das wäre dann das Ende.

Der alte Rudi war der einzige, den er verschonte. Warum nur immer Tote beschenken, dachte Johnny und nahm seine goldene Uhr vom Handgelenk. »Hier, Rudi, nimm sie! Und jetzt laß mich allein.« Jede Art von Rührung war ihm unangenehm. Er konnte sich jeden Tag so eine Uhr kaufen.

Er rief Heidi an und verabredete sich mit ihr in einem Kellerrestaurant in der Maximilianstraße, das er seit einiger Zeit zu seinem nächtlichen Hauptquartier gemacht hatte. Dort verkehrten die, die auch in St-Tropez hin und wieder aufkreuzten. Und ab Januar in St. Moritz. Er saß immer am gleichen Tisch, gleich links neben dem Eingang. Da war es, wie er sich einredete, am wenigsten langweilig. Es konnte ja eine Frau kommen, die ihn interessierte. Da sich Heidi verspätete, telefonierte er.

Er rief Ines an. »Was gibt's Neues?«

»Meine Katze ist erkältet.«

Er legte wieder auf.

Die nächste, die er anrief, war Carola. Sie war noch immer damit beschäftigt, die neue Wohnung in Bogenhausen einzurichten. Ihre plötzliche Vorliebe für kalte, helle Flächen beunruhigte Johnny. Sie hatte Glastische, Stühle und Tische aus Acryl gekauft. Den Boden hatte sie mit Marmor ausgelegt. Seit Wochen ging sie mit Ines von Geschäft zu Geschäft, kaufte Vasen, einzelne auserlesene Stücke Porzellan, die sie wie Bilder an der Wand anbringen wollten, gegen Berührung geschützt durch geschliffene Glastafeln. Der ganze Kram kostete ein Vermögen.

Johnny ließ sie das Geld ausgeben; solange Carola beschäftigt war, vergaß sie die Unsinnigkeit ihrer Beziehung zu ihm. Immer wieder in den letzten Monaten war sie zu ihm gekommen. Sie wollte, wie sie ihm klarzumachen versuchte, nur wieder ein eigenes, selbständiges Leben führen dürfen, nicht weiter abwarten müssen, bis wieder eine neue Affäre begann, und warten, bis sie zu Ende war. Johnny hatte geantwortet, wie schon so oft: »Wenn ich mich wieder verlieben sollte, Carola, dann bin ich ehrlich zu dir. Dann reden wir darüber.«

Damit wollte sie vorläufig zufrieden sein. »Ich hoffe, du magst die Wohnung.«

»Einem reichen Araber würde sie gefallen, vor allem, wenn

ich noch einen begehbaren Geldschrank einbauen lasse«, spottete Johnny. »Erinnere mich daran, falls wir sie wieder loswerden wollen.« Er hängte ein.

Als Heidi erschien, erzählte Johnny von Jackie, seiner Leidenschaft zu ihr, seinem Kummer und dem abrupten Ende. »Neun Monate und keine Sekunde Feuerpause.« Er versuchte Heidi klarzumachen, wie unwiderstehlich sie war. »Sie sah immer aus, als käme sie aus dem Bett – oder sei nur kurz aufgestanden, um gleich wieder reinzukriechen. Da war nichts einzuplanen.« Er sprach von den tausend Gedanken, die ihm durch den Kopf gingen, seit er sich von ihr getrennt hatte. »Eigentlich, Heidi, war sie genau die Frau, in die sich jeder Mann verlieben muß. Entweder war sie ein Engel oder ein Miststück. Entweder Bett oder Streit. Ein Mittelding gab's gar nicht.« Er vergaß ganz das Trinken, während er auf Heidi einredete.

An der Bar des Restaurants standen zwei Typen, die zu ihm herüberschauten, zwei Österreicher, die er flüchtig kannte, ziemlich mittelmäßige Zuhälter, die, wie er wußte, einen Club führten. Johnny sah das Grinsen in ihren zerschlagenen Gesichtern. Sie waren offenbar der Meinung, ihn mit abschätziger Arroganz hofieren zu müssen.

»Wie geht's dem großen König? Auch mal wieder nachts unterwegs?« rief einer herüber.

»Halt's Maul, du Arschloch«, fluchte Johnny. »Sei froh, daß ich noch nüchtern bin!«

Nachdem beide ausgetrunken hatten, gingen sie weg.

Gegen fünf Uhr morgens lief er ihnen beim »Weintrödler«, einem Frühlokal, noch einmal über den Weg. Inzwischen war Johnny schwer angetrunken. Er hatte Heidi kaum verständlich machen können, was Jackie ihm bedeutete, wie sie liebte, wie sie sich anfühlte. Je mehr er getrunken hatte, um so verzweifelter versuchte er mit Worten, die er nicht kannte, zu beschreiben, was er nicht verstand.

Er sah die Österreicher zusammen mit einer Frau am Tisch sitzen, ging provozierend direkt auf sie zu und sagte: »Jetzt bin ich nicht mehr ganz so nüchtern, also aufgepaßt.« Er stellte sich an die Bar und bestellte einen Whisky Cola. Der Barmann kam nach einer Weile mit einem Eiskübel und einer Flasche Roederer Cristal an.

»Hab ich nicht bestellt«, erklärte Johnny.

Der Barmann zeigte mit dem Kinn an einen der Tische. »Da drüben, die zwei Herren, die haben eine Flasche ausgegeben.«

Johnny brauchte sich nicht erst umzudrehen. »Na gut, dann machen Sie ruhig die Flasche mal auf. Aber keine Gläser, bitte!«

Er ging mit der entkorkten Champagnerflasche zu den Österreichern und schüttete den Inhalt einem der Angeber über den Kopf.

Nach dem letzten Tropfen ließ Johnny die Flasche fallen und gab ihm eine Ohrfeige, ganz friedlich, einfach nur eine Ohrfeige mit der flachen Hand. Er genoß seine Selbstsicherheit und war einverstanden, daß ihm das ganze Lokal dabei zusah. Er wollte ihn gar nicht schnell und gründlich verprügeln. Er schlug ihm ein zweites Mal ins Gesicht. »Was ist? Keine Lust, dich zu wehren?«

Der Österreicher blieb sitzen.

Johnny gab ihm eine dritte Ohrfeige, diesmal mit dem Handrücken auf die rechte Backe. »Steh auf, du Wichser!«

Als Johnny die Hand weh tat, hörte er auf, fuhr nach Hause und legte sich ins Bett.

Am nächsten Morgen weckte ihn die Polizei und brachte ihn zum Präsidium. Es fehlte nur noch, daß er Autogramme geben mußte; aus allen Türen kamen sie heraus, als er zum Verhör geführt wurde. »Hoher Besuch heute«, grinste einer.

Johnny nickte. »Damit's euch bei eurer Arbeit nicht zu langweilig wird!«

Der Beamte, dem er dann gegenübersaß, machte ebenfalls keinen Hehl aus seiner Zufriedenheit. »Sie ahnen nicht, wie dumm Sie waren, Herr Berger, als Sie Streit mit einem Ihrer Kollegen anfingen, ihn krankenhausreif schlugen und sich dann einfach ins Bett legten.«

»Das mit dem Kollegen will ich nicht gehört haben«, sagte Johnny. »Aber daß sich dieser Eierkopf gleich ins Krankenhaus legt, ist seine Sache. Ich hab ihn mit der flachen Hand geohrfeigt, das war alles. Das bestreite ich auch gar nicht.«

»Wissen Sie, Herr Berger, was uns schon lange wundert? Nie hat es einer gewagt, Sie anzuzeigen. Wir haben sie reihenweise hier gehabt, Hehler, Dealer, Zuhälter, Zocker, das ganze Milieu. Aber glauben Sie, auch nur einer wäre bereit gewesen, zuzugeben, daß er Sie überhaupt kennt? Auffällig bei Ihnen ist doch, daß Sie es bisher geschafft haben, der Oberganove zu sein, ohne dabei selbst in die Gesetzesmühlen zu kommen. Offenbar gehen Sie wirklich geschickt vor. Eine Menge Leute muß vor Ihnen Angst haben, ich nehme an, sogar Todesangst. Anders ist Ihre Karriere nicht zu erklären.« Er lehnte sich in seinem Stuhl zurück. »Und jetzt also schwere Körperverletzung. Und jede Menge Zeugen. Ich gratuliere!«

»Sie glauben doch nicht etwa im Ernst an das, was Sie da sagen.« Ihm fiel dann allerdings Paulchen ein, der Ochsen-Harry, auch wegen einer Nichtigkeit, zusammengeschlagen hatte; ihm hatten sie damals fünf Jahre aufgebrummt. »Na gut, dann werde ich mich wohl umgehend um den richtigen Anwalt bemühen müssen.«

Der Beamte verstand, was er mit der Bemerkung vom »richtigen Anwalt« ausdrücken wollte. »Sie unterschätzen die Unabhängigkeit der bayerischen Justiz. Lassen Sie es mich so formulieren: In Kürze werden Sie Gelegenheit haben, an sie zu glauben.«

Jetzt riß Johnny die Geduld. »Nun hören Sie mir mal gut

zu! Wenn Sie mich kriegen wollen, müssen Sie bessere Spitzel einkaufen als diese beiden Galgenvögel. Ich habe nämlich noch keinen Luden erlebt, der sich fünfzehn Minuten ohrfeigen ließ, ohne sich überhaupt zu wehren. Und sein Kumpel saß daneben und schaute nur, daß sein Anzug keine Blutspritzer abbekommt. Überflüssig eigentlich, da die Reinigung wahrscheinlich ja Sie zahlen.« Er lachte ihm ins Gesicht. »Warum geben Sie sich mit diesen tätowierten Wanzen ab? Glauben Sie wirklich, mich so endlich kriegen zu können?« Er stand auf. »Wenn Sie nichts dagegen haben, gehe ich jetzt.« Er wartete eine Antwort gar nicht erst ab.

Sein Anwalt machte sich nach Einsicht der Akten wenig Illusionen. Was er zudem von Kollegen gehört hatte, war eindeutig. »Sie scheinen diesmal wirklich Ernst machen zu wollen. Die Staatsanwaltschaft will den Erfolg, dich dieses Mal verurteilen zu können.«

Am Freitagabend fuhr ihn Hans wieder zum Flughafen. Dort wartete ein Learjet, um ihn nach Nizza zu bringen. Vielleicht fiel ihm dort eine Lösung ein. In der Zwischenzeit würde Nick sicher von sich aus alle Hebel in Bewegung setzen, um die Sache aus der Welt zu schaffen. Aber wenn selbst sein Anwalt, der ein gerissener Profi und zudem sein Freund war, keine Chancen sah?

Noch in der Luft erinnerte sich Johnny plötzlich, daß er im gleichen Jet einmal mit einem Herrn geflogen war, der Dr. Pettenkofer hieß. Er bat den Piloten, sofort umzudrehen.

Dr. Pettenkofer empfing ihn noch am gleichen Abend und hörte sich die ganze Geschichte in Ruhe an und sagte: »Wissen Sie, daß ich immer bedauert habe, mich nicht ein einziges Mal in meinem ganzen Leben richtig mit jemand geprügelt zu haben? Ich habe mich das schon als Junge auf dem Schulhof nie richtig getraut.«

Johnny fühlte, daß er sich auf sicherem Boden bewegte. »Sie haben nie eine Schlägerei erlebt?«

»Dazu war ich viel zu feige. Undenkbar. Außerdem trug ich damals wohl auch schon eine Brille.« Er schien über irgend etwas nachzudenken, wobei er sorgfältig seine Fingerspitzen gegeneinanderlegte. »Was ich meinte, als ich von meinem Bedauern sprach, ist folgendes: Vielleicht haben Sie einmal im Kino diesen amerikanischen Schauspieler gesehen, ich glaube, Cary Grant war es. Er teilte nur einen Kinnhaken aus, immer nur einen einzigen, gut gezielten Kinnhaken, und dabei fiel ihm nicht einmal die Krawatte aus dem Jackett. Ich gebe zu, das imponierte mir.«

Er schaute auf die Uhr und entschuldigte sich, nicht weiterplaudern zu können, »Sie wissen, daß ich eigentlich Wirtschaftsanwalt bin; es ist also nicht ganz mein Fachgebiet, worum Sie mich bitten. Aber lassen Sie mir am besten Ihre Telefonnummer da, ich werde mich dann bei Ihnen melden.«

Drei Tage später rief Dr. Pettenkofer zurück. »Sind Sie mit fünfzigtausend Mark Geldbuße einverstanden?«

21

Der Arzt sah, daß er einen Kranken vor sich hatte, der seine Krankheit nicht wahrhaben wollte. Dabei unterschied er sich nicht von der Mehrheit aller Patienten. »Was, bitte, führt Sie zu mir?«

»Geben Sie mir eine Beruhigungsspritze, irgendwas, das mich wieder fit macht.« Johnny litt unter Erschöpfung – und die Folge war ein Kollaps gewesen, die Quittung für die jahrelange exzessive Überbeanspruchung seines Organismus.

»Darf ich Sie erst einmal bitten, den Oberkörper freizumachen und sich da drüben hinzulegen.«

Johnny hatte panische Angst, gleich umzukippen. »Ich warne Sie, Doktor«, drohte er, »wenn ich jetzt abkratze, weil Sie mir nicht geholfen haben, nehme ich Sie mit.«

Der Arzt überhörte die Drohung. »Keine Sorge, so schnell stirbt es sich denn doch nicht.«

Johnny lief auf und ab und dachte nicht daran, sich auch nur das Hemd aufzuknöpfen. »Ich bitte Sie, tun Sie endlich was.«

»Wahrscheinlich arbeiten Sie zuviel, trinken zuviel und bekommen zuwenig Schlaf. Es ist ja nicht damit getan, einfach ein Präparat zu verabreichen – nur damit Sie weiter mit Ihrer Gesundheit Schindluder treiben.« Der Arzt war aber bereits, während er ihm noch ins Gewissen redete, zu seinem Medikamentenschrank gegangen und kramte in Hunderten von kleinen Schachteln herum.

»Sie werden doch eine Spritze haben, die mir meine Atemnot nimmt und meinen Kreislauf wieder in Schwung bringt?«

»Haben Sie getrunken, bevor Sie zu mir gekommen sind?«

»Eine Flasche Sekt. Danach ging es mir besser.«

»Sie müssen sich gründlich untersuchen lassen, das Herz, Ihre Leber, Ihr Blut.«

»Eine Beruhigungsspritze ist verdammt noch mal alles, was ich will.« Die Schwerfälligkeit des Arztes regte ihn derart auf, daß er zum Fenster taumelte, es aufriß und tief einatmete. Ihm war noch immer schwindlig.

Der Arzt spritzte ihm ein starkes Sedativum, verzichtete auf jede Bezahlung und war heilfroh, als dieser Patient seine Praxis wieder verlassen hatte. Jetzt brauchte er selbst frische Luft.

Danach ging es Johnny etwas besser. Nur die Angst vor einem Rückfall verschwand nicht. Die Angst vor einem Infarkt. Er rieb sich mit der flachen Hand das Herz, massierte es im Gehen und ging nah an den Häuserwänden, um sich abstützen zu können, falls er umfallen sollte. Sterben war in Ordnung, aber Kranksein eine Demütigung.

Endlich gab er dem Drängen von Carola nach und ließ sich untersuchen. Er war gesund.

»Es ist in Ihrem Kopf. Sie reden sich einen drohenden Infarkt ein. Sie müssen allerdings, das rate ich Ihnen doch, Ihre ganze Lebensweise umstellen.«

Niemand in seiner Umgebung durfte auch nur ein Sterbenswörtchen erfahren, daß er gesundheitlich angeschlagen war. Nur Carola wußte es, Heidi, die sich als brauchbare Krankenschwester erwies, und Inge, seine neue Geliebte. Er war also, obwohl er diesen Gedanken zu verdrängen versuchte, nicht nur krank, sondern hatte auch weiterhin die gleichen Sorgen: Carola durfte unter keinen Umständen etwas von Inge erfahren, weil sie sonst wahrscheinlich endgültig die Koffer packte, Ines auch nicht, weil sie nichts für sich behalten konnte und inzwischen mehr Zeit mit Carola verbrachte als er; noch immer machte ihm Jackie zu schaffen – und Dr. Kohlers unerbittlicher Kampf gegen die Existenz seiner Betriebe.

Angefangen hatte alles bei der Taufe. Er hatte gerade das Baby eines Freundes im Arm, als er plötzlich keine Luft mehr bekam. Geht vorbei, dachte er, nur keine Panik, ein kurzer Schwächemoment nur, weiter nichts. Daß ihm nach einer durchzechten Nacht schlecht war, kannte er schließlich. Er hatte Inge vor ein paar Stunden nach Hause gebracht, mit ihr geschlafen und war, wie immer, im Morgengrauen zu Carola gefahren. Sie hatte ihn drei Stunden später geweckt, ihm den schwarzen Anzug, das weiße Hemd, frische Socken und Unterwäsche ans Bett gelegt, die polierten Schuhe hingestellt und den Kaschmirmantel, den er tragen würde, ausgebürstet. Als er sich vor dem Gehen noch einmal im Spiegel musterte, sah er aus wie ein mißmutiger Bräutigam. In weniger als einer Stunde würde er sich in einen verschwitzten, nach Luft ringenden Mann verwandelt haben, den alle, die ihn sahen, für betrunken hielten, für verwirrt, womöglich sogar für geistesgestört.

Alle warteten darauf, daß er ans Taufbecken trat und das Baby nach vorne hielt, damit es getauft werden konnte. Seine Gedanken rasten. Was war, wenn er umfiel? Er hatte ein Baby im Arm, das, falls er jetzt wirklich zusammensackte, mit dem Kopf auf dem Steinboden aufschlagen würde.

»Ich bin gleich wieder zurück«, flüsterte er Carola zu und reichte ihr das Kind. Draußen im Freien öffnete er den Hemdkragen, lockerte seine Krawatte und versuchte, ruhig und gleichmäßig tief durchzuatmen. Luft, dachte er, Luft, Luft! Ich kann doch nicht einfach hier umfallen? Er faßte sich an die Brust, die sich wie ein Panzer anfühlte, ging ganz langsam, Schritt für Schritt, auf und ab. Neben der kleinen Kirche war ein Friedhof. Er sah die Grabsteine, dachte, während er ging, daran, nicht sterben zu müssen, nein, bitte nicht, noch nicht gleich, nicht heute, nicht jetzt! Er bettelte seinen Körper an, sich zusammenzureißen. Er atmete, als müsse er für jeden Atemzug ein Honorar entrichten, und wollte dafür soviel wie möglich in die Lungen bekommen. Schlecht war ihm nicht, nicht schlechter jedenfalls als an anderen Tagen, wenn er einen Kater hatte.

Er dachte an die Taufe, die in der Kirche gerade ohne ihn weiterging. Schon beim Gedanken, wieder hinein zu müssen, überfiel ihn Angst, Platzangst, Todesangst. Noch immer raste sein Kreislauf. Er fühlte nichts als eisige, frostige Kälte in Händen und Füßen.

Neben der Kirche entdeckte er einen Brunnen, krempelte die Ärmel hoch, tauchte beide Arme ins Wasser, kühlte seine Schläfen, rieb das Wasser gegen seine Stirn und zählte die Minuten, bis die Taufe vorbei war.

Als er Carola endlich aus der Kirche kommen sah, nahm er sie zur Seite. »Sag allen, daß ich nachkomme. Ich muß mich erst noch etwas an der frischen Luft bewegen.«

Obwohl sie ihm auch das zutraute, war sie doch überzeugt, daß Johnny nicht deshalb zur Tauffeier nachkommen wollte, weil er vorher noch schnell mit einem Mädchen schlafen wollte.

Er lief auf die Straße und versuchte, sich wieder ausschließlich auf sein Atmen zu konzentrieren. Auf der anderen Straßenseite entdeckte er ein Reformhaus, stürzte in den Laden, suchte die Regale nach Flaschen ab, entdeckte einen Sekt, öffnete ihn und trank. Er trank, soviel er konnte. Dann mußte er rülpsen. Sofort war ihm wohler.

»Der kotzt gleich«, tuschelte ein älterer Herr.

»Passen Sie nur auf, daß Sie seine Personalien haben, bevor er hier alles vollkotzt«, schimpfte ein anderer Kunde.

Johnny hatte die Flasche fast ausgetrunken, als der Ladenbesitzer ankam und sich sowohl sein Benehmen wie die Art seiner Selbstbedienung verbat. Johnny stieß ihn zur Seite, legte fünfzig Mark auf die Kasse, nahm eine zweite Flasche vom Regal und verließ das Reformhaus.

Langsam lief er die Isar entlang, trank hin und wieder einen Schluck und versuchte zu rülpsen. Daß er ohnmächtig zusammenbrechen und mit einem Notarztwagen ins Krankenhaus gefahren werden könnte, kam ihm so unglaublich vor, daß er Max anflehte, ein gutes Wort für ihn einzulegen.

Als Carola am Nachmittag von der Taufe nach Hause kam, stand er unter der Dusche. »Soll ich dich nicht doch ins Krankenhaus fahren?« erkundigte sie sich.

»Es geht schon wieder.«

»Du mußt dich gründlich untersuchen lassen, Johnny.« Ihre Besorgnis war aufrichtig, denn sie wußte, daß er sein Leben nicht einmal jetzt ändern würde. Er würde arbeiten wie bisher, sich vergnügen wie üblich, weiter in der Welt herumfliegen, in welchen Angelegenheiten auch immer, mit wem auch immer neben sich.

Es war Inge, die ihn jetzt begleitete, ein junges, natürlich wirkendes, immer gutgelauntes Mädchen, das er eines Nachts auf der Tanzfläche einer Disko gesehen hatte. Er war sofort verliebt gewesen. Mit ihr war er fern aller Dramen, Tränen und Szenen. Die mondäne Gesellschaft, an die er sich gewöhnt hatte, erschien ihm, seit er sie kannte, noch lächerlicher. Inge war genau, was er jetzt zum Leben brauchte, ein Ruhekissen, ein Kind, ein Engel! Ein zärtlicher Freund! Ein Kumpel war sie auch! Während alle Frauen sich mit ihm zeigen wollten, wollte sich Inge mit ihm verstecken! Sie bedankte sich, auch wenn er nur ihre Hamburger zahlte! In seinen Rolls-Royce stieg sie erst gar nicht ein, was Johnny veranlaßte, ihn zu verkaufen. Keine andere hätte es geschafft, daß er sich ein Fahrrad kaufte. Es stellte sich heraus, daß sie auch andere schätzenswerte Eigenschaften besaß. Sie war immer da, wenn er sie brauchte, war mit allem, was er vorschlug, einverstanden – und staunte, daß sich einer wie er in ein Mädchen wie sie verguckt hatte.

Auf dem Heimweg von Schliersee, wo er mit ihr seine Mutter und Onkel Werner besucht hatte, fuhren sie durch ein Waldstück.

»Worüber lachst du?« wollte Inge wissen.

»Weil ich mich gerade an etwas von früher erinnere.« Er nahm den Fuß vom Gas, bog beim nächsten Waldweg ab und hielt an. Motor aus, Scheinwerfer aus.

»Sag mal, du bist ja richtig romantisch.«

»Was denkst du, wie oft ich davon im Gefängnis geträumt habe.«

Inge sah ihm an, daß er noch immer die gleichen Träume hatte, stieg aus und stieg hinten wieder ein.

Johnny stieg auch aus, steckte aber die Hände in die Hosentaschen und ging den Waldweg entlang, dachte an geklaute Autos, die er ohne Führerschein gefahren war, erinnerte sich an die Angst, einen Büstenhalter nicht schnell genug oder überhaupt nicht aufzukriegen, an die Polizei, die einen erwischen konnte, an die Strafe, die alles, was man anstellte, so aufregend machte, dachte an sein Herzklopfen, die kalten Hände, die Küsse.

Inge war nackt, als er zurückkam. Das waren Geistesblitze nach seinem Geschmack. Als Liebespaar waren sie beschämend unkompliziert; sie waren nicht die Verdammten einer tödlichen Leidenschaft und hatten auch keinerlei Verlangen danach, es zu werden. Johnny hatte es gerade hinter sich, und Inge schaute sich Schmachtfetzen lieber mit einer Freundin im Kino an.

Ines war die letzte, die staunte, als sie von der neuen Affäre erfuhr. »Mal was Niedliches zur Abwechslung«, lästerte sie und hielt sein Verhältnis für die typische Spätfolge seiner leidenschaftlichen Haßliebe zu Jackie.

Carola bat Johnny, als sie von seinem Verhältnis erfuhr, unter immer weniger Tränen, um die Trennung. Sie tat es allerdings wieder nicht so energisch, wie sie das eigentlich vorgehabt hatte, weil sie Rücksicht nehmen wollte auf seinen Gesundheitszustand. Solange er nicht wieder völlig gesund war, wollte sie nicht ausziehen.

Verzweifelt wie er sich fühlte, war auch sein letzter Versuch, Carola zu halten; er teilte ihr in einem Ferngespräch aus Los Angeles mit, daß er sie heiraten werde. »Setz dich ins nächste Flugzeug, bitte, und komm her!«

Er lag gerade mit Inge im Bett, die sich aber nicht einmischte. Was Johnny am Telefon mit einer anderen, noch dazu mit seiner eigenen Frau besprach, wollte sie nicht beurteilen. Da war sie ganz das verheißungsvolle Kind einer neuen, unbeschwerten Zukunft – deren Gegenwart Johnny in vollen Zügen genoß.

Kaum war Carola in Los Angeles gelandet, flogen sie weiter nach Las Vegas, heirateten in einer der vielen Wedding Chapels, wobei Carola Mühe hatte, überhaupt noch die Augen aufzuhalten, und flogen umgehend nach Los Angeles zurück. Schon zwei Stunden später war Carola fest eingeschlafen; sie befand sich auf dem Rückflug nach München.

Sie nahm ein großzügiges Geschenk mit: Johnny hatte das Haus in Herrsching zur Hälfte ihr überschrieben. Nun wohnten ihre Eltern zur Untermiete bei der eigenen Tochter und waren damit die ständige Sorge los, ausziehen zu müssen, wenn Carola und Johnny sich trennten.

Wie rücksichtslos Johnny lebte, konnten Carolas Eltern jeden Tag in irgendeiner Zeitung lesen. Da sollte sich eine Mutter noch auskennen: Ihre Tochter lebte mit einem, der sie ständig betrog, und trotzdem wurde sie böse, sobald jemand auch nur ein Wort der Kritik darüber verlor.

»Jetzt hat er dich also doch noch geheiratet?« fragte sie ungläubig.

»Ich nehme an, sein Steuerberater hat ihm das geraten.«

Die Mutter erschrak. »Sag so was nicht, Kind!«

Aber Carola lächelte. »Hätte ich nein sagen sollen?«

»Ruf sofort den Notarzt!« schrie er Carola an, als ihn wieder ein Anfall, dieses Mal mit besonderer Heftigkeit, überraschte.

Als der Wagen mit Blaulicht endlich in die Straße bog, war er schweißgebadet. »Fahren Sie mich sofort ins nächste Krankenhaus, ich bin schon am Krepieren und brauch endlich meine Spritze.«

Es war eng im Auto, und Johnny bekam keine Luft. Sein Puls raste wieder. »Sag ihnen, sie sollen schneller fahren.«

Carola faßte seine Hand. »Wir sind gleich da!«

Es erschien ihm wie eine Ewigkeit. Kaum hielt der Wagen, sprang Johnny auch schon heraus und rannte ins Krankenhaus.

»Sind Sie der Kranke?« fragte ihn ein Mann in einem weißen Kittel.

»Ich brauch sofort eine Beruhigungsspritze, bevor ich

sterbe. Machen Sie schnell, Mann. Gehen Sie!« Er schob den Arzt vor sich her.

Nach der Spritze fühlte er sich wohler, lehnte jede weitere Untersuchung ab und ließ sich von Carola nach Hause fahren. Das Problem war nun, wie er sie davon abhalten konnte, ihn gleich ins Bett packen zu wollen. Ihre Fürsorge machte ihn erst richtig krank. Da er sie nicht verletzen wollte, schob er einen Termin vor, eine Verabredung mit Uwe, was immer glaubwürdig klang. Dann fuhr er zu Inge, überprüfte bei ihr und auf ihr die ihm verbliebene Kraft – und schlief zufrieden ein.

Inge verstand nicht genau, was er für ein Mensch war, aber sie wußte, daß er zu schade war, um sich in ihn unsterblich zu verlieben. Sie rief nie im Büro und schon gar nicht bei ihm zu Hause an und gab ihm so das Gefühl, sie existiere nur, wenn er an sie dachte.

Dann, eines Tages, machte ihn seine Mutter auf einen Artikel in einer Illustrierten aufmerksam. »Du fliegst doch andauernd nach Amerika!« Da war von einem Dr. Harper die Rede, der in Los Angeles lebte und auf Streßkrankheiten spezialisiert war.

Johnny überflog den Artikel, rief sofort Carola an und bat sie, die Koffer zu packen.

Drei Tage später saß Johnny in Los Angeles diesem Dr. Harper gegenüber. Obwohl das Zimmer klein war, bekam er keine Platzangst. Mittlerweile konnte er soviel Englisch, daß er sich verständlich machen konnte. Er erzählte ihm seine Symptome.

Ohne ihn überhaupt untersucht zu haben, sagte Dr. Harper: »Sie sind Alkoholiker!«

Johnny holte aus seiner Jackentasche eine Dose Bier heraus. »Quatsch, ich bin nur gern betrunken.«

»Haben Sie noch eine bei sich?« erkundigte sich Dr. Harper.

Johnny war sprachlos. »Sie auch?«

»Zu zweit trinkt es sich schon seit Menschengedenken angenehmer«, erwiderte Dr. Harper.

Johnny hatte, natürlich, noch eine Dose bei sich.

Was immer nun Dr. Harper vorschlug, Johnny hörte sich alles aufmerksam an. Ihm gefiel dieser Amerikaner. »Trinken Sie jeden Tag einfach ein Bier weniger. So kommen Sie von selbst vom Trinken runter. Und den üblichen Alkohol, Champagner, Wein, genießen Sie ihn, und hören Sie auf damit, sich einen Infarkt einzureden.«

Im »Hardrock Café« überfiel Johnnny endlich wieder die alte Lust, sich den Bauch vollzuschlagen. Er bestellte zwei Portionen Spareribs, trank Bier dazu und hätte danach am liebsten mit Carola geschlafen, aber um sich gegen den Verschleiß ihrer gemeinsamen Vergangenheit aufzubäumen, fehlte ihm die Kraft. Aus Erleichterung über das Verschwinden seiner Todesängste würde er aufhören, Carola weiterhin mit Inge zu betrügen. Er würde sie zurückschicken in ihr junges, erst beginnendes Leben.

Carola hatte unterdessen an ihr eigenes Leben gedacht. Das Verschwinden seiner Ängste gab ihr die Chance, endlich vernünftig mit ihm über eine Trennung zu reden. »Wir sind wie ein Geschwisterpaar, das verdammt ist.«

»Jetzt, wo der alte Rudi tot ist, kannst du dich um alles Finanzielle kümmern«, sagte Johnny, als ob er nicht verstünde, wovon sie gerade gesprochen hatte.

»Wenn du willst, tu ich das. Aber weiter in München wohnen werde ich nicht, hier treffe ich nur Männer, die alles Freunde von dir sind. Keiner würde es wagen, sich in mich zu verlieben. Es traut sich ja nicht einmal einer, mich auch nur anzuschauen.«

»Dann zieh nach Hamburg. Aber bitte«, fügte Johnny mit einem ernsten Lächeln hinzu, »tu mir einen Gefallen – und warte, bis ich wieder verliebt bin.«

Sie war alles andere als beleidigt. Im Gegenteil, wenn er so redete, mit dem hilflosen Blick eines verwirrten Kindes, verzauberte er sie wieder. Er hatte Angst vor dem Alleinsein. Das verstand sie so gut.

Ines war die einzige, die Johnnys Begeisterung für Dr. Harper nicht teilen wollte. Daß Johnny Alkoholiker war, hatte sie ihm mehr als einmal an den Kopf geworfen. Und seine Heilung, behauptete sie, hätte er billiger bei ihrem Therapeuten um die Ecke haben können. »Aber Millionäre lassen sich eben in Amerika heilen.«

Wie nicht anders zu erwarten, war Inge doch heftiger in Johnny verliebt, als sie das eigentlich vorgehabt hatte. Da er sich lange nicht mehr bei ihr gemeldet hatte, versuchte sie ihn jetzt doch im Büro zu erreichen.

Seine Stimme klang abwesend. Zwei Tage zuvor hatte der Bayerische Verwaltungsgerichtshof die Beschwerde gegen eine Schließung der Peep-Show endgültig, also unwiderruflich abgelehnt. Er war die letzten Tage und Nächte nur damit beschäftigt gewesen, zu retten, was längst definitiv verloren war, hatte mit seinen Rechtsanwälten herumgestritten, die den Fall schon vor dem Urteil zu den Akten gelegt hatten, und lange mit Nick über Möglichkeiten nachgedacht, ob durch persönliche Gespräche noch etwas zu machen wäre – mit wem, mit welchen langfristigen Erfolgschancen, sie waren aber zu keinem Ergebnis gekommen. »Was gibt's, Inge?«

»Ich muß dich sehen.«

Da es nie seine Absicht gewesen war, sie einfach sitzenzulassen, war Johnny einverstanden. Um ihr den Abschied nicht zu schwer zu machen, wollte er den ohnehin schon grundverschiedenen Charakter ihrer Lebenswelten nicht nur noch vergrößern, sondern ganz bewußt verzerren. Eine Mordstory als Kälteschock! Vielleicht würde sie dann leichter begreifen, daß er nicht unbedingt der Mann war, dem man Tränen nachweinen mußte.

Sie trafen sich in einem Studentenlokal, das sie beide mochten, weil sie dort niemand kannte, einer dieser modischen Treffpunkte, die bis in die Nacht Frühstück servieren.

Als Johnny mit der Geschichte anfing, erinnerte sich Inge, es hatte schließlich groß in allen Zeitungen gestanden. Nur wußte sie nicht, daß der Täter Johnnys Cousin war. »Der ist richtig verwandt mit dir?«

»Seine Mutter ist eine Vallier, und meine Mutter ist auch eine. Also sind wir richtig verwandt. Mit dem habe ich schon in Ebrach, in der Jugendhaftanstalt, zusammen gesessen. Danach saß er noch mal, weil er im Streit einen Türken umgebracht hat.«

Sie sah Johnny nachdenklich an. Er hoffte, daß sie sich jetzt vielleicht fragen würde, ob sich die Neigung, einen Mord zu begehen, vererben läßt. »Und warum hat er geschossen?«

»Weil er besoffen war und Streit hatte.«

Inge schüttelte den Kopf. Sie konnte sich so was nie richtig vorstellen. Einfach jemand erschießen?

Johnny gab sich alle Mühe, seine Geschichte so beiläufig wie möglich zu erzählen. »Der Schwabl-Horst sitzt morgens um halb vier bei Hans im Bordell an der Bar und trinkt. Dann erscheinen ein paar von den Valleys, Rockertypen, die hin und wieder auftauchen, weil sie im Milieu bekannt sind. Einige haben ihre Bräute auch zum Anschaffen geschickt. Sie saufen Bier. Und fangen an, sich mit dem Schwabl-Horst anzulegen. Zuerst nur, um sich die Zeit zu vertreiben. Da gab natürlich ein Wort das andere, wie das so ist. Der eine sagt was, und plötzlich wird es ernst. Und der Schwabl-Horst und einer der Valleys prügeln sich. Und der Schwabl-Horst, der an sich, wenn er was getrunken hat, brandgefährlich ist, wird aufgemischt. Der sah auch gleich ziemlich geküßt aus. Nun läßt der sich das natürlich nicht so einfach gefallen. Der Streit geht also weiter. Die Valleys lachen ihn aus. Wieder eine Prügelei. Und wieder kriegt er Haue. Dann geht er raus auf den Flur, schickt seine Freundin nach Hause, um seine Neunmillimeter zu holen. An der Bar geht die Party unterdessen weiter. Schwabl-Horst setzt sich hin, trinkt weiter und wartet, während ihn alle hänseln, auf die Pistole. Dann kommt das Mädchen. Irgendwie steckt sie ihm das Ding zu. Na ja, und mitten in irgend so ein blödes Lachen hinein zieht der Schwabl-Horst seine Kanone und hält sie einem unter die Nase. Dann sagt er: So, jetzt lachen wir noch mal, aber jetzt lachst du mal zur Abwechslung über dich. Dann befiehlt er ihm hinzuknien, steckt ihm seine Kanone in den Mund, sagt ›Auf Wiedersehen‹ und drückt ab.«

Inge war unfähig, sich das vorzustellen.

»Dem lief das ganze Gehirn, die ganze Gehirnmasse vorne über den Anzug.« Johnny fand, es konnte nicht schaden, wenn Inge das Bier nicht mehr schmeckte und sie alle Lust verlor, jemals wieder mit ihm schlafen zu wollen.

Sie starrte vor sich hin auf den Tisch und malte in eine Bierpfütze Kreise mit ihrem Zeigefinger. »Ihr müßt alle irgendwie ziemlich krank sein.«

Als sie dann aufschaute, entdeckte Johnny in ihrem Blick Anzeichen dafür, daß er an Sympathie eingebüßt hatte. »Das ist nicht ganz deine Welt, was?« grinste er.

»Und was geschieht mit ihm jetzt?«

Johnny lachte. »Zehn Jahre Knast, wenn er Glück hat.«

Ein paar Monate später öffnete er einen blauen Briefumschlag. »Lieber Johnny«, stand da, »krieg bitte keinen Schreck, aber ich bin schwanger!« Der Schreck fuhr ihm trotzdem bis unter die Fingernägel. »Ich freue mich wahnsinnig auf mein Baby, auch wenn ich den Kerl, der es mir angedreht hat, nach zwei Wochen rausgeschmissen habe.« Johnny las den Satz zur Sicherheit gleich zweimal, erst dann war er erleichtert. Es folgten ein paar weitere Zeilen, denen er entnahm, wie glücklich sie sei mit ihren Erinnerungen an ihn. Unterschrieben war die Karte mit »Die Katze mit den zusammengebundenen Pfoten«.

22

Johnny saß im Büro herum, hatte die Beine auf dem Tisch, trank Kaffee und las die Post, die Nick ihm hingelegt hatte. Wie immer handelte es sich um eine vorsortierte Auswahl, da er sich auf Geschriebenes schlecht konzentrieren konnte. Er überflog ein paar Angebote, Beteiligungen an Spielcasinos in der Türkei, in Jugoslawien, Belgien und auf Gran Canaria. Überall wurden Hotels gebaut, und immer war deutsches Geld im Spiel; für die meisten, die dort ihr Vermögen investierten, war die Idee eines Casinos zwar nicht neu, aber sie selbst waren zu unerfahren oder brauchten einen finanzstarken und kompetenten Partner. Deshalb kamen sie alle immer wieder zu ihm. Er war zudem der Garant, daß ihnen die Unterwelt vom Hals blieb.

Er besprach alles mit Nick, entwickelte aber keinerlei Begeisterung. Sein Interesse galt einem neuen, eigenen Projekt, in der Schillerstraße gab es zwei Kinos, die er kaufen wollte.

»Ruf Fritz an, er soll mal schnell rüberkommen!«

Fritz Demuth war nicht nur Johnnys Steuerberater, sondern längst auch ein persönlicher Freund; er hatte sein Büro in der Schillerstraße und kannte dort die Verhältnisse.

Während sie auf ihn warteten, erläuterte Johnny seine Vorstellungen von einer neuen, gewissermaßen selbstbewußten Art von Sexkinos. Schluß mit den kleinen, schäbigen Schmuddelkinos. Er wollte einen Palast hinstellen, ein helles, leuchtendes und mit allem Komfort ausgestattetes Großkino, fünf oder sechs Kinos unter einem Dach. Gerade erst hatte er gelesen, daß es eine Technik gab im Videobereich, die es gestattete, Kassetten ohne Qualitätsverlust mit einem 35-Millimeter-Effekt auf eine Leinwand zu projizieren; man mußte nur einen sogenannten »Beamer« verwenden, ein spezielles Spiegelungssystem. Der entscheidende Vorteil war dabei, daß sich die Leihgebühren für Videofilme auf ein Minimum reduzieren ließen.

Nick rückte seine Brille zurecht und drehte an seinem Ring. Das tat er immer, wenn er noch nicht alles begriffen hatte. »Gut und schön, aber wie willst du an die Kinos rankommen?«

»Ehrlich gesagt, Nick, weiß ich das auch nicht.«

Als Demuth im Büro erschien, wollte Johnny wissen, wem das Grundstück gehört.

»Einem Dr. Schwartau.«

»Und wer ist das?«

»Irgendein hohes Tier bei der Deutschen Bank, Abteilungsleiter oder so was.« Nick schrieb alles mit.

»Bring alles über den Mann in Erfahrung, Fritz, weil ich mir die beiden Kinos unter den Nagel reißen will.«

Demuth nahm Neuigkeiten immer völlig ungerührt zur Kenntnis, er war gewohnt, daß Johnny jeden Tag welche hatte. »Dann mußt du das ganze Haus kaufen.«

»Genau das habe ich auch vor. Deshalb brauche ich Informationen über den Mann.«

Demuth stand auf und schob den Gürtel über seinen Bauch. »Sonst noch was?«

»Das wär's.«

Den Abend verbrachte Johnny zu Hause und dachte nach, wie er diesen Dr. Schwartau dazu bringen konnte, sich möglichst schnell von seinem Eigentum zu trennen, als Demuth zurückrief.

Johnny erfuhr nicht viel. Dr. Schwartau war Bankdirektor, verheiratet, Vater einer erwachsenen Tochter und das, was man gutbürgerlich nennt. Ein unbescholtener Mann.

»Und was hat der Mann für Hobbys?«

»Fährt am Wochenende zum Wandern, hat am Starnberger See ein kleines Segelboot und geht ab und zu in die Oper.«

»Paß auf, Fritz, ruf den Mann einfach an und mach ihm ein

Angebot für die Kinos, sag ihm aber unter keinen Umständen, daß ich das Haus kaufen will.«

»Und zu welchem Preis gilt das Angebot?«

»Elf Millionen.«

Als Demuth den Betrag hörte, wollte er wissen, wie er auf genau diese Summe komme.

»Weil das Haus, wie Nick erfahren hat, einen Schätzwert von dreizehn Millionen hat.«

Genau für diese Summe war Dr. Schwartau bereit, über einen Verkauf seines Grundstücks mit sich reden zu lassen, betonte allerdings Demuth gegenüber, daß er noch unschlüssig sei und nicht unbedingt und um jeden Preis verkaufen wolle.

»Na gut, dann müssen wir eben nachhelfen«, entschied Johnny.

Als ihn Carola im Büro anrief, fiel plötzlich der Groschen! Ihm fielen die Tränen seiner Haushälterin wieder ein. Hatte Romy nicht erst gestern wieder welche vergossen, weil alle Leute sie schief anschauten, weil sie bei einem Mann angestellt war, der sein Geld mit Sexkinos, Videokabinen und Spielhallen verdiente?

»Sag mal, Nick, wenn dieser Dr. Schwartau so ein angesehener, stinksolider Mann ist, dann kann ihm eigentlich doch nicht gleichgültig sein, was die Leute über ihn denken. Stimmt doch, oder?«

»Das kommt auf die betreffende Person an.«

»Ich weiß doch aus eigener Erfahrung, daß es nicht gerade von Vorteil ist, wenn die Leute erfahren, womit ich mein Geld verdiene.«

Er rief Demuth an. »Weiß eigentlich jemand, daß diesem Schwartau ein Haus gehört, in dem Pornofilme laufen?«

»Keine Ahnung. Ich nehme nur an, daß er das nicht gerade an die große Glocke hängt.«

»Dann tun wir das eben!«

Zwei Wochen später stand »Don Giovanni« auf dem Programm des Nationaltheaters. Nick liebte die Musik Mozarts, saß aber heute aus anderen Gründen im Publikum. Bei sich hatte er einen Komplizen, der beruflich mit Dr. Schwartau zwar nichts zu tun hatte, ihn aber vom Segeln her kannte und gegen Geld bereit war, die Bombe hochgehen zu lassen.

»Ah, Herr Vohwinkel!« rief Dr. Schwartau aus, als er sich während der Pause zu ihm gesellte. Er stellte ihm seine Gattin und ein paar seiner Bekannten vor, die sich angeregt über die Inszenierung unterhielten. Sie plauderten zuerst ein wenig, dann schien Vohwinkel der Augenblick günstig. »Wissen Sie, was mich heute einer draußen in Starnberg gefragt hat?«

Dr. Schwartau schüttelte den Kopf. »Schießen Sie los!«

»Ob ich den Dr. Schwartau kenne, den Porno-Schwartau!«

Die gerade noch vergnügte Unterhaltung brach mit einem Schlag ab.

»Das ist wohl ein Scherz?« Dr. Schwartau zwang sich, seine Beherrschung nicht zu verlieren. Dann nahm er seinen Bekannten zur Seite. »Sind Sie eigentlich übergeschnappt, hier vor meiner Frau und meinen Freunden?«

Nick stand nur ein paar Schritte entfernt. Den Rest der Mozart-Oper schenkte er sich. Er rief statt dessen Johnny an, der im Büro gewartet hatte. »Jetzt hast du ihn auf dem Silbertablett.«

Die Verhandlungen waren unkompliziert, weil Dr. Schwartau das Grundstück jetzt so rasch wie möglich loswerden wollte.

Johnny spielte natürlich den Ahnungslosen. »Es geht mich zwar nichts an, aber wie kommt es eigentlich, daß Sie plötzlich zum Verkauf bereit sind?«

Dr. Schwartau spielte seinerseits, und zwar den fürsorglichen Vater. Er sprach von seiner jungen Tochter, die gerade geheiratet hatte und sich ein Bauernhaus kaufen wollte. »Da kommt dann doch nur der Verkauf meines Grundstücks in Frage.« Sie einigten sich ziemlich schnell auf annähernd zehn Millionen, nachdem Johnny den baulichen Zustand – »die Bausubstanz«, einen Ausdruck, den er sich vorher genau eingeprägt hatte – bemängelt hatte. Dr. Schwartau hatte längst nicht mehr genug Härte und Konzentration, um dagegenhalten zu können.

Johnny bat darum, die Verträge sofort aufsetzen und unterschreiben zu lassen. Dr. Schwartau bedauerte. »Leider muß ich noch heute auf eine Geschäftsreise. Wir erledigen das, wenn ich nächste Woche wieder in München bin.«

Als Johnny nach einer Woche erfuhr, daß ihn ein Herr Rogoski, ein Spielzeugfabrikant aus Hof, inzwischen um eine Million überboten hatte, packte ihn die Wut. »Ruf Fritz an, Nick«, schrie er. »Er soll mit diesem Schwein sofort einen Termin machen. Wir fahren gleich nach Hof.«

Nicht einmal die Autofahrt von zwei Stunden konnte Johnny beruhigen. Demuth versuchte, ohne jeden Erfolg, ihm auszureden, den Mann zu bedrohen oder zu beschimpfen. »Ich weiß, wie man verhandelt, glaub mir«, beschwichtigte ihn Johnny.

Herr Rogoski bewohnte eine herrschaftliche Villa mit zwei Säulen zu beiden Seiten des Eingangs. Von seinen Besuchern war er einigermaßen überrascht, bat sie aber herein und ließ sich ihr Anliegen vortragen. Johnny lehnte es ab, sich zu setzen. »Es wird nicht lange dauern«, drohte er und fing an, Herrn Rogoski aufzuspießen. »Ich bemühe mich nun seit geraumer Zeit um das Grundstück. Ich habe mit dem Hauseigentümer lange Verhandlungen geführt. Er war zuerst gar nicht bereit, überhaupt zu verkaufen. Das habe ich ihm dann irgendwie ausgeredet, und wir waren uns einig. Und heute früh erfahre ich nun, daß Sie mich überboten haben. Sie glauben doch nicht, daß ich mir das gefallen lasse.«

»Was finden Sie daran eigentlich anstößig, daß ich mehr als Sie geboten habe?«

Herr Rogoski machte es sich in seinem Stuhl gemütlich. Er besaß eine große Fabrik, beschäftigte rund sechshundert Mitarbeiter und war wohlhabend. »Junger Mann, Sie werden doch Verständnis dafür haben, daß ich an einem Haus interessiert bin, das direkt neben meinem Hotel liegt?«

»Na gut«, sagte Johnny, »und mich interessiert das Haus nur, weil ich die Kinos haben will.«

»Sind die nicht schon vermietet?«

»Das schon, aber ist nicht jeder Vertrag kündbar?«

»Ah, ich verstehe«, sagte Herr Rogoski. »Wollen Sie nicht doch erst einmal Platz nehmen?«

»Nein. Aber ich kann Ihnen erzählen, warum Sie gegen mich keine Chance haben.«

»Ich höre«, sagte Rogoski.

»Weil ich nämlich in fünf Minuten, hier von Ihrem Telefon aus, Dr. Schwartau anrufe, und meinerseits den Kaufpreis noch einmal um eine Million erhöhen werde.«

Demuth hatte dem Gespräch zuerst mit gemischten Gefühlen zugehört. Was Johnny tat, schien ihm unklug. Er war aggressiv, überheblich und ungeduldig. Als er jetzt allerdings Rogoskis Gesichtsausdruck sah, änderte er seine Meinung. Sein Grinsen war verschwunden. »Sie wollen eine Million mehr zahlen?«

Johnny nickte.

»Und was tun Sie, wenn ich Sie noch einmal überbiete?«

Wieder antwortete Johnny nicht. Auf Fragen gab sein Gesicht Auskunft.

»Sie sind ein harter Brocken, junger Mann. Kompliment.«

Damit wußte Johnny, daß er das Spiel gewonnen hatte.

»Wie, zum Teufel, konntest du deiner Sache so sicher sein?« wollte Demuth auf dem Rückweg wissen. »Was, wenn er ebenfalls erhöht hätte?«

»Hast du nicht seinen Zinken gesehen?«

»Was meinst du?«

»Der Schuppen, in dem ich damals in der Goethestraße als Aufpasser angefangen habe, gehörte auch einem Juden; der hat mir beigebracht, wie Geschäfte gemacht werden.«

»Dann hattest du nie vor, die Million wirklich hinzulegen?«

»Natürlich nicht! Wichtig war nur, daß er mir das zutraut.«

Er baute seinen Palast und nannte ihn »Sun City«, sechs Kinos auf zwei Etagen, ausgestattet mit der modernsten elektronischen Technik, vollklimatisiert, mit Spiegeln tapeziert, mit tropischen Pflanzen und einem kleinen, bunten Wasserfall im Foyer. Es fehlten, wie Ines fand, nur ein paar echte Flamingos.

Fünftes Buch

Geld ist nichts

Mach mich keusch, o Herr, doch nicht sofort.
W. H. Auden

I

Auf dem Flug nach Los Angeles hatte er sonst nie Schwierigkeiten gehabt, einzuschlafen. Wenn eine Flasche Rotwein zu wenig war, leerte er eine zweite, teilte der Stewardeß mit, daß sie ihn weder wegen der Mahlzeiten noch wegen eines Spielfilms zu wecken brauchte, und schlief ein. Er war ohnehin meistens hundemüde, wenn er endlich in der Maschine saß, weil er die Angewohnheit nicht loswurde, die Nächte davor durchzumachen. Da holte er nach, was er immer wieder verschoben hatte: sich Nicks Sorgen wegen seiner Gesundheit anzuhören, ein privates Gespräch mit Anni, die längst auch wieder nach München zurückgekehrt war, sich mit Johnny getroffen hatte und von ihm sofort eine Anstellung erhielt, die sie nie mehr kündigte; als Frau war sie eine Freundin geworden, und als Mutter seines nunmehr erwachsenen Sohnes für alle eine Respektsperson, ein Drink mit Elke, seiner Sekretärin, das versprochene Abendessen mit Carola, zu dem er allerdings auch noch Ines und Heidi eingeladen hatte. Carola war es recht, Ines hatte es ihr bereits am Nachmittag am Telefon erzählt, daß wieder ein Familientreffen geplant war. Auch Inge kam noch, um ihn zu verabschieden und ihm die neuesten Fotos seines Patenkindes zu zeigen.

Daß er gutgelaunt war, hatte handfestere Gründe. Zum einen hatte ihn erst vor zwei Tagen sein Arzt darüber informiert, daß alle seine Werte als normal bezeichnet werden konnten. Zum anderen war gerade ein Buch auf dem Markt erschienen, das sich mit der »organisierten Kriminalität« in der Bundesrepublik auseinandersetzte. Er hatte zuerst nach einem Register gesucht, damit er seinen Namen finden konnte; da es keines gab, blätterte er herum; als ihm auch das zu blöde wurde, begann er zu lesen. »Seit 1970«, stand da, »zählt sich der Mob von Hamburg mit Fug und Recht zum organisierten Verbrechen.« Johnny beruhigte sich erst wieder, als er fand, was er gesucht hatte. »Mit dem organisierten Verbrechen hat Berger, laut Auskunft der Münchner Polizei, ›überhaupt nichts‹ zu tun. ›Der ist außerdem schon im Austrag‹, sagt ein in diesem Bereich tätiger Ermittler.«

Die beiden Gründe, die seine Laune gebessert hatten, erschienen ihm zudem wie ein dicker Schlußstrich unter sein Leben. Damit war er fertig! Nun wollte er etwas Neues beginnen! Etwas, das ihn ebenso faszinieren müßte! Er hatte diesem Gedanken oft nachgehangen, dabei war ihm aber immer schnell ärgerlich zumute. Was sollte noch kommen, was faszinierender sein konnte als sein Leben in Hamburg und die ersten Jahre in München? Er schob den Gedanken zur Seite, merkte aber, daß er hartnäckig zurückkehrte in seinen Kopf. Er wurde ihn nicht los, nicht, wenn er nicht, wie gerade jetzt, mindestens ein halbes Dutzend seiner Familienmitglieder zur Zerstreuung um sich hatte!

Er war ein Alleskönner, wenn es darum ging, die Geliebten seines Lebens an einem gemeinsamen Tisch zu unterhalten. Da schmeckte selbst der Champagner, den er, seit er mehr und mehr Zeit in Los Angeles verbrachte, nur noch mit sehr viel Eis trank. »Das machen die drüben so«, erklärte er freudestrahlend und gab nicht eher Ruhe, bis jeder das Glas voller Eiswürfel hatte.

»Na gut«, maulte Ines mit der Nachsicht einer Frau von Welt, »man kann Champagner zwar auch trinken, aber wenn du ihn unbedingt saufen willst.«

Johnny war zu gut gelaunt, um ihre Bosheit ernst zu nehmen. In ein paar Stunden war er sie ohnehin los, Ines und alle übrigen auch. Drüben warteten andere, andere Freunde, andere Frauen.

Auch was das betraf, war Ines die einzige am Tisch, die informiert war, zumindest was seine neue Affäre betraf, das Starlet Disney Poloni. In ihren Augen war sie eine Null, hübsch anzusehen, aber eine Null, dürr, dumm und eingebildet, was sie aber für sich behielt, weil sie Carola nicht kränken wollte. Trotzdem war sie selbstbewußt genug, ihm gegenüber, wenn sie allein waren, kein Blatt vor den Mund zu nehmen. »Schade, daß du dich mit der zweiten Garnitur abgibst«, hatte sie Johnny an den Kopf geworfen, als er mit übertriebener Begeisterung den Namen erwähnte. »Die typische Blondine mit schwarzen Haaren in der Nase.«

Johnny war nicht aufgelegt, von der honigsüßen Wildheit dieses Geschöpfs, ihrer hündischen Unanständigkeit zu erzählen. Sie war ihm vor zwei Monaten im Hotel Park Hilton vorgestellt worden, als er dort eine Boxgala veranstaltet und sie als sein Stargast am Ring gesessen hatte.

»Der gefällt mir!« hatte sie geschwärmt, weshalb ihr an diesem Abend auch das Lächeln leichtfiel. Die für prominente Hotelgäste zuständige PR-Dame konnte ihr das nachfühlen. Für diesen Abend allerdings machte sie ihr wenig Hoffnungen. Er würde sich nach Ende der Veranstaltung mit seinen Freunden in eine Suite zurückziehen und Karten spielen. Sie schlug ihr vor, ihn in Los Angeles zu treffen. »Sie fliegen doch, wie Sie mir sagten, sowieso morgen rüber. Und von ihm weiß ich, daß er in einigen Tagen ebenfalls dort sein wird, weil er nach Las Vegas zum Boxen will. Soviel kann ich Ihnen ja verraten: absteigen tut er grundsätzlich immer im ›Beverly Hills Hotel‹, und zwar Bungalow zehn.«

Als Johnny von Las Vegas nach Los Angeles zurückkam, lag für ihn bereits eine Nachricht im Hotel. Sollte Ines glauben, was sie wollte. Ihn interessierte an Miss Poloni am allerwenigsten, daß sie ein Filmstar war. Mochte sie auf der Leinwand wer sein, wer war sie auf dem Leintuch? Er würde ihr die Schauspielerei austreiben. Er war scharf auf die Frau, nicht auf den Traum von einer Frau.

Wenn er ihren Beteuerungen glaubte, gab es auf der ganzen Welt keinen Mann, der es ihr je so gründlich besorgt hatte. Für ihn, bettelte sie, würde sie sogar ihre Karriere opfern.

Hielt sie sich für Marylin Monroe? Welche Karriere? Johnny war zwar enttäuscht, wie wenig Erfahrung Schauspielerinnen hatten, wenn statt des grellen Lichts der Scheinwerfer nur eine Nachttischlampe brannte, aber etwas anderes reizte ihn genug, um sich mit ihr abzugeben. Der Star und der Straßenjunge! Mit ihm in der Hauptrolle!

Er besuchte sie bei Dreharbeiten in den Filmstudios von Mailand und beobachtete, daß sie nur den Mund aufmachen mußte, schon tanzte alles nach ihrer Pfeife. Johnny stand im Schatten der Stellwände und amüsierte sich. In der Öffentlichkeit spielte sie den Zaubervogel, gesalbt mit der Aufmerksamkeit aller Männer, die zu schikanieren ihr größtes Vergnügen bereitete, kaum aber war sie mit ihm allein, glaubte sie an weiter nichts als an alle Wonnen der Selbsterniedrigung, die er ihr abverlangte.

Ines war nachsichtig. Für sie hieß das Stück: Wie angelt man sich einen Millionär? und war längst eine Klamotte. Daß er den Hals nicht vollkriegte, gönnte sie ihm um so mehr, als ihre Zuversicht, ihm vornehmere Interessen einreden zu können, aufgebraucht war. Ihre Sticheleien konnte sie trotzdem nicht ganz sein lassen. In Venedig, hatte sie ihm erst am Nachmittag vorgeschwärmt, war gerade eine Tizian-Ausstellung eröffnet worden. Das Geld, hinzufliegen und im »Gritti« abzusteigen, hatte er. Was konnte es schaden, wenn er einmal in seinem Leben eine Stunde in einem Museum zubrachte?

»Tizian? So hieß ein Pferd, das ich mal kaufen wollte.«

»Alle Welt fährt dorthin.«

»Ganz Krethi und Plethi aus Paris?«

»Du kannst dich ja, wenn du nicht ins Museum mitwillst, in ›Harry's Bar‹ zurückziehen und Champagner mit viel Eis saufen.« Ines war, wenn sie gute Laune hatte, gern frech.

Johnny entging nicht, daß auch Carola in der Erwartung, ihn für einige Zeit los zu sein, ebenfalls munter wurde. Er war, das wußte er selbst am besten, anstrengend – und das nicht nur, wenn er unzufrieden war oder unter Druck stand. Wie Ines fand, war er rund um die Uhr eigentlich ein Pflegefall.

Nichts anderes, im übrigen, warf er Ines vor!

»Verstehst du, Carola«, konnte Ines loslegen, wenn sie allein zusammensaßen, »er ist doch schon seit Jahren nur noch einer, der sich langweilt, der einfach nicht mehr weiß, wie er auf die nachlassenden Reize eines durch und durch sorgenfreien Lebens reagieren soll. Alles ist doch längst gelaufen, alles wiederholt sich doch nur noch! Es passiert doch nichts mehr, was ihn wirklich interessiert. Wann hast du ihn das letzte Mal lachen gesehen? Er leidet doch selbst am meisten darunter, wie schnell ihn alles anödet. Deshalb will er sich auch zweimal am Tag das Rauchen abgewöhnen, schreit herum, wenn sein Tennishemd nicht gebügelt ist, und wird böse, weil er sich nicht entscheiden kann, ob er den Sommer in Hawaii, Griechenland oder St-Tropez verbringen soll. Er hat doch nichts zu tun, als jede Nacht mit seinen Freunden rumzusitzen und alte Geschichten von früher aufzuwärmen. Dabei sind es nicht mal Freunde, sondern nur Leute, die auch irgendwie zu Geld gekommen sind, ihn bewundern und ihm zuhören. Immer die gleichen Gesichter, die gleichen Lokale, der gleiche Tisch, immer die gleichen Witze und jede Nacht die Hoffnung, daß die Tür aufgeht und ein junges Ding hereinkommt, mit der er ins Auto steigen und über den Brenner nach Como oder Positano in eines der Superhotels rauschen kann. Hat er sonst was zu tun? Er trifft seinen Vermögensverwalter, besucht seine Mutter, und die übrige Zeit ist er schlecht gelaunt. Bücher liest er nicht, ins Kino geht er nicht, Musik interessiert ihn nicht, mal abgesehen von seinem Rock 'n' Roll. Warum, denkst du, fliegt er so oft nach Los Angeles, hmm? Um nicht eingeholt zu werden von der Erkenntnis, daß sein Schicksal vorbei ist, sein Leben aber weitergeht.«

Carola hörte zu und wußte, wie recht sie hatte. Ines sprach aus, was sie selbst beschäftigte. Mit Johnny reden? Worüber, hätte er gefragt, und den Kummer, den sie hatte, weil sie sich Sorgen um ihn machte, ihr angelastet. Lief nicht alles gut? Er war wieder gesund, verdiente weiterhin haufenweise Geld, hatte seine Freunde und weit und breit keine Konkurrenz. Selbst die Stadt ließ ihn in Ruhe. Der Krieg mit Dr. Kohler war auch beendet; mit manchen seiner Beamten wechselte Johnny, wenn er ihnen begegnete, inzwischen sogar Freundlichkeiten.

Johnny ahnte allerdings nicht, daß mit der Ruhe auch die Langeweile zurückkehrte. Er war nicht mehr hungrig genug, immer neue Betriebe aufzukaufen oder neu bauen zu lassen. Sein Appetit war gestillt. Natürlich, hin und wieder in ein Auslandsgeschäft einzusteigen, war nach wie vor interessant. Aber der Kampf war aus. Er konnte die Hände in den Schoß legen. Genau dieser Zustand war es, der ihm keine Ruhe ließ. Der Straßenjunge war ein Ideal, dem er nachtrauerte. Wie ein Verrückter war er nun um seine Gesundheit besorgt, weil er fühlte, daß er verfaulte, vor die Hunde ging, entwurzelt in einer Welt, die er nicht begriff, immer abgelehnt, mit guten Gründen sogar verachtet hatte.

»Schau dir doch seine Jungs an. Geschäftsleute sind das alle inzwischen, richtig mit Schlips, Seidenhemden und Maßanzügen. Arno geht im Sommer segeln am Gardasee und fährt im Winter mitsamt seiner Familie nach Arosa. Oder Hans. Geht auf die Jagd. Demnächst wahrscheinlich auf Einladung von Thurn und Taxis. Sie fahren die teuersten Schlitten und haben sich längst daran gewöhnt, mit dem Monatseinkommen eines Generaldirektors zu leben. Schau dir ihre Bäuche an. Alles Jungs aus dem Milieu. Wenn Johnny überhaupt noch etwas Sorgen macht, dann sind es seine Haare. Stimmt doch, oder?«

Ja, dachte Carola, es stimmte. Neulich war er mit ihr zu seinem Bauernhof nach Oberfinning gefahren, um Xare und seine Frau Karin zu besuchen, Steckerlfisch zu essen, am Holztisch neben dem Maibaum eine Maß Bier zu trinken und anschließend eine Rundfahrt mit seiner alten Pferdekutsche zu machen. Am Dorfausgang sah sie ein Pärchen stehen, ein junger Bursch mit seinem Mädchen, die sich, einander ruhig haltend, küßten. Wie schön, dachte Carola. Daneben, in einer Hofeinfahrt, döste ein Hund im Schatten, ein richtiger Köter, struppig, verfloht und zufrieden vor lauter Trägheit. »Wie ich den beneide«, hatte Johnny gesagt.

Er war dabei, sich selbst auf die Nerven zu gehen. Er, den die Zeitungen respektlos »der Pate« nannten, der, wie sie gerade wieder geschrieben hatten, »heute in Kalifornien und Nevada die Millionenprofite seiner internationalen Geschäfte einstreicht – angeblich alles Glücksspielgewinne seiner US-Spielhöllen«. Wenn er jemals den einen einzigen Tag herbeigesehnt hatte, der ein ganzes Leben wert war, dann mußte er weit zurückdenken: an das Gefühl, sich mit der flachen Hand vorsichtig über die Haartolle zu streichen, statt dem Richter zu antworten, die Genugtuung, zwanzig Jahre später die eigenen hochbezahlten Rechtsanwälte zu belehren, die Befriedigung nach dem gewonnenen Prozeß. Das waren Siege, die gefeiert worden waren. Was Carola jetzt in die Alben klebte, waren Ferienfotos.

Er sah es in ihren Augen. Ines nutzte gerade seine gute Laune aus, um ihrerseits ein wenig zur Unterhaltung beizutragen. Sie wußte, wie Johnny es haßte, wenn sie in Fahrt kam.

»Ich kenne außerdem einen Italiener«, spottete Johnny, »der Tiziano heißt. Guter Pokerspieler.«

Ines fischte die Eiswürfel aus ihrem Champagnerglas. »Hoffnungsloser Fall.«

»Vielleicht bist du auch schon etwas zu alt, um noch einen

aufzureißen, der das ›Gritti‹ hinblättert, den Gondoliere spielt und sich durch Museen schleifen läßt.«

Diesen Umgangston kannte sie. Die Beleidigte spielte sie schon lange nicht mehr und nahm es als Spaß, auch wenn ihr klar war, daß Johnny nur bedingt etwas Spaßiges gemeint hatte. Sie wußte, was er von ihr hielt. Überallhin nahm er sie mit, und keiner der Männer, die sie traf, war ihr reich, schön oder gebildet genug. Ansprüche hatte sie, die hatten es in sich! Mit ihnen bliebe sie ihm bis an sein – oder ihr – Lebensende erhalten.

Johnny wußte, was er ihr, auch vor anderen, zumuten konnte und ging ganz gern einen kurzen Schritt zu weit. Mehr als die Andeutung einer Demütigung erlaubte er sich allerdings nie. Er wollte sie nur spüren lassen, daß er keinen Wert darauf legte, wenn sie die Adlige spielte.

Sie verschmerzte seine Anspielungen, fühlte sich aber unterbezahlt, wenn sich ihr Gehalt auch darauf bezog, immer wieder Verständnis für seine Grobheiten aufbringen zu müssen. Sie konnte gehen. Zurückhalten würde er sie nicht. Solange sie freilich freiwillig blieb, kümmerte ihn keine Kritik. Und Ines bemühte sich, in ihm weiter das ungezogene Kind zu sehen, ein Waisenkind im Grunde, das nie eine richtige Familie gehabt hatte.

Carola war neunzehn gewesen, als sie es begriffen hatte. Einen Willen hatte sie schon eine Sekunde, nachdem er sie angeschaut hatte, nicht mehr gehabt, nur das Vertrauen und ihren Glauben, er allein habe das Recht, sie zu verstehen. Daraus hatte ihr Leben bestanden, für das sie ihm auch jetzt noch dankbar war. Er besaß die Kraft der Gleichgültigkeit, auch was jene Frauen betraf, die er erst noch zu erobern gedachte. Er wußte selbst, daß auch seine Freunde nie ganz begreifen konnten, warum er unentwegt mit derart anstrengenden Schönheiten unterwegs war. Dabei fiel ihm ein, daß Miss Poloni bereits in Los Angeles auf ihn wartete. Den Bungalow im »Beverly Hills Hotel« hatte er Elke »auf unbestimmte Zeit« buchen lassen, Nick dazu noch ein Doppelzimmer im Hauptbau. Es war weiter nichts als ein Erfahrungswert, daß er eine Ausweichmöglichkeit brauchte.

Bevor Ines sich verabschiedete, um auf dem Nachhauseweg auch Carola abzusetzen, besprach er mit ihr noch Geschäftliches. Für den Sommer in St-Tropez und die Angelegenheiten der Côte d'Azur war sie zuständig. »Kümmere dich darum, daß der Mietvertrag der Villa gekündigt wird. Und rede mit Felix, daß ich seine zwei Wohnungen am Hafen mieten will. Ich hab es satt, da hinten von allem abgeschnitten zu sein. Ich will sehen, was los ist. Und die Wohnungen wären ideal.«

Das war nach seinem Geschmack. Lärm. Saufen. Freunde. Schiffe. »Außerdem tu ich's dir zuliebe, weil du St-Tropez so gern hast, Ines«, lachte Johnny, »die Côte d'Azur ist doch dein Kindergarten!«

Johnny war, was seine Existenz dort unten anging, auf Ines mehr angewiesen, als er das akzeptieren konnte. Sie regelte alles, zahlte alle Mieten, Restaurantrechnungen, Garagen, die Putzfrau, die Autowerkstatt, die Taxifahrer und Bootsverleiher. Sie war sein Mädchen für alles, was in Johnnys Augen kein Grund war, von Schwerarbeit zu reden. Die begann im Oktober nach Saisonende und bestand darin, Johnny klarzumachen, welche Summen er im Laufe eines Sommers auf den Kopf gehauen hatte.

»Wieviel?« brummte Johnny.

Sie klärte ihn über seinen Lebenswandel und die daraus entstehenden Kosten auf.

»Und dabei habe ich mich nicht einmal groß amüsiert.«

Es war jedes Jahr die gleiche Prozedur. Sie mußte es sich gefallen lassen, als Randfigur einer Männergeschichte dazustehen.

»Pack meine Sachen zusammen«, rief er Carola nach, als

sie schon draußen auf der Treppe stand, »und ruf den Hans an, daß er mich zum Flughafen fährt. Um neun!«

Heidi, seine treue Komplizin, blieb bis zum Schluß, bis Johnny genug hatte. Genug geraucht, genug getrunken, genug geredet. Mit ihr war selbst das Schweigen schön. Keine Frau, die er kannte, verstand so gut, worüber er mit keiner Frau sprach. Seine Müdigkeit, seinen Überdruß, seine Einsamkeit. Die Orkanstärke seiner Existenz hatte Erinnerungswert. Da saß er, selbst noch immer ein Orkan, und wartete auf die Flucht nach Los Angeles. Weil er rauchen wollte, aber Zigaretten ihm nicht mehr schmeckten, ließ er sich eine Zigarre bringen. Er entnahm sie einem Holzkästchen.

»Laß das hier stehen«, bat er den Kellner, betrachtete es, strich mit der Hand darüber und dachte an die Zeit, als er sein Geld noch in so einer Kiste aufbewahrt hatte. Die Geldscheine hatte er glattgestrichen, gezählt, wieder glattgestrichen und wieder gezählt, bevor er sie hineinlegte. Sein erstes richtiges Geld.

Die gute Laune, die er den ganzen Abend über empfunden hatte, ließ eine beunruhigende Leere zurück. In diesem Vakuum würde er in spätestens fünfzehn Stunden seine Kräfte vergeuden, und das nur, weil es keinen anderen Weg gab, dem Verlangen nach einer Frau zu widerstehen.

»Macht es noch Spaß?«

Johnny zog an seiner Zigarre und weigerte sich, darüber nachzudenken. Jede Antwort wäre gleich falsch. Heidi wußte das auch. »Wenn nicht«, sagte er schließlich, »betrinke ich mich eben so lange, bis es Spaß macht.«

»Klingt angeschlagen!«

Johnny gab ihr recht. »Auf manche Frauen wirkt komischerweise gerade das aber anziehend, ein Kerl, der zu müde ist, um sich bluffen zu lassen. Dem läuft aber dann garantiert am nächsten Abend eine über den Weg, die Mineralwasser trinkt, die Sonnenbrille nicht abnimmt und vor ihm die Bar verläßt. Sie weiß, was er tun wird – den Kellner rufen und zahlen. Sie wartet nicht vor der Tür, sie steht in einer Nebenstraße. Auch so ein Bluff.«

»Laß sie die Sonnenbrille abnehmen, was dann?«

»Was dann? Weiß ich auch nicht. Wahrscheinlich sollte man einfach sitzenbleiben.«

Als er gegen vier Uhr früh nach Hause kam, war Carola noch immer auf und damit beschäftigt, seine Sachen zusammenzupacken.

Er ließ sich ein Bad einlaufen. Dann weckte er Arno, nur um ihm mitzuteilen, daß er ab sofort aufhören werde, weiter Geld in einen Boxer zu investieren, der nicht die richtige Einstellung zu seinem Beruf fand. »Mehr als dreißig Profikämpfe sind genug. Es reicht. Sag Deska, er kann, wenn er will, allein weitermachen.«

Dann stieg er in die Wanne und telefonierte von dort aus weiter, weckte weitere Bekannte und Freunde, Uwe, Kölner-Hanne und die Frau von Winfried Kessler in Hamburg und Klaus Beer, den Berliner Boss, teilte seinem Freund Wolfgang Ullmann in Los Angeles seine Ankunftszeit mit, duschte sich kalt ab, stieg auf die Waage und rief Carola, um sie zu fragen, ob irgendwas mit der Waage nicht in Ordnung sei, worauf sie mit einem Lächeln den Kopf schüttelte und ihn an die neun Kilo erinnerte, die er seit einem halben Jahr abnehmen wollte. »Dann stimmt die Waage?« fragte er, nahm den Bademantel und zog verärgert die Schlaufe fester. »Mach mir Kaffee!«

Draußen wurde es langsam hell. Er legte sich auf die Couch, suchte die sechsunddreißig Programme seines Fernsehers ab, fand nichts, was ihn ablenkte, und wäre am liebsten gleich zum Flughafen gefahren. Noch immer quälte ihn die gleiche Leere wie vorhin, als Heidi die letzte war, die mit ihm sprach. Er hatte das Bedürfnis, Carola zu sagen, daß er sie liebte. Nicht, weil er mehr als sonst daran glaubte – er liebte sie wie seine vertrauteste, verständnisvollste Schwester –, sondern weil er sich davon eine Erleichterung versprach. Wenn es stimmte, daß Carola ein Engel war, dann hatte sie jedenfalls aufgehört, ihn erlösen zu wollen. Jetzt, in der unerträglichen Leere dieses Morgens, kam sie ihm noch vollkommener vor, noch reiner und duldsamer, aber sie war, wie er befürchtete, ihm wohl endgültig entglitten. Sie war nicht mehr die unglückliche Carola. Ja, es schien sogar, als leide sie nicht einmal mehr. Alles, was sie ihm hatte mitteilen wollen, war gesagt. Gib mich frei, Johnny. Laß mich nach Hamburg zurückgehen. Sei ehrlich, wenn du dich wieder in eine andere Frau verliebst. Es beruhigte ihn, daß sie an seiner Ehrlichkeit nicht zweifelte. Die Sache mit Miss Poloni zählte nicht. Es war unnötig, jedes Vergnügen durch ein Geständnis hochzuspielen.

»Willst du nicht lieber Süßstoff?« Carola hatte die Tasse vor ihn hingestellt.

»Nein, Zucker!«

»Wenn du aber abnehmen willst?«

Er roch, daß sie wieder angefangen hatte, Parfüm zu benutzen. Zum erstenmal tauchte der Gedanke auf, daß sie längst in einen anderen verliebt war. Nicht in München, nein, hier würde sie zu ihm halten. Aber in Hamburg. Hatte sie ihm nicht damals von einem Schulfreund erzählt und war rot geworden, als er wissen wollte, warum sie ihn erwähnte?

»Setz dich«, sagte Johnny.

Außer den Amseln, die im Garten draußen lärmten, war noch kein Laut zu hören. Beide saßen sie da, als hielte ein unsichtbarer Dom sie gefangen, ein Ort, den Johnny mit kleinen, frivolen Sünden verband, wenn er besser aufgelegt war. Aber jetzt wurde ihre Verlassenheit voreinander doppelt deutlich, zumal Carola einfach dasaß, ihm gegenüber, ihn betrachtete und offenbar nicht vorhatte, das Gespräch zu beginnen. In diesem Augenblick hätte er gerne gebetet, sie wieder begehren und lieben zu können. Er fühlte einen Schmerz, der deshalb so stark war, weil er einen Verlust ankündigte. Da saß die Frau, mit der er glücklich gewesen war, schöner als jemals und mit einem Ausdruck, der keine Boshaftigkeit kannte. Carola hatte kein Talent, verrückt zu spielen. Sie hatte sich entschieden, seine Frau zu sein. Also würde sie ihn den Zeitpunkt bestimmen lassen, wenn sie zu dieser Treue nicht mehr verpflichtet war.

Als hätte sie seine Gedanken erraten, lächelte sie ihn an. »Traurig würde mich nur machen, wenn du nicht ehrlich wärst, was dein Leben betrifft.«

Sie sprach, fiel ihm auf, nicht von ihrem, sondern von seinem Leben. Ist es möglich, dachte er, daß sie mich erst verlassen will, wenn sie überzeugt ist, ich könnte wieder glücklich werden? »Mein Fehler, daß ich es nicht anders kann.«

Sie hob die Augenbrauen. »Und deine Tricks?«

Jetzt mußte er lachen. »Aussichtslos, sie bei dir anzuwenden, wie du weißt.«

»Solange ich nicht selbst ganz genau weiß, was ich tun soll, außer erst mal nach Hamburg zu ziehen, habe ich gegen deine Überredungskünste nicht die geringste Chance. Bis heute jedenfalls nicht.«

»Heißt das, du weißt plötzlich, was du tun willst?« Konnte es sein, daß sie hoffte, es sogar herbeisehnte, er möge sich wieder verlieben? Er fragte sie.

»Nicht, daß ich hoffe, daß es passiert, Johnny. Was ich hoffe, ist: daß überhaupt etwas passiert. Daß ich für dich wieder etwas anderes bin als der Anlaß, Schuldgefühle zu haben. In jeder Geschichte kommt doch der Punkt, wo man sich entscheiden muß. Entweder der Faden reißt – oder wir zwei zerreißen ihn gemeinsam, was den Vorteil hat, daß wir wissen, wir beide haben es gewollt.«

»Klingt, als sei der Faden gerissen, ohne unsere Entscheidung.«

Carola lag auf der Zunge, einiges von dem zu wiederholen, was Ines immer so von sich gab, das mit dem zu Tode gelangweilten Mann. Aber sie ließ es sein – es hätte die Stimmung zerstört, jetzt, wo er zum erstenmal überhaupt bereit war, ein paar vernünftige und persönliche Worte mit ihr zu reden. »Noch eine Tasse?«

»Her damit!«

Bis jetzt war er immer von der Nützlichkeit seines Vergnügens ausgegangen. Nun, während er Carola zuschaute, wie sie ihm den Kaffee einschenkte, war er im Zweifel, ob es überhaupt noch ein Vergnügen gab, das ihm den Vorteil garantierte, sich danach wohler zu fühlen. Sie hatte nie etwas gefordert, nicht einmal hin und wieder ein Vergnügen. Sicher, er hatte sie zu einer reichen Frau gemacht, weil er in Geld schwamm. Was immer er ihr also vorenthalten hatte, eines war ihm jedenfalls gelungen: Carola war eine finanziell unabhängige Frau, die genug hatte, um sich von niemand je mehr vorschreiben lassen zu müssen, was sie zu tun oder zu lassen hatte.

»Sei ehrlich, wenn es passiert, ja?«

»Du betest es förmlich herbei.« Warum wiederholte sie es?

»Ich bin gefangen, Johnny. Und will nicht, daß du dich auch noch verfängst.«

Ihm war, als triebe er wie ein morscher Baumstamm durch stilles, sumpfiges Wasser. »Verfängst?«

»Tu dir nicht selbst weh, Johnny, nur weil du spürst, daß ich diesen Schmerz kenne, so gut kenne, daß er keine Wirkung mehr hat, jedenfalls keine negative. Du hast mich schon damals verlassen, als wir diese dämliche Urkunde in Las Vegas unterschrieben haben. Der Zeitpunkt unserer Hochzeit war die Stunde unseres Abschieds.«

Ihm gefiel ihr Ton nicht, und noch weniger gefiel ihm der Gedanke, wie selbstsicher sie inzwischen geworden war. Fast hörte es sich an, als wollte sie ihn trösten. »Wer ist der Typ?«

»Wer?«

»Dein sogenannter Schulfreund!«

Sie wurde weder rot noch nervös oder böse. »Ein Bauunternehmer.«

»Verheiratet?«

»Noch, ja.«

»Und wie hat er sich an dich rangeschwindelt?«

Carola mußte lachen. »Mir traust du wohl gar nichts mehr zu, was?«

Wieder fühlte er diesen Schmerz, nicht viel mehr Schmerz, als ein einzelner Nadelstich auf einer Fingerkuppe auslöst. »Und, wird er sich scheiden lassen?«

Carola strahlte, als erinnere sie sich nach einem erholsamen Schlaf an schöne Träume. »Wird er, sobald meine Entscheidung feststeht.«

»Ist das sein Parfüm?«

»Du weißt nicht, wie gut das tut, daß es dir was ausmacht«, sagte sie. »Ich werde ihn dir rechtzeitig vorstellen. Natürlich ist er nicht wie du. Keiner wird jemals sein wie du. Ich will aber auch keinen mehr, wie du einer bist.« Sie war sichtlich erleichtert, daß sie es geschafft hatte, ihm seine Einmaligkeit bescheinigt, gleichzeitig aber auch einen Schlußstrich gezogen zu haben, einen Schlußstrich unter ihr gemeinsames Leben – und unter dieses Gespräch. Sie war müde. »Ich kann kaum noch die Augen aufhalten. Bist du mir sehr böse, wenn ich mich jetzt hinlege?«

»Nein, geh schlafen. Wie spät ist es?«

»Sieben vorbei.«

»Und was soll ich allein bis neun machen?«

Carola setzte sich neben ihn, nah genug, daß er das Parfüm riechen konnte. »Aufhören, dir Vorwürfe zu machen. Du hast alles richtig gemacht. Du warst gut zu mir, immer. Und wenn du zurückkommst, bin ich hier.«

»Es kotzt mich an, mir jeden Tag den gleichen Mist anzuhören, kaum komme ich ins Büro. Kann also gut sein, daß ich mich erst einmal eine Weile in Kalifornien rumtreibe.«

Carola antwortete nichts mehr, gab ihm einen Kuß und stand auf.

Wie leicht es mir fällt, dachte er, nachdem er lange genug die Wände angestarrt hatte, hier die Tür hinter mir zuzuschlagen. Diese gottverdammte Luxuswohnung, die Carola, aber mehr noch, wie er wußte, Ines mit soviel Geduld (und noch mehr Geld) eingerichtet hatte. Dieses Prunkstück, das aussah wie ein überdimensionaler Pudertopf, mit Marmorkamin, kugelsicherem Fensterglas, eigener Sauna und eigenem Swimmingpool, goldenen Wasserhähnen und einer muschelförmigen Badewanne. Selbst der blühende Garten draußen schien sich abzuwenden.

2

Er schlief einfach nicht ein, auch nicht nach der zweiten Flasche Rotwein, aber was machte das schon. Er genoß den Flug. Es gab nicht viele Augenblicke, die er so entspannt genießen konnte. Hinter ihm lag Europa, unter ihm der Atlantik, vor ihm das Vergnügen, wieder ganz er selbst sein zu können.

Amerika war das richtige Pflaster. Hier fühlte er sich mehr als sonstwo auf der Welt zufrieden. Die Zeit, in der er nur aufgrund von Empfehlungsschreiben seiner Freunde in Las Vegas empfangen wurde, war vorbei. Er hatte schon in Europa genug erfolgreiche Menschen kennengelernt, aber hier waren sie amüsanter, zumindest weniger langweilig. Es gab wahre Ungeheuer des Erfolgs, die nicht aus uraltem Adel stammten, die Nase hoch trugen und ihn wie einen zweifelhaften Emporkömmling behandelten. Im Gegenteil, nichts brachte hier mehr Respekt ein, als seine Laufbahn mit weniger als ein paar lumpigen Dollars in der Tasche begonnen zu haben. Es gab hier Ehrfurcht vor der Energie, mit der einer den Weg zur Sonne suchte. Dieses Land war noch immer wild, roh und glaubte, auch wenn es den Reichtum wie einen Mammon vergötterte, doch immer noch an einen Traum. So einer war auch er, ein Träumer, dem es jetzt vorkam, als kehre er in seine Kindheit zurück, in die Dunkelheit der Filmtheater. Hollywood, Sunset Boulevard! Er erinnerte sich, wie sehr er sich immer über die Fernsehserie »77 Sunset Strip« amüsiert hatte.

Ein langer Weg war das, vom Freßkorb mit Schleife bis zu den Geldsummen, die auf seinen Konten lagerten. Deshalb bewunderte Johnny an seinen Freunden auch nicht die Macht ihrer Vermögen, sondern den Stolz, auch ohne diesen Aberglauben erfolgreich zu sein. Es gab Dollars, die einem Einfluß verschafften, und Dollars, die Eindruck machten. Johnny hatte beide Währungen zur Hand.

Es gab in Los Angeles genug Kreuzungen, an denen man länger als üblich anhalten mußte und dann unweigerlich von dort bereits wartenden Schwarzen, Mexikanern oder Puertoricanern, die nichts weiter als eine Zeitung in der Hand hatten, gefragt wurde, ob sie nicht die Windschutzscheibe säubern dürften; auf jedem Parkplatz der großen Supermärkte standen Hungrige und Verarmte herum, die einem einzureden versuchten, sie würden den Wagen gewaschen haben, bis man von seinem Einkauf zurückkäme. Nicht immer hatte Johnny Zeit oder Lust, sich helfen zu lassen, vor allem nicht, wenn er allein unterwegs war. War er aber in Begleitung, ließ er sie ein paar Dollar verdienen. Es machte ihm sogar Spaß, sich diese Zeit zu nehmen – und die Verwunderung zu genießen, die jeder, der in Los Angeles zu Hause war, für seine Geduld aufbrachte. Johnny empfand nie die geringste Verlegenheit, eine Arbeit zu honorieren, auch wenn sie nur darin bestand, den Schmutz auf seiner Scheibe mehr zu verreiben als zu entfernen. Sobald er spürte, daß zum Beispiel einer Frau, mit der er gerade spazierenfuhr, diese Anwandlung von sozialem Verständnis mißfiel und sie sie als Belästigung empfand, stellte er klar, daß er selbst auch einmal ganz unten angefangen hatte, auch auf der Straße, und fuhr sie, anstatt mit ihr auszugehen, lieber gleich wieder nach Hause.

Auch die Zuverlässigkeit der kleinen Leute, die das Leben in einem Hotel einfacher machten, der Kellner, Portiers, Bademeister und Zimmermädchen, honorierte Johnny. Er war im »Beverly Hills« beim gesamten Personal bald derart beliebt, daß selbst ein griechischer Großreeder – »One moment, please, Mr. Niarchos!« – einmal warten mußte, bis er zu seinem Lieblingstisch in der Pololounge geführt worden war.

Der Freudenschrei, mit dem Miss Poloni ihn begrüßte, war ihm zu laut, ihre Umarmung zu aufdringlich und ihre Beteuerungen, wie sehr sie ihn vermißt habe, lästig. Er hatte das Gefühl, daß sie oscarreif sein wollte. Warum aber hatte sie dann, wenn sie schon, mit ihm als Statist, ihre Liebesszene vom Blatt spielen wollte, keine Fotografen oder, noch besser, gleich ihren Regisseur eingeladen?

Jetzt, wo sie leibhaftig vor ihm stand, war ihm alle Lust gleichgültig. In Gedanken hatte er sie begehrt. Es war aufregend gewesen, sich nach ihrem Körper und dessen Liebestollheit zu sehnen. Ihre Augen waren zwei Sternenstraßen, ihre entschlossenen, vollen Lippen aber eine Aufforderung gewesen, die Zähne zusammenzubeißen. Das Flattern unter ihrer festen und jungen Haut hatte er spüren und ihr die Fäulnis seiner Begierde einbrennen wollen. Das alles aber war plötzlich wie ausgelöscht. Am liebsten hätte er sie nach Hause geschickt. Er schaffte es schließlich, sich so weit zusammenzureißen, daß sie seine Überreiztheit als Folge seiner Müdigkeit akzeptierte. Je mehr er am Abend trank, um so mehr vergaß er, daß er aufgehört hatte, ihre Gegenwart ertragen zu können.

Die Zeit bis zum Abflug nach Las Vegas verbrachten sie im Bett. »Dabei hätte ich so viele Leute zu treffen«, beschwerte sie sich. Sie redete, wann immer sie den Mund aufmachte, nur von ihrer Karriere. Johnny ließ sie reden und dachte die ganze Zeit an Jackie Chandler, von der er wußte, daß sie inzwischen in Los Angeles lebte, in einem Haus irgendwo in den Bergen, verheiratet mit einem Nachtclubsänger. Er hatte sie noch immer nicht ganz verdaut und immer gehofft, sie würde ihm irgendwann zufällig über den Weg laufen. Als das nicht passierte, beauftragte er Wolfgang Ullmann, ausfindig zu machen, wo sie steckte. Als der ihm die Adresse und ihre Telefonnummer endlich gab, zerriß er den Zettel gleich wieder, um sie nicht nachts, wenn er getrunken und mit Miss Poloni Streit hatte, anzurufen. Er wußte, daß es keinen Sinn hatte, die Geschichte wieder aufzuwärmen, trotzdem aber würde er dieses Mal Los Angeles nicht verlassen, ohne sie wiedergesehen zu haben. Ullmann hatte herausgefunden, daß ihr Ehemann gerade in Las Vegas gastierte; also war sie vielleicht ebenfalls dort.

»Aber daß wir anschließend, ich meine, nach dem Boxen, auf all die vielen Partys gehen, das hast du mir versprochen.«

»Kann gut sein!«

»Heißt das, du hast vor, dich die ganze Nacht mit deinen Freunden rumzutreiben? Dann flieg ich nicht mit. Boxen interessiert mich nämlich nicht gerade rasend!«

»Nein, habe ich auch nicht vermutet. Aber daß ganz Hollywood am Ring sitzt, das willst du dir doch sicher nicht entgehen lassen, oder?« Dann veränderte sich sein Tonfall. »Du würdest in jede Kloake steigen, wenn du nur die wichtigen Leute treffen kannst!«

»Halt dein dreckiges Maul!« Sie stürzte sich auf ihn und wollte ihm das Gesicht zerkratzen.

Er fing sie ab, hielt sie an ihren Handgelenken fest und drückte sie in die Kissen. »Was ist, willst du nicht ehrlich sein? Ich breche dir alle Knochen, wenn du nicht zugibst, was für ein Miststück du bist.«

»Was willst du hören? Wie ich's treibe?« Ihre Stimme überschlug sich. »Na klar, ich besorg's jedem, im Stehen sogar, wie deine Huren. Glaub nur nicht, daß ich zimperlich bin. Bei mir kommt jeder auf seine Kosten. Wenn ich reinkomme, schließe ich die Tür ab, gleich zweimal, wenn der Mann hinter seinem Schreibtisch der Boss ist.« Dann fing sie an zu weinen. »Laß mich los. Untersteh dich, mich nicht sofort loszulassen. Du tust mir weh.«

Er ließ sie los. »Ich ruf Ullmann an, daß er uns abholt. Das Flugzeug geht in vier Stunden.« Er benutzte das Telefon in der Lobby, um Jackie zu finden. »In welchem Hotel wohnt sie?«

»Im ›Tropicana‹!«

Als er Jackie, wie verabredet, nach Ende der Boxkämpfe in der Bar des »Tropicana«-Hotels traf, war er so nervös wie mit fünfzehn, als er zum erstenmal mit Schnecke schlafen wollte. Auch damals hatte er alles versucht, sich nichts anmerken zu lassen. Er setzte sich ihr gegenüber, winkte dem Kellner und bestellte eine Flasche Champagner, zwei Gläser und einen Eimer Eiswürfel. Seit er das Rauchen aufgegeben hatte, kaute er auf Zahnstochern herum. Er hatte sich viel vorgenommen vor diesem Wiedersehen, vor allem eines: ihren Reizen zu widerstehen. Sie hatte ihre Macken, war unberechenbar und unvernünftig wild, aber sie war noch immer die Frau, der er gerne noch einmal, noch einmal zum erstenmal, begegnen würde.

Jackie starrte ihn an, zitternd vor Unruhe und mit dem Gefühl, daß es vernünftiger wäre, ihn zu hassen. Sie stammelte seinen Vornamen, wiederholte ihn zweimal und atmete dabei, als bekomme sie zuwenig Luft.

»Und oben steht dein Mann auf der Bühne?« Johnny wich ihrem Blick aus, weil er sonst aufgesprungen wäre, um sie zu packen. Er kannte sich. Bei Jackie bestand noch die Gefahr, daß er den Verstand verlor.

Sie antwortete nicht. Aber die Farbe ihrer Augen veränderte sich. Sie schaute jetzt angriffslustig. Sie mußte herauskriegen, ob er noch der Kerl war, nach dem sie so verrückt gewesen war. Was sie herausfand, war viel schrecklicher: Er war der Kerl, von dem sie nie loskommen würde, sie liebte ihn, liebte ihn mehr noch als damals.

Sie starrte ihn an, als wollte sie ihn betäuben. Ihre Augen waren wie eine Wand ohne Tür und ohne Fenster. Es gab kein Entrinnen vor dem Schmerz der Erinnerung. Beide belauerten sich. Erinnerung? Sie bestand in der Hauptsache aus einem unverschämten Hunger nach Sex. Es kam Johnny so vor, als wollte sie ihn zu gleichen Bedingungen zurückhaben.

»Was ist, Jackie?« Sah sie die Funken, die seine Haut wie Schweiß absonderte? Hörte sie, was er in Gedanken zu sich selbst sagte? Nimm sie. Steh endlich auf. Geh mit ihr sonstwohin, ins nächstbeste Hotel, raus in die Nacht, in die Wüste, weit weg jedenfalls, weit, weit weg!

»Ja, da oben singt er.«

Johnny spürte die Kälte, mit der sie antwortete. So klang sie, wenn sie es satt hatte, zu warten. Warum steht er nicht auf, dachte sie, nimmt mich, liebt mich, in einem Hotel, in der Wüste, egal, nur nicht warten, nur nicht reden.

Jeder versuchte, seine Selbstachtung zu verteidigen. In jeder Liebesgeschichte, die etwas taugt, sind Liebende Gegner, gute, gleichwertige Gegner ohne jedes Mitleid.

»Warum gehen wir nicht hoch und hören ihm zu?«

Jackie fing an, laut zu lachen. »Das hab ich dir zu verdanken, daß ich jetzt mit einer Elvis-Kopie verheiratet bin.«

Okay, dachte Johnny, ich nehme alle Schuld auf mich. Es

machte die Sache leichter. »Ich habe inzwischen im übrigen auch geheiratet.«

Jackie reagierte, als habe Johnny mit einer lebenden Schlange nach ihr geschlagen. »Du machst Witze.«

»Nein.«

»Laß mich raten.« Jackie zählte die Finger ihrer Hand ab, ballte sie zur Faust und sagte: »Carola, stimmt's?«

»Ja.«

Sie dachte nach. »Aber doch nur, um sie besser betrügen zu können.«

Johnny warf den Zahnstocher in den Aschenbecher. »Um sie nicht mehr betrügen zu müssen.«

»Aha!«

Dieses gemeine Luder, dachte er, noch mehr Alkohol und ich trage sie auf Händen in die Wüste.

»Du bist doch sicher nicht mit ihr in Vegas, oder?«

»Nein, da wartet jemand, daß ich auf einer Party erscheine.«

»Was Wichtiges?«

»Jedenfalls war es mir wichtiger, dich zu sehen.«

»Und was siehst du?« Sie versuchte, alle Bitterkeit, die sie gerade empfand, durch ein Lächeln zu verdecken. Trotzdem dachte sie nicht daran, sich zu verstellen. »Die Jackie von damals, deine Jackie, gibt es nicht mehr. Was du siehst, ist nichts, was dich noch reizen könnte.«

Sie wurde mit jedem Satz, den sie in diesem Ton von sich gab, gefährlicher. Und sie war, wie er sah, unverschämt genug, den Zusammenbruch seiner Widerstandskraft genau zu beobachten; es machte sie schön. Sie spielte, herausfordernd übermütig, die Verlassene, eine Frau, die ihre Fehler eingesehen hatte. Vielleicht, dachte sie, kommt in dieser Nacht noch der Moment, wo ich ihm sagen werde, daß ich nichts bereue, daß ich unschuldig bin. Immer wenn das Gespräch abbrach und nur die Musik zu hören war, eine Musik, die nicht dazu da war, daß man zuhörte, packte Johnny die Verzweiflung. Es war ungerecht, daß Jackie so schön war, daß sie ihm im Nachtdunkel dieser Bar gegenübersaß und ihn fertigmachte.

»Paß auf, Jackie, wir nehmen zwei Flaschen mit und verziehen uns.«

»Und deine Party?«

»Ohne mich.«

»Und die Kleine, die wartet?«

»Soll warten.«

Miss Poloni wartete bis lange nach Sonnenaufgang, bis Johnny ins Hotel zurückkam. Er war glücklich, glücklich betrunken und darauf gefaßt, daß sie ihm eine Szene machen würde. Noch ein Abschied, was war dabei! Die ganze Nacht hatte er Abschied genommen. Jackie und er hatten es nicht bis in die Wüste geschafft, sie waren wie Ertrinkende, die an eine Rettung nicht mehr glauben können, im Garten des Hotels gelegen, hatten sich ewige Liebe geschworen, sich heiser geflüstert – und waren doch davor zurückgeschreckt, mehr zu tun als überzuschnappen.

»Warum, Johnny?«

Weinend hatte Jackie diese eine Frage wiederholt, immer wieder. Ihr Nachhall ließ sie noch verzweifelter klingen. Johnny lag auf dem Rücken im Gras, schaute in den Nachthimmel und wußte auch keine Antwort.

Neben Miss Poloni, die fabelhaft verzweifelt war, stand Wolfgang Ullmann, der sie auf Don Kings Party begleitet hatte. Alle halbe Stunde war sie zum Ausgang gerannt, weil sie glaubte, man würde ihn vielleicht nicht hereinlassen.

Johnny gab sich unbeteiligt. Der Alkohol, den er die ganze Nacht hindurch getrunken hatte, half, daß er ihr Geschrei gedämpft und ihre Bewegungen verlangsamt wahrnahm. Was er sah, zerfiel vor der Breitleinwand großer Spiegel in Einzelheiten.

Die Szene, die sie abzog, war wieder filmreif. Das mußte man ihr lassen, sie gab ihr Bestes. Und schaffte es doch nur, daß eine Komödie daraus wurde.

Und mitten in diese Komödie hinein platzte plötzlich auch noch einmal Jackie, am Arm ihres Mannes.

»Sie müssen Johnny sein«, sagte er, kam auf ihn zu und wollte ihm die Hand geben.

»Verschwinden Sie«, sagte Johnny. »Und nehmen Sie, was ich sage, nicht persönlich!«

Jackie stand da und weinte.

Miss Poloni dachte nicht daran, sich in den Hintergrund spielen zu lassen und erhöhte das Volumen ihres Geschreis.

Johnny schrie zurück. Er sagte ihr jede Unverschämtheit, die ihm einfiel. Aber einer Frau weh zu tun, war, wie er wußte, jedenfalls der falsche Weg, sie loszuwerden. Er hatte Lust, in die Wüste zu laufen, allein, eine Staubwolke hinter sich als Rückendeckung.

»Bitte, geh jetzt nach Hause, Jackie«, bat er sie.

Sie weinte so hemmungslos, daß Ullmann die Angst packte. Er versuchte immer noch, die kreischende Miss Poloni einzufangen, um sie in ihr Zimmer zu verfrachten.

»Keiner behandelt mich so«, schrie sie, »auch du nicht!«

Johnny machte Ullmann ein Zeichen, sie wegzuschaffen.

Der Elvis-Imitator hatte weniger Mühe, Jackie zu überreden, mit ihm das Hotel zu verlassen. Johnny schaute ihnen nach. Es sah aus, als führe er sie auf direktem Weg zum Schafott.

Johnny blieb dabei, er war noch immer glücklich, glücklich betrunken und stand dann auf, um Carola anzurufen.

»Ich habe in Hamburg eine Wohnung für dich. Da kannst du sofort morgen, wenn du willst, einziehen.«

Carola war gerade erst eingeschlafen gewesen und glaubte nicht, was sie hörte. Eine Wohnung in Hamburg? Das hieß, daß er sie freigab.

3

Es gab genug Augenblicke, wo ihn die Gesellschaft der Erfolgreichen anwiderte und er sich von dem Geld, das er besaß, so gedemütigt vorkam, daß er die nächstbeste Spelunke ansteuerte und einen Drink bestellte. Das tat gut. Jeder Schluck spülte ihn ein Stück weiter die Elbe aufwärts, zurück in den Hamburger Hafen. Nach dem fünften Glas stieg er an Land, schlenderte den Hamburger Berg hoch in Richtung Hans-Albers-Platz, und sein Herz wurde mit jedem seiner Schritte härter. Auch das tat gut. Es war auch eine Art Rausch. Damals war Geld etwas gewesen, das nur bar in Umlauf und nur durch Einfallsreichtum an Ort und Stelle zu haben war. Man riß es an sich. Das war kein Geldverdienen, sondern ein Kampfsport, immer verbunden mit Gefahr. Heute hing, wie Ines behauptete, seine Laune von der Notierung der Börsenkurse ab.

Wer durch die Nacht irrt, sucht einen Unbeirrbaren. Der einzige Mensch, den Johnny in Los Angeles in dieser Stimmung ertragen konnte, war der Boxer, dieses intakt gebliebene Stück Vergangenheit. Nach Deutschland konnte Grupe, weil ein Haftbefehl gegen ihn vorlag, nicht zurück, lebte von den Honoraren, die ihm Nebenrollen in Filmen einbrachten, und war damit zufrieden. Natürlich, auch er liebte Geld, aber noch mehr hatte er sich immer selbst geliebt, seinen Stolz und seine Unabhängigkeit. Er war so unkompliziert direkt, daß es sogar Amerikaner verwirrte.

Einmal hatte Johnny einen Tisch im »Spago« bestellt, einem der exklusiven Restaurants in der Stadt. Der Boxer hatte was übrig für gutes Essen und guten Wein, aber er haßte die Zirkusnummern der Kellner und erwies sich selbst die Ehre, auf den Nutzen von Kompromissen zu verzichten. Er tat das wie eine Majestät. Johnny erinnerte sich, daß er den Ring auch nach einer Niederlage immer siegessicher verlassen hatte.

Johnny wollte zum Essen eine Flasche Rotwein bestellen, und weil er keine Geduld hatte, die Karte zu studieren, und nicht so tun wollte, als kenne er sich aus, bat er darum, man möge die beste, die sie hatten, bringen.

Der Kellner erschien mit einer Flasche, die er ihm in vornehmer Entfernung hinhielt.

Sie ließen ihn einige Minuten einfach warten. Dann wandte sich der Boxer dem Kellner zu. »Worauf wartest du eigentlich?«

»Wäre der recht?« Ihm war beigebracht worden, daß Luxus ein Maß an höflicher Langsamkeit voraussetzte.

»Das steht nachher auf deiner Rechnung, wie der dasteht«, sagte der Boxer und wiederholte seinen Wunsch, der Kellner solle die Flasche endlich entkorken und einschenken.

Der Kellner gab auf, nahm den Korkenzieher aus seiner Jackentasche, öffnete die Flasche, roch mit der Umständlichkeit eines Philosophen am Korken, schien beim Riechen auf eine Eingebung zu warten, jedenfalls blickte er in aller Ruhe nach oben zur Decke, kam dann aber doch wieder zu sich, spitzte die Lippen und gab dem Boxer mit einem gemütvollen Nicken zu verstehen, daß, seiner Meinung nach, an der Qualität des Weines nichts auszusetzen sei. Er goß daraufhin eine geringe Menge der Flüssigkeit in ein Glas und reichte es dem Boxer.

Auch Grupe verstand sich auf die Legende vom Straßenjungen und schaute verwundert hoch. »Was soll ich damit?«

»Wenn Sie probieren wollen?«

»Schicken Sie doch bitte mal den Geschäftsführer vorbei«, sagte Johnny.

»Sehr wohl, einen Augenblick!« Der Kellner legte die Flasche sorgfältig in das Körbchen zurück und entfernte sich.

Der Geschäftsführer kannte Johnny Berger. »Was gibt's, irgend etwas nicht in Ordnung?«

»Nein, Bernard, alles bestens«, antwortete Johnny. »Nur sag bitte deinem Personal, daß sie mich wie einen normalen Menschen behandeln sollen. Wenn ich den besten Wein bestelle, soll der Kellner ihn bringen, öffnen, prüfen, ob er korkt und die richtige Temperatur hat, und dann einschenken, aber er soll mir das ganze vornehme Getue ersparen.«

»Na ja, Johnny«, wehrte sich Bernard, »nicht jeder ist wie du.«

»Daran können wir auch nichts ändern«, sagte der Boxer. »Kriegen wir jetzt endlich was ins Glas?«

Ein paar Monate später, wieder in Las Vegas, lernte er Helena Kallianiotes kennen, eine Frau wie ein Muskel, klein, nervös, Kettenraucherin, die einen ihrer viel jüngeren Begleiter mit ihrer lauten und intensiv heiseren Stimme gefragt hatte: »Der da, der Junge, wer ist das?«

Johnny saß im Casino des »Caesar's Palace« an einem der Pokertische und hörte nichts als das Klatschen der Karten. Solange er spielte, gab es nur seine Gegner, die ihn interessierten.

Helena hatte, was Menschen anging, einen untrüglichen Sinn für Echtheit. Vier Stunden später gab sie ihm die Hand. »Ich bin Griechin«, stellte sie sich vor, »und heiße Helena.«

Sie war, was Johnny sofort wahrnahm, eine Frau nach seinem Geschmack, nicht freilich eine, die er haben wollte, aber eine, für die er jede, die er haben wollte, warten ließ. Sie war, wie er, ein Straßenköter, eine Frau, deren Direktheit unwiderstehlich wirkte. Privatleben kannte sie keines. Ihr Liebesverlangen ließ sie ungenutzt, weil sie vor lauter Lebendigkeit einfach nicht dazu kam, sich selbst eine Affäre zu gönnen – was den Verdacht aufkommen ließ, sie hätte viele. Aber immer kam ihr, wie jetzt wieder mit Johnny, eine Freundschaft dazwischen.

Sie war ein Feuerball an Witz und Konsequenz. Allein, wie sie »Helenas«, ihren Club, nach oben gebracht hatte. Dort standen jede Nacht jede Menge Stars Schlange. Während Helena alle beruhigte, sprach sie gleichzeitig noch mit jemand am Telefon, das sie immer mit sich herumtrug, und war dabei immer noch fähig, ihre Kellner anzuschnauzen. Außerdem war ihr die Musik immer zu leise.

Das war ganz Johnnys Tempo. Sie wurden Freunde, sehr enge Freunde. Welch himmelschreiendes Vergnügen, ihr begegnet zu sein. Sie verbrachte nicht ihr Leben damit, anderen Leuten andauernd um den Hals zu fallen. Es gibt also doch noch Menschen, dachte er, die wie ich sind. Deshalb schmiß er für sie auch eine Geburtstagsparty, zu der ihr zwar ganz Hollywood persönlich gratulierte, aber kaum einer wußte, wer der Gastgeber war. Um sich für die Party zu revanchieren, stellte Helena ihm dann der Reihe nach alle ihre Freunde vor, auch Frauen, von denen sie annahm, daß sie Johnny gefallen mußten.

Helena mußte nichts dazulernen. Sie war durch die Hintertür ins Leben getreten, als kleines Mädchen sicher ein häßliches Entlein, aufgewachsen in einem griechischen Dorf, wo Wasser knapp war und das Meer den Männern gehörte. Es blieben ihr also nur die Städte, und eines Tages bestieg sie in Athen die Maschine nach Los Angeles. Das Kapital, das sie anfangs für ihre Geschäfte benötigte, investierten Männer, die sie als Liebhaber abwimmelte. Und zahlte, was sie schuldete, auf den letzten Cent zurück. Wenn es sich ergab, war auch nach Jahren noch Zeit, sich mit dem einen oder anderen auf ein kurzes Wochenende zu verabreden, in Carmel, Hawaii oder Puerto Vallarta.

Nick Dahn starb am 13. Januar 1987 an Krebs, zwei Tage nach seiner Einlieferung ins Schwabinger Krankenhaus. Bei ihm waren seine junge Frau Marlene und Johnnys Sekretärin

Elke. Johnny selbst saß in Nicks Todesstunde allein an Deck der »Chardonney«, eines gecharterten Motorseglers, der in einer karibischen Bucht ankerte. Er hatte es abgelehnt, seine Freunde und Gäste an Land zu begleiten, weil er sich, wie er behauptete, in aller Ruhe die Sterne anschauen wollte. Das war ungewöhnlich – und keiner nahm ihm das ab. Hatte er nicht selbst noch am Nachmittag vorgeschlagen, am Abend ausgehen zu wollen? Als fünf Stunden später alle wieder zurückkamen, saß er immer noch im Liegestuhl. Längst war die Sonne aufgegangen.

Als er von Los Angeles aus sein Büro in München anrief, staunte Elke, daß er sofort wissen wollte, ob mit Nick alles in Ordnung sei. Sie erzählte, was passiert war.

»Ich bin gleich da!«

Vor zwei Jahren hatte Nick zum erstenmal über Zucker geklagt und sich Sorgen gemacht um Marlene. Sie war vierzehn gewesen und noch zur Schule gegangen, als sie seine Freundin wurde. Gleich nach ihrer Volljährigkeit hatte er sie geheiratet. Solange er gesund war, scherte ihn kein Altersunterschied. Aber jetzt, da er sich krank, müde und alt fühlte, brauchte er die Gewißheit, daß dem jungen Ding, das so vollständig auf ihn angewiesen war, nach seinem Tod Geld zur Verfügung stand.

Johnny hatte Nick immer verspottet, wenn er damit anfing. Er nahm ihm einfach nicht ab, daß er nicht mindestens hundert Jahre alt werden würde. Trotzdem aber, weil er sich nicht nur vor Krankheiten, sondern vor allem vor langen Gesprächen darüber fürchtete, hatte er eingewilligt, daß Nick seine Arbeit einschränken und, bei gleicher Bezahlung, nur noch halbtags arbeiten sollte.

Nick sprach über den Verlauf seiner Krankheit wie ein Professor über ein wissenschaftliches Selbstexperiment, sorgfältig, kühl und gelassen. Er hörte sich immer an, als spreche er Latein oder referiere über ein Abschlußexamen in

Chemie. »Okay, Herr Doktor«, lachte Johnny dann, »und nun zum Geschäftlichen.« Es war nicht nur Zucker, wie die Ärzte dann feststellten, sondern auch Krebs. Aber Johnny tat immer noch so, alles für eine Erfindung von Nick zu halten, um mehr Zeit zu haben, junge Mädchen zu verführen, seine Computerkurse zu absolvieren und ein wenig mehr Aufmerksamkeit zu erbetteln. Gleichzeitig gab er aber Elke den Auftrag, sich noch mehr als bisher um Nick und Marlene zu kümmern. »Den kriegen wir schon wieder hin, mach dir da keine Sorgen. Er soll sich bei Xare draußen auf meinem Bauernhof erst einmal richtig erholen.« Johnny wehrte sich gegen den Gedanken, daß ein Mann, der sich in sieben Sprachen unterhalten konnte, einfach ins Gras biß, einfach so. Er rief, noch von Los Angeles aus, einen befreundeten Arzt der Augsburger Klinik an und bat ihn, Nick zu untersuchen und das Ergebnis niemandem außer ihm mitzuteilen. Auch diese Untersuchung bestätigte: Nick war unheilbar krebskrank und jede Operation zwecklos.

Nichts war zwecklos, jedenfalls nicht in Johnnys Augen. Er flog nach München, organisierte im Klinikum Großhadern sofort ein Einzelzimmer, einen Arzt, der operierte, und setzte gleichzeitig, zusammen mit Demuth ein Schriftstück auf, daß Marlene nach Nicks Tod noch ein Jahr lang das volle Gehalt ausbezahlt werden sollte. Dann flog er nach Tokio. »Wenn ich das Pachinko-Spiel von den Japsen kaufe, brauche ich dich, Nick, und zwar gesund. Was soll ich mit dem Kram, wo nur einer mit den Schlitzaugen wirklich umspringen kann.«

Nick hatte die Sache selbst noch ins Rollen gebracht. Irgendwann war einer seiner japanischen Freunde in München aufgetaucht und hatte ihm ein Angebot vorgelegt. Er kannte das Spiel mit den kleinen Kugeln aus seiner Zeit in Tokio. Die ganze Stadt war übersät mit Pachinko-Spielhallen, großen Baukomplexen mit nichts drin als diesen Super-Flipper-Geräten. Offiziell gab es nichts außer Kugelschreiber zu gewinnen; wer aber mit seinem Kugelschreiber zwei Straßen weiter wanderte, konnte ihn gegen die eigentliche Gewinnsumme in bar eintauschen. Nick hatte das neue Geschäft in der ihm gewohnten gründlichen Art vorbereitet, war allerdings schon damals nicht mehr in der Lage gewesen, selbst nach Tokio zu fliegen. Johnny nahm Arno mit, um die Verhandlungen zu führen, und kehrte nach einer Woche mit unterschriebenen Verträgen zurück. Zu den Verhandlungsergebnissen gehörte, daß japanische Techniker einfliegen sollten, um die eigens in einer Frachtmaschine transportierten Pachinko-Maschinen aufzustellen, zu warten und Johnnys eigenes Personal auszubilden.

»Wir eröffnen«, teilte er der Presse mit, »im ersten Stock meines ›Nevada City‹ – und werden dann weitere Spielhallen in ganz Deutschland und dann auch in anderen europäischen Ländern bauen.« Mit Genuß beschrieb er die Größenordnung seines Vorhabens. Die Journalisten hatten sich abgewöhnt, ihm nicht zu glauben.

Der Tag der Eröffnung war, nach Millioneninvestitionen, ein regelrechtes deutsch-japanisches Volksfest. Johnny Berger im Zeichen der Kirschblüte, im Kreis lächelnder Geschäftsleute aus dem Land der aufgehenden Sonne, umringt von Geishas. Die Zeitungen waren voll mit Fotos und Berichten – es waren die letzten Bilder, die Carola in seine Alben klebte.

Die ersten beiden Monate lief das Geschäft auf Hochtouren. Wer hielt sich nicht für geschickt genug, die kleinen Kugeln in das jeweils richtige Loch zu befördern, und träumte nicht von Traumgewinnen, von Sportwagen, Motorrädern oder Stereoanlagen – wo es beim üblichen Spiel an Flippern allenfalls Freispiele zu gewinnen gab?

Dr. Kohler ließ sich alle Unterlagen vorlegen, alle Beschwerden der Konkurrenz, stieß bei seinen Bedenken auf keinen innerparteilichen Widerstand und stutzte die Sache zurecht. Er ließ der »Nevada-City-Betriebsgesellschaft mbH« eine Auflage zukommen, derzufolge Gewinne, die den Wert von fünfundzwanzig Mark überstiegen, gesetzlich unerlaubt seien. Gezeichnet: Amt für Ruhe und Ordnung.

Das war das Ende.

Nick, das hatte Johnny einfach nicht wahrhaben wollen, war nicht mehr in der Lage, bei seinen politischen Freunden den nötigen Druck zu machen. Sein Mann für die »Außenpolitik« war bereits vom Ende gezeichnet. Und Johnny in Gedanken bei einer Frau, die er gerade erst in Los Angeles kennengelernt hatte.

Sie würde, wenn sie ihn wiedersah, Augen machen. Er sah ziemlich mitgenommen aus. Es war nicht die Trauer über Nicks Tod, die ihn verändert hatte, sondern die Schlagkraft von zwei Bierfahrern, die vor dem Friedhof eine Stunde lang auf ihn gewartet hatten, auf den Fahrer jenes protzigen Wagens, der falsch geparkt und ihren Lieferwagen blockiert hatte.

»Erstklassige Arbeit«, meinte der Arzt, als er die Wunden, tiefe blutende Risse über beiden Augenbrauen, untersuchte.

»Lackschuhe mit Ledersohlen auf Glatteis, das ist eben tödlich.«

»Na, dann werden wir mal die Löcher wieder zunähen. Spritze?«

»Wegen der paar Kratzer?« Johnny zog seinen Mantel und sein Jackett aus und machte es sich auf der Liege bequem. »Ich war mit Sechzehn gerade eingebuchtet worden, da wurde ich auch mal so übel zugerichtet, weil ich falsche Schuhe anhatte. Aber inzwischen«, gestand er ein, »bin ich auch schon etwas aus der Übung.« Der Arzt besah sich die alte Narbe, die Annis Abschiedsgeschenk gewesen war, unter dem einen Auge. »Da haben Sie aber Glück gehabt, wie das aussieht. Andere verlieren dabei ein Auge.«

»Andere ja, Doktor«, sagte Johnny.

4

Es war klüger und, wie er fand, auch rücksichtsvoller, Carola nur das Nötigste zu sagen, die Sache herunterzuspielen und zu betonen, daß sich diese Affäre, wie so viele zuvor, bald auch wieder in Luft auflösen würde. Daß er keiner lange treu bleiben konnte, nahm ihm sogar seine Mutter ab. Um Carola nicht unnötig zu beunruhigen, würde er sich selbst bezichtigen, sich als unverbesserlichen Schürzenjäger hinstellen, als triebhafte Kreatur eben und hilflosen Dummkopf, den es erwischt hatte. Unter keinen Umständen sollte sie erfahren, wie verrückt er nach Joanna war, verrückt wie schon lange nicht mehr nach einer Frau. Ein Mann seiner Machart blätterte nicht mehr im Kinderbuch der großen Liebe. Es gab keine glückliche Liebe, nichts dergleichen war ihm selbst je begegnet. Er wollte Carola nur beeindrucken, daß er sich an sein Wort, ehrlich zu sein, hielt. Joanna durfte in seinem Geständnis allerdings keinen Körper haben, kein Gesicht und keine Stimme. Er wollte lediglich andeuten, daß etwas passiert war, seine Pflicht erledigen, nicht aber eine Liebesgeschichte beichten.

Und so sprach er von Joanna wie von allen Frauen, die er gehabt hatte, kaltschnäuzig, beiläufig, mit pessimistischer Ironie. Er versicherte ihr, daß sie ihm spätestens in ein paar Wochen ohnehin davonlaufen würde, weil er nicht daran dachte, ihr den Hof zu machen, wie es Amerikanerinnen von Männern erwarten.

»Wann kann ich den Vertrag unterschreiben?«

»Welchen Vertrag?«

»Na, den für die Wohnung in Hamburg!«

Das mußte Johnny erst verdauen; da gab er sich die größte Mühe, nicht ausführlich zu werden, und sie tat so, als rede er zuviel.

»Morgen, wenn du willst. Ich ruf Uwe an, daß er das regelt.«

»Und wem gehört die Wohnung?«

»Die habe ich einem Freund abgeschwatzt.«

»Und morgen fliegst du zurück nach Los Angeles?«

Er versuchte herauszuhören, ob sie meinte: Zurück zu ihr? »Ja, morgen.«

Gut, dachte sie, dann werde ich morgen mit dem Packen meiner Sachen beginnen. »Du hast tatsächlich abgenommen, gratuliere. Und irgendwas mußt du auch mit deinen Haaren gemacht haben. Hab ich sowieso immer am schönsten gefunden, wenn du sie einfach nach hinten kämmst.«

Genau das machte es Johnny so schwer, reinen Tisch zu machen: Sie wollte offenbar absolut nichts wissen, nicht einmal, wer sie war, nicht einen ihrer Vorzüge, was er verletzend fand.

»Nur eines, Carola, wird sich in unserer Beziehung nicht ändern, daß du weiter die Abrechnungen meiner Betriebe machst, also am Ersten jeden Monats nach München fliegst.«

Carola nickte. »Selbstverständlich. Solange ich noch keine Kinder habe, kein Problem.«

Johnny konnte sich nichts einreden, auch nicht, daß sie damit auf eine Enttäuschung, einen unerfüllt gebliebenen Wunsch anspielte. Es war nichts zu machen. Sie behielt die Nerven. Sie war weder neugierig noch enttäuscht, nicht einmal traurig. Sie dachte noch nicht einmal daran, ihm mit Vorwürfen zu kommen. Je weniger sie von seinem neuen Leben in Amerika wissen wollte, um so ratloser wurde Johnny. Es fehlte, wie er traurig feststellte, nur noch ein Händedruck, die Geste zweier Partner, die nach fünfzehn gemeinsamen Jahren eine Vereinbarung bekräftigen. Er war enttäuscht, wie gut alles lief. So wollte er Carola nicht gehen lassen, nicht, ohne sie noch einmal wenigstens verblüfft zu haben.

»Ich werde dich an einem meiner Kinos beteiligen, daß du immer ein Einkommen hast.«

Carola hatte was übrig dafür, Tränen zu vergießen, wenn sie gerührt war. Und im Augenblick war sie kurz davor. Aber der Verstand sagte ihr, daß ihr Weinen zu Mißverständnissen führen könnte, und sie holte nur einmal tief Luft. »Nein, Johnny, das will ich nicht. Immer warst du viel zu großzügig.«

Johnny bestand darauf. »Demuth wird einen Vertrag aufsetzen und ihn dir zur Unterschrift nach Hamburg schikken.«

»Und der viele Schmuck? Und die Pelzmäntel? Darf ich wenigstens die dalassen?«

»Nein, weil das Zeug hier sonst nur herumliegt und mich an eine Frau erinnert, die mir fehlt.«

Er hatte es geschafft. Jetzt liefen ihr doch noch ein paar Tränen übers Gesicht.

5

Er fuhr mit einem Freund, der ihn bei seinen Aufenthalten in Kalifornien immer wieder begleitet und sich, auch was ihre gelegentlichen Sauftouren anging, als ebenbürtiger Partner herausgestellt hatte, den Sunset Richtung Osten bis La Cienega, bog rechts ab, fuhr den Hügel runter bis zur Melrose Avenue, bog links ab und hielt zwei Querstraßen weiter, um sich ein paar antike Amischlitten anzuschauen; nach so was war er schon als Halbstarker verrückt gewesen, weil sie damit im Kino immer spazierenfuhren. Hier standen sie gleich reihenweise herum, und alle zum Verkauf. Er schaute sich um, wobei ihm ein pechschwarzer, großzügig verchromter Buick Roadmaster, Baujahr 1949, besonders auffiel, ließ sich die

Karte des Händlers geben und fuhr zurück zur Melrose Avenue Ecke Crescent Heights, wo Ebi, sein Freund, ihn bat, kurz anzuhalten. »Ich will nur rasch einem alten Kumpel die Hand schütteln.«

Johnny ließ ihn aussteigen, rollte auf den Parkplatz, zog den Zündschlüssel ab und wartete. Ebi verschwand in einem flachen Gebäude. Ein paar Boutiquen, daneben ein Coffeeshop.

Vom Auto aus telefonierte Johnny mit Helena, um sie zu überreden, ihn nach Vegas zu begleiten, zum Boxkampf Marvin Hagler gegen Thomas Hearns, dem Weltmeisterschaftskampf im Mittelgewicht. Sie konnte nicht, was sie bedauerte. Im Rückspiegel war wieder Ebi aufgetaucht, in Begleitung einer Frau. Sie hatte einen Packen Zeitungen unterm Arm, den sie in einem Kofferraum verstaute. Sie unterhielten sich. Dann sah es aus, als habe sie vor, in ihr Auto zu steigen. Auch aus einiger Entfernung sah Johnny, daß es nichts schaden konnte, sie daran zu hindern.

Viel hatte er nicht gesehen. Sie war sportlich gekleidet, hatte Turnschuhe an, ein T-Shirt, dazu eine knöchellange Hose, eng wie nackte Haut. Sie war hoch gewachsen, schlank, sehr, sehr schwarzhaarig und in jeder Hinsicht nicht die Frau, die Stunden damit zubringt, ihre Fingernägel zu lackieren. Ihm gefiel die Art, wie sie sich bewegte, obwohl sie nur dastand und mit Ebi sprach. Also stieg er aus, hupte und lehnte sich gegen die offene Wagentür. Ebi winkte ihn herüber, stellte ihn vor und überredete ihn, schnell einen Kaffee mit ihnen zu trinken.

Johnny beschränkte sich auf das Kunststück, sie anzuschauen, ohne sie zu zwingen, es zu bemerken. Inzwischen erklärte ihr Ebi, daß sein Freund aus Deutschland es faustdick auf dem Konto und hinter den Ohren habe. Ihr Lachen verriet nur, daß sie Erfahrung hatte mit solchen Warnungen. Johnny registrierte unterdessen, daß sie keinen Ring trug, auch keinen Ehering. Der Finger zeigte auch keine Einbuchtung, und die Haut hatte durchgehend die gleiche Tönung. Es war also anzunehmen, daß sie ihn nicht einfach nur irgendwo vergessen hatte. Um den Hals baumelte kein Goldkettchen, sie trug weder Ohrringe noch Armbänder. Und sie war ungeschminkt. Er konnte an ihr keine absichtsvolle Verschönerung entdecken, was sie, in seinen Augen, noch schöner machte.

Ihr Gesicht war fremdblütig, irgendwie orientalisch. Vorstellbar, daß ihre Vorfahren Pyramiden gebaut hatten. Was besonders auffiel, war die Farbe ihrer Haut, ein Teint wie Sand im Sonnenlicht, Wüstensand.

Ebi machte weiter seine Witze, und Joanna spürte, wie sie vermessen wurde.

Johnny überlegte, wie alt sie sein mochte und ob er sie nicht fragen sollte, gleich hier, natürlich auf die am wenigsten umständliche Art und ohne den Zahnstocher aus dem Mund zu nehmen. Dann nahm er ihn doch aus dem Mund. »Schlagen Sie ein Restaurant vor, ich möchte, daß wir heute abend zusammen essen.«

»Hab ich's dir nicht gesagt«, staunte Ebi. »Blitzkrieg! So sind die Deutschen!«

Konnte gut sein, daß Ebi mit seiner Warnung recht hatte. Aber der Deutsche, das mußte sie zugeben, gefiel ihr, vor allem seine Stimme; sie klang unerschrocken.

»Wenn Sie Angst haben, bringen Sie eine Freundin mit.«

Sie schlug das »Ivy« vor, ein Restaurant am Robertson Boulevard.

»Gut«, sagte Johnny, »und für morgen mittag bestelle ich einen Tisch im ›Bistro Garden‹.«

»Hilfe!« lachte Joanna, aber Ebi half ihr nicht, sich zu wehren. Johnny zerbrach den Zahnstocher. Blitzkrieg? Richtig. Raus mit der Handgranate, ziehen, werfen, Deckung – und Ebi nachher im Auto ein wenig ausquetschen.

Also doch Orient! Die vierte von fünf Töchtern einer libanesischen Einwandererfamilie, in Los Angeles zur Welt gekommen, Vater vor ein paar Jahren gestorben, ohne viel zu hinterlassen, verkloppte unten bei Fred Segal »jewelry, sunglasses and lingerie«, hatte eine Sache laufen mit einem Italiener, hatte aber auch andere Verehrer, einen Kanadier, zu dem sie nach Paris flog, und noch einen Kerl, der seine Heiratsanträge auf ihren Telefonanrufbeantworter sprach. Den Laden führte sie mit ihrem Ex-Ehemann, und genau dem hatte Ebi vorhin Grüß Gott sagen wollen.

»Aber wohnen tut sie allein, oder?«

»In einem Appartement über dem Sunset, Shoreham Drive, schöne Aussicht nachts da oben auf ihrer Terrasse. Richtig zum Träumen.«

Er schaute Ebi an. »Sag nicht, du hast sie schon umgelegt.«

»Hast du etwa vor, dich zu verlieben?«

Sie machten noch einen Umweg über Venice, wo Johnny sich für ein Restaurant direkt am Strand interessierte. Sein Sohn war jetzt fünfundzwanzig, hing in Hamburg herum und lag ihm auf der Tasche. Wenn das Gebäude zu einem vernünftigen Preis zu haben war, wollte er ihn einfliegen lassen, damit er den Kaliforniern beibrachte, wie gut Aalsuppe, Labskaus und Heringe schmecken. Gelernt hatte sein Sohn Gastronomie ja. Und verrückt nach Amerika war er immer noch.

Mit einem Angebot in der Tasche fuhr er danach den Santa Monica Boulevard hoch, zurück zum Hotel.

Zur gleichen Zeit gab Joanna ihrem Italiener den Laufpaß.

Eine halbe Stunde später klingelte es an ihrer Tür. Wenn es Joe war, durfte sie ihm unter keinen Umständen öffnen. Aber es war nur ein junger Mexikaner, der einen Blumenstrauß ablieferte. Einen Strauß, groß wie ein Glücksrad auf dem Hamburger Dom. Es dauerte, bis sie die Karte fand. Somebody really likes you, stand drauf. Dann rief sie Lisa an, ihre beste Freundin.

Joanna war ganz schön aufgedonnert, als sie in Begleitung ihrer Freundin im »Ivy« auftauchte. Das war nur leider, wie Johnny fand, nicht mehr die gleiche Frau. Genau das teilte er ihr auch mit. Sie sah aus wie Carola, wenn sie in die Oper wollte. Oder Ines, wenn sie sich mit Tizian traf.

»Tun Sie mir einen Gefallen«, schlug Johnny ihr vor, »gehen Sie raus zur Toilette, nehmen Sie einen Waschlappen, und wischen Sie sich alles vom Gesicht, was nicht echt ist?«

Lisa fing an zu kichern. Joanna hatte nicht übertrieben. Er sah nicht nur verdammt selbstbewußt aus, sondern hatte auch entsprechende Manieren. Wenn es stimmte, daß er in Europa mit Casinos zu tun hatte, hatte er jedenfalls nicht viel verlernt. Keiner schaffte es ganz nach oben, nur weil er nett zu Frauen war. Lisa verglich ihn mit den Männern, die Joanna, seit sie sich kannten, gehabt hatte – und sie verglich ihn mit ihrem Bob und dachte, nicht zu ändern, Schurken sind einfach aufregender. »Ich weiß nicht«, redete Johnny weiter, »was Ebi Ihnen alles von mir erzählt hat, aber eines muß er vergessen haben: Ich mag Frauen am liebsten im Naturzustand.«

Joanna stand auf, wütend, daß sie tat, was er von ihr verlangte. Sie kannte Lisa. Morgen würde es ganz Los Angeles wissen, und im »Bistro Garden« morgen würde Joe, wenn er sich nicht inzwischen zu Tode gesoffen hatte, auftauchen und ziemliches Theater machen. Er konnte grob werden, wenn ihm was nicht paßte.

Das kühle, frische Wasser, mit dem sie ihr Gesicht abwusch, tat gut. Sie beruhigte sich wieder. War er tatsächlich ein Gangster oder doch nur ein sympathischer Playboy? War er, wie die Italiener das nennen, ein Herzensbrecher? Zum Teufel mit allen Zweifeln. Zum Teufel auch mit Joe. Außerdem sah der Deutsche nicht aus, als brauche er, wenn es Zoff geben sollte, Nachhilfeunterricht.

Sie dachte an ihre Mutter. Wenn die sie jetzt sehen könnte.

Sie wusch sich doch tatsächlich die Schminke vom Gesicht, nur weil sie verliebt war. Dabei war sie viel verliebt gewesen, nur nie in einen, dem sie gehorcht hätte. Aber die harte Tour, das nahm sie sich vor, würde sie ihm vermasseln.

»Danke übrigens für den schönen Blumenstrauß«, teilte sie ihm mit, als sie wieder am Tisch saß. »Stell dir vor, Lisa, rote Rosen, einen riesigen Strauß roter Rosen. Und dazu eine Karte. Somebody really likes you.« Dann wandte sie sich an Johnny. »Noch so eine Ladung, und ich muß ausziehen, die passen nicht mal in die Badewanne.«

»Dann müssen Sie einen Verehrer haben, der gerne Gedichte schreibt, und sollten glücklich sein, daß es solche Leute noch gibt.«

Joanna wurde unsicher. »Geben Sie's ruhig zu.«

»Nicht mein Stil, einem Kerl, der offensichtlich in Sie verknallt ist, Schwierigkeiten zu machen.«

Als er die Frau in Joanna gefunden und verführt hatte, blieb sie seine Verbündete. Aber es gab andere Frauen in ihr, die ihm das Leben schwermachten. Er lernte alle der Reihe nach kennen. Mit jeder kämpfte er einen anderen Kampf. Die Orientalin gefiel ihm auf Anhieb. Mit ihr zog er um die Welt und verwöhnte sie in einem Ausmaß, als wollte er ihr beweisen, wozu Geld gut war. Er ließ sie nach St-Tropez einfliegen, wo er auf einer Yacht auf sie wartete. Er absolvierte die übliche Ochsentour durch die einsamsten Buchten Europas, die schönsten Städte und die teuersten Hotels. Er kutschierte sie in einem Rolls-Royce zum Grinzinger Kircherl und anschließend zu seinem Bauernhof am Ammersee. Nach und nach lernte sie seine Freunde und engsten Mitarbeiter kennen. Solche Typen, dachte sie, schickt der liebe Gott, wenn man nachts auf einem Interstate Highway mit einem Reifenschaden festsitzt.

In Gesellschaft seiner alten Kumpels erlebte sie ihn als einen Menschen, der nichts entbehrte. Er war liebenswert einfach und hinreißend albern. Sie verstand zwar nicht, was sie sprachen, erlebte aber um so intensiver, welches Vergnügen er mit ihnen hatte und wie ungezwungen sie ihn als ihren Chef anerkannten. Auch sie waren sein Besitz, ein Reichtum, um den ihn jeder Millionär beneiden mußte. Sie ahnte, daß ihm nicht beizukommen war, wenn sie darauf bestehen würde, aus ihm einen Amerikaner zu machen.

Er blieb in Europa, während sie nach Los Angeles zurückflog. Er wollte ihr Gelegenheit geben, ihn zu vermissen. Ein Jahr wollte er abwarten, bevor er bereit war, in Joanna mehr zu sehen als eine Frau, die gut gegen Langeweile war.

»Ob er in sie verliebt ist?« wollte Vera Karst von ihrem Mann wissen, nachdem sie die Amerikanerin kennengelernt hatten.

»Meiner Meinung nach war er nur in eine wirklich verliebt: in diese Jackie! Du weißt schon, die verrückte Engländerin!«

Frau Karst staunte, wie prompt seine Antwort gekommen war. »Die? Die hat ihn fast den Verstand gekostet!«

»Eben!«

Sie telefonierten täglich. Wie schön, wenn sie weinte und ihn bat, so schnell wie möglich wieder nach Los Angeles zu kommen. Er antwortete absichtlich vernünftig. Erst müsse er in Europa noch Geschäfte erledigen, in Hamburg, vor allem aber in Barcelona.

Jackie hätte ihn beschimpft, Joanna hoffte.

Es war nicht einmal gelogen. In Hamburg war er vor ein paar Monaten zufällig über Günther Kluge gestolpert – und ziemlich erschrocken. Der Mann, der einmal sein Chef, sein Vorbild und einer der großen Bosse von St. Pauli gewesen war, lebte inzwischen von Sozialhilfe und in Untermiete, vergessen und von den Jungs, die seine Zeit nicht mehr miterlebt hatten, verspottet.

Johnny hatte ihm erst einmal mit ein paar Scheinen ausgeholfen und war dann mit Freunden essen gegangen, um herauszufinden, wie es möglich sein konnte, daß niemand ihm half, daß alle nur noch ein Lächeln übrig hatten, ein Kopfschütteln über das Schicksal eines Verlierers.

»Was immer du ihm gibst«, klärte ihn Hanne auf, »trägt er sofort ins Casino. Sogar seine Villa hat er verzockt. Wir haben versucht, Hausverbot für ihn durchzusetzen. Aber was hat er gemacht? Ist nach Holland gefahren zum Spielen. Stoppel-Jürgen hat er den Kiefer gebrochen, weil der so ungeschickt war, ihn zu bedauern.«

In dieser Nacht fühlte sich Johnny alt und hoffnungslos fremd. St. Pauli war endgültig nur noch Erinnerung. Sie selbst hatten sich »Banditen« genannt, ein romantisches Kompliment, das ihr Zusammengehörigkeitsgefühl und ihre Rolle als Außenseiter ausdrücken sollte. Viele der Jungs, die heute mit ihren Camaros spazierenfuhren, waren Kopien, zweitklassige Muskelpakete mit Ralleystreifen auf ihren T-Shirts, in todschicken Jogginganzügen und mit piekfeinen Ohrringen. Jeder schlug jedem den Kopf ein, Morde waren an der Tagesordnung, der Spaß war vorbei. Was er hörte, verstand er nicht mehr, und was er sah, ekelte ihn an. Hier hatte er nichts mehr verloren. Er legte Sascha Blumen auf den Grabstein. Dödel-Alex hatte sich nach Teneriffa zurückgezogen, Paulchen in sein Häuschen an der Nordsee. Aus dem »Eros« war ein Asylantenheim geworden, aus der Reeperbahn eine Durchgangsstraße.

»Such dir irgendein Geschäft, einen Bratwurststand oder was, ich finanzier das schon«, schlug er Kluge noch in der gleichen Nacht vor. Eine Anzahlung von mehreren tausend Mark hatte er, als Johnny ihn wiedertraf, verzockt.

Er besprach sich mit Uwe. Sie wollten auf ihre Rechnung eine Wohnung anmieten, um ihn dann dort einziehen zu lassen.

Kluges Vorschlag, ihn bei sich in München anzustellen, lehnte Johnny etwas verlegen ab. »Ausgeschlossen, Günther, ich hoffe, du verstehst das. Das bring ich nun wirklich nicht übers Herz, dich als einen meiner Angestellten behandeln zu müssen.«

Bevor er abreiste, hatte er sein Versprechen gehalten. Er konnte Jürgen Schneider, einen der erfolgreichen Geschäftsleute im Milieu, überreden, Kluge eine seiner Kneipen zu verpachten. Was allerdings seine Spielleidenschaft anging, konnte er sich nur selbst helfen.

Das Wochenende verbrachte Johnny gutgelaunt auf dem Campingplatz in Scharbeutz, saß mit Kuddel in dessen Wohnwagen und redete, während es draußen seit Stunden nur so schüttete, über alte Zeiten. Immer hatten ihre Saufgelage so begonnen, mit mehr oder weniger wahren, immer aber übertriebenen Geschichten von früher; nur war Kuddel das Saufen inzwischen von seinem Arzt verboten worden.

Natürlich kannte auch Ina diese Art Gespräche und die Gefahr, die sie darstellten, weshalb sie nun fürchtete, ihr Mann könne sich nur wieder unnötig heftig erregen und dann zum Alkohol greifen, vor allem, wenn er es schaffte, daß Johnny, der lieber selbst erzählte, ihm zuhörte. Also kam sie mit einem Glas Wasser an und zwang ihn, zwei der fünf Tabletten, die er täglich einnehmen mußte, schon jetzt zu schlucken. Nach einem nicht gerade freundlichen Blick zu Johnny, mit dem sie ihn an Kuddels noch immer angeschlagene Gesundheit erinnern und ihn gleichzeitig um Rücksicht bitten wollte, nicht gar zu ausgelassen zu werden, zog sie sich in die Kochecke zurück, um den Kaffee zuzubereiten. Dazu wollte sie dann selbstgebackenen Marmorkuchen servieren.

Rechtzeitig, wie versprochen, erschien auch Paulchen mit Frau – und die paßte auf, daß ihr Mann seinen Kaffee mit dem mitgebrachten Süßstoff zuckerte. Paulchen war ansonsten gesund, trank wenig, aber gern und genußvoll – und unterschied sich von den anderen dadurch, daß er alte Geschichten nicht gern wieder aufwärmte. Er gehörte zu jenen erstaunlichen alten Männern, die in die Gegenwart verliebt sind, in den Zauber der Zufriedenheit mit dem Leben.

Nach und nach rollten weitere Wagen durch den Schlamm. Der Wohnwagen füllte sich. Uwe brachte Arno Dossi und Hanne mit; und Joe Krenn erschien mit einem so riesigen Blumenstrauß für Ina, daß die nicht wußte, wohin damit.

Joe spielte den Beleidigten. »Wie wär's, Kuddel, wenn du dir endlich mal 'nen standesgemäßen Karren leisten würdest? Die Dinger gibt's schließlich auch doppelt so geräumig.«

»Dann bring eben das nächste Mal Veilchen mit«, stellte Kuddel klar. »Ich bin ja nicht Winfried!«

»Hat der seinen überhaupt noch hier stehen?«

»Drüben am Zaun. Und jedes Jahr das neueste Modell.«

»Bedauerlich, daß Rolls-Royce keine Wohnwagen baut«, brummte Paulchen, während er gerade eine Ecke des Marmorkuchens mit seiner Gabel aufspießte und mit Vergnügen in den Mund schob.

Richtig, fiel Johnny ein, Kessler, der fehlte eigentlich jetzt noch, um die Runde der alten Kapitäne zu vervollständigen. Johnny schaute sich nach einem Telefon um.

»Was suchst du?« wollte Ina wissen.

»Wo habt ihr denn euer Telefon versteckt?«

»Aber Johnny«, entrüstete sich Ina, »wir sind hier auf einem Campingplatz!«

»Na und? Ich will doch nur schnell Winfried anrufen, vielleicht kommt er ja noch hoch.«

»Dann mußt du nach vorne ins Büro, wenn du anrufen willst.«

Johnny starrte Kuddel an. »Heißt das, daß du hier kein Telefon hast?«

»So ist es«, sagte Kuddel stolz. »Ich bin auf Rente und will wenigstens hier meine Ruhe haben.«

»Winfried ist in Zagreb«, sagte Hanne, »die ganze Woche schon.«

»In Zagreb?«

»Ja, wegen seiner Casinos.«

»Er will immer noch die Welt erobern!« Paulchen lächelte, während er das sagte, seine Frau an, widmete sich danach wieder dem Marmorkuchen und gab damit zu verstehen, daß er selbst keine Eroberungspläne mehr hatte, keine anderen jedenfalls als die, mit dem richtigen Schwung einen neuen Tag zu beginnen.

Wenn das hier jetzt jemand sehen könnte, dachte Johnny und schob sich nun doch ein Stück Marmorkuchen in den Mund. Da saßen sie bei Kaffee und Kuchen auf einem Campingplatz in einem Wohnwagen, die einstmals gefürchtetsten Männer des Milieus. Die Macht hatten sie an ihre Frauen abgetreten und Humor genug, die Sache auch noch völlig in Ordnung zu finden.

Als Uwe den Wunsch äußerte, etwas anderes als nur Kaffee trinken zu wollen, schüttelte Kuddel den Kopf. »Paß auf, daß mir Ina nicht böse wird.«

»Es wird doch wohl noch ein Gläschen erlaubt sein. Wir sind hier schließlich an der Küste, und der Wind bläst.«

Kuddel sah das ein und wollte sich gerade erheben, wurde aber von Ina wieder zurückgestoßen. Er tat dann so, als habe er nicht aufstehen, sondern lediglich seine Beine andersherum übereinanderschlagen wollen.

»Ausgezeichnet, Ina, ganz vorzüglich«, lobte Paulchen. »Gib am besten Siri das Rezept mal mit.«

Die Frauen fingen an zu lachen. Und Ina sagte: »Was glaubst du eigentlich, von wem ich das Rezept habe?«

»Ach so«, entschuldigte sich Paulchen, streichelte seiner Frau den Handrücken und kaute weiter.

Johnny wollte das alles nicht glauben! Die alten Herren ließen sich durch nichts mehr aus der Ruhe bringen, sie hatten abgedankt und widmeten sich der Gesundheit, dem Frieden ihrer Seele und den letzten Sonnenstrahlen. »Und ihr beide wart mal die Jungs«, sagte Johnny, »die nur auftauchten, wo's brannte!«

»War mal«, sagte Kuddel. »Jetzt brauch ich was Warmes für meine Knochen und Gelenke.« Er begann auch gleich, von bevorstehenden Reiseplänen zu erzählen. Nächsten Monat nach Hawaii, den Rest des Winters dann irgendwo an der nordafrikanischen Küste.

Johnny kannte sich in Hawaii aus und überschüttete Kuddel und Ina mit Hoteladressen, den Namen von Oberkellnern und sehenswürdigen Stränden; nicht genug damit, überlegte er auch noch laut, ob sie nicht alle gemeinsam reisen sollten.

Ina brach der Schweiß aus. »Und dann jede Nacht feiern, wie?«

Johnny wandte sich an Siri. »Und du überredest Paulchen, daß ihr auch kommt.«

Paulchen schien die Idee zu gefallen. »Warum nicht? Was meinst du?«

»Nur wenn du mir versprichst, dich nicht wieder von Johnny überreden zu lassen, zum Oktoberfest zu fliegen.« Sie schaute Johnny an. »Du bist der einzige, der ihn noch zum Trinken überreden kann.«

Johnny gefiel das Kompliment. »Erinnerst du dich auch noch an was, Kuddel?«

»Und ob«, grinste der. »Gott sei Dank hatten die nachts im Hotel den Pool abgesperrt!«

Immer wieder fing dasselbe laute Gelächter an, wenn es um diese alte Geschichte ging.

»Er hätte schon die Blaskapelle nicht dirigieren sollen.« Wenn Ina nur daran dachte, wurde sie jetzt noch böse; sie verlor manchmal einfach die Geduld, wenn Kuddel mehr auf Johnny als auf sie hörte. Sie wußte natürlich, daß die Angst, die sie um ihn hatte, ihm lästig werden konnte, und daß er sich dann, auch heute noch, einfach eine Nacht lang sonstwo rumtrieb. Wenn das passierte, war Johnny nie weit; entweder er hatte aus München angerufen oder wartete bereits in einem Hamburger Hotel. Sie mußte Johnny als ihren natürlichen Widersacher empfinden – und akzeptieren, denn Kuddel duldete, auch wenn es ihm dann die ganze nächste Woche schlechtging, kein böses Wort über ihn. Und so sehnte sie den Tag herbei, daß Johnny irgendwann aus Amerika zurückkam und nur noch neue Geschichten erzählte und keinen Tropfen mehr trank.

Uwe wurde, sobald vom Oktoberfest die Rede war, wieder unruhig. »Gibt's vorne im Büro was zu trinken?«

»Schau doch nur mal raus, wie's draußen schüttet«, sagte Ina. »Aber wenn du keinen Kaffee mehr willst, kann ich ja einen Tee aufbrühen.«

Uwe gab auf.

Und Johnny genoß den Anblick, den seine Freunde boten. Auch wenn sie jetzt alle hier vergnügt um den Tisch herum saßen, war jeder von ihnen, er natürlich auch, nur noch ein Überlebender, ein Erinnerungsstück. Sie waren Geschichtenerzähler geworden. Ihre Jahre waren dahin, die Gesetze, die sie respektiert hatten, auf den Straßen draußen vergessen. Gab es noch ein Zimmer irgendwo auf St. Pauli, in das er sich hätte verkriechen wollen? Da er nur eine Tasse Kaffee getrunken hatte, bestand keine Gefahr, daß Johnny wehmütig wurde; aber vielleicht waren sie alle, wie sie hier saßen, wirklich aus der Mode, wie ihre Anzüge, die mit den schicken Westen, aus der Mode waren. Gleichzeitig empfand er das Gefühl, zur richtigen Zeit jung gewesen zu sein, als geradezu behaglich.

Am Montag flog Johnny mit Uwe nach Barcelona. Der Tip, dort ein Geschäft machen zu können, war vor Jahren von einem Freund gekommen, der als Waffenschieber viel

Geld verdient und als Frauenheld wieder auf den Kopf gehauen hatte. Auf seiner Visitenkarte hatte gestanden: Promotion and Management; der gleiche Text, mit dem Freunde von ihm in allen Erdteilen herumdokterten.

Es war um ein Millionenprojekt gegangen, den Umbau des alten Opernhauses auf der Rambla in ein hypermodernes Vergnügungszentrum, und das rechtzeitig zur Eröffnung der Olympischen Spiele 1992. Er hatte Dons und einflußreichen Geschäftsleuten gegenübergesessen, Stierkämpfe besucht und selbst Abendessen gegeben, Gespräche mit Politikern und seiner Hausbank geführt, die bereit war, das Projekt zu finanzieren, war mit einer Firma des Landes bereits handelseinig geworden, die den Bau durchziehen sollte, hatte in München mit Architekten bereits Pläne ausgearbeitet und sie in Barcelona präsentiert, er hatte sogar schon einen einprägsamen Namen erdacht: Palazzio City – nur mit einem hatte er nicht rechnen können, einer Änderung der politischen Verhältnisse, hervorgerufen durch Wahlen. Gleich der erste Beschluß der neuen Regierung stellte das historische Opernhaus unter Denkmalschutz. Damit war das Geschäft geplatzt. Sein jetziger Besuch galt nur noch der Abwicklung einer verlorenen Sache.

6

Die Orientalin blieb sanftmütig seine Verbündete, es gab aber eine andere Frau in ihr, die sich wenig gefallen ließ: die Amerikanerin. Mit ihr gab es lautstarke Auseinandersetzungen. Johnny stritt ab, daß er begriff, um was es dabei ging. Joanna wartete, darum ging es, auf die Hochzeit. Die Amerikanerin wollte unter die Haube, unter eine, die bei Tiffany's ein Vermögen kostet. Dabei redete sie niemals von Geld. Ihr gefiel auch Hippieschmuck, wenn er echt war, und sie wußte, daß es Stunden gab, wo jeder traurige Gitarrist mehr wert war als ein Sack Gold. Sie würde mit Lisa reden, um sicherzugehen.

Die kniff ihr in den Hintern. »Versuch ihn zu kriegen!«

Danach war sie noch verzweifelter.

Joe kam an, wieder mit roten Rosen, und wollte sich mit ihr versöhnen. Es rief Glenn, ihr Kanadier, aus Paris an und wiederholte seinen Heiratsantrag. Ihre Mutter warnte sie. »In deinem Alter in den falschen Mann verliebt zu sein, ist unverzeihlich.«

Auch ihre vier Schwestern rieten ihr ab, teils aus Eifersucht, teils weil sie entsetzt waren über Joannas töricht-naive Liebesgefühle. So einer habe doch, wie sie vermuteten, in der ganzen Welt Freundinnen, und sei, bedenke man seinen Lebenswandel und die Entfernung der Kontinente, als Ehemann, falls sie ihn tatsächlich unter die Haube brächte, schwer vorstellbar. Es wurde viel diskutiert und noch mehr gestritten. Wie könne sie sicher sein, daß er nicht entweder selbst Leute umgebracht oder welche hatte umbringen lassen? Woher das viele Geld? Hatte sie nicht selbst erzählt, er sei im Gefängnis gesessen? Zwei reiche, zudem zuverlässige Verehrer mit einem dahergelaufenen Draufgänger vor den Kopf zu stoßen, grenze an Tollheit.

Die Orientalin stellte sich stur, aber die Amerikanerin forderte ein, was ihr an seiner Einstellung zu Frauen nicht paßte. Die Zeit war zu knapp, um nicht alles zu riskieren. Sie flog nach Europa, wo es sofort zum Streit kam, weil er sie wie einen Besitz behandelte und es ihr überließ, sich damit abzufinden.

Genau das aber wollte sie nicht. »Auch wenn ich dich liebe, heißt das nicht, daß ich mir alles gefallen lassen muß. Vergiß nicht, daß ich, bis du aufgetaucht bist, mein Leben auch ganz gut selbst hingekriegt habe. Ich war unabhängig, habe mein eigenes Geld verdient und war keinem Rechenschaft schuldig. Glaube nicht, daß ich nur auf jemand gewartet habe, der mir andauernd vorschreiben will, was richtig ist und was falsch.« Sie bedauerte, ihn nicht auf der Stelle verlassen zu können.

Er ignorierte die Bestandsaufnahme ihrer Rechte, griff zum Telefon und rief Hans an. »Fahr die Dame zum Flughafen!« Er rief nach seiner Haushälterin. »Romy, helfen Sie Joanna beim Packen!« Danach schwieg er, und das unmißverständlich.

Romy wollte es nicht glauben. Joanna war doch noch keine achtundvierzig Stunden überhaupt hier. Aber sie wunderte sich andererseits natürlich über gar nichts mehr, kannte seinen Jähzorn und den verletzenden Fanatismus, mit dem er die Ordnung seiner Ansichten verteidigte. Sie waren von schockierend einfachem Zuschnitt und, wie Johnny selbst manchmal zugab, nicht von diesem Jahrhundert.

Joanna war Orientalin genug, sein Bedauern, auch wenn er es nicht zeigen konnte, zu kennen. Sie forderte keine Gleichberechtigung, weil sie mehr hatte als Männer: das Geheimnis ihrer Geduld. Als Amerikanerin aber war Joanna zu stolz, sich in Europa Frechheiten sagen zu lassen, und flog, unglücklich und über ihre Unentschlossenheit verzweifelt, nach Los Angeles zurück. Noch war sie nicht vierzig.

Johnny merkte, wie verliebt er trotzdem war, an seiner Telefonrechnung. Er ging auch abends nicht mehr aus, nicht einmal, um zu essen. Das war die Zeit, als er doch noch lernte, wie man zwei Eier in eine Pfanne schlägt. Es gab keine Carola mehr, und Romy ging um fünf Uhr nach Hause. Die Stunden, bis er einschlief, dachte er an Joanna; er rechnete jede Stunde, die verging, neun Stunden zurück. Was tat sie gerade?

Die nächsten Monate logierte er wie immer im »Beverly Hills Hotel«, verbrachte ganze Tage nur damit, den Mädchen am Pool zuzuschauen, die alle aussahen, als warteten sie darauf, auf Abreißkalendern verewigt zu werden.

Joanna kam und ging – und kam keinen Schritt weiter. Auch in Hawaii machte er ihr keinen Antrag. Er flog mit ihr statt dessen nach Vancouver, wo er ihr »Johnny's Valley« zeigte. Über dem Eingang zu seiner Ranch baumelte noch immer das geschnitzte Schild. Jackie hatte damals hinten im Wagen gelegen, gelangweilt und mürrisch. Joanna fiel ihm um den Hals und bettelte, sie sollten zwei Pferde mieten. Sehr weit kamen sie nicht. Es war Nacht, als sie wieder in die Sättel stiegen.

Mit Joanna lernte er endlich, besser englisch zu sprechen. Tja, Claudia, dachte er immer, wenn er sie in München traf, stimmt schon, daß Fremdsprachen was für sich haben, kommt nur auf den Charakter der Schulstunde und das Lächeln der Lehrerin an.

Es gab kein Wundermittel gegen sein Mißtrauen, daß auch die Geschichte mit Joanna enden würde wie alle anderen, aber Argumente für eine Trennung gab es auch nicht. Er war überrascht, welche Träume seine Phantasie beschäftigten. Da saß ein alter Mann an einem Tisch, Joanna war glückliche Mutter, es gab Bratensoße und Brot, der Fernseher lief, die Prärie war Privatbesitz, alle Kindermädchen tüchtig, und der alte Mann strich sich über die Haare, viel waren es nicht mehr, und ließ es sich wohlgefallen. Seine Kinder mochten es, wenn er ihnen vor dem Einschlafen Räubergeschichten erzählte; er hatte ja genug erlebt.

Was war falsch daran, von der Bildfläche zu verschwinden, alle Betriebe zu verkaufen, in der Südsee die Angel ins Wasser zu halten und abzuwinken, wenn einer anrief? War er wirklich so unbrauchbar für das bißchen Zufriedenheit? Warum fühlte er sich immer als Verlierer, wenn ihn nur eine Katze anschaute? Es war doch immer schon schlechter Stil gewesen, nicht rechtzeitig abtreten zu können. Eine Zigarre paffen, Joanna ins ungeschminkte Gesicht schauen, und ihr natürlich, wenn sie aus dem Zimmer ging, immer noch hinterherpfeifen? Warum wollte er sich nicht verzeihen, daß er nicht jung genug draufgegangen war und jetzt in die Jahre kam, wo man den Bauch einzog, auch wenn es nur um ein Paßfoto ging? Wann endlich hatte er genug davon, den Weiberhelden, den wetterfesten Trinker und wildgewordenen Halbstarken zu spielen? Warum Joanna, die ihn doch liebte, nicht zu seiner Frau machen, zur Gefährtin für ruhigere Tage und Nächte?

Ein Jahr hatte er warten wollen, nun waren bald zwei Jahre um. Und da gerade Uwe und Hans zu Besuch waren, seine engsten Freunde, und er gerade mit ihnen zusammen in Marina del Ray, dem Hafen von Los Angeles, auf dem Balkon seiner Wohnung stand und unten Schiffe sah, Partyschiffe, die man, wie er wußte, mieten konnte, erlaubte er sich den Spaß, ernsthaft über eine Hochzeit nachzudenken.

Zwei Dinge waren vorrangig. Es mußte, wenn überhaupt, sofort passieren. Und Joanna mußte einwilligen, ihn zu wollen, ohne jeden Anspruch auf sein Vermögen.

Uwe und Hans hatten nichts gegen eine Party auf einem Schiff, wollten ihn aber trotzdem noch vorher darüber informieren, was sonst noch auf der Welt passierte.

»Der Osten wackelt, Johnny. Liest du denn eigentlich nie eine Zeitung? Da drüben geht unser Geschäft jetzt erst richtig los. Ich bin schon mehr in Berlin als in Hamburg«, sagte Uwe.

Johnny hörte auch nicht, was Hans ihm sagte, ihn interessierte Joannas Gesicht, wenn sie die Neuigkeit erfuhr. Um jeder ihm verhaßten Gefühlsduselei aus dem Weg zu gehen, teilte er ihr den Hochzeitstermin beim Kauf eines Kostüms mit, das ihr Brautkleid sein sollte. »In zwei Tagen, am Samstag, feiern wir eine kleine Party. Das Schiff habe ich bereits gemietet. Ich muß mich jetzt nur noch darum kümmern, die Ringe zu besorgen.«

Wie sie das Lächeln liebte, das er aufsetzen konnte, wenn ihm eine Überraschung gelungen war!

Wie gern er sie anschaute, wenn sie schockiert war!

»Du spinnst, Johnny!« Mehr brachte sie nicht heraus. Und um den Hals fallen konnte sie ihm auch nicht, weil die Frau, die ihr Kostüm absteckte, mit Nadeln hantierte.

»Lade alle ein, auch deine Liebhaber, die jetzt leer ausgehen«, lachte er.

Mein Gott, dieses glückliche Grinsen in seinem Gesicht. »Ich werd gleich ohnmächtig.«

»Fahr, wenn du hier fertig bist, noch schnell bei meinem Rechtsanwalt vorbei und unterschreibe den Wisch, den er aufgesetzt hat.«

Sie sah ihn ernst und feierlich an. »Genügt Tinte? Oder willst du es mit Blut haben?«

»Drei Kreuze reichen.«

Johnny lebte weiter, wie er das gewohnt war. Für Märchen hatte er immer noch nichts übrig. Noch war er ja nicht der alte Mann und Joanna auch ohne Kinder glücklich. Er wohnte abwechselnd in Marina del Ray oder im »Beverly Hills«. Er ließ das ganz sein Lebensgefühl entscheiden.

Hotels waren seine Leidenschaft. Einen größeren Luxus als funktionierende Luxushotels konnte er sich nicht vorstellen. Man war nicht zu Hause, aber auch nicht mehr unterwegs. Man war nie sicher, wen man traf. Nirgendwo sonst erschien ihm der Zufall so willkommen. Hier war es eine Schande, kein Schicksal zu haben – und seien es nur ein paar Narben im Gesicht. Frauen waren nirgendwo so unberührbar. Keine ließ sich etwas anmerken, schon gar nicht, wenn sie Feuer fing. Er liebte Rätsel, deren Lösung ihn nicht interessierte. Auffällig war auch, wie viele alte Männer es gab, die rote Jacketts trugen, und wie viele davon in der Bar herumsaßen und den Klavierspieler bezahlten, damit er sie über irgend etwas hinwegtröstete; wahrscheinlich war dieses Etwas die Wahrheit.

Luxus war auch, daß Joanna zu ihm ins Hotel fahren mußte, um ihm mitzuteilen, daß es eine Neuigkeit gab. Sie war schwanger. Sofort wollte sie damit aber nicht herausrücken. Sie wußte, daß er sich aus Kindern nie viel gemacht hatte. Gebärfreudige waren ihm ein Greuel. Babys nannte er abschätzig: little shit-machines. Nachdem sie es vor zwei Tagen von ihrem Arzt erfahren hatte, war sie deshalb auch unruhig und hatte mehr über Johnny nachgedacht als über das ungeborene Kind. Sie fürchtete, er würde ein Kind bei seiner überstürzt improvisierten Lebensweise nur als Störenfried empfinden und sie obendrein vielleicht sogar noch beschuldigen, ihm sein Privatleben abgaunern zu wollen.

Aber die Orientalin und die Amerikanerin, längst die dicksten Freundinnen, waren sich einig. Sie wollten ihre Schwangerschaft verteidigen, auch wenn ihm das nicht in seinen Kram passen sollte.

»Erinnerst du dich noch an unseren ersten Abend im ›Ivy‹«, fing sie vorsichtig an, nachdem sie abgelehnt hatte, Alkohol zu trinken und nur Mineralwasser bestellte, »als du mich auf die Toilette geschickt hast, weil du, wie du gesagt hast, Frauen im Naturzustand besonders schön findest?«

»Sicher«, antwortete Johnny, »du siehst einfach am besten aus ohne alles.«

Sie schaute ihn an, lange genug, daß es ihm auffiel.

»Worauf willst du hinaus?« fragte er.

»Findest du mich jetzt schön?«

Johnny war verblüfft. »Hast du was getrunken?«

»Wie gefalle ich dir im Naturzustand?«

»Okay«, sagte Johnny, »wenn du das willst, gehen wir eben gleich rüber und trinken im Schlafzimmer weiter.«

»Nein, deshalb bin ich diesmal nicht gekommen.« Sie machte eine Pause, wartete, bis der Kellner das Mineralwasser hingestellt hatte, und holte Luft. »Ich bin schwanger!«

Johnny hörte nur das Echo dessen, was sie gerade gesagt hatte. Er schaute sie an, bis er nichts mehr sah, nur noch die Traurigkeit in ihren Augen. Wie eine Sünderin saß sie da. Und daran, das wußte er, war er schuld. Er schob seine Hand in ihr Haar, rollte eine ihrer Locken über einen Finger, zog sie daran zu sich und küßte sie. »Ist das denn so schlimm?«

»Aber du …«

Johnny legte den Finger auf ihren Mund. »Ich weiß, du hattest Angst, daß ich dir einen Kurpfuscher verpasse, stimmt's?«

»Konnte ich sicher sein, daß du nicht wenigstens einen Wutanfall kriegst?«

Darauf war er wieder stolz, daß niemand ihn richtig einschätzen konnte. Hatten nicht auch alle hundertzwanzig Gäste auf dem Schiff sich gewundert, daß er Joanna heiratete? Zugetraut hatte es ihm nicht einmal die Braut selbst. Alle hatten sich verschätzt, auch Joannas Mutter und ihre vier Schwestern. Um so mehr himmelten ihn jetzt alle an. Sollte sich einer auch nur unterstehen, ihm zum frischgebackenen Ehemann zu gratulieren, aber als Held war sich Johnny nicht zu schade.

Er lehnte sich zurück und betrachtete seine Frau mit dem Wohlgefallen eines Herrgotts. »Also gut, du bist schwanger, kriegst ein Baby und wirst eine brave, treue Ehefrau.« Er lachte.

Joanna legte ihre Wange an seine Schulter. »Jetzt hätte ich doch Lust auf ein Glas Champagner.«

Er ließ sich vom Kellner eine Packung Winston bringen. »Und eine Flasche Roederer Cristal!«

»Du rauchst wieder?«

»Wundert dich das?«

»Du bist wunderbar«, sagte Joanna.

»Im Gegenteil, den ganzen Abend bin ich nur dagesessen und habe nach einem Grund gesucht, dich zu verlassen.«

Wer ihn treffen wollte, mußte sich nun schon selbst in sein Haus, die Villa Ecke North Bedford Drive und Sunset, bemühen, denn viel freie Zeit hatte Johnny nicht mehr. Es gab Wichtigeres. Johnny war verliebt, er war vor Verliebtheit verrückt, er war der bei weitem verrückteste Vater, den alle, die zu Besuch kamen, je erlebt hatten. Alles, was er noch von sich gab, war »eigugeigu«, sein Kosewort für Sarah, seine Tochter, der Liebling seines zukünftigen Lebens.

Eigugeigu war die lautmalerische Zauberformel für einen Zustand vollkommenen Glücks, für ein Gefühl, dessen er sich nicht schämte, ein Gefühl ohne die Unglücksbotschaft der Wiederholung und Täuschung. Seine Tochter war die erste Frau seines Lebens, der er Treue schwor, und das am ersten Tag schon. Joanna hatte Mühe, die Geduld nicht zu verlieren. Sie mußte ihm das Kind jedesmal regelrecht entreißen. Er verstand einfach nie, wofür eine Mutter nötig war, wenn ein Vater wie er alles regelte.

Das mit dem Glück hatte ihm Ines, seit er sie kannte, vorgeworfen. Aber sah der Vater nicht rundherum glücklich aus? Sie sah es auf den Farbfotos, die er ihr schickte, damit sie alles der Reihe nach in die Alben klebte. Der Menge nach zu urteilen mußte ihm jeder Atemzug seines Lieblings einen Schnappschuß wert sein.

Unzumutbar heftig hatte er am Tag ihrer Geburt das Kommando übernommen, schon im Cedar-Sinai-Krankenhaus, wo er, auf Wunsch Joannas, bei der Entbindung dabei war.

Er legte sich gleich auch mit einer der Krankenschwestern an, weil er die Abteilung für Neugeborene nicht verlassen wollte. Der Heizstrahler über dem kleinen Bündel, das seine Tochter war, schien ihm nicht richtig eingestellt.

»Ich mache diesen Job schon fünfundzwanzig Jahre, also scheren Sie sich zum Teufel«, war ihre Antwort.

Er packte sie im Genick, schleifte sie aus dem Raum und präsentierte sie einem ihnen entgegenkommenden Arzt, dem er erklärte, daß er lediglich höflich darum gebeten habe, sie möge nachschauen, ob der Heizstrahler auch die richtige Temperatur habe. Der Arzt ging mit ihm hinüber und kontrollierte. »Machen Sie sich keine Sorgen, alles in bester Ordnung.«

Gerade kam der Boxer mit einem Blumenstrauß den Gang entlang. »Wenn es ein Mädchen ist, bin ich ihr erster Freier!«

Johnny nahm die Blumen und drückte sie der Schwester in die Hand, die er gerade noch gewürgt hatte.

Als Empfangschef für ankommende Besucher machte Johnny im Krankenhaus weiter Furore. Es blieb keiner von der Wucht seiner Begeisterung verschont. Und nicht alle beneideten Joanna. Sie war nur die Mutter, das Kind aber seine Tochter.

Als sie, ein Jahr später, wieder schwanger war, freute sie sich so sehr auf einen Jungen, ein Kind ganz für sich allein, daß sie bereits über einen Namen für ihn nachdachte. Wenn sie nur fest genug daran glaubte, würde sie recht behalten, hoffte sie, und wollte Johnny erst dann mit der Neuigkeit überraschen, wenn sie sich entschieden hatte.

»Welcher Name gefällt dir besser: Brandon oder James?«

Johnny war viel zu sehr mit Sarah beschäftigt, um ihr antworten zu wollen.

»Wenn Sarah ein Junge geworden wäre«, sagte Joanna, »für was hättest du dich entschieden?«

Er schaute sie an, sah ihr Lächeln und wußte, was es bedeutete, wenn sie dabei die Augen schloß. »Sag mal …«

»Vielleicht beide? Wie wär's mit Brandon James Berger? Klingt doch nicht übel?«

»Wie wär's, wenn du mal für einen Moment die Klappe ganz hältst?« Johnny dachte nach. Klang nicht schlecht, zugegeben, aber wenn sie dachte, daß er jetzt vor Freude zu tanzen anfing, täuschte sie sich. Was ihm durch den Kopf ging, war etwas anderes. Eine Frau zu verlassen, die ein Kind von mir hat, geht in Ordnung. Du wirfst ihr Geld hin, genug, damit sie ausgesorgt hat, nimmst die nächste Maschine und fängst irgendwo ein neues Leben an. Aber wer verläßt eine Frau, die dir zwei, drei Kinder geboren hat? So schlecht bin nicht mal ich.

Johnny benahm sich, als drohe Sarah jede Minute eine Entführung. In seinen Armen schlief sie ein und wachte in seinen Armen auf. Es machte ihm den größten Spaß, mit ihr auf dem Bauch im Gras zu liegen, in den Himmel zu schauen und sich vorzustellen, daß seine Tochter den richtigen Vater hatte.

Er kannte die Welt aus allen Perspektiven, von unten bis oben, kannte sie bei Tag und Nacht, kannte ihre Fassaden und Heimlichkeiten, ihre Armut und ihren Reichtum, er kannte die Dunkelheit einer Einzelzelle und Sonnenuntergänge über allen Meeren; nur kannte er nicht die Qual, sich darüber den Kopf zu zerbrechen. Wenn er überhaupt jemals Glück gehabt hatte, dann deshalb. In Kinderschuhen hatte er seine Flucht vor einer Welt, die ihm nicht besonders gefiel, begonnen; sie gefiel ihm, am Ende angelangt, noch immer nicht besonders. Nur kannte er keine andere, keine bessere, und ließ es gut sein. Er kannte die Menschen, ihre Größe und Jämmerlichkeit, ihre Leidenschaften und ihre Schuld, kannte sich aus mit Frauen – und, noch besser, kannte er die Männer. Vor ihnen würde er Sarah, wenn sie alt genug war, warnen. »Stell dir vor, es kommt dann ein Bursche wie ich daher!« Er beobachtete dabei, wie Sarah an seiner Haut roch. »Das ist Stallgeruch, der bleibt ihr.«

Der Boxer sah die Sache realistisch. »Was da an dir rumriecht, ist eine Millionenerbin.«

Johnny hatte den Schlag nicht kommen sehen. Der Boxer hatte recht. Eines Tages erbte Sarah Millionen. Im Grunde war sie schon jetzt stinkreich.

Der Gedanke verfolgte ihn. Er hatte genug junge Dinger gesehen, die mit reichen Papas und verwöhnten Mamas durch die Welt gondelten, unzufriedene, aufsässige, entweder laute oder bereits in sich gekehrte Geschöpfe, männermordende Talente von klein auf, alleingelassen in der Obhut von Kinderschwestern, kaum erwachsene, aber bereits kokette, kaltherzig kalkulierende, alles berechnende Teenager, an Jahren noch Kinder, aber ganz ohne deren naive, offene Fröhlichkeit, Opfer erzwungener Ansprüche, den gefährlichsten Träumen ausgeliefert; ihm lief ein eisiger Schauer über den Rücken, wenn er sich vorstellte, daß auch seine Tochter allzu früh ihr Lächeln verlieren und ihre Freude, alles Blühende, Unschuldig-Lebendige einbüßen würde, nur weil sie irgendwann begriff, wie reich sie war. Wie sehr hatte er Menschen immer verachtet, die in dieser schrecklichen Verwirrung abgestumpft und selbst menschenverachtend geworden waren. Sarah eine Erbin! Wem sollte er die Schuld geben?

Es dauerte einige Wochen, bis er den Schock verdaut hatte.

Geld war nicht gefährlich, solange man nie vergaß, wie gefährlich es sein konnte. Wenn sie anfing, Jungs den Kopf zu verdrehen, war er ein alter Mann, alt genug, um zu beweisen, was wirklich in ihm steckte. Hoffentlich, dachte er, war auch Sarah das Orientalische angeboren, jener Wesenszug, der ihn in die Ehe mit Joanna getrieben hatte.

Sarah erschien ihm mit einemmal zentnerschwer. Er rief Joanna, die angelaufen kam und sie ihm abnahm. »Ach übrigens, Uwe hat aus Berlin angerufen.«

Johnny sprang auf. »Und?«

»Ich hab ihm gesagt, du willst die nächsten Monate nicht gestört werden.«

»Bring sofort das Telefon her. Und ob ich gestört werden will.«

ENDE

Wolf Wondratschek im dtv

»Wondratschek erzählt unerhörte Begebenheiten und wunderliche Schicksale mit seltener Prägnanz, lakonisch und lebendig.«
Gert Mattenklott

Die große Beleidigung
Vier Erzählungen
ISBN 3-423-13059-8

»Wondratscheks Erzählen ist Seelenarchäologie: Sowie er seine Personen ins Werk setzt, öffnen sich die sedimentären Landschaften ihrer Innenwelt.« (Michael Kohtes in der ›Zeit‹)

Mozarts Friseur
ISBN 3-423-13186-1

Eines Tages betritt Mozart, übermüdet vom Nachruhm, in Wien einen Friseursalon. Was ist passiert? Darf sich ein Genie, selbst zweihundert Jahre nach seinem Tod, alles erlauben?

Die Einsamkeit der Männer
Carmen
oder Bin ich das Arschloch der achtziger Jahre
Gedichte
ISBN 3-423-13332-5

Dieser Gedichtband versammelt zwei von Wolf Wondratscheks großen Gedichtzyklen ›Die Einsamkeit der Männer. Mexikanische Sonette (Lowry-Lieder)‹ von 1983 und ›Carmen‹ von 1986 in einem Band.

Im Dickicht der Fäuste
ISBN 3-423-13362-5

Das Boxen und die Literatur sind ein nur auf den ersten Blick ungleiches Paar. Wolf Wondratscheks Begeisterung für das Boxen – in seinen Reportagen und Stories, Gedichten, Artikeln und Interviews findet sie ihren unverwechselbaren, literarischen Ausdruck: »Doping für die Literatur, zumal in unseren öden, weichgespülten Zeiten.« (Der Spiegel)